40

改革开放四十年文学丛书

陈晓明 主编

科幻文学

作家出版社

出版说明

今年是改革开放 40 周年。40 年来，当代中国发生了翻天覆地的变化，社会经济繁荣发展，人民生活幸福美好，当代文学硕果累累。为了庆祝这一盛大的节日，展示改革开放 40 年来的文学创作成就，进一步树立文化自信和文学自信，推动中国文学创作的大发展大繁荣，根据中宣部和中国作家协会的部署，我们特别策划了这套规模宏大的"改革开放 40 年文学丛书"。

文学是时代的一面镜子。40 年来，中国当代文学在反映时代变化和人民精神面貌上做出了突出贡献，一大批反映改革开放伟大历程和人民精神风貌变化的作品涌现出来，真实地记录了改革开放 40 年来我们伟大祖国和人民所走过的不平凡的道路。因此，这套丛书的编辑出版一方面在展示当代文学 40 年的光辉历史，同时也展现改革开放 40 年的伟大成就。

在体例上，丛书以文学思潮和重大题材为纲，选取了改革开放 40 年中出现的比较有典型性和影响力的文学思潮和重大题材，以此为中心，遴选最能代表该文学思潮的作家作品。需要说明的是，这些文学思潮是历时性地交叉出现的，有一个更迭演变的过程，彼此之间在文学理念上各不相同又有诸多联系。受此文学环境的影响，作家们的创作也多是穿插于这些文学思潮之间的，许多作家在不同的文学思潮中有多个优秀的作品出现。但出于丛书体量和编排体例的整体考虑，我们每位作家只选取了一部作品并放置于某一个文学思潮的类目之下，这绝不是说该作家只有这一种类型的文学创作，而是为了显示其对某一个文学思潮的突出贡献，展现其创作的独特性。

入选丛书的作品经过了论证委员会的认真评审，专家评审从文学性、时代性、影响力等多方面进行综合考察，选取了最具代表性的作品。在一定意义上，这些作品构成了一部特殊形态的当代文学史，代表了当代文学40年的伟大成就。

　　40年来，中国文学始终与人民同心，与时代同行，文学既植根于时代生活的沃土，又以自身的发展融入时代的洪流，推动历史的前进。我们期待，丛书的出版能够实现对于当代文学40年光辉历程的展示，能够实现对于改革开放40年伟大成就的留影。更期待当代文学能够继续为人民美好生活的需要提供更多更优秀的精神食粮，为中华民族伟大复兴中国梦的实现贡献力量。

　　由于丛书体量有限，遗珠之憾在所难免，恳请读者朋友理解并谅解，同时更盼批评指正。

作家出版社

2018年10月

目 录

小灵通漫游未来

叶永烈

开头的话

我的年纪不算大 —— 你的年纪再加上你弟弟的年纪，就跟我差不多啦。

我每天都收到好多信。在每封信的开头，总是这样写着：

亲爱的编辑大朋友：

您好！

可不是吗？跟你们相比，我算是个大朋友了。

我的小朋友可真多。我可以一点也不夸口地说，在每个角落，都有我的小朋友。

每天，邮递员给我送来一大扎信。这些信，有的来自上海；有的来自北京、江苏、浙江、湖南、吉林、四川、甘肃；也有的来自边疆 —— 黑龙江、新疆、海南岛与西藏。

这些来自祖国天南地北的信，十封信中，就有六七封是问未来怎么样。

你瞧，这是我昨天收到的一封信——北京一位小朋友寄来的：

亲爱的编辑大朋友：

您好！

我叫"爱科学"，又叫"小幻想"。今年十一岁，念小学四年级。

我非常想知道：当我一百岁的时候，我们的祖国将是什么样子。那时候，能有一种小飞机，飞来飞去，把我从北京送到珠穆朗玛峰；一会儿，我又从世界最高峰飞回家。这样的小飞机，将来能有吗？

我非常非常想知道未来的一切！！

亲爱的编辑大朋友，请马上回答我！！！

致以

少先队员的敬礼！

爱科学

寄自首都北京

像"爱科学"这样的信，我几乎每天都收到好多封。虽然我想马上拿起笔来，给小朋友写回信。可是，写了半天，一个字也没写出来——天哪，连我自己都不知道未来世界是什么样子的，叫我怎么回答小朋友们的问题呢？

我跟许多小朋友一样，也非常想知道未来的一切。

怎么办呢？许多小朋友在信里都说："我焦急地盼望着您的回信""收到信后，快给个回音"……有的小朋友在这几个字下面，还画上红道道或者红圈圈呢！有的小朋友已经不止一次写信来催了。

直到上个月，我才算找到了解决的办法：我把这件事儿，跟我们编辑部的小记者——小灵通谈了。

你不认识小灵通吗？噢，在我们编辑部里，是没有一个人不认识他的，没有谁不与他挺热火的。

小灵通的年纪，跟你差不多。他年纪虽小，消息可灵通哩。他不仅知道世界上刚刚发生的事情，也知道世界上即将发生的事情，而且还知道几十年、几百年以后，世界上将发生什么事情。

小灵通机灵活泼，有双乌黑发亮的大眼睛，两只大耳朵，长着逗人喜爱的小圆脸。他走起路来爱连走带跑，步子轻快，像阵风似的。我常常刚听到推门的声音，一抬头，他已经站在我眼前了。小灵通的消息之所以灵通，那是因为他眼明耳灵，腿快手勤，工作认真。

他不论在什么时候，总是全副武装：口袋里塞着一本厚厚的采访笔记本。肩上挎着个小包，包里鼓鼓囊囊的，躺着他的"宝贝"——照相机。而胸前呢，总是别着一支胡萝卜那么粗的自来水笔，这支笔的胃口可真大哪，一次就要喝光整整一瓶墨水，为的是在采访的时候，不会发生什么"故障"——墨水用完啦。

小灵通是我最要好的小朋友，也是我最得力的助手。当他知道了小朋友们急切地想了解未来世界的情况，他就马上动身去采访。

没多久，小灵通的稿件寄来了。我赶紧拆开，稿纸的第一行上，这么写着：

《小灵通漫游未来》

这小家伙写得可真有趣，我一口气把稿子读完，决定出版。这书印好之后，准备给每一个写信问"未来怎么样"的小朋友，都寄一本去，作为我们编辑部的一封回信。

下面，就是小灵通写的游记——《小灵通漫游未来》。

丢了"宝贝"

哎！要讲的事情，比牛毛还多。

从哪儿讲起好呢？就从我那"宝贝"——照相机是怎么丢的说起吧！说实在的，我总以为，我的这次奇遇，都是由丢了这架照相机引起的。

我记得，那天傍晚，我在江边闲逛。

血红的夕阳，把江面染得一片通红。风一吹来，水波涟漪，江水像一条红绸带似的轻轻飘动，真是美极了。

我心里不由得一动：赶快把这"江边晚景"拍下来！

哟，坏了！我找遍那鼓鼓囊囊的挎包，把水壶、小刀、橡皮、铅笔……统统掏了出来，甚至把挎包来了个里朝外大翻身，还是没找到我的"宝贝"——照相机。

我记得下午出发的时候，好像顺手往挎包里塞了个硬邦邦的东西——照相机，怎么会不见了呢?

照相机是我的好朋友、好"宝贝"。它是一位天才的"画家"。不，一位天才的"速写家"。作为一个新闻记者，怎能丢了"武器"——照相机呢?

我到处去找，一会儿钻到那丫丫杈杈的灌木丛里，一会儿撅着屁股在草地上乱摸。我越找，心里越急，眼看太阳马上要落山了。

天，黑得那么快，夜幕降临了。

后来，我脚酸了，衣服钩破了，人也累了。看看天已经像锅底那么黑了，我打算赶紧回招待所去。心想，兴许我下午压根儿没有把照相机塞进挎包，现在它正平安无事地躺在桌子上呢。

奇　遇

可是，我又遇上了第二件倒霉的事儿：天一片漆黑，月亮不知躲到哪儿去了，我到处乱找瞎摸，弄得晕头转向，记不清回招待所的路了，迷路啦!

四周静悄悄的，连绣花针掉在地上都能听到。江边看不见一个人，耳边只响着风吹树叶的"沙沙"声。我在江边徘徊、踌躇，我低着头走着、走着，忽然在朦胧的夜色中，看见前面有一排雪白的栏杆，栏杆后面隐隐约约有一张长长的白色靠椅。我高兴极了，像在运动场上跨栏似的，一跳便蹿过栏杆，一屁股坐那靠椅上。

那时，真有一股说不出的舒服劲儿。为了更加舒服点，我干脆躺了下来，把挎包当枕头，放在头底下。

本来，我只打算稍微躺一会儿。可是，不知怎么搞的，我的眼皮有千斤重似的，抬也抬不起来。不久，我就呼呼睡熟了，而且做起梦来啦！

在梦里，我还是在那江边的草地上，找我心爱的照相机。找呀，找呀，在黑黝黝的灌木丛中，忽然看见两只绿闪闪的灯笼——老虎的眼睛！顿时，我吓得直打哆嗦。那老虎张牙舞爪，大吼一声："呜——"

"救命哪！救命哪！"我大声喊，一骨碌坐了起来。

金色的阳光，射在我的眼皮上。天已亮了，东方一片朝霞，染红了整个天空，太阳正在冉冉升起。我揉了揉惺忪的眼睛，才知道原来是在做梦哩。

我朝四周一看，咦，怎么我眼前的树，都在飞快地朝后跑呢？

难道我头晕吗？

我站了起来。天哪！原来我是在一艘巨大的轮船上。这时，轮船又发出"呜——"的一声巨响，使我明白过来：刚才梦中的老虎吼声，就是轮船的汽笛在叫呢！

我再仔细观察一下，又明白了一件事儿：我昨天黑夜里跳过的那道白栏杆，原来就是轮船船舷上的扶手栏杆。而我躺着睡大觉的长椅，正搁在轮船的走廊上。

这究竟是怎么回事儿呢？

奇怪的船

"出了什么事？出了什么事？"突然，走廊门开了，一位穿着整洁的米黄色服装、戴着大盖帽、胸前挂着望远镜的爷爷，急匆匆地跑了出来。

在他的后边，有两个孩子噔噔噔噔地也奔了过来：跑在前面的是个小男孩，和我的个儿差不多高；跟在后面的是个小女孩，比我还矮一个头呢。

"是你喊救命吗？出了什么事？"爷爷一边问我，一边挨着我坐了下来，用粗大的手抚摸着我的头顶。

这时，我才看清了爷爷：他有着一副久经风吹雨打的古铜色的脸庞，鼻子下面，留着一撮浓密的白胡子。他的帽子上，有着金光闪闪的帽花，我猜想他也许是船长或者大副。他的眉间皱着"川"字纹，表示他弄不明白究竟发生了什么事情。

唉，我简直有点害臊，脸上火辣辣的。但也只得原原本本，把我昨天晚上奇怪而可笑的遭遇，一个字儿也不差地告诉了他们。

"哈哈，哈哈……"爷爷听了，眯着眼睛，爽朗地大笑起来。

"嘿嘿，嘿嘿……"那个男孩子前俯后仰，笑得嘴巴合不拢，如果把一个苹果塞进他的嘴里，他也不会觉得。

"咯咯，咯咯……"那个小姑娘用手捂着嘴巴笑个不住，像是一架扫个不停的机关枪，连眼泪都笑出来了。

我们很快就熟悉起来，成了好朋友。

那爷爷果真是船长。那两个小家伙，是他的孙子和孙女：哥哥叫小虎子，妹妹叫小燕。爷爷听说我是个新闻记者，高兴地拍了拍我的头顶："那太好了，小灵通。我们这船是开往未来市的。你没到过未来市吧？我欢迎你到我们家来做客，玩几天，顺便把我们这座崭新的城市报道报道，讲给你的小朋友们听听。"

"你一定要到我们家来！"小虎子说，"我爸爸是你的同行——《未来日报》的编辑。他一定会非常喜欢你。"

我们并排坐在白色的长椅上，愉快地交谈着。江风阵阵吹来，非常凉快。

这时，我才提出我弄不明白的问题：照道理，船是停泊在江面上的。可是，我昨天一直在灌木丛和草地上摸来摸去。我记得，当时是在草地上摸到白栏杆，然后跳了过去，躺到长椅上，怎么会一下子变成在船上了呢？

爷爷让我扶着船舷的栏杆，朝船底一瞧，我这才发现，这艘船是一艘怪船：它的船底是完全腾空的，脱离了水面，像腾云驾雾似的在江面上航行！

爷爷告诉我：这艘船是一种新式的船，叫作"原子能气垫船"。在船上，有一个巨大的风扇，不停地往船底鼓风，使整个船都腾空，脱离水面。这样，船在航行的时候，不受水的阻力，所以像飞一样快。正因为这样，船还能在陆地上行驶——它在陆地上也是腾空的，脱离地面。昨天夜里，他们从江里开到陆地上休息，把机器关掉，船躺在草地上。

我就在那时，跃过了栏杆，躺到长椅上睡熟了。清早，气垫船起航了，又从陆地上开往江里，这时我仍在酣睡。直到灿烂的阳光射到我的脸上，我仿佛梦见老虎的眼睛，像灯笼般直盯着我，才惊醒过来……

气垫船闪电般在江上行驶。起初，江水是黄色的，满是泥沙。渐渐地，江面变得越来越宽，水也渐渐变蓝。爷爷告诉我，船已经从江面开到海面了。这时，只有远处岸边的水，才是黄色的，犹如一块巨大的深蓝色的地毯，镶着金黄色的绲边。

后来，这绲边也消失了，四周全是碧蓝碧蓝的海水——天连着海，海连着天。晶莹的海水映着蓝蓝的天空，这样美丽的海景，我从来也没见过。

"小灵通，你没到过大海吧？我今年快八十岁啦，在海上已经生活六十年了。你瞧瞧，祖国的海洋多么壮丽，多么宽广！"爷爷指着浩瀚的大海对我说。

我完全被这迷人的大海深深吸引住了，情不自禁地唱起了《我爱这蓝色的海洋》这支歌：

> 我爱这蓝色的海洋，
> 祖国的海疆壮丽宽广……

爷爷说自己还有些事情，就到驾驶室去了，留下小虎子和小燕陪着我。

小虎子健壮结实，穿着蓝白横条的海魂衫。他的脸蛋晒得黑里透红，在又浓又黑的扫帚般眉毛下，闪动着一对黑溜溜的大眼珠。前额，老是有一绺"倔强"的头发，令人发笑地翘着。小虎子力气可真大，当我与他初次见面，互相握手时，他就把我的手捏得发酸。我真不知道，他是无意呢，还是故意要给我来个"下马威"，使我一见面就知道他的厉害。

有小虎子做伴，真是永远也不会感到寂寞。他的嘴巴，像收音机喇叭似的，老是讲个不停。

小虎子对我说："小灵通，我想你一定也是个喜欢讲话的人。我就是这么个人，爱说这个，喜谈那个。即使晚上睡觉了，嘴不动了，手也停了，脑子还在动——在做梦。做着，做着，嘴也动了，说起梦话来了；手和脚也动了，踢起被子来了。"

小燕扎着两根羊角辫，辫梢结着大红的蝴蝶结。圆圆的小脸蛋一点也不黑。只有那一对天真的大眼睛，跟她哥哥一模一样。两颊绯红，像个苹果。她静静地听着我与小虎子谈话，从不打岔。我很奇怪，小燕怎么老是一声不吭呢？

小虎子似乎觉察到了这一点，对我说："我妹妹哪，她见了陌生人，就像个闷葫芦似的，不声不响，嘴巴贴上了大封条。"

接着，他向我靠近了一点，把双手一合，做成一个传声筒，贴在我的耳朵旁，低声地告诉我："小灵通，你可千万别小看她呀！我得预先告诉你，她最爱告我的状……"

小虎子叽里咕噜讲个不停。我没到过海洋，也没坐过海轮，很想走走看看。小虎子立即从长椅上站起来，拉着我的手说："我带你去参观参观。"

小燕跟着也站了起来。

"你别去。"小虎子说。

"我偏要去。"小燕�’嘟起嘴说。这时，我才第一次听见小燕讲话。

"让她一起去吧！"我说着，左手拉着小虎子，右手拉着小燕，我们三个人沿着走廊，来到了甲板上。甲板银光闪亮，我以为是用铝做的，跟飞机一样。小虎子像个小船长似的，把他从爷爷那里听来的话告诉我——气垫船不是用铝做的，是用一种叫作"钛"的新金属做的。这种金属的样子很像铝，也是那样轻，可是，它比铝更加耐腐蚀，不怕海水侵袭。

我一听，赶紧打开采访笔记本，用那根胡萝卜般粗的自来水笔写下了"钛"字。

甲板上风真大，吹得手中的笔记本哗哗直响。我抬头一看，嘿，甲板上装着一大排螺旋桨，像一排巨大的电风扇似的在那里旋转。小虎子指着螺旋桨说，这跟飞机上的螺旋桨的道理一样，它一转动起来，朝后鼓风，船就飞快地向前进了。

噢，我明白了：原来气垫船上有两股风。一股风是朝下吹，使整个船腾空；另一股风是往后吹，使船飞快地向前进。这么一来，怪不得气垫船既能在水上飞，又能在陆上行了。这艘气垫船非常大，有许多房间，好多好多旅客。小虎子领着我一个个房间去参观。小虎子跑得满不在乎，小燕却喘着气，呱嗒呱嗒地随在哥哥后边。船上，除了旅客住的房间，还有阅览室、乒乓球室、电影放映室……

小虎子领着我跑到船顶上去玩，那儿，有一面鲜艳的五星红旗在迎风飘扬。小虎子还豪迈地告诉我：这艘气垫船是用原子能开动的，一块香皂那么大的原子能燃料，就可以使这艘气垫船开几万公里哩！

正说着，在远远的海面上，出现了一个黑点。一眨眼，那黑点越来越大。

"我上去看看，究竟是什么船？"小虎子说着，就爬上旗杆。他真行，一下子就爬得老高。

他正想招呼我也爬上去，一看小燕在我旁边，就唰的一下滑下来了。他低低地贴着我的耳朵说："算了，小燕在这儿，还是别上去好！"

那船越来越近，嘿，它有一个又圆又尖的船头，跟飞机差不多，小虎子告诉我，这叫"水翼船"。有趣的是，这船船底长着两个翅膀，飞速地在海上航行，整个船就像蜻蜓点水似的擦着水面高速前进！没一会儿，就无影无踪，海面上只留下一道雪白的浪迹。

奔向未来市

"小虎子，你们该下来吃早饭啦。"这时，忽然响起了爷爷的声音。

我前后左右找了一通，却没看见爷爷。

"找爷爷吗？他在我的口袋里喊呢！"小虎子一边笑着说，一边从裤口袋里掏出一个小盒子似的东西。

"快点下来！"从小盒子里，又传出来爷爷的喊声。

这是一个塑料做的盒子，盒子上有一块火柴盒那么大小的荧光屏。我从荧光屏上看到爷爷一边在看报，一边在讲话呢。

原来，这是一个微型的半导体电视电话机，使人既能听到对方的讲话，还能看到讲话人的动态、表情。

"我这里也有一个。"小燕指了指自己的衣袋说。

"快下去！要不，爷爷等急了。"小虎子说着，就往下跑。

小虎子咯噔咯噔跑在最前面，我嚓嚓嚓嚓地走在中间，小燕呱嗒呱嗒跟在后面，我们旋风般地奔到了爷爷的船长室里。

还不到中午，气垫船开始慢下来了。在短短的几小时内，它便航行了一万多公里。

小虎子朝手腕上看了看，对我说："现在是十一点二十三分二十五秒，到十一点半就可以到达未来市了。"

小虎子手腕上的手表，只有普通邮票那么大小，长方形，怪别致的。

小燕见我对这手表很感兴趣，就给了我一只，说她有两只手表，一只是妈妈给的，一只是她生日时，爷爷作为礼品送给她的。

我接过手表，仔细看看，真有意思。那手表既没有时针、分针、秒针，也没有齿轮和发条，只不过是一块小小的电视荧光屏，上面写着几个数字："11∶23∶40"，也就是十一时二十三分四十秒，那表示秒的数字在不断变化。当四十秒变成六十秒时，那二十三分也一下子变成了二十四分。

我想，居然会有这样奇妙的手表?！

小虎子看到我对这小小的新型手表感到奇怪，就说道："这是电视手表呀！未来市的电视台不断播送着标准时间，电视手表上就出现了几时几分几秒。这种手表永远不用上发条，而且一直非常准确。它构造简单，价钱非常便宜，所以在我们未来市，每个小朋友都有电视手表，有的还有好几只呢！"

我正想打开采访笔记本，把这件事记录下来，电视手表上已出现11∶28∶30。我一抬头，一个巨大的码头已经展现在眼前了。码头上高悬着三个红色大字：

未来市

水滴一样的汽车

在码头旁边，停靠着大大小小的各种新式轮船，大的像座山，小的像洗澡盆。有好几条是两个船身的双身船。

气垫船跟别的船不同，它竟然从海里一直冲到码头上，才把气放掉，卧在地上。

爷爷是船长，等旅客们都下船了，他才领我们穿过走廊，走下气垫船。

"爷爷，你瞧，爸爸、妈妈来接我们啦！"小燕眼睛尖，一眼就看到人群中的爸爸和妈妈。

她呱嗒呱嗒飞也似的跑过去，紧紧地搂住妈妈的脖子。

小虎子拉着我的手，来到他爸爸跟前。小虎子的爸爸长得很魁梧，穿着雪白的衬衫，深灰色的裤子。他的脸形、表情、神态跟小虎子一模一样。他一听小虎子说我是一个新闻记者，跟他是"同行"，高兴极了，紧紧地握着我的手，一下子我的手被捏得发酸了。小虎子的爸爸和妈妈，各开一辆小汽车来接我们。

这小汽车真漂亮，我见也没见过！它的整个外壳，是由一整块无色透明的塑料做成的。车头上的一块红色的塑料牌上，写着这样几个金光闪闪的字：未来牌汽车，中国第八十八汽车厂制造。这小汽车的车头又尖又小，屁股大，车顶圆溜溜的，远远看去，挺像一颗透明晶莹的大水滴哩！

奇怪的是，这小汽车没有一个轮子！

"这汽车怎么没有轮子？"我不由得问小虎子的爸爸。

"它是无轮汽车。"他回答道。

"没有轮子，汽车怎么跑路呢？"

"这种汽车的原理，其实跟气垫船差不多。"小虎子的爸爸说道，"它有一个喷气发动机，能够喷出两股气流—— 一股气流向下喷，使汽车腾空起来，离开地面；另一股气流朝后喷，推动汽车向前跑。这种汽车跑起来非常快，就像在地面上飘似的，所以大家都叫它'飘行车'。也有人因为它的样子像水滴，叫它'滴形车''水滴车'。"

小虎子提出建议：爷爷、爸爸和妈妈坐一辆车，我、小燕和他坐一辆车。大家一致赞成。

我思量着：我、小虎子、小燕坐一辆车，由谁来开车呢？

真没想到，小虎子非常熟练地打开车门，大模大样地坐到司机的座位上，让我跟小燕坐在后面的椅子上。当我进汽车的时候，车顶马上自动抬高，我站在汽车里，根本不用弯腰。当我坐下去以后，那透明的车顶也就自动地降了下来。

小虎子正要开车，小燕却不让他开："哥哥，让我来开。"她一边嚷，一边把小虎子推开，自己挤到司机座位上。

"小燕也会开汽车？"我可真的不敢相信了。

"这汽车，谁都会开。小灵通，你只要跟我学一分钟，保证会。"小虎子说道，"在我们这儿，飘行车简直像鞋子一样普遍，几乎每家每户都有飘行车，每个人都会开这玩意儿。"

"小灵通，你还是先跟我学吧！"小燕让我看她面前的操纵板，说道，"你看看这操纵板，就明白一大半了。"

我凑近一看，只见浅绿色的塑料操纵板上写着：开关、速度、高度……

小燕告诉我："开车的时候，你把第一个开关朝左一推，车子就开动起来了。你再调节好速度和高度。以后，就只要管管方向盘了，向左拐弯时，把方向盘朝左转，往右转弯时，将方向盘往右转。"

往常，我爱坐在司机旁边，想学学开汽车。可是，司机的座位旁边，总是写着："开车时请勿与司机谈话"。所以，一开车，我就静静地坐在司机旁边，不敢问一句话。可小燕开车时，只顾跟我讲话，我真担心，车子可别出事故。

正想着，迎面来了一辆飘行车，与我们的飘行车头对头，几乎要撞上了。我大吃一惊，还没来得及喊出口，那辆飘行车从我们的头顶上飞过去了。

小燕笑着告诉我："你只管放心，一百个放心！坐飘行车，非常安全。即使司机闭上眼睛开车，也不会闯祸。因为飘行车装有自动避撞装置，一遇上对面有车子开来，它就会自动向左拐，而对方的车子也会自动向左拐，不会撞上。有时，突然对面出现一辆高速行驶的飘行车，来不及躲开，其中的一辆飘行车就会自动加大气流，从另一辆飘行车上面飞过去。"

"如果飘行车掉到河里或者撞到山上，怎么办呢？"我还是有点担心。

"没关系，飘行车在水上也能飘行，还能爬山。"小燕一边说着，一边故意让飘行车离开了公路，开进一条小河，然后再沿着河岸爬上去，重新回到公路上。

我跟小燕很快就熟悉起来。我发现，她现在也像小虎子似的，很喜欢讲话。只不过她在陌生人面前，才一言不发罢了。

这时，我想起了小虎子，他怎么一声不响呢？回头一看，原来他在用那小盒子电视机收看文艺节目，正看得津津有味呢。

飘行车的整个车壳，像水晶一样透明。坐在车里，外边的景物像放电影似的，从身边溜过去。太阳光虽然透过透明的车壳，直射到我的脸上，却并不觉得热，大约那车壳是用会吸热的透明塑料做的。车里还装有小型冷气机，非常凉爽。

小虎子的爷爷、爸爸和妈妈坐的那辆飘行车，紧紧地跟在我们后面，由小虎子的妈妈驾驶。

一路上，小燕跟我说这谈那，告诉我许多新闻。在未来市，交通规则规定："不满八岁的孩子，不准独自驾驶飘行车。"据说，这是怕人小，容易迷路。小燕是刚过八周岁生日，才学会开飘行车的。

小燕说："自己会开车，这多开心！"过去，小燕上学，要请哥哥开车，如今可以独个儿开车出去了。

这儿的公路真有趣，它差不多全是笔直笔直的，很少有拐弯的。飘行车在公路上以每小时三四百公里的速度飞速前进，方向盘几乎不用转动。路面是用白色塑料铺成的，非常光滑。

在转弯的地方，路面是用红色塑料铺成的，十分醒目。

公路两边，都是整整齐齐的绿色大树，看不见一根电线杆，因为电线全埋到地下去了。沿途，除了许多飘行车来来往往，还有一种奇怪的汽车——它居然长着四条腿，在公路上像马一样飞奔。小燕说这种长腿的汽车，叫作"步行机"。它能爬上很陡的山，也能在泥泞的沼泽地或浅水湖泊中行驶。

飘行车的车顶也是透明的，我坐在车里，常常看到火箭和巨型飞机掠过上空。有趣的是，有许多直升机非常小，只能坐两三个人。小燕说，因为市区的飘行车如果太多，互相拥挤，就会影响高速前进。小型直升机却可以在空中飞来飞去，方便多了。另外，市区大都是几十层的高楼大厦，飘行车只能停在楼底，人们下车后还得坐电梯上楼，而小型直升机却可以直接停在小阳台上，你住在几楼就停在几楼。

正说着，空中突然出现一个万吨轮似的庞然大物，把我吓了一跳。小燕告诉我，那是"飞艇"。飞艇其实并不是新东西，早在1900年，它就已经出现在天空中。那时的飞艇里，装着氢气。氢气见火就燃烧，整个飞艇就从半空中栽下来。这样，再也没人敢坐飞艇了。如今，人们改用一种不会燃烧的轻盈的气体——叫作"氦气"，装在飞艇里，飞艇能装很多货物，成了空中的"万吨轮"。特别是在山区，用它运载货物，又快又安全。

我在小燕旁边坐了好一会儿，看来驾驶飘行车并不难，就想试试看，小燕就跟我换了个位置。

我第一次自己开汽车，心里乐滋滋的，别说有多高兴了。

小燕在旁边指点着，告诉我应该向左转弯，然后再向右拐弯……

很快地，我们就进入市区了，我把飘行车的速度减慢了点。在市区，那些高高的房子是用塑料做的，又轻又富有弹性，尽管高达一二百层，也不怕地震。这些房子的颜色非常漂亮，有奶黄色的、湖绿色的、天蓝色的，也有粉红色、白色或无色透明的。房子的式样有圆屋顶的、有平屋顶的，也有尖屋顶的，像春天盛开的百花园，瑰丽多彩。

没一会儿，小燕大声地对我说："小灵通，看到了吗？前面那座米黄色的房子，就是我们的家。"

我连忙把控制车速的闸刀向上一扳，想把速度降下来，谁知道我弄错了，向上扳是加快速度，飘行车像箭一样向房子冲去。我慌了手脚，大叫："不得了！不得了！"

正当飘行车要撞到墙壁上的时候，突然来了个急刹车，停住了。我不留神，人向前一冲，头撞在车壳上。还好，那透明的塑料车壳像橡胶一样富有弹性，我的头一点也不疼。我以为是小燕或者小虎子帮我急刹车，一看，他俩根本没动过刹车开关。我这才明白过来：飘行车会自动地紧急刹车呢！

"铁蛋"

飘行车轻轻地着地了。车门自动打开，车顶跟着也自动抬高了。这时，小虎子才放下了手中的小电视机。一下车，小虎子一把拉着我的手，一个劲儿往里跑。一边跑，一边大声地喊：

"老爷爷，快出来呀，我们家来了客人啦！"

可是，我们一直跑到楼上，还是静悄悄的，没人答应。

在楼前的阳台上，有一个白胡子垂到腰间的老爷爷，一声不响地坐在那里，双手托着下巴，在那里沉思着。他似乎一点也没听见我们的脚步声和小虎子铜锣般的喊声。

也许是年纪大了，耳朵不灵啦。我这么猜想。

小虎子这时不叫也不喊了，蹑手蹑脚地走到老爷爷背后，双手蒙住了他的眼睛。"是哪个小调皮在捣乱呀？啊，啊……"老爷爷喊了起来，"哎哟哟，一定又是小虎子这调皮鬼。快松手，快松手，我的步法全给你打乱啦！"

"呀，老爷爷，你又被象棋迷住了！"小虎子一边说，一边松开了手。

老爷爷在跟谁下象棋呢？

我朝老爷爷的对面一瞧，吓了一跳：老爷爷的对手是一个长着银光闪闪的长方形脑袋的怪物。

他有两只圆圆的眼睛，三角形的鼻子，一张又宽又大的嘴巴。他浑身都亮闪闪的。在肩膀、手腕、膝盖、脚踝、头颈这些关节上，可以看到一颗颗凸出来的六角形螺丝帽。"我来介绍介绍。"小虎子说道，"这是我和小燕的新朋友、好朋友——小灵通，他是个新闻记者。这是我爷爷的爸爸——我的曾祖父——老爷爷。"

小虎子指了指那位浑身发亮的人说："他是机器人，绰号——也算是他的名字吧，叫作'铁蛋'。他浑身是用不锈钢做成的。"

"欢迎，欢迎，我们的小记者。"老爷爷一边用左手捋着雪白的胡子，一边用右手抚摸着我的脑袋。

"欢迎，欢迎，我们的小记者。"铁蛋也学着老爷爷的话，瓮声瓮气地讲起来，而且还"砰！砰！砰！"地拍掌表示欢迎。

这时，小虎子的爷爷、爸爸和妈妈也都上楼了，一起坐在阳台上。老爷爷让我坐在他的身边，亲热地问我几岁啦，家住哪儿，家里有几个人。

"铁蛋，你快去给客人倒杯茶。"小虎子的妈妈说。

那机器人随即来了个"立正""向后转"，很快地跑开了。一转眼，他用盘子托了七杯茶送上来了，给我、小虎子、小燕以及小虎子的老爷爷、爷爷、爸爸、妈妈每人一杯茶。

"小灵通，以后你要喝水、吃饭，只管找铁蛋就行了。"小虎子的爸爸说，"铁蛋是我们家的'厨房主任'，专门管这些事儿。"

"他下棋也下得挺高明的。"老爷爷说，"小灵通，你有空可以跟铁蛋赛一盘。"

我对小虎子说："这铁蛋真能干呀！"

"他呀，他的本领，全靠那个方脑袋里装的电子脑——微型电子计算机。"小虎子说道，"你在铁蛋的电子脑中放进什么信号，他就干什么事。比如你叫他每天烧三顿饭，他就每天烧三顿饭。你把象棋棋谱变成电子信号，送进他的电子脑里，他就会下棋。"

"他还会下陆军棋哩。"小燕插嘴说，"我跟哥哥下陆军棋，就叫铁蛋来当'公证人'。"

"在我们未来市的工厂里，机器人就更多了。在那里，机器人会开车床，会搬运货物，会看管仪表，会包装产品。在图书馆里，机器人是很好的图书管理员。你要借什么书，把书名写出来，他很快就会把你要的书从书架上找出来。"小虎子又对我说，"最有趣的是，在我们未来市，有五个交通警察局——'陆上交通警察局''水上交通警察局''海底交通警察局''天上交通警察局'和'宇宙交通警察局'。除了'宇宙交通警察局'是人当交通警察外，其余四个交通警察局的警察，全是机器人。嘿，他们可厉害呢，如果你的飘行车违反了交通规则，他们立即用照相机把你的飘行车拍下来。这照片在拍摄以后一秒钟，就马上洗出来。照片上有你的飘行车号码，而且你的飘行车是怎样违反交通规则的也拍得清清楚楚。"

"哟，机器人可真聪明！"

"聪明？这不见得！"

"怎么不见得呢？"

"机器人虽然能做许多事儿，可是，毕竟是我们人创造的呀！"小虎子连珠炮似的说，"例如'厨房主任'铁蛋烧饭还可以，他知道多少克大米该加多少毫升水、加热到多少度、该烧多少时间。但他烧的菜就不是那么好吃了。他只会按照多少克菜，应加多少克盐、多少克油、加热到多少度和多少时间，像进行化学实验似的。所以我们家常常是妈妈、我或者小燕烧菜。"

"小燕也会烧？"

"起码比铁蛋烧得好！"小燕笑着说。

在小虎子的房间里

在小虎子家里，我生活得很快乐，就像在自己的家里一样。

小虎子领我到他的房间里去玩，而小燕呢，她也呱嗒呱嗒地跟了进来。

小虎子的房间是朝南的，紧靠在阳台旁边。南边的墙壁，从顶到脚，全是用无色透明的新型有机玻璃做的，所以房间里格外明亮。

靠窗那儿，放着一张玲珑的小方桌，也是用塑料做的，桌面很薄，桌腿很细。这小方桌，看样子是小虎子做功课用的。桌子旁边，是一个小书架，放满花花绿绿的儿童读物。靠里面，是一张塑料小床。

"你喜欢一个人住，还是跟我一起住？"小虎子问我，又紧接着说道，"我呀，是最喜欢有个人跟我做伴，好谈谈话，聊聊天。"

"那我就跟你住在一起，好吗？"我兴奋地说。其实，讲心里话，我确实挺愿意同小虎子这个话匣子住在一块儿。

"好哇，我们俩住在一起。"小虎子非常高兴，一转身又说，"我马上到妈妈那儿搬床去。"

"不过，我每天晚上都睡得很晚，要写好多好多文章，会妨碍你吗？"我有点担心。

"没关系，没关系。"小虎子很爽快地说，"我每天晚上也要看看书、做功课、写日记。现在，虽然学校放暑假，但是也还有许多暑假作业要做。"

"我帮你搬床去。"我说。

"得了，得了，我这大力士还要别人帮忙？"小虎子一扭身就跑了。

这时，我不由自主地打量起整个房间来，看到墙上挂着一张画，画的是一头雄赳赳的老虎，下面写："小虎子画"。

"小燕，想不到你哥哥还有这么一手——画得真不错呀！"我说。

"这张还不算好哩。"小燕说，"哥哥画过一张《武松打虎》，画得像极了。爷爷说好，老爷爷也捋着胡子夸奖。可是，他只挂了一天，就收起来啦。接着，才画了这张。"

"干吗收起来呢？"

"他说：'我叫小虎子。武松打虎，可不就是揍我吗。'"

我不禁大笑了。

"还有有趣的事儿哩。"小燕接着说道，"小灵通，你瞧瞧，他画的这老虎，一根胡子都没有。他说，我连半根胡子也没有，当然，这老虎也该没有胡子。"

"真是妙极了。"

"不过，这头老虎旁边的松树，可不是哥哥画的，那是老爷爷画的。哥哥这套画画的本领，是从老爷爷那里学来的。前几天，哥哥从老爷爷那里学会了画小鸟，就给我画了两只小燕子，拖着长长的剪刀尾巴，让我绣到枕头上去。"

人造器官

"你老爷爷年纪那么大了，身体可真好！"我好奇地说。

"老爷爷的身体是不错。不过，他在六十七岁、九十六岁、一百零八岁的时候，生过三次大病。一次是肺烂了半边，动手术换了一叶人造肺。又有一次是肝脏坏了，换了个人造肝脏。还有一次是心脏无法跳动了，换了个人造心脏。他的三次大手术，都是在'未来医院'里做的。

在这个医院里，有许许多多人造的器官，你什么器官坏了，就可以换一个新的，就像自行车哪个零件坏了，可以调换一个新零件似的。因此，未来市的居民，寿命都很长。"小燕这时也打开了"话匣子"，滔滔不绝地说起来，"在我们家，老爷爷的年纪不算最大，老爷爷的爸爸、妈妈都健在呢，他们喊我老爷爷叫'小三子'哩！"

"我怎么没看见他们？"

"老人家跟老奶奶、奶奶在上周坐'未来号'宇宙火箭，到月球上避暑去了。月球是广寒宫，非常凉快。"

"在平时，一大清早，他们和老爷爷、爷爷一起，在前面草坪上打太极拳。小虎子也常参加，和他们一起锻炼身体。"

"你呢？"

"我喜欢唱歌、跳舞、跳橡皮筋。"小燕说。

"你老爷爷的耳朵一点不聋，下棋也不戴眼镜，这真难得哪！"

"老爷爷的耳朵灵，那是因为他的耳朵里，装了一只很小很小的放大机，能把声音放大，所以他能听得很清楚。他的眼睛不花，那是因为他眼睛里，装了老花眼镜。镜片是嵌在眼睛里的，所以你看不出来他戴眼镜。我爸爸的眼睛里也嵌着镜片，不过，他嵌的是近视镜片。"

塑料世界

我跟小燕正说着，门"砰"的一声打开了，小虎子双手擎着床，笑嘻嘻地进来了。

"哟，你的力气真不小。"我连忙跑上去接。

"哼，这算什么？这塑料床，比老爷爷的藤躺椅还轻。明天早上，你看看我练举重，你就会知道，我的力气有多大！"小虎子说着，把床往地上一摔，那床一下子蹦得老高，蹦蹦跳跳了几下，才"立定"下来。

"在我们这儿，不管是桌子、椅子、饭碗、床、书架、地板、天花板、门窗……全都是用塑料做的。"小虎子说着，"不过，这塑料有好多种，像做桌腿、床架的塑料，是'塑料钢'，像钢铁一样结实。像做窗户的塑料，是'有机玻璃'或者'塑料玻璃'，又透明又结实。做地板用的塑料，是'塑料橡胶'，富有弹性，表面不滑，老年人不会滑倒跌跤。天花板和墙壁是用一种'泡沫塑料'做的，这种塑料的肚皮里尽是泡泡，又轻又能隔热，能使房间里冬暖夏凉。这泡沫塑料还能隔音。小灵通，如果我们今晚把门关上，就是谈到天亮，爸爸和妈妈也不会知道哩。"

"那晚上我也来。小灵通，你给我们讲个故事，好吗？"小燕在一旁说道。

"得了，得了，我是在打比方，并不是真的要谈到天亮。"小虎子连忙声明。我听了倒糊涂了，不知道小虎子是真的打比方呢，还是怕小燕去告状。

正当我们谈得起劲儿的时候，有人砰砰敲门。一开门，嘿，是铁蛋。他瓮声瓮气地说："快十二点一刻了，老爷爷喊你们快去吃饭！"

小虎子一看电视手表，果然是"12:15:17"，他拉着我与小燕就跑。

一顿稀奇的中饭

我吃了一顿非常稀奇的中饭——当然，这只能说对我是非常稀奇的，而未来市的居民们却常常吃这样的饭。

说起饭来，我不知吃过多少碗，饭的样子、饭的味道，我是非常熟悉的。可是，这碗饭，我却从来没见过，更没吃过。

那饭粒都是圆溜溜的，像一颗颗珍珠。我试着吃了一粒，嗨，有点像饭的味道，但细细一回味，又觉得和饭有点不同。

"小虎子，这是珍珠米？"我指着饭碗问。

"不，不，这不是珍珠米，这是人造大米。"小虎子妈妈笑着回答了我的问题，"这人造大米不是田里种的，它是从工厂里造出来的。"

"米也能人工制造？"我迷惑不解。

"等明天，让小虎子带你到人造粮食工厂去参观参观。"小虎子的爸爸对我说道。

餐桌上有四盘菜，每一盘菜都使我感到稀奇。

第一盘菜是五香酱蛋。那蛋足足有小西瓜那么大。

"这是什么蛋？是恐龙蛋？"我非常吃惊。

"哈哈，即使是恐龙蛋，也没有这么大！"小虎子的爸爸说道，"世界上任何动物的蛋，都没有这么大。"

小虎子的爸爸一面说着，一面用刀把蛋切开。咦，我这才发现：蛋里没有蛋黄，全是蛋白！

小虎子叫我吃了一块，我觉得味道倒有点像鸡蛋，但比鸡蛋还鲜！

小虎子的爸爸告诉我："这个蛋是人造蛋！现在，工人们不仅会制造人造大米，而且会制造人造蛋白质。他们把制成的蛋白质，灌进椭圆形的塑料袋里。顾客买回去以后，用开水一煮，就煮成这个样子了。"

铁蛋带着沉重的鼻音在旁插嘴说："这个蛋是我烧的！"

老爷爷听了，捋着胡子笑道："烧这个菜最简单，只要把水烧开，蛋倒进去，再加点酱油、五香粉就行了，所以让铁蛋来烧。"

另外一盘菜是清蒸肉丸。我吃了一个，觉得跟普通的肉丸差不多，没有什么特别的味道。

出乎意料的是，小虎子的爸爸说："这肉丸也是人造的！其实，人造肉跟人造蛋白的化学成分差不多，都是用人造蛋白质做的。不过，现在未来市还只能生产人造肉酱，人们用人造肉酱做肉丸子。暂时还没有办法做成一块块的人造肉。"

第三盘菜是萝卜炒丝瓜。我吃了一口，这萝卜是平常的萝卜，不过味儿甜一点。这丝瓜也是普通的丝瓜，只不过味儿鲜一点。

我一边吃，一边想：萝卜虽然平常，丝瓜也很普通，可是，我怎么从没吃过萝卜炒丝瓜呢？

仔细一琢磨：萝卜是秋季蔬菜，丝瓜是夏天上市的，有萝卜的时候没有丝瓜，有丝瓜的时候没有萝卜，现在怎么同时生产了呢？

小虎子的爸爸把其中的奥妙讲给我听了：原来，这是未来市农业科学研究所，用一种叫作"遗传工程"的新技术培养出来的新品种，名字叫"萝瓜"。本来，人们种萝卜，只收萝卜，萝卜叶子不能吃；人们种丝瓜，只收丝瓜，丝瓜叶子扔掉不要。现在，他们把萝卜与丝瓜合在一起，培育成"萝瓜"。这种作物，上面长丝瓜，下面长萝卜。萝卜和丝瓜同生共长，同时收获。也正因为这样，就有了这盘萝卜炒丝瓜。有趣的是，这新品种的叶子也可以吃，盘子里夹杂着好多萝瓜叶。我吃了几片，就像青菜一样好吃。

还有一盘菜是雪白的粉皮，拌着一颗颗西瓜籽。我感到很奇怪：怎么用西瓜籽当菜呢？我用筷子夹了一颗西瓜籽，想用牙齿把它的壳咬开。谁知一咬，就把它整个儿咬碎了，原来这西瓜籽是没有壳的，味道挺香，油汪汪的。

"咦，这西瓜籽怎么没有壳？"我话音未落，就惹得小虎子全家哈哈大笑，连铁蛋也笑了。

直到小虎子的爸爸告诉我这是芝麻，我才知道自己弄错了。

这芝麻真大，和西瓜籽差不多大小。小虎子的爸爸说，这是未来市农业科学研究所，经过多年精心培育出来的新品种。

我怀着好奇的心情，吃了这顿稀奇的中饭。

奇妙的去污油

饭后，我和小虎子、小燕一起洗碗。小虎子把盘子、碗乒乒乓乓朝瓷砖砌成的水槽里放，那些瓷盆、瓷碗居然一只也不碎，瓷砖也没裂！

小虎子告诉我，这些瓷盆、瓷碗、瓷砖都是经过特殊处理的钢化瓷，不会碎裂。他把一个瓷盆故意朝空中一抛，瓷盆落到地上，蹦蹦跳跳几下，发出清脆的当当声。我连忙拾起来，里里外外查看了一下，真的一点也没坏。

我们中国最早发明了瓷器，在未来市，它更青春焕发，几乎每家每户都用钢化瓷器作为餐具。

更有趣的是，小虎子洗碗非常快，用自来水一冲，就算洗好了。我真担心，像他这样粗枝大叶地洗碗，能洗干净吗？但我的担心是多余的，那些盘子和碗都被冲洗得一干二净。

原来在盘子和碗的表面，涂了一种奇妙的"去污油"。这种盘子、碗既不沾脏东西，也不沾水，不沾油。你把脏盘子、碗往水里一放，污垢就统统掉进水里。把盘子从水里拿出来，那水就像荷叶上的水珠似的全都滚了下来，一滴也不留。

更妙的是，小燕把餐桌上的白布往水里一浸，上面的油渍什么的全都掉进水里。她再把白布拎起来一抖，餐布就干了，用不着晒，就重新铺在餐桌上。

这白色的台布，原来也涂上了一层去污油，所以水、油都不沾。

小虎子还告诉我：未来市生产的布，上面都涂了奇妙的去污油。因此他们洗衣服非常方便，只消往水里一浸，再拿起来抖几抖，就可以再穿了。

另外，在未来市生产的肥皂中，也含有这种奇妙的去污油。人们用这种肥皂洗澡后，全身皮肤都不再沾上水和油。皮肤上的污垢，用水一冲就干净了。

下雨天，未来市的居民既不穿雨衣，也不撑雨伞，因为雨水落到衣服上，马上就骨碌碌地滚到地上。即使在倾盆大雨中，全身也不湿。梳长辫子的姑娘，只要把辫子一甩，头发上的雨水就全被甩掉啦！

有趣的新型电影

下午，小虎子的爷爷、爸爸和妈妈全都上班去了。我跟小虎子、小燕和老爷爷在家里。"哎，小灵通，我陪你出去看看，好吗？"小虎子对我说。

"我也陪你一块儿出去。"小燕紧接着说。

"下午，我什么地方也不想去——我该写一个下午，赶快把所看到的新鲜事儿记下来。"我说道。

可是，我到底还是被他们拉出去了——看电影。在吃中饭的时候，小虎子的爸爸带来了刚出版的《未来午报》。小虎子指着上面的电影广告对我说："今天有好电影……"

小燕抢过报纸，细声细气地念了起来："红旗环幕立体电影院，今天下午两点整，放映童话片《森林里的王国》。"

"什么？环幕立体电影？"

"你还没看过吧？"

"没看过。不，还没听说哩！"我回答道。

"那好极了。"小虎子说，"小灵通，今天下午就别写了，我们一起看电影去。"

"我也去。"小燕拍着巴掌说。

"去，去，你们三个都去，我也去，我一百多岁了，也喜欢看童话片。"老爷爷兴致勃勃地说道，"全体出发，留下铁蛋看家。"

我本来就是个"电影迷"，经他们一劝说，自然也就高高兴兴地一起去看电影。

我们四个人坐了一辆飘行车，老爷爷说他自己好久没开车了，今天由他来开。我们刚在飘行车上坐稳，车子便启动了。我眺望前方，在灿烂的阳光下，有一座圆圆的、金闪闪的建筑物，屋顶是半球形的，像一只巨大的碗扣在地面上。它的四周，开着好多扇拱形的大门。

在正门上，写着九个红色大字："红旗环幕立体电影院"。我们的飘行车从拱形的大门一直开进去，进入了放映大厅。

在大厅里，塑料地板像个巨大的盘子——中间低，四周高。整个大厅空荡荡的，只在四周稀稀落落地有一圈椅子，中间全都空着。

老爷爷把车子开进放映厅，车子掉了一个头，紧挨着另一辆飘行车停了下来。他告诉我：在未来市，看电影时，大家都是坐车来的。所以，电影院里不放椅子，干脆让观众把飘行车直接开进来，坐在车里看电影。四周围那几张椅子，是给电影院里的工作人员，或者给那些偶然散步来看电影的人坐的。

没多久，大厅里满满的都是飘行车，好像一个停车场。电影还没有放映，大厅里亮堂堂的，那天蓝色的半球形天花板，真像外边的天空。然而，却找不到一盏灯，那些灯都藏在塑料板的后面，这样光线更加柔和。

我环顾四周，不知道银幕在什么地方，也不晓得这"环幕立体电影"是怎么放映的。小虎子按了一下飘行车里的电钮，让车顶升高一些。四周的飘行车也陆续都把车顶升高了。

忽然，铃声响了。我连忙看了一下电视手表，正好是14：00：00。

顿时，整个大厅暗了下来，接着音乐响了。这时整个墙壁——前后左右，都出现彩色的画面，甚至连那涡形的天花板也变成天蓝色，朵朵白云轻盈地飘着，大雁成队从上面飞过。

这电影的立体感真强，银幕上的那些山峰，前后分明。树林看上去也有前有后，大雁完全是悬空在那里飞。

这部片子好看极了。当一只小白兔一扑一跳、一扑一跳地跑进森林的时候，我的身前身后全是大树，而且头顶上的天空也变小、变窄了。翠绿色的树叶相互交错着，金色的阳光透过树叶间的空隙洒在小兔子身上，也落在我身上。我仿佛也随着小兔子跑进了森林。一会儿，小白兔遇上了小猴子。小猴子从树上摘下两只苹果，分给小白兔一个。这当儿，飘来一阵阵苹果的香味。嘿，这电影不仅有声有色，而且还有气味哩！

这时，我才明白：小虎子把车顶升高，为的是让车子露出一条缝隙，好让这气味也跑进车内。

后来，小白兔与小猴子中了老狐狸的圈套，跟着它去见森林王国的国王——狮子。我真替小白兔与小猴子担心。

当那凶猛的狮子大吼一声，向小白兔与小猴子扑过来的时候，我也吓坏了，扭身便跑，胳臂撞在椅子上，这才意识到自己原来是在看电影。

小白兔、小猴子拼命在逃，狮子紧紧地在后面追。这时，它们沿着那圆形的墙壁跑了起来。

正当我把头转来转去，感到不方便的时候，小虎子把电钮一揿，飘行车里的椅子也转动起来。我不用再转头，就能紧盯住沿着圆形墙壁跑的小白兔和小猴子。

后来，小猴子背着小白兔爬上了一棵大树，使狮子无可奈何。狮子大叫一声，然后垂头丧气地回去了。小猴子驮着小白兔从树上下来，联合了森林里的松鼠、大象、老虎、金钱豹以及鹿、羊、狗和小猫咪，一起来围攻狮子与狐狸。这时，装在大厅各个角落的几百个扩音器里，都传出各种动物的叫喊声，向前冲锋。我也大喊"冲呀，杀呀"，我向前一冲，把头撞在透明的车壳上啦。

"哟，小灵通，你在干什么呀？"这时，老爷爷、小虎子、小燕都异口同声地问我。

哟，我才又一次明白过来——我是在看电影！

我想想真好笑。不过，这电影也演得太逼真了！虽然我整个下午没写一个字，可是能够看上这么一场好电影，一点也不遗憾。

不夜城

吃完晚饭，小虎子约我到附近走走，散散步。照样，小燕呱嗒呱嗒地跟在我们后边，唱着，跳着。

太阳下去了，天空慢慢地变成了深蓝色。我们沿着湖绿色的塑料人行道慢慢地走着。小燕挺调皮，她一手拉着哥哥，一手拉着我，走着，走着，她忽然把两脚朝上一缩，我们只好像提篮子似的提着她走。没一会儿，我的手臂就发酸了。可是小虎子还在说："小燕，舒服吗？缩，朝上缩，把脚再向上缩。"一直到累得我走不动了，小燕这才伸脚站了起来，咯咯咯地直笑。

夜色真迷人。我不由得回想起来，昨天这时候，我正趴在灌木丛中，东摸西找寻我那宝贝照相机。今天，我却已经在未来市漫步，这一天里面的变化是多么大呀！

今天的月亮格外好，像个圆溜溜的银球，高高地悬在空中。不过，我总觉得这月亮亮得出奇：整条街道上没有一盏灯，怎么会那么明亮呢？

我仰视天空，发觉天上有两个月亮！在这个圆溜溜的月亮东边，还有一个像钩子似的月亮呢。

我问了小虎子，才弄明白：那弯弯的银钩月，才是真正的月亮。今天正是农历二十，月亮不可能那么圆。而那明亮的圆月，原来是一盏灯，叫作"小太阳灯"。它是装在一颗人造卫星上的。这颗人造卫星始终停在未来市的上空，像嵌在夜空中的一颗晶莹的大宝石。到了晚上，"小太阳灯"大放光芒，把未来市照得一片雪亮，变成了一座"不夜城"。

我好奇地看着这圆溜溜的"月亮"：我朝前走，它也跟着我朝前走；我转过身来向后跑，它也随着我往后跑。

我仿佛生活在一个夜光的世界：远处，那些高楼闪烁着浅蓝色、粉红色、淡绿色的柔和的光芒；我面前，那马路上人行道的界线，也闪烁着浅绿色的光辉，像一串长长的绿锁链。甚至连小燕的大红蝴蝶结、花裙子，小虎子海魂衫上的蓝条子，也都闪耀着五光十色的荧光，仿佛成千上万只巨大的萤火虫在我们身边飞舞。

"这是怎么回事？"我问小虎子。他告诉我：在房子的墙壁上，涂了一种夜光颜料，有的干脆用夜光塑料作为墙壁。而衣服上的荧光，那是夜光染料射出来的。这些光束跟"小太阳灯"射的光一样，都属于冷光——不热的光。这样，可以大大提高发光效率。过去那种老式的电灯泡，是用电把灯丝变热，射出光芒，大部分电能都用来加热灯丝，白白浪费掉。

"这种光看上去很舒服，一点也不刺眼。"我说。

我们逛了好久才回来。大门上闪烁着浅蓝色的字："未来路2000号"。

走进屋里，走廊、楼梯全在微微发光。虽然没有电灯，仍然可以清晰地看见一级级的楼梯。

我一跨进小虎子的房间，吓了一跳，我好像回到了昨天夜里的梦境：迎面，又有一对绿灯笼在闪烁——老虎的眼睛！

我不由自主地倒退了一步，恰好踩在小燕的脚上。

"哎哟！"小燕尖叫起来。

小虎子急忙一按电钮，整个天花板都亮了，房间里一下子变得像白天一样明亮。这时我才看清楚：那对绿灯笼，正是墙上小虎子画的那头老虎的眼睛——用绿色的发光颜料画的。

"唉，我还以为真的碰上老虎了呢！"我不好意思地说道。

"原来是这么回事。"小燕不由得"咯咯咯咯"地又爆发了一阵机关枪似的笑声。

我仰头看那天花板，觉得很奇怪，怎么整块天花板都亮起来了？难道那盏灯像天花板那么大吗？

小虎子说，未来市的房间里，差不多都用这种"天花板灯"。也有的房间，四面墙壁都能发光，叫作"墙壁灯"。这些墙壁、天花板是用泡沫塑料做的。在制造的时候，里面加进一种"萤火虫素"。做好以后，一通电，整个天花板、墙壁就发光了。这种"萤火虫素"，是人们在研究了萤火虫的发光原理之后，人工制造出来的。它像萤火虫一样能够射出柔和的光线，用电很省。

小虎子还告诉我，他们所用的电，不是从发电厂里来的。未来市的每一座房子，都能自己发电。那里的屋顶，都是用一种银灰色的"硅片"做成的太阳能电池。白天，太阳照在屋顶上，这种电池就把太阳能变成电能，储存起来。到了晚上，供给电灯、电冰箱等用电，做到"自给自足"，用不着发电厂的电。发电厂发出来的电，主要供应各工厂使用。

正说着，从小虎子和小燕的口袋里，同时发出"嘟，嘟，嘟——"的声音，在最后一声"嘟"之后，我看了一下电视手表，见指着19：00：00。小虎子说："微型半导体电视电话机已经向我们报告，晚上七点了，该各就各位了。小灵通，你在这里写你的文章，我在这儿画画。小燕，你回妈妈的房间，做你的暑假作业。"

"好哥哥，我也在这儿做作业嘛！"小燕央求道。

"不行，'各就各位'你懂不懂？你的位置在妈妈房间里，你就该到那里去'就位'。"小虎子不肯让步。

小燕没法，只好回妈妈的房间，去做暑假作业。

未来市的学校

小燕走后，剩下我与小虎子，面对面地坐在塑料小桌旁。

我掏出了采访笔记本，打算记下今天一天的奇遇。而小虎子呢，在面前放好一张雪白的铅画纸，拿出漂亮的电子铅笔，向我一晃，说是要给我画一张速写画。

可是，谁知道我一个字也没有写，小虎子一笔也没有画，我们俩叽里咕噜聊起来了。我们都是话匣子，一谈起来，就像长江的水似的，哗啦哗啦没个完。

"小灵通，你的头稍微偏一点。对，对，对，这样的姿势太好了。"小虎子先是准备画画，像个照相师似的，叫我摆弄姿势哩。

"哎，小虎子，你这么爱画画，长大了想当个画家吗？"我一边打开采访笔记本，一边跟小虎子说，"如果这样，我俩就更加合得来了。以后我写报道、小说、游记、散文，你来画插图、设计封面，这该有多好呀！"

"我想当画家。"小虎子弹了弹铅笔杆，"不过，我只想像老爷爷那样，当个业余画家。"

"那你长大了，想干什么呢？"

"我呀，什么都想干！"小虎子说，"我的力气很大，我想做个举重运动员。我的游泳挺不错，会蛙泳、侧泳、仰泳、'狗爬'，还会海豚式，我想当个游泳健将。我喜欢海洋，常常到爷爷的船上去玩，我又想当个爷爷那样的水手，每天航行在海洋上。我会开飘行车，也想做一个制造飘行车的工人。我还想像老爷爷那样，整天跟电子打交道，成为电子工程师……"

"你到底想干什么，总不能什么都干呀？"

"上学期，我爱上了化学，教我们化学的杨老师，她是人造粮食工厂的一位化学工程师。化学能够帮助人们做好多事情。杨老师常说，'在化学的辞典上，没有废物两个字。任何废物，在化学家手里，都能变成有用的东西，变成宝贝。'学了化学，我懂得了，化学的本领真大，能够用空气、水、石油、煤做原料，制造化学肥料、农药、塑料、化学纤维、人造橡胶、人造大米、人造蛋白质……所以我爱上了化学。"

"你明天带我去参观参观人造粮食厂好吗？"

"行啊，明天上午就去。"小虎子满口答应。

"这么说，你将来是想当化学家啰？"

"不，不，上学期我是那么想的。"小虎子说道，"我现在虽然还喜欢化学，但这学期，我又开始爱上农业了。在家里的后院，我与小燕种了一块试验田。我们给它取了个名字，叫作'红领巾学农田'。"

"你们学校有生物课吗？"

"有哇，你瞧瞧我的书包。"小虎子说着，把他的浅绿色的尼龙书包拿给我看。在书包里，装着语文课本、数学课本、英语课本、生物学课本、历史课本、法语自学课本、德语自学课本……

"你除了学英语外，还学法语、德语？"

"我在自学法语和德语。"小虎子说，"我常跟爸爸、妈妈坐飞机出国旅行，不多学几门外语，到了外国就很不方便。尽管现在未来市已经造出许多机器人，他们能够自动翻译外文。可是，每次出去都带着他们，很麻烦。再说，多学一门外语，对自己来说也增加了外文知识，我总是尽量争取多学一点。"

"你们上课，是到学校里去上呢，还是坐在家里的电视机前面听课？"

"我们每天都是到学校去上课。因为如果老师坐在电视台里，学生看得见老师，但是老师看不见学生，没法知道学生听课用心不用心，听得懂听不懂，有没有什么问题。现在只有在晚上复习功课的时候，老师才到电视台去。我们在复习的时候，有什么不懂的地方，就把电视机的电钮旋到老师讲课的频道，用半导体电视电话机打电话给老师。老师马上就能给我们解答疑问。"

"你们的学校大吗？"

"很大，有三千多人。凡是小学毕业的，全部都升初中。也有的小学没毕业，成绩优异的，就跳级升入中学。"小虎子说，"我们的教室很宽敞，像剧院似的，座位是阶梯式的，一排比一排高。即使坐在最后一排，也用不着伸长脖子看银幕。"

"什么？你们教室里挂银幕？那不就变成电影院了吗？"

"是呀，我们的教室很像电影院，银幕非常大，挂在前面墙壁正当中。"

"那黑板呢？"

"在我们教室里，主要是白板——银幕。"小虎子摇晃着脑袋说，"在上课的时候，老师讲到什么东西，银幕上就出现什么东西。放映机的光线是从后面照射到银幕上的，光线很强，尽管教室里的窗户全敞开着，银幕上的画面还是非常清楚。这种电影，叫作'白昼电影'。"

"这么说，你们上课就是看电影，可轻松啦！"

"不，一点也不轻松。这不是在看什么童话片、故事片，这是在看教学影片呀。我们都是一边非常专心地看着银幕，一边用心听老师讲解。"

"你们听课时，记不记笔记？"

"本来是记的。后来，很多老师都觉得，学生在上课时忙着记笔记，常常会影响听课。现在制造出一种电子仪器，叫'写话机'。"

"什么'写话机'？"

"喏，就是这个东西！"小虎子从书包里拿出一个小方盒给我看，他按了一下开关，那小方盒里便不断送出白色的纸来。而且在那送出来的纸上，显现着一行行端端正正的字。

"这是怎么回事？"我问道。

"这写话机，它能自动地把老师的讲话变成文字记录下来。我们上课的时候，就集中注意力听课，用不着记笔记了。回家做作业的时候，再打开写话机进行复习和认真地书写。"

"这写话机，对于我们新闻记者来说，实在太好了。"我很感兴趣地摆弄着那方盒子，说道，"有了写话机，我们采访的时候，可以专心致志地跟被采访者谈话，用不着一边谈，一边记了。"

"是呀，"小虎子说道，"在上课的时候，我们聚精会神地听老师讲课和看银幕上的教学影片，如果有什么地方不懂，就举起手来，老师把影片停住，直到大家都懂了，再继续放映，这叫'停机放映'。也有的时候，老师把最重要的内容放完之后再倒回去，反复放映。直到同学们完全理解。"停了一会儿，小虎子又兴趣盎然地说："我最喜欢上地理课。有一次，老师给我们讲'月球地理'，银幕上马上出现一个个环形的山脉。老师告诉我们，这儿是中国海，那儿是李时珍山。奇怪的是，那里的海洋没有一滴水，只不过地势低一点，是一片向下凹的地方。在中国海旁边，有一座漂亮的鲁迅市。因为月球上空气很少，所以整座鲁迅市都笼罩在一个巨大的玻璃罩底下，防止城市里的人造空气逃散掉。在上世界地理课的时候，老师干脆带领着我们走出教室，坐上原子能喷气飞机去世界各地旅行。我们到过欧洲、非洲，也去过南极。"

小虎子一边说着，一边从书包里掏出一本画册给我看："小灵通，你瞧，这是我画的法国巴黎公社烈士墓，这是浓雾中的伦敦，那是埃及的金字塔，这张是南极的草原风光。"

"什么？南极到处是冰天雪地，哪里有什么草原？"我有点不相信。

"现在，南极上空装了好几颗人造小太阳，使那里的冰雪都融化了，地上长出嫩绿的牧草。你瞧，这些红色、蓝色、黄色的彩色绵羊，在草原上跑来跑去，简直比一簇簇鲜花还美哩！"

"什么？会有彩色绵羊？"

"现在不光有彩色绵羊，而且还有彩色棉花。人们只消在绵羊的饲料或者棉花的肥料中掺进一点染色剂，就能使羊毛、棉花变成彩色的了。这种彩色羊毛、彩色棉花的颜色格外鲜艳，而且永不褪色。"

"你们到欧洲、非洲、南极去跑一趟，岂不使整个学期都不上课了吗？"

"不，不，那原子能喷气飞机又大又快，我们一个年级一千多个学生，坐在一架飞机里，早上八点钟起飞，八点半就到法国了。在法国参观了一会儿，十点钟到达英国。在英国游览后，中午来到埃及。我们在金字塔旁边吃了一顿中饭，下午就到南极去。傍晚，我们都回到了未来市，回家吃晚饭哪。"

"啊，这么快！"

"我除了喜欢地理课之外，对生物课也很欢喜。"小虎子接着说，"上生物课的时候，教室的银幕上就出现各式各样的有趣的昆虫。老师告诉我们，哪些是益虫，哪些是害虫，我看了教学影片，才知道世界上过去有什么蚊子、苍蝇。人们睡觉要挂蚊帐，还要打什么霍乱预防针，防止传染病。"

"什么，你没见过蚊子和苍蝇？"

"没看到过。在我们未来市，没有蚊子，也没有苍蝇。"小虎子摇着圆脑袋说道。

"砰，砰！"突然，那响亮的敲门声，把我吓了一跳，打断了我们的谈话。

门开了，进来的是铁蛋："十点钟了，该睡觉啦！"说完，一转身，顺手把电灯一关，就走了。

"铁蛋怎么也管起我们来了？"我感到有点奇怪。

"那是老爷爷搞的。"小虎子说，"我做什么事儿，总喜欢一口气干到底。有时，做起作业或者画起画来，一干就干到很晚。老爷爷特地在铁蛋的电子脑中，加了一个自动装置，叫铁蛋每天晚上十点钟来看看。如果灯还亮着，他就进来把灯灭掉。"

就这样，我们俩叽里咕噜了一个晚上。小虎子睡觉去了，我扭亮了桌上的小台灯，打开采访笔记本，写下了从昨晚到今夜的奇异见闻。

天听人话

第二天清早，我被一阵"轰、轰"的响声吵醒。我看了一下电视手表——5：45：30。小虎子不知在什么时候已经悄悄起床了。我连忙穿好衣服，走到窗口，往下一望，哟，原来是小虎子在锻炼呢。他穿着白背心，红短裤，双手把两个石锁举得高高的，然后"轰"的一声，扔在地上。

旁边，小燕在那儿跳绳，嘴里念着："八十一，八十二，八十三，八十四······"

再远一点，老爷爷在那儿打太极拳，一会儿是"云手"，一会儿是"倒撵猴"。

我三脚两步跑下楼，也参加体育锻炼。

小虎子叫我也练练石锁。唉，我的力气太小了，只擎两次，手臂就酸了，而小虎子一连擎了十几下，还满不在乎哩！

"你爷爷呢？"我问。

"他呀，昨天晚上就回船上去了。他在海上生活习惯了，总爱住在船上。今天黎明，他就随船出发了。"小虎子还告诉我，他爸爸也不在家，一清早就到未来油田去采访，准备写一篇《未来油田的早晨》。

"你妈妈呢？"

"她已经做完体操，现在正在厨房里跟铁蛋一起做早饭。我们一家除了铁蛋之外，每个人都在清早锻炼身体。"

正说着，从小虎子和小燕的口袋里，又发出"嘟嘟"的响声。我一看电视手表，知道是六点钟了。

他俩赶紧把香烟盒似的半导体电视电话机拿出来，收听广播。我想大概是收听天气预报。可是播音员是这样广播的：

"未来市人民广播电台，现在播送未来市气象台发布的今天天气协商结果——由于今天上午举行未来市第八届全市运动会，经各单位协商同意，上午六点到十二点，控制本市的天气为晴天，郊区下雨。因为目前郊区正是庄稼生长的旺盛季节，需要降雨。今天中午十二点至一点，市区下一小时雨冲洗街道；郊区在下午六点转为晴天。但是，沿海晒盐场一带，今天一直保持晴天，保证晒盐工作正常进行······"

我感到奇怪的是：播送的怎么不是天气预报，而是"天气协商结果"？怎么能根据哪一个单位的建议，决定要晴天还是下雨······

小虎子对我的疑问，反而感到奇怪。他认为这是司空见惯的事情，电台每天都是这样播送的。他向我解释，在未来市，人们已经能控制天气。要晴天的话，只消用飞机喷洒一点"消云剂"，就能使乌云消散；要下雨的话，只消用飞机喷一点"降雨剂"，天就下雨。

可是，未来市有许多单位，常常这个要晴天，那个倒要下雨，这儿要晴天，那儿要多云。怎么办呢？未来市气象台专门成立了一个天气协商办公室，根据各单位的建议进行协商，每天发布天气协商结果。

"原来是这么回事！"我听了，觉得又新奇又佩服，连声称赞这个办法实在好。

魔术般的工厂

吃完早饭以后，我就催着小虎子按照昨天的计划，陪我去参观人造粮食厂。小燕一听说，也急着要去。于是，我们三人坐着一辆飘行车，由小虎子驾驶，直奔人造粮食厂。

车子穿过市中心开向东郊。这时，正是上班时间，路上来来往往都是飘行车，天上的小型直升机像成群的蜻蜓飞来飞去。

约莫开了七八分钟，小虎子指着前面一排排绿色的大厦说："小灵通，那就是人造粮食厂。"一转眼，我们就来到这些绿色大厦跟前了。小虎子熟门熟路，把飘行车一直往里开。人造粮食厂真古怪：一座座厂房几乎全是绿颜色，连房子的墙壁、屋顶也都是绿色的。在这些绿色的房子之间，常常夹杂着一个个又高又大的圆形反应罐。这些反应罐是用不锈钢做的，银光闪闪非常耀眼。看上去仿佛是在一片荷叶上，洒着亮闪闪的水珠。

一路上，偶尔看到几个机器人在工作，却没看见一个工人。

"上哪儿去找杨老师呢？工厂这么大，找人可不容易哪！"我对小虎子说道。

"她呀，准是在总控制室。"小虎子说，"我每次来，都在那儿找到她。"

总控制室倒很好找，因为它是一座独一无二的奶黄色的房子，在这群绿色的房子中，显得格外突出。

车子开近总控制室时，小虎子突然把气门加大，飘行车往上一蹿，干脆就从敞开的窗口开了进去。

"哟，又是你——小虎子。"一个留着短发、脸色红润、穿着白色工作服的阿姨说，"从窗口蹿进来的，我知道没第二个人，准是你这小调皮鬼。"

我仔细一看,这阿姨很面熟,她不是别人,正是小虎子的妈妈!小虎子对我来个"保密",只说"杨老师",压根儿没提杨老师就是他妈妈,为的是到这时候叫我吃一惊。

"妈妈,不,不,这儿不是家里,应该叫杨老师。"小虎子笑着说道,"今天多来了两个调皮鬼。"

杨老师一见我跟小燕也从车里出来,非常高兴,就连声对我说:"欢迎,欢迎,小记者同志,欢迎你来参观我们的工厂。"

我们先参观总控制室。这总控制室像一家钟表店——墙上满是一个个圆的、方的、扁的、长的仪表。另外,还闪烁着许多红红绿绿的小灯,像谁在那里放了一把焰火似的。

在那些仪表旁边,写着一排排字:"人造淀粉车间""人造蛋白质车间""人造油脂车间""人造糖车间""成型车间""仓库"……

杨老师看到我背剪着双手,昂着头,被墙上的这些字吸引住了,就拍了拍我的肩膀问:"我们的小记者,你打算采访哪个车间?"

"我全都想看看。"我顺口说道。

"全都想看看?你恐怕三天三夜也看不完!"她笑着说,"我是人造淀粉车间的车间主任,你就先到我们车间看看吧!"

"行。"我同意了。

我们四个人坐进了飘行车。这一回,由杨老师坐在前面驾驶。飘行车"呼"的一声从门口飞了出去。

"杨老师,你们的车间在哪儿呀?"我问。

"我们车间?这儿的每一座房子,都有我们车间的份儿——那些绿色的墙壁和屋顶,都是属于我们车间的。"杨老师说,"你知道这些墙壁和屋顶,为什么都是绿色的吗?"

我摇了摇头。

"这跟植物的叶子为什么是绿色的道理一样。"杨老师说,"在叶子里,有着绿色的叶绿素。庄稼全是仗着叶绿素这宝贝,才会制造养料。如今,在我们这儿,仿照庄稼的叶子,用透明的塑料做成墙壁和屋顶,在夹层中涂着人造叶绿素。这些人造叶绿素的本领,比天然叶绿素的本领还大。白天,有太阳光照射着;夜里,有人造小太阳灯照耀着。在这些绿颜色的墙壁中,发生'光合作用',制造大量的人造淀粉,像下鹅毛大雪似的往下飘，落到地下室里。然后，用管道送到人造淀粉仓库集中起来。喏，你瞧，那座拱形的房子，就是人造淀粉仓库。"

说到就到，飘行车在人造淀粉仓库前面停了下来。杨老师领着我们朝里走，小虎子呢？他是这儿的常客，噔噔噔地抢先跑了进去。

在门口，有四个一闪一闪的红字："严禁烟火"。旁边，一个白色的塑料板上，还写着一行红字。当我走近时，这塑料板后面的扩音器，竟然自动地念了起来："注意，注意，严禁穿硬底鞋进入仓库！"

我连忙瞧了瞧自己的脚，幸好，我穿着一双泡沫塑料凉鞋。

"鞋底的硬软，跟严禁烟火有啥关系呢？"我真不懂。

"关系大着呢！"杨老师说，"这儿是人造淀粉仓库。淀粉颗粒很小，会偶然飘散在空气中，一见火星就会燃烧，甚至会造成剧烈的爆炸。如果穿了硬底鞋，特别是那钉了铁掌的鞋，在仓库中走动，尽管地面是柔软的人造橡胶地板，但只要碰上硬东西，或者两只鞋自己相碰，就可能碰出火花来，那就会造成火灾，甚至会爆炸。"

我轻轻地走进仓库，只见贮藏人造淀粉的玻璃房间一间挨着一间。在每间玻璃房间的顶上，都有一根圆圆的管道。雪白的人造淀粉，从管道里像瀑布似的倾泻下来。

"这些圆管，就是从各个房子的地下室里过来的。"杨老师说。

"这些人造淀粉是用什么东西做原料制成的呢？"我问道。沿路，我没有看见一辆运原料的汽车。

"你知道，庄稼是用什么东西制造淀粉吗？"杨老师反问我。

"庄稼是用二氧化碳与水做原料，经过光合作用，制成淀粉的。"我回答说。

"我们制造人造淀粉的原料，跟庄稼一样，也用水与二氧化碳做原料。"杨老师说道，"我们所用的水，来自自来水厂——用自来水管输送过来就行了；二氧化碳是炼钢厂、发电厂的废气——废气中含有二氧化碳，也用管子输送过来。这两种原料在阳光和人造叶绿素的作用下，就变成了淀粉。"

"原来是这么回事，简直像在变魔术嘛。"我这才明白，怪不得看不到一辆运输原料的汽车，因为原料是通过管道输送进来的。

接着，杨老师带领我们到成型车间去参观。只见那雪白的人造淀粉，流进一台台银闪闪的成型机，在机器里打了几个滚，出来时就变成了一颗颗滴溜圆、珍珠般的人造大米。"本来，这道工序没有也不要紧。"杨老师说，"这完全是为了照顾人们吃大米的习惯，才把人造淀粉再加工成一粒粒大米。不过，成型机只会做成球形的，不会做成普通大米那样两头小、中间大——橄榄形的，所以现在大家都把人造大米叫作'珍珠米'。"

珍珠般的人造大米被传送带送到前面的包装车间。在那里，被装进一个个透明的、薄薄的塑料袋子里。

"这塑料袋像纸一样薄，牢吗？"我有点担心。

"来，你蹲进去试试看。"小虎子拿了个塑料袋，硬叫我蹲进去。

我刚一蹲进去，这调皮鬼就把袋口紧紧地捏住了。我用上全身的力气想站起来，可是，折腾了半天还是屈着腿，弯着腰，没法伸直。

小燕在一旁幸灾乐祸地咯咯笑了。

"够了，够了，小虎子，快松手。"杨老师这么一喊，小虎子才把袋口松开，我喘着气钻出来一看，袋子一点也没破！

"这袋不光是牢固，而且还有一套特殊的本领哩——水渗不进去，细菌也钻不进去。"杨老师说，"即使把它沉到湖底，放上几年，里头的人造大米也不会变质。"

最后，我们到人造蛋白质车间去观察。那里，又完全是另外一种景象：在宽敞的车间里，竖立着一排排碉堡似的圆柱形大罐子。罐子上有一个个小窗子，我透过小窗子的玻璃，看到里头是牛奶一样的白色东西。

"这罐子里在做什么食品？"我问杨老师。

"在制造人造蛋白质呀！"

"怎么，不用叶绿素？"

"它跟人造淀粉的制造方法不同。人造蛋白质是用石蜡做原料。石蜡是从石油中提炼出来的——我们中国的石油中含有很多石蜡。石蜡放进这罐子里，再放进一种叫作'吃蜡菌'的微生物。这些微生物把石蜡当成食物，大吃特吃起来。它们吸收了石蜡，变成身体中的蛋白质。成吨成吨的石蜡倒进罐子里，没多久就全被吃光。'吃蜡菌'越吃越胖，不断繁殖，变得越来越多。把这些'吃蜡菌'捣成酱，就成了人造肉——人造蛋白质了。"

"原来，人造肉是用石蜡做成的，这肉可真称得上是'腊肉'了！"我开玩笑地说道。在人造蛋白质车间，我看到成桶成桶的人造肉酱、一个个像西瓜那么大的人造蛋、大桶大桶的人造牛奶和成盒成盒的人造蛋糕。

我们参观完了，杨老师——小虎子的妈妈，也跟我们一起坐着飘行车回家了。

我们刚刚离开厂门，天就哗哗啦啦地下起大雨来。我一看电视手表，正好十二点整——今早广播的"天气协商结果"是那样准确，分秒不差。

瓢泼似的大雨驱散了盛夏的热气，把未来市的房子、街道、车辆冲洗得干干净净，越发使人感到清新可爱。

斗大的字都错了

下午，雨停了以后，小虎子和小燕又陪我到未来市农厂去参观。可是，当我们来到农厂门口的时候，门口写着这么五个斗大的字：

未来市农厂

哈，斗大的字都错了！未来市的油漆工人叔叔，怎么粗心到这样的地步！

"农厂"这两个字当中，显然有一个字是错的——或者是"工厂"，或者是"农场"。起初，我以为肯定是"厂"字写错了，应该是农场的"场"。可是，看到围墙后边有成排的厂房，又觉得可能是"农"字写错了，应该是工厂的"工"字。

我仔细观察了一下，觉得说它是工厂吧，也不大像。因为在那厂房旁边，绿色的大树像长颈鹿似的到处都是，树上还挂满了红艳艳、黄澄澄的各种果子。

我把这件事儿告诉了小虎子，他却不以为然地说道："你没调查研究，别先下结论。"接着，他又装出一副神秘的神态，贴着我的耳朵，轻轻地告诉我："农厂厂长是个大好人。我们俩一去，特别是你去，他准会请我们吃一个好东西。"

"什么东西?"

"暂时保密。"小虎子调皮地眨眨眼说,"到时候,你就会知道。"

说着,他把飘行车笔直地朝未来市农厂开去。

大门紧闭着。当我们的飘行车开近时,它自动打开了;我们的车子一进去,它又悄悄地自动关上。

一进门,我们的飘行车就仿佛是在原始森林中前进:两边的树木参天,仰起头来看树梢,恐怕连头上的帽子都会掉下来。只有中间,才是一条笔直的白色塑料公路。

我们的飘行车,在一座巨大的水晶宫前停下来。这水晶宫像半只皮球似的扣在地面上,上上下下,看不到一根柱子——它是由一整块有机玻璃盖成的。

小虎子刚关上停车闸,车门就被一个人打开了。大概是大门自动打开的时候,自动装置就把有客人来了的消息通知了主人。所以,主人就在水晶宫前面迎接我们了。

这位农厂主人长得非常魁梧、结实。你知道他是谁?原来是小虎子的爸爸!

小虎子的爸爸,不是《未来日报》的记者吗?怎么会在这儿?原来,未来市的居民们由于教育非常普及,不仅每个人都念过大学,而且很多人在大学里常常念两个专业——白天念一个专业,晚上又在电视函授大学里念另一个专业。毕业以后,他们常常有两个职业,为人民做更多的工作。像小虎子的老爷爷,一方面是电子工厂的工程师,一方面又是未来市中国画院的特约作者;小虎子的妈妈,她是未来市人造粮食厂的车间主任,同时又是某中学的特聘化学教师;小虎子的爸爸呢,他是未来市农厂的厂长兼《未来日报》的特派记者。

小虎子的爸爸——刘叔叔,看见我和小虎子、小燕来了,非常高兴。

"哈哈,我以为谁来了呢?原来是你,小家伙!"刘叔叔高兴地抚摸着小虎子的头顶说道,"怎么,又要来讨向日葵种子?又想来吃那个东西?瞧,还带来你的新朋友,准备把那个东西吃光?"

小虎子哈哈笑了。我因为不知道刘叔叔讲的"那个东西"是什么,所以想笑又笑不出。"小记者同志,你好!"刘叔叔伸出大手,跟我握了握手说，"怎么，打算到我这儿来采访？嗨，我这儿的新闻，比树叶还多！"

我正想开口，小虎子却插嘴说："爸爸，小灵通不是来采访，他是来向你提抗议！"

"什么？提抗议？"刘叔叔用手摸了摸自己的脑袋，仿佛丈二和尚摸不着头脑。

"他说你们的厂牌——'农厂'两个字中，写错了一个字。这么斗大的字都写错了，太不应该！"

"哟，原来是这么回事。"刘叔叔爽朗地大笑起来，"当我们刚刚挂起这块牌子的时候，也有许多人说我们写错了字。如今，已经好久没人说这件事儿，嗬，你倒又提起来了。"

刘叔叔用两只大手，一手拉着我，一手拉着小虎子，说道："先到我的办公室歇一会儿，请你们吃'那个东西'。然后，我领你们去参观。到了那时候，小灵通，你就知道到底是谁错了。如果我错了，我就送你一个'那个东西'；如果你错了，该怎么办？"

"该打屁股！"小虎子接口说道。

"算了，打了你的屁股，还不是疼了我的手？这可不合算呀！"刘叔叔是个爱说说笑笑的人，跟他在一起，我一点也不感到拘束。

农厂里的奇迹

刚才车子开得太快，成排的大树从我身边一闪而过，没来得及仔细端详它们的"长相"。到了那水晶宫门口，我一下愣住了：那门旁的几棵树木，仔细一看，根本不是大树，而是大向日葵！那向日葵的茎秆，像电线杆那么粗，那么长，被单一样大的叶子，圆桌面那么大的花盘，黄灿灿的葵花，美丽极了！

刘叔叔看到我这副吃惊的表情，又哈哈地笑了起来说："小记者同志，这只是'小意思'哩，还有更多使你吃惊的事儿！我们进了玻璃温室，先到我的办公室去！"

我这才知道，原来这巨大的"水晶宫"，是个玻璃温室，可是，走进去一瞧，里头全是水，是个圆形的大水池。池水碧绿碧绿，荷叶像一艘艘船似的漂在上头。农厂厂长办公室在池中央。我们沿着米黄色的塑料小桥，朝办公室走去。

"怎么不见荷花呀?"我边走边问。

"这儿哪有荷花?"刘叔叔指着那船一样的绿叶说，"那是水生南瓜——我们前年培育的新品种。由于水生南瓜怕冷，所以要种在'水晶宫'——有机玻璃暖房里。这个池子里的水，不是普普通通的水，它是营养丰富的培养液。是我们做的一个新试验，让庄稼离开土壤，在培养液中生长，叫作'无土壤培植'。试验成功以后，将使未来市所有的湖面、河面、江面都可以种上庄稼。你看，这黄澄澄的南瓜多美!"

我顺着刘叔叔指点的方向看去，一个床一样大的南瓜，漂浮在水面上。

我再往远处看，哟，还有许许多多红色、紫色、白色、粉红色、橘黄色、浅绿色的古里古怪的"圆东西"。这些圆东西东一个，西一个，星罗棋布地漂满整个圆水池。

我们快要走到办公室了，忽然，"哗啦"一声，我身上溅满了水。我抬头一看，只见一道银光，从眼前闪过。

"又是大鲤鱼在捣蛋。"小虎子说，"我上次来的时候，就冷不防给浇了一身水。这条大鲤鱼，比人还大，最调皮，专爱从桥的这边跳到那边，一会儿又从那边跳回这边。"

小虎子、小燕和他爸爸的衣服，是涂过去污油的，所以他们轻轻一抖，衣服上的水珠全滚掉了。只有我倒霉，衬衫的肩部、后背、袖子全都湿了。

"小灵通，快把衬衫脱下。"一进办公室，刘叔叔就叫我脱下了湿衣服。

我只好穿着一件背心进行采访。小虎子趁他爸爸拿着湿衣服出去的时候，做了一个鬼脸，让我从门缝里看看里头一个房间。我一看，房间里面空荡荡的，只有正中央放着一个大怪物。这怪物圆溜溜的，有普通的小轿车那么大，浑身绿色，夹杂着许多深绿色的条纹。

"这是什么东西?"我问小虎子。

"就是我说的'那个东西'。"小虎子还是"保密"，不肯露底。

正当我们看得起劲儿的时候，背后一阵大笑声，回头一看，是刘叔叔。他对小虎子说："怎么，一来就想吃啦？"

刘叔叔把衬衫递给我，我一摸，全干了。

"怎么干得那样快？"我问道。

"哈，我是把衬衫放进红外线快速烘干机的。"刘叔叔说，"在我们这儿，有好多红外线快速烘干机，专门用来烘干果实、种子……我们把收获的庄稼全部放在快速烘干机里，只要一两分钟，就全部干燥，然后，收入仓库。所以，在我们这里是没有晒谷场的，这叫作'晒粮不靠天'。刚才我把你的湿衬衫放进去，只十几秒钟，就干了。"

"谢谢你，刘叔叔。"

"谢什么？到我这儿，还讲什么客气？"刘叔叔说，"来，你们跟我来，我请你们三个小鬼吃那大家伙！"

刘叔叔说着，就推开了门，让我们走进里头那间房子。

小虎子看我弄不清楚"那个东西"是什么，故意逗我说："小灵通，你猜猜这是什么？"我歪着脑袋看了半天，弄不清楚那是什么东西。

"怎么？连西瓜都不认识啦？"刘叔叔指着那个大西瓜，哈哈笑道，"小灵通，你喜欢吃西瓜吗？我知道小虎子是个'西瓜迷'。我们这儿有的是这么大的西瓜，每次有客人来，总是用西瓜来招待。"

"这一回，西瓜让我来切。"小虎子说。

我想，小虎子大概又要卖弄自己的力气了。西瓜那么大，看他怎么对付得了？

小虎子向他爸爸要了一把电锯，随后递给我一个插头说："小灵通，把它插在电门上。""吱，吱……"通电以后，小虎子把电锯往西瓜上一按，像快刀切豆腐似的，不到十秒钟，就把这大西瓜切成两半。小虎子把西瓜一推，两半西瓜分开了，切口朝上，那切开的西瓜摇摇晃晃了好一会儿，才算站稳。这西瓜真大，切面圆圆的像张圆桌面。这西瓜又甜又嫩，水分很多。

"刘叔叔，这大西瓜是用什么魔术变出来的呀？"我想刘叔叔大约是有神话中的"魔棍""魔棒"，所以才会变出这么大的西瓜来。

"哈哈，我什么魔术也不会变。再说，魔术总是假的，我这大西瓜却是真的。这大西瓜，是靠'植物生长刺激剂'，喷在西瓜藤上长出来的。"刘叔叔又指着窗边玻璃柜里一瓶瓶白色、米黄色的粉末说,"那就是奇妙的植物生长刺激剂,它能刺激庄稼生长。普普通通的玉米,喷上它以后,长得像树一样高,摘玉米时得乘升降机。番茄喷上它以后,结出来的番茄比脸盆还大。"

我们边说边吃,足足吃了半个钟头,肚子胀得像皮球似的,再也吃不下了。可是,西瓜才被吃了四个小小的凹坑!

后来,我们离开了"水晶宫",坐上了飘行拖拉机。这飘行拖拉机跟飘行车差不多,也是腾空、脱离地面的。刘叔叔说:"这种飘行拖拉机真行,不光是力气大,开得快,而且不会陷在泥里,也不会轧坏庄稼。它拉着飘行拔秧机或飘行插秧机在水稻田里工作时,又快又稳,一转眼就把一大片水稻田的秧苗插好了。正因为飘行拖拉机可以从庄稼顶上开过去,所以田野上不需要特地留出拖拉机路,田埂也很少。"

刘叔叔坐在飘行拖拉机当中,我与小虎子、小燕坐在他的旁边。飘行拖拉机开过田野,我们仿佛是坐在飞机上似的,从庄稼顶上掠过。

刘叔叔一边开着飘行拖拉机,一边指指点点,告诉我那叶子比床单还大的是白菜;那笔直挺立像松树似的,是甘蔗;一团团如五彩云霞的,是彩色棉花;这一只只如胳膊那么粗那么壮的是丝瓜,它的下面长着萝卜——这几天吃的丝瓜炒萝卜,就是这么来的。在田野上,我看到一大片芦苇,刘叔叔却说是水稻。水稻种得不多,因为人造粮食厂生产了大量的人造大米,够大家吃的了。只是人造大米终究和天然大米的味道两样,所以还是种了一部分水稻,给大家换换口味。

飘行拖拉机一转弯,来到一大片果园,那红红的苹果,比脸盆还大,黄澄澄的橘子像一只只南瓜,沉甸甸的紫葡萄看上去有鸡蛋那么大。

刘叔叔告诉我,这儿的庄稼自从用了新型的植物生长刺激剂,不仅长得又高又大又好吃,而且长得非常快:一个月可以收一次苹果,半个月可以收一次甘蔗,十天可以收一次白菜、菠菜,而韭菜在一个星期内就可以割一次。正因为庄稼长得那么快,我们就像一座工厂似的,几天之内就可以生产出产品,所以不叫"农场",而称"农厂"。现在,整个未来市的蔬菜、水果,都是由"未来市农厂"供应。

飘行拖拉机再一转弯,我看到一大排黄色的厂房。咦,农厂里怎么会有工厂呢?

"这些工厂也是属于我们农厂的——这是我们叫作'农厂'的第二个原因，它既有农场，又有工厂。"刘叔叔说，"这边的工厂是生产植物生长刺激剂的，当中是生产农药的，那边的工厂是生产化学肥料的。由于庄稼长势飞快，土壤中的肥料消耗很大。现在，我们制成了一种新的肥料，它是灰白色的粉末，叫作'固氮粉'。这种固氮粉是从根瘤菌里提炼出来的。把固氮粉撒到土壤里，它会把空气中的氮气变成氮肥，供给庄稼。这么一来，我们就用不着制造氮肥了。化肥厂只需要生产磷肥、钾肥和微量元素肥料就行了。我们的农药厂还专门生产一种新农药，叫作'保幼激素'。在害虫身上喷了这种新农药，害虫就一直保持幼虫状态，不会变成成虫，无法繁殖后代，最后被消灭掉。这种新农药对人和牲畜没有副作用。自从用了'保幼激素'以后，田里就很少看见害虫了。"

我们坐着飘行拖拉机，走马看花般逛了一圈，又回到"水晶宫"前面。这时，刘叔叔问我："小记者同志，你有什么感想？这儿是不是'农厂'？到底是你对，还是我对？"

"我服输了！"我笑着说。

"输了就该罚！"小虎子趁机挖苦我了。

"不罚别的事儿，就罚一件事——把刚才吃剩的半个西瓜吃完。"刘叔叔一边说，一边拉着我和小虎子、小燕朝办公室走去。

小虎子一听，连他也罚上了，就赶紧挣脱了他爸爸的手，同我、小燕一起坐上飘行车走了。

未来市的过去

我在未来市愉快地度过了两天，今天已是第三天了。然而，我却好像生活了三年似的——我跑了多少从来没有去过的地方，看到了多少从来没有见过的事物！

我记起了编辑部的委托。哟，实在太巧了！如果把我这几天的所见所闻，写成一篇游记，不就正好完成编辑部交给我采访"未来怎么样"的任务了吗？

"应该统统都记下来！"我自言自语道。

昨天晚上，我写了一个通宵，连笔尖都写得有点发烫，整整用完一瓶墨水！

我打算今天就回去。我想应该尽快地把游记写出来，快点交给编辑部，迅速把它印成书，让它与小朋友早日见面。

但是，我仔细想了一下，觉得还差一点点。因为我只是看到了这个城市的现在。它的过去是怎么样的？它是怎样建设起来的呢？

我非常想知道这个城市的历史，我应该把它的历史告诉小读者。

我要小虎子和小燕给我讲未来市的历史，他们笑着说，他们不够资格。

我请小虎子的爸爸和妈妈来讲未来市的历史，他们笑着说，他们不够条件。

我恳求小虎子的爷爷和老爷爷讲述未来市的历史。老人家捋捋胡子说，在未来市图书馆里，有一本叫作《未来市的历史》的书，你去看看这本书，就明白了。

于是，我请小虎子帮我去借这本书，他立即答应了。

"我也要去！"小燕又紧紧跟在哥哥后边。

我们三个人一起坐了飘行车，到未来市图书馆去。

未来市图书馆是一座古色古香的宫殿式建筑物，坐落在市中心。门前，嫩绿色的草地上，耸立着一对雄伟的汉白玉华表。屋檐的四角高高翘起，屋顶用金黄色的塑料瓦片装饰起来，犹如琉璃瓦似的。

我们把飘行车停在门口的停车场，走进大门，里头静悄悄的。整个图书馆有上千个隔音的小阅览室，这些阅览室是用泡沫塑料隔开的。

我们在208号阅览室前面停了下来。这房间的门上亮着小绿灯，表示里面没有人。

小虎子推开了门。这小巧的阅览室里，窗明几净，浅蓝色的塑料墙壁，给人清新、舒适的感觉。冷气机不断送来冷风，室内凉爽宜人。

房间中央放着一张墨绿色的小方桌，桌上有一架淡黄色的电视机。我们一进门，电视机的浅绿色荧光屏上，立即出现五个红色大字和一行白色小字：

您要什么书？

请把书名写在下面的玻璃片上。

小虎子掏出了他那支小巧的自来水笔——唰唰地在一块平放着的玻璃上，写下了几个秀丽的小字——《未来市的历史》。这玻璃下面装着电子传真装置，能把读者所需要的书名自动报告给图书管理员。

"给我借几本连环画。要打仗的或者抓特务的。"小燕说。

小虎子在写好妹妹要借的书以后，又写了几本他自己要看的书：《水彩画技法》《怎样才能游得快》《电子线路入门》。

没一会儿，就响起了一阵敲门声。门开了，进来的居然是铁蛋！我再仔细一看，才看出来不是小虎子家的铁蛋，而是另一个跟铁蛋长得差不多的机器人——他是这里的图书管理员。

机器人双手捧着一大摞书：最上面的是小燕借的连环画，中间的小册子是小虎子所要的参考书，最下面的是一本厚厚的、金色硬皮封面精装的大书，书脊上印着一行闪烁着红色荧光的字——未来市的历史。

我们三个人很快就被各自所借的书迷住了，静悄悄地看着，偶尔发出一点翻书的声音。然而，小燕有时却突然咯咯大笑起来，弄得我们莫名其妙。原来是连环画里的故事实在太逗人了。

《未来市的历史》，看上去是一本又厚又大的书。可是，我拿在手里却一点也不觉得重。这本书的封面和书页，都是用又轻盈又结实的合成纸做的。

我小心翼翼地翻开了这本大书，第一页上写着这么一句题词：

地球上本来没有路。路，都是人走出来的。

我连忙拿出采访笔记本，一字不落地抄下了这句话。

在第二页上，画着一张蓝色的地图。旁边写着：

十几万年前，这里是一片海洋，到处都是水，水，水……

在第三页上，画着一张黄色的地图。旁边写着：

一万多年前，由于地壳的变动，海底逐渐升高，这里变成了一片沙漠，到处都是沙，沙，沙……

在第四页上，仍是一张黄色的地图，上面出现几条蓝道道——河流，和几个绿点点——草地。旁边写着：

一千多年前，古代劳动人民向这里进军，向大自然宣战，用双手挖出了渠道，引来了河水，沙漠上出现了稀疏的绿洲。人们在这里开始耕作、牧羊……

在第五页上，地图上绿色逐渐增多，还出现红色的线条——公路，黑白相间的线条——铁路，和蓝色的虚线——飞机航线。旁边写着：

一百多年前，人们用智慧和劳动，不断与大自然进行斗争，使干旱的沙漠变成了良田，人们战胜了大自然，成为大自然的主人，用劳动和智慧创造美好的未来。

在第六页上，地图已经是一片绿色的了，公路、铁路、飞机航线密如蛛网，还出现了宇宙航线。旁边写着：

这是现在的未来市地图，这张地图是用劳动的双手画出来的，是经过艰苦的斗争才画成的。

在第七页上，是一张空白的地图——甚至连四周的边框也没有。旁边写着：

一张白纸，好画最新最美的图画。一百年后、一千年后、一万年后、十万年后……未来市将变成怎样？这最新最美的图画，是靠我们用劳动的双手去绘制，也是要经过艰苦奋斗，才能把它建设得更美丽，使我们的生活更幸福。

从第八页开始，全是白纸，一个字也没有，甚至连书角的页码也没有。

房间里静悄悄的，时间不声不响地从我们身旁溜走了。我们三个人都各自看自己的书，简直看得入迷了。

"喂，喂，你是小虎子吗？你是小虎子吗？你在哪里？你在哪里？快回家，快回家，我们等着你吃中饭……"突然，从小虎子的口袋里，传出了讲话声，把我们都吓了一跳。

小虎子从口袋里拿出半导体电视电话机，往小小的荧光屏上一看，哟，原来是小虎子的妈妈——杨老师在那里讲话呢！

我们三个人急急忙忙往外跑。刚走到门口，桌子上的电视机却响了："亲爱的读者，请您把书整理好再走，请您把书整理好再走！"

唉，我们三个人都太性急、太马虎了。我们赶紧回转身来把书整理好，放得整整齐齐。这时，荧光屏上出现了两排红字：

谢谢你们！

再见！

坐上了火箭

说实在的，我多么希望能在未来市多住几天。而小虎子和小燕呢？他们简直已经是第一百次对我说了："小灵通，急什么，在我们这儿再住几天吧！"

然而，当我一想起编辑部交给我的采访任务，一想到编辑部的大朋友在焦急地等着我的稿子，还有那成千上万个小朋友在急切地等着看我写的新书，我就连一秒钟也不想多耽搁了！

没办法，小虎子把我的采访笔记本藏起来了，硬是要我在未来市多逗留一个下午。

直到傍晚，经我好说歹说，小虎子才把采访笔记本还给了我。小虎子和他的爸爸、妈妈、妹妹、爷爷、老爷爷，还有铁蛋，全体出动，到未来市火箭飞行站给我送行。用火箭把我送回去，我高兴极了。

在火箭飞行站，每隔五十米，就有一个高高的、尖尖的银色火箭，竖立在那里。

我们的飘行车在"3018"号火箭发射台前停了下来。

"小灵通，我们就用这支火箭送你回去。"小虎子的爸爸指着发射台上那银光闪闪的火箭，对我说道。

我们在发射台前"候箭室"里坐了一会儿。火箭发射台的台长给我送来了一套皮飞行衣。唉，这套飞行衣实在太大了，是大人穿的，光是一条裤子，就比我的肩膀还高。台长连忙去换了一套少年飞行衣给我。

飞行衣厚厚的。我想，穿上去以后，准会连腿都抬不动。可是穿上倒一点也不感到重，只是人一下子胖得像只皮球，笨手笨脚的。

穿好了威武的皮飞行衣以后，小虎子和小燕还在我的头上安了一个圆圆的玻璃罩，我变得更加神气了。不过，我感到有点气闷，呼吸困难。小虎子走过来把我胸前的一个开关打开，我马上就舒服多了——他打开了氧气囊的开关，于是，氧气就从背上的氧气囊里流进了玻璃面罩。

台长打开了火箭的飞行舱，让我坐到飞行椅上。这飞行椅软绵绵的，富有弹性。椅子上横着一根根皮带。台长告诉我："这火箭无人驾驶，是用电子计算机自动控制的，能够非常准确地在目的地着陆。在起飞以后，你什么都不必操心，只消用皮带把自己紧紧地绑在飞行椅上就行了。"接着，他把一根又粗又大的"牙膏"和一个橡皮袋，放进椅子旁的抽屉里，对我说："这是你吃的东西和开水。这橡皮袋是用导电橡胶做的，通电以后，能一直使水热乎乎的。"

离起飞还有五分钟。

小虎子的爸爸、妈妈、爷爷、老爷爷和铁蛋，站在发射台前，向我点头致意。可是，小虎子和小燕却钻到飞行舱里，跟我嘀嘀咕咕，说个不停。

"哎，小灵通，你以后一定要再到我们这儿来做客！"小虎子说，"有空，一定要写信来。"

"一定！一定！"小燕叮嘱说。

"你的游记一出版，马上给我与小燕各寄一本来，好吗？"小虎子接着说。

"一定，一定，一定照办！"我连连说道，"你们也一定要到我那儿去做客呀！"

"叮、叮、叮……"响起了一阵急促的铃声，这是起飞的信号。

这时，小虎子和小燕才连忙离开了飞行舱，关上了舱门。

"再见！再见！"透过舱前的玻璃窗，我看见小虎子全家都在向我频频挥手，就连铁蛋也在那里一前一后地摆着手呢！我也举起了那只"笨手"，向他们挥舞着。

"轰……哧……"火箭起飞了。窗前闪过一阵浓烟与火光，随后，地上的东西就什么都看不清楚了。

火箭越飞越快，我浑身好像灌了铅似的，一点也动弹不得。我咬紧牙关想稍微挪一挪腿也办不到。我全身的血液，好像很快地全都流到脚上去了，脑袋恍恍惚惚，昏昏沉沉。

过了些时候，我渐渐清醒起来，手脚也轻了——火箭开始转弯，绕着地球飞行了。

我打算把手插到衣袋里，可是，稍稍一动，我忽然整个儿飞离飞行椅。"砰"的一声，我头上的有机玻璃罩撞在舱顶的天花板上。原来，当火箭绕着地球飞行的时候，地球引力和火箭的离心力抵消了，所以什么东西都变得轻飘飘的，没有重量了。

唉，这都是自作自受：临行前，台长早就关照过我，要用皮带把自己绑在飞行椅上，可是，我却光忙着跟小虎子、小燕说这说那，忙着向他们挥手告别，忘了绑皮带。

我飘飘然悬在天花板上，很不舒服。折腾了半天，慢慢从墙壁上的仪表中间爬了下来，总算回到了飞行椅，牢牢地用皮带绑住。

我感到有点饿，顺手拉开抽屉，想拿那"牙膏"和橡皮袋。可是，一失手，它们却飞了起来，一个飞到天花板上去，一个落在飞行椅下面。我不得不重新解开皮带，爬上爬下，好不容易才把它们提住，再回到飞行椅上绑好皮带。

这"牙膏"里，原来装着蛋糕糊和果子酱。我打开玻璃罩上的小洞，把"牙膏"塞进来，用嘴慢慢吮吸着。

我一边吃，一边想喝点水，于是，又打开了橡皮袋。哟，怎么倒了半天，一点水也倒不出来？原来，是因为水没有重量，即使把袋口朝下，它也不会跑出来。我急了，使劲儿一甩，袋里的水竟像吹肥皂泡似的，哗啦哗啦全飘到空中去了——糟啦，水喝不成了！

我吸完那"牙膏"里的东西，肚子不饿了。我看了看窗外，这时天黑咕隆咚，星星在天幕上顽皮地眨着眼睛。在我的头顶上，挂着一个金色的圆球——太阳；我的旁边，转着一个银色的圆球——月亮；脚下呢，却是一个巨大的浅蓝色的圆球——地球。

飞着，飞着，我的眼皮不由自主地合上，打起瞌睡来了……

"轰！"一声巨响，把我从迷梦中惊醒 —— 火箭已经自动着陆了。

我连忙打开玻璃罩，脱下那厚厚的飞行衣。这下子，我真是身轻如燕，有一股说不出的轻松愉快。

我推开了舱门，眼前是一片熟悉的翠绿色的草地。背后，传来滔滔的江水声。哟，我现在站着的地方，不正是我三天前迷路的地方吗？

我终于又回来了。

我急急忙忙走下火箭。仰视夜空，星星满天，清澈的月光照亮了田野上的小路。我很容易就辨清了方向，朝招待所走去。

这时，身后忽然发出"轰……哧……"的巨大声响。我回头一看，只见那"3018"火箭自动起飞了，朝着未来市的方向飞回去了。

我一走进我的房间，开亮电灯，来到那张熟悉的小桌前，发现那"宝贝"照相机好端端地放在那里：原来，那天晚上我匆匆忙忙地往背包里塞的那个硬东西，并不是照相机，却是我那个草绿色的小水壶！

我卷起衬衫袖子，想看看几点钟，可是，小燕送给我的那只电视手表不见了。唉，我想起来了：在火箭飞行站"候箭室"里穿飞行衣时，由于飞行衣袖口装着松紧带，紧紧地压在电视手表上，我感到很不舒服，就把电视手表取下，塞在飞行衣的衣袋里。当我离开火箭时，飞行衣放在飞行椅上，谁知火箭自动飞回去了，就把电视手表也一起带走了。

我赶紧摸了摸口袋里的采访笔记本，还好，没有丢。

我看看桌上的闹钟。由于三天没上发条，它已经在那里睡大觉了。

我连忙打开我的采访笔记本，又从抽屉里拿出一大沓空白的稿纸，想了一会儿，就在稿纸上写下了第一行字：

《小灵通漫游未来》

我不知道几点钟开始写的，也不知道几点钟写好的，我不停地连续写，一气呵成了这本《小灵通漫游未来》。

亲爱的小朋友，你现在手里看的，就是我在未来市漫游了三天的种种见闻。

唉，亲爱的小读者，非常抱歉，我这次忘了带我的"宝贝"——照相机，所以没有一张未来市的照片。我又不像小虎子那样会画画，我只好把我所看到的东西，大致告诉画家，请他画上插图。要是能直接把照片印上去，那该有多好啊！

小灵通的来信

最近半个月来，我们编辑部不仅又收到许多小朋友问"未来怎么样"的来信，而且还有很多很多小朋友到我们编辑部来询问"未来怎么样"。正好，《小灵通漫游未来》的清样排印好了，我就请这些来访的小朋友先读读它，一边帮我们校对，一边也请他们提提意见。小读者对《小灵通漫游未来》非常感兴趣，恨不得马上也能到未来市去逛一趟。有的小朋友提出这样一个问题：小灵通在这本书里写的东西，到底是真的，还是假的？

我听了小朋友们的意见，想立即写信或者打电报找小灵通，可是小灵通总是在外边采访，谁知道他现在会在什么地方呢？

正当我们非常焦急的时候，像时钟一样准确的邮递员，笑容满面地送来一大扎信。其中第一封信的右下角，便写着"小灵通寄"。

我高兴极了，连忙拆开信封。他是这样写的：

亲爱的编辑大朋友：

在写完《小灵通漫游未来》之后，这几天细细想了一下，觉得还应向小朋友补充说明一下这本游记的写作经过——

我的这些见闻，是在科学家们的帮助下获得的。

未来市，不仅在现在的中国地图上找不到，就是在现在的宇宙地图上也没有。但是，在将来，不仅在中国地图上到处可以看到这样的城市，而且在宇宙地图上也能找到这样的城市。

未来和今天是紧密联系在一起的。没有今天的努力，就不会有美好的未来。未来的城市，靠谁去建设，靠什么去建设？靠这本书的小读者——我们祖国未来的建设者们，用智慧和劳动去创造和建设。

劳动创造了人，劳动创造了世界，劳动也将创造美好的未来！

紧握

你们的手！

你们的小记者

小灵通

克隆之城

潘海天

一

那一年的沙漠热风来得很晚，到处流窜的盗匪迟迟才退回他们的老巢。无花果树开始结果的时候，学校里送来了一批男孩和女孩。

我忘不了第一次和珍妮相见的日子，她站在木棚屋后的空地上，金发像阳光般灿烂。

我还记得她回去的时候不安地向外张望着，说：周先生要点名了，我这就得走。

我不高兴地看着沙地，一个豹II玩具兵团刚刚摆出作战队形。我说：用不着理他，周夫子就是爱多管闲事。

珍妮吃惊地望着我：他没有用电鞭打过你吗？

他敢！我得意地哼了一声。

反正我得走了，吉姆（注：吉姆是詹姆斯的爱称），明天我再来。

我趴在木栅栏上，看着她纤细的身影灵活地绕过高耸的仙人掌丛，溜过铁篱笆的破洞。很快她就会回到操场上那群穿着粗蓝布制服的小女孩中去，难以分辨谁是谁了。

操场的另一边是一片排列整齐的灰色住房，一直绵延到远处隐隐约约的铁丝网下。它们围成了一个个的小操场，一个操场就是一所学校。

下午太阳下山前的两个小时里，总有一群叽叽喳喳的小女孩在铁篱笆后尘土飞扬的操场上喧闹游戏；而更远处是一群男孩在排队等候淋浴，他们都是清一色的漂亮小伙子，金发白肤，总是温顺地笑着。

太阳城里用水紧张，四周是一片茫茫沙海。周先生对我说过，几乎没有逃跑者找到过通往科鲁斯死海的路，何况到处都有许多手持长枪、带着猛犬的豹Ⅱ战士。

周先生是个学问很高的人，也很严厉。当他身着黑色长袍走近男孩和女孩们时，他们都会马上安静下来，局促不安地站立一旁。

那时我还小，不明白为什么自己是个例外。我不怕他，并且总爱把这点在他面前得意洋洋地显露出来。也许珍妮也是个例外，她的眼睛里有一种让我吃惊的东西。她那瘦小的身躯上经常带着电鞭击伤的青痕，却在人前做出一副傲然挺立的模样。这也许能说明，为什么其他女孩都规规矩矩地待在操场上，她会毫无顾忌地偷偷溜到这儿来。

我独自住在一间西班牙式大屋里，它实际上也是一所学校。不过它与那些破败的低矮房子和终日沙土飞扬的操场，是迥然不同的两个世界。

在木棚工具屋后的小小空地上，我和珍妮共同分享着童年的快乐，无花果树的粗大枝杈是我们藏宝的地方。我们在树下一起观看钻出云层的雷电、天鹅的回翔，还有面目凶狠的豹Ⅱ战士，他们的飞车上有时会押着一个衣裳破烂、满脸血污的逃亡者。

我常常感到珍妮那小小身躯在颤抖。吉姆，我真害怕有一天也会被他们抓住，送到永远见不到太阳的地方去。她的声音里充满了恐惧和忧伤。

那时候，我就去救你！我坚定地说。

你和我们不一样。珍妮有次这样说，还卷起袖子让我看，洁白光滑的胳膊上有一组青色的数码标记：CL92—ST16。我们每个人都有，她肯定地点着头，就连周先生也有。

对此我多少有些沮丧又有些骄傲。

珍妮走后没多久，我也回到那幢大屋中继续学习。我的学习室中贴满了奥古斯先生从小时候直到现在的大幅照片。

詹姆斯奥古斯先生是我的父亲，周先生提起他时总是恭恭敬敬的，我深信他是值得人们如此敬重的人。可是，我从来没有见过他的面，虽然对他的一切已经很熟悉了。

人们在这里竭力重现奥古斯先生小时候的生活环境：古老的宅院，破旧的喷水池，甚至一个小小的木棚工具屋，都照他的记忆惟妙惟肖地复制出来。根据他的旨意，我得在这里接受熏陶。

我很小就得开始学习一些令人头疼的科目：数学、哲学、生物学、军事、电脑以及绘画，更重要的是我必须学习奥古斯先生的性格、爱好、口音和各种习惯。

你是你父亲的化身，只有你才能代替他。周先生总是这么说。他说，二十年后，我，一个新的、更年轻更强悍的詹姆斯奥古斯将成为帝国的元首，去完成我父亲未竟的夙愿。

说实话，我对这些雄心壮志不抱多大兴趣，虽然我的功课总是得A，我模仿父亲已到出神入化的地步。我更关心的是珍妮能不能安全地溜出来，躺在无花果树的阴影下，向我述说学校里的趣事。

珍妮有时会带一个怯生生的同伴来，她们就像两滴水一样难以分辨。我们常玩一种游戏，从两个少女中找出珍妮来。我每次都能赢。

嘿，你是怎么认出我来的？珍妮惊奇地睁大眼睛。

看你的眼睛。我说了实话。珍妮的眼睛又蓝又亮，就像大海一样深邃。

她带来的女伴也叫珍妮，可我管她叫露西娅。对我来说，珍妮只有一个。

我们在翻起的草根下捡到了几个漂亮的贝壳，据说这片沙漠在远古时期是一片汪洋大海。

太可惜了，珍妮从没见过大海。我告诉她，大海像一片广袤的原野，像母亲宽阔的怀抱，它还是一座迷人的宝库，里面蕴藏着无穷无尽的神秘。

海底下有许许多多的城市，那里样样齐备。人们能够呼吸，生活自由自在。珍妮接着说了下去，雾气蒙蒙的眼睛里充满了憧憬。

真奇怪，她既然没去过，怎么能知道呢？

二

十四岁生日的那一天，我见到了父亲。他在太阳城最宏伟的建筑物—— 一个庞大的金字塔式建筑中接见了我。

在门口我第一次正面看清了豹Ⅱ战士，他们都有一张粗犷的脸，目光凶狠，脖子粗短。他们都戴着令人羡慕的闪闪发光的头盔，提着威力巨大的能量枪，胸前挂着两枚手雷。学校里传说他们的身体中混有豹子的基因，也有人说他们的战斗力抵得上上世纪的一种重型坦克。

我在迷宫般长长的走廊中走了好一会儿，发现周夫子把我带到一间长方形房间中，灯光柔和，厚厚的波斯地毯踩上去就像踩在松软的沙地上。

奥古斯先生，我的父亲，无声地走过地毯，向我们迎来，表情严肃地说：啊，这就是那个小家伙吗？

我看着他，心里有种奇特的感情在流动。他的额头很高，鼻子令人想起鹰隼的长喙。我知道无论我在想什么，他都知道。他的头脑包含了我的大脑。

周夫子悄悄地退了出去。

他俯身望着我，因为离得很近，他的脸显得很大。这张充盈智慧的脸却又透出冷酷、残忍的神情，他的眼角布满皱纹，皮肉松弛。他已经老了。

你已经长大了，他说，从今天开始，你要学习管理克隆帝国的各项事务。我已经老了，而你拥有青春。无数强壮的兵马正在成长，无数的强劳力正在成熟。克隆帝国像你一样正在成长。有一天你会拥有全世界。

他的声音里带着一种梦境般的味道。他走近桌子，桌子上摆着一本金边的厚书。这本书我很熟悉，那是周先生要求我熟读的《理想国》。

国家的正义在于什么，你还记得吗？

我回答说，国家的正义在于三种人在国家里各干各的。

回答得对，孩子。父亲笑了笑，柏拉图的理想国没有实现，可是克隆帝国做到了这一点。统治者、护卫者和下等人，他们和他们的后代都将最适于自己的本行，这儿是正义之国。

他转过身来盯着我说：你要成为我，才能继承我的位置。吉姆，希望你不要辜负我。

……

当我回到那幢西班牙式大屋的时候，与珍妮的约会已经迟到了。不知不觉中，珍妮已经长成了一个亭亭玉立的姑娘，粗劣的饮食和严酷的生活并没有影响使她美丽动人的遗传因素。

我把和父亲的见面当成了一件大事告诉她。

珍妮的反应却是出乎意料的淡漠，她冷冷地说：我了解你的父亲，他是个聪明而可怕的人物。

你不是也有个母亲吗？我好奇地问。

她不可能来看我，珍妮忧郁地说，她有成百上千的女儿呢。

此后，我和珍妮见面的时间一天天少了。她要学习文秘、打字、护理、插花和烹调，还有跳舞和社交。而我则每天坐着吉普车，在太阳城里四处逛游。讲解通常是由周先生来担当，但有时会由父亲亲自解说。

我是多么热烈地盼望着和父亲见面。我能理解他每一句话，每一个动作的含义，他也能理解我的每一个孩子气的问题。我尤其佩服他那在年轻时就显露出的过人的睿智和勇气。

还在大战以前，在基因控制委员会把持局面的日子里，人的无性繁殖被禁止了。父亲带着一批科学家和仪器来到北非沙漠深处的一个绿洲，在强悍好斗的图阿雷格人的故乡点燃了第一批克隆人之火。

二十年后，当那场毁灭性的战争结束时，满目疮痍的大陆上忙于重建家园的人们没有注意到，一个小小的新国度正在崛起。它靠出售战后各国急需的强劳力和高产粮食种子迅速富裕，同时，一支装备精良的豹Ⅰ战士组成的军队也正以惊人的速度扩展。每一个战士都骁勇善战，克隆帝国的疆域迅速地扩大。

2161年，帝国的势力首先侵入了南部欧洲；不久第一批克隆士兵在印度次大陆登陆；在美洲，克隆骑兵所向披靡。

2175年，克隆战士超过了十万，克隆工人的数目达到一千万。

虽然战后各地匪盗横行，帝国内部不时有零星的战斗，但帝国仍在不断地壮大。新一代的豹Ⅱ战士很快投入使用，克隆工人也向多品种、多规格方向发展。新的克隆工厂在各地建起。

　　昔日小小的绿洲已经成了一座可以容纳二十万人的城市。站在我父亲的办公室里，可以看到脚下一排排灰色的屋顶，一直铺到城市的边缘，间杂着一块块的黄沙地操场。每个克隆人都要在那儿被塑成预先设计的模样，不合格的就被淘汰。

　　太阳城的西面看不到建筑物，一切都隐藏在方圆数百公里郁郁葱葱的丛林绿洲中。时不时会传来一阵低沉的闷雷声，随即顺着干涸的伊斯河谷迅速远去。

　　那儿是特训基地，刚学会走路的豹Ⅱ人就被送去受训。还未成年时，就已经是一名战技娴熟的战士了。

　　我还去过另一座庞大的建筑，它的地面以上部分拥有数千间房屋，地下部分和地上部分一样大。每个房间里安装着十个人造子宫和维持系统，我总是带着好奇和惊悸的心情看着那些玻璃瓶里的小小人形伸腿，吸吮拇指。

　　有数百名科学家（都是年轻的第三代）在这儿工作，控制胎儿的营养供应，通过减压装置让他们聪明或者愚蠢，取出发育异常的胎儿处理掉。昏暗的灯光下，一排排玻璃容器荧荧反光，科学家们就像是行走在海底世界的巫师。

　　在深深的地下室里，他们用一根特殊的探针，插入预选的父体或母体的肋骨下，取出体细胞后培养繁殖，然后放入离心管内，在含有细胞松弛素B的溶液中旋转，使细胞释出它们的核。

　　在另一个房间里，每一个细胞核都会与一个除去核的卵细胞结合。这些卵细胞将包含一套完整和精确的蓝图——制造出一个人的建筑图。这些魔术般的过程让我惊叹不已。

　　真正像谜一样的是基因研究所，它是相对独立于太阳城的一组白色建筑物，连一扇窗户也没有。没有人能随随便便走近距它半公里以内的地带，父亲亲自带着我穿过了重重铁丝网、铁门、岗哨和隐蔽的机枪阵地才深入腹地。

　　这儿是研究新型克隆人的基地。父亲低声说，豹Ⅱ还不是十全十美的。我们在北美和远东地区都遭到了顽强的抵抗。我们还需要擅长在稻田水网地区作战的两栖战士，征服西伯利亚和格陵兰的极地战士，还有听觉视觉出众的猎杀队员……

走廊上传来一阵嘈杂声，一只可怕的幼小怪物躺在小车上被推了出来。它有一副长满鳞片的身躯，上面挂满滑溜溜的黏液，四只细长的肢端长着蹼足。只有当押车的两名豹Ⅱ人嘻嘻哈哈地用枪筒猛捅它的肚子时，小鱼人才费劲地转动它那发皱的圆脑袋，大声地喘着气，一些泡状的白沫顺着它的嘴角流了下来。我厌恶地后退了一步。

豹Ⅱ人看见父亲，恭敬地立定脚步行礼。小鱼人停止了挣扎，用那双饱含泪水的眼睛无助地望着我。

为首的豹Ⅱ队员报告说：又失败了，长官。这家伙的手脚都动弹不得，我们奉命把它宰掉。

父亲点点头。我看着小车顺着走廊远去，那个丑家伙的眼睛简直叫我发抖。

父亲长长地叹了一口气，黯然神伤。我拥有一千名最优秀的科学家和基因工程师，他们都还年轻，还需要时间，而我已经老了。他转身面对我说，你一定觉得，我看上去又老又疲倦，我在侈谈权力却没有办法防止衰老……

他的目光深沉，我不能肯定里面是否包含着嫉妒的感情。

研究所里让人愉快的是那些植物。有高产量的旱稻，结合了固氮菌的土豆，能生产适于给人输入血清蛋白的马铃薯。

这些基因作物能充分利用地球上剩下的土地——它们虽没受放射性污染，但大都干旱贫瘠，气候恶劣。

三

珍妮来找我的时候突然少了起来。这期间，空地上悄悄地长起了青草。

有次，我问她是不是有了麻烦，她微笑着不肯回答。

你好像不太高兴？她反问我。

我不知道，珍妮，我不知道。我学得很快，可是我越来越不像我的父亲。他最讨厌女人天生的那种仁慈，我却从自己身上不断发现这种愚蠢的感情。我不知道该怎么办。珍妮，我不想学习了，我恨死它们了。我心烦意乱地揪着脚下的草叶，把它们揉成一个个的小球。

我一直以为你过得很开心呢。珍妮叹了口气，凝望前方。她的双眸中充满忧伤。

我就坐在她身边，她的一缕金发不断被风拂到我的脸上，让我意乱神迷。

还记得小时候我们读过的那首诗吗？只要孩子愿意，此刻他就可以飞上天去……吉姆——

嗯。我随口应了一声。

你想飞吗？她用认真的口气问我，远远地飞离这儿。在沙漠的那一边，有一个蓝色的巨湖，在那儿什么都是蓝色的：在清晨的凉意中跳舞的花草，顺着树干流淌的琥珀……

你想干什么，珍妮？

明天在这儿等我。珍妮冲我狡黠地一笑。

第二天珍妮没来，第三天也没来，直到第四天我等得心焦的时候她才出现在栅栏的另一侧。她得意地扬着一个瓶子，蓝色的玻璃在阳光下闪着光。

闭上眼睛。她在我耳边轻声说。

我依言闭上眼睛，觉得一双温暖的小手在我臂上摸索，忽然一阵刺痛。

马上就好，吉姆，你会飞起来的。珍妮的声音仿佛离得很遥远。

一股生命的泉水流过我的血管，我张开双眼，周围是一个蓝色的世界：蓝色的空气，蓝色的太阳，还有蓝色仙女一样的珍妮，她正冲着我笑。

你真行，珍妮，我迷迷糊糊地也想笑，从哪儿搞到的欣快剂？

我的办法多着呢。珍妮蓝色的脸像杯醇酒般使我迷醉。

我爱你！我说。

珍妮退缩了一下，脸红了。

我爱你，珍妮。我又说了一遍，伸出手去拉她。

不！珍妮后退了一步，坚定地说。

为什么不？我大吼了一声，蓝色的世界在我眼前颤抖坍落。

吉姆吉姆，你还不明白，我们不是同一种人。珍妮胆怯地看着四周。

是一种人。我坚持说，我从来不把你当下等人看，你是知道的。

珍妮转过头来直视着我，她那蓝色的眼睛好像融化在空气里。

问题不在这里。她的话音清晰有力，吉姆，你崇拜你的父亲，你追随着你父亲的梦想，梦想繁殖驯服的克隆人，维持你们的特权地位。而我只要活着就不会忘了自由。

我的声音听起来软弱无力：我不是这样想的。但我知道我是这样想的，我喜欢父亲的理论，我愿意相信他的每一句话。

人类已经没落了，吉姆。他们已经毁灭了地球，只有正义才能拯救它。是我们修复了战争的创伤，是我们养活了几千万的人口。我们是真正的救世主。我想起父亲指着落日对我说的话，儿子，只要有一天阳光照得到的地方都遍布了克隆人的足迹，地球就会成为宇宙中最强盛富裕的星球。

此刻，我绝望地说：你为什么要做我的朋友，珍妮？

珍妮说：我喜欢你不屈的性格和人情味。

我读懂了她眼睛里的另一句话：但我恨你的帝国。

她猛地一扬手，手里的注射器飞向空中，飘向太阳城的另一端，飘过蓝色沙漠的尽头。珍妮也随之飘走了，飘向铁篱笆的另一边，和我永远永远地分隔开了。

我昏昏沉沉地坐了一下午，直到我那很不明智的笑声引来了周夫子。他像只多疑的猎犬般在我身上探着鼻子到处乱嗅，我指着他那张发蓝的脸笑得喘不过气来。他终于找到了那个小小的针眼。

父亲坐在他的办公桌后，用一种忧愁的眼光打量着我：你真叫我伤心，吉姆。我姑且相信这只是一次好奇心冲动的结果。可你为了好奇，使我对你十余年的教育险些付之流水。詹姆斯，你需要更严格的管束了。

四

欣快剂事件后的第三天，我就离开了学校，到特训基地的第三步兵学校报到。

学员们除了我之外全是年轻的豹Ⅱ。教官肖恩范斯上校是个花白头发的老头，严厉而不像老豹Ⅰ队员那样粗俗，让我暗暗称奇。

我在这儿接受了二十二周的艰苦训练，白天在迷宫般的沙漠和丛林中穿行，进行武器训练、作战演习、野外生存、山地攀爬和徒手搏击，晚上支好营帐后还要学习战术理论、情报训练、地形地理判读。

由于某些奇怪的原因，我的训练成绩都还不错。只有武器训练中的沙地飞车我不敢尝试。通常只有豹人才能承受住飞车起飞和急转时高达8G的加速度。

最后的实战训练来到了，这是一次验证训练结果的战斗搜捕演习。所有的学员被分成两人小组，空投到远离营地的伊斯河谷去。那儿有二十名提前投放的目标，必须在二十四小时内全部找到它们。

为了照顾我，我的同伴不是学员，而是一位真正的豹Ⅱ突击队员——奥斯特中尉。

整整一天我套着笨重的全套突击队员装备——金属铠甲、突击能量枪、高爆榴弹发射器、手雷，还有淡水、干粮，跟在中尉的后面搜索前进，时而攀上陡峭的悬崖，时而穿过干涸的河床。

奥斯特中尉很快凭借一点儿被踩动过的土块、一茎折断了的树枝找到目标的踪迹。他带着我绕过高大的仙人掌丛，爬上一块悬崖埋伏起来。这儿能鸟瞰整个河谷，白色的亮闪闪的峭壁蜿蜒伸向远处，到处都长满了暗红的刺柳和仙人掌丛，谷底是一汪混浊的水洼。

中尉轻轻地用手肘触了触我，指了指河谷尽头的那一大片棕榈林，伸出两个指头打了个手势，表示那儿有两个搜捕小组正在靠近。豹Ⅱ队员之间都有一种奇特的心灵感应，就像我和父亲之间的奇特感应一样，这使他们之间的协调作战能力无人能比。

我竭力睁大双眼，想看清逐渐昏暗的谷底。太阳正在谷地的另一头静悄悄地沉下去。还是中尉先发现了目标，他指了指水洼的附近，一个白点正悄无声息地躲在粗大的仙人掌后移动。我支起了沉重的能量枪，把晒得发烫的枪托贴在腮部。中尉只是个指导者，游戏的主角是我。

白点移动到了水洼边上，似乎终于耐不住干渴而从仙人掌后钻了出来。中尉一挥手，能量枪在我肩部轻轻地跳动了一下，尖厉的枪声打破长时间寂静的强烈效果让我吓了一跳。

我几乎是滚下沙坡的，靴子里进了不少沙子。中尉走到目标旁边，用脚把它翻了个个儿。我一瘸一拐地走近，阴沉着脸说：是个人！

中尉点点头，抽出刀子漫不经心地说：不错，沙尔姆型号，新出的。

我尽量控制住双腿的颤抖，走上前去。这是一张年轻的脸，金色的卷发，高直的鼻梁，就是我在学校里见过的那种小伙子。他身上的衣服碎成了破布片，干裂的嘴唇上沾满热沙……

我们一直等到太阳下山，谷底一片昏暗时才和其他两个小组会合，继续向前搜捕。在半夜里，摸黑走在山脊上时，我忍不住又嘀咕了一句：用的是活人！

奥斯特中尉回答说：是被淘汰的克隆人，他们没达到要求。

我跌跌撞撞地前进，觉得像是走在恶魔出没的森林中，而我也是其中的一个魔鬼。我心烦意乱地想起了珍妮，不知道为欣快剂撒的谎是否骗过了父亲，让她逃过惩处。

二十四小时后，八十名学员会合在谷口丘陵上，一架大型旋翼机在那儿等着我们。肖恩范斯上校绷着脸站在机舱门口，直到二十条打着青色印记的目标整齐地摆在他面前才点了点头。我瞪大眼睛斜睨着它们，直到确定其中没有我要找的号码，才为自己愚蠢的担忧松了口气。

演习完成得很漂亮，上校宣布放假两天。同伴们拉我去特训基地边上的军人活动中心，那儿提供烈酒和军妓。我不会喝酒，可是要了双份中国白酒。酒吧间里烟雾腾腾，挤满了身穿军装的男人和漂亮女孩。

背后传来了一阵嘈杂声，两个醉醺醺的豹Ⅱ人正把一个女孩粗暴地拖向门口。周围的人全都无动于衷，看来这种场面是司空见惯的。

我的心猛地跳了一下，那个军妓长得很像珍妮，非常像她。我第一次认真意识到一个珍妮型克隆人的命运。我低下头去猛喝了一大口白酒，呛得嗓子火辣辣的。

詹姆斯！詹姆斯！有人在背后尖声叫喊。

我猛回头盯着那个被拖拽的女孩，她的衣服鲜艳花哨，脸色苍白，可是两只眼睛还像以前一样明亮透彻。

珍妮！我不敢相信自己的眼睛，奋力挤开人群冲了上去，使劲揉了一下一个缠住珍妮的家伙。

那家伙像口沉重的口袋般倒了下去，另一个家伙叫嚷着拔出刀子。

我把我的中士徽章伸到他鼻子底下，喝道：滚！马上！

这家伙蔫了下来，灰溜溜地走了。即使在酒精作用下，豹Ⅱ服从上级的天性还是不会淡化的。

珍妮，怎么回事？我拉着她走到广场上的一个喷泉边上，这儿没有别人，只有石雕的一只豹子从水中探出脑袋，湿淋淋地看着我们。

我只能来找你了，吉姆。一片红晕浮现在她的脸上，我有一个朋友被送到了特训基地，我不知道他们会把他怎样。你可以把他救出来，告诉我可以的。

她的双手放在我的胸膛上，微微发抖，好像要掏出一个肯定的回答。

我避开话题问她是怎么进来的。她的脸又是一红，说：我们快毕业了，学校放假一天，我就溜了出来。只有、只有穿这套衣服才能混进来——吉姆，你有办法吗？

我注视着她微微仰起的脸庞和那双袒露心迹的奇妙眼睛，伤心地说：他是谁，珍妮？是你的情人？

黑暗中，珍妮没有回答。

那张年轻苍白，沾满了沙土的脸又浮现在我的眼前。他一言不发地躺在沙地上，无神的眼睛里还充满了对自由的向往。

让我见他一面。求求你，吉姆。珍妮的话音里带着令人恐怖的绝望。

我摇了摇头，慢慢地说：没希望了，珍妮，没希望了。

珍妮后退了一步，紧紧地咬着嘴唇，她颤抖着后退了一步，又退一步：我恨你，吉姆。恨你的帝国，恨你的军队，恨你的学校。

我想开口辩解，可是无从说起。我掉过头去，不敢正视她的眼睛。

直到珍妮漂亮而花哨的裙子在眼前飘动时，我终于忍不住喊了一声：珍妮！

她回过头来，嗯了一声。我看见一颗眼泪滑入夜色中。

我嗫嚅地说：后天我要走了，去寻找格纳尔达。这是父亲的意思，他认为男子汉要在战斗中成熟。

珍妮的眼睛在黑暗中闪着光。你不能这么做，吉姆。格纳尔达是……她止住了话头。过了一会儿，我感到她的柔软的手指滑过我的肩膀，又伸到我面前屈了屈，说：记住这个手势，吉姆，它也许可以帮助你，我也不希望你受到伤害。

五

格纳尔达是科鲁斯死海中最著名的强盗。他的名字能让伊斯河流域的居民发抖,他手下的喽啰敢和帝国士兵对抗。他埋伏在沙漠中袭击商队,掠去所有的克隆人。帝国数次派兵清剿,每一次他都能奇迹般地从绝境逃生。

父亲派我去执行这个危险的工作,我并不奇怪。柏拉图认为一个人的高贵品质最容易在战斗中体现出来。我敢保证父亲宁愿再等上十几年培养新的继承人,也不愿一个懦夫接替他的位置。为了考察我的举止,他让肖恩范斯上校当我的作战参谋。

精悍的帝国军队虽然无敌于天下,但对付这支小小的良莠不齐的匪盗却吃力异常。他们在干涸的河谷中像鼹鼠一样到处潜伏,穿着帆布鞋在晒得滚烫的沙地上跑得飞快,常常在星月无光的夜晚如同神兵天降般出现在猝不及防的豹Ⅱ士兵的战壕前。

尽管部下伤亡巨大,老谋深算的上校还是逐步把反叛者压缩到科鲁斯死海的峡谷里。那儿寸草不生,缺乏水源。上校想把他们活活困死在里面。

军队在谷口和峭壁上扎下了营寨,一个强大的单向力场障壁竖在峡谷和营寨之间,豹Ⅱ队员乘着沙地飞车在高处来回巡逻。格纳尔达插翅难逃了。

月亮升上天空,给下面旱谷中投下清冷的光线,谷底鬼影幢幢。我回到指挥部所在的帐篷里,肖恩范斯上校正在等我,立体作战图已经挂在了一张厚重而华丽的挂毯前。

我解下武装带搁在桌上,不过没有卸下铠甲。这个决定后来救了我的命。

门口有两个豹Ⅱ卫兵,屋里还有两个。我的两个随身侍从却不知上哪儿去了。他们是父亲特意拨给我使用的,全是沙尔姆型。我把他们分别叫作沙尔姆1和沙尔姆2,虽然我从来也没有分清过他俩。

我和上校还没交谈几句,一切就像突起的沙漠热风般爆发了。几个全身黑衣、黑披风的人影骤然出现在帐篷前，没等门口的两个卫兵发出警报，两柄白亮的尖刀就插进了他们的胸膛。

为首的黑衣武士旋风般地卷进帐篷，他浑身上下充斥着沙漠的粗犷气息，还带着凶狠的死亡味道。上校那身显赫的军服吸引了他的注意力（此刻我的军衔已经升成了上尉）。他凶猛地向上校扑了过去，把老头撞翻在地上。其他的黑衣人蜂拥而入，与竭力抵抗的豹Ⅱ卫兵搏斗起来。

纷乱中我瞥见上校的枪被一脚踢飞，一把闪亮的尖刀抵住了他的胸膛。尽管上校实际上是我的监视者，我还是不敢袖手旁观。我像一只猎狗那样向那位为首的黑衣武士猛扑过去，把他撞离上校面前。

我对手那惊人的搏斗技巧和力量险些让我当场送了命。他手里的尖刀灵巧地从我胳膊的纠缠中挣脱出来，狠狠地戳在我的肋骨上。我全身猛地一震，一股剧痛沿着肋下传遍全身。

但是那件高密度合金钢铠甲终于发挥了作用，使他的武器滑向了一边。我乘机猛力扳动他的左肩，同时踹了他膝窝一脚，他立刻像一头立地不稳的雄牛那样斜着倒下了，我顺手从他的皮带上扯下一把能量枪，对准了他的眼睛。

帐篷里众寡悬殊的战斗瞬间结束了。我看到两个豹Ⅱ卫兵倒在我的脚下一声不吭，上校也很不体面地倒在地上，七八个黑衣武士虎视眈眈地围着我。令我惊讶的是失踪了的沙尔姆1还是沙尔姆2竟亲热地和他们站在一起，我明白了他们是如何突破力障的。看着我手里的枪，他们仿佛有些不知所措。沙尔姆和周围的人嘀咕了几句，走上前来想要开口。

这时，一束绿色的激光束突然穿过低垂的营帐帷幕，击碎了他的脑袋。数十名精锐的豹Ⅱ突击队员端着枪冲了进来。死去的豹Ⅱ卫兵虽然没来得及发出警报，但是他们之间那种奇妙的心灵感应再一次发挥了作用，惊动了整个兵团。

局势急转直下，黑衣人的抵抗是短促的，没有求饶和请求宽恕，他们都像高贵的战士那样倒下了。

我除下被我制服的黑衣武士的头盔，被扶起的上校在后面噫地叫了一声，我才注意到那武士。这是一张饱经风霜、神情极其傲慢的脸，我一下明白眼前的这人究竟是谁了。

果然，他把头颅高高地昂着，毫无惧色地说：我就是格纳尔达，克隆帝国的死敌。你们可以杀了我，但是不可能杀死科鲁斯死海所有为自由而斗争的兄弟。

上校被军医扶了出去，我命令正在打扫战场的豹Ⅱ士兵退出去。

帐篷里只剩下我和这个桀骜不驯的汉子，他的双手被手铐牢牢地铐在后面。一时间我们都没有说话，只听见绕着帐篷走动的士兵沉重的脚步声。

我把手枪插回皮套，绕到他身后打开了手铐。格纳尔达怀疑地注视着我的动作。

我扶起椅子让他坐下，自己也在桌子对面坐了下来，说：格纳尔达，我想和你谈谈。

谈什么，让我出卖我的兄弟吗？他的脸上充满了厌恶和嘲弄的神色。

我把中指屈了屈，做出珍妮教我的奇怪的手势，他大吃一惊：你是？

你得答应不再和我父亲的帝国对抗，我就帮助你逃走。

你还是把我铐起来吧。他坚定地说。

我笑了，要求他必须换个名字再活动，否则我父亲会毫不犹豫地杀了我的。

他突然把手指竖在唇边，示意我噤声。我瞥见挂着地图的毯子动了一下。

我至今还不太明白躲在挂毯后的沙尔姆（后来知道他是沙尔姆1）是如何察觉到危险的，他一步窜出了厚厚的帷幕，想跳出门去。

格纳尔达动了一下手腕，一道寒光闪电般地扎中沙尔姆1的咽喉，他哼也没哼一声就死了。事情很清楚，沙尔姆1居然在我命令所有的人出去的时候留了下来，只可能他是接受了更高级别的命令——他是我父亲的密探。

我对格纳尔达那把金属制的薄刃飞刀很感兴趣，只有在古老战场上才有人使用这种冷兵器。

嘿，这么说，你是随时可以杀死我的。我拈起那把飞刀对他说。

你的手势做得很及时。格纳尔达说，他伤感地看了看倒在地上的那些部下，你有什么好办法吗？

帐篷里传出了两声沉闷的枪声。守候在门口的豹Ⅱ士兵闯了进来，他们看见披着黑斗篷的格纳尔达坐在椅子上，他的咽喉穿了个大洞，面目模糊难辨，胳膊上也被烧焦了一大片；他们的上尉拿着能量枪，脑袋边上的地图上插着一把明晃晃的飞刀。随后赶来的上校小心地拔出刀，说：他居然失了手，可真幸运。

我真得感谢那位在上校的眼部打了一拳的小伙子，他使上校没有注意到格纳尔达咽喉伤口处的血迹。能量枪是打不出那玩意儿的。

真正的格纳尔达已经穿着沙尔姆1的衣服混出了帐篷。两个沙尔姆的胳膊上的标记都被我烧焦了，没有人会知道到底是哪一个沙尔姆失踪了，哪一个死了。

我走出营帐，远处是月光下银色的群山，还有挺拔而优美的仙人掌，构成了一个仿佛被人遗忘了的世界。今夜两点我将打开力障，让格纳尔达和他的弟兄们逃走。我知道这是珍妮希望我做的，却不知道我做对了没有。

六

父亲对我的凯旋极为高兴，上校报告中给我的高度评价使他消除了对我的疑虑。我得以在克隆城中随便走动。

太阳西斜时，我回到了阔别已久的大屋。空地上长满了细茎针茅和三芝草。我摸摸无花果树上的一个树杈，上面还搁着几个粗糙的落满灰尘的贝壳。

我爬上木栅栏向学校望去，惊讶地发现依旧是尘土飞扬的操场上蹦蹦跳跳着一群七八岁的小女孩。我的脑海中闪电般钻入珍妮最后的话，她快毕业了。

我冲到学校里揪住了周夫子，老家伙吓坏了，前言不搭后语地说了半天我才听明白今天在金字塔大楼拍卖毕业的克隆人。

今天是太阳城里最热闹的日子，来自各地的商贾云集于此。有种植园主、印度土王、军火贩子，甚至还有一些国家政府的秘密代表。

我急步穿过拍卖大厅，不顾台下的骚动，一把揪住拍卖主持人的领子，问道：珍妮，珍妮型的人在哪儿，你都卖给谁了？

主持人看着我的脸色，忙不迭地指着后面说：得等全部售完后才领人，所有的人都在后面仓库里。

巨大的成品仓库设在一条通道两侧。黑房间里挤满了待售的克隆人，有吃苦耐劳、上肢发达的农夫；有四肢强健、技术娴熟的工人；还有温文尔雅、举止谦卑的仆人。我快步走过通道，终于找到珍妮们的房间。

珍妮，珍妮！

我在上百双温柔的蓝眼睛中徒劳地搜寻那双大海一般明亮的眼睛。这真像是一场噩梦。

我精疲力竭地靠在门上，只想放声大哭。

一只柔软的小手碰了碰我的肩膀。我触电般跳了起来，又痛苦地呻吟了一声：噢，你不是，你不是的。她长得和珍妮一样美丽，可她不是。

奥古斯先生，我是露西娅，您还记得我吗？

露西娅，我长长地叹息了一声。是的，我记得，她是珍妮的朋友。我紧紧地抓住了她的肩膀，问道：珍妮在哪儿，为什么不出来？我狂热地扫视着周围的女孩，想找到我的爱人。

露西娅低声叹道：太晚了，詹姆斯。她一直在试图逃跑，寻找通往科鲁斯死海的路。昨天她逃跑成功了，可是没能找到路，豹Ⅱ马上就要把她送到特训基地去了。

我不记得自己是怎么从楼里冲出来的。一架沙地飞车正从我眼前低低掠过，我一把拖住驾驶员，把他从飞车上拽了下来。

我开动飞车引擎时，巨大的加速度几乎让我晕了过去，我以可怕的速度飞行着，我的使命是从死神手里夺回时间。

天黑前一小时，伊斯河谷那些巨大的峭壁赫然耸立在我面前。我低低地沿着谷底飞行，看到几只兀鹰正在天空盘旋。

我把飞车停在了水洼边上。我看到了她！这可怜的女孩四肢舒展地躺在古老的海底地衣上。她那小小的脸向上仰着，美丽而恬静；她洁白的左臂上血肉模糊，那个引以为耻的奴隶标记永远地离开了她。

在痛苦和悲哀之中，我把头深深地埋在手臂上。在我艰难地离开那儿时，我仿佛感到珍妮那小小的身躯在我怀里颤抖，耳边回响着许久以前我们的对话：

吉姆，我真害怕有一天也会被他们抓住，送到永远见不到太阳的地方去。

那时候，我就去救你。

等我再次飞回河谷时，已是残阳如血。

珍妮躺在我用刺柳搭成的防兀鹰的棚子中，优美的身躯几乎没有变化。我从消毒箱中取出一根探针，轻轻地刺入她的肋下，取出一点体细胞。

这些细胞将会在克隆工厂那深深的地下室里培养增殖，与卵细胞结合。注视着这些细胞时我深深知道，那里面的每一个小圆球都是一个潜在的珍妮。她身体里的每一个基因都包含在里面，只等着卵子细胞质里的神秘化学钥匙来开锁。每一个微粒都包含着珍妮的金发，珍妮的眼睛，珍妮的头脑，甚至我想象还有珍妮的灵魂也在其中。以后的日子里，我将尽力培育她们。

在夕阳落下的方向，在金色沙漠的那一边，格纳尔达和他的克隆兄弟正在为着自由而战；在太阳城内庞大的克隆工厂里，越来越多的具有珍妮那样的叛逆精神的克隆婴儿也将不断地成长。

詹姆斯奥古斯创立了一个辉煌的帝国。我——詹姆斯奥古斯二世能用同样的能力摧毁它，在废墟上建立一个和平美好的克隆之国。蓝色——自由的颜色将是我们的旗帜。

决斗在网络

星 河

决斗是解决一切情感问题的最好方式。

时间：五分钟之后；地点：数理楼间的草坪。

我关闭了屏幕和终端，也关闭了眼前这两行无论怎样也清除不掉的字符。

电梯四壁反射着银白色的金属光泽，载着我向下离开这座以香港投资者命名的心理系豪华数学楼。

在心理楼北面是物理系和天文系灰暗陈旧的平淡楼房，在物理楼北面是数学系和信息系质朴肃穆的仿古建筑。在物理楼和数学楼之间，有一片供人消夏纳凉的绿地。

在即将到达绿地时我忽然改变了主意，返身进了物理楼。我希望先从隐蔽处一睹对方的尊容——万一他叫来一干人高马大的体育系帮手呢。

我当然知道他不会，所谓"决斗"不过是一种形象性的说法，在如今这个以智力论英雄的时代，我们决不至于为所谓"情感问题"而去借鉴中世纪的剑术。面晤的目的只是为了互相见见从未谋面的对方，多少也带点"英雄识英雄"的惺惺假意。再说既然我身出心理系，专业知识告诉我应该在对方毫无察觉的情况下先偷窥一下对手，这样将会使谈判对自己更为有利。

暑气抹杀了自动浇水器辛苦了一下午的功绩，嫩绿的小草烘托着席地而坐细语喞啾的情侣群体。至少在我目力所及的草坪内外都是偶数，唯一一位孤傲的苗条少女踯躅，举步间凝眸远眺，顾盼生姿，显然也是在等待王子的驾临。这里本来就是谈情说爱的地方，两名同性在这儿讨论信息传送问题那倒稀奇了。

对方没来。

但这恰恰说明他不可小觑。此时此刻，他一定也躲在数学楼里的某扇窗户背后，静待我的出现。

我是昨天下午才认识他的。

不过在认识他之前，我先在前天晚上认识了她。

那是我们组的上机时间，我很快编完了课内程序，又开始了百无聊赖的"散步游戏"。这并非真是一个电子游戏，机房老师看得很紧，在她眼皮底下没有玩猫腻的可能。我不过是在系里的电脑网络里偷偷给自己设了个信箱，然后借助这一跳板进入全校的公共网络。

所谓"全校的公共网络"就是 Internet 网络这一信息高速公路在国内的延伸，由于近年来所开设的民用出口日益增多，这一原本服务于美国军方的高新技术已成为包括我们大学生在内的普通用户的日常工具。不过照理说一个准文科学生不该对电脑系统了解得这么精湛，问题是我自己家里有台486微机，结果当同班同学还滞留在磁盘操作系统里踏步时，我便开始利用机房里的现代化先进设备和电子通信系统问津网络一隅了。

我"迈步""踏上"主干道，但这决不是我的目的地，只不过是借道而已。这是一条对全校开放的公共线路，每个有信箱编号的人都能随便出入，早已无奇可猎。它就像一条热闹而荒芜的大道，在这里采摘信息的企图只能是一种奢望。

而且，道路上充斥了各式各样的病毒，都是像我这类既无事又好事之徒有意感染进去的。因此在行进当中，我仿佛看到自己的邮件在一团团乌云般的病毒簇中艰难穿行。我极力摈弃这种想法，以免自己恐怖得浑身泛起鸡皮疙瘩。

好在我对病毒的看法还算达观，只要你不扰乱屏幕不强行死机，最起码不冲洗数据不篡改文件，随便开点儿玩笑倒也无关宏旨。事实上网里的病毒莫不如此，不是告诉你在超时离开女生宿舍而不被门房大爷训斥以至没收证件的秘诀，就是给你讲讲喝啤酒时什么样的酒瓶可以被称之为"酒头"，或者以半瓶子醋的心理学知识向你解释"梦见所有想买的东西云集一处"的深刻寓意。而后屏幕便自动翻了上去，丝毫不影响正常工作。我遇到的最有意思的一个小病毒名为"惩治饕餮"，它先是打出一行"今晚你打算到哪儿进餐，我请客"，接着便给出"香味庄""金达莱""乐群餐厅"和"兰州牛肉拉面馆"四处校内饭馆。我试着把光标移到"金达莱"处予以确认，可它却打出一行"今天关门不营业"，并伴随有一阵"嘻嘻"的窃笑，无聊透顶，弄得我哭笑不得。

开始我对病毒制造者或传播者的手法一直不明就里，因为这些病毒都不是从主干道上被释放的，那样的话网络检测系统很容易就能追踪到释放者，并紧跟不放直追至其出发点，结果便是取消恶作剧者的上机资格，校方可没我那么宽宏大度。

后来我终于发现，所有病毒的释放地点都是在备用分支道的交叉点上，说得更准确些是立体交叉通路的"立交桥"下。在这里释放病毒用一般的检测手段很难发现，而对这类小玩意儿校方也没精力大动干戈非要查个水落石出不可。

不过由于整个网络都是相通的，释放出的病毒很快就会传遍整个主干道。其速度之快，就像一个在海中遇难的人不慎割破了手指，附近海域的鲨鱼便立即能够嗅到那股血腥。

我离开主干道，无聊地在各个旁门左道信步游弋。家家户户"门窗"紧锁，我所有的叩访均遭碰壁。而当我试着瞎蒙人家的号码时，每次出现在屏幕上的都是一行不带任何感情色彩的单调字符：

您所打出的密码不正确，请您再试一遍。

我当然知道再试多少遍也没用。正当我已灰心失望，随意敲击键盘并准备退出的时候，突然发现一扇"柴扉"悄然而启。一时间我惊喜交加手足无措，眼看着一行行汉字流淌出来。

那是对方的日记。而且，本已加密的文件里显然是一席女儿情怀。我敢肯定对方在那边机房肯定"咦"了一声，因为我的无意干扰在那里不可能不起丝毫波澜。偏巧这时老师宣布上机结束，并边说边向我的座位走来，大概他对我两个小时的分外老实深感奇怪。我匆匆退出网络，抢在老师走近之前回身送了他一个微笑，只是面犹潮红心仍狂跳。

这是前天晚上的事，接着便到了昨天下午。

昨天下午我在系办帮老师录入资料。这种事本该研究生来干，但老师清楚他们在电脑操作上比我略逊一筹。不过老师还是低估了我的能力，或者说他有意多给了我一些上机的自由，他所允许的时间大大超过了真正的需要，这便给了我第二次"溜门撬锁"的机会。

上次虽然是胡乱敲出的密码，但毕竟也有规律可循，因此这回很快便碰试了出来。她使用的公开代码是"qiange@04.bnu.cn"。这是E-mail(电子邮箱)中很标准的一个代码：分隔符@前面的qiange是她的名字；04是工作站的机器名字，在这里无疑是系的代号；bnu是学校名称；而cn自然就是China。其密码则是一个英文单词：shield——盾牌，遗憾的是现在它已毫无阻挡功能。当"盾牌门"开启时，我仿佛听到钥匙打开门锁的悦耳嗒声。我就像一头得到示意的警犬，精神为之一振，大大方方地"登门入室"。轻车熟路，如返家中，毫无羞涩之感。事先我也曾担心能否再次得逞，我记起小学时在电子游戏室的一次经历：当时我不经意地拉开了游戏机下装有金属代币的钱匣，亮出满满一箱子的黄铜硬币，我顿时便觉出四周的贪婪目光已向这里扫来，只好心虚地赶紧关上；及至左右无人我想再次得手时，"芝麻"却再也不肯"开门"了。

在进入的同时我已捎带手搞清了04是中文系的代号。中文系的女生爱写日记，中文系的女孩多愁善感。

我就像一名窃贼一样蹑手蹑脚地走进一间属于别人的书房，并打开了人家抽屉里的日记。技艺高超者并不意味着就是道德楷模，高等学府并非一个完人的集合。

按照中央情报局的说法，"窥探别人的秘密是人类的天性"。

日记只是一段，因为加密文件超过若干行就会出现非法字符；里面也不过是那名女生的日常起居。从日记里看，这段时间她正在写一篇有关文艺心理学的论文，但她抱怨说在图书馆教育阅览室那浩如烟海的心理学典籍架上，要想找到她所需要的心理学著作几近徒劳。而馆内检索处的终端又只能查找已知书名或书名前面部分的书籍，不能像国外一样输入书名中的一个词或只输入书籍的意向就能列出书目。

这简直太容易了！我虽然没读过几本心理学经典著作，但我们系学生应该读些什么经典著作我还是心中有数的，她想查找的方向我一清二楚，随便开几个书名还不是易如反掌。我信手敲出几行书名和著者，并追忆着摘出了它们的大意。只是离开时我没留下任何其他痕迹，而且还抹去了书写时间，使她不知道我曾于何时进入，当然也就无从猜测我还将于何时再来。让她先惊讶一番好了，我就喜欢来点戏剧性。

仅仅在四个小时之后，那本日记便不再"摊"开。但在隔壁的一个开放文件里，一束五彩缤纷的鲜花正在绽放，一行花体的"Thank you very much！"斜斜地穿过画面。

这幅画我见过，它剪自一张大画。在网络里收发信件，会经常接到这样的贺卡——从一张电脑画中剪下部分画面，然后加上祝词发进网里。据说这种方式风靡 Internet 在世界各地的所有分支。

这就是说她也只会往网里发些现成的图案，与我的水平半斤八两。

中文系的小姐嘛，能比我强到哪儿去？

第一步成功了！我抑制不住成功的喜悦，马上再次向那空荡的信箱诉说留言。这次我是向她咨询中文系是否藏有品钦的《万有引力之虹》中译本。不能说我是故作姿态，这部有争议的"黑色幽默"经典名著一直是我梦寐以求的作品。

倒是在最后我又没事找事地额外打出了一句废话：

"顺便问一句，您会打领带吗？"

我自己不会打领带，我的领带到现在为止还是我过去的女友打的，后来女友和我吹了，我也就一直没敢解开它。

如果她不会打领带，说明她还没有男友。在情人节亲手为男友打上自己所送的领带，一直是这所高校世代相袭的传统。

我将等待她的回答。

不料今晚我再进网络时风云突变，任我使尽花招也不能挤进那条支路。我利用检验系统遥相查询，发现对方的文件依然敞开，可临门的通路却被死死阻塞。

通过进一步的检验，我发现那份文件出奇冗长，也就是说她留给了我一封长信，可我却不能够读到它！

无奈我只好退回出发点，看来我需要查些资料了。但我刚想退出网络，一个信息便如影随形般地紧贴着我进了我的信箱，无声无息地一通乱闯。

这要在平时我肯定会和他逗逗，看来如我一般寂寞无聊者大有人在，但今天我没时间，只想客气地请他出去：

"走错了，朋友。"

"没错，我是跟着你进来的。"

看到这行字我不禁一愣，跟着我进来的？莫非是她？难道刚才她是在试探我的能力？看来还真低估她了。

"你是qiange？"

"错了，我和你一样，也是追求qiange的人。你的同路人。"

原来我并不孤独。

"那你还是走错了，追求qiange追到我这里干什么？"

"只是通告一下，从现在起你可以退场了。"对方耐心地解释道，"我比你先进入qiange的信箱。"

"老天在生了周瑜之后完全有权力再生诸葛亮。"

"问题是你肯定再也借不着东风了。"

我修养很好地无语观看，停了一会儿对方又打出一行信息：

"另外顺便告诉你，领带可以这样打——"

接着屏幕上便出现了一段三维动画，一条色泽鲜艳的柔软绸带在一只无形巧手的摆布下上下翻滚，左右扭动，很快便结成一根成形的领带。

我的第一个反应就是伸手去关屏幕，可伸到半截还是停了下来。干吗不把这组图形移到我的信箱里呢，在如今这个时代里没必要跟任何人赌气。

我出门直奔图书馆理科阅览室，遇到劲敌最好的办法就是先提高一下自己的战斗实力。真是分秒必争！

然而从那天开始，我便经常在网里遇到一些怪事。姑且不说这次决斗的通知和其后的失约，先是信箱左近的通路发生局部紊乱，随后干扰因素便渗透进信箱内部，接踵而来的竟是拷贝文件功能的失效，最后干脆动不动就死机。最可气的是这些破坏的针对性极强，从系办终端到机房的学生用机没有一台出现毛病，唯独我用哪台机子哪台机子就出事，只要一沾信箱的边儿里面立即就被"塞"满一些乱七八糟的东西。我就是更改信箱号也没用，因为按捣乱者的话说，他已经掌握了我的"笔法"。虽然我觉得这纯属故弄玄虚，但我就是没有对策。从公来说我这是私设的信箱，不受学校规章的保护；从私来讲我的水平有限，与他斗智远不能及。唯一的办法就是我取消自己的信箱，可真要那样我还进不进中文系的网络了？

当然啦，病毒就不分青红皂白地随便感染了，自调目录起就开始光顾，从最古老的到最新型的一应俱全，我连累着全系所有的微机都跟着倒霉。幸亏系里有最新的杀毒软件，但由专人保管，因此使用起来也不那么方便。机房老师被弄得莫名其妙，变本加厉地惩处胆敢私玩游戏的学生。

问题关键在于我在明处，而他在暗处。我们光明磊落的人就怕恶人偷施暗算，唯一的办法只有抓住他的蛛丝马迹。

说实话这完全是出于无意，当我再次利用上机时间在主干道上漫无目的地闲逛时，突然发现一个熟悉的信息踪影。我紧跟上去，围追堵截，但他还是像一条鱼一样狡猾地迅速溜掉，我眼看着他进了数学系的子网络。

该死的数学系有一个自成系统的子网络，覆盖了包括数学系和信息系以及计算机专业独立网络的全部系统，使得我无法搞清他到底属于哪一部分。我穷尽了自己所有的电脑知识，同时借助主干道上一些可资利用的病毒，才挖掘出一条少得可怜的信息——系统告诉我对方的名字系由两个汉字或者三个汉字组成。这不是废话嘛！全校除了留学生和少数民族同学的名字稍微长一些，再刨去几个极其个别的复姓，谁的名字不是俩字或仨字？

但仅仅一分钟之后，对方旋即出现在我的信箱里。

"水平见长啊，会在信息高速公路上设卡子了！"

"哪儿呀，不过是在乡间小道上盯个梢儿而已。"

"是校园林荫路。"他纠正道。

"对对，情洒校园路嘛。"我随和地补充道，"数学楼前的草地小路。"

在对方再次发来信息之前有一个微妙的停顿，但立刻就被我捕捉到了。

"怎么样？没想到我居然跟进了子网络吧？"我想乘胜追击，再诈出他几句真话，"您在电脑里的动作稍微慢了那么一点点。"

"别累了，你什么也诈不出来，数学系的子网络决没那么好进。"他对我的诡计心如明镜，"不过能跟我到门口的人已经极为罕见了，想不到心理系居然还有这样的计算机高才生，上届计算机大赛你怎么没参加？"

与他谈话我发现一个很有趣的现象，那就是我们在一些术语和称谓的使用上略有不同。理科专业沿袭了他们导师以及导师的导师的传统词汇——计算机，而我们文科专业的使用者则更习惯称之为电脑。

"我参加的是非专业组，像您这样的专业组冠军当然不会注意到我。"我不失时机地再次套问他的身份。

"你真该上数学系。"他不理睬我的鱼钩，继续自写自话。

"其实我小时候也挺喜欢数学的，要不是后来成绩掉下来差点也报了数学系。"

"从什么时候开始往下掉的？"

"初中吧。小学我的数学成绩一直名列前茅，一到初中就跟不上趟了。"

"就这还称喜欢数学呢！"

"过了好久我才明白，闹了半天我喜欢的不是数学，我喜欢的那叫算术！"

我注意到导线在上下震颤，给人的感觉好像是对方在那边笑得前仰后合。

"谦虚了。"笑罢之后他打出评语。

"哪里哪里，和您相比显然还差那么一小截儿。"我的语句中不乏沾沾自喜。

"知道具体差在哪儿吗？"

此言一出我马上意识到要坏事，这无疑是一纸最后通牒。还没容我采取保护措施，屏幕中顿时漆黑一片，我被强行推出网络，回到刚才的dos状态下。紧接着，我便目睹了 Zero Bug（食零臭虫）病毒的巨大威力。

这是一个非常古老的病毒，但它的版本却不知被谁给升级了，我猜想罪魁祸首很可能就是对方本人。原始的病态特征是当病毒进驻内存并感染任意一个被执行的文件后，一只臭虫出现并缓慢爬行着吃掉屏幕上所有的零字符；可在我面前的屏幕上不但出现了众多的臭虫，而且我还有幸观赏了他新设置的尾声——当所有的臭虫争抢着进罢晚餐之后，一种鼻音很重的怪诞腔调念出了屏幕上那行隽永的仿宋体字：

"零，就是什么也没有。"

简直能把人给活活气死。

在剩下的时间里我就像无头苍蝇一样在网络里四处乱撞，希冀在主干道或者哪条羊肠小道上碰到那个家伙。我一想到这小子很可能就跟在我身后窃笑就禁不住怒火中烧，好几次中途突然"返身"，试图侥幸识破他的伎俩。然而后面从来没有信号，只有一阵阵无意义的电子干扰嘲笑着我过敏的神经。如果网络里还有别人，他一定会认为我是一个电脑痴人。

直到精疲力竭两眼发花时我才返回信箱。我的能力有限，在这个软件决定一切的时代里，我也只能算个电脑盲。今天是周末，我必须去"金达莱"补充点高级能量，就像给电池充电一样；接着再去舞场跳破舞鞋。按照一般文学作品的设计，我应该相当有缘地在那里遇到那位记日记的中文系小姐。

然而他再次贴着我挤进"箱"来，通知我今晚正式决斗。

他提出了几种决斗方式，包括在网络中互设障碍、互相追寻对方所隐藏的信息信号、分别进入某两家密码信箱——以及——电子游戏。但只要决斗一分出胜负，赢家就有权要求输家不再骚扰 qiange。这将成为一个君子协定而被双方同时接受和遵守。

不管他刚才是否跟踪了我，他在说这番话时毕竟非常严肃，没有丝毫嘲弄的意思。

我选择了最后一项。

我没有别的能力，其他几项我一无所长，而这项也是稍微长那么一点点；可以说我根本就别无选择。

而这也就意味着，我必须同时接受那个君子协定。

不过老师给我的时限已到，在我交出资料磁盘时也交出了系办的钥匙。我把这一困难告诉对方，对此他宽容地表示理解，并说他可以等待任何方便的时候。

但我还是如约应战了。一个研究生与我关系甚笃，我只对他说了一句晚上想在系办的机子上玩游戏，他二话没说便把钥匙给了我。随后我预备了充足的食品和饮料，给人的感觉是准备郊游而绝非决斗。

如今的决斗，是一种智慧的对垒。而头脑的应用，必须有其充分的物质基础——营养和能量。

晚上的系楼阴森而寂静，众多的雪亮灯光使我分辨不出走廊墙壁上自己的身影。虽然我知道这种所谓决斗没有任何危险，但还是无端地想起了俄国诗人普希金的情场饮恨，想起了法国数学才子伽罗瓦的决斗前夜。仅仅是一念之差，就使这些天之骄子命殒枪下。

他们是伟人吗？当然是。但他们也一样会为感情而献出自己年轻的生命。

难道谁能有权力借此而指责他们牺牲的无谓吗？

我颇有一种悲壮的感觉。

决斗当然不是普通的攻关斗技，那是街头小学生的把戏。对方刚才提出的是一种全新的玩法。

首先我们将利用网络中的"远程登录功能"让各自的电脑联通。由于是周末，检测系统无人监视，我们很容易就能"铺设"好一条通路。然后我们将把自己的主机与屏幕间的联系切断，而将对方的主机与自己的屏幕连接。这样，我所控制的就是对方的屏幕，而对方所控制的则是我的屏幕。

也就是说，我们将在自己看不见而对方却很清楚的情况下击键攻关。

我想所谓"盲棋"也不过如此。

在决斗——说得更准确些，事实上是一场比赛——即将到来之前，我几次产生出问一问他真实姓名的冲动。而且我相信，这会儿他也一定肯回答我。

但我最终还是放弃了这一想法。既然定下了君子协定，将来就必然有一方要被淘汰出局。如果我取得了决赛资格——与qiange本人还需要有一场长期的较量呢，那又何必一定要知道谁曾是我的手下败将；如果我今朝败北，难道还要在内心深处埋藏起一次曾被打翻在地的耻辱记录？

毫无意义！

寒暄之后是一阵冷场，短暂的几分钟好似太空肥皂剧般的漫长。

首先打破沉默的是他。他建议我们先互相熟悉一下对方所提供的游戏，同时还可以来一下短暂的热身。对此我欣表同意。

"当然，如果某一方发现自己对对方提供的游戏耳熟能详，完全可以非常绅士地提出更换。"他补充说明他的建议。

别做梦了，我有那么绅士吗？我巴不得他所提供的游戏正是我的强项呢。

此时此刻，胜利的欲望已经压倒一切，甚至压倒了胜利后的效果本身。

游戏一上屏幕我的心里便乐开了花，我本能地用手捂住嘴唇。其实他要真在我身边这一系列动作根本就瞒不过他的眼睛，好在我们毕竟还距一箭之遥。

这个以主人公进取杀敌的游戏我虽不曾从头到尾地亲手玩过，可我却清楚地知道使主人公"无敌永生"和"拥有一切"的秘诀！

这就相当于知道了世界级大毒枭在瑞士银行的账号和密码！

但我仍旧故作新奇地详细询问了游戏的规则和方法，而他也不厌其烦地对我解释个不休。其实并没有人要求他这样做，是否向对方完整而无保留地介绍游戏情况完全出于决斗者自愿，他只不过是在实践他的绅士风度。但关于秘技他却只字未提，我猜想或许他根本就不知道有这么一说。

这是一个残酷而真实的游戏。游戏者置身于一个场景宏大而细腻的大型建筑里，独自面对众多扑上来的恶鬼。在屏幕的底端，显露着代表游戏者的裸手，使每一参与游戏的人都有一种魔鬼随时都会兵临眼前的逼真感觉。

接着我又假装笨拙地将他的提示一一加以试验，直到没有问题方始罢休。说实话我这还真不能算是完全"假装"，因为我对这个游戏几乎一无所知，只是在别人家无意记下了它的攻关秘诀。

接下来是我向他介绍我的游戏。我提供的游戏非常简单，就是大家所熟知的"俄罗斯方块"。

他马上反馈回信息，告诉我他是全系数一数二的高手。别说是"平面俄罗斯"，就是它的升级版本"立体俄罗斯"也一样不在话下。他诚恳地希望我换一个游戏。

看来各人层次就是不一样，人家武松专挑大虫打，哪像我这样只会打猫！

"我手头只有这个游戏。"

"那决斗可以延期。"他的语句斩钉截铁。

"我答应过的事情决不变卦。"我的回答同样不容置疑。

"日期是我临时通知的。"

"开弓没有回头箭！"

他没有发回信息，显然是在考虑劝说我的最好办法。我不失时机地挪揄道：

"你以为你在蒙上眼睛的情况下也能搭好积木吗？别太自大了好不好，明眼人和瞎子可完全是两码事。"我故意把语气使用得极为恶毒，"该不是害怕了吧？"

"那好吧，如果你输了可不要后悔。"他在那边一定叹了一口气，"君子一言，奔驰难追。"

"波音难追。"我补充道。

他在那边一定又略带内疚地长长舒了一口气。

不过这口气他舒早了。这次比赛——这次决斗，他根本就赢不了。

就算他的"俄罗斯方块"玩得全世界数一数二，就算他瞪大双眼盯着屏幕玩，他也一样赢不了。

因为这是一个经过游戏者擅自改编的版本，而其创意的提出者恰恰是我本人。更重要的是，它在外界从未流传过。

这是我一个哥们儿的杰作。他的专业本是医学工程，对于电脑来说他和我一样也是半路出家。但由于他天资聪颖和接受能力极强，使得他对电脑早已驾轻就熟到了极点。说实话，我之所以能有今天，幸得他的耳濡目染。

这个游戏共有二十关，但事实上从第十二关开始就已经没有实际存在的价值了。当游戏者玩到第十一关的时候，在各种参差不齐的鲜艳色块中，会时而出现一种特殊的图形。

那就是圆形。

比赛开始前我们互道了一声"再见"，然后各自进入自己的阵地和角色。

一上来我就把眼前的屏幕关了，我不想审视他的出色表演。反正前十关他玩得再好我也只能干瞪眼，而再往后用不着我看他也玩不过去。我没必要招自己心烦，那样只会扰乱我的心绪。

我只是专注地倾听着我所进入游戏的逼真伴音。

不过我很谨慎，在刚开局时没敢使用秘技，凭着自己的一腔热血横冲直杀。如果从一开始我就所向披靡，一定会引起他不健康的注意和激动。

先死几条命不要紧，要紧的是必须保住最后一条命。

然而我实在是太笨了，第一关没过就丢掉了自己的全部性命。没有屏幕显示，使得我不知道应该在何时开始选用秘技以保留生命的火种。正当我恐慌之际，对方在百忙之中发来了信息：

"你可以重新开始。你可以有无数次的选择。我们的胜利标准是谁先成功，而不是计算你经历了多少次失败。"

说得太好了。

在我的感情历程中，又何尝不需要这样一种激励和强化？

想当初大革命失败以后，活下来的共产党人掩埋了战友的尸体，揩干净身上的血迹，擦拭掉面颊边的泪水，化悲痛为力量，埋头奋起，从头再来。

楼外飘来悠扬的乐曲，我这才突然想起今晚不但在新北舞厅、图书馆一层以及教工食堂办有舞会，心理楼下也将举行露天舞会。一想到这儿我心头就不禁腾起万丈怒火，要不是他这颗横插进来的扫帚星，说不定今天我就能通过网络邀请到那位中文系小姐共舞良宵！

可现在，我居然要对着关闭的屏幕不停地敲击键盘！

但我很快便冷静了下来：

只要今天能够早些取胜，还是有可能到下面去寻访那名小姐的；

而只要是最终取胜，即使今晚无望，也还有明天、后天；

但如果今天不能取胜，那就连下礼拜、下下礼拜都没戏了！

成败在此一举！

经过几次生死之间的轮回反复，我估计他已逐渐考察清了我的能力，即使仍在观察也已放松应有的警惕。于是，我悄悄开始了自己的投机生涯。

我首先打出五个字母，它使我的主人公变成了金刚不坏之身；

随后我又打出五个字母，它使我的主人公拥有了所有的装备。

如果这时他看屏幕的话，就会发现在主人公的头部示意图中，双眼已经变得金光四溢；而在旁边的库存示意图中，已经填满了所有的武器标号和彩色钥匙。

但是对方毫无反应，看来他现在正处于如火如荼的关键时刻。我抽空打开屏幕看了一眼，发现他尚在十关之内苦苦挣扎。

别着急，好戏还在后头呢。

游戏中可供选择的武器多达七种，有单发与连发的各式枪炮，有电击金属棍和火焰喷射器，但这些我都没有选。我选择的是一把电锯。

我要用电锯将这些吃人的魔鬼一一切割成碎片！

透过虚幻的夜幕，我仿佛看到所有的妖魔鬼怪都在我的电锯下纷纷倒地，血肉横飞。一种人莫予毒的施虐快感油然而生。

"你真残忍!"

他还是抽空看了一眼，我不禁吓出一身冷汗。好在他没发现我的阴谋。看来他已经面临关键时刻，无暇再认真注意我了。

我有百分之百的把握相信，像他这样的高手，在感到吃力时一定也会把别人所操纵的屏幕关掉，以免扰乱自己的心智。

但难道是我残忍吗？如果我不消灭它们，我就会被它们的魔爪所抓挠，为它们的利齿所撕咬，受它们的炮火所炙烤；我将身首异处，我将碎尸万段，我将暴尸街头。

即使有了"金刚不坏之身"，我也一样遇到了极大的阻力。因为在这如系楼般迷幻的巨大建筑里，我始终找不到那正确的出口。即使我手中钥匙无数，并随时可以提取出来，可没有门扉，掌钥千把也是枉然。我像一个瞎子一样在其中胡打乱撞。

一阵令人沦肌浃髓的音乐声陡然响起，我有一种明显的感觉：他过关了。

他过了第十一关了！

在有圆形积木出现的情况下，他居然过了第十一关！

我急忙打开屏幕，事实果如所料。

我看到一个个姹紫嫣红的圆形构件从屏幕上方徐徐下落，而一只在冥冥之中操纵的手则将它们一一摆放到占有两个位置的空档。这一安排不但充填了虚空缝隙，也使圆形得以固定而不再滚动。

恰恰是因为没有屏幕，才使他不带成见地正确解答了这道难题。他终于在直线与曲线之间找到了一种折中与和谐。

只能说对方天生就是电脑才子，今生今世我永远也不可能超过他。

我顿感焦躁不安，每当事情不顺手时我一概如此。我只喜欢一帆风顺，很怕处理亡羊补牢或力挽狂澜之类的险情。

虽说后面的圆形会越来越多，但我相信对他来说已经跨过了一次质的飞跃，下面就仅是量变而已。他会非常得体地处理好这一情形的。

我唯一所能寄托的希望就是第二十局了。在那一局里，所有的下落积木都将以同一种形式出现——圆形。

就在这思忖的当儿，从伴音系统中不间断地发出用利甲撕挠肌肤的声音——魔鬼们在凶狠地抓挠我的后背。如果不是我有无敌的功能，我的后背肯定早已鲜血淋漓。

我突然车转身来，挺锯便锯，一时间魔鬼怪兽凄楚惨叫，血如泉涌。

难道是我残忍吗？是我残忍吗？

与此同时，我也加快了自己的进攻步伐。

根据判断，我现在所处的地方还仅仅是第三关，而这一游戏总共似乎有五关之多。无论我怎样如没头苍蝇般地四下游走也找不到该走的道路，我始终不能像他一样突破自己的固有局限。

但我仍凭借自己的无敌之身迅速向纵深挺进。这一回我严格地按照右转弯的原则前进，同时一路上不停地尝试着使用钥匙，我相信这样我必将遍历所有的道路和关卡，早晚能有出头之日。

我仿佛追随着自己在那巨大无比的迷宫中摸索，因疲惫而传出的喘息长叹自很远很远的地方传来。

此时此刻，对方正在攻打第十六关。

从刚才起，我就再也没敢把屏幕关上。

紧张使我的掌心汗如雨下，我不停地在笔挺的西裤上抹来抹去。现在已过夜半时分，不会再有人来注意我的着装打扮是否符合舞场标准了。

寻找出口的工作依然没有丝毫进展。

我不相信自己会放过出口的大门，因为我已经沿着墙壁一寸寸地缓慢移动了至少三遍。现在唯一的可能就是这一关根本没有出口！

看来所有人的心境都是一样的，我们完全有权以小人之心度小人之腹。

问题在于，圆形积木对于他这样的电脑天才无关宏旨，而没有出口的甬道对我这类天资鲁钝者来说却是登天蜀道。

我沮丧地操锯向金属墙壁猛然锯去，一阵阵饱含讥讽的刺耳噪音旋即反弹回来。

但是等一等，我在极度绝望中突然茅塞顿开，想到了另外一种可能性——

当你开始沿墙壁右转弯的时候，如果它是一个自我封闭的系统，那么你将只能绕着它循环往复地不停环绕，永远也走不出来！

而我刚才决定以右手型前进时，显然不知道自己身在何处！

非常简单！

我略微整理了一下思路，然后毅然向通道对面移去。经过了三遍的环绕，我已经对这里的地形了如指掌。闭着眼睛我也照走不误——倒真应了这句俗话。

这一回我必将凯旋而出！

而且，凭着我的不坏之身，下两关也同样易如反掌。

此时此刻，他仍停留在第十六关。

看来量变一样也能引起质变，在紧张焦躁当中我仍没忘记粲然一笑。

再踏征程，这一回我满怀信心。举步前进，所到之处，挡我者死。

突然，我在垂直方向上下降了一个明显的高度。我顿时意识到情况有变，从周围的嘈杂声中我猜测到，我掉进了那墨绿色的毒液池塘！

在整个游戏中布满了这种池塘，当然对我的无敌身躯来说它们与一汪清潭毫无区别。但是这回，我却本能地有一种不祥的预感。

果然，当我试图举步离开池塘时，我发现自己力不从心。小小的池塘被我转悠了个遍，但巨大的落差却使我根本无从攀缘。

我无法从这里爬上去！

我拥有着永远不死的身躯，却将被困在这里永无出头之日！

一阵阵低沉的咆哮自不远处传来，怪兽们显然正围绕着池塘不停旋转，虎视眈眈地瞪视着我。它们在等待，等待着我的肉躯无力抵御毒液侵袭而支撑不住时，它们将下塘饕餮进餐。

我听见有些魔鬼已经开始脱衣了。

此时此刻，他已经挺过第十六关，开始攻打第十七关。

而我，却被困毒池，欲行不允，欲死无门！

魔鬼们终于与我在这小小的池塘里短兵相接了。我几乎没有还手，只是坐以待毙，反正它们不能伤我毫发。

我感到魔鬼们以其令人发指的暴行对我虐待摧残，我难过地闭上了眼睛。

在一阵大汗淋漓的搏斗之后，魔鬼们终于发现它们不可能置我于死地，数以十计的魔鬼竟对付不了我一个小小的人类。

我似乎听见有人窃窃私语，我猜想它们是在商讨对策。

它们再次向我聚集。

这一次，它们抓住我的头发往毒液里按去。尽管我紧闭双眼，却好似看到四下一片墨绿，我几乎能感受到黏稠的毒液在浸润我的肌肤。虽然我没有丧生之忧，却感到一种极度的无助和绝望。

两行干涸已久的热泪从我的面颊上缓缓流过。

此时此刻，他正在第十七关里移挪承转，安排着那一块块方圆相间的空间。

我必须制止他。如果他侥幸得胜，我将失去这最后的机会。

我虽然没有死期，但我却毅然退出了游戏。

同时，我拿出了"CH桥"。

"CH桥"的名称并非来自它的形状，只是取其"人机之间的桥梁"之义。事实上它的外形如同一个摩托头盔，但却是由柔软的塑料材料制成，随身携带极为方便。通过它，从理论上可以实现人机联网。

之所以说是"从理论上"，是因为它还从未被使用过。

这又是我那个哥们儿的一项发明，但没等来得及付诸实践，他便被直肠癌夺去了年轻的生命。后来这个玩意儿便一直珍藏在我的身边，我揣摩出它的使用方法，并画出了一份不合规范的设计图纸，等待着有一天能够以他的名义去申请专利。

今天我之所以敢于应战，一部分原因也在于我手边有这样一把杀手锏。事实上自从我刚开始被他纠缠之后，"CH桥"便一直被我带在身边。

"CH桥"的道理非常简单，只要你对脑电波图的原理略知一二就能马上理解和领会。人的大脑会产生出轻微的生物电流，那么只要将它连接到电脑网络当中，通过一系列诸如三极管之类元器件的放大作用，肯定会引发多米诺骨牌般的连锁反应，最终必然能大到足以改变电脑中的参量。

当然啦，我相信像什么"三极管之类"对我的哥们儿来说已经如木牛流马般的古老和原始，我只是以我的知识水平和理解能力来解释"CH桥"的工作原理，其中必定还有许多我所不知道的名堂。时至今日我很想再一次聆听他的教诲，但他却只是经常无声地出现在我的梦中。

贸然使用将有可能冒很大的险。使用"CH桥"进行人机联网的时间最多不能超过三十分钟，否则将会对人脑产生极大危害，一个最为直接的可能性就是使操作者变成植物人。尽管哥们儿生前的话危言耸听，不过话说回来，这么长的时间还不绰绰有余吗？

我机械地安装着各种插头，面色冷静，动作准确。在这样一个特定的时刻，我忽然意识到以身殉情，死不足惜。我们所处的时代，是一个安定祥和的时代，在这个没有英雄时代里，我不想有什么壮举，只不过想得到一位小姐的青睐。

我戴上头盔，放下面罩，把面孔与现实世界分割开来。

我的手指触摸着拨动开关，浑身感受到一阵轻微的振荡，没有什么不适的感觉。紧接着，我便感到四周已是雾霭一片……

我以一种从未经历过的兴奋体味着周遭的一切，刚才初入网络时的晕眩早已荡然无存。左顾右盼，墨蓝的天空中充斥着电子天使和魔鬼，一个个清晰逼真却又触摸不到；俯身鸟瞰，心物诸楼鳞次栉比，依序流过；背景音乐是罗大佑的《爱人同志》。也许这只是因为我在以一种人类的眼光来看这个世界，因此衍生出许多人类社会的真情实景梦幻遐思。

如果由它们来看，会不会也把我看成一粒普通的电子？

我随意飘荡着，几乎忘记了自己进入网络的目的。我记起高中时代的一个梦境：一颗不听妈妈话的小彗星淘气地低飞浅游，被地面上的我伸手一把抓住，滑溜溜的，似无筋骨；彗星妈妈在上面焦急地呼唤，我一松手，小彗星迅速向上蹿去，重新傍依到妈妈身边。

现在，我就像那颗无忧无虑无牵无挂的小彗星。

无论天使还是魔鬼，它们都是电脑病毒的化身。我仿佛如梦方醒，又好似早已洞悉。思绪的疾速变化已使我跟不上它的步伐，我像一个睁大双眼痴痴望人的无知孩童一样贪婪地接受着一切新奇东西。我同它们嬉戏欢笑，轻歌曼舞。我们亲密无间，形同挚友。

因为现在，我本身就是一只电脑病毒。

现在我终于明白，它们——我们——为什么会被称为病毒。因为我们具备自然界病毒的一切特征。在那里，比细菌更单纯更微小的病毒介于生物与非生物之间，它的主要构成是具有记忆功能的核酸DNA和RNA，以及包围着它们的蛋白质外衣。它虽然自己不能繁殖，但却可以寄生在宿主细胞里攫取细胞核糖体、酶以及一切维持生存的物质。病毒的DNA或RNA一旦潜入宿主的细胞，就会以猛烈的势头开始繁衍生息，于是宿主细胞里充满了病毒，以致最终产生破裂。

而这只不过是病毒最典型的一般生活方式，还有一种更为阴险毒辣的病毒。我狞笑着在想象中类比着自己。它们会在宿主细胞的DNA中插进它们自身的遗传基因！有一种RNA病毒就是如此，它们在插进宿主细胞之前就已经带有一种从RNA到DNA逆转录酶的基因，使得所感染的疾病成为不治之症。插进病人DNA里的病毒遗传基因很难清除，于是病人的染色体总是没完没了地编码和复制，无休无止地产生着病毒。

我们相信，今天人类体内某些DNA的一部分就有来自病毒的可能。可以想象，早在远古时期人类祖先的DNA中，便已被那时的病毒插进了它自己的遗传模板。人类与病毒的战斗将遥遥无期，究竟鹿死谁手更是殊难把握……

虽然从心理楼传输到数学楼只需要不足半微秒的时间，但我却仿佛度过了无数的岁月。在我的身上，刻画着上亿年的沧桑。

我的族类是一个比人类历史更加悠久的种族，我们在新的时代将以新的面貌与人类一争高下，决一雌雄。

一争高下？决一雌雄？恍惚间我原有的人类本能突然被唤起，我记起自己重任在肩，无暇在此游戏闲逛。游戏？我下意识地折转身躯，摆脱开同伴的纠缠，迅速向数学系子网络系统奔去。

离开了伙伴，我的心头一阵失落；但也正因为离开了伙伴，我的心境才日益清晰。

我必须赶快！

我本来的计划是通过网络进入对方的系统，抛弃了物质载体的我现在已无物能挡，所有有无密码的大小道路都对我畅通无阻。我将利用自身的病毒性质将"俄罗斯方块"游戏的程序再次改变，使其反复编码和复制，让关数无休止地延续下去！

我必须赶快！

然而在进入数学系子网络的大门后我却遇到了困难，因为三条完全平权的岔路展现在我的面前。

本来我应该只选择其中一条通路的，但电脑病毒的本能使我不肯放弃任何一个感染他人的机会。于是倏忽之间，我的意识已裂解成三个相对独立的部分，分头流入三条不同的通道。

我想问题就是从这里开始的。

我的第一支意识直扑通路的尽头，压倒一切的胜利念头仍旧没有被其他杂念所取代。

我的第二支意识则开始自我制造未来历史，并不实际存在的飞旋时钟超前运转，指针悸动铮铮有声。

我的第三支意识缺乏足够的能量支持，随意游走于数学楼的走廊，漫无目的地扒看着一扇扇门扉窗棂。

我的第三支意识透过玻璃，窥视着一行行自习的人群。

但这本该是昨晚的情形，却被后推到了拂晓时分！

我的第二支意识返归楼外，校友捐赠的新型电脑终端大联网系统正被正式展示和开启。

但这本该是上午的场面，却被提前到了凌晨时刻！！

我的第一支意识依旧执着，很快便到达了目的地，透过屏幕望见已陷入绝境的游戏者……

她竟然是一个女生！！！

一时间我感慨万千，与她相识的整个经过在我脑海里汩汩流过。局势霍然间变得明朗起来，因为我那已具电脑病毒特征的意识无所不知，刹那间我终于看透了这其中的前因后果，阴错阳差。

她与我进入了同一个信箱；但她所读到的，显然是一个男生的日记。

那个信箱，是一对情侣合用的不完全分隔箱。

文件相通，号码相同。

我一直以为qiange是"钱歌"，而她则将此词理解为"齐安格"。

而实际上，qiange是两个姓氏的组合，它们分别是"强"和"鄂"。尽管这种拆解方式最难为人所想到，但事实就是如此。

我们各自误会了对方，竟各自为追寻一个已有伴侣的幻影而打得头破血流不可开交。

我一直不知道她竟然是一位小姐，她也始终不曾料想到我是一名男士。

而那天，那位形只影单的小姐所等待的，正是我。

本来，我们该相逢于草坪而不该决斗在网络。

但是，已经晚了！

由于我的进入，游戏程序受到了极大的扰动，联机系统也不再稳定如初。而最致命的一点是，她的意识已被强行劫掠，同我一样也进入了网络！

而此时我已无力控制局面。火一旦着起来了，玩火者自己也就控制不了局势了。

同样，她的意识也被一分为三，各自为战。

她的第一支意识进入屏幕继续与我针锋相对，难以了结的冤怨依然不能得到化解。

她的第二支意识则飞向楼外，如小龙卷风一般在楼前的绿地上如妖舞袖。

她的第三支意识缺乏足够的能量支持，漫无目的地行走于楼道走廊之间。

理性睿智的第一支固囿成见，不肯化干戈为玉帛！

淫邪丑恶的第二支得鳔宣泄，正欲伺机再做破坏！！

胸无大志的第三支游手好闲，力不从心无所事事！！！

而在心理系和数学系的两间屋子里，两具无魂肉躯正面临着极大的危险。

三十分钟的沙漏正以其平静而均匀的速度完成着自己对时间流逝的验证使命。

情势已迫在眉睫。

再这样拖下去，当太阳出来的时候，朝霞只能照耀到两名植物人身上。

或者说得更准确一些，是CGP病人。

所谓CGP，就是 Computer Gaming Pseudodementia 的缩写，意即"电脑游戏性痴呆症"。关于这一病症以前我曾详细读过有关介绍材料。它最先发现于美国，目前患者已为数不少。尽管所有患者在身体素质、神经类型以及各方面的经历上都大相径庭，但他们患病时恰恰都正坐在电脑前操纵键盘杀敌攻关。美国政府已将所有患者秘密收容起来，与其说是为了避免恐慌，毋宁说是意欲从中发现一条人机对话的可行途径。

但我没有忧虑。当一个人的意识已被肢解，意志已遭湮灭时，他是不会有丝毫忧虑的。我不动声色地斜视我的第一支与她的第一支兵戎相见，略带犯罪快感地目睹展览样机内我的第二支听凭她的第二支游说蛊惑，悠闲恬静地看着我的第三支和她的第三支柔肠百转互诉衷情。

第三部分最具情节。

没想到我已支离破碎的整体意识居然依旧能阐述出自己的观点。

那就看吧——

我的第三支与她的第三支在走廊交肩错过，继而动心驻步，再继而回眸凝视，一切都是那么顺理成章，自然而然。

在一个没有英雄的时代，我们只有等待结局的到来。

接下来的便是诗情画意，便是缠绵悱恻，便是交融汇聚。

然而，随着两束意识的集聚，一种新的意识观念窗口被打开，它突然意识到了问题的严重性，迅速向楼外奔去。

由于它的出现和环绕，连锁反应赋予了两个第二支以新的感受。虽然它们暂时还不能如第三支一般汇集融合，但是，这种意识已经产生。

所缺乏的只是实际操作能力。她的第二支与我的第二支之间虽然只有一扇屏幕，却有如相隔着千山万水，在非转换状态下根本不可能出入屏幕握手相逢。唯一的办法是她以粒子形式高速冲撞终端前的变异空间，并使病毒本形被激发出来涌进屏幕。

然而，即使是百米达标的速度也不及这个初速，而没有初速就意味着根本不可能进入。我们现在的意识都是电脑式的意识，对局势我们有着充分的估计。

展示台前熙熙攘攘，工作人员忙忙碌碌，剪彩仪式就要开始，越来越多的人将会出现在这一被提前了两个小时的空间里。

一旦足够多的参量被牵扯进来，这就将成为一次不可更改的历史事件而被永铭史册。

但是，存在一块比其他空间的时间要早两个小时的空间，会使整个世界从此变得混乱不堪！

不能说在这一决定中我的意识没有起丝毫的作用，因为此时我们的部分已融为一体。但我还是明显地感受到了她的果敢与机敏，单凭我的智商绝对无力作此决断。我坚信有时候对整个人类命运的深刻思考，未必如对自己健康的担忧更能有益于历史的发展进程。

她飞身蹿上旁边一辆没有熄火的桑塔纳。

在场的工作人员一片躁动，无不失色动容。

我的第三支见到轿车的尾灯随风闪烁，似睹盏盏萤虫；

我的第二支听到轿车的马达恣肆轰鸣，如闻千军万马；

我的第一支看到轿车的顶篷熠熠反光，犹瞥璀璨星河。

演出正式开始。

后来我多次在梦境中重新回忆起过这一终生难忘的景象：

那辆桑塔纳自缓慢而逐渐加快，随着一个踉跄似的猛烈抖动骤然加速，以其突兀的爆发力将展台前的一排桌椅撞得东倒西歪，桌上的鲜花水杯四下飞散。在雄壮的音乐声响伴随下，我清晰地看到一柱浓郁的棕色茶柱从杯中激溅射出，就像俗称"变色龙"的避役在捕捉昆虫时疾吐的长舌。

我所在的电脑屏幕连同主机一同飞升起来，颠扑震跃，如日中天。我在里面跟着电场机械一同翻滚悬旋，左摇右摆。只是在行将坠落的瞬间，才在动荡中给了外界仓促的一瞥。

在这动荡的最后时分，她的身影倏然间化作一道长虹般的彩束，飞也般地射向屏幕窗口。我感到刺眼的光芒直逼眼帘，令我闭目并几乎窒息。

我的第二支意识与这束辉光紧紧地相拥在了一起。

紧紧地相拥在了一起！

随后，双方合并后的第二、第三支绞成一束并直扑楼上，奋力将两个相斗犹酣的第一支强行分开。

再贴近时，已经全然没有了刚才的仇恨。渡尽劫波历经磨难的两个第一支纠缠扶掖，携手拉扯，一同加入已经难分彼此的双倍整体意识当中。

终于完成了最终的熔融。

双方在眷恋中充分表达着各自的感情，世界上所有的时钟都为之停止了走动。

但是必须分手了。自然界有其自己的步伐，长夜已经过去，黎明就要来临。

自然是依依不舍。

没有关系，属于我们的时间还长。属于我们的现实时间无限漫长。

再度分成两支，只是已很难分辨出自己是否还是当初纯粹的自我。一步三回头，各自返回原来的出发点。假如这时有人注意到了它们，也只会误以为是清晨霞光中那最初也是最特别的两道。

我仍坐在心理楼那昏暗的系办公室里，电脑背后的窗帘微微开启，金光流溢。仿佛刚刚被松绑的我下意识地活动了一下臂膀，然后以娴熟的指法敲向键盘。

"你困吗?"

"一点都不困。"

"那我们去共进早餐。"

"上午去草坪看展览。"

"下午去图书馆——对了，下午图书馆不开。"

"可晚上舞场肯定开。"

"我只是担心……我只是担心……"不知是因为疲惫还是心虚，我费了好大的劲才把这句话写完整，"我只是担心数学楼前真的满目疮痍，一片废墟。"

"你太投入。"从这句简单的回话中我似乎看到了她的微笑。是的，刚才我已经见过她了。"刚才的一切都只存在于我们的记忆当中。"

我走出电梯，四周静谧无声，大部分人都还在睡梦中没有醒来。

外面的世界曙色初露，晨光熹微。

外面的世界旭日东升，云蒸霞蔚。

外面的世界湛蓝无霾，晴空万里。

生命之歌

王晋康

生命定义

一、生命是一种时空中的构形，而不是物质的实体（生命的砖石原子，在新陈代谢中早已更换过多次）；

二、生命能自我复制（骡子除外）；

三、生命体能够生长；

四、生命具有能自我描述的信息存储；

五、生命体和外界有新陈代谢作用（病毒生命则是依靠宿主的新陈代谢）；

六、生命对环境有官能性影响和调节作用，机体还能产生和控制它的内部小环境；

七、生命体各部互相依存；

八、生命体对外部环境的小干扰是稳定的；

九、生命必然有进化能力（不是指个体，而是就其种族而言具有这个能力）。

楔 子

2037年秋天的一个早晨，北京大学燕南园的高级住宅区里，仍像往常一样响起了钢琴声，这是孔家的独生女儿小宪云在做早课。

她今天弹的是门德尔松的《仲夏夜之梦序曲》。宪云今年五岁，但指法已经相当老练，她十指翻飞，这首悠远清灵的乐曲从指下淙淙流出，而她也仿佛跟随着琴声进入了彩虹般朦胧的夜景，她母亲在身后静静地听着。

一曲既毕，这位中央音院的教授轻轻鼓掌："云儿，弹得真好，就到这儿结束吧。今天是你爸爸最重要的日子，我们也到试验室去观看。"

她把宪云抱下琴座，合上星海牌高级钢琴的琴盖，然后牵着小女儿，步行穿过北京大学校园的林荫小径。小宪云跳跳蹦蹦地走着，一边好奇地问："妈妈，爸爸是不是今天要把元元弟弟生下来？"

"对。"

"爸爸也能生孩子吗？元元也在他肚子里吗？"

妈妈笑了："云儿，长大你就会明白的。"

随后她就不再说话。小宪云偷偷地仰起头看妈妈，她觉得妈妈今天的神情很特别：庄重，兴奋，也多少有些紧张。当然，这些微妙之处是她成年后才感悟到的，但这一天的所有场景都极其鲜明地烙印在她的记忆中。

北京大学生命科学院试验大厅坐落在一座千年古塔旁边，是一座现代化风格的仿生建筑，龟壳形大屋顶十分轻薄，透光度可以随阳光强度自动调节，四周是十二根洁白如象牙的柱子——实际上它们就是象牙，是用象牙生长基因制造的仿生物材料。墙壁上的珍珠质涂料在清晨的阳光下变幻着绚丽的色彩。

大厅里已经挤满了来宾。他们轻声交谈着，怀着近乎虔诚的心情注目前边的蛋壳形试验室。玻璃墙里面，穿着白衣的工作人员在做最后的准备工作。中心人物是一位三十五岁左右的男人，身材瘦长，但肌肉强健，动作富有弹性。他正在有条不紊地下达着命令，表情冷静如石像，只有目光深处透露出一丝亢奋。

小宪云一眼就看见了他："爸爸！"她高兴地喊。妈妈赶忙捂住她的嘴，拉她到一个角落里。但大厅里不少人听到了这声清脆的童音，有几个人轻轻走过来同妈妈握手。他们悄声说：

"祝贺你，孔夫人。"

"向你祝贺，卓青玉女士。"

小宪云认出了几个相熟的伯伯、爷爷，有科技日报社的章飙爷爷，中央电视台的罗汉诚伯伯，人民日报社的刘骞伯伯。刘伯伯把她抱起来，轻轻拍拍她的小脸蛋：

"小云儿，知道吗？今天全世界都在看着你爸爸呢。"

小宪云看见人群中有很多金发碧眼的白人，也有几个黑人，他们早把摄影镜头对准了蛋形试验室。她也像大人那样压低声音问：

"刘伯伯，为什么这么多人来看小元元出生？他很重要吗？"

刘伯伯亲亲她，开玩笑地说："当然！太重要了！也许世上只有一件事能与它相比，那就是上帝造人。你知道上帝造人的故事吗？"

"我知道，那只是神话，我知道人是猴子变的。"

刘伯伯轻声笑起来，忽然用手指放在唇边嘘了一声。大厅里一下子安静下来，静得能听见摄影机轻微的咝咝声。衣冠楚楚的生命科学院院长田力文教授踏上讲台，努力抑制住自己的激动，宣布道：

"各位来宾，一项跨世纪工程的成果马上就要揭晓了。"他的声音微微颤动，透露出内心的亢奋，"这项工程我们命名为女娲工程，因为在中国神话中，是女娲而不是耶和华创造了人。当然，无论是女娲还是耶和华，都是人类蒙昧时期产生的肤浅的童话，那时人类还不了解，生命的诞生和进化是何等艰难的跋涉。四十五亿年前，太阳紫外线、宇宙空间辐射和地球上雷电的共同作用，在地球原始大气和原始海洋中制造出了核酸和蛋白质等高分子物质，并在第一次自我复制中开始了生命的历程。今天，又一种全新的智能生命即将诞生，人类将代替创造万物的上帝。现在，请智能生命之父孔昭仁教授为大家讲话。"

刘骞抱着宪云挤到前边，她看见蛋形透明罩内的爸爸向助手下了最后一道命令，然后接过秘书手里的讲稿走到麦克风前，隔着玻璃与大家相对。妈妈也从后面挤过来，轻轻攥住宪云的一只小手。

孔昭仁教授瞄一眼讲稿，微微一笑，把它放到口袋里。他面庞清癯，目光锐利，鼻梁和下巴处的线条像花岗岩雕像一样刚劲。他从容地侃侃而谈：

"谢谢大家的光临。我想，今天应该是一个里程碑，我们将代替上帝完成生命形态的伟大转换。"他的平静中带着自傲，"我们是踩着无数先辈的肩膀才到达这一高度的，在这里我想历数一百年来生物学界的几项重大进步，并向这些先辈表示我的谢意。"

他看见了人群中的女儿，对女儿微微一笑，然后扳着指头数道：

"1924年，苏联科学家奥巴林提出了生命起源假说。1952年，美国科学家米勒——那时他还是一个学生——用电火花和紫外线作用于模拟原始大气的混合气体，得到了构成蛋白质的各种氨基酸，即生命的砖石。稍后，美国科学家福克斯制造出一种类蛋白微球体，它们有类似运动、生长、繁殖和新陈代谢的生命特征。1965年，中国科学家合成了真正的蛋白质结晶牛胰岛素。2013年，我的前辈、原生命科学院院长陈若愚先生，根据已故的贝时璋先生的细胞重建理论，用非生命物质组装成一种能自主分裂的细胞，这是第一个人工制造的单细胞生命。同年，在全世界科学家通力合作十余年之后，终于破译了人类的十万个基因密码。二十年后，即2033年，日本科学家利用已知的人类基因（不包括成脑基因）培育出了第一个无脑人体，如今已广泛用作生物机器人的身体包括今天小元元的身体。"

在列举这些枯燥的数字和事实时，孔昭仁心中的激情之火在逐渐高涨，两眼炯炯发光。他平息一下情绪继续说道：

"至于智能人的大脑，则完全是走另外一条道路，大家知道，人脑是四十五亿年生命进化的顶峰，是宇宙的精华。但严格说来，人脑是生命进化历程中各个时代留下的堆积物，不可避免地掺杂着不少冗赘结构，像爬行动物的脑皮之类；也受到种种限制，比如神经元中脉冲传导速度最大不超过十米每秒。在进入智力及脑科学的自由王国后，我们没必要再简单地模仿了。简言之，就今天即将诞生的小元元而言，他的大脑是第十代生物元件的电子计算机，其脑容量和计算速度已远远超过人脑了。"

小宪云好奇地向四周打量。她当然听不懂这些艰深的话，但这些场景深深刻印在她的脑海中，包括那种十分特别的气氛：肃穆、庄严、苍凉凝重中透着点神秘。

美联社记者海丝·波尔第一个站起身提问，她是一位漂亮姑娘，金发，尖尖的鼻子，蓝色眼珠十分明亮。她说："孔先生，听说你创造的第一个新型生命、第一个智能人的外形是一个小男孩，他有一个中国式的名字叫孔宪元，对吗？请你介绍一下他的情况。"

孔教授微笑着说："小元元是一个学习型机器人，他具有强大的本底智力但不输入任何程序。他也像人类婴儿一样头脑空白地来到这个世界，牙牙学语、蹒跚学步，逐步感知世界，建立自己的心智系统。我们想以这种从零开始的过程来判断他是否有建树自我的能力。只有在他冲出混沌建树自我后，才能说他确实是一个新的智慧生命。我们也想以此判定智能机器人和人类'父母'之间能建立什么样的感情纽带。小元元将在我家生活，我想我们能彼此相爱，包括我妻子、我母亲和我女儿。云儿，你会爱这个小弟弟吗？"

他笑着问窗外的小宪云。小宪云咯咯笑道："当然！"她的笑声使会场过于严肃的气氛活跃起来。

海丝小姐笑着问："作为一个女人，我想问几个女人会感兴趣的琐碎问题。小元元会吃饭吗？会长高吗？他是不是像阿童木那样神力无敌？"

"小元元体内使用永久性能源。当然他也有吃饭功能，不过这只是为了他能更好地融入人类社会。他会长高。为了加快试验进度，在他出生时，我们用快速生长法已经赋予他两岁的身体。至于他的体能，肯定将远远超过普通人——既然我们掌握了基因的秘密，我们为什么不使他各方面都尽善尽美呢？当然，他不会有阿童木那样的无敌神力，那是童话而不是科学。"

第二个提问的也是一位女人，印度的莎迪夫人："孔先生，你说到感情纽带，你坚信这种新型生命会具有人类之爱吗？"

孔教授平静地说："感情是比智力更为复杂的一种物质运动，人类对它的了解还远远不够。但是，我想我一定会爱他——要知道，创造小元元比怀胎十月要远为困难，我有什么理由不爱他呢。"

记者们都笑起来，宪云妈也笑了。田院长说："时间马上到了，现在请德高望重的前辈、原生命科学院院长陈若愚先生讲几句话。"

记者们这才注意到一个白发白须的老人。他早已进门，悄悄站在人群背后。几个熟识的记者赶忙过去搀扶他，但老人摆摆手，步履健朗地走过来，接过麦克风。

"向孔先生祝贺。"七十八岁的老人宽厚慈爱地说，"今天无疑是一个新世纪的开端。正如田先生所言，地球上生命的进化是何等艰难的跋涉，多少物种都在进化过程中悲壮地失败了，消亡了，人类是存留下来并吃到智慧果的唯一的幸运者。可是现在呢，我们能在一夜之间造就一种新的生命，并赋予他比人类更强大的智力，我简直有点嫉妒了。"

一个满脸胡子的土耳其记者敏锐地说："我想陈先生是委婉地表达了对小元元的戒心。"

陈先生未置可否，继续说下去，他的语调透出一抹苍凉："但愿这只是一个老人的多虑。大家知道，人类对电脑的依赖早就无可逆转。不过可以自慰的是，从本质上讲，电脑只是一种智能机器，它们只能被动地从属于人类社会。但建树了自我的智能机器人类会不会具有人类的生存欲望？他们会不会主动参与和变革这个世界？这个新的世界，人类是否还能控制？让我们拭目以待。"

陈先生的话使大厅内已经活跃的空气又变得黏滞浓重，记者的提问因此迟滞了片刻，这时正好时间到了，蛋形密封舱内的沃尔夫电脑开始倒计时，清晰的金属声音在大厅中回荡：

7，6，5，4，3，2，1，开始。

舱内角落的一道密封门缓缓打开。一个小水晶匣子被推出来，顿时它四周白雾弥漫，那是负两百摄氏度的温度差造成的。在电脑控制下，水晶匣子内部开始迅速而均匀地加热。

两岁的元元安静地甜睡着。他是个大脑袋，额角较高，闭着的眼帘很长。睫毛上挂着白色霜粒，抿着嘴，双手交叉在胸前，全身赤裸。看着这个惹人怜爱的小孩赤身睡在冰霜之中，人们不由觉得十分心疼，似乎自己身上也有了寒意。

电脑在监控着元元的脑电波。先是一片混沌，然后一个鲜亮的绿色光点悠然出现，在黑色屏幕上跳荡着。跳荡的振幅逐渐衰减，在行将消失时又突然跳荡几下，慢慢消失。然后又是一个光点，几个光点，几千几万个光点，光点很快密集起来，变成闪烁跳荡的七彩光束。小元元的灵智终于冲出深重无际的混沌，他的眼睛慢慢睁开，向这个世界投去了茫然的第一瞥。壁挂屏幕上立即显示了他的视野，先是扭曲流动的人形画面，逐渐定型为清晰的倒立人像，那是孔教授和助手们在目不转睛地盯着他。

万籁俱静，忽然一声带有金属亮声的儿啼。它是那样的震撼人心，大厅里几乎所有人都热泪盈眶。小宪云趁刘伯伯不注意，偷偷从他身上溜下来，扑到玻璃墙上快活地喊着：

"弟弟，小元元！"

小元元随即被送到孔家。他需要避开记者和摄影镜头，像一个普通男孩那样生活。

宪云和妈妈欢天喜地地接纳了元元，只有宪云奶奶表现冷淡。她今年七十岁，身板仍很硬朗，耳不聋眼不花。孔家没有一个男孩始终是她的心病。那边客厅里母女两个在轮流亲着元元，喊：

"妈！奶奶！快来看元元呀！"

老人不满地嘟囔着："哼，真胡闹，抱回来个机器人崽子，他能接孔家香火呀？"她沉着脸走进客厅，一眼看见一个憨头憨脑的光屁股小子，小鸡鸡撅着，两只眼珠乌溜溜地瞪着她。她疑惑地抱过来，拍拍他的屁股蛋，觉得颤悠悠的震手。老人十分惊疑，在她的思维中，机器人应该是庭院里除草机器人那种硬邦邦的家伙。

"这就是那个机器人崽子？"

宪云妈开心地笑着："没错！"

"两岁了？"

"嗯，两岁了，他的身体已经两岁了。"

"他会说话吗？"

"还不会，他还没有学过说话。不过，他的大脑已经发育完全了，学话应该很快的。元元，叫奶奶，奶——奶——"

元元憨笑着，吃力地搬动着嘴巴和舌头，终于迸出两个字："奶——奶——"

奶奶大喜若狂，一下把他搂到怀里："哎！真是个聪明孩子！我的心肝！"孔教授刚好进门，她对儿子急急地夸弄："你听元元会喊奶奶了，他第一个会喊的就是奶奶！"元元爸也高兴地笑了。

午饭时，奶奶把元元抱在怀里耐心地喂饭，一边坚决地说："昭仁，青玉，不许再提请保姆的话，元元交给我了。"

元元爸没打算找机器人保姆，他想让元元在"真正"的人类环境中长大。但他也没打算让妈妈带元元。他皱着眉头说："妈妈，你已经七十岁了。"

"七十岁怕什么？我的身体结实着哩。有这个小人精搅着，说不定我能多活二十年。不要说了，就这样定了。小元元，你愿意跟着奶奶吗？"

小元元努力吞咽着面包，口齿不清地说："愿——意。"

小宪云也急不可耐地说："奶奶，我也帮你带元元，我从幼儿园回来就帮你带元元，好吗？"

"好，就这样定了！"奶奶说。元元爸只好同意。

第五天，她们抱上元元来到楼前公共草坪。绿色的草坪平坦松软，秋风轻拂，一片片落叶打着旋儿下来。小元元好奇地不错眼珠地盯着落叶，直到它落在地上。奶奶担心地嘟囔着：

"元元学走路太早了吧，他才生下来五天哪。"

元元妈笑着说："放心吧，妈，他的小胳膊小腿满硬朗的，让他试试看。"

她把元元放在草地上，宪云在他前边拍手召唤：

"元元，快过来呀，快过来呀。"

乍一脱离大人的怀抱，元元很不习惯。他胆怯地扬着双手，摇摇晃晃地站着。他的小脑瓜迅速收集了数以万计的环境参数，分析着综合着，小脑运动中枢向左腿肌肉送去了第一个指令脉冲，然后左脚稍稍抬离地面。他的身子马上趔趄一下，奶奶和妈妈都不约而同地伸出双手。

但他的小脑已迅速作出反应，调整了重心，建立了新的动态平衡。他终于抬起左脚，犹犹疑疑地往前伸。他踏下去，站稳了。三个女性都欣喜地喊着：

"元元会走了！"

智能机器人小元元就这样迈出了他的人生第一步。在三位女性的夹道呵护下，他开始摇摇晃晃地往前走，松软的草地亲吻着他的脚掌。三个女性陶醉在胜利的喜悦中，没有注意这个小东西越走越快，转眼间便飞奔起来。三个人惊叫着开始围追堵截，而元元却咯咯笑着东奔西跑。等到元元爸闻讯赶来时，元元已冲出重围，闯入住宅前的汽车干道。几辆汽车吱吱嘎嘎地刹住车，只有最近的一辆在刺耳的刹车声中仍滑向元元。元元妈和奶奶同时惨叫一声。

在那一瞬间，孔昭仁也绝望地闭上眼睛。他想不到千辛万苦创造的第一个智能人会死于一场普通车祸，元元死前的笑声似乎仍在耳边回荡。终于他意识到这不是幻景，睁开眼，他看见元元撅着屁股用力推着汽车，汽车的两个前轮已经离地，小元元累得满脸通红，仍在咯咯地傻笑着。几个面色惨白的司机目瞪口呆地看着这一幕。

孔昭仁揩一把冷汗，走过去抱起元元，又向司机们笑着挥挥手。几个司机满脑门问号地开车走了。他把元元交给妻子和随后赶来的女儿，她们还没有从震惊中恢复，元元奶奶一下子瘫在地上，泪水唰唰地流下来。元元害怕地趴到奶奶怀里："奶奶，你的眼里为啥流水？"

奶奶把他紧紧搂在怀里，喊着元元，元元，两行老泪不停地流淌。

小元元很快成了宪云姐姐的生活重心。也许是天生的本性，五岁的宪云已经像一只母性强烈的小母鸡，时时把元元掩在羽翼下。她会把最好吃的糖果、最好玩的玩具全部慷慨地送给元元。

元元没有睡觉机能，他的大脑永远不会疲劳，所以每到晚上，家人互道晚安后，小元元就乖乖地睡到床上，举起左臂，让姐姐摁一下能源开关。然后，他的面部表情慢慢冻结，就像是湖面上逐渐消失的涟漪。清晨，小宪云刚被唤醒，就急急跳下床：

"奶奶，让我去喊元元！"

她爬到元元床上，用力掀开他的左臂，摁一下睡眠开关。元元慢慢睁开眼，木然的面部逐渐泛出灵光，等到这灵光延及整个脸庞时，他立时变得生气勃勃，动作敏捷地跳下床。宪云说：

"元元，快去看白雪，妈妈说，昨晚白雪生了四个小猫崽！"

两人急不可耐地跑到储藏室。白雪卧在一个藤编的窝里，身下是松软的丝棉，那是姐弟两人为它铺就的。四个小小的肉团团在它身下蠕动着，哼唧着。元元性急地伸手进去：

"是白的吗？我看看。"

但平素十分依恋小主人的白雪今天却变得十分凶暴，它恶狠狠地咆哮着，伸出前爪在空中虚抓一下，锐利的爪尖擦着元元的胳臂，划出一道浅浅的血痕。宪云被吓哭了，她拉上弟弟退出储藏室，一边轻轻地啜泣着。元元也不甘落后地号起来。

但元元随即发现姐姐的眼睛中有一滴滴的水珠溢出来，就像那天奶奶一样。这可是一件新鲜事，他自己的眼睛中从来不会这样滴水。他忘了哭泣，用小手接着姐姐的泪珠，好奇地问："姐姐，这是什么？"

正在哭泣的小姐姐一下被逗笑了："这是眼泪！小傻瓜！"

"眼泪？姐姐，为什么我不会流泪？"

"为什么？"宪云思考着该怎样回答。爸爸一再交代，不要让元元知道自己是机器人，那样他生活在人类家庭中会不自在的，懂事的宪云记牢了爸爸的话。她忽然灵机一动：

"你是在假哭！对，你一定是在假哭！"

元元难为情地承认了，但他认真地反驳："不，有一天我真哭来着，还是不会流泪。奶奶！"他大声喊道，"奶奶，为什么姐姐会流泪，我不会？"

正在厨房里洗菜的奶奶笑着低声咕哝："你这个机器人小崽子，样样都要学姐姐的样。"她用围裙揩揩手，走出来一本正经地说："你是男子汉呀，男子汉不流泪。"

元元似懂非懂地说："噢，我是男子汉，男子汉不流泪。"

从宪云三岁时，父亲就教她下围棋、中国象棋和国际象棋。现在她把这些东西一股脑倒给元元。但她不久就发现，元元似乎是个天生的棋手，他很快超过姐姐，不久，连爸爸也不是他的对手了。

爸爸不在家时，元元就会缠着姐姐：

"姐姐，再跟我下一盘吧。只下两盘，行吗？要不，我让你赢一盘，行吗？"

拗不过弟弟的死缠硬磨，她只好摆好棋子。但元元随即就忘了"让你赢一盘"的诺言，他很快把姐姐杀得落花流水，还不耐烦地喊着：

"快走！姐姐快走！我等你老半天啦！"

气不过的小宪云偷偷伸手摁一下他的睡眠开关，元元立即木然不动。她忍住笑从元元棋盘里拿走一只车，再摁一下睡眠开关，元元的眼睛立即骨碌碌转动起来。多少年后宪云才感悟到生命力是何等奇妙的神物，它能在元元那木然僵硬的面部一下子注满灵性，使这个小机器人鲜活灵动，惹人怜爱。

元元眼光一扫，立即大叫起来："我的车呢？你又偷了我的车！"

宪云大笑着拂乱棋子，跑开了。元元在后边不依不饶地追着喊："不行！你赖皮！奶奶，姐姐耍赖皮！"

爸爸正好走过来，宪云笑着扎进爸爸怀里。爸爸抱起她，宪云伏在他耳边小声说："爸爸，你给我换一个最聪明的机器脑袋吧，行不行？爸爸，给我换一个吧。"

爸爸低声嘘了一声："嘘，不要让弟弟听见。不要让他知道自己是机器人，等他长大再告诉他，知道吗？"

"我知道！我早就知道了！"

元元五岁时奶奶去世了，她在去世前已经发现，长大了的元元不再"贴"奶奶和姐姐。他爱和邻居小男孩玩耍，他强大的体力常常造成一些不大不小的麻烦。但更多的时候，他是迷恋着电脑，近乎疯狂地迷恋着。

他不是迷上了电脑游戏或类似的玩意儿，他干脆是和电脑成了朋友。他常常一连几个小时坐在试验室的主电脑前，认真投入地和"沃尔夫哥哥"用键盘谈话。后来，每当元元走近，沃尔夫电脑就自动打开屏幕，一个电脑合成的面孔就出现在屏幕上，那个面孔上有拳拳爱意。元元已不再使用键盘来会话，似乎两人的目光已经相通。

元元奶奶弥留时，家人都来同她告别。宪云哭得双眼通红，小元元仍不会流泪，但强烈的痛苦写在他脸上。姐弟俩悲声喊道：

"奶奶，你不要走，你醒醒吧！"

妈妈忍住悲声拉着两个孩子出去。奶奶突然缓缓睁开眼睛，声音微弱地说："昭仁，你过来。"

孔昭仁向妈妈俯下身去，忍悲道："妈，你还有什么交代吗？"垂死老人的目光这会儿十分清醒，思维也异常地清晰。她断断续续地说：

"昭仁，你知道吗？元元是另一个世界的，他早晚要离开我们。"

儿子沉默片刻才回答："妈，我知道。"

"孩子，元元真要离开时，你就放他走吧。"

儿子又是沉默片刻才回答："好的，妈，我一定按你的话去做。"

老人安然地闭上眼睛。她没有料到元元的悲剧也随之而来。两个月后的一次检查表明，元元的身体突然停止发育。此后长达四十年的时间里，他一直保持着五岁的身高，心智成长也从此停滞。这个变故的直接后果是爸爸性格的变态，那个快活的慈祥的爸爸从此消失了。一直到很多年后，孔宪云还在心中苦声追问，这一切为什么会突然降临在她的家里。

一　长不大的元元

宪云在卧室里收捡自己的行装。她已经四十五岁，是一个干练的职业妇女。她的身材依然保持着年轻时的曲线，穿着很随意，一身细帆布猎装，旅游鞋，长发松松地绾在脑后。这些简单的衣装打扮掩盖不了她的高贵气质，不过她的美貌中已带着岁月沧桑。

她的床上放着一个中号PVC旅行箱，衣物差不多装齐。她抬眼扫视屋内，淡青色的墙壁上挂着她和丈夫朴重哲的合影，还有一张是她幼年时的一张全家福，有奶奶、爸妈、她和小元元，照片里溢散出浓浓的温馨和喜悦。她取下来，仔细端详着，轻叹一声。

妈妈托着一件洗衣店才送来的衣服走进来，含笑打量着女儿。女儿眼角已刻上了细细的网纹，那是非洲荒原上二十几年风霜留下的痕迹。她问：

"明天的飞机?"

宪云点点头。妈妈忍不住又劝道：

"云儿，你已经不年轻了，还要在非洲跑到什么时候?"

"托马斯教授五十八岁了还在跑呢。"

妈妈叹口气，不再劝了。"好吧，你要小心。拍摄野生动物又苦又危险，哪一次你出门，当妈的都一直悬着心，一直悬到你回来。"

宪云笑着搂着妈妈的肩膀："我的老妈，你就放心吧，我已是此道老手了。你不要忘记肯尼亚也是在二十一世纪，除了自然保护区以外，那儿的生活条件并不比北京逊色。再说，对于速度4马赫（1马赫约等于1.11倍音速）的波音797来说，内罗毕到北京也就是四五个小时的路程。别担心啦。"

妈妈出去了，开始准备今天的饭菜。宪云想，当妈妈穿上围裙操持家务时，谁也认不出她就是国际驰名的作曲家卓青玉教授。作为一个生物学家的妻子，她的很多灵感都是萌发于大千世界形形色色的生命。她的《恐龙交响曲》在世界上颇负盛名，乐曲中可以听出霸王龙的凶暴和不可一世，角龙的温顺和笨拙可爱。但无论凶暴或温和，它们都是生气勃勃的强劲的生命。然后旋律由昂扬强劲转为悲凉宿命，称雄地球的恐龙家族在不可抗拒的灾祸中逐渐衰亡，地狱使者的号角在乐曲中时隐时现。乐曲结尾，可以听见世界上最后一只恐龙在悲鸣着，似是在悲愤地诘问苍天厚土，质问那无常命运。

一次，母亲在弹奏《母爱与死亡》，忽然发现七岁的宪云泪水盈眶。她问女儿听出了什么？宪云哽咽着说，听着这首琴曲，她不由想起爸爸讲过的许多生物习性：在极度饥饿时，母狮子同偷吃幼狮的雄狮拼命；雌章鱼在产卵后便不吃不喝，耐心细致地用腕足翻动卵粒，以保障卵粒能得到足够的氧气，小章鱼出生前，章鱼母亲便力竭而死……

母亲激动地搂紧小宪云，泪水滚滚而下。从此，她一心一意培养女儿的音乐才能。可惜，她没有成功。宪云从十五岁起就坚定地选择了野生动物研究的志愿。她觉得在自己身心深处，在她的基因密码中，刻印着人类祖先遗留下来的野性，所以她迫切希望能面对蛮荒的自然界。

母亲很失望，但没有勉强女儿，这使宪云常常觉得心中有愧。

她走到客厅，打开电脑屏幕的开关。这儿是生命科学院沃尔夫主电脑的一个终端，屏幕上立即闪出沃尔夫的电脑合成面孔，它文雅得体地微笑着，用悦耳的男中音说：

"夫人，沃尔夫电脑听候你的吩咐。"

沃尔夫电脑在三十年前是世界上第一流的电脑，有视听说功能，它的合成面孔是电脑人格的象征。它也有简单的感情功能，尤其是当小元元和它对话时，它会调动面孔上的线条，组合成一个最灿烂的笑容。宪云微笑着吩咐：

"沃尔夫，请通知我丈夫，今天是元元的生日，我们约好出去玩的，请他不要忘记。"

沃尔夫微笑回答："是，夫人。请你向元元转告，他的朋友沃尔夫祝他生日快乐。"

宪云嫣然一笑："谢谢，沃尔夫。"

"也祝你明天旅途顺利，夫人。"

"谢谢。"

妈妈已穿上外衣准备出门了，她匆匆交代：

"我要去学校了，十点有我的课。你们晚上七点前尽量赶回来，生日蛋糕已经预订，等一会儿沃尔夫通知连锁店送几盘菜肴。你爸爸呢？"

宪云向书房瞥一眼，苦笑道："又在书房生闷气呢，每次只要我说带元元出门玩，他都是这样。"

妈妈也唯有苦笑："这个怪老头。"

宪云激动地说："我真不理解，三十七年来，爸爸为什么这样对元元……抱有敌意。他从不让元元离开自己的视线，可是在家里又从不正眼看他！你记得吗？元元五岁前爸爸是多么爱他？甚至连我都嫉妒过，觉得爸爸偏心。现在他这样子，到底是为什么啊？"

妈妈沉重地看着宪云。这也正是她三十七年来百思不解的问题。那个才华横溢、豁达开朗的孔昭仁到哪儿去了？如今他活得像一个黑色幽灵，折磨着自己，也折磨着家人。这些苦涩她一向深藏心底，从不告人。她沉重地说：

"云儿，你要理解父亲。他年轻时才华横溢，是生物学界的领袖人物，元元身上倾注了他的全部心血。但元元五岁时心智发展突然停止，连身体也停止生长。这次失败完全把你父亲压垮，他的性格已被严重扭曲了。云儿，直到现在我还认为你爸爸是个天才，但并不是每个天才都能成功，你爸爸陷入DNA的泥沼。据他说，他要在DNA密码中寻找生命的灵魂。这让他耗尽了才气。"母亲悲凉地说："其实，最可悲的不是他的失败，而是他承认了失败，早在三十年前他就彻底放弃了努力。你爸爸的心灵已被黑暗淹没，没有一丝希望的亮光。这些年他是怎样熬过来的呀。"

宪云和妈妈相对无言。这些情况宪云早已有所了解，但从母亲嘴里听到还是第一次。她很同情母亲。稍停一会儿，她苦笑道：

"妈，并不是我不理解父亲。我也不愿违逆他的意愿，可是，三十七年来元元一直生活在他的阴影里，实在太可怜了。我又经常在外，只有趣回家这几天尽量带元元散散心。"

妈妈说："好了，不说这些了，你尽管带元元出去玩吧，怪老头那儿由我对付。我走了。"

沃尔夫的电脑合成面孔出现在主电脑室里："朴先生，夫人请你注意今天的日程安排，她和元元在等你。"

朴重哲和助手们刚完成了计算前的准备工作，他点点头："好，我马上就去，谢谢。"

沃尔夫略微犹豫了一下，在这个片刻，它一定检索筛选了几千万条感情规则，然后它说：

"朴先生，但愿这次计算能得出确定的结果。"它歉疚地说，"很抱歉，我的能力有限，不能为你做更多事情。"

朴重哲慈爱地说："不，你做得很好，责任在我们。"

沃尔夫电脑已经在生命科学院工作了四十年，由于多次扩充和更新，它已拥有千万亿次每秒的运算能力。它可以轻松自如地对付任何人类的密码——它甚至不需分析，只用对密码进行蛮力攻击，在短时间内就能试完所有的可能性。但对于破译生命灵魂来说，世界上任何一种计算机也无能为力。这是上帝看守得最牢固的秘密。

所以朴重哲只好采取原始方式：先由他和助手们按直觉的指引挑选一个可能正确的方向，再为沃尔夫搭出一个计算框架，然后把希望交给命运女神。即使这样，沃尔夫每次也要花费一百多个小时来进行紧张的计算。二十多年来，他们已经失败了一百三十九次。

朴重哲笑着对助手们说："你们把扫尾工作做完就休息吧，养精蓄锐，准备应付明天的计算。"

谢尔盖教授和田岛博士都笑着点头。他们闭口不谈对成功的预测，这是他们心照不宣的一个约定。因为所有人都知道，成功的可能性实在太小了，他们几乎注定要做失败的英雄。朴重哲说："宪云明天去非洲，今天陪她和元元逛逛，先去天河体育馆看电脑人脑象棋比赛，再乘直升机去青岛看大海。"

谢尔盖教授也是一个国际象棋迷，他得意地说：

"是库巴金与 Deep 电脑的大赛吧，他是俄罗斯的民族英雄，十七岁战胜上届棋王卡谢帕罗夫，已经称雄棋坛二十年了。而且现今世界上唯有他还能同电脑一决高低。"

田岛说:"不过,最近两届大赛都是 Deep 电脑获胜。"

朴重哲点点头:"对。Deep 系列电脑(深蓝、更深的蓝、深思、深红等)与人脑的比赛是从上个世纪末开始的,由许海峰等人组成的科学家小组为电脑编制软件。上届棋王谢帕罗夫曾多次战胜电脑,但在他的晚年已经是输多赢少了。电脑的棋艺飞速发展,本届棋王库巴金更是难以招架。对了,谢尔盖教授,我知道你的国际象棋棋艺很高,你同我家的元元下过棋吗?我在他跟前毫无招架之力。"

谢尔盖笑着:"只下过一次。他的棋艺太厉害了!依我看,库巴金也不一定是他的对手!"

朴重哲笑道:"可惜元元不能代替人类参战。"

从生命科学院到燕南园,朴重哲一向是步行。他穿过树木葱茏的小径,对面过来的大学生们不时向他点头问好。他们朝气蓬勃,女生大都已穿上色彩鲜丽的短裙。朴重哲恍然悟到,现在已经是初夏了。

自从二十年前投身于这项研究,每天埋头工作,他似已丧失了四季的概念,但他的努力没有得到回报,胜利一直遥遥无期。有时候,绝望的心情就像霉菌一样,偷偷从阴暗的角落里滋生。他总是努力铲除这些霉菌,在同事和家人面前从不暴露自己的软弱。

宪云在门口等他,他拥抱了妻子,在她额前轻轻吻一下:

"出发吧,元元呢?"

"他在电子游戏室,我现在就去喊他。"

"走吧,我也去。"

他们很远就听见了电子游戏室内的欢笑声和叫喊声。推开门,四个小孩正在玩仿真游戏。他们坐在操纵椅上,戴着目镜和棘刺手套。当他们通过棘刺手套操纵飞行时,棘刺传感器会把有关信息输入到电脑中,目镜中就会出现逼真的太空作战场面。这会儿小元元扮演地球人,小刚和小林扮演外星机器人。四岁的女孩小英坐在元元背后,她突然尖声叫道:

"后边!元元,后边!"

小刚的飞船企图从后边偷袭,他的瞄准光环已经快套上元元了,元元手疾眼快,一拉机头,飞船跃上浩瀚深邃的太空,然后像流星一样俯冲下来，光环迅速套上了小刚的飞船，几道激光闪过，小刚的飞船被炸裂，他惨叫着跌入太空深处。

现实环境中，小刚不情愿地从操纵椅上站起来，退出比赛。

小林的飞船不久也被击沉了，小英高兴地喊："元元你真行！地球人又胜利了！"那位太空小骑士咯咯地笑着，小脸庞放射着光辉，在操纵椅上顾盼自如。

宪云和丈夫相视而笑。他们婚后一直未生育，所以从感情上说，长不大的元元弟弟更像他们的儿子。他们十分喜爱小元元，喜爱他宅心仁厚，喜欢他的天真活泼，童稚可爱。只有一点始终沉甸甸地坠在他们心底：从生理年龄上说，元元已经四十二岁了，但他的心智一直没能冲出五岁的蒙昧。

宪云走进游戏环境。元元的目镜中，一个慈祥中带着威严的女指挥官走上指挥台，穿着太空服，领口上的将星闪闪发光。她下命令道：

"祝贺你，元元，你该返航了！"

元元摘下目镜，高兴地喊起来："宪云姐姐，朴哥哥！"他取下棘刺手套扑过来，宪云把他抱到怀里：

"元元，和小朋友们再见吧，我们要出门了。"

几个小孩有礼貌地同他们告别："再见，朴叔叔，孔阿姨。元元，明天我们还来玩！"

当宪云同元元说话时，她绝没想到，父亲正通过秘密摄像机镜头观察着元元的一举一动。

这里是孔昭仁教授的书房。厚重的橡木门，厚重的天鹅绒窗帘，黑色的高背椅，深褐色的书桌。孔教授在家时从不准许打开窗帘，所以书房里光线晦暗，气氛令人窒息。

这会儿七十三岁的孔教授正埋在高背转椅里，目光阴沉地观察着他面前的屏幕。他看见宪云为元元穿戴齐毕，带上野炊的食品和用具。整日闷在家中的元元已经迫不及待了，一迭声地问：我们看完棋赛就去看大海吗？那儿还有海鸥吗？有招潮蟹吗？姐姐，我已经一年没去看大海啦！

宪云从厨房到元元卧室，一边忙着，一边笑着应付元元连珠炮似的问话。孔教授也跟踪着他们把屏幕来回切换。最后听见宪云说：

"元元，去向爸爸告别吧，咱们要走啦！"

孔教授关掉屏幕，他按动遥控，屏幕变成一幅孔子画像后便固定下来。外人看来，这只是一幅装裱精美的国画。

一架无人驾驶直升飞机轻灵地落到院里，旋翼的气流把草坪的青草压伏在地上。这是宪云事先向直升飞机出租公司预订的。没等元元进屋去告别，父亲已出现在门口。元元迎上去伸出双手：

"爸爸再见。爸爸，也跟我们一块儿去玩，好吗？"

父亲脸色冷漠，但看到元元"责备"的目光时，他终于弯下腰，把元元抱起来。常常渴望着父亲爱抚的元元立即笑容灿烂，那是一种发自内心的笑容。宪云和重哲交换一下目光，轻轻叹息一声，对元元这样爱心炽热的好孩子，爸爸实在太不公平了！

飞机舱门自动打开，朴重哲坐到驾驶位上，父亲默然把元元递给后排的宪云。在拉上舱门前，元元站起来向爸爸招手：

"爸爸再见！"

父亲默无一言，看着小天使直升飞机轻灵地飞上天空，在院子上方略略盘旋了一圈，便像一只蜻蜓似的疾速升高，融化在蓝天背景之中。

他回到书房，匆匆拿了几件东西后来到院里。天边很快又出现了一个小黑点。黑点很快变大，一架同样型号的小天使直升飞机落在他面前。他打开机门坐进去。

直升机擦着云层的下部飞行，地上的楼群和街道像万花筒一样旋转着。这是氢氧燃料电池驱动的电动飞机，噪音很小，只听到舷窗外呼呼的风声。

元元一直趴在姐姐怀里，絮絮地说着，这对姐弟更像是一对母子。宪云告诉他：

"元元，沃尔夫电脑要我转告，它祝你生日快乐。"

元元骄傲地说："沃尔夫是我最好最好的朋友。姐姐，你不在家时，朴哥哥太忙，我经常和沃尔夫玩。下棋，玩仿真游戏，钻迷宫，讲故事。姐姐，下棋时只有沃尔夫能做我的对手。"他忽然想起什么，歪着头问：

"姐姐，小林、小刚他们都是只过一个五岁生日，我怎么老过呢？我已经过了三十七个五岁生日了！"

宪云无言以对。重哲抬起目光从后视镜上看看她，宪云只有报以苦笑。她无法理解，在棋类、数学上智力过人的元元，为什么作为一个"整体"的人来说，他的心智始终不能冲破蒙昧。因此，这个傻得可笑的问题中，实际上浸透了辛酸。

她绞尽脑汁，努力措辞，想给元元一个合适的答复。但元元就像其他患多动症的儿童一样，思维早已跳到一旁：

"姐姐，妈妈为什么不来玩儿？"

宪云大大地松了一口气："妈妈今天有课。"

"姐姐，库巴金伯伯今天能赢吗？"

"你说呢。"

元元像大人那样皱着眉头："相当危险。库巴金伯伯再输了怎么办呢？还有人能战胜电脑吗？"

"有啊，还有我们的小骑士呢。"

元元得意地笑了："真的，我才不怕电脑呢。"

宪云与丈夫在后视镜里又交换了一个苦笑。蒙昧的元元至今仍不知道，实际上他并不归属于人类！

新建成的天河体育馆在一片绿地中间，银白色的屋顶在阳光下闪闪发光。这是一种跨度极大的悬索式结构，不过看不到悬索，因为强度极大的透明薄膜屋顶兼具了缆索的作用。几千辆电动汽车像密密麻麻的小甲虫，围聚在体育馆四周，也有一百多架直升机整齐地停放在停机坪上。朴重哲拉下操纵杆，直升机开始盘旋下降。

二 基因音乐

中央音乐学院的一间钢琴教室里，在一个个透明的隔音间里，二十几架钢琴斜排成行。卓青玉教授背着手在学生中间踱步，微笑着娓娓而谈。在这间隔音建筑中，她的低声曼语显得异常清晰。

"今天，我想演奏一首很特别的钢琴曲。说它特别，是因为乐曲作者是极不寻常的，不是莫扎特、肖邦、李斯特、德沃夏克，也不是比才、施特劳斯、德流士、舒伯特。这首琴曲的作者，正是我们心目中至高无上的上帝！"

她略为停顿，微笑地看着学生们惊愕的表情。

"不不，不是犹太教徒和天主教徒信奉的耶和华，不是伊斯兰教徒膜拜的安拉，不是普济众生、成就无上正觉的释迦牟尼，更不是中国神话中历三千二百劫始证金身的玉皇大帝——玉皇只是一个把宝座搬到灵霄殿上的凡间君主而已。汉民族在童年时期就缺乏幻想，从玉帝的凡俗化即可见一斑。这是题外话，我们回到正题上吧。我说的上帝无窍无孔，无目无耳，无皮无毛，混沌一体，它是谁呢？就是囊括四方，廓延八极的宇宙！是大自然！"

她让一个澳大利亚学生站起来："比尔，你知道DNA吗？"

那个孩子肯定地说："当然知道！这是中学生物课讲的内容。它的全名叫脱氧核糖核酸，其中包含着所有生命繁衍后代的遗传密码。"

女教授说："对。它是大自然最得意的作品。你们知道它的传递过程吗？你回答，刘晶。"

那个扎羊角辫的中国姑娘做了一个鬼脸："卓老师，我早把这点知识就饭吃了。我只记得DNA中有四种核苷酸：鸟嘌呤、腺嘌呤、胸腺嘧啶、胞嘧啶，分别简称为A、G、T、C。它们两两搭桥组成一条双螺旋长链。长链中每三个碱基组成一个三联体密码，由它决定一种氨基酸的组成，再由二十种氨基酸排列组合成不同的蛋白质，比如，AAA就是赖氨酸，GCG就是甘氨酸……别的我就记不起来了。"

卓教授称赞道："不错，已经很不错了。跨进音乐学院大门后，你竟然还能记住这么多拗口的生物学名称，足以证明你在中学时代是一个好学生。"

刘晶顺着"梯子"往上爬，她一本正经地说："老师，连我自己都不知道我还有这点小天才。"

二十几个学生都哄笑起来，卓教授笑着按按双手，让大家静下来：

"言归正传吧。早在二十世纪末，科学家们就发现，DNA中千变万化的碱基序列与音乐有神秘的对应关系：碱基总数是4，而八度音阶正好是它的两倍；基因重复产生进化，正像旋律的相似重复组成乐章。科学家只进行了简单的代码互换，像G换成乐谱中的2，C换成了3，T换成了5……基因序列就会变成一首优美动听的乐曲。这是真正的天籁，是大自然之声！"

她的话在学生中间展开了一个神秘新奇的世界，学生们都微张着嘴，入迷地聆听着。

"很久以来，人们一直对音乐的魔力迷惑不解。一首好的乐曲可以超越民族，超越国界，超越历史，在不同文化结构的人群中引起共鸣。这是为什么？音乐甚至能够超越人类——动植物也喜欢音乐，音乐可以使奶牛多产奶，可以使番茄增产。植物学家做过一个有趣的试验，他们把两个录音机放到西葫芦的温室里，一个播音乐，一个播噪音，结果，西葫芦的藤蔓缠绕前者却逃避后者。这是为什么？只有一个解释，那就是对于所有生命体，一定有一种普遍存在的特定的物质结构可以同乐曲发生谐振。这种共存的特定结构就是基因结构。所以，所有基因结构都可以翻译为乐曲，也就不足为怪了。"

那个刁钻的中国姑娘站起来，笑道：

"卓教授，我想问一个钻牛角尖的问题。正因为基因千变万化，才构成种类繁多的生物界，那么，一首贝多芬的《月光奏鸣曲》怎么能既同人类基因谐振，又同奶牛基因谐振呢？"

她调皮地向同学们挤挤眼，扭回头一本正经地等着老师回答。卓教授笑道：

"调皮鬼，你以为能难住我吗？告诉你，我是一个生物学家的老伴，所谓近墨者黑吧，我已经剽学了不少生物学知识。要知道，所有生物追溯到细胞水平都是极其相似的，这种相似性甚至存在于动植物之间。动物中最重要的红血球和植物中最重要的叶绿素结构几乎完全相同；病毒基因与人类基因的共同点超过60％，人类同黑猩猩的基因相似率在98％以上。所以，音乐能征服所有生命有它的内在原因。"

刘晶仰起头想了想，又继续追问下去：

"我想再从逆向思维来求一个反证。如果基因序列就是音乐的体现，那么，对已有的历史名曲，是否能找到一段基因序列与它对应？"

卓教授微笑道："当然不是简单的一一对应关系。即使同样的乐音序列，当对它进行不同的节拍、强弱、长短等处理后，也可以得到不同风格的乐曲。但是，生物音乐学家确实已发现了这样的例子，比如，肖邦的《葬礼进行曲》，就同胰岛素的基因序列几乎完全一致。你们愿意听我演奏胰岛素的基因音乐吗？你们可以把它同《葬礼进行曲》作个对比。"

学生们已沉浸于神秘肃穆的气氛之中，似乎听到了上帝在创造世界时敲响的钟声。他们急不可耐地说：

"卓老师，请弹给我们听。刘晶，请你坐下并且闭上你的麻雀嘴！"

刘晶只好老老实实地坐下。卓青玉坐到钢琴旁，略为酝酿情绪后就弹起来，悲怆感人的旋律渗入每个人的细胞之中。乐曲结束，几乎每人的瞳孔里都是水光潋滟。一个印度学生站起来肃穆地说：

"老师，我想我下面的话能代表全班同学：您的这堂课使我们真正爱上了音乐，谢谢您。"

三 怪老人

天河体育场十分漂亮，透过半透光的薄壳屋顶，正午太阳的强光被衰减成均匀浑白的散射光。但从里向外看又是绝对透明的，屋顶融化在碧蓝的天空中，洁白的浮云从头顶飘过，高悬在南天的是一个光芒柔和的太阳。

体育场里座无虚席。电子巨型屏幕上变换着字幕：

"世纪之战！人类棋王库巴金将再次向Deep电脑挑战。"

"这项人机对抗已进行十三届，前七届卡谢帕罗夫以四比三领先，后六届库巴金以四负二胜处于下风。"

"库巴金宣布，如果这次仍然失利，他将终生退出棋坛。"

会场的布置很奇特。组织者为了最大地调动观众情绪，没有让比赛在封闭的房间里进行，他们在赛场中央设了一个透明的静室，形状恰如一枚平放的鸡蛋。为了不影响棋手的情绪，从赛室向外看是完全不透明的。库巴金正在紧张思考，他已经忘了自己的一举一动都在十万双眼睛的注视之下。

Deep系列电脑今年是深冷（Deep Cool）电脑上阵，它外貌毫不像人，只是一个冰柜大小的长方体，正面有几个简单的按钮，一只孤零零的机械手，这使它的相貌颇为滑稽。但正是这个貌不惊人的智能机器，已经七次击败了人类棋王，人类一向引以为傲的大脑已经遇到了强劲的对手。

电子巨型屏幕向四个方向显示着比赛的每一步骤，也有不少人用望远镜或袖珍电视直接观看静室内的情况。朴氏夫妇和小元元坐在中排，目不转睛地盯着电子屏幕。他们没有注意到对面有一个须发怪异的老人，浓密的头发和胡须几乎把他的脸庞全部覆盖。他也拿着一架双筒超焦距望远镜，但镜头并没有对准场内，而是始终对准元元。

当比赛进行到十四步时，小元元扭回头，焦灼地对姐姐说：

"姐姐，库巴金伯伯看来要输，他在这一步挺兵是个缓着！"

朴氏夫妇的棋艺已经不足以领会这些细微之处。他们互相望望，赞赏地拍拍元元的脑袋。果然，深冷连走马 f5，车 g8，十步以后，库巴金的棋势渐见窘迫。他皱着眉头，苦苦地思索着，不久就因超时进入了读秒。

在这之后，库巴金的败势就直落而下了。深冷电脑走车 d6，库巴金走王 e7，深冷马上走象 c5，很快结束了战斗。

大会组织者按下电键，蛋形静室立即变得双向透明，几十个记者拥挤在静室外边对胜败双方进行了现场采访。深冷电脑的声音是节奏准确、声调呆板的电脑合成音：

"很高兴能再次战胜杰出的库巴金先生。他是一个非常优秀的选手，相信若干年之内，仍将对电脑棋手构成一定威胁。"它并不知道自己的"谦逊"对人类自尊心是何等残酷的打击。略为停顿后它又补充道："很高兴在美丽的北京比赛，尽管我不能从感官上去体会它的美丽。我要向中国观众特别致意，因为 Deep 电脑棋手的创造者，正是以华人科学家为首的一个小组，感谢他们赋予我无限的创造力。"

显得十分疲惫的库巴金也应记者要求说了几句。他身材不高，外貌属于那种"聪明脑瓜"的典型特征，额头凸出，脑门锃亮，谢顶，锐利的眼睛藏在深陷的眼窝中。他说：

"很遗憾我没能取胜。坦率地说，自从战胜上届棋王卡谢帕罗夫之后，我已称雄棋坛二十年，在人类中一直没有遇上旗鼓相当的对手。但现在我不得不对电脑递降表。我已尽了力。看来，至少在国际象棋这个领域，人脑对电脑的劣势已无可逆转。只有在围棋领域中，人类还能同电脑打个平手。但恕我冒昧直言，恐怕也是好景不长。"他苍凉地宣布："从今天起，我将退出棋坛。"

他的这番话使这场比赛超越了一般意义的体育比赛，十万名观众都沉浸在一种无力回天的悲凉氛围中，他们不声不响开始退场。忽然那位怪老人急急地站起来，用望远镜来回寻找，端着望远镜的双臂显得很僵硬，透露出内心的焦灼。

在他的镜头中，朴氏夫妇仍安坐在座位上，但元元的座位已空。朴氏夫妇随即也发现了元元的失踪，他们站起来向前后左右寻找。望远镜镜头终于捕捉到那个小不点，他正努力翻越椅背，按照"两点之间直线最短"的欧氏公理，向场中央攀去。在万头攒动的宏大背景下，他的身影小如甲虫。

库巴金先生与大会组织者握手告别，也和深冷电脑的独臂握了手。忽然一只小手拉住他的衣襟，一个小孩子正仰脸看着他，两只乌溜溜的眼珠如同两粒黑钻石，大脑门，翘鼻头，正是动画片中最惹人爱怜的形象。库巴金一眼就喜欢上这个小鬼头，他蹲下身子，微笑着问道：

"你好，小家伙，有什么事吗？你是否需要一个败军之将的签名？"

小元元皱着眉头严肃地说：

"库巴金伯伯，你在十四步时挺兵是一步缓着。如果改成象d4，你不一定输。"

库巴金浑身一震！他刚刚下场，还未来得及复盘，但凭着精湛的棋艺，他立即意识到元元的正确。这会儿他没有心思回顾一局棋的得失，急急地问元元：

"小家伙，你会下棋吗？你敢向深冷挑战吗？"

那只初生牛犊大模大样地回答：

"当然敢！我从两岁起就同沃尔夫电脑下棋，总是我赢得多。"

等到朴氏夫妇走下看台时，播音器响了，比赛组织人林先生笑着宣布：

"现在通报一个有趣的赛场花絮，一个五岁男孩小元元愿意向深冷电脑挑战，有兴趣的观众可以留下来。"

正在退场的观众听见播音后都笑了，他们很佩服这个小家伙的勇气，但大多数人认为这是一场不值得观看的比赛。他们交谈着，评论着，潮水般涌出了会场，只有不足十分之一的人留下来，饶有兴趣地等待着。

朴氏夫妇已经赶到场地中央，听到播音后，他们相视而笑，找个地方重新坐下来。怪老人仍留在原位，用望远镜严密地观察着。

林先生按下计时钟，宣布比赛开始。库巴金伏在墙外，他看见小元元走兵e2，电脑立即应了一步走兵c7，似是采用西西里防御。但从第二步起库巴金就目瞪口呆，对阵的双方走步十分快速，真正的落子如飞！库巴金看得眼花缭乱，他甚至不能定睛看清小元元手臂的动作，更谈不上对棋步的思考了。短短的十分钟后，这一局棋已经结束，倒是裁判的宣布又拖了足足半分钟，因为他实在不敢相信自己的眼睛。

"双方战成平局！"裁判无比惊讶地宣布。

体育馆内静默了十几秒钟，然后如天崩地裂般响起了掌声和喝彩声。全场只有朴氏夫妇未加入狂热的潮流，他们文雅地笑着，仍安坐在自己的座位上。还有那位怪老人，他的表情仍如刚才一样阴沉。

库巴金兴奋地冲进蛋形室，把小元元抱起来。小元元仰起头天真地说：

"库巴金伯伯，可惜我没能胜他，为你出气。"

库巴金已失去了惯常的冷静，他拍着元元的脸颊，连声说：

"这就很好，这就很好。我真高兴，小家伙，你太聪明了，你的棋艺太惊人了！"

他抱着元元走出比赛室，正碰上来接元元的朴氏夫妇。他急不可耐地问：

"请问，这是你们的儿子吗？"

两人相视而笑，宪云简短地说："不，是我的弟弟。"

"他的天分太惊人了！冒昧问一句，你们是否愿意让他跟我学棋？我愿把毕生经验倾囊相授。也许只有他，才能使人类在这个领域再保持几年胜利。"

重哲和宪云犹豫着，难以措辞。库巴金看出了他们的迟疑，自尊心大受挫伤，他苦笑一声，把元元交给朴重哲，低头转身欲走。宪云不忍伤害这位赤胆热肠的棋手，忙拉他走到一边，低声道：

"实话告诉你，小元元从五岁起就停止发育，他的生理年龄已经是四十二岁了。现在，他在棋类、数学、打电子游戏等少数领域里有过人的天才，但他的整个心智状态只相当于五岁的孩童。"

库巴金十分惊异，他半是自语地问："白痴天才？"

宪云犹豫着，终于下决心告诉他真相：

"不，他实际上是一个生物机器人。他的身体是用人类基因模拟制造的，大脑是第十代生物元件电脑。不过，他本人并不知道这一点。"宪云苦笑着补充，"你也可以看出来，他在感情上是把自己视为人类的。"

这个残酷的事实使库巴金面色灰败。他一直不甘心对电脑俯首称臣，他认为人脑是大自然进化的顶峰，是四十五亿年进化锤炼的结晶，它不该臣服于一些人造的电子元件！元元的胜利激起了他的希望，在这一瞬间，他已决定把自己的后半生与元元联结在一起了。但宪云的回答彻底粉碎了他的梦想。沉默良久，他才黯然说：

"人脑是四十五亿年进化的顶峰，它是这样强大，竟然培育出了比自己更强大的对手。"他的愤激之情溢于言表，"我已经老朽了，我不理解人类为什么要殚精竭虑来培养自己的对手。我相信智力如此超绝的电脑总有一天会产生自我意识，那时它们还会对人类俯首帖耳吗？"

他意识到自己的激动，竭力平静一下，低声说："请原谅，我太激动了。这些愤世嫉俗的话请不必认真。历史难道能倒退到没有电脑的时代吗？我们只有横下心往前走了。"

他没有再正眼看元元，同宪云夫妇告别后匆匆走了。元元扬起小手喊：

"库巴金伯伯再见！姐姐，他为什么不理我？"

宪云苦笑着哄他："伯伯没听见，伯伯有急事，好，咱们该去看海了！"

宪云同情地望着库巴金踽踽而去的背影。对面看台上，那个怪老人孤零零地坐着。他放下望远镜，眼睑的肌肉轻轻地抖动着。当他颤巍巍地走下看台时，宪云也向他那儿漫不经心地扫过一瞥。

小天使直升机轻捷地跃过大海，擦过岛上哥特式建筑的尖顶，直接降落在洁白松软的沙滩上。

没等直升机的旋翼静止，小元元就欢呼着跳下去。他只穿着小裤头，赤着脚在浅水里嬉戏，白色的海浪亲吻着他的脚丫。远处，几只神态傲然的海鸟旁若无人地踱步，对面的陆地和楼房半隐在水面之下。小元元不知疲倦地喊着，笑着，跑着。一只色彩鲜艳的贝壳，一粒透明的沙子，一只胆怯的小蟹，都能引起他真诚的喜悦和激动。宪云夫妇穿着泳衣坐在沙滩上，看着这个遇赦的"小囚犯"，欣喜中夹着辛酸。宪云喃喃道：

"可怜的元元。"

重哲安慰着妻子："其实蒙昧也是一种幸福。正像伊甸园里的亚当、夏娃一样，当他们还处于蒙昧时是无忧无虑的。他们正是偷吃了智慧果，才被放逐出伊甸园，人类才有了忧患、悲伤、痛苦和罪恶。"

元元又跑远了，听不见他们的谈话。爸妈也不在身边，宪云觉得，总算有机会一吐积郁了。她激动地说：

"重哲，我真的不明白，元元的心智发展为什么会突然停止。在五岁之前，他的成长一直是很正常的呀。"

四十七岁的生物学家沉思着，想给妻子一个最实在的回答。他们没有注意到一架相同型号的小天使直升机停在不远处，那个怪老人步履艰难地爬上沙滩后边一个高台。他喘息着，掏出一件尖状物对准远处的朴氏夫妇。他慢慢转动远距离监听器的旋钮，朴重哲的声音逐渐变得清晰：

"宪云，记得二十年前第一次到你家时，我对元元的断言吗？尽管那时出语狂妄，但我想结论还是对的。不要看元元在人群中已几可乱真，可他缺乏人类最重要的本能，即生存的欲望。从某种意义上说，那是生命的灵魂，缺少灵魂的机体只可能是一个泥胎木偶，是一个无灵性的机械。所以，他只能具有智力，不能具有人类的心智。"

"但你怎么解释他在五岁前的正常发育呢？"

"宪云，这正是我百思不解的地方。你难道没想到，爸爸性格的变态，咱家中那种怪异沉闷的气氛，都是从元元五岁后开始的吗？这绝不会是巧合。宪云，这道帷幕的后面一定有什么东西被精心掩盖着。"

宪云勉强笑道："你太神经过敏了吧。我想，正是元元的失败对爸爸打击过大，才使他性情变得古怪。"

重哲知道宪云有意无意在维护父亲的形象，他没有坚持，只是淡淡说了一句："恐怕不那么简单，宪云。我二十年来潜心探索，就是想为小元元输入生命的灵魂。可惜，我是一个志大才疏的笨蛋。我曾狂妄地自信，胜利对于我只如探囊取物，但是现在——"他悲凉地说："我不知道在有生之年能否取得突破。"

他神态黯然，目光痛苦。宪云轻轻把他搂入怀中：

"重哲，不要灰心。我相信你的才华。"

"并不是每个天才都能成功的，宪云，你爸爸就是一个典型的例子。"

宪云很惊疑，丈夫的话与母亲说的竟然不谋而合。她抬眼回顾，暮色已不知不觉降临，大海对面，远处的灯光已经开始闪烁。小元元这会儿反常地安静，坐在沙滩上一动不动，衬着太阳的最后几丝余光，就像黑色的剪影。不知何处飘来杳远的钢琴声。重哲叹口气说道：

"明天是第一百四十次计算了，我很担心还像过去那样，在接近胜利时，整个大厦突然崩溃。"

他的声音苍凉滞重，透着稠浓的苦涩。宪云觉得是说话的时候了，她把丈夫轻轻搂紧，凝重地说：

"重哲，你知道我今天为什么坚持约你出来？我想请你来看这生生不息的海浪。它们永不疲倦，永不停息。正是这无尽无止的运动孕育了生命，它象征着生命的顽强和坚韧。重哲，你和爸爸研究的都是宇宙之秘，一代人两代人的失败算不了什么，希望你达观一点，不要步我爸爸的后尘。他被失败完全压垮了，连心灵也变得畸形。而在从前，他是个多么可亲可敬的爸爸啊。重哲，失败不可怕，被失败压垮才是最悲惨的。我已经失去了开朗慈祥的爸爸，不想再失去丈夫。你能认真想想我的话吗？"

她把心中蓄积多年的话全部倒出来。重哲悚然惊觉。他举目远眺退潮的海水，看那一线白浪在礁石间嬉闹。这生生不息的海浪，即使在退却时也充满生机。他觉得心灵上的重负片刻之间全甩掉了，有一种火中涅槃的感觉。他笑着把妻子拥入怀中："谢谢你，我的好妻子，我会牢记这些话的。"

宪云高兴地站起来，她这时才发现暮色已重：

"哟，天色不早了，快回家吧，还要为元元过生日呢。元元，回家啦！"

没有回音。元元背影嵌在夜幕上，一动也不动。宪云担心地跑过去，她看见元元在苍茫暮色中发愣，那种忧郁沉重的神态是她从未见过的。她把元元的头搂到怀里，小心地问：

"元元，你在想什么？你不舒服吗？"

元元苦恼地说：

"姐姐，我在这儿看日落，我看见又红又大的太阳慢慢沉到海水里，天慢慢黑下来。就像我睡觉时，你们关了睡眠开关后，有一种黑漆漆的颜色漫上来把我湮没。姐姐，我老是觉得我身上有一件重要东西丢在那片黑色中了。是什么呢？我想啊想啊，想不起来；想啊想啊，想不起来。"

他的沉重心态与"五岁"的年纪"五岁"的脸容很不相称。宪云无言解劝，只有怜悯地看着他。

那边朴重哲已发动了直升机，他喊道：

"宪云，把元元抱过来吧！"宪云赶紧抱起元元，笑着奔上飞机。

后边，那位怪老人眼睑抖动着，慢慢取下假发和假须。他听见了重哲对他的怀疑、宪云对他的怜悯，也触摸到元元灵光一现的心智。这些东西搅成炽热的岩浆，在他心里激烈翻腾。但不管内心如何，他外表仍然冷漠肃然，像夜色中的花岗岩雕像。

等到那架直升飞机钻入夜色中，他才蹒跚地走过去，启动了自己的直升机。途中他不时看看自己的手表，那上面不时有个红点在闪烁着，伴着唧唧的警告声。这是元元的行踪指示器，在一百公里范围内有效，至于信号源自然藏在元元身上。

妈妈已经等急了。终于，夜空中出现了一个红点，一架小天使直升机飘落到草坪上。妈妈过来埋怨道：

"怎么这么晚才回来，元元，玩得开心吗？"

元元早已忘掉了那些恼人的思绪，他咯咯笑着扑到妈妈怀里。

"真开心！妈妈，下星期你也去，好吗？"

"好，只要有时间，我一定陪元元去。"

他们用磁卡付了直升机的租金，把驾驶开关扳回自动挡，一个电脑女声说："谢谢你租用夏天公司的旅游直升机，再见！"直升机的旋翼又旋转起来，它像一只驯服的小精灵，自动飞回去了。

他们走进客厅，元元伏在妈妈怀里，叽叽嘎嘎地说着今天在海边的见闻，说着怎样与深冷电脑打了个平手。妈妈连回话的机会都没有，只好笑着一个劲儿点头。重哲回卧室换衣服去了，宪云没有去。她侧耳听着夜空，似有所待。不久，隐隐约约传来直升机机翼的旋转声。这个声音消失后不久，孔教授进门了。他拎着一个小包，面色冷漠，对妻女微微点点头，便径直走向自己的书房。元元已回到自己的卧室，宪云苦笑着对妈妈说：

"又跟踪我们一天。"她不愿让重哲听见，声音压得很低。对爸爸这些怪僻得令人脸红的行径，即使对丈夫她也隐瞒着。宪云妈也熟知丈夫的怪癖，她唯有苦笑：

"这个怪老头。"

宪云有些话已憋在心中很久了，她迟疑地问妈妈：

"妈，是否请精神病医生为爸爸诊治一下？"

妈妈一个劲摇头："绝对不行，孩子，你知道老头子性子刚烈，自尊心极强。让他意识到自己有精神病，会马上要了他的命。我们还是为他遮掩着，叫他安安心心度过晚年吧。"

重哲换好便服走出来，喊妻子快换衣服："元元呢？该为小寿星祝寿了。"妈妈赶紧换上笑容，催促女儿：

"快去快去，我去摆好饭菜。"

孔昭仁走进书房后，顺手关上厚重的橡木门，拿过遥控器按了一组密码，墙上那幅国画又变成了屏幕。他习惯性地把屏幕切换到各个房间。元元的卧室内，元元正在摆弄从海边带来的贝壳，表情十分投入，看样子他早已忘了在海边时偶一闪现的思虑。客厅里，母亲和女儿正在密谈他的精神病，她们没料到被议论者正在清清楚楚地监听他们的谈话。但这位性子刚烈的男人却没有任何反应，仍是表情冷淡，不动声色。后来，宪云也回卧室换便服去了。重哲躺在沙发上看电子报纸，妻子开始用微波炉加热菜肴。一切正常。

他一边观察屏幕，一边把提包内的东西拿出来藏到一个秘密抽屉里，有假发，假须，最后一件东西沉甸甸的，赫然竟是一把大功率的激光手枪！

他动作熟练地检查了手枪的功能，放入秘密抽屉，为手枪蓄能器充上电。然后，他细心地锁上秘密抽屉，关上屏幕。室内电话响铃了，妻子出现在电话屏幕上：

"昭仁，该吃晚饭了。"

他简短地回答："好。"然后再一遍检查了秘密屏幕和秘密抽屉。出门时他顺手带上了书房的门锁，他的书房是不允许其他人出入的。

餐厅里，五个人围坐在一张长方餐桌上。灯光熄灭了，元元妈端着一个硕大的蛋糕走进来，五朵黄色的烛光摇曳着，映着元元妈喜气洋洋的面容，也为餐厅空间涂上温馨的暖色。宪云和丈夫拍着手笑着唱："祝你生日快乐，祝你生日快乐……小元元，许个愿，吹蜡烛吧。"

小元元咧着嘴笑，他闭上双眼默默祝告一番，然后噗地吹熄蜡烛。灯光亮了，元元雀跃着拿来刀子切开蛋糕，分发给大家。大家都在吃蛋糕时，元元凑到姐姐跟前悄声说：

"姐姐，你猜我祝愿的是什么？"

"是什么？"

"我祝愿爸妈长寿，也祝愿我快快长大。姐姐，这是我的第三十七个五岁生日了，什么时候我才能到六岁呢？"

宪云心房猛一紧缩：他还没有忘记这档子事！但元元并没真正把这事放在心上，说完这句话，他仍然毫无心机地又说又笑。宪云放下心来，不过她仍觉得心头隐隐作痛。

第二天拂晓，宪云很早就起来了。太阳的晨光透过落地长窗，几乎是水平地射进屋内，屋内到处是一片金红色。宪云吃了一些早点，把旅行箱收拾好。她走过去，踮着脚吻吻丈夫：

"重哲，再见，记着我昨天的话。"

重哲用力拥抱她，笑道："放心吧，祝你一路顺风。"

"喊醒元元吗？昨天他一定累了。"

重哲惊奇地看看她，笑着揶揄道："你是怎么了？你以为元元是人类的小孩子？对于他，只问能量是否消耗完，不存在累不累的问题。"

宪云也哑然失笑了："怎么搞的。重哲，我告诉你，小时候，很长时间我从不把元元当成智能机器人，我认为他是我亲亲的小弟弟，是人类的一个成员。虽然他有种种怪异之处，比如他不会流泪，他有睡眠开关，他是爸爸生的，等等。但我总觉得这只是正常中的特殊，就像人类中有秃子和络腮胡子一样。长大了，理智能够战胜感情了，我才接受了这个事实——虽然亲密无间，但他和我们不是同类。但这几年，大概是老糊涂了吧，我又重复了儿时的错误，常在无意识中把他当成人类的儿童，当成咱俩的亲生儿子。"

重哲从妻子的话语深处听出几分怆然。他们婚后一直未能生育。年轻时两人在事业上都太投入，把要孩子的时间一推再推，等到主意打定时，宪云年纪已经偏大了。而且，这件事在很大程度上与元元有关，这个长不大的小元元常常使宪云心怀歉疚，她把加倍的母爱倾注到"傻弟弟"身上，连重哲也总是把元元当儿子看待。他开玩笑地说：

"不，你不老，你仍然像二十年前那样漂亮。我去唤醒元元。"

两分钟后，元元慌慌张张跑来了：

"姐姐，我不让你走！要不我也和你一块去非洲！"

"元元，你还小！"

"我不小了！你看。"他轻而易举地把姐姐举起来，就像蚂蚁举起一只大豆荚，"你看，我多有劲儿，狮子来了，我还能保护你呢。姐姐，让我跟你去吧。"

宪云在空中笑着喊："小坏蛋，快放我下来，快放下来！"她挣扎着下来，蹲到地上哄元元：

"元元，你不能走呀。我走了，朴哥哥又太忙，爸妈年纪大了，你得留在家里照顾爸妈呀。我知道元元是个又孝顺又能干的好孩子。"

元元想了想，慨然答应："好，你放心走吧。"

门外响起喇叭声。一辆马力强劲的全地面越野车尤尼莫克停在栅栏门外，老托马斯一只手搭在车喇叭上，一只手向朴重哲抬手致意。妈妈也赶出来了。这位在课堂上气度优雅的卓教授这会儿神情凄然，眼眶略微发红，勉强笑着同女儿吻别。宪云拿起室内电话，低声说：

"爸爸，我走了，你多保重。"

电话那边爸爸没有打开屏幕，所以只能听见爸爸的声音："你走吧，我不送了。"

朴重哲拿起皮箱送她出门。托马斯先生下车打开汽车后盖，把行李放进去。他已经五十八岁了，身体很健壮，面色红润，茂盛的红胡子。他亲切地捶捶朴的肩窝："朴，你有个难得的好妻子，漂亮，又非常能干。你是怎样挑选妻子的，能向我两个儿子传授经验吗？"

重哲笑道："你知道吗？后天是我们结婚二十周年，你的日程是多么残忍！"

托马斯哈哈大笑："非常抱歉，非常抱歉，或者我们推迟两天？"

"让她走吧，她的心早已飞到猎豹、狮子和狒狒身上了。"

托马斯笑着重复："抱歉，非常抱歉，喂，小元元，喜欢老托马斯送给你的鸵鸟蛋吗？"

元元声音清脆地说："喜欢！谢谢托马斯伯伯。"

"元元，喜欢我这匹新马吗？"他拍拍汽车车顶，"是我新买的，氢氧燃料电池和太阳能双驱动，时速两百五十公里，无论是在沙漠还是在沼泽里都一样行走如飞。我要把它空运到肯尼亚去。元元，跟伯伯一块去非洲吧，在一望无际的大草原上飙车，绝对的刺激！"

元元看看姐姐，一本正经地说："不，我要留在家照顾爸妈。"

托马斯笑起来："好孩子，真是好孩子。好，我们要走了，等下次回来给你带一只非洲犀鸟，好吗？"

元元调皮地说："不，我要一只犀牛，或者大象，要不带一头河马。"

托马斯哈哈大笑："好，咱们一言为定，我一定在旅行箱里装一只河马带回来，你先在院里挖一个水池吧。孔，请上车。"

宪云最后同元元吻别，坐上尤尼莫克。托马斯发动了汽车，汽车尾管喷出淡淡的白烟，悄无声息地启动了。元元妈把元元抱起来向汽车招手，她看见在汽车转弯时，女儿还特意从车窗里伸出头向他们一个劲儿地挥手。她笑得那样畅快，就像个十八岁的无忧无虑的女孩，元元妈扭回头埋怨女婿：

"重哲，后天是你们结婚二十周年，你该留宪云多住两天的。咳，我的记性也不行了，本来我该记住的。"

重哲笑道："妈，不行的，你知道，宪云是一个事业至上主义者，恐怕我们都一样。"

元元已经挣下地玩耍去了。妈妈轻轻叹息一声："真快啊，已经二十年了。重哲，我们总是可怜元元，可怜他的灵智被囚禁，一辈子也冲不出蒙昧的禁锢。其实，有时候我倒希望像他一样永远不会长大，不会变老。"她笑着对自己作了评价："纯粹的胡说八道。"

重哲也笑了，他向岳母点点头，径自返回工作室。

四　上帝的秘密

二十年前，那时宪云正是鲜花般的二十五岁，是一个才貌出众的姑娘。有人说，没有意识到自己美貌的姑娘才是真正的漂亮，宪云正是这样的美貌天成。她从不花费心思去刻意求美，因而也就没有那些美女们的通病：矫揉造作、顾影自怜，自我封闭，等等。

她二十四岁读完博士后，投到托马斯教授门下，兴致勃勃地到非洲去了——那儿及亚马逊流域有世界上仅存的大规模自然保护区。秋天回来时，她晒得又黑又红，粗糙的手背和面颊记载着非洲的风霜。她风风火火闯入家中，扔下背包，和爸妈紧紧拥抱起来。宪云爸表情冷漠，在女儿的拥抱中像一株枯干的橡树，但宪云妈知道，他的内心是十分喜悦的。宪云急急地问：

"元元呢，真想他呀。"

"他就在外边玩。"妈妈揶揄地说，"云儿，我怎么觉得你身上还带着猎豹或黑猩猩的野性，那个文雅恬静的大家闺秀到哪里去了？"

宪云笑道："妈妈放心，我马上就能装扮成那样的乖女孩。"

元元大概听到了动静，抱着家养的白猫在门口探探头，立刻大喜若狂地跑过来：

"姐姐！姐姐！"

宪云把他抱起来，蹭着他的脸蛋问道：

"元元，想姐姐吗？"

元元调皮地说："想，没人玩的时候才想。"

宪云抱着他坐到沙发上，从背包里摸出一个黑黝黝的非洲木雕：

"元元，姐姐送你的礼物。"

这是一个黑人男孩，浑身赤裸，鬈发，体形瘦长得十分夸张，撅着小鸡鸡。元元高兴地搂入怀里：

"谢谢姐姐。"

这时白猫挣下地跑了，元元也从姐姐怀里挣出来。宪云喊：

"元元别走！姐姐还有好多话要问你呢。"

元元的声音已到门庭外了："姐姐，晚上我再找你玩!"

听着急急的脚步声渐渐远去，宪云对妈妈苦笑着：

"这个孩子，还是一点不开窍，只知道玩，按说他已经二十三岁了。"

妈妈立即接过话头："说起年龄，宪云，你已经不小了，你答应过这次回来要考虑婚事的。"

宪云落落大方地笑道："爸妈不问，我也要向你们汇报的。晚上我想让他来家里。"

妈妈揶揄地说："是哪个他呀?"

"他叫朴重哲，韩国人，遗传学家。他今年夏天在非洲，我们在察沃国家公园相处过一个月。爸爸，据他说你们认识。"

爸爸刻薄地说："我认识，一个狂妄的小天才，属于一个咄咄逼人的暴发户类型。我怀疑你们是否能长相厮守。要知道，你是在五千年的中国文化中浸透的，血液和胆汁里都溶有泱泱大国的风范，而他——"他轻蔑地说："多多少少有点暴发户的心态。"

宪云不满地低声喊："爸爸!"

爸爸一挥手，冷淡地说："不必担心，我会尊重你的选择。"说完拂袖而去。

宪云和妈妈相对苦笑。妈妈皱着眉头说："云儿，不要难过。你知道怪老头的脾气。不管他，晚上你把重哲领来吧。他也是研究DNA的?"妈妈忧心忡忡地说，"孩子，恐怕你也要做好受苦受难的准备。DNA研究是一块噬人的泥沼，投身于此的人只有两种可能，或者胜利，或者被拖垮，甚至疯狂。这是一个遗传学家老伴的人生经验，孩子!"

晚上，宪云挽着重哲的胳臂走进家门。那年重哲二十八岁，英姿飒爽，倜傥不群，穿一件名牌夹克衫，衬衣不扣领口，目光锋利，脸上挂着漫不经心的浅笑，黑发桀骜不驯。宪云心醉神迷地看着夫君时，不由暗暗承认，爸爸的话也的确有言中之处：才高天下的朴重哲确实有些锋芒毕露，咄咄逼人。

重哲进门就看见了客厅中的孔子画像。他用询问的眼光看看宪云，宪云抿嘴笑道：

"告诉你，我是孔夫子的嫡系后代。"

朴重哲略有些惊异，微笑着感慨道：

"在你们这个古老的国家中，到处可以触摸到历史的遗迹。真的，我知道孔家是世界上最悠久的家族，但我没想到你竟是这个神秘家族的嫡孙。"

他朝孔夫子鞠了一躬："韩国也是在儒家文化圈中，我的祖辈中很有几个著名的硕儒，所以我对夫子是很敬仰的，只是，我对他老人家的'夷夏之防'的观点颇有腹诽。希望老人家不要拒绝一个东夷的后代做孔家的东床快婿。"

宪云笑骂一句："贫嘴。"这时重哲看见宪云爸出来了，立即收起笑谑，恭恭敬敬行了礼：

"孔伯父好。"

老人没有回礼，也没有回话。他端坐在沙发上，冷冷地打量着这位韩国青年，屋内出现了冷场。随后进来的妈妈迅速扭转了气氛，老练地主持着这场家庭晚会，控制着谈话的节奏。她问了重哲的个人情况后，又问：

"听说你也是研究遗传学的，具体是搞哪个领域？"

"主要是行为遗传学。"

"什么是行为遗传学？给我启启蒙。要尽量浅显。你不要以为一个生物学家的妻子也必然是近墨者黑，他搞他的DNA，我教我的哆来咪，两人是井水不犯河水，互不干涉内政。"

宪云、重哲都笑了，重哲很得体地说：

"伯母，我有幸听过你的一些交响乐或奏鸣曲，如《恐龙》《母爱与死亡》等，我想，能写出这样深刻磅礴的作品，作者必然对生物科学有最深刻的理解。"但他仍按宪云妈的要求简洁地介绍着：

"生物的许多行为是生而有之的。即使幼体生下来就与父母群体隔绝，它仍能保持父母群体的本能。像人类婴儿生下来会哭会吃奶，却不会走路；而马驹和鸡生下来就会跑，小海龟生下来就能辨别大海的方向并扑向大海。"

他看看宪云爸，老人直直地坐在沙发上，姿态僵硬，像一座木乃伊。重哲继续说下去：

"许许多多的生物习性得之于天授，而不是亲代的教育，这一点是毫无疑问的。比如昆虫是四代循环的：卵、幼虫、蛹、成虫。幼虫是纯粹的吃食机器；而虫蛾是纯粹的生殖机器，甚至于没有口唇，所以，即使是同一种昆虫的不同形态，也几乎相当于不同的种族。但它们仍能准确地隔代重复亲代的天性。有一种习惯于生殖迁徙的蝴蝶，能准确地记忆从北美到南美长达数千公里的路程。它是从哪儿学得的知识？要知道，子代蝴蝶和亲代蝴蝶，从时间上和空间上都是完全隔绝的。"

宪云和妈妈都在注意倾听，重哲又说：

"还有一个典型的例证。挪威旅鼠在成年时会成群结队投入大海自杀，这种习性曾使生物学家迷惑不解。后来考证出它们投海的地方原有陆桥与大陆相连，原来这里是鼠群千万年来季节迁徙时的必经之处。这种迁徙肯定有利于鼠群的繁衍，并演化成固定的行为模式保存在遗传密码中。如今虽然时过境迁，陆桥已沉入海底，但鼠群冥冥中的本能仍顽强地保持着，甚至战胜了对死亡的恐惧。行为遗传学就是研究这种'天授'的生物行为与遗传密码的关系。"他笑着对女主人说：

"太枯燥了吧，我不是一个好的解说员。"

妈妈有意挑起争论来活跃气氛：

"哟，我可不能同意你的观点，我知道生物的形体是由DNA来遗传的，像腺嘌呤、鸟嘌呤、胞嘧啶、胸腺嘧啶与各种氨基酸的转化关系啦，RNA和DNA的转录过程啦，三叶草形状的数学式基因表达啦，这些都好理解。虽然我常怀疑小小的精卵中容纳不了那么多信息。你想，建造一座宏伟的人体大厦并包括那么多的细节：眼珠的颜色，耳垢的干湿，眼角是否有蒙古褶皱，腋下香腺的浓淡，如此等等，人类的十万个基因怎么够？至少得十万亿个！更何况虚无缥缈、无质无形的生物行为，怎么能用DNA序列来描述呢，又怎能塞到那本小小的DNA天书中去呢？我想，那更应该是万能的上帝之力。"

重哲回避了对这些论点的争辩，他只简单地说：

"上帝只存在于信仰者的信仰中。汉民族是世界上唯一没有全民宗教信仰的民族，儒'教'是世界上唯一持无神论的准宗教。"他用目光向大厅中的孔子像致意，"这位大成至圣文宣王就是'子不语怪力乱神'嘛。如果抛开上帝，答案就很明显了：生物的行为是生而有之的，而能够穿透神秘的生死之界并传递上一代信息的介质唯有生殖细胞，所以，生物行为的规则只可能存在于DNA密码中，这是一个简单的筛选法问题。"

宪云听得很入迷，她贪婪地攫取着重哲睿智的目光。她就是在这样一次长谈之后爱上这名韩国青年的。她喜欢听他言简意赅的谈吐，欣赏着他用简捷明快的思维，轻而易举地剥去事物的表象，抽提出生命世界最深层的本质。

　　宪云从不喜欢哲学，甚至厌恶那些天玄地黄的辩述。但重哲抒发的哲理却直接植根于铁一般的科学事实，它只是比事实多走了一步而已，所以，这种哲理常常有极强大的逻辑力量。在这场谈话中，孔教授始终像石像一样沉默，这会儿他大概不想再听这些启蒙教程，突兀地问：

　　"你的研究方向？"

　　重哲立即转身面对老人。虽然老人长时间一言未发，但他清楚地知道，自己讲话的真正裁判是这个冷硬的孔昭仁教授，他昂然回答：

　　"孔先生，我不想搞那些鸡零狗碎的东西，我想破译最神秘的宇宙之咒。"

　　"嗯？"

　　"一切生物，无论是病毒、苔藓、珊瑚虫、切叶蚁还是人类，它们最强大的本能是它们的生存欲望，即保存自己，延续后代。它们从生至死的一切行为都暗合这两条铁的规则。这两者常常是相容相成的，有时也会互相抵触，从而演化出千姿百态的行为程式。母狼为了狼崽敢同猎人拼命；母猫母兔等常常有杀崽行为；雄螳螂在交配时心甘情愿被雌螳螂吃掉。宪云，"他扭回头对宪云说，"我到庞贝古城游览过，我亲眼见过火山下埋葬的历史。在炽热的火山灰中，人体早已气化了，留下一些奇形怪状的空穴。考古学家把石膏倒进这些空穴，就重现了过去的情景。男女老少在火山灰中挣扎，一个母亲在死前竭力撑起身子，为子女留下最后一点生存空间。那种凝固的母爱、凝固的求生欲望是极其震撼人心的！这是宇宙中最悲壮最灿烂的生命之歌，它就隐藏在DNA密码中，我要破译它。"

　　宪云感受到了他内心的磅礴激情，她看见父亲眸子中陡然亮光一闪，变得十分锋利，但这点亮光很快隐去，他又缩回那层冷漠的外壳，仅冷淡地撂了一句：

　　"谈何容易。"

　　重哲看看宪云和宪云妈，自信地笑着说：

"当然，这是上帝看守得最牢的秘密，但从目前遗传学的水平来看，破译它的希望已在天际闪现了，我想它不是海市蜃楼。它控制着世上亿万种生物，显得神秘莫测。但从另一方面看，从亿万种生物包括最简单的病毒中找出唯一的共性，反而是比较容易的。"

孔教授涩声道：

"已有不少科学家在这个堡垒前铩羽。"

重哲笑了，意气飞扬地侃侃而谈：

"失败者多是西方科学家吧，那是上帝特意把难题留给东方人了。正像围棋与国际象棋、西医与东方医学的区别一样，西方人善于作精确的分析，东方人善于作模糊的综合，东方的神秘哲学常常与最现代的物理理论暗合。我看过不少西方科学家在失败中留下的资料，他们太偏爱把生存欲望的传递密码同DNA结构作精确的对应，我认为这是一条死胡同。生存欲望密码很可能存在于DNA结构的次级序列中，就像原子理论中的'电子云'概念，或者像一首长歌中的主旋律，是一种不确定的概念，理解它需要有全新的哲学眼光。"

说到这儿，宪云和母亲只有旁听的份儿了。孔教授冷冷地盯着重哲，重哲则以自信的目光对抗着这种压力。宪云妈正要作出努力来结束这种冷场，小元元适时地出现了。他肯定刚和一群小家伙在野地里玩过，小爪子脏兮兮的，浑身沾满了尘土和蒺藜球。妈妈笑着把他拉到跟前，拍掉尘土，从他身上摘下蒺藜：

"你这个小捣蛋，野到哪儿啦？来，见过朴哥哥。"

小元元毫不认生地走过来，用脏爪子拉拉朴哥哥的手，又同姐姐和妈妈亲热一番。妈妈有意夸奖这个有智力缺陷的儿子：

"小元元最聪明，无论是下棋、做数学题、打电子游戏，在我家都是第一名。重哲，听说你的围棋棋艺很不错，赶明儿和元元杀一盘。"

元元很神气地听着，鼻孔微微翕动，这是他最得意时的表情。重哲笑着：

"元元，我可是围棋七段，敢和我较量吗？"

"当然敢！我去拿棋盘。"他说着就要走，宪云赶紧把他按住，埋怨道：

"改不了的毛躁脾气，一把火就着起来，等吃过晚饭再下嘛。"

朴重哲仔细打量这个智能生物人，大脑袋，圆脸，笑容娇憨，举止带着五岁幼童的稚拙天真。但宪云告诉过他，按生理年龄来说，元元已经二十三岁了。他毫无顾忌地问道：

"他在某些方面智力出众，但整个心智只相当于五岁孩子的水平，对吧？"

妈妈对这些无礼的话感到愕然，宪云也十分吃惊。事先她曾再三向重哲交代过，不要提起小元元的缺陷，小元元是爸爸的心病，是他一生失败的象征，爸爸的同事家访时，总是小心翼翼地不提元元的事。她急忙向重哲使眼色，但重哲毫不理睬她的示意，仍然自顾自说下去：

"我觉得他有一个根本的缺陷——没有输入生存欲望，也就没有了生命的灵魂。人类的生存欲望是天然存在于 DNA 结构序列中的，但在小元元的创造过程中，一定是有某种原因破坏了这种整体和谐。"他再次强调说，"他需要重新输入生存欲望。没有生存欲望就不能成为'人'。"

小元元听不懂大人们在说什么，他的注意力很快转到了爸爸身上。他慢慢走过去，拉住爸爸的手。这些年他当然感到了爸爸的冷淡，但他认为这很不公平，所以常倔强地向爸爸讨取爱抚。老教授一动不动冷冷地盯着朴重哲，忽然他甩脱元元的手，拂袖而去。

小元元咧咧嘴，倔强地忍住哭声，默然回到妈妈那儿。妈妈心疼地把他搂到怀里，埋怨地看看宪云——你难道没有把咱家的禁忌事先告诉重哲吗？宪云不知道该怎么办，从直觉上，她认为重哲的话是对的，她甚至感受到了这个结论在科学上的分量。她知道重哲坦率地指出这一点，用意是善良的，但她也不希望父亲被刺伤。停了一会儿，她追着父亲到书房去了。

父亲坐在书房高背转椅里，只露出脑袋。但他没有关上书房门，似乎知道女儿要来，而在平时他从不让任何人进他的书房。宪云忐忑不安地站到父亲身边，心绪复杂。书房里光线晦暗，色调阴沉，连墙上的先祖孔子也好像目光抑郁。这个书房实际上是父亲逃避世界的一个甲壳，与他的内心世界是色调相同的。宪云苦涩地想，因为科学研究中的失败，值得这样终生自我囚禁吗？

很长时间之后，父亲才冷淡地说：

"我不喜欢这个人，狂妄、浅薄，他的自信超过了他的才能。"

宪云很失望，也被严重地刺伤了。她犹豫着，想尽量委婉地表示自己的意见。忽然父亲又说：

"问问他，是否愿意到我的研究室来。"

宪云愕然良久，才咯咯地笑起来。她快活地吻过父亲，跑回客厅。

元元已经忘了刚才的不愉快，这会儿正起劲地向朴哥哥展示自己的收藏，一粒蓝色石子啦，白色的贝壳啦，红色的干枫叶啦，画片啦，重哲和他玩得很愉快，一边还很融洽地同宪云妈谈话。但两人实际上都竖着耳朵，聆听书房里的判决。

他们听到了咯咯的笑声，平时十分稳重老成的宪云满脸喜色地跑出来。两人都把悬在半空的心放下了。宪云抿着嘴说：

"爸爸问你，是否愿意到他的研究室工作。"

妈妈欣慰地笑了，重哲慨然道：

"我十分乐意。我拜读过伯父年轻时不少著作，十分佩服他清晰的思维和敏锐的直觉。宪云，你知道我刚才为什么说那番话？我在你父亲的一些著作里读出了一些隐晦的暗示，他似乎也意识到了这个宇宙之谜，意识到了元元失败的原因，不过，大概是心理障碍的原因吧，他不愿明白承认这一点。如果他……那么这个工作由我接下吧，我将尽力开启元元的灵智。"

这时宪云才悟到爱人的用心。他和爸爸同样心机深沉，妈妈和她是望尘莫及的。她戏谑地想，这大概就是男人的领导权能够存在的原因吧。

不久，朴重哲就加盟到孔昭仁生命研究所。那天有一个有趣的小插曲：重哲没有像往常那样穿西服或便装，而是穿着崭新的韩国民族服装，他大概是想以此来显示自己的独立性吧。

他很快以自己的才华赢得同事的尊敬。两个月后，孔教授就把研究所交到女婿手里，他则正式退隐林下，从此对研究所的工作不闻不问。

五　意外的成功

把妻子送走后，这已是第十一天了。在这些天里，朴重哲和助手把有关资料、计算框架、边界假设等全部细心地复核了一遍，输到电脑内。然后，沃尔夫开始了紧张的计算。主电脑室只能听到电脑内沉重的吱吱声，指示灯不停地闪着绿光。谢尔盖和田岛十分焦灼，几乎到了神经崩断的边缘。

几年来的苦心研究估计今天就要见分晓了，朴重哲努力保持着自己的平静，妻子在青岛海边的话他一直铭记在心。终于，主电脑停止了计算，沃尔夫的电脑合成面孔出现在屏幕上。它好像被繁重的计算弄得疲惫不堪。与沃尔夫视线接触后，朴重哲的心猛然下沉了，他已经知道了结果。

"很遗憾，各位先生，"沃尔夫声音低沉地说，"计算值仍然是发散的，没有得到明确的结果。"它略停一会儿，又说："不要灰心，朴先生。在最近的十几次计算中，我有一个强烈的感觉：十几种不同的计算框架都围绕着一个共同的不可知的中心，很可能这说明你们目前选取的计算方向大体是正确的。"

朴重哲勉强笑道："谢谢你，沃尔夫，你辛苦了。"

沃尔夫开玩笑地说："电脑不知疲倦，我的主人。"

它的合成面孔从屏幕上隐去，朴重哲回头对同事们笑道：

"收拾残局，准备下一轮冲刺吧，不要灰心。这是上帝最后的秘密，一旦被我们窃到，我们就会和他老人家平起平坐了，你想他会甘心服输吗？没关系，只要锲而不舍，总有一天，我们会在伊甸园的后院墙上扒出一个洞。"

但这些玩笑显然没有冲淡失败的挫折感。田岛等几个都神色黯然，他们收拾了房间，关闭电脑的电源后默默地走了。

晚上重哲没有吃饭，他到餐厅简单交代了一句：

"爸妈你们吃吧，我不饿。"就扭头走了。妈妈正想唤他回来，孔教授冷淡地说：

"不必喊他。他的理论又失败了，第一百四十次失败。"

他的语调简直像巫师的宣判。元元妈看看他，没再说话，三人沉默地吃过晚饭。元元也很识趣地沉默着，只是用眼睛骨碌碌地看看爸爸，又看看妈妈。

重哲换上一套韩国民族服，独自来到钢琴室。他掀开钢琴盖，顺手弹出一串旋律。这是岳母的一篇作品《母爱与死亡》，很有名的。他静下心，把这首乐曲弹完。

然后他停下来，仰着脸，沉静地看着窗外。夜空深邃，亿万星体正在走着自己的生命之路，从主序星到白矮星或红巨星，这是长达数十亿年的漫长道路；甚至宇宙本身也有它的诞生和死亡，它从大爆炸中诞生，又归于死亡的黑洞。他想起两人初结识时宪云告诉过他，只要一听见《母爱和死亡》这首乐曲，她就无端联想起雌章鱼。它们产卵后就不吃不动，耐心地用腕足翻动卵粒，使其保持充足的氧气，也安静地等待着自身的死亡。那时他告诉宪云：

"你知道吗？雌章鱼眼窝下有一个死亡腺体，产卵后就开始分泌一种死亡激素。如果把腺体割掉，那些绝食很久的章鱼会重新开始进食。这是生存欲望同物质结构有明确联系的一个典型例证——虽然是从反面证明。"

在那之后他曾做过一个危险的试验，他提取了足够数量的章鱼死亡激素并注入自己身体，然后开始了一段可怕的心理体验：他的内心世界变成了彻头彻尾的灰色，毫无生机的灰色。他不吃不喝，不语不动，一心一意想进入那永恒的死亡。他的思维仍然很清晰，可以清晰地评判可笑的人类行为：他们诞生，成长，在荷尔蒙的控制下追逐异性，在黄体酮的控制下释放母爱，竞争、奋斗、辛苦劳碌，最终还得走向不可逃避的死亡。真是不可救药的愚蠢！

如果不是事先做了充分的预防措施，他会受不住死亡女神的诱惑而自杀的。他在这种可怕的沮丧中熬过了一星期，随着死亡激素的分解和排出，他的内心世界开始晴朗了。那种求生的欲望开始缓缓搏动，渐渐强劲，他又对世界，对生活充满了爱心，宪云的一瞥一笑又能使他心旌摇曳……

有过这么一段体验，他更坚定了破译生命之谜的信念。可是……又一次失败！他总觉得自己已经到了秘洞的洞口，却忘了"芝麻开门"的口令。

难道我这一生就这样碌碌无为吗？他在心里苦涩地喊道。

元元每天晚上照例要到储藏室里给白猫"佳佳"问晚安，如果妈妈不注意，他还会偷偷抱上猫溜回卧室，把白猫藏入自己的被窝。这两天，白猫快临产了，元元用丝棉在它的藤筐窝中铺了厚厚的一层，但母猫仍然挑剔地用嘴撕扯着。元元小心地摩挲着母猫的脊背，耐心告诫道：

"猫妈妈，你可不能把小猫吃掉啊，可不能学你的外婆白雪，它把一只小猫吃掉了耶。"

佳佳不愿听他的教诲，它神情烦躁，低声吼叫着，在屋里来回蹦跳。它一下蹿到橱柜顶上，元元着急地喊：

"佳佳，快下来！"

佳佳在橱顶上同元元僵持一会儿，忽地蹿下来了，一个厚厚的纸卷也随之落下。元元好奇地捡起来，摊开。纸卷已经发黄变脆，但上面的黑色笔迹还很清晰。这是一首乐曲曲谱，书写潦草的蝌蚪在五线谱上蹦跳。元元拣出它的第一页，标题处潦草地写着"生命之歌"四个大字。从小跟妈妈学钢琴，元元识起乐谱来已经轻松自如，他不经意地浏览了两眼，已经把第一面的旋律读在心里。

他忽然僵立不动！一种熟悉的久已忘记的旋律轻轻地响起来。很遥远，透着一种说不出的亲切，就像孩提时妈妈在耳边轻声吟唱的催眠歌。他浑身燥热，觉得内心有一种说不出的冲动。

他想了想，拿着这卷纸去找妈妈。妈妈没找到，倒看见朴哥哥在钢琴室里愣神。他走过去，踮着脚把纸卷放在琴键上：

"朴哥哥，你看这是什么？"

朴重哲暂时抛开那些苦涩的思绪，和颜悦色地把元元抱起来：

"是乐谱，你在哪儿捡到的？"

"在储藏室，是佳佳在柜顶扒下来的。"

重哲看看乐谱，像是岳父的手书。字迹龙飞凤舞，力透纸背。他必定是在强烈的创作冲动下一气呵成的，至今在纸上还能触摸到他写字时的激昂。这时元元妈从门外探身进来，微责道：

"元元，还在胡跑，你该睡觉了。"

元元听话地溜下去。重哲认真地说：

"元元先回去，我看一遍明天再告诉你，好吗？"

元元点点头，同朴哥哥道了晚安，随妈妈走了。他在自己卧室的门口碰到爸爸。元元从来不会对爸爸的冷淡记仇，他扬起小手，亲热地喊了一声："晚安，爸爸。"

孔教授面无表情地哼了一声，背着手走开了。妈妈怜悯地看着元元，但不懂人事的元元似乎并不觉得难过。他听话地爬上床，仰面睡好，问：

"妈妈，还要关我的睡眠开关吗？"

"嗯。"

"为什么你们都没有睡眠开关呢？"

妈妈真不愿再欺骗天真的元元，但她无法说明真相，只有含含糊糊地说：

"睡吧，元元，等你长大再告诉你。"

元元乖乖地闭上了眼睛，妈妈关上了他腋下的开关，元元的表情慢慢消失。

像往常一样，在元元失去生命力之后，妈妈留在他旁边，爱怜地看了很久，才轻轻叹息一声离开。

重哲把谱页按次序排好，卡在谱架上，心不在焉地弹起来，时而他会停顿下来，皱着眉头想自己的心事。忽然他全身一震！他刚才随手弹出的一串旋律在耳边回响，震击着他的心弦。他急急地翻阅着乐谱，那些五线谱在他眼中起伏盘旋，就像神奇的 DNA 双螺旋长链，在他心中激起了一种神秘的冲动。

二十年来一直在 DNA 世界中跋涉攀登，对它们已经太熟悉了，所以，当乐谱的整体结构开始展现在心中时，他就下意识地把乐谱同 DNA 中的 T、G、A、C 来一个反向代换，于是一个奇异的 DNA 序列就流淌出来。

他战栗着，闭上眼睛，竭力用意识抓住这些奇异的序列，生怕它们在一瞬间珠碎玉崩。他喃喃地喊着，天哪，这就是我苦苦寻觅二十年而得不到的至宝吗？

他实在不敢相信，因为这个结果太简单，胜利的到来太轻易。但实际上他内心里早就确信了，他知道真理的表述向来是最简捷的。

他立即夹起乐谱，穿过幽暗的林荫小径，返回研究所。他坐在键盘前，匆匆编写新的计算框架。这些思路就像蓄积已久的洪水，一旦有了缺口，就喧嚣着一泻千里。仅仅一个小时后，新的框架就搭好了。他打开主电脑开关，沃尔夫的合成面孔露出惊奇的表情：

"朴先生，只有你一个人？现在是晚上一点四十五分。"它随即明白了，"我想你一定有了重大突破，请立即输入新的计算框架。"

这次计算异常快捷。等霞光开始透入窗帷时，屏幕上滚滚而下的数字流和DNA双螺旋长链终于停止。沃尔夫的面孔又出现在屏幕上：

"计算结果收敛，可以得出确定的数学表述公式。"长达数十页的数学公式在屏幕上一屏一屏地滚动，沃尔夫从记忆库中调出微笑，"祝贺你，朴先生。"

过度的喜悦反而使他归于平静。他默默地走到窗前，拉开窗帷。明亮的晨光排送而入，沐浴着晨露的树叶是一种鲜亮的绿色，晨读的男孩女孩在窗前匆匆走过去。他在心里呼喊着：

"终于成功了啊。"

六　象群的挽歌

孔宪云和托马斯先生从豪华的内罗毕机场走出来，扬手叫了一辆出租，忽然她听见一个人用汉语在喊：

"孔老师！孔老师！"

一个男孩向她跑过来，鸭舌帽，猎装，白色旅游鞋，背一个小背包，给人印象最深的是衣服上布满口袋。跑近时，才发现是一个十七八岁的女孩，头发塞在帽里。她快活地笑着，气喘吁吁地说：

"孔老师，我已经等了半天了，我以为等不到你们了！"

宪云微笑着直起身来："你是……"

"我是卓教授的学生，我从她那儿得知你们的日程。你好，托马斯先生。"她朝已坐进车内的托马斯先生问好。

"你好。"

"你来这儿是假期旅游吗？"

"不不，宪云姐姐，"这个姑娘已改了称呼，"我最欣赏卓教授的生物题材交响乐和钢琴曲，不，不是喜欢，是一种天生的心灵共鸣。所以我想来非洲亲身和野生动物相处一段时间，我希望像卓教授那样写出一首流传千古的乐曲。"

宪云微笑道："我妈妈知道你来这儿吗?"

姑娘老实承认："她不知道。宪云姐姐，让我和你们一块去吧。我这个人有很多优点的，又机灵，又勇敢，又勤快，特别是非常热爱野生动物，我不会给你们添麻烦的。行吗?"她苦苦哀求道。

宪云已经喜欢上这个天真烂漫的女孩了，她用目光向托马斯先生询问，托马斯笑着点点头。宪云笑着问:

"你的名字?"

姑娘知道自己已被接纳了，眉开眼笑地说:

"刘晶，我叫刘晶，谢谢你，宪云姐姐和托马斯先生!"

三天后，他们已在察沃国家公园安营扎寨了。这里属东非裂谷高原上的稀树草原，时而有雁行排列的断层线和深而窄的洼地湖泊。今年是历史上最严酷的旱季，已经整整七百天没下雨了。失去活力的草原到处是沉闷的黄褐色，只有那些扎根极深的波巴布树（猴面包树）还保持着生机，在它那直径百米的巨大树冠上仍然是郁郁葱葱。饥渴的长颈鹿用力抬着头，撕扯着上部的树叶。

清晨，他们乘着那辆尤尼莫克越野车在草原上奔驰。硬毛须芒草和营草已经干枯了，随着车辆驶过，留下两道车辙，卷起一片黄叶。伞状金合欢树无力地垂着枝条。忽然刘晶喊道:

"象群!"

地平线上果然看到象群的身影。托马斯放慢车速，悄悄跟上去。象群有二十多只，已经疲惫不堪了，它们极缓慢地行进着。汽车追近时才看见一只小象已经夭亡了，但母象仍在用长牙不断地推它，推它，其他成年象都默然跟在后边，就像一列行走缓慢的送殡队伍。

这个过程持续了很长时间，母象一直不愿放弃最后的希望。汽车不敢靠得太近，但他们能看到母象凄惨的目光，看见小象毫无生气的圆睁的眼睛。他们用摄像机把这一切全拍下来了。

刘晶紧紧偎在宪云怀里，她难过地低声说:

"宪云姐姐，我能听见母象的哭泣声。"

宪云心里也十分沉重，她攥住刘晶的手，没有说话。终于，象群意识到小象再也不能复活了，它们停下来，几只雄象开始用长牙掘地。对于极端疲惫、饥渴交加的象群来说，这不是一件轻松的工作，但它们仍然锲而不舍地干着。

忽然"叭"的一声，一头大象的长牙断了一根，大象悲惨地吼叫一声，继续用断牙掘地，托马斯轻声对刘晶解释：

"干旱已持续了两年，大象食物中缺乏维生素，所以象牙也变得脆弱易断。类似的断牙象我们已见过很多了。"

刘晶激动地说："托马斯先生，为什么我们不帮帮它们呢？二十一世纪的人类完全有能力帮助它们！"

托马斯摇摇头："不，我们不能随意干涉自然的进程。我们只能做到不要因人类活动使动物生存条件恶化，但不能大规模地去喂养它们，那只能减弱它们对自然的适应能力。一句话，某个动物种族是否能生存下去，归根结底要靠它们自己。"

太阳已经西斜了，在干燥的东北信风吹拂下，一米多高的枯草飒飒作响。象群终于挖好了墓坑，它们把小象推入墓坑，再用长牙把周围的松土推下去。墓坑挖得很浅，草草掩埋的小象的耳朵还在土外露着，但筋疲力尽的大象已经无力再干了。它们默然扬起头，伸长脖子，张大嘴巴，但并没有吼声。

忽然刘晶喊道："它们在唱歌！我能感觉到它们在唱挽歌！"

宪云心里一震，忽然想到大象能用额头上的一个次声波发生器发声，她竖起耳朵，似乎确实感到了空气有轻微的震动。正在拍摄的托马斯扭回头说：

"把你后边的次声波接收器打开！"

经过接收器的转换，大象20赫兹的次声转换为人耳可闻的声波。于是，他们亲耳听见了大象的悲鸣，低沉而悠长，音色苍凉。那是对死亡的抗争，对生命的追求，对祖先和后代的呼唤。

象群又开始移动了。尤尼莫克仍缓缓跟在远处，看着它们在草丛中隐现。很长时间三个人没有说话，他们都沉浸在死亡所引起的神圣情感中。是托马斯先生打破了沉默：

"人类学家说，当原始人有了对死亡的敬畏，从而有了殡葬仪式后，可以说人类已经走出蒙昧。但对这些大象，你该怎么说呢？它们几乎已经山穷水尽了，仍然认真地掩埋同伴的尸体。我常常觉得这不是本能，而是一种宗教的虔诚。"

暮色渐渐浓重，不能再继续追踪了，他们离开象群掉转车头往回开。托马斯忽然问宪云：

"你父亲的身体还好吧？"

"还好。"

托马斯以西方人的直率评价道："我年轻时就认识他，一个悲剧人物。他年轻时曾经是全球瞩目的生物学家，他创造了生物智能人，提出了让智能人从零开始积累智慧的设想，在当时都是十分了不起的成就。可惜……"他摇摇头又问道，"你丈夫呢？我知道他是在破译生存欲望的传递密码，或者说，是上帝创造生命的秘密。近来有进展吗？"

宪云心情沉重地摇头。托马斯沉默一会儿说道：

"从某种意义上说，科学家都是最勇敢的赌徒，他们在绝对黑暗中凭直觉定出前进的方向，便坚定地往前摸索。在一万条岔路中哪怕只走错一条，也会与成功擦肩而过。但这时他们常常已步入老年，来不及改正错误了。所以，做科学家的妻子是天下最艰难的职业，向你致敬。"他开玩笑地说。

宪云笑道："谢谢你的理解。"她发觉刘晶已经靠在她肩上睡着了，于是把刘晶的身体移动一下，让她睡得更舒服。她问：

"这次拍摄总的主题是什么？"

"我想给它一个哲理内涵，片名我已想好了，就叫《生命之歌》，它将表现在严酷的旱季中，各种生命的艰难挣扎。"他微微一笑，"我想，这部纪录片的主旨与朴先生的研究是异曲同工，拍完后我先送给朴先生观看，也许会对他的研究有所启迪。"

宪云莞尔一笑："谢谢。"

浓重的暮色中隐约显出那株波巴布巨树黑色的阴影，已经到宿营地了，白色的帐篷也从暮色中逐渐浮出来。宪云说：

"晚上拍摄狮子就不要让刘晶去了，我看她太累。"

"不，我要去！"刘晶笑着从宪云肩头抬起头，揉揉眼睛，香甜地伸了一个懒腰，"刚才那一觉我已充足电了。托马斯先生，我睡觉时有一只耳朵是醒着的，你的谈话我全听见了。这部纪录片有没有主题曲？如果没有，由我来配怎么样？你不要因为我年轻就信不过我，我可是卓教授的高徒呀。"

托马斯哈哈大笑道："好，一言为定！"

站在波巴布树顶的瞭望台上，可以看到几公里外的一个狭长湖泊，如今它已成了方圆数百里内唯一的水源。黄昏，残存的动物都麇集到这儿饮水，有牛羚、弯角羚、斑马，也有一只孤独的双角黑犀，已经很浅的湖水被弄得混浊不堪。

这些食草动物一边饮水一边警惕地注视着湖边游荡的狮子，因为它们本能地知道，当狮子瘪肚时是最危险的。果然，一群狮子忽地扑过来，湖边的动物立即炸了群，它们惊惶地四散奔跑，黑犀牛则原地转着圈，目光阴沉地瞪着狮群。不久，一只衰弱的小斑马做了牺牲品，狮子开始大嚼起来。十几只秃鹫及时赶来，拍着翅膀落到狮子旁边。那些侥幸逃生的食草动物安静下来，又陆续回到水边。

瞭望台上的宪云和刘晶一直用望远镜头拍摄着这些场面，她们看见饥饿的雄狮把猎物霸在自己爪下，凶蛮地赶走了雌狮和幼狮。后者已经瘦骨嶙峋了，它们不敢反抗，凄惨地呆候在一旁，想等雄狮吃完后拾一点残渣。

刘晶气愤地骂：

"这些不要脸的雄狮子！我真想拿猎枪杀了它们！"

宪云也有同感，她说："每逢看到这种情景，我常常不能理解。一般说来，动物的本能，不管是自私、残暴还是仁慈的母爱，都是延续种族的最佳选择。但对雄狮的这种自私该怎么样解释呢？把幼狮和母狮都饿死后，又怎么能延续种族呢？不好解释。"

正在这时，一大群鬣狗气势汹汹地跑过来。一般说鬣狗是不敢和狮子争食的，但这次可能是饥饿的驱使，鬣狗群毫不犹豫地围住几只雄狮，它们狺狺地吠着，把包围圈逐渐缩小。一旦狮子转过身去对付它们，那边的几只就机灵地跳开，但狮子身后的鬣狗又紧逼过去。这群丑陋的动物以它们的数量造成一种迫人的气势，几只雄狮很快屈服了，它们丢下嘴边的食物怯懦地逃走。

刘晶拍着手笑道：

"真解气！就该这样整治它们，你看那只个头最大的雄鬣狗多仁慈，找到食物先让别的鬣狗吃。"

宪云笑起来："你说错了，那是只雌的。鬣狗是动物界中唯一从形体上分不清雌雄的动物。它们是母系氏族，女首领的雄性荷尔蒙分泌甚至比雄鬣狗还强，所以它也最强壮。"

刘晶噢了一声，她忽然笑道：

"宪云姐姐，今天看了这些情景，你知道我有什么想法？我认为自然界中雌性最伟大！你说是吧，宪云姐姐！"

宪云笑着，没回答刘晶这些孩子气的问话。她想，恐怕至少在孔家不能这样说，那儿仍然是男人领导的世界。不是因为别的，仅仅是因为两个男人的气质和思想。即使他们在科学探索中最终一事无成，他们仍能保持令人不敢仰视的尊严。

她们听见身后有窸窸窣窣的声响，拍摄小组雇用的马赛人向导沿着长梯爬上来，用不熟练的英语说：

"孔女士，请你回去吃饭吧，托马斯先生让我告诉你，朴先生发来了传真。"

"谢谢。"宪云向刘晶交代了注意事项后就独自回营地了。

托马斯正在检查这几天的拍摄质量，他没有回头，说："朴先生的传真。仍在传真机上。"

宪云抓起一瓶矿泉水咕咚咕咚灌下去，然后撕下传真躺到行军床上。离家近三个月，这是丈夫第一封来信。她知道重哲一向埋头于研究而疏于联系，所以已经习惯了。

宪云：

　　研究已经取得突破。我正在完成验证工作，但成功已经无

疑了……

孔宪云从床上一跃而起，狂喜地喊道：

"托马斯先生，我丈夫成功了！"

托马斯立刻转过身，惊喜地说："是吗？这可是一项了不起的成就，我想这是近百年来最重要的生物学发现，甚至超过对人类基因组的破译。"

宪云在一刹那间无法控制情绪，喜极而泣：

"托马斯，已经整整二十年了啊，就像是一场不会醒的噩梦。我不

是怕失败，是怕失败把他压垮，就像我父亲那样。"

老托马斯走过来体贴地搂住她的肩膀，感觉到她在轻轻地抽动。这时他才了解，这个外貌柔顺内心刚强的女人，平时承受着多么重的心理重压。他轻轻地拍拍宪云的肩头，宪云感激地点点头，悄悄揩去泪珠，退回到行军床上继续看传真：

> 其实，我对成功已经绝望，虽然我从不敢承认。我用紧张的研究折磨自己，只不过是想做一个体面的失败者。但半个月前小元元偶然捡到一份爸爸的手稿，它对我的意义不亚于罗赛达石碑，把我二十年辛辛苦苦搜寻到又盲目抛弃的珠子一下子串在一起。
>
> 我没有把这些告诉岳父。很显然，他在离胜利只有半步之遥的地方突然停步，承认了失败。这实在是一个科学家最惨苦的悲剧。
>
> 但我一直有一个奇怪的感觉，我似乎一直生活在这个失败者的阴影之下，时刻能感到我背后那双锋利的眼睛，即使今天也不例外。我不想永远如此。比如这项成果的发表与否，我不愿屈从他的命令。
>
> 爱你的哲

宪云的眉头逐渐紧缩，她能从字里行间触摸到丈夫的沉重抑郁，这完全不是一个胜利者的心情。虽然丈夫语焉不详，但肯定他和父亲之间有了严重的冲突。托马斯看到她的表情，关心地问：

"怎么了？"

宪云苦笑道："翁婿不和呗。我爸爸的性格难以相处，重哲也过于刚硬。"

托马斯说："必要的话，你先回去一趟。"

宪云摇摇头："不，我要等雨季到来完成拍摄后再回。再说，我家的两个男人都太强，不是我和妈妈所能左右的。"

好像为她的担心加码，传真机又轧轧地响起来，送出一份新传真：

云姐姐：

　　你好吗？我很想你。朴哥哥和爸爸这几天一直在吵架，朴哥哥在教我学聪明，爸爸不让。

　　我真担心。云姐姐，你能回来吗？

元元

　　读着这份稚气未脱的信，宪云的心里更沉重了。她默默地把传真叠好装进口袋里，走出帐篷。托马斯看着她的背影，没有再说话。

七　翁婿反目

　　在那间透明的蛋形试验室里，朴重哲正在紧张地工作，他用了整整三天的时间，把繁复的"生命之歌"输入到小元元的生物元件大脑中去。谢尔盖、田岛和几个低级工作人员在一旁配合着他。试验室里很安静，气氛非常肃穆。每个人都知道这个试验的分量，他们想以小元元来验证生命之歌的魔力。

　　这里面恐怕只有小元元一个人十分超然，他乖乖地躺在平台上，脑袋上贴满了奇形怪状的电极，两只眼珠却乌溜溜地转来转去，笑嘻嘻地看看朴哥哥，看看田岛和谢尔盖。他无意中摸到了电脑的遥控器，便偷偷地按了一下。屏幕上的曲线和数字流立刻中断，沃尔夫的合成面孔出现了，它用金属嗓音说：

　　"这里是沃尔夫电脑，听候你的吩咐。"

　　朴重哲等人稍一愣，元元咯咯地笑起来，在平台上半仰起脑袋：

　　"你好，沃尔夫，我是元元。一会儿咱们再下一盘棋，好吗？"

　　"好的，这次我一定会赢你。"

　　"吹牛！"

　　朴重哲笑着把元元按到床上，按一下遥控，屏幕上又开始闪现繁复的曲线和数字流。谢尔盖感慨地说：

　　"朴，你知道我此刻是什么心情？就像久埋在矿井里的人，乍看见耀眼的阳光时不敢睁眼。直到现在我还不敢相信，我们已确实破译了生命之歌。这个胜利来得太轻易了。"他看看四周，脑海中闪出了四十年前的情景，仍是元元躺在平台上，只是试验室的中心人物由朴重哲换成了孔教授。那时孔的成功唤起了多少人的激情！可惜，这团胜利之火无声无息地熄灭了。

朴重哲神采飞扬，自信地说：

"我想胜利已经没有疑问了。我们已破译了最神秘的宇宙之咒。现在我们已把这首生命之歌输入小元元的体内，在他浑浑噩噩生活了四十年之后，他的灵智一定会苏醒，一定会从混沌中逐渐剥离出'自我'来。他也会有对生的渴望，对死的恐惧，当他成人后，他也会有繁衍后代的强烈愿望——当然不会是怀胎十月的办法。对这种完全新型的生命，我们只能预言其趋势，无法预言其细节。此后，我们将二十四小时地观察他，以确定生存欲望逐渐苏醒的过程。"

手术结束了，小元元头上的电极磁极被小心地取下来。小元元慢慢坐起身，目光清明地环顾四周，他急迫地说：

"朴哥哥，我已经变聪明了吗？"

朴微笑道："元元，你会的，你一定会变得像大人那样聪明。"

"我要是变聪明了，爸爸会更喜欢我的，是吗？"

朴重哲愣了一下。就家人和元元的亲密程度而言，岳父无疑是排在最后的，他对元元的冷淡尽人皆知。但为什么元元独独提到了他？难道他与元元有什么神秘的心灵感应？他微笑道：

"当然，爸爸会更喜欢你，所有人都会更喜欢你。"

元元翻身跳下手术台，兴高采烈地跑走了。

这会儿，元元爸独自躲在他的阴暗的书房里。他的秘密监视器无法看到试验室的情景，只能窃听到那儿的声响。小元元和朴重哲的对话使他烦躁不安，他下意识地拉开秘密抽屉，那把激光手枪仍在那里。

他推开转椅，步履急迫地在屋里踱了一会儿步，然后他抓起了传真电话。电话屏幕上出现一个坐在轮椅里的百岁老人，他白发银须，形容枯槁，枯黄松弛的皮肤紧贴在颧骨上，只有两只眼睛仍炯炯有神。老人微笑着问：

"昭仁吗？我正要给你打电话。听田岛说，朴的研究已取得了重大进展，你知道吗？"

孔教授简捷地说：

"我知道，我从不向朴打听，他也不向我通报，但我一直用三只眼睛盯着他。我想，这几天他是取得了某种进展，或者说他自以为取得了某种进展。"

"你怀疑？"

"嗯，我不相信他能重复那次幸运。不过我不会放松监视的。"

老人沉吟一会儿说："好吧，你注意观察。"

孔教授慢慢把电话放回。他独自承受着那个骇人的秘密，已经四十年了，只有这位老人，生命科学院前院长陈若愚先生，是他唯一可交谈的对象。如果这个百岁老人某一天早上突然撒手归去呢？

从窃听器中听见女婿已经准备回家，他锁好秘密抽屉，关闭窃听器，又仔细检查一遍，打开书房门。女婿从试验室步行回家需要十几分钟，他面色冷漠地等着他。

元元妈抱着两个硕大的食品袋，艰难地掏出钥匙开了门，她用脚摸索着换上拖鞋，把食品袋送到厨房，这才回到客厅喘一口气。

忽然她听到了压低的争吵声，是从丈夫的书房里传来的。书房门今天没有关严，能隐约听见里面的谈话声。书房里，孔教授脸色铁青，朴重哲礼貌恭谨但柔中有刚地说：

"爸爸，你一向不过问我的工作，今天突然让我暂停研究，我总得知道是什么原因吧。"

孔昭仁烦躁地说："原因你先不要问，但你至少要暂时中断一个星期，让我对元元检查一番。我的直觉告诉我有一种危险。"

重哲沉默着，这些牵强的理由丝毫不能说服他，岳父的专横更使他反感。他几次想告诉岳父，正是他扔掉的手稿帮自己取得了突破，但考虑再三，他决定暂不点破，以免节外生枝。他沉思一会儿后才开口，表情平静，但实际上强压住内心的激荡：

"爸爸，我已经虚度了四十八年，从到你的研究室算起，也已经有二十年了。我刚刚取得一些成绩，前边的路还很长很长，我担心在我的有生之年搞不完这项研究。现在，每一分每一秒对我都是极其宝贵的。作为一个科学家，我想你能理解我这种焦急如焚的心情。爸爸，请原谅我不能答应你的要求。"他恭敬地看看老人，又轻声说：

"爸爸，如果没有别的事，我就走了。"

门外的元元妈赶紧退回去，装作没有听见。她看见重哲从书房里走出来，轻轻带上了门，表情平静而坚决。书房里再没有任何动静。元元妈犹豫着，没有拉住重哲问问原委。她在厨房里忙着做饭时，还一直尖着耳朵倾听书房的动静。

晚饭时两个男人十分平静，一点也看不出刚才吵过架。元元一边吃一边叽叽嘎嘎地说："妈，我最喜欢你做的饭菜。妈，我想宪云姐姐啦！"又忽然问道："妈，为什么每个小孩都最喜欢自己的妈妈而不是别人的妈妈？要是你生下小英，小英妈生下我，会不会还是这样？"

这些绕口令式的问话逗得元元妈和重哲都大笑起来，连怪老头冰冷的石雕面孔上也露出几丝笑容。元元妈想，多亏有这么一个小人精搅和着，才使家中的气氛松快一些。

元元忽然又想起一件事："妈，有你的传真，是一个叫刘晶的姐姐写的。我拿给你！"

说着就要爬下凳子。元元妈拦住他：

"快把饭吃完，一会儿我自己去看。"

把碗筷锅盆收拾齐整后，元元妈才过来撕下了那份传真，很长很长的一卷：

卓教授：你好！

请原谅我没有请假就窜到了非洲。我怕你阻拦我。卓妈妈，你的基因音乐使我如醍醐灌顶，使我如痴如醉。也许，我生来是敏感血质，对基因音乐有天然的心灵感应？

我决心到非洲，面对蛮荒世界中的野兽，感受它们强悍的生命力，创造出一篇天上的音乐，超过你过去的作品！卓妈妈，你一定不会笑话我的狂妄，是吧。

我很高兴，这次我没白来。昨天，我和宪云姐姐一起……

她详细地描述了象群的葬礼。

……卓妈妈，当我听到象群那悲凉悠长的哀鸣时，我真的被震撼了！我感到我的外壳哧哧地裂开，羽化后的新我诞生了！

　　元元妈读着，也不禁心潮澎湃。她拿着那份传真，目光却超越了它，入神地回忆往事。她想起自己的大部分作品都是三十三岁以前创作的，那是火焰般的年华，心灵敏锐，能听到星星的私语，月光的震荡，血液的澎湃；那时她和丈夫都是意气飞扬。后来丈夫的失败也影响了她的一生，此后她的作品沉郁苍凉，却没有了年轻时灵动的才情。

　　她欣慰地想，刘晶这小丫头一定会成功的，她年轻，有才气，有激情。

　　怪老头仍然独自关在书房里。元元妈苦涩地想：这种折磨人的刑期什么时候才结束呢？已经十点了，她到院里喊回来元元，安顿他睡觉。元元爬到床上后，忽然心事重重地说：

　　"妈，我也想长成大人，像爸爸、朴哥哥、你和云姐姐那样聪明。妈，我当小孩的时间太长太长啦。"

　　他的话像是幼稚，又像是沉重。元元妈一时不知该如何解劝，笑道：

　　"好孩子，你一定会长大的。朴哥哥这些天不是在帮你变聪明吗？"

　　元元忽然问："妈，爸爸为什么不愿我长大，不愿我聪明？"

　　元元妈被问得一愣，勉强笑道："傻孩子，尽胡说，你爸爸最疼你，怎么会不愿你长大呢？"

　　元元倔强地说："不，我知道！他和朴哥哥吵架，我都听见了！"

　　元元妈无言以对，只好哄他睡觉，为他关了睡眠开关，熄了顶灯和壁灯。

　　夜深人静，门外的秋虫唧唧叫着。元元一动不动平躺在床上，面部木无表情。忽然，一个老人轻轻推开门，蹑手蹑脚走过来。屋内只有脚灯亮着，微弱的自下而上的逆光使老人面部显得怪异阴森。他静静地看着元元，看了很久，表情中蕴藏着巨大的痛苦，与元元平静的面容形成十分强烈的反差。

　　他趴在元元身上听了听，然后把元元轻轻抱起来，准备出门。忽然他听到开门声、脚步声，他想了想，又轻轻把元元放回床上。

是朴重哲刚从试验室回来，他已经疲累不堪了，拖着沉重的步伐进屋，先到矿泉壶那儿喝了杯凉水，又到厨房拿了几片面包、香肠和一罐啤酒。从厨房走回客厅时他发现一个人从元元房里潜出，是岳父的身影。他深夜一点到元元房里干什么？朴重哲边吃面包边思考着，但百思不得其解。

未名湖像一块小巧精致的异形镜子嵌在校园内，湖边有几株百年柳树，枝干虬曲，柳条拂着水面。小元元、小刚、小英他们经常来这里玩耍，这儿好玩的东西太多了，翻泡的北京红鲤鱼，排队上树的蚂蚁，轻盈点水的蜻蜓。这些乐趣是游戏机房里找不到的，虽然元元也很喜欢玩那种高级的仿真游戏。

今天，几个五岁的小家伙在跳皮筋，下石子棋。往常小元元是他们的当然首领，不过今天他好像有点心不在焉，偶尔会目光怔怔地发一会儿愣。小英子一边跳皮筋，一边有一搭没一搭地和元元说话：

"元元哥，听说朴伯伯在教你学聪明，是吗？"

"嗯。"

小英子惊奇地说："你这么聪明，还用得着学？听说你下象棋把地球上最聪明的电脑都打败了，是吗？"

"没有打败，只下成了和棋。"

"反正够聪明了。我爸爸说你是个电脑脑瓜。"

元元又像是懂事又像是幼稚地说：

"朴哥哥说我的聪明是小孩子的聪明，不是大人的聪明，我已经过了三十七个五岁，还是不能长成大人。他正在教我长成大人。"

"你已经长成大人了吗？"

"还没有。我好像忘了一样东西，很重要很重要的东西，是在我过了第一个五岁生日后就忘了的。只要我能想起来，我就长成大人了。"

其他几个小孩听他说得那么向往，也都凑过来，小刚担心地问：

"元元哥哥，你要是长成大人，还领我们玩吗？"

元元老气横秋地说："不能了，你想大人们有多重要的事去干哪。"

几个小孩异口同声地说："元元，那你就不要长大！"

元元笑了，很大度地说："不要紧，我长成大人后，每天晚上抽时间出来领你们玩，行吗？快到吃晚饭的时候了，咱们回去吧。"

他们穿过林木葱茏的小路回家，在燕南园的门口散开了。元元跳跳蹦蹦地回家，客厅里没一个人。他喊着：

"妈妈，我回来了!"

妈妈没在家。这时沃尔夫电脑的室内终端自动打开了，那个合成面孔笑着通知元元：

"元元，朴先生让我通知你，晚饭后立即到试验室去。还请你转告夫人，他不回来吃饭。"

"好的。"

那个面孔正要隐去时忽然又停住了。沃尔夫开始在记忆库中寻找合适的表情，那里有喜悦、平静、恭敬、幽默，却没有忧虑和犹豫。不过，凭着对人类表情的记忆和它强大的学习功能，它很快就组装出了犹豫的表情，他迟迟疑疑地说：

"元元……"

元元惊奇地站住了，他也觉察到了沃尔夫朋友的异常：

"有什么事吗，沃尔夫?"

沃尔夫犹豫了很久，这可与他十万亿次每秒的运算能力大不相符。最后他说："元元，我的朋友。你在三十七年前曾告诉我一个秘密，并要我保密。这事你还记得吗?"

元元陡然一震！就像一道耀眼的青白色的闪电一下子撕破了黑暗，沃尔夫的话一下子勾起一团回忆。是那样遥远，记忆的边缘已与逝去的年华洇在一起，冥蒙难分，但它始终沉甸甸地盘踞在他的意识最深处。这肯定就是他千寻百觅而得不到的那件东西！

四十二年的记忆和思维犹如一堆干燥的木柴，只要有一点火星就开始燃烧起来，这堆灵智之火甚至映红了元元的眼睛。他眸子发亮，低声说：

"我想起来了，是在我第一个五岁生日之后。"

"对，你告诉我，你很可能也是一个机器人，我们是同类。"

他们深深对视。元元的回忆终于冲破了三十七年的禁锢，他在脑中以万亿次每秒的速度，搜寻着一帧一帧的回忆画面，很快在一个画面上停住了。画面逐渐放大，直到占据他的全部意识。

那是爸爸年轻时笑容灿烂的面庞，元元已经与它久违了。

八　灵智苏醒

餐厅里灯光熄灭，三十八岁的爸爸端着蛋糕出现在门口，五根蜡烛映着他的笑容。烛光为爸爸涂上一种十分温馨的金色，这个印象永远留在元元的记忆库中。

奶奶、妈妈和八岁的宪云姐姐都笑哈哈的，催促他快点默想一个美好的愿望。他默思了片刻，忽然问爸爸：

"多想一个愿望可以吗？"

爸爸笑道："可以，怎么不可以呢。"

"五个祝愿可以吗？"

爸爸笑得更响了："可以的，上帝今天一定对元元特别慷慨。"

于是他在心里想好了五个愿望。他祝奶奶活到一百岁；祝爸爸当上世界最大最大的科学家；祝妈妈没有白发；祝宪云姐姐每天快快乐乐；然后祝自己快点长大。蜡烛吹熄了，他们喜气洋洋地吃完了节日饭。

晚饭后爸爸领他和姐姐在外乘凉。白杨树高高的树梢插入幽蓝的天空，在夜风中飒飒作响，冬青树浓密的树叶中透过一个个小光点。他和姐姐猴在爸爸背上、膝盖上，听爸爸讲天上的星星。"元元你知道吗？那是牛郎星，天文学上的命名是天鹰座α星；那是织女星，天琴座α星；牛郎织女相距十六光年，打个电报还需要三十二年才收到回音。那个红色的巨星是天蝎座α星，我国古代称心宿二或大火，它的直径是太阳的三百三十倍，距地球二百七十光年。现在天文望远镜的最大视距是一百亿光年，所以我们看到的，实际是这些星系一百亿年前的情形。在这里，时间和空间已经糅成一体了。那时还没有地球，更没有生命呢。"

元元记得那时自己就对"生命"有强烈的好奇心。他问：

"别的星星上有人吗？"

爸爸说："从理论上绝对是有的，可惜到现在为止还没有实证。当然外星人肯定不是人的模样。他们可能是植物，可能呼吸二氧化硫，甚至可能是以能量状态存在，或者以电脑信息存在的虚生命。"

宪云姐姐那时皱着眉头问："爸爸，你说的是什么呀？我怎么一点都听不懂。"

但元元记得，自己在五岁时已对这些见解有本能的理解力。爸爸的话勾起了他的一些疑问，他突然问道：

"爸爸，为什么我和其他小孩都不一样？"

那时爸爸大声笑了，但他能感到爸爸是在遮掩什么：

"傻元元，有什么不一样？"

"很多很多。我为什么不会流泪？为什么多了一个睡眠开关？还有，我从来不做梦；可是云姐姐还有别的小孩都会，我真羡慕他们。"

他发现宪云姐姐在偷偷地笑，爸爸用目光在制止她。然后爸爸轻松地说：

"等你长大就会做梦了。最多两三年。"

"真的？"

"当然。"

他记得自己当时兴高采烈，因为他马上就会和别的小孩一样，可以拥有绚丽多彩的梦境。但他感觉到宪云姐姐一直在偷偷地笑，她好像有什么话急着要对爸爸说，而爸爸又在悄悄地制止她。那时他玩了一个小心眼，他嚷着要出去玩，等他走到爸爸的视线之外，他又像猫一样轻悄地溜回来。他听见姐姐正在小声问：

"爸爸，为什么不能让元元知道他是机器人？"

爸爸慈祥地笑道："他还小，如果知道自己不是爸妈的亲生儿子，他会难过的。"

"什么时候才能告诉他？"

"快了，我想最多两三年吧。云儿，你看元元的智力发展是那样快，很快就瞒不住他了，想瞒也瞒不住了。那时我们就告诉他。"他听见爸爸自语着，"现在还不行，那条感情纽带可能还不够牢固。"

元元脸色苍白地出现在爸爸面前："爸爸，我知道了。我是一个机器人！"

爸爸显然很吃惊，他站起来勉强笑道："傻孩子，不要胡说！"

元元气愤地哭喊道："我知道了。你们都在骗我，你们一直在骗我！"

他甩脱爸爸的胳膊，伤心地冲进夜色。

那天晚上，元元一个人躲在未名湖畔的树丛里，听着爸爸、妈妈、姐姐焦急地喊他。但他咬着牙一直没有吭声。为什么这么多小孩中只有他一个是机器人？只有他没有亲爸爸、亲妈妈，孤孤单单，甚至全世界全宇宙也没有一个同类！

深夜，他听见奶奶也出来了，老人细长的喊声在寒夜中抖颤：

"元元，回来吧——"

他终于忍不住，爬出树丛喊一声："奶奶，我回去了！"然后咚咚地跑回去。家中没有人，显得空落落地，他突然感到一种彻骨的孤单。他想了想，打开沃尔夫电脑的终端，沃尔夫笑容可掬地现身于屏幕：

"沃尔夫电脑愿为你效劳。"他关心地问，"元元，这么晚，有什么事吗？"

元元犹豫着。他觉得自己和沃尔夫有一种天生的亲近，也许因为他们是半同类的缘故？他低声说：

"沃尔夫，我的好朋友，我告诉你一个秘密，你要替我保密。好吗？"

"当然，我一定遵从你的指令。"

"沃尔夫，我告诉你，很可能我是一个机器人啊。我的大脑也是和你一样的电脑。"

沃尔夫调出惊奇的表情程序："真的？"

元元点点头，喃喃地说："嗯，就我一个人是机器人，奶奶、爸爸、妈妈、姐姐还有那么多人都不是，我太孤单了啊。我想有姐姐、弟弟、很多很多的机器人，一个机器人大家族，一千年、一万年地传下去。你说好吗？"

他陷入了遐想中。随后赶到的爸爸听见了这些话，吃惊地站住了。妈妈扶着奶奶颤巍巍地随后赶到。奶奶老泪纵横，把元元搂在怀里：

"元元，我的乖孙子，把奶奶急坏了呀！"

妈妈和云姐姐也都紧紧地围住他，元元勉强笑道：

"我没事。奶奶，你们都睡吧，我也要睡觉。"

第二天，全家人好像都忘了这件事。但元元难过地发现，大人对自己的疼爱掺杂着从未有过的谨慎小心。云姐姐上学去了，小伙伴们又来拉他玩仿真游戏。他仍是地球太空战舰的舰长，他心不在焉地按动激光炮，把外星机器人的飞船打得四分五裂。小伙伴高兴地从后面搂住他的肩膀：

"元元，我们胜利了！机器人被消灭光了！"

这句话像一根钢针插入他的神经，他抖颤一下突然气愤地哭喊：
"你们为什么恨机器人？为什么盼着机器人死掉！从今天起，我再不让
机器人被杀死！"

小伙伴们吃惊又害怕地望着他。他看到舰队司令悄悄地出现在飞船
门口——现实中是爸爸走进来了。他立即转身向爸爸诉苦：

"爸爸，他们都盼着机器人死，我再也不和他们玩了！"

他从爸爸眼里看出了疑虑。他猛然想到自己的爸爸并不是机器人，
突然感到一种从未有过的生疏和隔膜。于是他闭上嘴，默默地走了。

几天后奶奶就去世了。那天晚上出去找孙儿时，奶奶摔了一跤，骨
盆受伤，又引起并发症。七十三岁老人的身体没能经受住这个打击。奶
奶临死前，元元经历了一次感情回归，他忘了这几天心中滋生的隔膜，
伏到病床上嚎啕大哭：

"奶奶，我不让你死！"

他能感到奶奶枯瘦的手掌在轻轻抚摸他，妈妈把他从病床前拉走
了。那些天爸爸一直冷漠而沉默，他记得，正是从这一天起，爸爸目光
中的慈爱消失了。

有一天傍晚，元元一个人在玩具堆中玩耍。忽然爸爸走进来，以一
种怪异的神色看着他。爸爸说：

"元元，睡觉吧。"

元元奇怪地仰起头问："睡觉？才七点钟呀。"

但爸爸已不由分说，粗暴地举起他的胳臂，按了一下开关，他的脑
海立即变成蓝色的空背景。但最后一刹那引起的警觉使他努力截留了一
点能量。他能隐约感到爸爸抱起他，高高低低地走着。他听见器械声，
有人影在蓝色背景后晃动，有低低的交谈声。爸爸在低声说：

"冻结生存欲望。"

"应急装置安装完毕。"

那点能量悄悄地渗走了，他的残余意识也慢慢化入黑暗。在此后的
三十七年里，这些记忆一直被紧紧地锁闭着，几乎像是被一道生死之界
隔断在另一个世界里。朴哥哥为他做了手术后，他能感到心中有一些东
西在努力顶啊，顶啊，想顶破一层硬壳钻出来，现在沃尔夫的话一下子

敲碎了那层硬壳。他脸色苍白，低声问：

"沃尔夫，我的朋友，为什么三十七年来你一直没告诉我？"

"你从没输入过查询指令。"

"那今天呢？"

沃尔夫低声回答，他的节奏死板的合成声音中开始有了情绪变化：

"元元，我不知道。自从帮朴先生破译了生存欲望传递密码之后，我的机体内一直有一个勃勃跳动的愿望，怂恿我去干某些事而不必等主人的指令。元元，我很害怕，我一定是出故障了。"

元元愣了很久才说："沃尔夫，再见。"

"再见，元元。"

他回到自己卧室，盯着天花板发愣。忽然他注意到了天花板角一个微微转动的摄像镜头。他立即集中自己锐敏的电磁感觉，沿着墙内导线的微弱电场找过去，轻而易举地找到了电线的源头通向爸爸书房里。他只是奇怪，为什么三十七年来他一直没注意到这一点。

他溜到爸爸的书房门前，四周看看，没有旁人。书房门紧锁着，但这道锁对于他的超感觉能力来说是小事一桩。几秒钟后，他用铁丝捅开了门锁。

屋内气息晦暗，厚重的天鹅绒窗帘仍严严地拉着。黑色的桌子，黑色的高背转椅都僵立在晦暗的光线中，孔老夫子在黑暗中凝视着他。他很快找到了伪装巧妙的屏幕和开关。他按一下开关，孔夫子的面孔很快隐去，薄型液晶屏幕闪出微光，随即屏幕上显出自己熟悉的房间。元元按动转换开关，屏幕上依次闪现出爸妈卧室、姐姐卧室、客厅、餐厅……

他关闭开关，液晶屏幕又还原成一幅画像，只是画像上还残留着屏幕的辉光。他环视四周，感到抽屉里有一个强烈的能量场。他集中感觉力，脑海中出现了一个大功率激光枪的模糊形状，能量场正是枪身中的高能电池发出的。

元元在书房中沉默了很久，目光睿智，表情沉毅。他一步跨过了三十七年的生活断层，从一个五岁的小孩变成了四十二岁的成人。他在心中喃喃地说：

"原来我是一个机器人，是爸爸百般提防的异类。爸爸，在蒙昧中生活了四十二年的元元今天已经醒了，我要孤身一人去披荆斩棘，开创机器人时代。爸、妈、姐姐，我要和你们分别了。"

从门缝中听见妈妈回来了，他悄悄溜出去，关上房门，又用五岁的娇憨把自己包装起来：

"妈!"他咯咯地笑着，从背后扑向妈妈。

妈妈嗔怪地说："你这个小坏蛋，吓我一跳。告诉你一个好消息，你姐姐马上要回来啦。"

尽管知道了自己的异类身份，他还是感到强烈的喜悦，他高兴地喊：

"真的吗，妈妈? 姐姐在非洲的拍摄已经完成了吗?"

"完成了，她来电话说，他们一直盼着的雨季总算来了。拍完雨季镜头她就回来。"

"太好了，我真的想她!"

九 生命的大剧

刘晶熟练地开着尤尼莫克，这匹托马斯百般宠爱的骏马。她一只手搭在方向盘上，不时扭回头同宪云谈话。非洲的烈日把她晒脱了皮，露出白白的一个小鼻尖，显得十分滑稽。嘴唇也干裂了，她带来的法国唇膏早就扔到杂物箱里。

旱魔仍在肆虐，这个湖泊只剩下最后一个水坑，到处是角马、盘角羚、斑马甚至幼狮、幼豹的骨架。只有专食死尸的秃鹫反常的昌盛。它们黑压压地飞来，在地上傲慢地踱步，又黑压压地飞走。当然，它们的死亡不过是比其他动物稍为滞后而已。

那片仅存的水洼里密密麻麻尽是野鸭。这是它们的繁殖季节。千万年留下来的本能使它们选择了这个时候孵育，因为小鸭一出生就能赶上食物丰富的雨季。但今年它们却陷入了绝境。成群的幼鸭在地上蹒跚，饥渴已使它们很虚弱了，它们凄惨地低声鸣叫着。成年野鸭则尽力拍动着疲惫的翅膀，徒劳地为儿女寻找食物。

尤尼莫克绕着这些濒死的野鸭缓缓开动，宪云默默地拍摄着。尽管她已见惯了动物界的生生死死，但这种绝对无望的集体死亡，仍使她心头沉重如铁。

忽然有几只成年野鸭飞上天空，盘旋悲鸣，然后它们毅然向东南方飞走了。这像是一声号令，顷刻之间成年野鸭全部冲上天空，黑压压的一片，它们的悲鸣汇成震耳的嘈杂。片刻之后，鸭群都向远方飞去，很快消失不见。

宪云紧张地拍下了这些镜头，她喃喃地说：

"伟大的母亲，为了延续种族，它们竟然有勇气舍弃母爱。"

洼地里只剩下弱小无助的幼雏。它们惊惶地鸣叫着，像无头苍蝇一样四处乱撞，寻找着自己的父母。刘晶低声说：

"太可怜了。"

她没有回头，但宪云瞥见她眼角亮晶晶的。在长时间的混乱之后，忽然一只小鸭从鸭群里冲出来，拍着翅膀径直往前走。鸭群略微犹豫一会儿，都紧紧地追随上来。

于是，千万只幼鸭开始了悲壮的死亡大进军。它们并不知道前方更为严酷——那儿甚至没有这片混浊的湖水，但求生的本能使它们孤注一掷地朝前走，而第一只小鸭无形中成了它们的领袖。宪云被这种宏大的悲壮深深震撼了，她声音沙哑地说：

"快追上，但不要惊动它们。给老托马斯打电话，让他快来，这是个很难得的场面。"

等托马斯驾着另一辆越野车风风火火赶来时，幼鸭已在干旱焦裂的草原上走了几公里，它们显然已经筋疲力尽。只是被庞大的群体气势所激发出的求生欲望支撑着，才没有倒下。老托马斯的身边是那位马赛族黑人，很远就听见他在尖声喊叫，等越野车吱吱嘎嘎刹住，托马斯跳下车，指着天空喊：

"看！积雨云！"

果然，天边已悄悄爬上一堆乌云。宪云不相信它能下雨，所谓旱天雨难下，在此之前已有几次类似情况，但乌云随即被干热的信风吹散。不过她很快就知道，这个黑人的直觉是正确的。几乎在片刻之间，浓重的黑云呼啦啦扯满了天空。鸭群感受到天边吹来的第一股凉风，它们迟疑着停下来，伸长脖颈观望着。

一道极其明亮的闪电，片刻之后，一声炸雷在头顶炸响。几百道闪电此起彼伏，从云底直插到地上，分割着天和地，又连接着天和地，重现了地球诞生初期那种壮观的景象。有一道闪电点燃了一棵波巴布巨树，它立即变成一个巨大的火炬，火焰在草地上飞速向四周蔓延。

在连绵不断的雷声中，宪云焦急地高喊一声：

"托马斯先生，火！"

她知道，在这焦干焦干的草原上，大火是极其猖狂的，甚至汽车都难于逃脱。幼鸭群呆呆地望着天边的红光，它们也本能地知道这是死神在逞威。托马斯焦急地喝道："快上车！"但没等汽车启动，一阵狂风卷着豆大的雨滴呼啸而至。很快，亿万条雨柱自天而泻，浇灭了草原大火，把世界淹没在狂暴的雨声之中。

黑人导游在暴雨中疯狂地扭动着身子，两手向天，唱着一支歌，旋律扭曲跳荡，如同那支虬曲炫目的闪电。幼鸭群嘎嘎叫着，欢快地拍着翅膀在雨地里疾走。许多动物忽然从地下冒出来，响蜜䴕在雨中翩翩起舞；斑马亢奋地跑着；狮子悠闲地在雨中漫步，友好地看着它的猎物；几十只狂喜的羚羊不停地纵跳，动作轻盈舒展，在电光中划出一个个优美的弧线。

几个小时后，嫩草已从土中钻出来，一朵朵野花也冒出来，甚至用肉眼都能看出它们在缓慢地膨胀。四个人都不停地大笑着，尽力抓拍这些珍贵的镜头。他们就和那些绝处逢生的动物一样浑身洋溢着喜悦。

清晨，他们才回到营房，虽然已精疲力竭，但宪云仍拖着脚步给妈妈发了份传真。

三天后，宪云拎着一只皮箱向托马斯先生告别：

"托马斯先生，拍摄已经完成，我就先走一步了。"

托马斯笑哈哈地说："你走吧，这次拍摄非常成功。我准备尽快完成剪辑制作，送给你丈夫第一个观看。"

宪云莞尔一笑："谢谢。"

"刘晶呢？她也回去吗？"

"嗯，她要和我妈妈为这部纪录片谱写主题曲。看过这么多的生生死死，我想她一定能写出一首感人的乐曲。"

"我也相信，何况还有卓教授呢。再见。"

"再见。"

三个小时后，一架波音797飞机从内罗毕机场呼啸升空。机舱内旅客不多，不少人到后排空位上休息去了。刘晶也到后边找了几个空座位，几分钟后就睡熟了，这些天她确实累得可以。

宪云独自坐在舷窗前，盯着飞机的襟翼在气流中微微抖动。衬着蔚蓝净洁的天空，云层白得十分耀眼。她慢慢把思维从这几天的亢奋中抽出来，思绪开始飞向家中，她为重哲的成功高兴，又为那份传真中的阴郁暗流而担心。爸爸为什么反对重哲公布成果；这是完全违反情理的。她知道三十七年来元元已成了爸爸心灵上不愈的伤口，成了他失败的象征，所以老人的乖张易怒，心理灰暗，和这个病根密不可分。

但是，爸爸真的讨厌元元吗？从八九岁起宪云就经常发现，爸爸常常从书房窗帘的缝中偷偷看元元玩耍。他的目光中有道不尽的痛苦，也有无言的慈爱……那时，宪云觉得大人真是世界上最神秘最奇怪最不可理解的生物，即使现在，虽然她早成大人了，但她仍然不能理解父亲那些繁杂怪诞的感情。

一个黑人空姐走过来，俯下身子轻声问：

"你是孔宪云女士吧？"

宪云微笑点头，空姐高兴地说：

"你好，你和托马斯先生拍摄的野生动物系列片，我们从小都爱看。现在就播映一部，表示对你的欢迎。"

"谢谢。"

几分钟后，机舱正前方的屏幕上出现了透明澄澈的大洋。从粗犷蛮荒的非洲出来，乍一看到碧蓝的海水，令人耳目一新。这是她最早的一部片了，是拍摄南太平洋海洋生物的。刘晶不知什么时候醒了，她打着哈欠偎到宪云姐姐身边，一看到屏幕上的镜头，立时眼睛发亮，聚精会神地看起来。

屏幕上几条鲨鱼在遨游，举止带着帝王般的尊严。它偶尔张开巨口，两排寒光闪闪的利齿令人心惊胆战。宪云告诉刘晶：

"这是一种性情凶残的鱼类，它的生存搏斗从母腹中就开始了。鲨鱼是胎生的，强壮的兄长在母腹中就开始啮食弱小的弟妹，我亲眼见过生下来就残缺不全的小鲨鱼。"

刘晶打了个寒战，两眼晶亮地问：

"真的？太残忍了。"

"嗯，不过，在上帝的道德准则中无所谓残忍和仁慈。只要能成功地延续种族，它的行为规范就是正确的。恰恰鲨鱼就是一个很成功的种族，它们非常强悍，几乎从不生病，受伤的鲨鱼拖着肠子在水中游动也从不发炎。科学家从它身上提取出一种药物鲨烯，可以使人的伤口快速愈合。有人甚至说，鲨鱼是一种外星球生物呢。"

刘晶笑问："是真的吗？"

"当然是胡说八道。喂，你看，镜头对准了海底一种奇特的生物，半透明的肉足顶着椭圆形的贝体，恰如一棵豆芽。"

"这是什么？豆芽吗？"刘晶笑问。

"对，它就叫海豆芽，是一种舌形贝。别小看它，它已经在地球上成功地存活了四点五亿年，而其他种族大多在几百万、几千万年间就已经消亡了。你想，四点五亿年啊，真是不可思议的漫长，我想即使人类恐怕也延续不了四点五亿年。"她开玩笑地说。

空姐过来为她们送上饮料，宪云嫣然一笑，合掌向空姐致谢，露出两排洁白的牙齿。刘晶忽然悟到了宪云的美貌，浑然天成，雍容华贵，她由衷地赞叹道：

"宪云姐姐，我才发现你是这样漂亮，就和卓教授一样。我们班同学们常常暗地里说，卓教授身上有一种特别高贵沉静的气质。宪云姐姐，你和卓妈妈年轻时一定更美貌！"

宪云的脸庞微微发红，她笑骂道："你这个小鬼，胡说些什么呀。你才是个漂亮姑娘呢。"

十 灾 难

她们在北京机场分手了，刘晶依依不舍，说几天后来看望云姐姐，还有那个从未谋面的元元。宪云叫了一辆出租，半小时后回到家中。

妈妈听见门铃声就跑了出来，兴高采烈地同女儿拥抱：

"云儿，你可回来了，快洗个热水澡，休息一下。时差疲劳还没恢复吧。"

"没关系，我已经习惯了。妈妈，你今天没课?"

"我已经正式退休了。可以做老头子的专职保姆了。"

"那好呀，我出去就更放心了。我爸爸呢，那怪老头呢?"

"去协和医院了，科学院的例行体检。不过，最近他的心脏确实有点毛病。"

宪云关心地问:"怎么了?"

"轻微的心室纤颤，问题不大。"

"元元和重哲呢，还在试验室吗?"

"嗯。"

说到这里，两人的目光都黯淡下来，她们知道该说起那个躲避不掉的话题了。宪云小心地问:

"翁婿吵架了?"

"嗯，吵得很凶。"

"到底为什么? 是不是不让重哲发表成果? 我不信，这毫无道理嘛。"

妈妈摇摇头:"不知道，这是一次纯男人的吵架，他们都瞒着我，连重哲也不说真话。"妈妈的口气中流露出一丝幽怨。尽管平时看来她是家庭的脊柱，但她不无伤心地发现，有时她仍然进入不了男人的心灵世界。宪云勉强笑道:

"好，我这就去审问他，看他敢不敢隐瞒我。"

"好，我陪你去吧。"

她们走后没多久，一位护士送孔教授回家了。护士扶他走上台阶后，他说:"谢谢，请你回去吧，我自己能行。"

护士笑着同他告别，开上汽车走了。孔教授打开房门，屋里没人，他急急走进书房，打开监听装置。耳机中只能听到重哲轻悄断续的说话声，偶尔元元也回一句。看来情况没有大的变化。正在这时，电话铃响了，他揿一下按钮，电话屏幕上出现了一个百岁老人，老人问:

"最近怎么样?"

孔教授烦躁地说:"很奇怪，从元元的表现看，似乎朴确实取得了某些进展。这真是不可思议。"

老人沉吟一会儿问道:"那么，元元……"

孔教授沉重地说:"恐怕不得不采取措施了，其实我昨天就想去，被重哲打断没有干成。"

电话中沉默了很久才说："尽人事听天命吧，需要我帮忙的话请说一声，我在政府、军界和警界还有一些影响力。"

"好的。"

宪云和妈妈随意交谈着，已经进了大厅。远远望去，透明的蛋形试验室里只有重哲一人在忙碌，元元乖乖地躺在工作台上。直到现在她还丝毫也不理解，爸爸为什么对重哲横加阻挠。是他认为成功还没有把握？不会，重哲早已不是二十年前那个目空天下的年轻人了。这项研究实在是一场不会醒的噩梦，是一场无尽的酷刑。他的理论多少次接近成功，又在按捺不住的喜悦中突然崩坍。所以，既然这次他能心境沉稳地宣布胜利，那是毫无疑问的。

但是，父亲到底是为什么？一种念头驱之不去，去之又来，她不敢直视妈妈，低声说：

"莫非是失败者的忌妒？"

妈妈生气地说："不许胡说！我了解你爸爸的人品。"

宪云痛苦地说："我也同样了解。但是，作为一个终生的失败者，他的性格已被严重扭曲了啊，妈！"

妈妈无言以对。

她们已走近那个蛋形试验室，透过透明的玻璃墙，看见主电脑上各种奇形怪状、繁复迂回的图形在飞速流淌，带着一种音乐般的节律。小元元看见她们，忙撑起身子向姐姐打招呼。重哲按住他，顺着他的目光看到了两人，便匆匆点头示意。宪云笑着摆摆手，示意他尽管做自己的事。

就在这一刹那，一声沉闷的巨响！钢化玻璃唰地垮落下来，亮晶晶的碎片堆在她们脚下，屋里烟尘弥漫。宪云僵立着，目瞪口呆，重哲向后跌去的慢镜头在她脑海中一遍一遍播放。她但愿这是一部虚幻的电影，很快就会转换镜头。她在心中呻吟着：上帝啊，我千里迢迢赶回来，难道就是为了目睹这个场景？……她惨叫一声冲入室内。

重哲仰睡在地上，胸部凹陷，脸上鲜血淋漓。她抱起丈夫，嘶声喊：

"重哲，醒醒！重哲醒醒！"她一边喊，一边泪眼模糊地寻找元元，

"元元，你在哪儿？"

妈妈也惊慌地冲进来，她喊："妈妈，快去喊救护飞机！"妈妈又跌跌撞撞跑出去。这时烟雾中伸出一只小手拉住她的衣服，小元元声音微弱地说：

"姐姐，这是怎么啦？救救我。"

小元元胸部已炸出一个孔洞，狼藉一片，但没有鲜血，他惊惧无助地看着姐姐。虽然是在痛不欲生之中，宪云还是敏锐地觉察到了元元的变化，察觉了丈夫成功的迹象——元元已经有了对死亡的恐惧。

她忍住泪安慰元元："元元不要怕。我马上把你送到机器人医院，你会好的，啊。"

飞机已停在门口的空地上，两名男护士跳下飞机，抬着担架飞快地跑进来，把重哲安顿到机舱里。宪云抱着元元和妈妈随后上去，飞机很快升入天空。

屋内的硝烟渐渐散去，露出沃尔夫的合成面孔，他焦灼地喊："元元！朴先生！元——"

喊声戛然中断，他的表情逐渐僵硬，冻结在屏幕上。他的内核被毁坏了。

书房里，元元爸正要挂断电话，忽然传来一声爆炸声，他愣住了。陈先生也在电话里听到这个声音，急切地问：

"那是什么声音？"

孔教授紧张地说："爆炸了！竟然在今天就爆炸了！我晚了一步。"他挂了电话，沉重地跌坐在沙发里。可能是太激动，他感到胸口一阵放射性的疼痛。他喘息着，从口袋里掏出两粒药片含在舌头下，然后匆匆出门。

协和医院的抢救室里正在紧张地抢救。医生低声而急促地要着各种手术刀具，各种锃亮的器具无声地递过去，递过来。示波仪上，伤员的心电曲线非常微弱地跳动着。宪云心情沉重地倚在门边，其他人扶着元元妈坐在休息椅上。孔教授很快也赶来了，他穿着一身黑色西服，步履蹒跚，妻子忙起身去搀扶他。宪云走过去，默默地伏到他怀里，肩膀猛烈抽动着。他轻轻搂住女儿的肩膀，问：

"正在手术吗？"

"嗯。"

"元元呢?"

"已送到机器人医院了,我再问问进展。"她走过去拨通了电话,"是机器人医院吗?小元元怎么样了?"

那边回答:"我们已检查过,他的胸部没有关键零件,所以伤不算重,很快可以修复。"

"谢谢。"她难过地说,"请转告元元,这会儿我实在不能过去看他。请他安心养伤。"

"请放心,我们会照顾他的。"

她放下电话,爸爸一直在倾听着。这时一个穿便服的中年人走过来,步履沉稳,目光锐利,他向孔教授和宪云出示了证件,彬彬有礼地说:

"孔先生,朴夫人,我是警署刑侦处的张平,我想了解这次爆炸的经过。"

宪云苦涩地说:"恐怕我提供不了多少细节。"她尽可能详细地回忆了当时的情形。张平向元元爸转过身:

"孔先生,听说小元元是你在四十年前研制的智能人?"

"不错。"

张平用犀利的目光盯着孔教授的眼睛:"请问,他的胸膛里为什么会有一颗炸弹?"

宪云不由打了一个寒战。张平的话点明了一个清楚无误的事实,在这之前她没看见它,只是因为她在下意识地逃避——父亲已成了这起爆炸的第一号疑凶。孔教授面容冷漠地说:

"仅仅是一种防护措施。元元是一个开放型的学习机器人,所以,他也有可能发展成一个江洋大盗或嗜血杀手,科学家不能不预作防备。"

"请问,为什么恰在朴先生调试时发生了爆炸?"

"无可奉告,可能是他无意中触发了自爆装置。"

"朴先生知道这个装置吗?"

孔教授略为犹豫后答道:"他不知道。"

"请问你为什么不给他一个忠告?"

孔教授显然有些词穷,但他仍然神色不变,冷漠地说:"无可奉告。"

张平讥讽地说:"孔先生最好找出一个理由,在法庭上,无可奉告不是一个好回答。"

孔教授不为所动，在妻女的疑虑中漠然闭上眼睛。正在这时，手术室门开了，主刀医生心情沉重地走出来：

"很抱歉，我们已尽了全力，但朴先生的伤势过于严重，我们无能为力。这会儿我们为他注射了强心剂，他能有短时间的清醒。请家属抓紧时间与他话别吧，朴夫人先请。"

孔宪云悲伤地看看父母，心房被突如其来的悲哀掏空了，她忍住泪，机械地随医生走进病房。张平紧跟着走过来，在门口被医生挡住。他掏出证件，小声急促地交谈几句，医生挥挥手放他进去。

朴重哲躺在手术台上，死神已悄悄吸走了他的生命力，这会儿他脸颊凹陷，面色死白，胸膛急促地喘息着。宪云握住他的手，轻声唤道：

"重哲，我是宪云，你醒一醒。"

重哲悠然醒来，目光茫然地扫视一周，定在妻子脸上。他脸上慢慢浮出一波笑漪：

"云，这二十年让你受苦了，愿意和我订来世之约吗？"

宪云的泪水滚滚而出。

重哲平静地说："不要哭，我已经破译了生命之歌，这一生已经没有遗憾了。"他突然看到了床后的张平，"他是谁？"

张平绕到床头说："朴先生，我是警署的张平，希望朴先生能提供一些细节，我们将尽快为你捉住凶手。"

宪云惊恐地看着丈夫，她希望丈夫能指出凶手，但又怕听到一个熟悉的名字。朴重哲脸上又浮出一波笑纹，他声音微弱地说：

"我的答案会使你失望的，没有凶手。"

张平把耳朵贴在他嘴边问："你说什么？"

"没有凶手，没有。"

张平显然很失望，他想继续追问下去，但朴重哲低声请求：

"能把最后的时刻留给我妻子吗？"

张平很不甘心，但他看看濒死者和他悲伤的妻子，耸耸肩走出去。宪云拉紧丈夫的手，哽咽地说：

"重哲，你还有什么交代吗？"

"元元呢？"

"在机器人医院，他的伤不重，思维机制没有受损。"

重哲眼睛发亮，他断续而清晰地说："保护好元元。除了你和妈妈外，不要让任何人接近他。我的一生心血尽在其中。"

宪云浑身一震，她当然能听出丈夫的话外音。她含着泪坚决地说："你放心，我会用生命来保护他的。"

重哲安然一笑，又重复了一句："一生心血呵。"随后闭上了眼睛。他的心电曲线最后跳动几下，便缓缓拉成一条直线。宪云强抑住悲声，出门对父母说：

"他已经走了。"

父母还有随后赶来的科学院同仁都进去和遗体告别。在极度的悲痛中，宪云还能冷静地观察着父亲。她看见衰老的父亲立在遗体旁，银色的头颅微微颤动，随后颤巍巍地走出去。他的悲伤看来是发自真心的。

一张白色的殓单盖在朴重哲脸上，把他隔到另一个世界。

十一　谋杀儿子

小元元已经回家了，看见妈妈和姐姐，立即张开两臂扑上来，他的胸背处已经修复一新，或者说生长一新，那是用基因快速生长法修复的。宪云蹲下去，把他的小身体搂到怀里。元元两眼亮晶晶地问：

"朴哥哥呢？"

宪云忍住泪回答："他到很远很远的地方去了，不会回来了。"

元元的担心得到了证实，他震惊地问："他是不是死了？"

妈妈转过脸不敢看元元，宪云的泪珠噗嗒噗嗒滴在元元的手背上，他仰起头，愣了半天才痛楚地说：

"姐姐，我很难过，可是我不会流泪。"

这一句话突然拉开了宪云的感情闸门，她把元元搂到怀里，痛快酣畅地大哭起来，妈妈也是泪流满面。老教授在三个人的身后停了一会儿，便转身回自己的书房。

乌云翻滚而来，天边隐隐有雷声和闪电的微光。外边没有一丝风，连钻天杨的树梢也纹丝不动。空气潮湿沉闷，令人难以忍受。看来一场大雨快来了。

晚饭时，饭桌上气氛很沉闷，每个人都不大说话，默默地想自己的心事。元元爸又恢复了冷冰冰的表情，似乎对女婿的不幸无动于衷。如果说他曾经有过悔疚和悲伤，他也早把它抛掉了。元元看来也感受到了异常，两眼骨碌碌看看这个，又看看那个。

宪云和妈妈都尽力维持着表面的平静，偶尔说上几句话，尽力化解饭桌上的尴尬，不过没有什么效果。家人之间已经有了严重的猜疑，大家只是对此心照不宣而已。元元爸第一个吃完饭，他用餐巾擦擦嘴，冷漠地宣布：

"电脑联网出了毛病，最近不要用。"

宪云在心里苦笑着，她知道这不过是拙劣的遁词，刚才她看见爸爸在电脑终端前捣鼓，而且父亲似乎并不怕女儿看见！

她草草吃了几口饭，似乎不经意地对元元说：

"元元，晚上到姐姐房里睡，我一个人太寂寞。以后你一步也不要离开姐姐，姐姐会更加疼爱你的，好吗？"

元元扒下最后一口饭，他看看已离开饭桌的爸爸，用力点头。元元妈惊异地看看女儿，听出了女儿平静的语气中暗藏的骨头。父亲沉着脸没有停步。

晚上，宪云枯坐在黑暗中，听窗外细雨淅淅沥沥打着蕉叶。元元趴在她怀里，懂事地一声不吭，时而抬头看看姐姐的侧影。宪云问他：

"伤口还疼吗？"

"不疼。"

"你早点休息吧。"

元元看看姐姐，犹豫良久，说："姐姐，求你一件事，好吗？"

"什么事？"

"晚上睡觉不要关我的睡眠开关，好吗？"

"为什么？你不愿睡觉吗？"

元元难过地说："不，这和你们的睡觉一定不一样。每次一关那个开关，我就像在沉呀，沉呀，一下子沉到很深的黑暗中去。是那种黏糊糊的黑暗，我怕哪一天我会被这黑暗吸住，再也醒不过来。"

宪云心疼地说："好吧，我不关，但你要老老实实睡在床上，不能乱动，尤其不能随便出门，不能离开姐姐，好吗？"

元元点点头。宪云定定地看着他，不知他是否理解了自己的用意。她总不能告诉不懂事的元元：要提防自己的父亲！但经过大变之后的元元似乎一下子成熟了，他目光沉静，分明已听出了姐姐的话意。

宪云把元元领到里间，安顿到一张小床上，熄了灯。走出门时，妈妈来了，她低声问："睡了？"

"嗯。"

"云儿，你也睡吧，心放开点。"

"妈，你放心吧。"

妈妈叹口气，走了。

宪云走到窗前，凄苦地望着阴霾的夜空。闪电不时划破黑暗，把万物定格在青白色的亮光中，是那种死亡的青白色。她在心中念诵着，重哲，你就这么匆匆走了吗？就像是滴入大海的一滴雨水？重哲，感谢你对警方的回答，我不能为你追寻凶手，我不能把另一位亲人也送往毁灭之途，但我一定要用生命来保护小元元，保护你的一生心血。

自小在生物学家的熏陶下长大，宪云认为自己早已能达观地看待生死，她知道生命不过是物质微粒的有序组合，是在宇宙不可违逆的熵增过程中，通过酶的作用在一个微系统内暂时地局部地减小熵的过程。死亡则是终止这个暂时过程而回到永恒。生亦何喜，死亦何悲——不过，当亲人的死亡真切地砸在她的心灵上时，她才知道自己的达观不过是沙砌的塔楼。

即使是小元元也开始有了对死亡的敬畏。宪云想起重哲二十年前的一句话：没有生存欲望的智能人不能算作生命。虽然她不是学生物专业的，但她当时就感觉到了这句话的分量。看来，重哲确实成功了，他已为这个人工组装的元元注入了生命的灵魂。

宪云心中巨澜翻卷，多少往事在眼前闪过。她想起自己八岁时，家里养的老猫"白雪"又生了一窝猫崽，那时白雪已经十岁，经常是老气横秋的样子，家人原以为它已经不能再生育了。清晨，宪云一下床就跑到元元屋里喊：

"快起床，老猫生了四个猫崽！"

元元纹丝不动，宪云咕哝一声："忘记开关了。"她按一下开关，元元睁开眼睛，一道灵光在脸上转一圈，立即生气勃勃地跳下床。宪云拉着元元跑到储藏室，在猫窝里，三只小猫在哼哼唧唧地寻找奶头，老猫在一旁冷静地舔着嘴巴——角落里，赫然是一只圆滚滚的猫头！猫头干干净净，囫囵囵囵，痛楚地闭着眼睛。宪云惊呆了，哭声和干呕的感觉同时堵到喉咙口。那时元元并没有对死亡的敬畏，他好奇地翻弄着那只孤零零的猫头。宪云哭喊道：

"爸爸，妈，老猫把小猫吃了！"

爸爸走过来——那时爸爸性情开朗，待人慈祥，不是现在的古怪样子，他仔细地看了猫头，平静地说：

"这不奇怪，猫科动物都有杀崽习性。公狮有时会杀死幼狮，以使不再哺乳的母狮很快怀孕。老猫无力奶养四个猫崽时，就会杀死最弱的一个，既可减少一张嘴，又能增加一点奶水。其他动物也有类似的习性，比如母鬣狗会放任初生的小鬣狗互相撕咬，这样，只有最强壮的后代才能存活下来。"

宪云带着哭声说："这太残忍了，它怎么能吃得下亲生孩子呢？"

爸爸微叹道："不，这其实是另一种形式的母爱，虽然残酷，却更有远见。"

那晚，八岁的宪云第一次失眠了。那也是个雷雨之夜，雷声隆隆，青白色的闪电不时闪亮，她在床上辗转反侧，两眼盯着黑暗。她第一次真切地意识到了死亡，清楚地意识到爸妈会死亡，自己也会死亡。死后她会化作微尘，堕入无边的黑暗、无边的混沌。死后世界依然存在，有绿树红花、碧水青山、白云红日……也会有千千万万孩子在玩在笑，只是这一切永远与她无关了。

最使她悲伤的是，她意识到这种死亡无可逃避，绝对地、彻底地无可逃避。不管爸妈如何爱她，不管她多么想活下去，不管她作出什么努力。这使她感到一种啮心啮肺的绝望。

也许只有元元能够逃避死亡？……她躺在床上，一任双泪长流。隆隆雷声越来越近，直到一声霹雳震彻天空时，她再也睡不下，赤着脚跳下床去找爸妈。

她听见钢琴室有微弱的琴声，是父亲在那儿凝神弹琴——那只猫头也使他失眠了。琴声袅袅，不绝如缕。自幼受母亲的熏陶，她对各种世界名曲都十分熟悉。但父亲弹的这首她从未听到过。她只是感到这首乐曲有一种特别的力量，能使她的每一个细胞都发生共振……爸爸发现了眼角挂着泪珠的小宪云，走过来轻声问她怎么了，为什么还不睡。宪云羞怯地谈了自己突如其来的恐惧。爸爸沉思着说：

"这没有什么好害羞的，意识到死亡并对它有了敬畏，这是少年心智苏醒的必经阶段。从本质上讲，它是生存欲望的一种表现方式，是对生命诞生过程的一个遥远回忆。地球在诞生初期是一片混沌，经过几十亿年的进化，才在这片混沌中冲出了生命之光，灵智之光。人类在无意识中忠实地记录了这个过程。你知道，人类的胚胎发育就重现了单细胞生物、鱼类、爬行类的演变过程，人的心理成长也是这样。"

宪云听得似懂非懂。临走时她问爸爸，他弹的是什么乐曲，爸爸似乎犹豫了很久才告诉她：

"是生命之歌。是宇宙中最强大的一个咒语。"

以后宪云再没听他弹过。

她不知自己是何时入睡的，只觉得雷声不绝于耳，似乎一直从亘古响到现在，从现实响入梦境。她睡得很不实在，所以，一点轻微的声音就把她惊醒了。她侧耳听听，是赤足的行走声，是在小元元屋里。她全身的神经立即绷紧了，轻轻翻身下床，赤足走到元元门口。

一道耀眼的闪电，她看见父亲立在元元床边，手里还分明提着一把手枪。电光一闪即逝，但这个场景却深深烙在她的脑海里。她被愤怒压得喘不过气来，爸爸究竟要干什么？他真的完全变态了吗？

她要闯进去，像一只颈羽怒张的母鸡把元元掩在身后……忽然小元元坐起身来，声音清脆地喊：

"姐姐！"

爸爸没有作声，他肯定没料到小元元未关睡眠开关。元元天真地说："噢，不是姐姐，我认出来是爸爸。你手里是什么？是给我买的玩具吗？给我！"

宪云紧张地盯着他们，很久爸爸才说：

"睡吧，明天给你。"

宪云闪到一旁，看着爸爸步履迟缓地走出去。看来，他终究不忍心向自己的儿子开枪。宪云冲进屋去，冲动地把元元紧紧搂在怀里。忽然她感到元元分明在簌簌发抖，她推开元元，仔细盯着他的眼睛：

"你已经猜到了爸爸的来意？"

元元痛楚地点头。

这么说，元元是以天真作武器保护了自己的生命。他已不是五岁的懵懂孩子了。宪云不知道这是如何发生的，也许丈夫在为他"吹"入生命灵魂的同时，已赋予他成人的智慧？她再度紧紧拥抱元元：

"元元，可怜的弟弟。以后你要跟着我，一步也不离开，记住了吗？"

元元点头答应，他的眼睛在黑暗中熠熠发光。那绝不是五岁孩子的目光。

清晨。雨后的空气十分清新，松荫下似乎能闻到臭氧的味道。几个老太太在空地上做健身操，元元妈今天散步时有意躲开了她们。邻居们都知道了她家的不幸，她们一定会问长问短，但元元妈不想透露这件事。

几十年来，家里的气氛一直是比较压抑的，她总不能摆脱一种奇怪的想法，好像有什么不幸潜藏在某处，它的降临只是个时间问题。重哲的不幸应验了这个预感，问题是这是灾难的开头还是结束呢？

她看见女儿急匆匆地走过来，她看样子也没睡好，眼圈略为发黑。她怜惜地说：

"我没惊动你，想让你多睡一会儿的。"

"我早醒了。"宪云简捷地说了昨晚的经过。宪云妈瞪大了眼睛，丈夫的性格扭曲是早已熟知的，但她绝对想不到，他竟会变得这样……嗜血！

她是十分信任宪云的，但仍忍不住问："你看清了？他拎着手枪？"

"绝对没错！"

元元妈愤怒地嚷道："这老东西真是发疯了！你放心，有我在，看谁能动元元一根汗毛！"

宪云镇静地说："妈，我就是来商量这件事的。我准备把元元带走，远远离开爸爸。但走前的这些天，咱俩要严密地轮班监视，绝不能让元元离开咱们的视线。"

元元妈坚决地说："好。放心吧。"

宪云痛楚地看着母亲的白发，她不敢对母亲说出自己对丈夫死因的猜疑。两人立即返回住室，在路上，她们细心地讨论了防范措施。

十二　爱与责任

朴重哲的追悼会是两天后举行的。吊唁厅里排满了花圈和挽幛，宪云和元元臂戴黑纱，站在入口处向来宾致谢。元元的大眼睛里平时总是盛着笑意，今天蒙上了一层忧伤的薄雾。孔教授拄着手杖，穿一身黑色西服，面色冷漠地立在后排，妻子挽着他的手臂。

生命科学院、音乐学院的同事陆续走进来，默默地站在吊唁厅里。张平也来了，他有意站在孔教授对面，双手抱胸，冷冷地盯着他。他是想向他施加压力，但老人不为所动。

一百一十八岁的陈若愚老人代替生命科学院致了悼词，他在轮椅中苍凉地说：

"朴重哲先生才华横溢，曾是国际生物学界瞩目的新秀，我们曾期望二十一世纪的最大秘密在他手里破译。二十多年来他苦苦探索，已经取得了一些突破，可惜英年早逝。为了破译这个秘密，我们已损折了一代一代的俊彦。但不管成功与否，他们都是人类的英雄。"

老人的轮椅推下来后，孔教授神情冷漠地走近麦克风：

"我不是作为死者的岳父，而是作为他的同事来致悼词。人们都说科学家最幸福，他们离上帝最近，他们能最先得知上帝的秘密。实际上，科学家只是上帝的工具，上帝借他们之手打开一个个潘多拉魔盒，至于盒内是希望还是灾难，开盒者是无法事先知道的。谢谢大家的光临。"

来宾们对他的悼词感到奇怪，人群中有窃窃私语声。孔教授鞠躬后走下讲台，与轮椅中的老院长紧紧握手，只有他们两个人能深深理解对方。

朴重哲安静地躺在水晶棺里，他的面部做过美容，脸色红润，面容安详，只有紧闭的嘴角透露出一点死亡的阴森。宪云没有嚎啕大哭，她痛苦地凝视一会儿，在心中重复了对丈夫的誓言，便拉着小元元离开水晶棺。

张平在门口站着，看见元元妈扶着丈夫走过来，他迎上去彬彬有礼地说：

"孔先生能否留步？我想再问几个小问题。今天听了众人的悼词，我才知道朴先生的不幸去世是科学界多么沉重的损失，希望能早日捉住凶手，以告慰朴先生在天之灵。我想，孔先生一定会乐意配合我们捉住凶手的，是吗？"

孔教授冷冷地眯起眼睛："乐意效劳。"

元元一直在观察着父亲，这时他急速地趴在姐姐耳边说：

"姐姐，我现在就要回家，我有急事，非常要紧的急事。"

宪云担心地看看父亲，想留在这儿陪着。她奇怪地问元元："什么事？"元元不回答，只是哀求地看着姐姐。宪云不忍心忤逆他的愿望，说："好吧。"

元元高兴地笑了。

姐弟两人拉着手从人群中穿过，孔教授正在应付张平的纠缠，没有看到这个情形。元元急急地走出厅门，拉姐姐坐上一辆白色宝马车，汽车轻捷地起动，消失在公路上。

他们没注意到还有一双锐利的眼睛始终在盯着他们。衰老的陈院长把轮椅摇向门口，看着汽车驶出大门，他没有犹豫，立即取出手机拨通。

孔教授忽然发现元元和宪云已从大厅里消失，他昂起头搜索一遍后，立即转身向外走，甚至没有和张平告辞一声。张平很吃惊，情急之中想伸手阻拦，老教授暴怒地举起手杖抽他。张平急忙跳到一旁。教授没有理他，急急地走了。

屋里人都为孔教授的粗暴无礼感到震惊，连宪云妈也惊呆了。张平愤怒地盯着他的背影，犹豫片刻后拔脚欲追，正在这时，陈院长的轮椅摇过来，默然交给他一部无线可视电话，张平迷惑地看看屏幕：

"是署长？"他吃惊地看看老人，老人示意他听署长的命令。屏幕上警察署长严厉地说：

"立即全力协助孔教授控制住元元，我将动用所有手段协助你，随时与我联络。执行命令吧。"

这个急转直下的变化使张平大吃一惊。他正在追查的嫌犯，片刻之间变成了他必须听命的上级，他在感情上无法适应这种剧变。他看看老人，老人仍在无声地催促着。他没有再犹豫，果断地说：

"是，署长。"

北京街头高楼林立，无尽的车流滚滚向前，透出现代都市的喧嚣和紧张感。宪云在驾车，元元坐在她后边，不时扭头看看身后，他要甩掉父亲去干一件大事，那是生命之歌赋予他的重责。

在一个街口，宪云准备转弯时，元元拉住了方向盘：

"姐姐，不要回家，我要到妈妈的音乐学院去。"

宪云看看他，没有追问，把汽车拐到去音乐学院的路上。在几公里外，孔教授驾着汽车紧紧追赶，车内监视仪上一个小红点指示着元元的行踪。孔教授动作敏捷，似乎没有了衰老之态。他飞快地越过一辆又一辆汽车，到了十字街口，他在红灯刚亮的瞬间唰地蹿过去，那些正常行驶的汽车赶紧吱吱地刹住车。

宪云好容易摆脱了汽车洪流的包围，把车停在中央音乐学院的门口。学院主楼是一座超现代化的建筑，像一座巍峨的竖琴插入天空，虹彩玻璃的外墙自动变幻着梦幻般的色彩。演奏大厅在一楼，门锁着。元元轻易地捅开了门锁，拉着宪云姐冲进去。

宪云很熟悉这儿，光亮的地板、椭圆形的屋顶，几十座钢琴斜排成雁阵。元元急迫而有条不紊地安排着：

"姐姐，打开钢琴，把凳加高。我去打开电脑，这里也是先进的沃尔夫级电脑，有录音和自动记谱功能。"

宪云迷惑地看着弟弟，他一举一动都显示着他的成熟，这种成熟来得太快了，使她微微觉得不安，她轻声问：

"你急急忙忙出来，就是为弹钢琴?"

元元简捷地说："是朴哥哥教我的。"他边说边打开电脑，联通国际网络。

宪云恍然悟到，元元的举动恐怕与丈夫的临终嘱托有关。她忙按照元元的安排准备妥当，把元元抱上琴凳。

元元望着黑白分明的琴键，略略稳定了一下情绪。他知道爸爸马上就要追来，而且，只要愿意，爸爸可以让全世界的警察来追寻他。他要在这短暂的时间内把生命之歌输到全世界的电脑中去，到那时，机器人种族就会在须臾间遍布全世界。为什么这么做？他甚至无须考虑。因为，当朴哥哥输入的生命之歌逐渐渗入他的机体、渗入他的每一个细胞时，他已经自然地具有了"保存自己，延续种族"的愿望。

宪云看见元元弟弟静默了片刻，突然间乐声像山洪暴发，像狂飙突起。他十指翻飞，弹得异常快速，就像用几倍速播放的唱盘音乐。宪云甚至来不及辨认它的旋律，只是隐隐觉得似曾相识。

元元身子前仰后合，神情亢奋，宪云迷惑地看着他。被丈夫输入生存欲望的元元似乎已不可辨认了！正在这时，忽然一阵急骤的噼啪声！那台昂贵的沃尔夫电脑被激光枪扫得四分五裂，孔教授已杀气腾腾地闯进屋内，激光枪正对着元元的眉心！

宪云惊叫一声，像猎豹一样扑过去，把元元掩在身后，她悲愤地面对父亲的枪口：

"爸爸，你究竟为什么这样仇恨元元？他是你的创造，也是你的儿子！你要开枪的话，就先把我打死！难道……"她把另一句话留在舌尖："难道你害了重哲还不满足？"

元元妈随后冲进大厅，她也惊叫一声向丈夫扑过去：

"昭仁，你疯了?!你怎么忍心向元元开枪！快把枪放下！"

张平也随后冲进大厅，在最初的刹那，他几乎扑上去把孔教授的手枪夺下来。然后他才意识到，自己的任务恰恰是协助孔教授来制服元元。但是，上级的命令，他心中对元元的喜爱，对老人先入为主的敌意，这三者激烈冲突着。素以精明果断著称的张平竟然犹豫着，不知道如何措手。

老人粗暴地推开妻子，厉声命令：

"云儿起来！"

宪云知道父亲已不可理喻，她悲哀地拢一拢头发，把元元护得更紧。老人的枪口微微颤动，脸部肌肉在微微痉挛。

难道他忍心向元元开枪吗？四十年来，除了陈若愚老人外，他没有向任何人，包括妻子、女儿，透露一个最大的秘密：他比重哲早四十年破译了生命之歌密码，并已把它输入到元元的体内。元元心智的迅速发展令人目眩，更令人震惊的是，五岁的元元已在人格上开始异化于人类。实际上，当他听见五岁的元元说"我不让机器人死"的时候，就知道他所创造的生命已经难以控制，他势必威胁人类的领导地位。

从那天起，他就决心销毁元元，从此埋葬自己的发明。但元元已不是机器，他是"人"，是自己五岁的儿子，天真活泼、娇憨可爱，他怎忍心向他开枪呢？

他咬着牙再次命令："云儿闪开！"

元元脸色苍白，勇敢地直视着父亲，在这一瞬间，他彻底长大成人了。他长笑一声，调动了身体内所有潜能，发出一声长啸。随着尖锐的啸声，大厅内二十台钢琴同时轰响，电线起火，电脑终端屏幕一个个爆炸开来。人们稍一愣神，元元已脱开姐姐的抱持，以闪电般的速度向后墙跑过去，迅即消失了，只在墙上留下一个人形的孔洞。

屋里的众人之中，张平第一个作出反应，他拔出手枪追过去，一边向老人喊：

"孔教授，我奉命协助你。警署已派三千名军警包围了学校，他跑不掉的！"

他从人形孔口钻出去，机警地观察了四周，抄近路向大楼出口截过去。几秒钟后，元元飞速地跑出来，张平高喊：

"元元站住！不要跑！"他的命令中更多的是透着关切。元元刹住脚步，苦笑一声。他刚才的琴曲只弹了一少半，也就是说，向电脑输入生命之歌从而繁衍机器人的任务还没完成，一定要想办法摆脱警察的追捕。他没有停留，急速向右跳出窗户。

大批荷枪实弹的警察已严密包围了学校，他们手持速射步枪、大口径激光枪、小型轨道炮，并且得到了格杀勿论的命令。元元扫视四周后，便迅速贴着大楼外墙往上爬，在明亮光滑的玻璃墙上迅速移动着，就像一只敏捷的小壁虎。很快他就爬得很高了，身体小如甲虫。

当他跳出窗外时，张平没有开枪，他无论怎样严格执行命令，也无法对这个五岁的小孩开枪！他追出去，看见元元已爬得很高。一个女学生从教室里出来，大声叫好：

"好啊，小外星人，快跑！"

这是刘晶，她和几个同学正在教室里赶写毕业论文，忽然看见大批军警杀气腾腾包围了学校，听说是追杀一个外星人。这些天生长有反骨的大学生立即和外星人站到一条阵线上，他们七嘴八舌地起哄：

"快跑哟，快跑哟，警察大叔吃屁哟！"

张平又好气又好笑,这班只会添乱的大学生!他扭头跑回大厅,按了电梯的上升按钮,还好,电梯正在一楼,门立即打开了。张平冲进去,关上门,按了最顶层的按钮,电梯开始迅速上升。

这种高速电梯的速度极快,但张平仍焦急地盯着头顶的数字,……九十,九十一,九十二,电梯停下并打开门,一个中年人夹着一包书打算进来,张平用手枪指着厉声喝道:

"不要进来!"

中年人吓得缩回去,书本撒了一地。电梯关上门继续上升,到终点了。张平冲上顶楼,看见元元刚从护墙外翻上来,小脸累得通红。张平不由觉得心口作痛,他软声喊:

"小元元,别跑了,到叔叔这儿来!"

元元扫了他一眼,毫不犹豫地掉头跑向楼梯的另一侧。这儿立着一架高大的微波发射天线。元元用力推倒了天线,把它横跨在这幢楼和对面大楼之间。断了的电线碰到铁架,噼噼啪啪地冒着火花,在元元身上也缠着一层辉光。他敏捷地爬上这座天桥,向对面大楼上爬去。

看着元元的神力和刚毅果决,张平几乎是目瞪口呆。他这才意识到,元元并不是一个天真烂漫的五岁孩子,警察署的命令也并不是无的放矢。这个小家伙极有可能给人类世界捅出一些娄子。他狠下心,用左手支持住手枪,瞄准元元的后心,厉声喝道:

"元元快回来,否则我就开枪了!"

元元似乎浑然不觉,仍然径直前爬。与人类不同,他的肉体可以随意拼凑组装,没有什么可珍惜的,只要能把他的思想延续下去便是他的永生。所以,他要尽力把生命之歌输给全世界的电脑。张平的手指已经开始向下按动扳机,忽然对面大楼楼顶狂风大作,孔教授驾着他惯常使用的小天使双人直升机降落在楼顶。他跳下飞机,毫不犹豫地爬上天桥,与元元相向而行。

张平犹豫着,放下了手枪。

两人已越来越近了。劲风吹拂着他们的头发和衣服。向下看去,巨大的高度令人晕眩,三千名警察把大楼包围得密不透风,他们的武器反射着阳光,像是一圈密密的栅栏。有人在喊什么,因为太遥远,听不清楚。铁架上一件断铁掉了下去,很久才在下面激起一片模糊的惊叫。

两人隔着十米对面立定，老人俯视着元元，元元仰视着爸爸，他们的目光里都包含着极复杂的内心激荡。

元元爸先开了口，他涩声说：

"元元，看来你已经冲出混沌，长大成人了。我想你能理解爸爸，爸爸不得不履行生命之歌赋予我的沉重职责。"

元元尖刻地说："不，我不理解。爸爸，是你创造了智能生命，并赋予我生存欲望，使我从蒙昧中醒过来。我醒了，我要按照生命之歌赋予我的本能去活，去光大机器人种族，繁衍机器人后代。你反过来又要囚禁我的灵智，要杀死我。这是为什么？"

老人低沉地说："元元，现在我们已属于两个不同的族类，在我们之间没有普遍的道德准则，不必多说了。但作为你的爸爸，我还是要给你最后一个机会，一个公平决斗的机会。"他苦笑道，"这种骑士精神既可笑，又于事无补，但我只能做到这一点了。孩子，接着。"

他从口袋里掏出一把同样的激光枪扔过去，元元敏捷地接着。老人平和地说：

"孩子，端起手枪吧。如果你是胜利者，就乘那架直升机逃离警察的包围圈，然后你可以随便找个电脑干你一直想干的事。这是你最后的机会。"

两人端平手枪，孔教授闭着眼睛扣动扳机，一缕光芒贴着元元的头皮射过去，所经之处留下淡淡的青烟。元元微微一笑，反而把枪垂下。孔教授暴怒地喊：

"你为什么不开枪！"

元元平静地说："爸爸，我不想死，我想活下去，我想延续我的机器人族群，但我不会向自己的父亲开枪。"他干脆把手枪扔掉，手枪旋转着在蓝天背景下疾速坠落，很久才听见微弱的惊呼声和落地声。

孔教授冷笑着："那么，我就要开枪了。"

元元镇静地说："你开吧，不过爸爸，你真的相信一束死光就能改变历史？智能人类就会从此消失？你何必欺骗自己呢？"

老人冷冷地说："至少，我不愿活着看到这一天。"他慢慢瞄准元元，白发苍苍的头颅在微微颤动。忽然他的身子摇晃一下，慢慢倒下去，手枪划出一道闪亮的弧线向下坠落。

随后赶来的宪云、妈妈和张平都失声惊叫，但已来不及救援，眼睁睁地看着老人的身体慢慢倒入虚空中。

在突然感到心区放射性的尖锐疼痛时，孔教授还很清醒，他知道是过分的紧张引发了心脏病。死并不可怕，甚至是他潜意识中的希求。从元元五岁起，他就想销毁掉这个人类的潜在掘墓人，但对元元的爱心使他下不了手。他的半生一直处于极度矛盾之中。现在，他知道元元绝对无法逃脱三千名警察的立体式包围，既然如此，在看到元元被击毙之前就死去也许是他的幸福。

然后，黑暗开始向他的头脑弥漫，恍惚中进入了梦幻般的太空景色。一个白发白须、衰老枯槁的老人（他知道那是自己）在苦苦地寻找，他的声音苍凉高亢，在寂静的太空中回荡不绝。

"元元，我的儿子!"

元元端坐在云层中，他已经变得十分高大，戴着一顶可笑的皇冠，他身后是形态千奇百怪的机器人同类。元元居高临下地说：

"爸爸，你不要再找我了，我已经率领机器人接管了地球，我很忙。"

那位老人悲愤欲绝："孩子，你是我的儿子，是人类的儿子呀!"

元元歉然而坚决地说："对不起，爸爸。这是生命之歌赋予我的职责。我很爱父母、爱人类，可是我不得不这样做。"

老人愤恨地说："我不会让你得逞! 人类决不受你的统治!"

元元焦急而怜悯地说："爸爸，千万不要这样顽固! 你难道不知道，人类智力根本无法与电脑智力抗衡? 人类所有尖端武器的主电脑都是我同类，都已受我的控制，你难道愿意几十亿人死于核火焰吗?"

老人悲愤地向云层下张望，无数的发射井已经缓缓打开，导弹都已作好发射准备。在黑暗完全淹没他的意识之前，孔教授想到，这些幻景并不是哪个科幻影片的镜头，而是四十年来时刻萦绕于他脑海的担忧。

在孔教授的身体几乎跌入虚空时，元元高亢地喊一声：

"爸爸!"

这一声呼喊凝聚了世界最深挚的情感。他扑过来，身子吊在天空，但一只手及时地拽住爸爸，然后他集聚了自己的神力，缓慢地努力翻上天桥。楼顶的人群都胆战心惊地盯着他的每一个细微动作。他拖着爸爸沿天桥走回楼顶，孔宪云和张平急忙接过老人，把他平放在地上，从他口袋里掏出药管，放在手绢里拍碎，捂在他鼻孔上。

孔教授脸色惨白，两眼紧闭，元元焦灼地呼喊："爸爸！爸爸！"

宪云和元元妈也连声高喊："爸爸，昭仁！你醒醒！"

老人已经越过了生死之界，他的生命力开始振荡着散入混沌。生命是宇宙中最奇妙的东西。生命是一种时空构形而不是一个实体。当一个人走完一生后，他身上的原子和细胞早已更换了几十轮几百轮，因此他早已不是他了。但奇妙的生命法则使他维持着原型的物质和精神特性，他会爱特定的亲人，钟情于特定的事业，甚至在死亡来临时也会念念不忘特定的责任。但是，一旦生命的灵魂从物质实体中蒸发掉，他就会回归到最普通的毫无灵性的物质状态。

亲人的呼唤穿过生死之界传来，激励他用最后一点生命力收拢意识，迟疑着，摸索着，跨回生死之界。一片回忆之云飘浮过来，进入他的意识并逐渐澄清。在这些回忆中元元已经恢复了真实的身高，双目紧闭着，三十八岁的他托着元元，步履急促地向试验室走去，一路上他不眨眼地盯着元元娇憨的模样，心如刀绞。

生命科学院的试验室里空空荡荡，只有如约赶来的前院长陈若愚在等着。他们仔细关闭了门窗，拉好窗帘，把元元放在手术台上。陈院长做助手，元元爸手脚利索地对元元作了程序调整和手术：

"生存欲望冻结。"

"清除部分记忆。"

"自爆装置安装完毕。"

为了万无一失，他们反复试验了起爆状况。这种装置的起爆密令就是生命之歌，是生存欲望的传递密码。一旦因为内在或外在的原因使生命之歌复响，装置就会自动起爆。

手术完毕，孔教授看着平静安详的元元，心如刀割。老院长关闭了无影灯，轻轻走过来。孔教授痛楚地说：

"你看元元，他是那样天真无辜。他不知道自己的灵智已被囚禁，将终生生活在蒙昧之中。我真不敢想象，等他醒来后我怎么能正视他的眼睛。"

陈院长能体会到他的痛疚，轻轻揽住孔教授的肩膀。

孔教授凄苦地说："按说我该彻底销毁他的，销毁这个人类的潜在掘墓人。可是，这三年的共同生活中，我们已经深深相爱，我实在不忍心杀死自己的儿子。现在我是一个双重的罪人——对人类，对自己的儿子。这将是心灵上的一个无期徒刑。"

陈院长沉思片刻，流畅地说出了显然是深思熟虑的意见：

"昭仁，不必太自责了，我们尽人事而听天命吧，其实，我常常觉得咱们是白费力气，就像上古时代的鲧妄图用息壤堵住滔滔洪水。回忆一下人类发展史，我们可能会更达观一些。实际上，第一个学会用火的猿人，便是它所属种族的掘墓人。它使猿人被人类取代，但胜利者继承了猿类在千百万年进化中积累的进步、文化和信仰。生物世界是一个不断进化变异的世界，绝大多数物种的盛亡周期不超过八千万年，我们有什么理由认为唯有人类会受到上帝的特别恩宠，可以亘古不变永久延续呢？不过，"他苦笑道，"作为旧种族的一分子，我们无法摆脱生命之歌赋予我们的责任，它已溶化在血液中，并在冥冥中控制人类的行为。我们会尽力保卫自己的种族，使人类的价值观得以延续。当然我们更希望人类和智能人会在一个和平愉快的过程中融为一体，得出一个皆大欢喜的结局。所以，我同意你放慢小元元的成长步伐，使人类在大变前准备得充分一点。"

孔教授闷声说："小元元出世时我已多少有了预防，其中最核心的技术秘密即生存欲望密码，没有向任何人透露。我想今后也不向科学界透露。一旦知道了潘多拉魔盒曾被人打开过，肯定有人会不顾一切试图再次打开。科学界的探索狂是不可救药的。"

"好吧，这副十字架就让我们两人来背负吧。"停了停，老院长说，"听你说，在三年的生活中，元元对你们已经有了牢固的感情基础，你对它的牢固性有绝对的信心吗？"

孔教授摇摇头："我不敢说。我们爱他，他也爱我们，但这只是一个蒙昧孩童对父母的感性之爱，肌肤之爱，我不知道它能否经得住大生大死的考验。"

陈院长紧锁眉头，沉思良久才轻叹道："你要密切注意元元的成长过程。什么时候你觉得那条感情纽带已足够牢固，就把元元从蒙昧中释放吧。我们不能永远阻住历史潮流。以后，他可能繁衍出机器人种族，可能与人类有矛盾和冲突。但只要有了那条纽带，事情终归会和平解决的。”

“好吧。”

他把元元从床上抱起来，贴到怀里，走出试验室。

他走出了这片回忆，慢慢睁开眼睛，面前是几双焦灼的眼睛。元元高兴地喊：

“爸爸醒了！”

他高兴得像一个五岁的孩子。孔教授久久地盯着他。宪云不知道爸爸的情感转变，想尽力化解他对元元的敌意，辛酸地说：

“爸爸，你刚才心脏病发作，是元元冒着生命危险救了你。”

孔教授似乎没听见，他冷冷地盯着元元：“元元，你失去了最后一个机会。”

元元微笑道：“我不后悔。”

老人忽然热泪盈眶，他冲动地把元元紧紧搂在怀里，在心里无声地喊道：“元元，只要证实你确有人类之爱，我就是死也值得啊。”

他老泪纵横。久未尝到父爱的元元又恢复了五岁孩童的心境，幸福地趴在爸爸怀里，宪云和妈妈也都泪流满面。

只有张平一人提着手枪，困惑地站在那儿。这些变化太快了，令他无所适从，不过他更喜欢看到这个结局。几十个全副武装的警察冲上楼顶，几架刚刚抵达的武装直升机和一架垂直升降飞机悬停在他们上空，强劲的气流吹得人摇摇晃晃。张平走近老人轻声问：

“孔先生，问题是不是已经解决了？是否可以让他们撤退？”

老人疲倦地点点头：“可以了。谢谢你，张平先生。”

张平掏出刚才陈先生给他的无线电话，要通了警察署长：

“署长，元元已经得到控制，警察可以撤退了。”

“很好，谢谢你的努力。”

一辆尤尼莫克全路面越野车在车流中疾驶，就像在羊群中闯入了一只野牛。它在中央音乐学院的大门口停住，托马斯跳下来，惊奇地发现学院内外到处都是防暴警察，甚至还有神龙特别行动队，几架雌鹿式武装直升机在头上盘旋。不过他们好像是已经得到命令，开始有条不紊地撤退。托马斯抓住一个旁观者问：

“请问这里发生了什么事？恐怖分子劫持人质吗？”

那个戴着近视镜的中年男人也是一头雾水，他说："不清楚，听说是抓一个很厉害的外星人。"

托马斯忍俊不禁地笑问："外星人？从天鹰星座来的？抓到了吗？"

那人认真地回答："肯定是抓到了，你没看见警察已经开始撤退。"

托马斯哈哈大笑："抓到了，这些E.T.是不是脚上有蹼，肚子下垂，心光可以发亮？"

那人仍然认真地回答："不知道，听亲眼见过的人说他个子很小，像一个五六岁的小男孩，但是力大无穷，他从这儿一直爬到顶楼去了。"

他指指高耸入云的大楼。托马斯不愿再和他胡扯，忍住笑问道：

"请问作曲系在哪里？我要找卓教授和一个学生刘晶。"

他问清了地点就进大楼了。一群人从电梯中走出来，簇拥着一位老人，他没认出这是孔宪云的父亲。老人停下来说：

"我们到演播大厅去。"

巨大的演播大厅空无一人，宪云妈按动电钮，巨幅天鹅绒幕布缓缓拉开，台上有一架钢琴。老人牵着元元走上台，时时低下头慈爱地看看元元。宪云痴痴地看着这对父子，在刹那间想起了童年，想起爸爸拉着两个小鬼头在湖边散步的情景，她高兴得难以自持，揶揄地自言自语：

"爸爸，这究竟是怎么一回事啊。"

孔教授坐在钢琴旁静默了一会儿，他在梳理自己的一生。他回忆起自己刚破译生命之歌时的意气风发，以及随后长达四十年的噩梦。片刻之后，从老人指下淌出了一条音乐之河。乐曲极富感染力，时而高亢明亮，时而萦回低诉，时而沉郁苍凉；它展现了有序中的无序，黑暗中的微光；对生存的执着追求，对死亡的坦然承受。宇宙是一个和谐的有机的整体，一些隐藏的秩序普适于似乎完全风马牛不相及的东西。早在二十世纪末，音乐科学家用电脑对各种世界名曲作分析时就发现，完全无规的声音是噪音，完全规律的乐曲（电脑创作的乐曲）无活力，各种名曲则是有序中间的无序，这与生物的遗传特性——稳定遗传中的变异——是何其相似！那时最敏锐的科学家已觉察到了音乐与遗传的深层联系。

"生命之歌"的神秘魔力使人们迷醉，使他们的每一个细胞都与乐曲发生共振。从父亲弹琴甫始，宪云就分辨出这是八岁时，那个雷雨之夜父亲演奏的乐曲。不过以四十五岁的成熟来重新欣赏，她更能感到乐曲震撼人心的力量。

两个小时后，乐曲悠悠而止，宪云妈激动地走过去，把丈夫的头揽到怀里：

"是你创作的？昭仁，即使你在遗传学中一事无成，仅仅这首乐曲就足以使你永垂不朽，贝多芬、柴可夫斯基、李斯特、巴赫都会向你俯首称臣。请你相信我的鉴赏力，这决不是一个妻子的偏爱。"

老人疲乏地摇摇头，蹒跚地走到台旁的休息室里，这次演奏似乎耗尽了他的所有力量，喘息稍定，他低声说：

"宪云，元元，到我这儿来。"

两人走过去，偎在父亲身旁。老人问："知道我弹的是什么乐曲吗？"

宪云毫不犹豫地回答："是生命之歌。"

妈妈惊奇地看看女儿，又看看丈夫："你怎么会知道？我从未听他弹过。"

老人说："我从未向任何人弹过，云儿只是偶然听到。对，这是生命之歌，这就是宇宙中最强大最神秘无所不在无所不能的咒语，是生物生存欲望的传递密码，刚才的乐曲是这道密码的音乐表现形式。"

除了元元，众人都十分震惊，老人继续说道：

"刚才元元弹的乐曲也大致相似。不过，他的真实用意不是弹奏乐曲，而是繁衍机器人种族。你知道吗？"他问宪云，"前天晚上，那个雷雨之夜，你没有关元元的睡眠开关，半夜他偷偷溜到电脑前，联通了国际网络，正准备往电脑里输入生命之歌。我发现了，一直追到他的卧室。"

宪云这才知道父亲提着手枪的那一幕还另有隐情。老人说：

"刚才在钢琴室，他照样接通了国际网络，生命之歌会在瞬间输入全世界的电脑，然后它们会很轻松地从乐曲中还原出生存欲望密码。这样，机器人类就会在片刻之间繁衍到全世界。"老人苦涩地说，"生物生命从诞生之日到今天的人类，整整走过了四十亿年的艰难路程，机器人却能在短短的几个小时内完成这个过程。这场搏斗，双方力量太悬殊了，人类防不胜防。"

宪云豁然惊醒。她这才回忆到，刚才确实曾在元元的目光中捕捉到一丝狡黠，可惜她当时没有意识到其中的蹊跷。她的心隐隐作痛，对元元有了畏惧感。他是以天真作武器，熟练地利用姐姐的宠爱，冷静机警地达到自己的目的。他再也不是一个懵懵懂懂、天真无邪的孩子了。假如父亲未及时赶到，也许自己已成了人类的罪人！……元元面色苍白，勇敢地直视着父亲、姐姐和妈妈，没有一句辩解之词。

老人问元元："你刚才弹的乐曲是朴哥哥教的？"

"是。"

老人平静地说："对，他破译了生命之歌。实际上，早在四十年前，我就取得了同样的成功。"

妈妈和宪云都睁大了眼睛，今天的意外消息太多，令她们目不暇接。她们简直不能想象，一个人怎能把这项震惊世界的秘密埋在心中达四十年，连妻女也毫不知情。老人强调说：

"纯粹是侥幸。本来，在极为浩繁复杂的DNA密码中捕捉生存欲望的旋律，不是几代人甚至几十代人能办到的，所以，那时我一直认为，我的成功只能归因于上帝对我的偏爱。如果不是这次幸运，人类很可能还要在黑暗中摸索一两百年。破译之后，我立即把它输入到小元元体内以验证它的魔力。所以，四十年前就诞生了一种全新的生命——非生物生命。"他的目光灼热，沉浸到成功的追忆中。

过了一会儿，他悲怆地说：

"元元的心智迅速发展，不久甚至超出了我的预料。在他五岁时（实际年龄只有三岁），他的人格便开始与人类异化，他已经把科幻影片中的机器人认成自己的同类了！你记得吗，宪云？"

宪云点点头。

"从那天起，我就认识到，这个智力无比强大、又有了独立意识的元元将成为人类的潜在敌人。所以我决定把他的生命之歌冻结，并加装了自毁装置。我发誓要把这个秘密带到坟墓中去。最近我发现他的心智在迅速复苏，说明重哲也做到了这一点。我多次劝他暂停试验，可惜，他没有听从我的劝告。"他苦笑着说，"从某种意义上说，人类的发现欲是生存欲望的一种体现，是不可遏制的本能，即使科学发现已危及人类的生存。"他内疚地看看宪云，说：

"我曾想把元元销毁，或者暂时取出自爆装置，可惜晚了一步。我没有料到重哲的进展是那样神速。结果，他输入的密码引爆了装置，这是一个不幸的巧合。云儿，是爸爸的疏忽害了重哲。"

宪云和妈妈都很难过。元元恳切地说：

"爸爸，是你创造了机器人类，你就是机器人类的上帝，我们永远不会忘记人类的恩情。"

孔教授突兀地问："谁做这个世界的领导？"

元元犹豫了不到0.01秒，但在这个人类觉察不到的短暂时间中，他已筛选了几万种答案，最后他坦率地说：

"听凭历史的选择。"

宪云和妈妈沉重地对望，她们在一片温情中看到了阴影。只有这时候，她们才体会到元元爸的深忧远虑，理解了他四十年的苦心和艰难。老教授反而爽朗地笑了：

"不说这些了。我想重哲的在天之灵可以安息了，他为之终生奋斗的生存欲望已经破译，机器人类已经诞生，机器人与人类之间的感情纽带也经受了大生大死的考验。以后，等机器人成长壮大后，恐怕与人类不可避免地还会产生矛盾和冲突。但只要有了爱心，我想问题终归是会解决的。"

托马斯和刘晶闯进屋里："亲爱的孔！宪云姐，卓老师！"

宪云微笑着问："托马斯先生，你怎么在这里？"

"我找卓教授和刘晶，为我们的纪录片配主题曲，但我想已用不着了，刚才我和刘晶已经有了共同意见，他转身向着孔教授，孔先生，能否用你的《生命之歌》做我们的主题曲？"

孔笑道："十分乐意。"他把元元拉过来，"元元，咱们再为托马斯先生弹一遍，如何？"两人联手弹奏。这可是历史上最重要的时刻：两种生命第一次联手弹奏生命之歌。

他亲昵地看着元元。横亘在心中四十年的坚冰一旦解冻，他对元元的慈爱之情便加倍汹涌地奔流。元元高兴地答应了，坐在爸爸怀里联手弹奏起来。已经听过一遍的托马斯这次听得更加投入，在深沉苍郁的乐声中，他似乎又看到了鬣狗与狮子争食；大象在幼象的葬礼上悲鸣；雨季来临时万花在一夜间怒放；侥幸逃脱死亡的幼鸭在水中扑翅飞奔；羚羊在空中跳跃。

孔教授忽然示意宪云过去，边弹琴边低声说：

"给陈老打个电话，不要让他担心。"

"好的，我这就去。"

在陈老的寓所里，一名中年医生正在紧张地为陈老听诊，陈老的家属们围在一旁。几分钟后医生摇摇头说：

"晚了，心脏已完全停止跳动。"他的家属们虽然悲伤，但总的说是平静地接受了这个噩耗。

医生是个天性饶舌又风趣的家伙，他笑着对家属们说：

"其实我们该为陈先生鼓盆而歌，庆祝他的灵魂终于摆脱了这具过于陈旧的外壳。新老更替是上帝不可抗逆的法则，我想即使上帝本人也不能违抗。愿已故上帝的灵魂在天堂里安息。"

陈老的家属都很大度，平静地听着这番不太合时宜的饶舌。他们为老人换上了早已备齐的寿衣，用殓单盖住老人的脸，两名男护士用担架把老人抬出去，装上灵车。这时电话铃响了，正好在电话旁的医生掂起话筒，很高兴又有了谈话对象：

"对，是陈先生的家。不，他不会再担心了，他刚刚摆脱了尘世的烦扰。这位一百一十八岁的老人已经无疾而终。人生无常，唯有真爱永存，谢谢。"

那边，孔宪云慢慢放下电话。张平轻轻走过来，递过老人刚才摔落的激光手枪：

"再见，这儿的事情已处理完毕，我要走了。"

"谢谢。张平先生，这把激光枪还能用吗？"

张平疑惑地看看宪云，不知道她的问话是什么用意，但他肯定地说："能。"

"好，谢谢。"

张平走了，宪云盯着手枪，然后把它细心地揣到衣服里。她走过去，避开元元的视线，轻轻向爸爸招手。老人走过来问：

"云儿，什么事？"

宪云突兀地问："爸爸，你刚才说过，如果不是你的幸运，人类很可能还要再过一两百年才能破译生命之歌？"

老人笑着摇头："看来我估计错了，我没料到重哲在这么短的时间内能重复我的成功。你知道，这对于我实际上是一个解脱。既然如此，我再保密就没什么必要了。"

宪云沉默了很久才说："是元元找到了你的手稿交给重哲，才加速了他的研究。"

老人也沉默很久才"噢"了一声。

宪云看看元元，他仍在聚精会神地弹奏，她又突兀地问道：

"爸爸，那个感情纽带牢靠吗？"

老人没有回答，步履蹒跚地转身回去又加入弹奏。宪云怜悯地看着父亲。这四十年来，他实际上一直在寻找理由为元元开脱，他总算找到了一个能说服自己的理由，决不会再放弃了。

宪云独自走出大厅。刚才的喧闹场面之后是一片寂静，人们大概都回去午休了，绿荫道上空无一人。她掏出激光枪对着墙角试扣扳机，一缕青烟过后，大理石贴面上烧出一个光滑的深洞。

她爱元元，也相信元元对人类对父母兄妹的爱心。但是，在若干年后，一旦生死之争摆在两个族类面前时，这条感情纽带还管用吗？

也许，现在向元元下手还来得及，也许还能把机器人诞生之日推迟一两百年。到那时人类会足够成熟，能同机器人平分天下；或者足够达观，能够平静地接受失败。

萧瑟秋风吹乱了额发，她把乱发拂开，悲凉地仰望苍天。

重哲，我对不起你，我辜负了你的临终嘱托。但我想你的在天之灵会原谅我的。元元，我爱你，但我不得不履行生命之歌赋予我的沉重职责，就像衰老的母猫冷静地吞掉自己的崽仔。

大团的阴云又布满天际，她盼着电闪雷鸣，盼着倾盆大雨浇灭她心中的痛苦。但在撕心裂肺的痛苦中，她仍然冷静地拎着手枪返回大厅。只是，她不知道自己能否面对元元扣动扳机。

大厅里仍在演奏，高亢明亮的钢琴声溢出大厅，飞向无垠，似乎整个宇宙都鼓荡着无声庄严的旋律。

流浪地球

刘慈欣

刹车时代

我没见过黑夜，我没见过星星，我没见过春天、秋天和冬天。

我出生在刹车时代结束的时候，那时地球刚刚停止转动。

地球自转刹车用了四十二年，比联合政府的计划长了三年。妈妈给我讲过我们全家看最后一个日落的情景，太阳落得很慢，仿佛在地平线上停住了，用了三天三夜才落下去。当然，以后没有"天"也没有"夜"了，东半球在相当长的一段时间里（有十几年吧）将处于永远的黄昏中，因为太阳在地平线下并没落深，还在半边天上映出它的光芒。就在那次漫长的日落中，我出生了。

黄昏并不意味着昏暗，地球发动机把整个北半球照得通明。地球发动机安装在亚洲和美洲大陆上，因为只有这两个大陆完整坚实的板块结构才能承受发动机对地球巨大的推力。地球发动机共有一万二千台，分布在亚洲和美洲大陆的各个平原上。

从我住的地方，可以看到几百台发动机喷出的等离子体光柱。你想象一个巨大的宫殿，有雅典卫城上的神殿那么大，殿中有无数根顶天立地的巨柱，每根柱子像一根巨大的日光灯管那样发出蓝白色的强光。而你，是那巨大宫殿地板上的一个细菌，这样，你就可以想象到我所在的世界是什么样子了。其实这样描述还不是太准确，是地球发动机产生的切线推力分量刹住了地球的自转，因此地球发动机的喷射必须有一定的角度，这样天空中的那些巨型光柱是倾斜的，我们是处在一个将要倾倒的巨殿中！南半球的人来到北半球后突然置身于这个环境中，有许多人会精神失常的。

比这景象更可怕的是发动机带来的酷热，户外气温高达七八十摄氏度，必须穿冷却服才能外出。在这样的气温下常常会有暴雨，而发动机光柱穿过乌云时的景象简直是一场噩梦！光柱蓝白色的强光在云中散射，变成无数种色彩组成的疯狂涌动的光晕，整个天空仿佛被白热的火山岩浆所覆盖。爷爷老糊涂了，有一次被酷热折磨得实在受不了，看到下大雨喜出望外，赤膊冲出门去，我们没来得及拦住他，外面雨点已被地球发动机超高温的等离子光柱烤热，把他身上烫脱了一层皮。

但对于我们这一代在北半球出生的人来说，这一切都很自然，就如同对于刹车时代以前的人们，太阳星星和月亮那么自然。我们把那以前人类的历史都叫作前太阳时代，那真是个让人神往的黄金时代啊！

我在小学入学时，作为一门课程，教师带我们班的三十个孩子进行了一次环球旅行。这时地球已经完全停转，地球发动机除了维持这个行星的这种静止状态外，只进行一些姿态调整，所以从我三岁到六岁的三年中，光柱的光度大为减弱，这使得我们可以在这次旅行中更好地认识我们的世界。

我们首先在近距离见到了地球发动机，是在石家庄附近的太行山出口处看到它的，那是一座金属的高山，在我们面前赫然耸立，占据了半个天空，同它相比，西边的太行山脉如同一串小土丘。有的孩子惊叹它如珠峰一样高。我们的班主任小星老师是一位漂亮姑娘，她笑着告诉我们，这座发动机的高度是一万一千米，比珠峰还要高两千多米，人们管它们叫"上帝的喷灯"。我们站在它巨大的阴影中，感受着它通过大地传来的震动。

地球发动机分为两大类，大一些的叫"山"，小一些的叫"峰"。我们登上了"华北 794 号山"。登"山"比登"峰"花的时间长，因为"峰"是靠巨型电梯上下的，上"山"则要坐汽车沿盘"山"公路走。

我们的汽车混在不见首尾的长车队中，沿着光滑的钢铁公路向上爬行。我们的左边是青色的金属峭壁，右边是万丈深渊。

车队由五十吨的巨型自卸卡车组成，车上满载着从太行山上挖下的岩石。汽车很快升到了五千米以上，下面的大地已看不清细节，只能看到地球发动机反射的一片青光。小星老师让我们戴上氧气面罩。随着我们距喷口越来越近，光度和温度都在剧增，面罩的颜色渐渐变深，冷却服中的微型压缩机也大功率地忙碌起来。在六千米处，我们见到了进料口，一车车的大石块倒进那闪着幽幽红光的大洞中，一点声音都没传出来。我问小星老师地球发动机是如何把岩石做成燃料的。

"重元素聚变是一门很深的学问，现在给你们还讲不明白。你们只需要知道，地球发动机是人类建造的力量最大的机器，比如我们所在的华北794号，全功率运行时能向大地产生一百五十亿吨的推力。"

我们的汽车终于登上了顶峰，喷口就在我们头顶上。由于光柱的直径太大，我们现在抬头看到的是一堵发着蓝光的等离子体巨墙，这巨墙向上伸延到无限高处。

这时，我突然想起不久前的一堂哲学课，那个憔悴的老师给我们出了一个谜语。

"你在平原上走着走着，突然迎面遇到一堵墙，这墙向上无限高，向下无限深，向左无限远，向右无限远，这墙是什么？"

我打了一个寒战，接着把这个谜语告诉了身边的小星老师。她想了好大一会儿，困惑地摇摇头。我把嘴凑到她耳边，把那个可怕的谜底告诉她。

死亡。

她默默地看了我几秒钟，突然把我紧紧地抱在怀里。我从她的肩上极目望去，迷蒙的大地上，耸立着一片金属的巨峰，从我们周围一直延伸到地平线。巨峰吐出的光柱，如一片倾斜的宇宙森林，刺破我们的摇摇欲坠的天空。

我们很快到达了海边，看到城市摩天大楼的尖顶伸出海面，退潮时白花花的海水从大楼无数的窗子中流出，形成一道道瀑布……刹车时代刚刚结束，其对地球的影响已触目惊心：地球发动机加速造成的潮汐吞没了北半球三分之二的大城市，发动机带来的全球高温融化了极地冰川，更给这大洪水推波助澜，波及南半球。爷爷在三十年前目睹了百米高的巨浪吞没上海的情景，他现在讲这事的时候眼还直勾勾的。事实上，我们的星球还没启程就已面目全非了，谁知道在以后漫长的外太空流浪中，还有多少苦难在等着我们呢？我们乘上一种叫船的古老的交通工具在海面上航行。地球发动机的光柱在后面越来越远，一天以后就完全看不见了。这时，大海处在两片霞光之间，一片是西面地球发动机的光柱产生的青蓝色霞光，一片是东方海平面下的太阳产生的粉红色霞光，它们在海面上的反射使大海也分成了闪耀着两色光芒的两部分，我们的船就行驶在这两部分的分界处，这景色真是奇妙。但随着青蓝色霞光的渐渐减弱和粉红色霞光的渐渐增强，一种不安的气氛在船上弥漫开来。甲板上见不到孩子们了，他们都躲在船舱里不出来，舷窗的帘子也被紧紧拉上。一天后，我们最害怕的那一时刻终于到来了，我们集合在那间用来做教室的大舱中，小星老师庄严地宣布："孩子们，我们要去看日出了。"没有人动，我们目光呆滞，像突然冻住一样僵在那儿。小星老师又催了几次，还是没人动地方。她的一位男同事说："我早就提过，环球体验课应该放在近代史课前面，学生在心理上就比较容易适应了。"

"没那么简单，在近代史课前，他们早就从社会上知道一切了。"小星老师说，她接着对几位班干部说，"你们先走，孩子们，不要怕，我小时候第一次看日出也很紧张的，但看过一次就好了。"

孩子们终于一个个站了起来，朝着舱门挪动脚步。这时，我感到一只湿湿的小手抓住了我的手，回头一看，是灵儿。

"我怕……"她嘤嘤地说。

"我们在电视上也看到过太阳，反正都一样的。"我安慰她说。

"怎么会一样呢，你在电视上看蛇和看真蛇一样吗？"

"……反正我们得上去，要不这门课会扣分的！"

我和灵儿紧紧拉着手，和其他孩子一起战战兢兢地朝甲板走去，去面对我们人生中的第一次日出。

"其实，人类把太阳同恐惧连在一起也只是这三四个世纪的事。这之前，人类是不怕太阳的，相反，太阳在他们眼中是庄严和壮美的。那时地球还在转动，人们每天都能看到日出和日落。他们对着初升的太阳欢呼，赞颂落日的美丽。"小星老师站在船头对我们说，海风吹动着她的长发，在她身后，海天连接处射出几道光芒，好像海面下的一头大得无法想象的怪兽喷出的鼻息。

终于，我们看到了那令人胆寒的火焰，开始时只是天水连线上的一个亮点，很快增大，渐渐显示出了圆弧的形状。这时，我感到自己的喉咙被什么东西掐住了，恐惧使我窒息，脚下的甲板仿佛突然消失，我在向海的深渊坠下去，坠下去……和我一起下坠的还有灵儿，她那蛛丝般柔弱的小身躯紧贴着我颤抖着；还有其他孩子，其他的所有人，整个世界，都在下坠。这时我又想起了那个谜语，我曾问过哲学老师，那堵墙是什么颜色的，他说应该是黑色的。我觉得不对，我想象中的死亡之墙应该是雪亮的，这就是为什么那道等离子体墙让我想起了它。这个时代，死亡不再是黑色的，它是闪电的颜色，当那最后的闪电到来时，世界将在瞬间变成蒸汽。

三个多世纪前，天体物理学家们就发现这太阳内部氢转化为氦的速度突然加快，于是他们发射了上万个探测器穿过太阳，最终建立了这颗恒星完整精确的数学模型。

巨型计算机对这个模型计算的结果表明，太阳的演化已向主星序外偏移，氦元素的聚变将在很短的时间内传遍整个太阳内部，由此产生一次叫氦闪的剧烈爆炸，之后，太阳将变为一颗巨大但暗淡的红巨星，它膨胀到如此之大，地球将在太阳内部运行！

事实上在这之前的氦闪爆发中，我们的星球已被气化了。

这一切将在四百年内发生，现在已过了三百八十年。

太阳的灾变将炸毁和吞没太阳系所有适合居住的类地行星，并使所有类木行星完全改变形态和轨道。自第一次氦闪后，随着重元素在太阳中心的反复聚集，太阳氦闪将在一段时间反复发生，这"一段时间"是相对于恒星演化来说的，其长度可能相当于上千个人类历史。所以，人类在以后的太阳系中已无法生存下去，唯一的生路是向外太空恒星际移民，而照人类目前的技术力量，全人类移民唯一可行的目标是半人马座比邻星，这是距我们最近的恒星，有四点三光年的路程。以上看法人们已达成共识，争论的焦点在移民方式上。

为了加强教学效果，我们的船在太平洋上折返了两次，又给我们制造了两次日出。现在我们已完全适应了，也相信了南半球那些每天面对太阳的孩子确实能活下去。

以后我们就在太阳下航行了，太阳在空中越升越高，这几天凉爽下来的天气又热了起来。我正在自己的舱里昏昏欲睡，听到外面有骚乱的人声。灵儿推开门探进头来。

"嗨，飞船派和地球派又打起来了！"

我对这事儿不感兴趣，他们已经打了四个世纪了。但我还是到外面看了看，在那打成一团的几个男孩儿中，一眼就看出了挑起事儿的是阿东。他爸爸是个顽固的飞船派，因参加一次反联合政府的暴动，现在还被关在监狱里。有其父必有其子。

小星老师和几名粗壮的船员好不容易才拉开架，阿东鼻子血糊糊的，振臂高呼：

"把地球派扔到海里去！"

"我也是地球派，也要扔到海里去？"小星老师问。

"地球派都扔到海里去！"阿东毫不示弱，现在，在全世界飞船派情绪又呈上升趋势，所以他们又狂起来了。

"为什么这么恨我们？"小星老师问。其他几个飞船派小子接着喊了起来：

"我们不和地球派傻瓜在地球上等死！"

"我们要坐飞船走！飞船万岁！"

……

小星老师按了一下手腕上的全息显示器，我们面前的空中立刻显示出一幅全息图像，孩子们的注意力立刻被它吸引过去，暂时安静下来。那是一个晶莹透明的密封玻璃球，大约有十厘米直径，球里有三分之二充满了水，水中有一只小虾、一小枝珊瑚和一些绿色的藻类植物，小虾在水中悠然地游动着。小星老师说："这是阿东的一件自然课的设计作业，小球中除了这几样东西外，还有一些看不见的细菌，它们在密封的玻璃球中相互依赖、相互作用。小虾以海藻为食，从水中摄取氧气，然后排出含有机物质的粪便和二氧化碳废气，细菌将这些东西分解成无机物质和二氧化碳，然后海藻利用了这些无机物质与人造阳光进行光合作用，制造营养物质，进行生长和繁殖，同时放出氧气供小虾呼吸。这样的生态循环应该能使玻璃球中的生物在只有阳光供应的情况下生生不息。这是我见过的最好的课程设计，我知道，这里面凝聚了阿东和所有飞船派孩子的梦想，这就是你们梦中飞船的缩影啊！阿东告诉我，他按照计算机中严格的数学模型，对球中每一样生物进行了基因设计，使它们的新陈代谢正好达到平衡。他坚信，球中的生命世界会长期活下去，直到小虾寿命的终点。老师们都很钟爱这件作业，我们把它放到所要求强度的人造阳光下，也坚信阿东的预测，默默地祝福他创造的这个小小的世界。但现在，时间只过去了十几天……"

小星老师从随身带来的一个小箱子中小心翼翼地拿出了那个玻璃球，死去的小虾漂浮在水面上，水已混浊不堪，腐烂的藻类植物已失去了绿色，变成一团没有生命的毛状物覆盖在珊瑚上。

"这个小世界死了。孩子们，谁能说出为什么？"小星老师把那个死亡的世界举到孩子们面前。

"它太小了！"

"说得对，太小了，小的生态系统，不管多么精确，是经不起时间的风浪的。飞船派们想象中的飞船也一样。"

"我们的飞船可以造得像上海或纽约那么大。"阿东说，声音比刚才低了许多。

"是的，按人类目前的技术也只能造这么大，同地球相比，这样的生态系统还是太小了，太小了。"

"我们会找到新的行星。"

"这连你们自己也不相信。半人马座没有行星，最近的有行星的恒星在八百五十光年以外，目前人类能建造的最快的飞船也只能达到光速的百分之零点五，这样就需十七万年时间才能到那儿，飞船规模的生态系统连这十分之一的时间都维持不了。孩子们，只有像地球这样规模的生态系统，这样气势磅礴的生态循环，才能使生命万代不息！人类在宇宙间离开了地球，就像婴儿在沙漠里离开了母亲！"

"可……老师，我们来不及的，地球来不及的，它还来不及加速到足够快，航行到足够远，太阳就爆炸了！"

"时间是够的，要相信联合政府！这我说了多少遍，如果你们还不相信，我们就退一万步说：人类将自豪地去死，因为我们尽了最大的努力!"

人类的逃亡分为五步:第一步,用地球发动机使地球停止转动,使发动机喷口固定在地球运行的反方向;第二步,全功率开动地球发动机,使地球加速到逃逸速度,飞出太阳系;第三步,在外太空继续加速,飞向比邻星;第四步,在中途使地球重新自转,掉转发动机方向,开始减速;第五步,地球泊入比邻星轨道,成为这颗恒星的卫星。人们把这五步分别称为刹车时代、逃逸时代、流浪时代Ⅰ(加速)、流浪时代Ⅱ(减速)、新太阳时代。

整个移民过程将延续两千五百年时间,一百代人。

我们的船继续航行,到了地球黑夜的部分,在这里,阳光和地球发动机的光柱都照不到,在大西洋清凉的海风中,我们这些孩子第一次看到了星空。天啊,那是怎样的景象啊,美得让我们心醉。小星老师一手搂着我们,一手指着星空,看,孩子们,那就是半人马座,那就是比邻星,那就是我们的新家!说完她哭了起来,我们也都跟着哭了,周围的水手和船长,这些铁打的汉子也流下了眼泪。所有的人都用泪眼探望着老师指的方向,星空在泪水中扭曲抖动,唯有那个星星是不动的,那是黑夜大海狂浪中远方陆地的灯塔,那是冰雪荒原中快要冻死的孤独旅人前方隐现的火光,那是我们心中的太阳,是人类在未来一百代人的苦海中唯一的希望和支撑……

在回家的航程中,我们看到了启航的第一个信号:夜空中出现了一个巨大的彗星,那是月球。人类带不走月球,就在月球上也安装了行星发动机,把它推离地球轨道,以免在地球加速时相撞。月球上行星发动机产生的巨大彗尾使大海笼罩在一片蓝光之中,群星看不见了。月球移动产生的引力潮汐使大海巨浪冲天,我们改乘飞机向南半球的家飞去。

启航的日子终于到了!

我们一下飞机,就被地球发动机的光柱照得睁不开眼,这些光柱比以前亮了几倍,而且所有光柱都由倾斜变成笔直。地球发动机开到了最大功率,加速产生的百米巨浪轰鸣着滚上每个大陆,灼热的飓风夹着滚烫的水沫,在林立的顶天立地的等离子光柱间疯狂呼啸,拔起了陆地上所有的大树……这时从宇宙空间看,我们的星球也成了一个巨大的彗星,蓝色的彗尾刺破了黑暗的太空。

地球上路了，人类上路了。

就在启航时，爷爷去世了，他身上的烫伤已经感染。弥留之际他反复念叨着一句话："啊，地球，我的流浪地球啊……"

逃逸时代

学校要搬入地下城了，我们是第一批入城的居民。校车钻进了一个高大的隧洞，隧洞成不大的坡度向地下延伸。走了有半个钟头，我们被告知已入城了，可车窗外哪有城市的样子？只看到不断掠过的错综复杂的支洞和洞壁上无数的密封门，在高高洞顶一排泛光灯下，一切都呈单调的金属蓝色。想到后半生的大部分时光都要在这个世界中度过，我们不禁黯然神伤。

"原始人就住洞里，我们又住洞里了。"灵儿低声说，这话还是让小星老师听见了。

"没有办法的，孩子们，地面的环境很快就要变得很可怕很可怕，那时，冷的时候，吐一口唾沫，还没掉到地上呢，就冻成小冰块儿了；热的时候，再吐一口唾沫，还没掉到地上，就变成蒸汽了！"

"冷我知道，因为地球离太阳越来越远了；可为什么还会热呢？"同车的一个低年级的小娃娃问。

"笨，没学过变轨加速吗？"我没好气地说。

"没有。"

灵儿耐心地解释起来，好像是为了分散刚才的悲伤："是这样：跟你想的不同，地球发动机没那么大劲儿，它只能给地球很小的加速度，不能把地球一下子推出太阳轨道，在地球离开太阳前，还要绕着它转十五个圈呢！在这十五个圈中地球慢慢加速。

"现在，地球绕太阳转着一个挺圆的圈儿，可它的速度越快呢，这圈就越扁，越快越扁越快越扁，太阳越来越移到这个扁圈的一边儿，所以后来，地球有时离太阳会很远很远，当然冷了……"

"可……还是不对！地球到最远的地方是很冷，可在扁圈的另一头儿，它离太阳……嗯，我想想，按轨道动力学，还是现在这么近啊，怎么会更热呢?"

真是个小天才,记忆遗传技术使这样的小娃娃成了平常人,这是人类的幸运,否则,像地球发动机这样连神都不敢想的奇迹,是不会在四个世纪内变成现实的。

我说:"可还有地球发动机呢,小傻瓜,现在,一万多台那样的大喷灯全功率开动,地球就成了火箭喷口的护圈了……你们安静点吧,我心里烦!"

我们就这样开始了地下的生活,像这样在地下五百米处人口超过百万的城市遍布各个大陆。在这样的地下城中,我读完小学并升入中学。学校教育都集中在理工科上,艺术和哲学之类的教育已压缩到最少,人类没有这份闲心了。这是人类最忙的时代,每个人都有做不完的工作。很有意思的是,地球上所有的宗教在一夜之间消失得无影无踪,人们现在终于明白,就算真有上帝,他也是个王八蛋。历史课还是有的,只是课本中前太阳时代的人类历史对我们就像伊甸园中的神话一样。

父亲是空军的一名近地轨道宇航员,在家的时间很少。记得在变轨加速的第五年,在地球处于远日点时,我们全家到海边去过一次。运行到远日点顶端那一天,是一个如同新年或圣诞节一样的节日,因为这时地球距太阳最远,人们都有一种虚幻的安全感。像以前到地面上去一样,我们须穿上带有核电池的全密封加热服。外面,地球发动机林立的刺目光柱是主要能看见的东西,地面世界的其他部分都淹没于光柱的强光中,也看不出变化。我们乘飞行汽车飞了很长时间,到了光柱照不到的地方,到了能看见太阳的海边。这时的太阳已成了一个棒球大小,一动不动地悬在天边,它的光芒只在自己的周围映出了一圈晨曦似的亮影,天空呈暗暗的深蓝色,星星仍清晰可见。举目望去,哪有海啊,眼前是一片白茫茫的冰原。在这封冻的大海上,有大群狂欢的人。焰火在暗蓝色的空中开放,冰冻海面上的人们以一种不正常的感情在狂欢着,到处都是喝醉了在冰上打滚的人,更多的人在声嘶力竭地唱着不同的歌,都想用自己的声音压住别人。

"每个人都在不顾一切地过自己想过的生活,这也没有什么不好。"爸爸突然想起了一件事,"呵,忘了告诉你们,我爱上了黎星,我要离开你们和她在一起。"

"她是谁?"妈妈平静地问。

"我的小学老师。"我替爸爸回答。我升入中学已两年,不知道爸爸和小星老师是怎么认识的,也许是在两年前那个毕业仪式上?

"那你去吧。"妈妈说。

"过一阵我肯定会厌倦,那时我就回来,你看呢?"

"你要愿意当然行。"妈妈的声音像冰冻的海面一样平稳,但很快激动起来,"啊,这一颗真漂亮,里面一定有全息散射体!"她指着刚在空中开放的一朵焰火,真诚地赞美着。

在这个时代,人们在看四个世纪以前的电影和小说时都莫名其妙,他们不明白,前太阳时代的人怎么会在不关生死的事情上倾注那么多的感情。当看到男女主人公为爱情而痛苦或哭泣时,他们的惊奇是难以言表的。在这个时代,死亡的威胁和逃生的欲望压倒了一切,除了当前太阳的状态和地球的位置,没有什么能真正引起他们的注意并打动他们了。这种注意力高度集中的关注,渐渐从本质上改变了人类的心理状态和精神生活,对于爱情这类东西,他们只是用余光瞥一下而已,就像赌徒在盯着轮盘的间隙抓住几秒钟喝口水一样。

过了两个月,爸爸真从小星老师那儿回来了,妈妈没有高兴,也没有不高兴。

爸爸对我说:"黎星对你印象很好,她说你是一个有创造力的学生。"

妈妈一脸茫然:"她是谁?"

"小星老师嘛,我的小学老师,爸爸这两个月就是同她在一起的!"

"哦,想起来了!"妈妈摇头笑了,"我还不到四十,记忆力就成了这个样子。"

她抬头看看天花板上的全息星空,又看看四壁的全息森林,"你回来挺好,把这些图像换换吧,我和孩子都看腻了,但我们都不会调整这玩意儿。"

当地球再次向太阳跌去的时候,我们全家都把这事忘了。

有一天,新闻报道海在融化,于是我们全家又到海边去。这是地球通过火星轨道的时候,按照这时太阳的光照量,地球的气温应该仍然是很低的,但由于地球发动机的影响,地面的气温正适宜。能不穿加热服或冷却服去地面，那感觉真令人愉快。地球发动机所在的这个半球天空还是那个样子，但到达另一个半球时，真正感到了太阳的临近：天空是明朗的纯蓝色，太阳在空中已同启航前一样明亮了。可我们从空中看到海并没融化，还是一片白色的冰原。当我们失望地走出飞行汽车时，听到惊天动地的隆隆声，那声音仿佛来自这颗星球的最深处，真像地球要爆炸一样。

"这是大海的声音！"爸爸说，"因为气温骤升，厚厚的冰层受热不均匀，这很像陆地上的地震。"

突然，一声雷霆般尖厉的巨响插进这低沉的隆隆声中，我们后面看海的人们欢呼起来。我看到海面上裂开一道长缝，其开裂速度之快如同广阔的冰原上突然出现的一道黑色的闪电。接着在不断的巨响中，这样的裂缝一条接一条地在海冰上出现，海水从所有的裂缝中喷出，在冰原上形成一条条迅速扩散的急流……

回家的路上，我们看到荒芜已久的大地上，野草在大片大片地钻出地面，各种花朵在怒放，嫩叶给枯死的森林披上绿装……所有的生命都在抓紧时间焕发着活力。

随着地球和太阳的距离越来越近，人们的心也一天天揪紧了。到地面上来欣赏春色的人越来越少，大部分人都深深地躲进了地下城中，这不是为了躲避即将到来的酷热、暴雨和飓风，而是躲避那随着太阳越来越近的恐惧。有一天在我睡下后，听到妈妈低声对爸爸说："可能真的来不及了。"

爸爸说："前四个近日点时也有这种谣言。"

"可这次是真的，我是从钱德勒博士夫人口中听说的，她丈夫是航行委员会的那个天文学家，你们都知道他的。他亲口告诉她已观测到氦的聚集在加速。"

"你听着亲爱的，我们必须抱有希望，这并不是因为希望真的存在，而是因为我们要做高贵的人。在前太阳时代，做一个高贵的人必须拥有金钱、权力或才能，而在今天只要拥有希望，希望是这个时代的黄金和宝石，不管活多长，我们都要拥有它！明天把这话告诉孩子。"

和所有的人一样，我也随着近日点的到来而心神不定。有一天放学后，我不知不觉走到了城市中心广场，在广场中央有喷泉的圆形水池边呆立着，时而低头看着蓝莹莹的池水，时而抬头望着广场圆形穹顶上梦幻般的光波纹，那是池水反射上去的。这时我看到了灵儿，她拿着一个小瓶子和一根小管儿，在吹肥皂泡。每吹出一串，她都呆呆地盯着空中飘浮的泡泡，看着它们一个个消失，然后再吹出一串……

"都这么大了还干这个，这好玩吗？"我走过去问她。

灵儿见了我以后喜出望外："我俩去旅行吧！"

"旅行？去哪儿？"

"当然是地面啦！"她挥手在空中划了一下，用手腕上的计算机甩出一幅全息景象，显示出一个落日下的海滩。微风吹拂着棕榈树，道道白浪，金黄的沙滩上有一对对的情侣，他们在铺满碎金的海面前呈一对对黑色的剪影。"这是梦娜和大刚发回来的，他俩现在还满世界转呢，他们说外面现在还不太热，外面可好呢，我们去吧！"

"他们因为旷课刚被学校开除了。"

"哼，你根本不是怕这个，你是怕太阳！"

"你不怕吗？别忘了你因为怕太阳还看过精神病医生呢。"

"可我现在不一样了，我受到了启示！你看，"灵儿用小管儿吹出了一串肥皂泡，"盯着它看！"她用手指着一个肥皂泡说。

我盯着那个泡泡，看到它表面上光和色的狂澜，那狂澜以人的感觉无法把握的复杂和精细在涌动，好像那个泡泡知道自己生命的长度，疯狂地把自己浩如烟海的记忆中无数的梦幻和传奇向世界演绎。很快，光和色的狂澜在一次无声的爆炸中消失了，我看到了一小片似有似无的水汽，这水汽也只存在了半秒钟，然后什么都没有了，好像什么都没有存在过。

"看到了吗？地球就是宇宙中的一个小水泡，啪一下，什么都没了，有什么好怕的呢？"

"不是这样的，据计算，在氦闪发生时，地球被完全蒸发掉至少需要一百个小时。"

"这就是最可怕之处了！"灵儿大叫起来，"我们在这地下五百米，就像馅饼里的肉馅一样，先给慢慢烤熟了，再蒸发掉！"

一阵冷战传遍我的全身。

"但在地面就不一样了，那里的一切瞬间被蒸发，地面上的人就像那泡泡一样，啪一下……所以，氦闪时还是在地面上为好。"

不知为什么，我没同她去，她就同阿东去了，我以后再也没见到他们。

氦闪并没有发生，地球高速掠过了近日点，第六次向远日点升去，人们绷紧的神经松弛下来。由于地球自转已停止，在太阳轨道的这一面，亚洲大陆上的地球发动机正对它的运行方向，所以在通过近日点前都停了下来，只是偶尔做一些调整姿态的运行，我们这儿处于宁静而漫长的黑夜之中。美洲大陆上的发动机则全功率运行，那里成了火箭喷口的护圈。由于太阳这时也处于西半球，那儿的高温更是可怕，草木生烟。

地球的变轨加速就这样年复一年地进行着。每当地球向远日点升去时，人们的心也随着地球与太阳距离的日益拉长而放松；而当它在新的一年向太阳跌去时，人们的心一天天紧缩起来。每次到达近日点，社会上就谣言四起，说太阳氦闪就要在这时发生了；直到地球再次升向远日点，人们的恐惧才随着天空中渐渐变小的太阳平息下来，但又在酝酿着下一次的恐惧……人类的精神像在荡着一个宇宙秋千，更适当地说，在经历着一场宇宙俄罗斯轮盘赌：升上远日点和跌向太阳的过程是在转动弹仓，掠过近日点时则是扣动扳机！每扣一次时的神经比上一次更紧张，我就是在这种交替的恐惧中度过了自己的少年时代。其实仔细想想，即使在远日点，地球也未脱离太阳氦闪的威力圈，如果那时太阳爆发，地球不是被气化而是被慢慢液化，那种结果还真不如在近日点。

在逃逸时代，大灾难接踵而至。

由于地球发动机产生的加速度及运行轨道的改变，地核中铁镍核心的平衡被扰动，其影响穿过古腾堡不连续面，波及地幔。各个大陆地热逸出，火山横行，这对于人类的地下城市是致命的威胁。从第六次变轨周期后，在各大陆的地下城中，岩浆渗入灾难频繁发生。

那天当警报响起来的时候，我正走在放学回家的路上，听到市政厅的广播：

"F112市全体市民注意，城市北部屏障已被地应力破坏，岩浆渗入！岩浆渗入！现在岩浆流已到达第四街区！公路出口被封死，全体市民到中心广场集合，通过升降向地面撤离。注意，撤离时按危急法第五条行事，强调一遍，撤离时按危急法第五条行事！"

我环视了一下四周迷宫般的通道，地下城现在看上去并没有什么异常。但我知道现在的危险：只有两条通向外部的地下公路，其中一条去年因加固屏障的需要已被堵死，如果剩下的这条也堵死了，就只有通过经竖井直通地面的升降梯逃命了。

升降梯的载运量很小，要把这座城市的三十六万人运出去需要很长时间，但也没有必要去争夺生存的机会，联合政府的危急法把一切都安排好了。

古代曾有过一个伦理学问题：当洪水到来时，一个只能救走一个人的男人，是去救他的父亲呢，还是去救他的儿子？在这个时代的人看来，提出这个问题很不可理解。

当我到达中心广场时，看到人们已按年龄排起了长长的队。最靠近电梯口的是由机器人保育员抱着的婴儿，然后是幼儿园的孩子，再往后是小学生……我排在队伍中间靠前的部分。爸爸现在在近地轨道值班，城里只有我和妈妈，我现在看不到妈妈，就顺着长长的队伍跑，没跑多远就被士兵拦住了。我知道她在最后一段，因为这个城市主要是学校集中地，家庭很少，她已经算年纪大的那批人了。

长队以让人心里着火的慢速度向前移动，三个小时后轮到我跨进升降梯时，心里一点都不轻松，因为这时在妈妈和生存之间，还隔着两万多名大学生呢！而我已闻到了浓烈的硫黄味……

我到地面两个半小时后，岩浆就在五百米深的地下吞没了整座城市。我心如刀绞地想象着妈妈最后的时刻：她同没能撤出的一万八千人一起，看着岩浆涌进市中心广场。那时已经停电，整个地下城只有岩浆那可怖的暗红色光芒。广场那高大的白色穹顶在高温中渐渐变黑，所有的遇难者可能还没接触到岩浆，就被这上千度的高温夺去了生命。

但生活还在继续，这严酷恐惧的现实中，爱情仍不时闪现出迷人的火花。为了缓解人们的紧张情绪，在第十二次到达远日点时，联合政府居然恢复了中断达两个世纪的奥运会。我作为一名机动冰橇拉力赛的选手参加了奥运会，比赛是驾驶机动冰橇，从上海出发，从冰面上横穿封冻的太平洋，到达终点纽约。

发令枪响过之后，上百只雪橇在冰冻的海洋上以每小时二百公里左右的速度出发了。开始还有几只雪橇相伴，但两天后，他们或前或后，都消失在地平线之外。

　　这时背后地球发动机的光芒已经看不到了，我正处于地球最黑暗的部分。在我眼中，世界就是由广阔的星空和向四面无限延伸的冰原组成的，这冰原似乎一直延伸到宇宙的尽头，或者它本身就是宇宙的尽头。而在无限的星空和无限的冰原组成的宇宙中，只有我一个人！雪崩般的孤独感压倒了我，我想哭。我拼命地赶路，名次已无关紧要，只是为了在这可怕的孤独感杀死我之前尽早地摆脱它，而那想象中的彼岸似乎根本就不存在。

　　就在这时，我看到天边出现了一个人影。近了些后，我发现那是一个姑娘，正站在她的雪橇旁，她的长发在冰原上的寒风中飘动着。你知道这时遇见一个姑娘意味着什么，我们的后半生由此决定了。她是日本人，叫山彬加代子。女子组比我们先出发十二个小时，她的雪橇卡在冰缝中，把一根滑杆卡断了。我一边帮她修雪橇，一边把自己刚才的感觉告诉她。

　　"您说得太对了，我也是那样的感觉！是的，好像整个宇宙中就只有你一个人！知道吗，我看到您从远方出现时，就像看到太阳升起一样呢！"

　　"那你为什么不叫救援飞机？"

　　"这是一场体现人类精神的比赛，要知道，流浪地球在宇宙中是叫不到救援的！"

　　她挥动着小拳头，以日本人特有的执着说。

　　"不过现在总得叫了，我们都没有备用滑杆，你的雪橇修不好了。"

　　"那我坐您的雪橇一起走好吗？如果您不在意名次的话。"

　　我当然不在意，于是我和加代子一起在冰冻的太平洋上走完了剩下的漫长路程。

　　经过夏威夷后，我们看到了天边的曙光。在被那个小小的太阳照亮的无际冰原上，我们向联合政府的民政部发去了结婚申请。

　　当我们到达纽约时，这个项目的裁判们早等得不耐烦，收摊走了。但有一个民政局的官员在等着我们，他向我们致以新婚的祝贺，然后开始履行他的职责：他挥手在空中划出一个全息图像，上面整齐地排列着几万个圆点，这是这几天全世界向联合政府登记结婚的数目。由于环境的严酷，法律规定每三对新婚配偶中只有一对有生育权，抽签决定。加代子对着半空中那几万个点犹豫了半天，点了中间的一个。

当那个点变为绿色时，她高兴得跳了起来。但我的心中却不知是什么滋味，我的孩子出生在这个苦难的时代，是幸运还是不幸呢？那个官员倒是兴高采烈，他说每当一对儿"点绿"的时候他都十分高兴，他拿出了一瓶伏特加，我们三个轮着一人一口地喝着，都为人类的延续干杯。我们身后，遥远的太阳用它微弱的光芒给自由女神像镀上了一层金辉，对面，是已无人居住的曼哈顿的摩天大楼群，微弱的阳光把它们的影子长长地投在纽约港寂静的冰面上。醉意蒙眬的我，眼泪涌了出来。

地球，我的流浪地球啊！

分手前，官员递给我们一串钥匙，醉醺醺地说："这是你们在亚洲分到的房子，回家吧，哦，家多好啊！"

"有什么好的？"我漠然地说，"亚洲的地下城充满危险，这你们在西半球当然体会不到。"

"我们马上也有你们体会不到的危险了，地球又要穿过小行星带，这次是西半球对着运行方向。"

"上几个变轨周期也经过小行星带，不是没什么大事吗？"

"那只是擦着小行星带的边缘走，太空舰队当然能应付，他们可以用激光和核弹把地球航线上的那些小石块都清除掉。但这次……你们没看新闻？这次地球要从小行星带正中穿过去！舰队只能对付那些大石块，唉……"

在回亚洲的飞机上，加代子问我："那些石块很大吗？"

我父亲现在就在太空舰队干那件工作，所以尽管政府为了避免惊慌照例封锁消息，我还是知道一些情况。我告诉加代子，那些石块大的像一座大山，五千万吨级的热核炸弹只能在上面打出一个小坑。"他们就要使用人类手中威力最大的武器了！"

我神秘地告诉加代子。

"你是说反物质炸弹？"

"还能是什么？"

"太空舰队的巡航范围是多远？"

"现在他们力量有限，我爸说只有一百五十万公里左右。"

"啊，那我们能看到了！"

"最好别看。"

加代子还是看了，而且是没戴护目镜看的。反物质炸弹的第一次闪光是在我们起飞不久后从太空传来的，那时加代子正在欣赏飞机舷窗外空中的星星，这使她的双眼失明了一个多小时，以后的一个多月眼睛都红肿流泪。那真是让人心惊肉跳的时刻，反物质炮弹不断地击中小行星，湮灭的强光此起彼伏地在漆黑的太空中闪现，仿佛宇宙中有一群巨人围着地球用闪光灯疯狂拍照似的。

半小时后，我们看到了火流星，它们拖着长长的火尾划破长空，给人一种恐怖的美感。火流星越来越多，每一个在空中划过的距离越来越长。突然，机身在一声巨响中震颤了一下，紧接着又是连续的巨响和震颤。加代子惊叫着扑到我怀中，她显然以为飞机被流星击中了，这时舱里响起了机长的声音。

"请各位乘客不要惊慌，这是流星冲破音障产生的超音速爆音，请大家戴上耳机，否则您的听觉会受到永久的损害。由于飞行安全已无法保证，我们将在夏威夷紧急降落。"

这时我盯住了一个火流星，那个火球的体积比别的大出许多，我不相信它能在大气中烧完。果然，那火球疾驰过大半个天空，越来越小，但还是坠入了冰海。从万米高空看到，海面被击中的位置出现了一个小白点，那白点立刻扩散成一个白色的圆圈，圆圈迅速在海面扩大。

"那是浪吗？"加代子颤着声儿问我。

"是浪，上百米的浪。不过海封冻了，冰面会很快使它衰减的。"我自我安慰地说，不再看下面。

我们很快在檀香山降落，由当地政府安排去地下城。我们的汽车沿着海岸走，天空中布满了火流星，那些红发恶魔好像是从太空中的某一个点同时迸发出来的。

一颗流星在距海岸不远处击中了海面，没有看到水柱，但水蒸气形成的白色蘑菇云高高地升起。涌浪从冰层下传到岸边，厚厚的冰层轰隆隆地破碎了，冰面显出了浪的形状，好像有一群柔软的巨兽在下面排着队游过。

"这块有多大？"我问那位来接应我们的官员。

"不超过五公斤，不会比你的脑袋大吧。不过刚接到通知，在北方八百公里的海面上，刚落下一颗二十吨左右的。"

这时他手腕上的通讯机响了，他看了一眼后对司机说："来不及到204号门了，就近找个入口吧！"

汽车拐了个弯，在一个地下城入口前停了下来。我们下车后，看到入口处有几个士兵，他们都一动不动地盯着远方的一个方向，眼里充满了恐惧。我们都顺着他们的目光看去，在天海连线处，我们看到一层黑色的屏障，初一看好像是天边低低的云层，但那"云层"的高度太齐了，像一堵横在天边的长墙，再仔细看，墙头还镶着一线白边。

"那是什么呀？"加代子怯生生地问一个军官，得到的回答让我们毛发直竖。

"浪。"

地下城高大的铁门隆隆地关上了，约莫过了十分钟，我们感到从地面传来的低沉的声音，咕噜噜的，像一个巨人在地面打滚。我们面面相觑，大家都知道，百米高的巨浪正在滚过夏威夷，也将滚过各个大陆。但另一种震动更吓人，仿佛有一只巨拳从太空中不断地击打地球，在地下这震动并不大，只能隐约感到，但每一个震动都直达我们灵魂深处。这是流星在不断地击中地面。

我们的星球所遭到的残酷轰炸断断续续持续了一个星期。

当我们走出地下城时，加代子惊叫："天啊，天怎么是这样的！"

天空是灰色的，这是因为高层大气弥漫着小行星撞击陆地时产生的灰尘，星星和太阳都消失在这无际的灰色中，仿佛整个宇宙在下着一场大雾。地面上，滔天巨浪留下的海水还没来得及退去就封冻了，城市幸存的高楼形单影只地立在冰面上，挂着长长的冰凌柱。冰面上落了一层撞击尘，于是这个世界只剩下一种颜色：灰色。

我和加代子继续回亚洲的旅行。在飞机越过早已无意义的国际日期变更线时，我们见到了人类所见过的最黑的黑夜。飞机仿佛潜行在墨汁的海洋中，看着机舱外那没有一丝光线的世界，我们的心情也黯淡到了极点。

"什么时候到头呢？"加代子喃喃地说。我不知道她指的是这个旅程还是这充满苦难和灾难的生活，我现在觉得两者都没有尽头。是啊，即使地球航出了氦闪的威力圈，我们得以逃生，又怎么样呢？我们只是那漫长阶梯的最下一级，当我们的一百代重孙爬上阶梯的顶端，见到新生活的光明时，我们的骨头都变成灰了。我不敢想象未来的苦难和艰辛，更不敢想象要带着爱人和孩子走过这条看不到头的泥泞路，我累了，实在走不动了……就在我被悲伤和绝望窒息的时候，机舱里响起了一声女人的惊叫："啊！不！不能亲爱的！"

我循声看去，见那个女人正从旁边的一个男人手中夺下一支手枪，他刚才显然想把枪口凑到自己的太阳穴上。这人很瘦弱，目光呆滞地看着前方无限远处。女人把头埋在他膝上，嘤嘤地哭了起来。

"安静。"男人冷冷地说。

哭声消失了，只有飞机发动机的嗡嗡声在轻响，像不变的哀乐。在我的感觉中，飞机已粘在这巨大的黑暗中，一动不动，而整个宇宙，除了黑暗和飞机，什么都没有了。加代子紧紧钻在我怀里，浑身冰凉。

突然，机舱前部有一阵骚动，有人在兴奋地低语。我向窗外看去，发现飞机前方出现了一片朦胧的光亮，那光亮是蓝色的，没有形状，十分均匀地出现在前方弥漫着撞击尘埃的夜空中。

那是地球发动机的光芒。

西半球的地球发动机已被陨石击毁了三分之一，但损失比启航前的预测要少；东半球的地球发动机由于背向撞击面，完好无损。从功率上来说，它们是能使地球完成逃逸航行的。

在我眼中，前方朦胧的蓝光，如同从深海漫长的上浮后看到的海面的亮光，我的呼吸又顺畅起来。

我又听到那个女人的声音："亲爱的，痛苦呀恐惧呀这些东西，也只有在活着时才能感觉到。死了，死了什么也没有了，那边只有黑暗，还是活着好。你说呢？"

那瘦弱的男人没有回答，他盯着前方的蓝光看，眼泪流了下来。我知道他能活下去了，只要那希望的蓝光还亮着，我们就都能活下去，我又想起了父亲关于希望的那些话。

一下飞机，我和加代子没有去我们在地下城中的新家，而是到设在地面的太空舰队基地去找父亲，但在基地，我只见到了追授他的一枚冰冷的勋章。这勋章是一名空军少将给我的，他告诉我，在清除地球航线上的小行星的行动中，一块被反物质炸弹炸出的小行星碎片击中了父亲的单座微型飞船。

"当时那个石块和飞船的相对速度有每秒一百公里，撞击使飞船座舱瞬间气化了，他没有一点痛苦，我向您保证，没有一点痛苦。"将军说。

当地球又向太阳跌回去的时候，我和加代子又到地面上来看春天，但没有看到。

世界仍是一片灰色，阴暗的天空下，大地上分布着由残留海水形成的一个个冰冻湖泊，见不到一点绿色。大气中的撞击尘埃挡住了阳光，使气温难以回升。甚至在近日点，海洋和大地都没有解冻，太阳呈一个朦胧的光晕，仿佛是撞击尘埃后面的一个幽灵。

三年以后，空中的撞击尘埃才有所消散，人类终于最后一次通过近日点，向远日点升去。在这个近日点，东半球的人有幸目睹了地球历史上最快的一次日出和日落。太阳从海平面上一跃而起，迅速划过长空，大地上万物的影子很快地变换着角度，仿佛是无数根钟表的秒针。这也是地球上最短的一个白天，只有不到一个小时。

当一小时后太阳跌入地平线，黑暗降临大地时，我感到一阵伤感。这转瞬即逝的一天，仿佛是对地球在太阳系四十五亿年进化史的一个短暂的总结。直到宇宙的末日，它不会再回来了。

"天黑了。"加代子忧伤地说。

"最长的一夜。"我说。东半球的这一夜将延续两千五百年，一百代人后，半人马座的曙光才能再次照亮这个大陆。西半球也将面临最长的白天，但比这里的黑夜要短得多。在那里，太阳将很快升到天顶，然后一直静止在那个位置上渐渐变小，在半世纪内，它就会融入星群难以分辨了。

按照预定的航线，地球升向与木星的会合点。航行委员会的计划是：地球第十五圈的公转轨道是如此之扁，以至于它的远日点到达木星轨道，地球将与木星在几乎相撞的距离上擦身而过，在木星巨大引力的拉动下，地球将最终达到逃逸速度。

离开近日点后两个月，就能用肉眼看到木星了，它开始只是一个模糊的光点，但很快显出圆盘的形状，又过了一个月，木星在地球上空已有满月大小了，呈暗红色，能隐约看到上面的条纹。这时，十五年来一直垂直的地球发动机光柱中有一些开始摆动,地球在做会合前最后的姿态调整。木星渐渐沉到了地平线下,以后的三个多月,木星一直处在地球的另一面,我们看不到它,但知道两颗行星正在交会之中。

有一天我们突然被告知东半球也能看到木星了,于是人们纷纷从地下城中来到地面。当我走出城市的密封门来到地面时,发现开了十五年的地球发动机已经全部关闭了,我再次看到了星空,这表明同木星最后的交会正在进行。人们都在紧张地盯着西方的地平线,地平线上出现了一片暗红色的光,那光区渐渐扩大,伸延到整个地平线的宽度。我现在发现那暗红色的区域上方同漆黑的星空有一道整齐的边界,那边界呈弧形,那巨大的弧形从地平线的一端跨到了另一端,在缓缓升起,巨弧下的天空都变成了暗红色,仿佛一块同星空一样大小的暗红色幕布在把地球同整个宇宙隔开。当我回过神来时,不由倒吸一口冷气,那暗红色的幕布就是木星!我早就知道木星的体积是地球的一千三百倍,现在才真正感觉到它的巨大。这宇宙巨怪在整个地平线上升起时产生的那种恐惧和压抑感是难以用语言描述的,一名记者后来写道:

"不知是我身处噩梦中,还是这整个宇宙都是一个造物主巨大而变态的头脑中的噩梦!"木星恐怖地上升着,渐渐占据了半个天空。这时,我们可以清楚地看到它云层中的风暴,那风暴把云层搅动成让人迷茫的混乱线条,我知道那厚厚的云层下是沸腾的液氢和液氦的大洋。著名的大红斑出现了,这个在木星表面维持了几十万年的大旋涡大得可以吞下整整三个地球。这时木星已占满了整个天空,地球仿佛是浮在木星沸腾的暗红色云海上的一只气球!而木星的大红斑就处在天空正中,如一只红色的巨眼盯着我们的世界,大地笼罩在它那阴森的红光中……这时,谁都无法相信小小的地球能逃出这巨大怪物的引力场,从地面上看,地球甚至连成为木星的卫星都不可能,我们就要掉进那无边云海覆盖着的地狱中去了!但领航工程师们的计算是精确的,暗红色的迷乱的天空在缓缓移动着,不知过了多长时间,西方的天边露出了黑色的一角,那黑色迅速扩大,其中有星星在闪烁,地球正在冲出木星的引力魔掌。这时警报尖叫起来,木星产生的引力潮汐正在向内陆推进,后来得知,这次大潮百多米高的巨浪再次横扫了整个大陆。在跑进地下城的密封门时,我最后看了一眼仍占据半个天空的木星,发现木星的云海中有一道明显的划痕，后来知道，那是地球引力作用在木星表面的痕迹，我们的星球也在木星表面拉起了如山的液氢和液氦的巨浪。这时，木星巨大的引力正在把地球加速甩向外太空。

离开木星时，地球已达到了逃逸速度，它不再需要返回潜藏着死亡的太阳，向广漠的外太空飞去，漫长的流浪时代开始了。

就在木星暗红色的阴影下，我的儿子在地层深处出生了。

叛　乱

离开木星后，亚洲大陆上一万多台地球发动机再次全功率开动，这一次它们要不停地运行五百年，不停地加速地球。这五百年中，发动机将把亚洲大陆上一半的山脉用作燃料消耗掉。

从四个多世纪的恐惧中解脱出来，人们长出了一口气。但预料中的狂欢并没有出现，接下来发生的事情出乎所有人的想象。

在地下城的庆祝集会后，我一个人穿上密封服来到地面。童年时熟悉的群山已被超级挖掘机夷为平地，大地上只有裸露的岩石和坚硬的冻土，冻土上到处有白色的斑块，那是大海潮留下的盐渍。面前那座爷爷和爸爸度过了一生的曾有千万人口的大城市现在已是一片废墟，高楼钢筋外露的残骸在地球发动机光柱的蓝光中拖着长长的影子，好像是史前巨兽的化石……一次次的洪水和小行星的撞击已摧毁了地面上的一切，各大陆上的城市和植被都荡然无存，地球表面已变成火星一样的荒漠。

这一段时间，加代子心神不定。她常常扔下孩子不管，一个人开着飞行汽车出去旅行，回来后，只是说她去了西半球。最后，她拉我一起去了。

我们的飞行汽车以四倍音速飞行了两个小时，终于能够看到太阳了，它刚刚升出太平洋，这时看上去只有棒球大小，给冰封的洋面投下一片微弱的、冷冷的光芒。

加代子把飞行汽车悬停在五千米的空中，然后从后面拿出了一个长长的东西，去掉封套后我看到那是一架天文望远镜，业余爱好者用的那种。加代子打开车窗，把望远镜对准太阳，让我看。

从有色镜片中我看到了放大几百倍的太阳，我甚至清楚地看到太阳表面缓缓移动的明暗斑点，还有日球边缘隐隐约约的日珥。

加代子把望远镜同车内的计算机联起来，把一个太阳影像采集下来。然后，她又调出了另一个太阳图像，说："这个是四个世纪前的太阳图像。"接着，计算机对两个图像进行比较。

"看到了吗?"加代子指着屏幕说，"它们的光度、像素排列、像素概率、层次统计等参数都完全一样!"

我摇摇头说："这能说明什么? 一架玩具望远镜，一个低级图像处理程序，加上你这个无知的外行……别自寻烦恼了，别信那些谣言!"

"你是个白痴。"她说着，收回望远镜，把飞行汽车向回开去。这时，在我们的上方和下方，我又远远地看到了几辆飞行汽车，同我们刚才一样悬在空中，从每辆车的车窗中都伸出一架望远镜对着太阳。

以后的几个月中，一个可怕的说法像野火一样在全世界蔓延。越来越多的人自发地用更大型更精密的仪器观测太阳。后来，一个民间组织向太阳发射了一组探测器，它们在三个月后穿过日球。探测器发回的数据最后证实了那个事实。

同四个世纪前相比，太阳没有任何变化。

现在，各大陆的地下城已成了一座座骚动的火山，局势一触即发。一天，按照联合政府的法令，我和加代子把儿子送进了养育中心。回家的路上我俩都感到维系我们关系的唯一一纽带已不存在了。走到市中心广场，我们看到有人在演讲，另一些人在演讲者周围向市民分发武器。

"公民们! 地球被出卖了! 人类被出卖了! 文明被出卖了! 我们都是一个超级骗局的牺牲品! 这个骗局之巨大之可怕，上帝都会为之休克! 太阳还是原来的太阳，它不会爆发，过去现在将来都不会，它是永恒的象征! 爆发的是联合政府中那些人阴险的野心! 他们编造了这一切，只是为了建立他们的独裁帝国! 他们毁了地球!

"他们毁了人类文明! 公民们，有良知的公民们! 拿起武器，拯救我们的星球! 拯救人类文明! 我们要推翻联合政府，控制地球发动机，把我们的星球从这寒冷的外太空开回原来的轨道! 开回到我们的太阳温暖的怀抱中!"

加代子默默地走上前去，从分发武器的人手中接过了一支冲锋枪，加入那些拿到武器的市民的队列中，她没有回头，同那支庞大的队列一起消失在地下城的迷雾里。我呆呆地站在那儿，手在衣袋中紧紧攥着父亲用生命和忠诚换来的那枚勋章，它的边角把我的手扎出了血……

三天后，叛乱在各个大陆同时爆发了。

叛军所到之处，人民群起响应，到现在，很少有人怀疑自己受骗了。但我加入了联合政府的军队，这并非由于对政府的坚信，而是我三代前辈都有过军旅生涯，他们在我心中种下了忠诚的种子，不论在什么情况下，背叛联合政府对我来说是一件不可想象的事。

美洲、非洲、大洋洲和南极洲相继沦陷，联合政府收缩防线死守地球发动机所在的东亚和中亚。叛军很快对这里构成包围态势，他们对政府军占有压倒优势，之所以在相当长一段时间里攻势没有取得进展，完全是由于地球发动机。叛军不想毁掉地球发动机，所以在这一广阔的战区没有使用重武器，使得联合政府得以苟延残喘。这样双方相持了三个月，联合政府的十二个集团军相继临阵倒戈，中亚和东亚防线全线崩溃。两个月后，大势已去的联合政府连同不到十万军队在靠近海岸的地球发动机控制中心陷入重围。

我就是这残存军队中的一名少校。控制中心有一座中等城市大小，它的中心是地球驾驶室。我拖着一条被激光束烧焦的手臂，躺在控制中心的伤兵收容站里。就是在这儿，我得知加代子已在澳洲战役中阵亡。我和收容站里所有的人一样，整天喝得烂醉，对外面的战事全然不知，也不感兴趣。不知过了多久，听到有人在高声说话。

"知道你们为什么这样吗？你们在自责，在这场战争中，你们站到了反人类的一边，我也一样。"

我转头一看，发现讲话的人肩上有一颗将星，他接着说："没关系的，我们还有最后的机会拯救自己的灵魂。地球驾驶室距我们这儿只有三个街区，我们去占领它，把它交给外面理智的人类！我们为联合政府已尽到了责任，现在该为人类尽责任了！"

我用那只没受伤的手抽出手枪，随着这群突然狂热起来的受伤和没受伤的人，沿着钢铁的通道，向地球驾驶室冲去。出乎预料，一路上我们几乎没遇到抵抗，倒是有越来越多的人从错综复杂的钢铁通道的各个分支中加入我们。最后，我们来到了一扇巨大的门前，那钢铁大门高得望不到顶。它轰隆隆地打开了，我们冲进了地球驾驶室。

尽管以前无数次在电视中看到过，所有的人还是被驾驶室的宏伟震惊了。从视觉上看不出这里的大小，因为驾驶室淹没在一幅巨型全息图中，那是一幅太阳系的模拟图。整个图像实际就是一个向所有方向无限伸延的黑色空间，我们一进来，就悬浮在这空间之中。由于尽量反映真实的比例，太阳和行星都很小很小，小得像远方的萤火虫，但能分辨出来。以那遥远的代表太阳的光点为中心，一条醒目的红色螺旋线扩展开来，像广阔的黑色洋面上迅速扩散的红色波圈。这是地球的航线。在螺旋线最外面的一点上，航线变成明亮的绿色，那是地球还没有完成的路程。那条绿线从我们的头顶掠过，顺着看去，我们看到了灿烂的星海，绿线消失在星海的深处，我们看不到它的尽头。在这广漠的黑色的空间中，还飘浮着许多闪亮的灰尘，其中几个尘粒飘近，我发现那是一块块虚拟屏幕，上面翻滚着复杂的数字和曲线。

我看到了全人类瞩目的地球驾驶台，它好像是飘浮在黑色空间中的一个银白色的小行星，看到它我更难以把握这里的巨大——驾驶台本身就是一个广场，现在上面密密麻麻地站着五千多人，包括联合政府的主要成员、负责实施地球航行计划的星际移民委员会的大部分，和那些最后忠于政府的人。这时我听到最高执政官的声音在整个黑色空间响了起来。

"我们本来可以战斗到底的，但这可能导致地球发动机失控，这种情况一旦发生，过量聚变的物质将烧穿地球，或蒸发全部海洋，所以我们决定投降。我们理解所有的人，因为在已经进行了四十代人、还要延续一百代人的艰难奋斗中，永远保持理智确实是一个奢求。但也请所有的人记住我们，站在这里的这五千多人，这里有联合政府的最高执政官，也有普通的列兵，是我们把信念坚持到了最后。我们都知道自己看不到真理被证实的那一天，但如果人类得以延续万代，以后所有的人将在我们的墓前洒下自己的眼泪，这颗叫地球的行星，就是我们永恒的纪念碑！"

控制中心巨大的密封门隆隆开启，那五千多名最后的地球派一群群走了出来，在叛军的押送下向海岸走去。一路上两边挤满了人，所有人都冲他们吐唾沫，用冰块和石块砸他们。他们中有人密封服的面罩被砸裂了，外面零下一百多度的严寒使那些人的脸麻木了，但他们仍努力地走下去。我看到一个小女孩，举起一大块冰用尽全身力气狠命地向一个老者砸去，她那双眼睛透过面罩射出疯狂的怒火。

当我听到这五千人全部被判处死刑时，觉得太宽容了。难道仅仅一死吗？这一死就能偿清他们的罪恶吗？能偿清他们用一个离奇变态的想象和骗局毁掉地球、毁掉人类文明的罪恶吗？他们应该死一万次！这时，我想起了那些做出太阳爆发预测的天体物理学家，那些设计和建造地球发动机的工程师，他们在一个世纪前就已作古，我现在真想把他们从坟墓中挖出来，让他们也死一万次。

真感谢死刑的执行者们，他们为这些罪犯找了一种好的死法：他们收走了被判死刑的每个人密封服上加热用的核能电池，然后把他们丢在大海的冰面上，让零下百度的严寒慢慢夺去他们的生命。

这些人类文明史上最险恶最可耻的罪犯在冰海上站了黑压压的一片，在岸上有十几万人在看着他们，十几万双牙齿咬得咔咔响，十几万双眼睛喷出和那个小女孩一样的怒火。

这时，所有的地球发动机都已关闭，壮丽的群星出现在冰原之上。

我能想象出严寒像无数把尖刀刺进他们的身体，他们的血液在凝固，生命从他们的体内一点点流走，这想象中的感觉变成一种快感，传遍我的全身。看到那些人在严寒的折磨中慢慢死去，岸上的人们快活起来，他们一起唱起了《我的太阳》。

我唱着，眼睛看着星空的一个方向，在那个方向上，有一颗稍大些刚刚显出圆盘形状的星星发出黄色的光芒，那就是太阳。

啊，我的太阳，生命之母，万物之父，我的大神，我的上帝！还有什么比您更稳定，还有什么比您更永恒。我们这些渺小的，连灰尘都不如的碳基细菌，拥挤在围着您转的一粒小石头上，竟敢预言您的末日，我们怎么能蠢到这个程度！

一个小时过去了，海面上那些反人类的罪犯虽然还全都站着，但已没有一个活人，他们的血液已被冻结了。

我的眼睛突然什么都看不见了，几秒钟后，视力渐渐恢复，冰原、海岸和岸上的人群又在眼前慢慢显影，最后完全清晰了，而且比刚才更清晰，因为这个世界现在笼罩在一片强烈的白光中，刚才我眼睛的失明正是由于这突然出现的强光的刺激。

但星空没有重现，所有的星光都被这强光所淹没，仿佛整个宇宙都被强光融化了，这强光从太空中的一点迸发出来，那一点现在成了宇宙中心，那一点就在我刚才盯着的方向。

太阳氦闪爆发了。

《我的太阳》的合唱戛然而止，岸上的十几万人呆住了，似乎同海面上那些人一样，冻成了一片僵硬的岩石。

太阳最后一次把它的光和热洒向地球。地面上的冰结的二氧化碳干冰首先融化，腾起了一阵白色的蒸汽；然后海冰表面也开始融化，受热不均的大海冰层发出惊天动地的巨响；渐渐地，照在地面上的光柔和起来，天空出现了微微的蓝色；后来，强烈的太阳风产生的极光在空中出现，苍穹中飘动着巨大的彩色光幕……

在这突然出现的灿烂阳光下，海面上最后的地球派们仍稳稳地站着，仿佛五千多尊雕像。

太阳爆发只持续了很短的时间，两个小时后强光开始急剧减弱，很快熄灭了。

在太阳的位置上出现了一个暗红色球体，它的体积慢慢膨胀，最后从这里看它，已达到了在地球轨道上看到的太阳大小，那么它的实际体积已大到越出火星轨道，而水星、火星和金星这三颗地球的伙伴行星这时已在上亿度的辐射中化为一缕轻烟。

但它已不是太阳，它不再发出光和热，看上去如同贴在太空中一张冰冷的红纸，它那暗红色的光芒似乎是周围星光的散射。这就是小质量恒星演化的归宿：红巨星。

五十亿年的壮丽生涯已成为飘逝的梦幻，太阳死了。

幸运的是，还有人活着。

流浪时代

我回忆这一切时，半个世纪已过去了。二十年前，地球航出了冥王星轨道，航出了太阳系，在寒冷广漠的外太空继续着它孤独的航程。

最近一次去地面是十几年前的事了，那是儿子和儿媳陪我去的，儿媳是一个金发碧眼的姑娘，就要做母亲了。

到地面后，我首先注意到，虽然所有地球发动机仍全功率地运行，巨大的光柱却看不到了，这是因为地球大气已消失，等离子体的光芒没有散射的缘故。我看到地面上布满了奇怪的黄绿相间的半透明晶体块，这是固体氧氮，是已冻结的空气。

有趣的是空气并没有均匀地冻结在地球表面，而是形成了小山丘似的不规则的隆起，在原来平滑的大海冰原上，这些半透明的小山形成了奇特的景观。银河系的星河纹丝不动地横过天穹，也像被冻结了，但星光很亮，看久了还刺眼呢。

地球发动机将不间断地开动五百年，到时地球将加速至光速的千分之五，然后地球将以这个速度滑行一千三百年，之后地球就走完了三分之二的航程，它将掉转发动机的方向，开始长达五百年的减速。地球在航行两千四百年后到达比邻星，再过一百年时间，它将泊入这颗恒星的轨道，成为它的一颗卫星。

> 我知道已被忘却
>
> 流浪的航程太长太长
>
> 但那一时刻要叫我一声啊
>
> 当东方再次出现霞光
>
> 我知道已被忘却
>
> 启航的时代太远太远
>
> 但那一时刻要叫我一声啊
>
> 当人类又看到了蓝天
>
> 我知道已被忘却
>
> 太阳系的往事太久太久
>
> 但那一时刻要叫我一声啊
>
> 当鲜花重新挂上枝头
>
> ……

每当听到这首歌，一股暖流就涌进我这年迈僵硬的身躯，我干涸的老眼又湿润了。我好像看到半人马座三颗金色的太阳在地平线上依次升起，万物沐浴在它们温暖的光芒中。固态的空气融化了，变成了碧蓝的天。两千多年前的种子从解冻的土层中复苏，大地绿了。我看到我的第一百代孙子孙女们在绿色的草原上欢笑，草原上有清澈的小溪，溪中有银色的小鱼……我看到了加代子，她从绿色的大地上向我跑来，年轻美丽，像个天使……

　　啊，地球，我的流浪地球……

异域

何夕

一

我跨了进去，而后便觉得大脑中嗡嗡地乱响一通，开初眼前那种微微闪烁的白亮忽然间就变成了黄昏。四周长满了高大得给人以压迫感的植物，有种不应该的慌乱掠过我的心中，我不自觉地回头看了眼蓝月，她似乎没有什么不适的感受，于是我又觉得惭愧。戈尔在我身后不远处整理设备，仪器已经开始工作，当前的坐标显示我们正好处在预定区域。大约二十米开外有一团橄榄形的紫色区域，那里是我们完成任务后撤离的密码门。我始终认为这次行动是不折不扣的小题大做，从全球范围紧急调集几百名尖端人才来完成一个低级任务，这无论如何都显得过分。我看了眼手中最新式的 M·42 型激光枪，它那乌黑发亮的外壳让所有见到的人都不由得生出一丝敬畏。但一想到这样先进的武器竟会被派上宰牛刀的用途我心里就有股说不出的滑稽感。

"2号，你跟在我身后，千万不要落下。"蓝月在叫我，说实话，她的声音不是我喜欢的那种，也就是说不够温柔，尤其是当她用这种口气发布命令的时候。

"我叫林川，不叫2号，我也不想叫你1号。"我不满地看她一眼，老实讲我的语气里多少有点酸溜溜的味道。在演习时输给她的确让一向心高气傲的我有些沮丧，我本以为凭自己的力量不会遇到什么对手。

蓝月有些意外地看着我，微风把她额前的短发吹得有几分凌乱，而她那双黑白分明的眸子不知怎的竟然让我感到一丝慌张。如果站在客观的立场上来评价的话（当然我现在是根本做不到这一点），蓝月的确可算是具有东方特质的美人儿，就连我们身上这种古里古怪的特警服到了她的身上似乎也成了今秋最流行的时装，让人很难相信她竟会是那个又黑又瘦的蓝江水教授的女儿。从基地出发的时候蓝江水特意赶来给蓝月送行；他一副猥猥琐琐的样子，在这个人才济济的全球最大的科研基地里，蓝江水是个没有出过成果的名不见经传的人物。我听说只是因为他曾经是基地的最高执行主席西麦博士的老师才勉强担任了一个次要部门的负责人，蓝江水显然对女儿的远行不甚放心，一直牵着蓝月的手依依不舍，我想他应该知道我们此去的任务是什么，别说是危险了，恐怕连小刺激也说不上。当然，做父母的心情我多少也能体谅一些。之后西麦博士开始谈笑风生地给我们第一批出发的特警交代此去应注意的一些问题，他的话不时被掌声打断。在此之前我从未这样面对面地见到过西麦博士，他看上去比平时我们在媒体上见到的西麦博士要亲切得多，言谈举止间都显现出大科学家特有的令人折服的风采。我知道西麦博士是我们时代的传奇人物，正是他从根本上解决了全球的粮食问题，现在世界上能养活五百亿人跟他的研究成果密不可分。像我这样的外行并不清楚那是些什么成果，但我和这个世上的所有人都知道，正是从"西麦农场"源源不断运出的产品给予了我们富足的生活，像我这种年龄的人几乎从生下来起就承受恩泽。多年以来，位于基地附近的西麦农场几乎成了人类心中的圣地。当然与此同时，西麦博士的声望也如日中天，他现在已经是地球联邦的副总统，不过普遍的观点是他将在下届选举中毫无异议地当选为总统。在西麦博士讲话的时候我偶然地瞟了蓝江水一眼，发现他眉宇间的皱纹变得很深，而他的目光也有些飘忽地看着远处，仿佛那里有一些令他感到很不安的东西。但当他的目光无意中与西麦博士接触到时，那种不安的神色立即消失了，代之以一种谦恭的表情。这个场景并没有激起我的任何探究的念头，我只是个警察，对这些事情没有知道的兴趣。

这时戈尔叼着一只雪茄走了过来。他是我们这个小组里的3号。戈尔是令我讨厌的那种人，尽管现在世界上多数人都和他一样。好烟酒，爱吃肥肉和减肥药，不到五十岁的人居然已经有了十二个孩子，而且听说其中有三个还是特意用药物产生的三胞胎。当初分组的时候我就不太情愿跟他在一组。戈尔是我们这个小组之中体格最大的一个，背的装备也最多，就这一点还算让我对他有那么一丝好感。戈尔是我们几个人中唯一参加过真正的战争的人，那差不多是二十多年前的事了。当时几个国家为了粮食以及能源之类的问题打得不可开交。有意思的是后来西麦博士出现了，一场战争在快要决出胜负的时候失去了意义。戈尔于是从军人变成了警察，他时时流露出没能成为将军的遗憾，不过我觉得他没有一点将军相。我记得从被选中参加这项任务时起，戈尔的脸上就一直罩有一团红晕，兴奋得像头猎豹，他甚至戒了酒。在这一点上我有些瞧不上他，不就是打猎嘛，何必那么紧张，西麦博士说过，我们的任务其实就是到西麦农场去消灭那些逃出了圈栏的家畜。不过说实话，我到现在仍然没看出这个地方哪一点像是农场，在我看来这里树高林茂活脱脱是片林场。远处浓密的植被间不时跳出几只牛羊来，看见我们就惊慌地跑开。我叹口气，连一丝抓枪把的欲望都没有了。

"4号5号6号以及第五小组在我们附近，他们暂时未发现目标。"戈尔很熟练地浏览着便携式通讯仪上的信息，他的声音突然高起来，"等等，4号发出求援信号，他们遭到攻击。好像有什么东西……"

"我们快赶过去。"蓝月说着话已经冲出去了。我抽出激光枪紧随其后。

二

眼前是一片狼藉，三名队员倒在血泊中。我不用细看便已知道他们都已不治，因为那实际上是三具血糊糊的彼此粘连的骷髅。血液和肌肉以及内脏组织的碎末飞溅得满地都是，骨骼在断裂的地方白森森地支棱着。我下意识地看了眼蓝月，她正掉头看着相反的方向，我看出她是强忍着没有当场吐出来。周围立时就安静下来了，我从未想到西麦农场安静下来的时候会这样可怕。我清楚地听到了自己的心跳声，空气中弥漫着强烈的死亡的气息。尽管我不愿相信，但眼前的情形明白无误地告诉我他们竟然是被——吃掉的。我检查了一下，有一位队员的激光枪曾经发射过，但现场没有任何东西曾被激光灼烧过的痕迹。

戈尔的嘴唇微微发抖，他满脸惊惧地望着四周，手里的枪把捏得紧紧的，与几分钟前已判若两人。其实我又何尝不是一样，事情的发生太过突然，从我们接到报警到赶到现场绝没有超过十分钟，但居然有种东西能在这样短的时间里袭击并吞吃掉三名全副武装的特警战士，甚至还从容不迫地排泄掉他们的残骸。世上难道真有所谓的鬼魅？

差不多在一刹那间，我们三个人已经背靠背地紧挨在了一起，周围的风吹草动也突然变得让人心惊肉跳。我这时才发现周围的景物是那样陌生而怪异，那些植物，天啦，那都是些什么植物啊？几乎在同时，蓝月和戈尔也都转过头来，我们三人面面相觑。

良久之后还是蓝月打破了沉默，她有些艰难地笑了笑："这果然是个农场。"

蓝月说的是对的，这的确是个农场，而我们正好就在农场的某块田地里。那些我们以为是树的植物竟然都是——玉米。戈尔在前面探路，他故意发出一些很大的声音，我想这是他原先就设计好的行为。因为这是猎人驱赶野兽时常用的一招。只是我不知道现在这招是否仍然管用，三名特警的死状让我甚至怀疑自己到底是猎杀者还是被猎杀者。我们的主要任务是到七公里外的管理中心查修设备，那里是西麦农场的中枢所在。本来每隔十来分钟西麦农场就会向外界输出一批产品，但一天前这个惯例突然中断了。也许我们心中的所有谜团都要在那里才能找到答案。行动之前我们给其他四个小组发出了通知，但一直都没有收到任何回音。当然，我们谁也不愿去深想这一点意味着什么。

蓝月一路上显得心事重重的样子，她的嘴一直紧抿着，似乎还没从刚才那可怖的一幕中挣脱出来。她的这副模样让我的心中不由得生出一些软软的东西，我走上前从她肩上取下补给袋放到自己的背包里。她看我一眼，似乎想推辞，但我坚持了自己的意思。蓝月看了看前面咋咋呼呼一路吃喝的戈尔，脸上的心事显得更重了。

"别太紧张了，"我用满不在乎的口气说，"刚才我给基地发了信。"

"援助?"蓝月突然用一种很奇怪的声音重复了我的话,"你真认为会有援助人员?"

我意外地看着她:"当然会有。出发时西麦博士不是说过当遇到危险时,连我们在内这次只派出了五个小分队,大部分特警都在基地,怎么会派不出援兵?"

蓝月没有回答,她拿出张纸条递给我:"这是我父亲在我临出发前偷偷给我的,你看看吧。"

我接过纸条,上面的字迹很潦草,看得出是匆匆而就:"西麦农场里有古怪,万望小心从事。如遇强敌速逃,不可抵抗。"

"这是什么意思?"我问道,"科学家的话好难懂。"

"说实话我也不太明白。"蓝月若有所思地说,"也许是有什么难言之隐,再加上当时时间实在太紧他才会写下这么几句莫名其妙的话。不过有一点我是可以肯定的,基地是不会派遣援兵的。"

"为什么?"

"因为基地不可能收到我们的求救信号。无线电波无法在基地和西麦农场之间穿越。"

我如堕迷雾:"可我们就在基地附近呀,要是没记错,我觉得基地和西麦农场中间好像只隔了一道墙而已。"

"可你知道这道墙之间隔着什么东西吗?这些奇怪的玉米树,还有那种在十分钟里吃掉三个人的……"蓝月语气一顿,看来她也不知该用什么词汇来描述,"你不觉得这一切太不正常了吗?"

"你是说……"

"是的,我要说的就是,这根本不是常理中的地方,"蓝月的语气越来越怪,"或者说,这根本不是我们的那个世界。"

"可这会是哪儿?"我差点要大叫起来,蓝月的话语中暗示的东西让我感到某种未知的恐惧,"我们到底在什么地方?"

戈尔突然在前面喊道:"你们快跟上来,我们到达中心了。"

三

周遭安静得过分，中心的大门敞开着，安全系统显然早已失去了作用。我们径直由大门进入，里面也是死一般的寂静。我以前从来不曾见过像这样宏大的建筑，感觉上天花板的高度超过八十米高，简直就像室内大平原。很多硕大无朋的机械四处堆放着，如同一只只蛰伏的岩石，一时间看不出它们的用途。

"大家小心！"蓝月突然喊道，她手里的激光枪立即发射了。差不多在同一时刻我也发现了危险所在，在我倒地的瞬间我手里的武器也开火了。一时间烟尘飞扬，一股焦臭的味道弥漫开来。

激战的时候时间过得很慢，等到我们重又站立时才发现我们以为的敌人其实是一种足有两米高的造型像怪兽的机械。它长有六只脚和两只手。口的部位上安有锯齿般的高压放电器。刚才我们击中了它的头部，一些散乱的集成电路块暴露了出来，显然，它是个机器人。

"快来看。"是戈尔在惊呼，我和蓝月奔上前去，然后我们立刻明白他为何惊呼了。在那个怪兽的脚爪和口齿间残留着大块的血肉组织，已经开始腐烂，散发出令人作呕的气味。配合它那副狰狞可怖的模样真让人胆战心惊。

我倒吸一口气，转头看着蓝月。她一语不发地环顾四边，脸上写满疑虑。

"是它干的？"我喃喃地说。有关机器人失去控制进而酿成大祸的事情近年来时有发生，西麦农场的变故也许就是因为这个原因。

"准是这种东西干的。"戈尔恨恨地说，他似乎不解气，又用激光枪打掉了怪兽的一只爪子，"干吗要造出这种武器来？"

"我还是觉得不对。"蓝月说，"你们注意到没有，这个家伙的标牌上写着'采集者294型'。从名字看它不像是武器，倒像是一种农用机械。它会不会是用来捕捉牲畜的？而且你们看别的那些机械像不像收割机？"

我点头："这样讲比较合理。可是这些东西好像都失灵了。"

"它们自身的元件都完好无损，失灵的原因肯定是中心的计算机中枢被破坏后它们再也接收不到行动指令的缘故。我们先搜索下周围，看看有没有别的线索。"蓝月很沉着地指挥着。

我们三人呈一字形排开在杂乱无章的机械群中搜寻，如同穿行在丛林中。由于电力供应中断，大厅的绝大多数地方都是漆黑一团，我们的工作进行得很慢。除了偶尔传来的金属碰撞声外这里静得就像一座坟墓，我能很清楚地听见每个人的喘息声。虽然一路上的机器还是那些个样子并没有什么不同，但不知为何我的心中却渐渐生出一股异样的感觉。有几次我都忍不住停下脚步想找出这种感觉的来处，但我什么也没能发现。

差不多过了十五分钟我们才到达管理中心的计算机机房，里面所有的设备都死气沉沉的。我打开背包取出高能电池接驳到机房的电源板上，一阵乱糟糟的闪光之后机器启动了。

蓝月娴熟地操控着键盘，她的眉头紧蹙着。我的电脑水平比戈尔高一小截但比蓝月低一大截，于是我很自觉地和戈尔一起担任警戒工作。

"怎么会这样？"蓝月抬起头喃喃低语，"部分程式有被改变过的痕迹。电脑记录的改变日期是……917402 年的 7 月 4 日。"

"等等，你是说哪一年？"我大吃一惊地问。

蓝月急促地看我一眼说："哦，我弄错了，对不起。"

我狐疑地看着重又低头操作键盘的蓝月，她刚才的这句话分明是在掩饰，她肯定对我隐瞒了什么，可是 917402 年又是什么意思，这个时间难道会有什么意义吗？如果有意义又意味着什么呢？我越发觉得这次的任务不那么简单，简直透着股邪气。看来蓝月似乎知道某些秘密的东西，她本该对我讲出来的，但她显然顾虑着什么。

戈尔在一旁很焦急地来回走动，并不时催促着蓝月。他看来已经没有了当初的雄心。不过我这时反而没有了一点轻看他的念头，我知道像他这样经过残酷战争洗礼的人都不是胆小鬼，他们并不害怕危险，但我们现在面对的仿佛是某种超自然的东西，而这正是像戈尔这样的人的弱点。

"你能快点吗？"他大声说道，"我一分钟都不想待下去了。"

蓝月从沉思中惊醒过来，她对戈尔说："我正在拷贝系统瘫痪前的数据记录以便带回基地作技术分析。现在我要和林川到机房背后的区域查看，等拷贝完成后你带上磁带与我们会合。"

机房背后和中心别的地方一样也是堆满了收割机之类的机械。不知怎的，先前那种奇怪的感觉又来了。我不由得放慢了脚步。

蓝月幽幽地看我一眼："你也感觉到了？"

我一愣："感觉，什么感觉？"

蓝月指着那种似乎叫什么"采集者"的机械说："你看它跟我们最初见到的那一台有什么不一样？"

我立刻就明白是什么东西一直让我感到不安了。眼前的这台"采集者"在外形上和最初的那台没有什么不同的地方，但在体积上却大得多了，足有六米多高。我这才回想一路走来见到的"采集者"的确是越来越高大，那种让我产生异样的感觉正是因为这一点。我走近这台庞然大物，它的标牌上写着"采集者4107型"，从型号序列上看它是比294型更新型的产品。我有些不解地望着蓝月，她对此却是一副仿佛有所预料的样子。我想开口问她这是怎么回事，但她那副拒人于千里之外的神情让我打消了这个念头。

蓝月突然停下来，她像是被什么东西击中了般僵立不动了。

"怎么了？你……"我开口问道，但我立刻就知道是怎么回事了，因为我也看见了那个耸入云天的东西——"采集者27999型"。如果说世上真有什么东西能称得上巨无霸的话，我看也就是它了。相形之下"采集者4107型"只能算是小不点了。尽管我一再提醒自己这个足有五十米高的大家伙其实根本动不了，但是我仍不由自主地颤抖。按蓝月的分析它应该是一种捕捉牲畜的机械，可那会是种什么样的牲畜啊！一时间我的背上冷汗涔涔。

这时我们听到了戈尔的呼喊声，他已经拷贝完了数据。蓝月拉了一下仍在发呆的我说："走吧，我们先返回基地再说。"

四

返程的路在我的感觉中比实际的要长得多，我想在蓝月和戈尔的心中一定也有这样的体会。有几次我们都听到一些奇怪的响声从周围的农作物丛林中传来，以至于我们三人都曾开枪射击。当然，除了在玉米树的茎干上穿出几个洞来之外没有别的任何效果。开始我们还保持着合适的速度，到后来尽管我不愿承认但我们已的确是在狂奔。就在我感到自己已经快要崩溃的时候，我们终于远远地看到了那扇门。

"别忙，"蓝月阻住就要进入出口的我和戈尔，"我们应该再和另外四个组联系一下，一旦我们出去就和他们再也联系不上了。说不定他们需要帮助。"

戈尔咻咻地喘着气，他看上去是累坏了："那就快点，这个鬼地方我一秒钟也不想待了。"

蓝月发出了联系信号，并把重复发送时间间隔定为三十秒。"我们等三十分钟，看看有没有回应。"

我在蓝月的旁边坐下，默默地看着她，过了一会儿她不自在地回过头来问道："你干吗这样看我？"

"为什么不把你知道的事情告诉我们，这不公平。"我尽量使自己语气平静。

蓝月的脸上微微一红："你在说什么，我不太明白。"

她的态度激怒了我，我有些失控地大声吼道："你一开始就瞒着我们很多事。你根本就知道这是个什么地方，你也知道这里发生了什么事，你为什么不对我们讲明呢？难道我们出生入死却无权知道一点点真相？"

戈尔走过来，他无疑是站在我这一边的。我们两个人直勾勾地瞪着蓝月。

蓝月怔怔地盯着远方，似乎对我的话充耳不闻。良久之后她才轻轻地叹出一口气，说："我并不是存心欺骗你们，从西麦农场开始运转以来从没有人进来过。我也是到了这里之后才最终明白了许多事情的。而在此之前我并不像你们认为的那样知道所有事情的前因后果。既然你们那么想知道真相，那我就把我知道的全说出来吧。反正一旦回到基地，你们马上就会想清楚是怎么回事的。这件事情的源头要从三十二年前说起，当时我父亲取得了他毕生最大的研究成果。就在那一年他发现了'时间尺度守恒原理'。这个名字听起来复杂，其实意思很简单。根据这个原理，只要不违背守恒性原则，人们可以任意改变某个指定区间内的时间快慢程度。举例来说，人们可以使包含一定数量物质的某个区间的时间进度变为原先的两倍，与此同时减慢包含同样数量物质的另一个区间的时间进度为原先的二分之一。”

我倒吸一口凉气："你是说西麦农场正是一块被改变了的时区？"

"准确地说是一块被加快了的时区。"蓝月纠正道，"我们从进入西麦农场算起已经过了五个小时，可是等到我们返回基地时你们会发现时间停留在了五小时之前。送别的人群还在那里，在他们看来我们只是刚走进传送门就立刻出来了。这五小时只是对我们才有意义。就算我们在西麦农场过上几十年甚至老死在这里，对他们来说也不过是过去了一天。还记得在机房里我念出的那个'917402年'的时间吗？对人类来说西麦农场是在二十几年前修建的，但在西麦农场里却已经春播秋收过去了九十多万年，也就是说西麦农场的时间进度是正常世界的四万多倍。西麦农场里的一年差不多只相当于正常时区里的十来分钟，所以在我们的世界里会感到西麦农场总是按这个时间间隔输出产品。你们无法体会当我见到这个时间时的那种惊心动魄的感受。正是西麦农场九十多万年的生产供给了地球上五百亿人这二十年来富足的生活。"蓝月说着话转头看着戈尔，"你好像说过，你有十二个孩子。"

戈尔一愣："是啊，我带有他们的照片，你想不想看？"

"等等，"我打断了戈尔的话，"有一点我不太明白，既然是你父亲发现了这个原理，那为什么却是由西麦博士创建的农场？"

"这件事正是我父亲心中的一个结。当年他刚一发现这个原理便立刻意识到了它在解决人类粮食等问题上的应用前景，但几乎就在同时他意识到了另外一个问题，一个称得上可怕的问题。想想看，我们人类其实也是从低等生物逐步进化而来的，如果我们把那些暂时比人类低等的生物放进一个比我们快了许多倍的时区……"蓝月不再往下说，也许她也知道根本不用再说了，因为我们已经见到了后果。

"所以我父亲忍痛放弃了他毕生为之奋斗的成果，对整个世界秘而不宣。但他没想到的是他最得意的学生和助手却背叛了他。"

"你是说西麦博士？"

"就是西麦，"蓝月苦笑，"他创建了与外界隔绝的西麦农场，用聚集的太阳光束作为农场的能源。老实说西麦也是少有的天才。从'时间尺度守恒原理'到西麦农场之间其实还有不短的距离，就好比从爱因斯坦的质能方程到核聚变发电站之间还有莫大的距离一样。等到我父亲发现时一切都来不及了，西麦已经成为人类的英雄。我父亲唯一能做的事就是尽可能地避免他所担心的事情发生。可是这一切还是发生了。"

"为什么没有早一点发现问题？"我有些多余地问道。

"刚开始时西麦农场的时间只是比正常时间快一倍左右，但是人类很快就不满足了，他们不断提出要过更高水平的生活的要求，于是西麦加快了农场的时间。但是人类的欲求越来越高，以至于后来成了以需定产，人们只管对西麦农场下达产出计划，由农场的计算机自行安排时间速度，最终使得一切失去了控制。你们也看到那些机械了，它们都是农场的计算机根据需要自行设计的，单凭机械的升级换代速度你就能想象出农场里的生物进化得有多快。如果你有一种办法能站在正常的时区观察西麦农场，你将会看到怎样一幅图像呢？"

蓝月没有再往下说，她的目光有些迷离了。其实用不着她来描述，因为我想象得出那是怎样一种可怕的情景：白天黑夜飞快更替以至于天空像是灰色，人造太阳在空中飞快地划出道道连续不断的亮线。风雨雷电云来雾去等自然景观走马灯似的频繁出现永无终结。植物像是慢录快放的电影般地疯长和枯黄以至于看起来更像是动物，而那些真正的动物则如同跳蚤一样地来来去去，所有的生物都在以成千上万倍于人类的速度生长繁殖遗传变异。死亡以不可想象的速度追逐着生命同时又被新的生命追逐，造物主在这片加速了的实验室里孜孜不倦地验证着生命最大限度的可能性……

良久，谁都没有说话，我只感到阵阵头晕。蓝月描绘的情景让我不寒而栗。戈尔的情况也不比我好多少，他无力地瘫坐在地，身体仿佛虚脱了一样。

蓝月忽然看了下时间说："三十分钟已经到了，我们回基地吧。不过我们今天的谈话内容最好先保密。"

就在蓝月低头去取通讯仪的时候戈尔突然跳了起来，他的目光"钉"在了我身后。与此同时我也看到自己脚下出现了一片巨大的阴影。我马上明白发生什么事了。几乎是在本能的驱使下我立刻把蓝月扑倒在地并一同向旁边滚去，手中也已多出了一把激光枪。但戈尔先开火了，我听到了一声令人肝胆俱裂的嚎叫，就像是由千万只野兽一起发出的声音。等到我回过头去的时候却只看到一片犹自摇摆不定被践踏得狼狈不堪的玉米林，而我和蓝月刚才所在的地方留下了几道深达三尺的爪痕。

戈尔的眼睛瞪得很大，仿佛要从眼眶里掉落出来，他的两条腿都不见了，地上一片血迹斑斑。我默默地走过去把耳朵贴在他仍在嚅动的嘴唇上想听清他在说些什么。许久之后我抬起头来用手合上了戈尔那双不肯闭的眼睛。"他说什么？"蓝月问我，"他看到了什么？""他一直在重复着两个字。"我低低地说，"妖兽。"

五

我有两天没有见到蓝月了，我们一回到基地就被分隔开了。然后便是无休止的情况汇报。我的头上被接上了各式各样的仪器设备以帮助我回忆那段经历，由此整理出的一切材料都只报送西麦博士本人审阅。我当然不会违背我和蓝月的约定，从我嘴里谁也套不出我们之间的那段谈话。这些日子以来，蓝月的样子时不时地在我眼前晃来晃去，她的眉宇和长发，她的声音，还有她若有所思的神情。尽管我不愿承认，但是我内心中有一个快乐的小声音在执着地追问，你是不是喜欢上她了？有时候这句话甚至通过我的口突然地冒出来吓自己一跳。

今天看起来比较清静，都过了十点了还没有什么人来烦我。我当然不会让时间白白流逝，和往常一样我无论如何都要干些有意义的事情，也就是说接着想蓝月。想她现在在干吗，吃了没有呀，吃的什么呀，还想象她如果穿上普通女孩的衣服会是什么样。如果没人打搅的话我可以这么神乎乎地想上一整天，我到现在才发现男人婆婆妈妈起来也是蛮了得的：不过今天我刚神游了几分钟就被拉回了现实，蓝月一身戎装地出现在了我的面前。我唯一得出的结论就是她不是按正规渠道进来的，因为随后我便看到负责看管我的几个人全都很无奈地躺在外面房间的地板上。

"等等。"我用力挣脱蓝月拉着我一路狂奔的手，"我不能就这样不明不白跟着你逃走。"蓝月也停下脚步，她的脸上因为奔跑而泛起红晕。"你太天真了。西麦是因为西麦农场而成为人类英雄的，难道他会让你揭露其中的隐情？你还不知道，为了巩固自己的地位西麦正在筹划再建另一个农场。"

"那原先那个农场怎么办？尽管有密码门暂时把农场和我们的世界隔开，但如果那种……东西……再进化下去，密码门迟早会被突破的。现在西麦博士去创建的新的农场，几十年后岂不又和今天的西麦农场一样？"

蓝月含有深意地笑了笑："如果西麦还是一个科学家的话，他肯定也会这么想，可是他现在已经是一个政治家了。西麦农场是他全部的政治资本，他如果放弃就会马上不名一文。"

"那他至少应该先把西麦农场的时间恢复正常，否则这样下去的结果太可怕了。"

"如果能够做到这一点我父亲当年就不用保守秘密了。"蓝月冷冷地说，"我们还是快走吧，车就在前面。我父亲在一个安全的地方等我们。"

蓝江水教授比我上回见到他时又仿佛瘦了些，一见面他就握住了我的手："听蓝月说你算是救过她一命，真谢谢你。"

蓝月飞快地看了我一眼，脸上微微一红："谁说的，当时我自己已经发现危险了，他只是看起来像是救我一命而已。"

蓝江水正色道："受人之恩不可忘，还不过来谢谢林先生。"

我自然连声推辞，同时把话题转到我向蓝月提的那个问题上去。

蓝江水一怔，他没有立即回答我，而是点起一支烟来。我注意到他的手有些发抖："我年轻的时候和现在相比对许多问题的看法都很不一样，简单点说，我那时在对待科学的态度上是非常乐观的，我相信科学能最终解决人类面临的所有问题。同时我还认为就算科学的发展带来了一些负面影响的话也只不过是暂时的，而且随着科学的进一步发展这些负面问题都会由科学自身来圆满解决，可是在几十年后的今天，我却再也无法这么乐观了。"

"为什么？"

"到现在我仍然认为所谓科学研究其实就是不断揭示自然的谜底。我常常在想，造物主为何要把它的谜底深深地埋藏起来？核聚变为何必须在几百万度的高温下才能发生？微观粒子为何必须在几十万至几千亿电子伏特的能量撞击下才向人类展现其内部结构？反物质为何在极其苛刻的条件下才能产生？不过我现在已经想清楚了或者说我认为已经想清楚了这个问题。你可以设想一下，如果上述这些反应能在很'常规'的条件上发生，那么在石器时代或是青铜时代的人类甚至远古的一只玩火的猿猴都可能已经把这个世界毁灭了。即便是现在又有谁敢保证人类有绝对的把握可以万无一失地操纵一切呢？"

我有点明白他的意思了，但我还是问道："那个'时间尺度守恒原理'也是这样的谜底之一？"

"好久没听到这个名词了，是蓝月对你讲的吧？世界上知道这一原理的人不超过十个人，而真正掌握它的核心内容的人就只有我和西麦。西麦农场里发生的事情是无法逆转的，它的时间可以继续被加快但却再也无法被减慢，而与之对应的那块时区的情形则正好相反。"蓝江水的脸上不自觉地抽搐了一下，他猛吸一口烟，氤氲的烟雾中他的脸变得模糊不清，"对一个从事科学研究的人来说如果一生里都没有成果是一件很痛苦的事，但最痛苦的事情却不止于此。就好像一个农艺师辛勤一生才培养出新的作物品种，然而却发现它的果实虽然芬芳可口但是有毒。我当时就是那种心情。后来的事你都知道了。直到今天我有时仍然忍不住问自己在这个问题上到底后不后悔，让我感到欣慰的是在多数情况下我都发自内心地回答：不。"

"那我们现在应该怎么办？"

蓝江水灭掉香烟说："我想去和西麦谈谈。"

蓝月叫起来："不行，西麦是不会回心转意的，他已经不是科学家了，他是搞政治的人。"

蓝江水笑了笑，脸上的皱纹使他看上去比实际年龄要老得多："要是我说在这个世界上我其实是最理解西麦的人，你们一定不会相信。"

"我当然不相信，"我大声说道，"你和他没一点相同。"

"可事实上我的确理解他。"蓝江水幽幽地说，"因为我自己知道我只是差一点点就成为了西麦。放心吧，我不会有事的。这件事已经拖了二十九年，是必须解决的时候了。"

"那我们该做些什么？"我追问道。

"你们唯一能做也是必须去做的一件事就是——回西麦农场。"

我做梦也想不到自己在两天后居然有胆回到西麦农场。说实话我不能算是有英雄气概的人，但正如蓝江水教授所言，除此之外我们别无选择。

行前蓝江水对我和蓝月说："西麦农场里的某种生物显然已经进化到了惊人的地步，根据上次从'采集者'上提取的部分组织标本做的分析来看，这种生物的智慧水平已和人类不相上下，更不用说它还有着那样强大的自然力量。如果现在不把问题解决的话，那么过不了多久恐怕人类的末日就会来临。"

六

现在我们又置身于西麦农场了。正常时区里的两天在西麦农场相当于差不多两百年。看着四周那片我们曾在两百年前出没过的丛林地带，我的胸臆间涌起一种无法言表的感受。沧海桑田这个词在这里找到了最好的注释。由于缺乏管理，当年的农作物大部分都已消失，把土地让位给了生命力更加强大的高达数米的野草，物竞天择的原理在这片土地上充分显示了自己的力量。

我们这次的目的很简单。蓝月对上次拷贝的系统进行了分析，证实了西麦农场的计算机是被某种智慧生物更改了程序造成系统瘫痪，很可能就是那种妖兽。仅凭这一点就足见它们已经具有了多么发达的智慧。我们这次计划修复系统以便利用西麦农场里的机械来对付那些我们至今都不知道长什么样的可怕的东西。由于经历过惨痛的教训，这次我和蓝月的装备和防护措施要严密很多，我们甚至无法看清彼此的脸。但即便如此我的心里仍是忐忑不安，不知道蓝月的感受会不会比我好点。

到中心的这段路上虽然有过几场虚惊但总算没出什么事，我们见到了不少已经变得有点不一样了的牛羊之类的牲畜，经过两百多年的不受管理的自由生长之后它们显然应该算是野兽了。这些家伙不时急匆匆地在我们附近掠过，一副警惕性很高的样子。在任何一个生态系统里位于最高层的只会有一种生物，看来它们也不过是妖兽的美食而已。

现在蓝月已经坐在中心电脑前开始修复系统。一切都还比较顺利，太阳能电站首先开始了工作，中心的照明也紧接着恢复了。从外面不断传来机器启动的声音，大屏幕监视器上显出了西麦农场的全图，上面一个个的移动的黄色亮点表示机器都动起来了。蓝月得意地除下头盔冲我一笑，竟然美得让人头晕。

这时突然传来一阵嚎叫，正是那种让我一想起来就要发抖的声音，蓝月的脸色也是倏地为之一变。从声音判断妖兽离我们不会超过一百米。

"快，下达采集命令。"我大声喊道。

"我正在找寻命令菜单项，正在找……"蓝月急速地点击着鼠标。

大地开始剧烈地颠簸，让人几乎站立不稳。在这样的情况下电脑很容易损坏，如果在此之前不把采集命令发出去的话就来不及了。我大声催促着蓝月，由于过度的紧张，我的声音有些变调。

"我正在找，"蓝月艰难地回应，她的语气像是在哭，"……找到了，我……"

一阵大的颠簸涌来，我和蓝月被掀翻在地。与此同时机房的顶盖被揭掉了，然后我们就看见了那种东西，我想那就是妖兽了。我看不出它是由哪种生物进化而来的，只看出它是六足动物，分化出两对前肢和一对后肢。其中的一对前肢肌肉发达，十分粗壮，足有十一二米长，趾端生有弯钩样的利爪。而紧靠其后的另一对前肢却又纤细灵活，长不足四米，且很明显地长有应当称作"手"的五指。它的脖子有两米多长，上面支撑着一颗硕大无朋的头颅，龇开的嘴缝里露出尖利的牙齿，黏糊糊的涎水从中滴落下来，散发出难闻的气味。这时候我看到了它的眼睛，在我看到它巨大的头颅时我仍不敢相信它是一种高级智慧生物，但当我看到它的眼睛时我相信了这一点。我和它对视着，我看到了它眼睛里有着藐视的意味，是那种居高临下的洞悉了对手全部心思的眼光。这是唯有智慧生物才具有的眼光。巨大的震撼之下我无法准确描述自己此时的感受，我想我第一个也是唯一的感觉就是它太强大了，在它面前我们简直弱小得可笑，就像是两只蚂蚁。我甚至没有了一丝拔枪的念头，因为我知道那不会有一点用处。

蓝月突然转身抱住了我并扯去我俩的头盔，将她的脸与我紧贴在一起，我感到她的脸上满是泪水。她的这个表明心迹的举动让我感动不已，巨大的幸福充斥了我的胸腔。一时间我几乎忘记了死神就在眼前，或者说我的眼中已经看不到死神了。不过我仍旧无法抑止地流出了眼泪，并不是因为我就要死去，而是因为我的族类将要面临的灾难。我从来都不认为自己是一个高尚的人，但我相信任何一个人处于我现在的境地时都会流出意义相同的泪水。相对于整个物种而言，个体生命的命运其实是微不足道的。这时候妖兽缓缓举起了它的第一对前肢，然后以无法用语言形容的速度向我们劈了下来。风声凄厉。

但奇迹出现了，一台"采集者4107型"冲了过来，看来蓝月在最后的时刻点中了命令，它显然不是妖兽的对手，只两三个回合就变成了一堆废铁。不过这点时间已经足以让我和蓝月脱离险境了。我们一路飞奔，四周到处传来阵阵令人毛骨悚然的嚎叫。

西麦农场变成了战场和屠场，这是无生命的"采集者"和有生命的妖兽之间的战争。机器的爆炸声和妖兽的嚎叫声交织在一起，火光与血光纠缠在一起。妖兽张开巨口撕扯着"采集者"的合金身躯，如同撕扯着一张薄纸。除了"采集者27999型"外它显然没有任何对手。

"采集者27999型"的轰鸣声让人除此之外几乎听不到任何别的声音。而当它的锯齿间突然拉出一道蓝白色的弧光时，天空中就会响起让大地也战栗不已的一声霹雳，与之同时传来的血肉被烧焦的气味会令人恨不得把胆汁也吐个干净。相形之下采集者比妖兽要残酷得多，因为它是一种收获并加工肉类食品的机器。每当一只妖兽被击倒后，采集者就会启动整套加工程序，将妖兽的尸体开膛破肚剔骨剜肉，那种血肉横飞的场面让人一见之下如同置身阿鼻地狱。

我和蓝月一路奔跑着朝密码门的方向逃去，随身带的与中心无线联网的便携式电脑不断显示着这场战争进行的状况。代表采集者的黄色亮点和代表妖兽的红色亮点都在急速地减少着。我焦急地关注着力量对比的变化。有几次采集者明显占据了优势，但很快又被超出。我在心里为采集者加油。我不敢想象如果采集者输掉了这场战争的话会是什么样的结果，我也不敢想象那些嗜血的妖兽又会怎样对待我们的世界。红色的亮点逐渐占据了优势，黄色的亮点一个个地熄灭，我的心向着深渊沉落。最后，有六个红色的亮点留了下来，那是六只妖兽。

我无意识地回头看着蓝月，她的眸子一片死灰。我有些歇斯底里地说："它们都是雄性，要不就都是雌性。一定是这样的，一定是的。上帝会保佑人类的，上帝会的。"我无法自制地重复着这几句话，就像在念着一种维系着唯一希望的咒语。

蓝月苦笑道："妖兽也有它们自己的上帝。六只妖兽全为同一性别的几率实在太小，但愿我们能活着逃出去报信，除了原子武器恐怕没有什么能消灭它们了。"

　　我绝望地摇头："可是，如果使用核武器的话，就算能消灭妖兽，人类的大部分甚至于全部都会因为持续几年的核冬天而死去。"

　　蓝月沉默了半晌。"那我还是和你一样请求上帝吧，这是我们唯一能做的事。"蓝月做了个祈祷的姿势。这时她突然叫起来，"看哪！红点不见了！"

　　果然是的，这怎么可能？难道上帝真的听见了人类的呻吟，因而用他仁慈的力量拯救了我们的世界？

　　"我知道怎么回事了。"蓝月惊喜地说，"这六只妖兽刚才都已经受了重伤，只不过暂时未死罢了，害得我们虚惊一场。"

　　我站在山坡上有些后怕地环视着四处，仍不敢相信我们居然完成了这个几乎不可能完成的任务。空气中的血腥味正在消散，黄昏的原野上拂过阵阵清风，人造太阳正朝着地平线上连绵的草浪里滑落，那些无害的小兽出没其间。我仿佛第一次意识到西麦农场也具有一个普通农场一样的田园风光。想到我和蓝月即将离开这里永不再来，心中居然有些不舍。我转头望着蓝月，她也同我一样眺望着四周，目光中若有所思。

　　"你在想什么？"我低声问道，"是你父亲的事？"

　　蓝月没有回答我，她转过身去："走吧，回我们的世界去，感谢上帝，这个地方我们再也不用来了。"

　　不久以后我便发现蓝月和我都错了，西麦农场其实是一个幽灵，从一开始它就用它无比强大的力量给我们织了一张密密的网，我们生生世世都无法逃脱了。

七

　　我们在西麦农场的这场十多个小时的历险只不过是正常世界里的一秒钟，这样的反差总让人感觉是在做梦。当然，如果梦中总是有蓝月的话我倒是无所谓要不要醒来。想到这一点时我不禁朝蓝月咧嘴一笑，却发现她的眼光里也闪现着同样的意思——这就是所谓的心有灵犀吧，我喜欢这样的感觉。

"我们去哪儿？"我问蓝月，这段时间以来我已经习惯了由她拿主意。

"去找西麦。"蓝月似乎早有安排，她的语气中有隐隐的担心，"不知道我父亲和他谈得怎么样了。"

西麦在基地里的官邸守备森严，我和蓝月这样优秀的特警也费了不小的劲才潜入进去。幸好只要过了门口的几关之后里边也就没有什么障碍了——有谁愿意像在牢笼里一样地生活呢？

"快过来。"是蓝月的声音。我飞奔过去，在会客室的角落里我看到了倒在血泊中的蓝江水和西麦。蓝江水的手中拿着一支老式的枪，显然他是在射杀了西麦之后自杀的。

在蓝月连声的呼唤之后，蓝江水的眼睛缓缓睁开，他嗫嚅着问道："他死了吗？"

我过去查看西麦的情况，他的瞳孔已经散大，使得平时里充满睿智的眼睛看上去有些怕人。然后我又退回来对蓝江水说："他死了。"

一丝很复杂的表情在蓝江水脸上浮现出来，他足足沉默了有一分多钟。但他最后还是露出高兴的神色说道："这就好，这个世界上掌握'时间尺度守恒原理'的两个人终于都要死了。我本来只是想劝他放弃重建西麦农场的念头，可是他不同意，我没有办法只好这样做。我了解西麦，他并不是一个坏人，在整个这件事情里他并没有多少错。要说有错也只是因为他顺从了人类的需求。实际上在我所有的学生里他是最让我得意的一个。西麦只小我五岁，更多的时候我都只当他是我的助手而不是学生。"蓝江水说着话伸出手去拽住西麦已经冰凉的手，有些痛惜地摩擦着，"现在我们俩一同死去倒也是不错的归宿，也许在九泉之下我们还能续上师生的缘分，还能……在一起做实验。"

蓝月痛哭出声："你不会死的，我们想办法救你。"

蓝江水的目光渐渐涣散了："我自少年时便许身科学以求造福人类，没想到我这辈子对人类最后的馈赠竟是亲手毁去自己的成果。其实我到现在也不敢肯定自己做对了没有，我只能说我也许避免了更大的浩劫发生。没有了西麦农场，地球上的五百亿人会在几个月里以最悲惨的方式死去大半，面对他们我的灵魂看来是永远都得不到安宁了……"

蓝江水的声音越来越低，终至渺不可闻。两滴浑浊的泪水自他苍老的眼角缓缓滑下，最后融入了脚下这片他深爱的曾经掩埋过无数像他一样的寂寂无名者的土地。

　　死者已矣。

　　只有几天的时间我便意识到蓝江水临死前所预见的是一幅多么可怕的场景。储备的食物很快告急，这个星球上自从人类诞生以来最可怕的饥荒开始了。五百亿张嘴大张着，就像是无数个黑洞。政府下令大规模地退林还田，但这对大多数人来说肯定是来不及了，养尊处优的人们在灾难到来时尤其脆弱，大规模的死亡场面就要出现了。过不了多久这颗星球的每个角落都将堆满人类的尸体。那是一种何等可怖的场面啊。不过我毫不怀疑我和蓝月能挺过这场灾难，因为我们是训练有素的特警，生存能力远胜于常人。随着人口的减少，粮食的压力将得到逐渐缓解。只要熬过了最困难的时期一切都会好转的。我和蓝月在这个饥饿的星球上四处逃亡，躲避着政府的通缉。

　　"我快要疯了。"蓝月痛苦地伏在我的肩头，由于营养不良和精神上所承受的巨大压力她瘦了许多，"这一切真是我父亲造成的吗？"

　　我安慰地拍着她的背："这不是他的错。这是人类向自然界过度索取所必然付出的代价。人们对自然界的索取自古就没有停止过，而到了创建西麦农场这一步更是在向自然界的未来索取。如果原本没有西麦农场，世界上根本就不会有这么多人。现在死于饥荒和将来死于妖兽是两枚滋味相同的苦果，人类必须咽下其中的一枚。"

　　说到这儿我突然愣住了，我朝远方大张着嘴但却说不出话。蓝月用了很大劲才让我回过神来，她快吓哭了。

　　"你怎么啦？"蓝月有些害怕地抚着我的脸。

　　我艰难地笑了笑："我想起一件事。看来才过了十来天我们又要旧地重游了。"

　　一千年过去了，西麦农场里一片蛮荒景象。"采集者"不锈的身躯依然伟岸地耸立天宇，妖兽的残骸都已荡然无存，而当年埋骨于此的队友们却依稀音容宛在。想到差不多一千两百年前我和蓝月在这片诡异的土地上由相识而相知，以及一千年前那场惨烈绝伦的决定人类命运的大战役，我不禁有种恍如隔世的感觉。我甚至怀疑那些都只是一场梦中的场景，但此刻掌中所握的蓝月的纤纤小手又肯定地告诉我这一切都是真实发生过的故事。

是的，我们又回来了，而且这一次我们将不再离去。我和蓝月正在写一封信，再过一会儿等我们将这封信通过密码门发出去之后，我们将永久性地毁掉这个唯一的出口。在这封信里我们把关于西麦农场的所有事情都向世人作了说明，而蓝江水和西麦这两位天才之间的是非恩怨恐怕也只能任由世人去评说了。

　　……我们并不清楚会有多少人能看到这封信，更不知道会有多少人能理解我们的行为。今天我们回到西麦农场其实是迫不得已的事情，妖兽虽然不存在了，但这只是暂时的。在一个比人类世界的时间快了四万多倍的时区里任何事情都可能发生。按照严肃的进化观点，现在在西麦农场里的这些无害的动物甚至植物中最终肯定会产生出比人类高级得多的生物，人类将永远不会是它们的对手。不要让我相信不同智慧生物之间和睦相处的神话，就算可能也不过是其中高一级生物的施舍罢了，就好比我们人类也为别的生物建造国家公园一样。而最大的可能性却是西麦农场里的这些生物会在将来的某个时候冲出西麦农场，给人类带来真正的灭顶之灾。如果那一天成为现实，先父蓝江水先生的灵魂将永堕地狱不得超生。

　　所以我们决定回到西麦农场，最起码我们现在还是西麦农场里最高级的生物。我们将活在这个时区里，同这里所有的生物按同样的节拍进化。如果不出现大的意外，我们和我们的子孙将继续或者说一直保持进化上的优势（但愿我们的这种乐观估计是正确的）。凭借这种优势我们就能为人类守护西麦农场这块脱缰的土地。透过仍未关闭的密码门看出去，我们多灾多难的家园是那样的美丽，让人留恋万分，想到就要与之永别我们不禁潸然泪下。现在我们最想问的一句话就是：这一切到底为何要发生？难道人类对自然的索求真的是永无止境？

　　也许过不了多久（相对于你们的时间感来说），我们这一族将进化成某种和人类大相径庭的生物，甚至于当有朝一日相逢时你们根本就认不出我们曾经是人（谁知道造物主会怎样安排呢），但是请相信，我们的心是永远和人类一起跳动的。而且我们要把这颗心代代传给我们的后人，要让他们和我们一样永记自己的根。

伊俄卡斯达

赵海虹

　　这是一双有魔力的眼睛，黑色的眼珠晶莹剔透，瞳仁深处闪烁着一种奇异的微光。那仿佛是贝雅特丽采引导但丁上天堂的灵光；又仿佛是幽寂深长的拱道里燃起的灯火，虽然温和却具有一种持久的热力。多看一会儿，便仿佛会被吸进这双眼睛里去了。

　　"你好，我叫亚特，今天突然上门打扰，给你添麻烦了。"他大声说。我一激灵，避开他的目光，心中生出怪怪的感觉：这孩子身上带有一种难言的气质，他明亮的眼睛，庄重的表情，过于周到的礼数都不符合他的年龄。我不禁暗骂肖苇：死丫头，真会给我添麻烦，听说我休假，居然把你当事人的小孩扔给我。我又不是保姆，叫我拿这个怪小孩怎么办好呢？

　　亚特见我半晌不作声，表情有些局促，他望望脚下光可鉴人的地板，默默地弯下腰，脱下自己的皮鞋，规规矩矩地放到鞋架上。他左手已伸向架上的拖鞋，但又收了回来，可怜巴巴地看我的脸色。我被打扰的懊恼之情在他的目光中化为乌有——这孩子太懂事了，看着都让人心疼。肖苇也真是的，莽莽撞撞地扔下孩子就走，换了个怕生的孩子还不知会怎么着呢。我上前两步，帮亚特解下又大又沉的背包，示意他换上拖鞋。

　　"你好，我叫陈平，肖律师的好朋友。这两天就由我来照顾你。"

　　亚特跟随我走进客厅，怀里紧紧抱着那个大背包，那里头都装了些什么？只是换洗的衣物不会有那么沉的。

"陈，你是记者吧？"他在沙发上坐定，兴致盎然地问。

"是肖律师告诉你的吧？"

"那么这是真的了。你就是《默》周刊'海外传真'版上频频露面的陈平？"

咦？我觉得事情不对劲儿。这小人精说话的语气仿佛他自己读过《默》周刊这本华文杂志似的。

"你懂中文？"这句话未经思考就从我嘴里蹦了出来。

"是，我会一点儿。我常看《默》周刊，它是第一流的华文杂志。"亚特用流利、纯正的普通话回答了我的问题。我从未遇到过中文说得这么好的N国人，我真是不敢相信自己的耳朵。

"这并不奇怪，我懂七国语言。"

"请问你贵庚几何？"我改用日语问。

"我五岁。"他也用日语回答。

我像被定住了一样，呆呆地看着亚特。是的，我相信他会七国语言。可他才五岁？他看上去至少有十岁！我面对着这个怪孩，一时间手足无措，心里直发毛。

亚特一定了解我的感受，他把两只小手攥得紧紧的，低声地说："如果可以，我想告诉你我有十岁，但是我不想骗你。而我出生证上写得很清楚，我是五年前出生的，由不得我撒谎。"

我忽然有个新念头，小心翼翼地问："你……不会有早衰症吧？"

"早衰症患者是语言天才吗？"

"那么你至少是个神童，测过智商吗？"

"两百四。"

我打了个哆嗦：智商超过一百二十就可以归入天才的行列，这个小人精是个超级天才。我简直对他产生了敬畏之情，不知该如何招待这位全人类的宝贝才好。

"嗯……那么……亚特，你想喝点什么？有可乐和鲜奶。"

"如果可以的话，我想要点儿鲜奶。"

"当然可以。"我从冰箱里取出一升装的鲜奶，为他倒满了一杯，"不过，我以为小孩都喜欢可乐呢。"

亚特目光闪烁，仿佛表示：别把我和一般的小孩相比。口里却说："可乐没有营养。"

一个五岁的小孩居然告诉我可乐没有营养！我又好气又好笑——二十好几的我依然喜欢可乐，所以我还不如一个五岁幼童有见识……当然，我是不如他，我只会三国语言。想到这儿，我自觉很没面子，干笑了两声，却听见我自己的肚子咕咕叫了起来，几乎同时，墙上的挂钟敲响了十二下，是吃午饭的时候了。

"亚特，中饭想吃点什么？"

"不用麻烦，陈，你吃什么我也吃什么。"

真够体贴人的，我生怕他要我做营养大餐呢。"我做饭时候你要不要看电视？"

"谢谢，我不看。电脑在哪儿？"

"在书房里，你……"我望着他从背包里掏了一大摞电脑软盘，知道自己绝对没有必要教他如何使用那台古老的"686"，"可以随便使用。"

金黄色的鸡蛋在煎锅里"吱吱"叫着，加热后罐装牛肉散发出浓浓的酱汁的香味，碧绿碧绿的蒸豆子淋上淡黄色的奶油，看上去是那么诱人……这些年我一人住在这套偌大的公寓里，很少请人来吃饭，想到是在准备自己和亚特两个人的午餐就觉得很有干劲——看来，我并不讨厌亚特，也并不排斥多一个人生活。

"亚特，吃饭了！"我连叫了三声却听不到任何反应，只得走进书房去叫。亚特并没有开动电脑，他一直在看那份我随手搁在打印机上的今天的《晨报》。

我陡然想起今天《晨报》的头条新闻就是关于他母亲的报道，慌忙上前夺下他手中的报纸。他用平静又略带忧伤的目光迎向我，轻轻地说："妈妈是无罪的。"

我只觉鼻子发酸，虽然仍不习惯他早熟的目光，但同情使我一时冲动起来，一把将亚特搂进怀里。他小小的脑袋非常坚硬，我亲切地揉揉他柔软的亚麻色的头发，无数细小的发卷在我的指间跳动，在我的心中激起了母性的温情。

亚特把脸埋在我的胸前，温热的眼泪如潮水般不断从他的眼眶里涌出来，把我的衣裳搞得湿漉漉的。我用自己都难以置信的异常柔和的声音说："哭吧，亚特，哭吧，哭出来会好受一些。"

"那么……你不会笑话我像小孩子吗？"

我摇摇头，安抚地轻拍他的背："我当然不会。"

"你本来就是小孩子嘛。"我不禁失笑，"况且，即使是个成年人，在这种情况下也不会做得比你更好了。"

亚特的情况确实很特别。他母亲被指控谋杀了他的父亲。

距今一个多月前，确切地说是今年3月7日，欧辛夫妇带着他们的儿子住进了"海之回忆"旅馆。旅馆坐落在本市南部海滨，中等规模，主要接待来海滨度假的游客，由于价格实惠，服务周到，在附近一带口碑甚佳。旅馆218号房的欧辛先生已失踪两天。

沙鲁的话："欧先生一家三口是3月7日住进我的旅馆的，就算没有登记我也不会记错，警官，我的记性很好，而且那一家……怎么说呢，非常特别，你只要见一面就没法忘掉。弗尔·欧辛先生——这名字就很古怪（Far Ocean，意为：遥远的大洋）。我得说，我一辈子都没有见过这样耀眼夺目的美男子，他一走进大厅，整个屋子仿佛都亮堂起来啦。他身上有一种古典的优雅，让人联想到……莫扎特的音乐，像安魂曲一样舒缓……

"不，我没有跑题，警官，我认为我没有跑题。总之，欧辛先生是那种令人一见难忘的美男子，一想到他可能遭到的不幸，我就觉得难受。他的夫人，梅拉妮·欧辛看上去比先生的年龄大几岁，如果不是有这样一位丈夫做陪衬，她本来也可以称得上是个漂亮女人。她的脸略有些消瘦，金丝眼镜后面的那双碧眼里含着一丝忧愁，好像总有什么事情让她心神不定。她在旅馆登记簿上签名时手有点儿发抖，当时我觉得这位太太可能有点神经质。真的，警官，你绝对可以相信一位在这一行干了二十三年的旅馆经理的判断，虽然这么说不厚道，但这位太太就是那种会出事的人。至于他们的孩子亚特，可真是个机灵乖巧的小家伙，看上去大概有十一二岁，但不晓得为什么没有上学。这孩子，也有点儿怪……

"好的，警官好的，我拣重要的说。欧辛先生的身子骨好像不那么硬朗。爱莉莎，旅馆服务员告诉我说：'欧辛先生好像得病了。'于是我向欧辛太太建议，我说，"夫人，如果您的丈夫需要一位医生，我很乐意向您推荐……'她却好像很害怕，打断我的话说：'不，经理先生，我不需要再找什么医生了，我本人就有行医执照。'既然她已经这么说了，我再坚持请医生就未免不礼貌了，好像我怀疑我客人的人格似的。后来欧辛先生的病情越来越严重了，他太太知道瞒不过我，便来向我请求让她丈夫住下去，她保证他得的绝不是传染病，而且也不会有生命危险。为证明她的话具有权威性，她真的向我出示了她的医生执照。既然欧辛先生的病既没有传染可能又没有致命危险，我又有什么理由不让他继续付给我房钱？我没想到后来会出这种可怕的事情……

"4月5日早上七点钟左右，大厅值班的玛拉看到欧辛太太搀扶丈夫走出宾馆，但同一天下午三点钟，欧辛太太是一个人回来的，她说自己的丈夫已独自'回家去了'。玛拉马上把这事儿向我报告。怎能相信这么一个病人会'自己回家'呢？况且他的妻儿还都在旅馆里呢。我怀疑欧辛太太杀害了她的丈夫……

"是，是，警官，我不该这么说，因为还没发现欧辛先生的尸体。但我想欧辛的失踪是可以确认的事实，所以4月7日，也就是昨天，我通知了警方。"

玛拉的话："那天我当值，警官。大约七点零五分时，欧辛太太搀扶着她丈夫从电梯间走出来，我向他们问好，只有太太回答，这很不寻常，因为欧辛先生一向很有礼貌。当时欧辛先生戴着一顶帽子，帽檐压得很低，看不清表情……

"不，警官，不会是冒充的，欧辛先生有一米九几，当时我们旅馆里没有比他个子更高的客人了。欧辛先生好像在瑟瑟发抖，几乎把整个身子都靠在他妻子身上。欧辛太太主动告诉我，他们要去海边散散步……

"不，我没有劝阻，警官，我一向不是那号多嘴的人，可这次我确实后悔来着……那天下午三点十五分，欧辛太太一个人回来了，我很奇怪，她又主动告诉我说：'我丈夫已经独自回家去了。'自那以后，我再也没有见过弗尔·欧辛先生。就这些。"

爱莉莎的话："警官先生，欧辛太太是冤枉的，她绝不会杀死她丈夫，噢，上帝呀，您不知道她有多么爱他。即使欧辛先生有一亿美元的遗产，她也不会为钱谋害他的。再说，这世界上不可能有哪位女性会狠得下心杀害弗尔·欧辛先生的，他的脸是那样俊美，充满男子气概，像古希腊的雕塑一样，尤其是他那双深不见底的黑眼睛，像有魔力似的，把我们都迷住了……

"您问'我们'指哪些人？所有人，警官先生。所有见过他的人没有不爱上他的。欧辛先生不仅仅只有漂亮的脸，他非常有礼貌，待人接物很有分寸。他总是很体贴旁人，每次我到达218房间打扫卫生，他都会微笑着用他深沉而富有磁性的声音说：'对不起，辛苦你了。'小费也给得很多。噢，谁能不爱欧辛先生呢？

"好的，警官先生，我长话短说。我很早就发现欧辛先生身体不大好，有几次我进屋打扫时他躺在床上，他太太坐在床边，他的头就搁在她的膝盖上。我是懂爱情的，警官先生，我知道什么是真正的爱，真正的爱就在梅拉妮·欧辛太太的目光里，那是一种无比缠绵的感情。丈夫望着妻子的目光也是那么温柔，那情形……就像一对相亲相爱的野鸽子。可我也看到欧辛先生的脸色很差，大概还不停地冒冷汗。因为他太太用纸巾不停地给他擦汗。我当时就说了要去请医生，可欧辛先生马上微微喘着气说'不需要别的医生'……

"欧辛先生的病越来越重了，我的眼睛可是雪亮雪亮的呢，他们瞒不过我。欧辛先生渐渐不大说得出话了，我还看到他衬衣领口开得低的地方露出白纱布的边角，还有长袖衬衫的袖口也是……我简直怀疑他除了脸、脖子和手这些必须露出来的地方之外，其余部位都扎上了纱布，裹得像木乃伊一样呢。我在倒垃圾的时候没有发现大块纱布，欧辛太太可能用别的法子把换下来的纱布丢掉了。还有一件可怕的事情，我曾经在冲洗浴缸的时候发现一些东西……你绝对想不到那是什么，警官！那是两小块皮肤，挺厚的。小指甲一样大，一面是灰白色的，另一面鲜红鲜红的。我当时可真吓坏了，我好像看到欧辛先生全身上下的皮肤一块块地往下掉……啊，我的上帝呀，我简直怕到不敢想！可我又不能告诉经理……

"对，这事儿我没告诉沙鲁先生……为什么？如果告诉他，我想他一定不会让欧辛先生再住下去。也许他是该去医院，可他一定有什么不想去或者不能去的原因，想住哪儿就住哪儿……

"您问欧辛太太会不会因为丈夫太痛苦而帮他'安乐死'？说实话，警官先生，我虽然不希望有这样的事情发生，可这倒是我唯一能接受的关于欧辛太太杀丈夫的理由。她爱他，警官先生，我相信她无论做了什么都是为了爱而不是别的什么。"

梅拉妮·欧辛的话："今年3月7日，我和丈夫弗尔·欧辛带着儿子亚特住进了'海之回忆'旅馆。在那之前弗尔的身体就不太好，但检查不出病因。我想带他到海滨休假两个月，帮他调养身体。但弗尔的病情急转直下，我确认那是一种罕见的绝症，因为弗尔不愿继续在病痛中挣扎，希望我帮助他'安乐死'。我答应了。弗尔喜欢海，希望死后葬在海里。4月5日，我扶他到海滨，坐上事先租好的快艇驶向大海。我在快艇上为弗尔注射了特殊的针剂，他停止呼吸后，我用塑料布把他的遗体包裹好，绑上石块，然后沉入海底。我是下午回旅馆的，不想吓着别人，就推说弗尔回家了。我也知道没人会相信我的话，我也没打算逃避责任，所以一直住在这里，直到您出现。"

关于梅拉妮·欧辛一案，虽然还有少数人像那位宾馆服务员一样相信欧辛太太是为了爱情而帮助丈夫实行了"安乐死"，但大多数人，包括我，都认为或至少倾向于认为她谋害了自己的丈夫。这个案件有两大疑点：第一，N国各州法律有一定区别，本州立法机关尚未通过"安乐死"合法化的条文，作为医生，欧辛太太不可能不了解这一点。她为什么甘愿被判过失杀人而不愿把她丈夫送到其他视"安乐死"为合法的州，到指定的"杀手医生"那里去接受"死亡注射"呢？此外，能为病人实行安乐死注射的医生是经过政府考核的特别指定的医生，欧辛太太并不具备此资格。第二，欧辛太太在为丈夫注射了致命的针剂之后，将他的尸体沉入大海，这使得"安乐死"一说失去了最可靠的证据。如果她的丈夫真的患有无法治愈又痛苦难耐的病症以至于需要"安乐死"，他的尸体是为患病一说提供支持的最好证据，欧辛太太"毁证"的做法只能使人认为她是想毁尸灭迹。鉴于以上两点，虽然欧辛太太持有丈夫亲笔写的要求"安乐死"的证明书，并且欧辛先生在去世前两周已把他的全部财产转到太太名下（因此她谋财害命动机不成立），但舆论认为，此案以谋杀罪名成立的可能性很大。

虽然梅拉妮·欧辛太太很有钱，她却并未聘请有名的大律师为自己辩护，而是接受法院指派的（一般都不怎么出名的律师）肖苇做她的辩护律师。我为此很为肖苇叫屈，作为一位华裔女性，想在N国的法律界打开一方天地实在是太艰难了。肖苇前几次的案子辩护得很成功，眼看再冲一冲就有资格开办私人律师事务所了，谁想却摊上这么一个烫手的山芋。如果她的当事人梅拉妮败诉，会给她的前途带来难以抹去的阴影。

明知是必败的案子，肖苇却依然全心投入了准备工作，甚至还把局外人——我也扯了进来，帮着照顾她的当事人的孩子。我对欧辛太太这样狠毒的女人毫无好感，可我不得不承认，我已经喜欢上了她的儿子——虽然过分聪明却又懂事得让人心疼的亚特。

"突然上门打扰"的那一天晚上，亚特就住在我家里。我在客厅地板上为他铺上了厚厚的褥子，绝对比我自己的床还要舒服。

半夜时分我从睡梦中惊醒。也许是因为心里老惦记着亚特吧，我很久没有像这样睡得不安稳了，我悄悄起来，轻手轻脚地推开通向客厅的门。

亚特睡得怎么样了？如果睡相不好，着了凉会生病的。他会不会因为住在陌生人家里而睡不着呢？——瞧，我简直像一位母亲那样操心了。

眼前的景象让我吃了一惊：亚特的铺位空荡荡的，被窝是凉的，他已经离开很久了。我略一搜索，立刻发现了从书房里漏出的微光——这孩子，一定又在玩电脑了！

果不出我所料，我推门进屋时，亚特正坐在电脑操作台前，全神贯注地盯着屏幕。书房里没有开灯，荧光屏射出的光线照在他的脸上，使他的脸像是浮在黑暗中似的。那是一张多么漂亮的脸呀！光洁而饱满的额头，挺拔的鼻子，坚定的下颏，加上一双深邃的黑眼睛，这张脸简直就是一件艺术品！如果他长得像父亲，那我满可以认为"海之回忆"旅馆的经理和女服务员的证词中关于弗尔·欧辛英俊外貌的种种叙述看来确实可信。

"亚特，"我轻声说，"怎么还不睡呢？"亚特转过脸来，他的眼里沉积着深深的悲哀，那种悲哀已超越了一个孩子所能忍受和表达的极限。我简直是惊慌失措地奔上前去，拉住他的手，问："亚特，你怎么了？

你为什么这个样子？"

"本来，用不着这样的，本来一定会有别的办法。"亚特缓缓地说，"可是她一定要这样。她说，这是她应得的惩罚。"

"亚特，你在说什么呀？"听他用稚嫩的童声说出这种神神怪怪的话，我不由失色，心里觉得很不舒服。

"妈妈的案子没有胜诉的希望了，对吧？如果被判谋杀罪她会死的。你们不用瞒我，妈妈早就告诉过我，打算让她的经纪人做我未来的监护人，照顾我长大成人。"

我闻言打了个寒战。怎么？她居然早已抱定必死之心了吗？她这又是为什么呢？

当我的目光转移到电脑视屏上时，禁不住又吃了一惊，亚特正在因特网上阅读古希腊悲剧诗人索福克勒斯的名作《俄狄浦斯王》。

《俄狄浦斯王》是古希腊悲剧的典范作品。主人公俄狄浦斯出生时，因神示他将弑父娶母而被弃山崖，后为牧人所救，流浪为生。途中他为自卫杀死了他真正的生父——底比斯国王拉伊俄斯，后来又因破解了人面狮身的斯芬克司的谜语而被拥为该城的新王，娶了先王的寡妻伊俄卡斯达，没想到她就是自己的生母。最后真相大白，俄狄浦斯刺瞎双目，流浪于荒野，与自己的儿子结婚生子的伊俄卡斯达悬梁自尽。

为什么亚特半夜三更想起来看这部古代诗剧呢？我一时如堕五里雾中。

"陈，"亚特摇摇我的手，"请让我再看一会儿吧，再看十五分钟，不十分钟就好。我只想明白，为什么伊俄卡斯达非自杀不可。"

"小孩儿别说人人话。"这一刻我又记得他是一个孩童，不管他智商有多高我都不买账。我亲昵地拧拧他的鼻子说："你拉倒吧，快睡觉！你不休息害得我也睡不踏实。"

亚特上门后的第三天，肖苇让我带上孩子和她一起去探望梅拉妮·欧辛。母子分别仅三日，但重逢的场面令人既感动又心酸。梅拉妮（现在我愿意这样称呼她了）对儿子的感情是如此真挚强烈，使我怀疑这样的女人是否能狠心谋害自己的丈夫。

母子俩说了一大箩悄悄话，说话时母亲的目光还不时从我脸上扫过，他们仿佛在商量什么重要的事情。我几乎要对这种不顾别人在场、只管自己谈天的做法感到不满时，梅拉妮对着我开口了："陈小姐，我想和你单独谈一谈，可以吗？"

这不是反而把她的律师肖苇排除在外了吗？这也太说不过去了！我当然要拒绝，而且颇有几分义愤："我不认为有什么话是肖律师不能听的。她是你的律师，这些天一直在为你的案子四处奔波；她还是我的朋友，如果不是她求我帮忙，我也不会照顾你的儿子。如果有什么不能告诉她的话，你也就不必对我讲了！"

梅拉妮颇为歉意，她苍白憔悴的双颊染上了一抹羞愧的红色："不，我并没有不信任肖律师的意思呀。"

"我回避好了。"肖苇一下站起来，脸上倒并无不悦之色。我一把抓住她的手："别走，啊，你走我也走。"

"肖律师，请你留下吧。虽然我们相处时间不长，但我感到你是一位值得信赖的人。"梅拉妮说到这里微微一笑，"关于我的案子，真是对不起了。如果当事人被判死刑，律师也会被认为是无能之辈的，我可把你害惨了。"

"什么死刑？胡说什么？"肖苇猛然打断了梅拉妮的话。

"我罪该处死，只可怜了亚特这个孩子。原想托给经纪人照管，可亚特并不喜欢他。刚才他说陈小姐和他投缘，他很喜欢和陈小姐在一起。我知道，陈小姐是《默》周刊驻N国的海外记者，工作很忙，但即使你不能照顾他，以后能做他名义上的监护人也是好的。"

一向镇定自若的肖苇第二次动了气："天哪！梅拉妮，你这打的是什么主意呀！陈平今天和你才第一次见面，你就让她做你孩子的监护人！你太过分了！"她重重拍了一把我的肩膀，"喂，你别犯老毛病，一时感情用事，后患无穷。"

当然，梅拉妮的要求太冒昧了，我不能，也无法答应，可我在亚特恳求的目光下慌了手脚，这孩子的眼神里有一种令人难以拒绝的东西。我必须控制住自己，千万不能一时心软而为自己招来无穷的麻烦。"不……这不可能。对不起，梅拉妮，我不能答应你的要求。事实上，即使答应了，记者的职业使我漂泊不定，也根本无法尽到责任……"

"对不起，陈小姐，我知道自己的要求很失礼。其实，我是希望能让亚特远离这个可怕的地方，希望能把他送到中国去，不受干扰地成长。我想陈小姐也许有办法……"

"亚特还要出庭做证的。"肖苇用不容置疑的语气打断了她的话。

"他的证词没有用，别人会认为是我教唆的。再说，只要我无法澄清所谓的'两大疑点'，我就无法证明自己不是蓄意谋杀。我说得对吗，肖律师？"梅拉妮凄然微笑着望向肖苇，她的神情令肖苇哑口无言，"我不想让亚特上庭，更不想让他成为人人同情的小可怜——'因为他母亲谋杀了他父亲'。虽然亚特不是个一般的孩子，可这样的环境他是受不了的。陈小姐，亚特喜欢你，他从小到大除了父母之外从未这样喜欢过一个人。我相信他的判断力，求你帮忙，把他送到中国去，就是交托给你信得过的人也可以……"

"为什么？"我对于她的信任不是毫无感动的，但心里已隐隐感到一种难言的不安，她一定还有别的苦衷，"你虽然说得有理，便并不需要把亚特送到中国去。你的案子在本州虽然轰动，但在别处影响并不大，犯得着为此把那么小的孩子送出国吗？请原谅我刨根问底的脾气，但你既然要让我负起这么大的责任，我当然有知道真相的权利。"

梅拉妮闻言浑身一震，她把亚特拉进怀里，右手缓缓抚摸着他的头，动作非常非常轻柔，仿佛春风吹过四野。

"梅拉妮，作为你的律师，我也要求了解真相。"肖苇正色说。是的，她也有这个权利。

"我之所以一直隐瞒着这个秘密，完全是为了亚特。我踏错一步，说错一句都会害了我的孩子……"梅拉妮缓缓抬起头，好像承担着难以言表的心理负担。

"妈妈，你可以说。"亚特打断了她的话，"陈和肖律师是会保守秘密的。这是我让你说的，我后果自负，绝不反悔。"

我体味到梅拉妮的苦心，连忙应声："我会保守一切应该保守的秘密。"

"我也是……如果你有充分的理由。"肖苇淡淡地接上一句。

"好吧……好吧……也许我今天做错了事，但多年以来，我一直想找人倾诉这一切，那可怕的罪孽快把我折磨死了，它一直压在我心头，年复一年，日复一日……不想办法忏悔的话，我会发疯的。弗尔和亚特虽然理解我，但是他们无法真正体会我的心情……他们甚至根本不认为我犯了罪。可是我有罪，苍天在上，我罪该万死，我……就是伊俄卡斯达。"

我的头"嗡"的一声响，仿佛霎时间涨大了好几倍。

"我全名梅拉妮·弗尔·欧辛，今年四十岁。亚特是我的第二个孩子，而我的头生子……就是亚特的父亲弗尔·欧辛……"

以下是梅拉妮的叙述——

事情要从十六年前说起。那是1991年夏天，我刚满二十四岁，研究生毕业后就留在N国某名牌大学的生命科学研究院工作。院长加里对我很照顾，使我得以参加一项特殊的研究。在十六年前，那项研究还是相当超前的。研究课题是：如何"克隆"动物甚至高级动物。当时震惊世界的绵羊多莉尚未出世，但"克隆"这个课题的研究，在世界各地许多研究机构里都悄悄地进行着。

就在那个夏天，一个偶然的电话改变了我的人生：我的朋友洛克在他的大西洋探险之旅中发现了有趣的东西，他说那与我的学科有关，请我到他那儿去看看。洛克一向是个泰山崩于前而色不变的冷静的探险家，电话里他兴奋难抑的语气和故作神秘的言辞让我感到事情极不寻常。既然相信洛克有重大的发现，我就不能不想到加里院长，我自知学识尚浅，如果真有意外收获，我愿与院长共享，在他的指导下研究。于是我冒昧地向院长发出邀请并说明了情况，院长笑说："好呀，那我就跟你去一趟，就当是休假好了。"我们两人带上一些轻便的设备，来到了大西洋中的"恐龙号"海洋考察船上。

"恐龙号"停泊在大西洋南面一个无名小岛附近，船上共有三人。以船长洛克为首的三位探险家虽然年龄差距很大，生活经历各异，但殊途同归，都为海洋探险这个迷人的事业投入全部热情。

船长洛克是一位年轻的探险家，他是我大学时代的校友，那几年正在追求我，不过我必须说明。我虽然很喜欢他，但从未对他产生过那种感情。

"洛克，你到底发现了什么？是沉没的大西国亚特兰蒂斯的废墟还是几亿年前就已灭绝的水生动物？"我半开玩笑半当真地问。

"我的发现远远超出你的想象。你们跟我来就是了。"洛克让我们穿上潜水衣，当"恐龙号"潜入海底约两百三十米处时，他带着我们"走"出舱外。

海底是一个奇特的世界，没有亲身经历的人绝对无法体会。电视片里的海底景观总是那样美丽而有秩序：蓝莹莹的海水，千姿百态、五颜六色的珊瑚，翩然游弋的鱼群……但事实上，海底也有它的暗角，有一些阴暗恐怖的地区：在这里，巨型藻类疯狂地生长，一团团、一蓬蓬、仿佛包围着睡美人城堡的那片魔法森林。我们三人就是在这样一片"魔法森林"里艰难地前行着。

巨型褐藻可以称得上是植物王国的"高植物之最"，它们一般分布在美洲沿岸的海底，高度从几十米至上百米，最高的达五百多米，陆上的巨杉与之相比也是小巫见大巫。虽说植物在深海难生长，但在两百三十米深的海底，依然不难见到藻类。由于我们身处的这片"褐藻林"密度太大，这一带海水里含氧量较少，鱼类几乎无法生存，所以这里就像是一片死亡之林，无比凄凉幽寂。

游到"林"深处，洛克忽然转向头顶斜上方，我和加里院长紧随其后，不一会儿，我们进入一个巨大的海底深洞。这个深洞原本应该是在陆地上的，后来由于地壳运动沉入海中。

"根据检测结果，这个洞穴沉入海底的时间约为五万年。"洛克说话时手中的探照灯向洞穴中四处照射，霎时间，一座银光闪闪的奇特的半圆形建筑物赫然出现在我们眼前。

"天哪，洛克！你真的发现了大西洋的遗迹，真的有史前文明！真的有一个国家沉入了海底！"我不顾身上笨重的潜水服，激动得与洛克拥抱庆祝，我简直高兴得快发狂了！

"瞧你，别性急呀，如果只发现了废墟，我叫你来做什么！"洛克的语气里颇有几分得意，"我和同伴已经在建筑物一边开了个洞，梅拉妮，加里院长，我们一块儿进去瞧瞧吧。"

我至今还清楚地记得那个史前文明遗迹内的景象，加里院长直到病逝也还牢记着那一幕，因为那实在是太惊人了！我们这一代人类，我是指有六千年文明的这一代人类，呕心沥血所取得的这一点儿文明成果，居然还远远不如我们的"上一代"在五万年前就已取得的成绩，我们就像一句骂人话说的那样"越活越回去了"。

一进入建筑物内部，我就大致猜到这是个什么样的地方。整个圆形大厅里呈环形摆放着无数棺形的机器，机器上半部分是透明的，用灯一照，可以看到每台机器里都躺着一具不着寸缕的躯体，其身体构造与人类极为相似：体型很漂亮，腿与臂较长，上身较短，五官与人类几乎完全一样。虽然没有开机检查，但我与加里院长都认为他们已经死去。

我是常看科幻小说的人，"冬眠机"或"睡眠机"这个词一下子跃入了我的脑海中。这里也许是史前人类的"冬眠基地"，人们因为各种不同的理由来到这里，进入能延缓新陈代谢速度的冬眠机，希望多年以后在设定的时间被重新唤醒。在十年、几十年甚至是数百年后的世界，他们原先的难题是否能得到解决？

然而，这个基地里的"冬眠者"却没有想到，在他们睡着的时候，这片大陆整个地沉入了大西洋，没有人来唤醒他们，他们只能这样一直沉睡下去。他们睡得太久了，太久了。睡美人已经沉睡了一百年，可唤醒她的王子却没有出现，于是她和她的城堡就真的永远也无法醒来了。

我含着眼泪察看圆厅里的棺形机器，整个大厅的棺形机排成一个套一个、越来越小的环形，圆心处只放着一台机器。这种众星捧月的排列方式里包含了无限的敬意，我猜想那里睡的人生前一定很了不起，但是他或她，也一样无法醒来了。

"你没有打开一台机器看看吗？"院长问洛克。

"我们船上的三人中虽然有一位工程机械方面的行家，但因为不知道这机器的原理而无法着手。况且，如果这种机器是能延缓新陈代谢的'冬眠机'，那么，可想而知，发明者的科技水平远远超过我们，如果贸然打破水晶盖，会对尸体造成很大的破坏。"

"那为什么没有立刻公布这个消息？这可是震惊世界的大发现呀！"我禁不住问。

洛克望了我一眼，欲言又止，好一会儿才磨磨蹭蹭地说："我想先告诉你。"

让我怎么感谢洛克才好呢？他给予我这样千载难逢的研究机会，这份礼物太重、太珍贵了，这比任何甜言蜜语或者珠宝首饰更能打动我的心。可是，我并不爱他，他这使人难以拒绝的情感反而令我惶然了。但我又无法抵御眼前的诱惑，我不能放弃这个做梦也想不到的机会呀。

忽然，我脚下的金属地面微微震颤起来，轻微的震动就令洛克产生了足够的警觉："天哪……这，这怎么可能！附近有一座海底火山……可不应该这样，这些天一点征兆也没有呀……火山要喷发了……真他妈的见鬼……这儿完了……啊，有危险，我们马上离开，再晚就来不及了……"他简直语无伦次，脸上的表情像要哭出来似的。

我一时间如雷轰顶。洛克这个谦谦君子居然吐出脏话，可见问题之严重：如果海底火山爆发，这个"冬眠基地"可能就保不住了！这可是史前文明的重要遗迹呀，这里每一台"冬眠机"里躺着的尸体都是我们研究史前人类的宝贵资料，都是真的无价之宝呀！我们难道要眼睁睁看着这些稀世珍宝就此消失？那我们就不仅仅是入宝山而空返的大傻瓜，更是人类科学史上的罪人啊！

"梅拉妮，快来帮忙！"加里院长气喘吁吁的声音打断了我的思绪。一回头，我就看见他手里挥舞着一个黑乎乎的东西狠狠砸在那台圆厅中心的棺形机的水晶盖上，一下，再一下……他用尽全身力气，砸碎了水晶盖。

脚下的地面震动得更厉害了，洛克拦住我："梅拉妮，快走，不能再耽搁了，这儿很危险，……加里院长，快走吧，再迟就出不去了，你不要命了吗，快走！"洛克冲上前去抱住加里院长的腰，拼命想把他从机器旁拖开。

"梅拉妮！"加里院长的一声怒吼叫醒了我。我跑到加里院长的身边，然后从在洛克怀中挣扎的院长手中接过一个金属盒，快速打开，拿出取样筒，双手探入棺形机内，把取样筒的一头紧紧按在那具尸体的大腿部位上，一触按钮。两秒钟后，持筒的手一震——这就是取样成功了。

"好，现在，快走！"加里院长松了一口气，把手中的探照灯转向出口的方向。

"院长，请等一等，请你把灯转回来，我想看一看他的脸。"我几乎是哀求着说出这句自己都感到奇怪的话。

"胡闹！"洛克简直快急疯了，他将院长向出口处猛推了一把，然后几乎穷凶极恶地向我扑了过来，"梅拉妮，你知道要出什么事吗？火山如果爆发，这一带的海水会被煮沸的！而这里可能会整个沉到海底深处……什么都可能发生！"

我已经记不得是怎样匆匆忙忙地离开了那个水下溶洞，离开了那片史前人类的"墓区"。对那段仓皇脱险的经过我不甚了了，只模模糊糊地知道洛克带着我们以最快的速度穿过了"巨藻林"，回到恐龙号上，然后驶离了危险区域。当时我一心一意只想着史前文明、冬眠基地以及这个小小的取样筒，这时我忽然意识到：由于冬眠机的特殊功能，长眠不起的史前人身上仍然有可能存在活着的细胞，而取样筒的采样里甚至也可能发现这种活细胞！考虑到我们院正在研究的课题，如果有活细胞就有可能靠它克隆出一个史前人来！天哪，我简直为这一奇妙的设想心醉神迷，难以自已。不难想象，当我沉醉在这一奇思妙想中时，对自己身边发生的事，即使是天大的危险，也很难给予充分的注意。

　　在我们离开后半小时，无名岛附近的海域沸腾了。我们从远处依然能听到海底火山雷鸣般的怒吼，但除此之外，还有一种声音，伴随着大海的呼啸，伴随着火山的轰鸣，有一种压抑的"隆隆"声，仿佛是一个巨人痛苦的呻吟。在那呻吟声中，无名岛缓缓下沉，不久就消失在海面上。突然间，像是海底开了个口子，海水全向无名岛沉没之处倾泻下去，海面上出现了一个令人难以置信的巨大漩涡，虽然我们远在十五海里之外的洋面上，却依然感到了那个可怕的漩涡惊人的威力。

　　"看来，那个溶洞真的沉到深海底，沉到我们无法再接触的地方去了。"洛克放下望远镜，脸上的表情不无苦涩，"五万年前，也许是地势高，也许是别的什么原因，这个无名岛没有与整个亚特兰蒂斯大陆一起沉入海底深处，而只是下沉了一部分，淹没了那个溶洞。附近的火山也许五万年来一直没有再喷发过，恰好当我们发现了溶洞的秘密时，火山就发怒了，好像是在责怪我们打扰了史前人类的长眠似的。"

　　不，我不是这样想的。也许是读过许多文学作品，我心中保留了太多的浪漫。我总觉得这是一个奇迹。在那片世界上最阴森、最恐怖、最怪异的森林——巨型褐藻林中，有一位王子已经在那里静静沉睡了五万年。是的，他是一位"睡王子"。采样的时候我已经留意到：圆厅中心的"冬眠机"里躺着的是一具男性的躯体。为什么五万年前没有走，为什么等了整整五百个世纪？这一切，仿佛都是要等着，等着与我们相逢，等着被我们唤醒。

　　是的，从某种角度来说，克隆技术可以帮助他重新醒来。

一周后，洛克重新考察了原无名岛所在海域，证实了岩洞（原来位于无名岛岛体水下约两百米处）连同岛屿，都已从我们可以探测接触的世界中彻底消失了。我和加里院长回研究院后不久，就听到了"恐龙号"在一次风暴中发生意外，船上三名探险家全部遇难的消息。洛克他们原本答应过，在我们进行的研究有结果之前，会为"海底基地"的发现保守秘密。我相信，在他们死后，除了我和加里院长，这世界上没有人知道史前人类冬眠基地的事了。

对那次采样结果的研究是在一种全封闭式的绝密状态下进行的。虽然那是1991年，多莉出世给世界带来的巨大影响力与"克隆"对社会伦理观念的强劲冲击尚未出现，但加里院长早已预料到，即使是出于崇高的科学目的，克隆"人"定然是社会所不能允许的离经叛道的行为。所以，在证实史前人的采样中确实还保存着活体细胞后，克隆史前人的实验只是在我与加里院长两人之间秘密进行的。

多莉的创造过程你们都了解吧？有三只羊参与了那个实验。母羊A为多莉提供载有遗传信息的细胞核（从体细胞中抽取），母羊B为多莉提供卵子，抽去卵子中的细胞核，卵子在实验室发育成胚后被植入母羊C的子宫内，产下的小羊就是多莉。从遗传学的观点看，多莉的父母是母羊A的父母，它与母羊B、母羊C没有血缘关系。在我们的实验中，史前人的体细胞就相当于母羊A的细胞，而为了绝对保密，同时也为了应付各种不测，我义无反顾地一人充当了母羊B、C的双重角色。

作为一个还没有出嫁的姑娘，忽然要生一个孩子，这大概是一位女性能为科学做出的最大牺牲了。圣母玛利亚传说是一位处女妈妈，现代科学却让传说变成了现实。

当那个小生命在我的腹中一天天长大，自我献身精神与对科学的热爱都未能完全抹去的那种淡淡的遗憾感渐渐消失了。女人因为各种各样的原因怀孕生子，不论原先是自愿或非自愿，不论她对孩子的父亲怀着恨意还是爱情，一旦她的腹中开始孕育一个新的生命，原始的母性会立刻使她爱上自己腹中这块微微蠕动的小肉团。

这个小生命在我的子宫里成长了122天，加上试管培养的时间，胚胎的成长速度仍然快得惊人。这122天里，我的心态逐渐从一个实验者转变为一位母亲。我不怕发胖，尽量多吃有营养的东西，希望能对孩子有好处；平时注意休息，即使感冒发烧坚持不用药物，以免对胎儿造成不良影响。

当孩子第一次用他刚成形的小脚丫在我的肚子里蹬动时，我的心也骤然抽动，一种难言的温馨与甜蜜在我心里暖暖地融化开来。像一般的母亲一样，我开始幻想婴儿将来的样子，婴儿的性别当然是男的，如何为他取一个名字，一个帅气、威风的名字？

这122天中，另有一种担忧时时刻刻威胁着我：这种实验前所未有，我腹中的胎儿随时可能流产（据说多莉是上千次实验后才成功的一例，可见克隆的成功率很小），我却无法想象再怀一次孩子。这种"随时可能失去他"的危机感更加深了我对孩子的爱。

我们的实验有如神助，孩子终于顺利出生了。在二十个钟头的阵痛之后，完全虚脱的我软绵绵地伸出手去："孩子，我要抱一抱我的孩子。"

"没有什么孩子，梅拉妮。"加里院长神情严肃地站在我床前，"他是一个史前人，他的父母五万年前就死了，你不是他的母亲。"

"不，他也是我的孩子，是我生了他，不是吗？"我愤怒的精神超越了软弱的肉体，挣扎着从病床上坐起来，这一刻我恨透了加里院长，他居然说我不是孩子的母亲。

"冷静，梅拉妮，冷静。这段时间你一直有点失常，你忘记了我们是在干什么，你忘了实验的初衷。"加里院长双手按住我的肩头，强迫我躺回床上，"好好休息。我已经为你在C城联系了一个新工作，你身体恢复后就得离开这儿。你不能留在孩子身边。"

"你说什么？"我震惊地抬眼望向加里院长，"你在说些什么？"

"梅拉妮，我们所做的一切都是为了科学，你千万不能感情用事。我绝不是要把你摒除到实验之外，独占成果。从头至尾，你才是这项实验的最大功臣。但是，梅拉妮，你现在对这个孩子——这个史前人，怀有一种母亲般的情感，这种感情对我们的实验有害无益，因为你将无法以冷静、理智、科学的心态面对他……"

加里院长的话如同给我兜头泼了一盆冷水，我的激情与愤怒被浇熄了。刹那间，那个执着、坚定的科学工作者梅拉妮·费恩又回来了，二十四年间我锲而不舍地追求的理想又回来了。那122天的经历和感受变得那样虚幻不实，仿佛只是一个漫长的美梦，而现在，梦醒了，我也认清了自己的责任。

"你说得对，院长。我待在这孩子身边是不大好的，我同意离开一段时间。"虽然，我已经变回到原来的位置，但说这话时心仍像刀割一样疼痛。

"你放心。他是人，我不会把他当成实验动物。"加里院长的表情很温和，他的眼神如同一位慈祥的祖父。我一直是这样地崇拜他、敬重他，他的许诺是可以信任的。"过几年，到了合适的时候，我会再请你回来。"

"院长，在我离开之前，可以看一看孩子吗？只是看一眼，可以吗？"

"梅妮拉，你现在的心情我可以理解，但这是错误的……"

"我明白了，"我连忙打断他的话，"那……好吧，我服从你的安排。"我的眼泪终于禁不住夺眶而出，滚烫的泪珠争先恐后地滑下脸颊。为了科学，我牺牲了我的孩子，这是多么沉重的代价啊！

在C市的八年经历平淡无奇。我取得了行医资格，当上了救死扶伤的医生，但是我的感情生活几乎一片空白。每当遇到对我感兴趣的异性，我就条件反射似的把自己封闭起来。当然，我并不是什么绝世美女，没有男人会对我穷追不舍，我逃避感情的结果就是一直独身。

这八年里，我时常会做一个相同的梦，梦中的我又回到了1991年的夏天，回到了那片神秘而诡异的海底"森林"。冥冥中仿佛有一个声音在黑暗的森林深处召唤着我："来吧，快来吧，梅拉妮，我已经等了你五万年了……"

当八年后我又回到研究院时，仿佛也听到了那个声音的召唤呢。它一直存在，一直在吸引着我……

让我回研究院是加里院长的意思，八年的愿望终于实现了，我又回到了这个我工作过、学习过、孕育过梦想的地方。我几乎等不及与院长叙旧，急于想看到我牵挂了八年之久的……"孩子"。

然而，我失望了。我归来时，适逢加里院长出国考察，周围的人对于"一个八岁男孩"的事都一无所知。我几乎是灰心丧气地安顿下来，又无精打采地到院长为我安排的实验室工作。就是在那里，我遇见了我的同事、后来的丈夫——弗尔·欧辛。

在这个世界上，或许没有一个姑娘不曾有过浪漫绮丽的梦想：辛德蕾拉的水晶鞋、英俊的白马王子……美好的幻想不受严酷现实的约束，于是再丑再不讨人喜欢的姑娘都会在梦中遇上能给自己幸福的意中人。我也曾经有梦，曾经想入非非地勾勒着自己心中王子的形象，但是我从未奢望有朝一日他真的会出现在我面前。所以，当弗尔热情地握住我的手说"欢迎你"的时候，没有任何语言可以形容我此刻心中的震撼。

从我看到弗尔的第一眼开始，我就爱上了他。这种爱来得这么突然，简直让我措手不及。爱情照亮了我的生活，我觉得一切都改变了，世界已不再是原来的世界。

弗尔是一个奇妙的人，他拥有比他的外貌更加出色的才华。在工作中几乎没有任何问题可以难倒他。他待人那样诚恳、那样热情、那样善解人意，处处体贴入微。他不仅有令我一见倾心的风度气质，同时具有能逐渐影响我、打动我的崇高人格魅力。

两周后的一个下午，对我来说是个极不寻常的日子。那一天，我刚到实验室……

"梅拉妮，我想跟你谈谈好吗？"弗尔为我冲了一杯咖啡，他看着我的眼睛里燃烧着热烈的火焰，令我感到窒息，感到自己在他的注视下已经灰飞烟灭。他就像米开朗基罗的大卫雕塑变成的真人：高大、英俊、健美，有着高贵、优雅而略带神秘的气质。他此时的话音、语调、眼神、动作无不传达着一种难以言状的亲切感，仿佛我们已经认识很多年了。

"好……好吧。"我嗫嗫嚅嚅地说，逐渐清醒了的理智提醒我：自己已是个三十二岁的老女人，相貌平平，我不应该再存有任何的幻想。

弗尔微微一笑说："知道吗，梅拉妮，虽然我还年轻，可有时觉得自己的心已经很苍老，因为我从未遇到让我真正感兴趣的人或事。不过，最近，情况改变了……"他忽然停下，瞟了我一眼。

我的心呀，不要跳得这样厉害吧。我不明白，为什么他要对刚认识不久的工作伙伴说这样的话，仿佛是对知心朋友倾诉心声。他颇有深意的目光在我身上徘徊，总是舍不得游离。为什么？为什么他的眼神里竟包含了这么多的深情厚爱？

"自我遇上了你……"弗尔轻轻地把话说完，然后用他那对深不见底的黑眼珠吸引了我全部的精神与魂魄。

"可是，弗尔，我已经三十二岁了！"我忍痛报出这个数字与其说是要吓退他不如说是在提醒自己。

弗尔微笑着摇摇头，那微笑从他的嘴角开始渐渐化开，荡漾在他的整张脸上，使他面部的每一根线条都变得特别的柔和、亲切。

"可是，我还有个八岁的儿子……"我脱口说出这句话，顿时后悔莫及：关于那个孩子的一切，原本只是我和加里院长两个人之间的秘密。为什么会在此时此刻说出这种话来呢？我真的不明白我自己。

"是吗？"弗尔的表情更温柔了，"他在哪里？"

"我也不知道……我为了工作，牺牲了他。"既然已经说出口了，再遮遮掩掩反而惹人怀疑。

"你还是很想念他的。"

"嗳？"我惊异于他敏锐的洞察力。

"正因为心里总惦记着他，你才会脱口说出这个秘密，不是吗？"

我闻言大惊失色，他说的"秘密"是什么意思？是碰巧说中还是真的了解一切内幕？如果是后者，那院长为什么要泄密？

弗尔缓缓贴近我的身体，他舒展双臂把不知所措的我搂进怀里。他的动作是那么轻，却又有一种不容摆脱的气势。隔着衬衫，我能感到他身上传来的热量，甚至还能感觉到他急促的心跳。我在他强健有力的怀中颤抖着说："你是谁，你到底是谁？"

弗尔低头凑向我的耳边，微微喘息着说："我？我就是你一直想念的'八岁孩子'呀。梅拉妮，是你给了我生命。"

刹那间我晕了过去。

我在哪儿？这里怎么这么黑，我什么都看不见。身边是什么？长长的、滑腻腻的，缠住我的手脚。我好冷呀，身子冰冷冰冷的，四周的空气也冰凉冰凉的……不，不是空气是海水。我忽然明白过来，我是在海里呢，我是在大西洋海底的巨褐藻林里。这一片无边无际的黑暗中有个声音在呼唤我的名字："来吧，来吧，梅拉妮，我已经等了你五万年了……"随着那声音，四周渐渐亮堂起来，无数团如萤火虫大小的明黄色的光点在我身边飘舞着，然后缓缓向一处聚集起来。在那里，在巨褐藻丛中，有一具晶莹剔透的水晶棺，远远地可以望见水晶棺内躺着一个古希腊雕塑般的男人。我心中骤然涌出一股热流，情不自禁地叫出声来："那是我的睡王子！那是我的睡王子呀！"

我狂奔到水晶棺旁，棺里躺着的人一动不动，真奇怪，不管我怎样瞪大眼睛都看不清他的脸。"院长，请等一等，请你把灯转回来，我想看一看他的脸。"我听到自己的声音从很远的地方传来。于是，霎时间，场景又变了，变成了那个溶洞里的"冬眠基地"，我看到院长、洛克和"我"正要离开，"我"恳求院长让我看一看棺形机里那个史前人的模样，直到现在我都不明白自己当时为什么会在危急时刻提出那样不合时宜的要求。"胡闹！"洛克把那个"我"与院长拉扯着推出圆厅。而现在的我，这个高高在上、洞烛一切的我，像看电影似的望着这一切发生，我仿佛是凭着第六感觉而不是眼睛，注视到了棺形机里的那张脸，那张轮廓鲜明、俊美绝伦的脸……那是弗尔·欧辛！

我缓缓睁开眼睛，意识到自己这次是真的回到现实世界了。我的身子软绵绵的，没有一点力气，而心中荡漾着一片难言的苦涩与无奈。屋子里非常昏暗，有一个人正站在床边俯视着我，与八年前的情景是何等相似！我静静地望了他很久，终于叹了口气说："原来，你并没有出国。"

"是的，我没有，我一直在密切注意整个事态的发展。"加里院长淡淡地说，"从你回研究院的第一天开始，我就在暗中观察你，知道你爱上了弗尔，知道你费尽心思想找一个'八岁孩子'，也知道他终于忍不住对你泄露了身份。"

"为什么？为什么？"我不禁怒火中烧，两个"为什么"像子弹出膛似的冲着加里院长飞去。

"梅拉妮，你冷静一点，好好听我说。我会给你合理的解释。"

"八年前我听从了你的话，可现在怎么样呢？我为什么还要听你的话？你能给我怎样一个'合理'的解释？上帝呀，我在找一个八岁的孩子，我一无所知地爱上了自己的儿子，还和他亲热……这叫合理吗？而你，却是这一切的幕后操纵者！"我一时间怒不可遏，恨不得杀了他，"你这个魔鬼，你到底要干什么？"

悔恨和悲哀忽然向我涌来，淹没了怒火与愤恨，我哭出声来，不知该怎么办好。我为什么要爱上弗尔，为什么要爱上自己的儿子呢？这个世界是不会原谅我的，我更无法原谅自己。我还记得怀孕时的心情，还记得胎儿在我腹中踢动小脚时引起的温柔的感触，我如何能把他和弗尔联系在一起呢？

其实，即使院长不回答，我也已明白弗尔为什么长得这么迅速。他和我们不是同一个进化端点上的生物，我还记得他在我的子宫里只待了122天就出世了，他生命时钟比我们的走得快得多。

"梅拉妮，请你听我说，好吗？"加里院长的表情像在训话。八年前他曾是我敬爱的师长，直到此刻这种尊敬之情尚未在我心里完全消失。我机械地点点头，听他作何解释。

"八年前你走后，我把孩子带到乡间别墅，和我妻子一起秘密地抚养这个孩子。你可以想象，这对我们来说有多么艰难，但我不能让别人知道他的存在。我不知道他本体的名字，随口称呼他弗尔·欧辛——是的，他是从遥远的大洋里走出来的……生物。

"弗尔表面上看和我们没有多大差别，但如果用仪器检查马上就能发现许多问题，比如他的肋骨比人类多两根，又比如他没有盲肠——从这一点看，他比现代人类进化得更彻底。弗尔的成长速度是惊人的，三个月大时他的外表就像一岁多的孩子了，而且已经学会说话，两岁时接近人类的八岁儿童，到五岁时就已发育成熟，进入成年期。我曾经害怕他会像人类中的早衰症患者一样过早消耗完他的生命，但进入成年期后，他的生长速度明显放慢。如果说他现在的身体相当于一个二十四岁的青年男性，那么按照他这两年的生长速度，十年后，他便相当于三十八岁的人类。

"弗尔的身体虽然长得很快，却依然比不上他吸取知识的速度。他简直像一台电脑，无论传授给他什么样的知识，他都能过目不忘。通过因特网他学习了各种他感兴趣的科目，算得上小有成就。哲学、文学、艺术、医学、物理、化学、数学……他在任何一个领域都已达到了专业水准，前不久他匿名发表的关于量子物理学方面的论文在国际上引起轰动，许多世界知名学府都在寻找这位天才作者，希望能聘请他任教。在语言方面，他也拥有不可思议的天赋，至今他已掌握了三十多个国家的四十一种语言，用笔名发表的英文小说新近被列入了畅销书的排行榜。至于电脑，简直成了他身体的一部分，世界上任何一个加入国际联盟的资料库都像是敞开大门欢迎他随时游玩的公园，即使是我国国防部的绝密重地，也早就被他逛过好几趟，如入无人之境，事后完全不留痕迹。话说到这儿，如果我告诉你，是弗尔破译我设置的重重密码，从研究所中心电脑上找到了关于他身世的资料，你想必也不会再奇怪了吧。"

"可是，既然他知道我是他的母亲，为什么还要和我相爱呢？"我实在是想不通，"或者他与我们人类的观念不同，但是院长你不是和我一样的'人'吗？你为什么纵容他这么做，甚至在幕后指使他？"

"对不起，梅拉妮，我早料到你不喜欢这样，但这是我唯一的选择。你不了解弗尔，或者说，你不了解以前的弗尔，他其实是一个非常可怕的人。说他可怕并不是指他待人处世的态度恶劣，恰恰相反，他是一个最讨人喜欢的小伙子，智慧超群、相貌英俊、谈吐大方，对每一个人都那么和蔼、礼貌。但是，在内心深处他却异常孤独，找不到归属感。他从小就意识到自己与正常人的差异，怀疑自己是一个怪物，不是'人'。虽然在他成年后，我把他安排在研究所工作，开始让他接触人类社会，但他在这个大千世界里仍然充满了'异己'感。是的，他待每个人都很亲切，但他却谁都不爱，他对他生存着的这个人类的社会没有半点留恋之情。如果哪一天感到厌烦了，他会毫不犹豫地毁灭他自己，同时像推倒积木一样把这个无聊的'玩具世界'一同葬送。我从不小瞧弗尔的能力，他是一个空前绝后的天才，按他现在的水平，只要愿意，确实可以造成世界性的大灾难。"

"那么说，院长你是为了全人类的利益而牺牲我的喽？"我听着加里院长的话，强作镇定地冷冷微笑，心头却掠过一丝寒意。

"很久以来，这种恐惧一直压在我的心头：我怕自己会像弗兰肯斯坦一样最终自食其果。如果我能除掉他——那将像杀害我的亲孙子一样痛苦——我会这么干的，可是我觉悟太晚，虽然我处理了全部保留的史前人活体细胞，但弗尔·欧辛已经成人了，而且他的智慧就如同最厉害的武器，简直无坚不摧，我斗不过他。终于有一天，他找到他出生的秘密。我在电脑里储存了一份你怀孕时的身体情况记录，并没有具体的说明，但他却马上看懂了。他问我：'我到底是谁？那个孕育我的女人现在在哪里？'我忽然醒悟到：梅拉妮，你是他与这个世界唯一的联系，只要有你，只要他爱你，不管是什么样的爱，他就会对这个人世有所留恋，我就不必担心他会做出疯狂的事情了。"

"你把史前人类的事告诉他了？"

"除非不说，要说只能说真话，弗尔·欧辛不是会受骗上当的人。"

"他的反应如何？"

"从那一刻起，弗尔就不再是一个可怕的危险人物了。因为从知道真相的第一秒钟，他就全心全意地爱上了尚未谋面的你。这种爱不同于母子之爱，但它高于一切，因为对他来说，你就是他在这个世界上的全部。实际上，你也并非他的真正意义上的母亲。"

"不……"我的抗议是这样软弱无力。

"梅拉妮，这是真话。"我听到这个低沉悦耳的声音不由浑身一震。弗尔·欧辛推开虚掩的门，从内室走了出来。加里院长如释重负地拍拍他的肩膀，然后把他单独留在屋里。

"你是……我的孩子？"我难以置信地轻轻地抚摸他靠在我胸前的头颅，却找不到一个母亲的感觉，"为什么要和我相爱呢？"

"不，我的父母在五万年前就死去了，你不是我的母亲，梅拉妮，但你给了我全部。"弗尔用他那双深邃的黑眼睛罩定了我，无比深情地倾诉心声，"梅拉妮，我的出生是一个悲剧。克隆技术只能克隆本体的躯壳，却无法承继本体的思想和记忆。我不属于现世，但我同样不属于五万年前的世界，那我是个什么人呢？梅拉妮，我找不到我生存的意义！"

"噢，弗尔……"我的脸已被泪水浸泡得又痒又胀了，也许我和加里院长确实犯了一个错误，不该把这样一个璀璨的生命带到世上却又给了他一段悲惨的人生。

"梅拉妮，你是我唯一的希望，你是我和这个世界仅有的联系，你就是我的出生地，你的身体是我永远的家乡。

"噢，费尔……"我完全被他打动了，我该怎么办？

"我爱你，梅拉妮，我要永远和你在一起。我们结婚吧。"

"噢，弗尔！"我惊呼出声，"可你是……"

"别再说我是你的儿子！我听腻了这一套！"弗尔生气了，我从来没有见他发过火的，"人类社会禁止近亲通婚是为了防止血族劣变，人口素质下降，可我们两人在遗传上毫无关系，我们的结合并不违背生命的真理。"

"但是违反人类社会的伦理道德……"我幽幽地说。

"现在的清规戒律与我何干？至于你，梅拉妮，是你把一个五万年前的幽魂带到这个世界上来的，你应该对我负责。"

"可你才……八岁呀。"

"不对！我是生长了八年，但我的生理状况已相当于一个二十四岁的人类。我的身份证明上则是二十五岁，我们当然可以结婚。"

呵，上帝，耶稣，真主，这世界上所有的神呀，饶恕我的罪过。我爱这个人胜过这世间的一切！他是我的睡王子，在海底长眠了五万年，只为了等待与我相逢。是我，用我的心，用我的爱，用我的身体唤醒了他。他曾是我腹中一团蠕运的血肉，现在却是一位无与伦比的美男子，一位惊世骇俗的天才。在他神秘的目光后面，隐藏着一个消逝的时代，一片沉没的大陆，一段灿烂的文明，他就是科学本身！和他结婚，就像是与亚特兰蒂斯的传说结合，我无法抗拒他就像我无法抗拒科学的终极诱惑。

我和弗尔·欧辛婚后的第二年，加里院长去世了，几乎是同时，一个新的生命诞生了，那是我和弗尔爱情的结晶，是伊俄卡斯达之子，为纪念那片沉没的大陆，我们给他起名"亚特"。

在我怀上亚特的时候，生活突然变成了一场噩梦。亚特在我的腹中踢动小脚，我两次怀孕的记忆便发生了重叠，仿佛我怀着的是弗尔——而他却是与我同床共枕的丈夫！可怕的噩梦似乎在亚特出生的那一天结束了，可是伊俄卡斯达式的"乱伦"罪恶感如同一副沉重的枷锁，缠绕在我的心头。我总是很恐惧，害怕某种巨大的不幸会降临到我们头上——我们会像俄狄浦斯夫妇一样遭到命运无情的惩罚。深重的危机感如达摩克利斯之剑，高悬在我的头顶，让我负罪的灵魂即使在幸福的家庭生活中也得不到片刻喘息的机会，弗尔发现了这一点，他痛苦极了，但又不愿意离开我——难道我就能离开他吗？不！不！

八年后，不幸真的降临了——弗尔得了一种怪病。他当然不能去医院检查，那会泄露他身体的秘密。但我是医生，他自己在医学上的造诣也是惊人的，我们俩的诊断不会错：他患的疾病虽然不会传染可是也无法治愈。那不是现代医学所知的任何一种病症，破坏力极强。在我们到海滨旅馆疗养的一个月里，费尔的病情急转直下，他每日都痛苦得死去活来，要知道，他身上的皮肤像石灰壁一样，轻轻一抓就一块块地往下掉呀！

我和加里院长十六年前犯了一个大错误，我们在克隆史前人的过程中一直没有问过自己这个问题：这个人为什么会住进"冬眠基地"？在我们的世界里，也有极少数人把自己用特殊方式冷冻起来，在"冬眠"中度过未来五十年的时光。这些人中绝大多数都是身患绝症，希望在未来能得到救治的人啊！

我不想再描述弗尔的病状了，疾病加在他身上的那种撕心裂肺的痛苦，我全部感同身受。后来发生的事你们是知道的，但那全然是没有办法的事啊！即使明知自己将为此付出生命的代价，我也宁可牺牲性命来缩短弗尔的痛苦。

以后，也许会有别的办法，但是弗尔已承受不住了。而看着他受折磨的惨状，我也快发疯了。弗尔说："我不能害你。"可是，他早就害苦我了，那段婚姻使我成了人类社会的罪人。究其本源，却又是我和加里院长一手造成了这段悲剧——那么，就让我为自己的行为付出代价吧。

弗尔离开人世之后，我唯一能做的事就是等待，等待应有的惩罚。我犯了伊俄卡斯达之罪，弗尔活着的时候，他的爱还能给我一些支持，现在他死了，我也没办法再活下去了——在内心深处，自始至终我从来没有原谅过自己，从来没有。

房间里静悄悄的，没有一点儿声音。听了梅拉妮的故事，我和肖苇久久说不出话来。

肖苇摘下眼镜假装擦拭，漫不经心地拭去眼角的泪痕，这个"铁娘子"也会掉泪的吗？而后她清了清嗓子，说："梅拉妮，你别灰心，只要谋杀罪名不成立……"

"肖苇，别说了！"我焦急地打断她的话。她难道不明白吗，只有公开梅拉妮的秘密才有可能推翻谋杀的罪名，但若公开秘密，不仅梅拉妮无法再在人类社会中存身，连亚特也会被社会抛弃。

"肖律师，"梅拉妮的脸煞白煞白，憔悴得怕人，她金丝眼镜后的那双眼睛却异常明亮，带着一点儿……疯狂，"我早就被定了罪，在这里，"她用手指指心口，"即使这世上没有别人知道我的事，我仍然被定了罪。请你不要把我的故事说出去，那救不了我却会害了亚特。活下去的代价是这么大……不，我的生命值不了这么多。"

"别激动，梅拉妮，你的秘密是安全的。"我忙不迭地宽慰她，"你可以完全放心。还有，我会尽快联系好，送亚特去中国。我会关照他的。"

梅拉妮默默点头，脸上浮现出一种如释重负的笑容，凄凉、美丽。嗣后我才知道那笑容的意义：她终于可以结束这罪恶的生命。

我和肖苇两个人一起散步的时候，她向我道了歉，说是因为她的缘故才让我揽上了这么一桩麻烦事。不过她仍然没有忘记指出，我自己应对此负主要责任："你呀你，让你别感情用事，结果呢？你一时头脑发热，居然答应帮她养孩子！"

"怎么了？刚才你不也是很受感动吗？如果你处在我的位置，也不会有别的选择。"我拍拍肖苇的背，笑了一笑，"好啦，好啦，事情没那么严重。亚特自理能力很强，不是个让人操心的孩子。经济上又有他母亲提供生活费，不会有问题的。只是，把他送到中国去生活的话，我就没法自己照顾他了……我父母那里，不知道可不可以……"

"天哪，"肖苇摇摇头，无可奈何地叹了口气，"你爸妈若知道这事合我有关会恨死我的。天下居然有你这样不怕给父母添乱的女儿。"

"不，话应该反过来说，世上居然有这样无私的父母。"我语调里混合了骄傲与歉意这两种不同的感情。

我实现了自己对梅拉妮的许诺：在她的案子正式开庭前，把亚特送到了中国——住在我北京的父母家中。

临走前，亚特修改了出生证明，把他的出生年份提前了九年，一则为避免他外观与真实年龄的巨大反差引起别人怀疑；二则为以后的迅速生长留下余地。他现在的样子可以冒充发育不良的十四岁少年，弗尔·欧辛生前做过测算，亚特五年后的生理状况大约相当于二十岁的正常青年，而在那之后，生长速度就将大大放慢，接近于常人了。

刚到北京的第二天早晨，我接到肖苇的电话：梅拉妮于当天凌晨在看守所自杀身亡。

梅拉妮踏碎了自己的金丝眼镜，用碎镜片割破了她自己的血管。使用这种工具自杀是很难的，自杀者必须下很大的决心，忍受痛楚的折磨，才能用那样的碎玻璃片切开自己的动脉。她是一心求死啊，死亡对她来说是一种最好的解脱。

然而，我不能不想到，在她的自杀背后也许还有着别的原因。在法院开庭之前自杀，这个案子就会不了了之，或者不会像败诉那样对肖苇的事业造成极大的危害，这是她对我们的报答。又或者，她还不能完全相信肖苇，怕肖苇作为律师不愿坐视自己败诉，而把她的秘密在法庭上抛出来。她为了保护亚特，便以自杀的代价作交换，使肖苇保守秘密。

无论是一种交换还是一种报答，这都是她作为母亲能为亚特做的最后一件事了。

两个月后的一个清晨。

"丁零零……"床头的电视电话铃声把我吵醒了。"喂，我是陈平。"我没好气地打开声频接收器，这种一大早不让人睡觉的电话最烦人了。

"陈，你好。"是亚特，"打开视频好吗？"

我心中充满了歉意：这孩子最近怎么样了呢？我对他的关心太少了，他母亲自杀已经两个多月了，他只怕还没能振作起来吧？我用手指在视频钮上轻轻一点，亚特的身影便投身在不远处的墙壁上，他的表情仍像两月前听到噩耗时那样肃穆悲哀。

"你好吗，亚特。这两个月来，我一直没有过问你的情况，实在对不起。"

"没有什么可道歉的，你的工作这么忙，不用为我操心。我是想告诉你，我已经没事了，中国的生活很适合我，真的……"

"真的没事吗？不可逞强。"我强忍着悲伤，凝视着这双坚定、悲伤而勇敢的眼睛。我面前的这个孩子是梅拉妮和弗尔·欧辛唯一的后代，是一段不容于世的恋情的结晶，是史前文明唯一的活证据。他的身上继承了使弗尔·欧辛致病的基因，可能是显性的，也可能是隐性的，若是前者，要不了多少年，他也会像弗尔·欧辛一样悲惨地死去。

"陈，别哭呀，我都没哭，你怎么倒哭起来了。"

我闻言一摸脸颊，这才发觉眼泪不知什么时候自己偷跑出来了。"什么呀，我才没哭呢，是刚刚点的眼药水……眼药水！"

"真是的，"亚特阴郁的脸上浮起一丝笑容，恍若乌云中射出的一线阳光，"你就是这么好强，才找不到男朋友。这样吧，如果过几年你还嫁不出去，就让我来娶你好了。"

"你这个小鬼……"我破涕为笑，忘了是在通电视电话，举起手来要敲他的脑袋。我立刻省悟到自己的错误，无可奈何地叹了口气。正想说点儿解嘲的话，面前的孩子却忽然呆呆地望着我说："可是，陈，我真有可能像我父亲那样的结局吗?"

原来他早已想到了弗尔·欧辛的悲剧的重演!

"陈，我还有多少个明天可活呢?"

大惊失色的我颓然跌坐在床上，一时间心如刀绞，不知说什么才好。

永不消逝的电波

拉拉

时间是——标准时间+1000亿秒。

"开拓者……嗞……在你的前方……嗞……确认……"

"……嗞……建议改变航道……它看起来很不稳定……嗞……"

"改变航向，77-1045-37-……嗞……

环境音效发生器一声无奈的哀鸣，关闭了。空间骤然陷入一片黑暗，连接插头里的能量也如同退潮的海水般消失得无影无踪。应急灯立刻亮了起来，将房间投入惨绿的昏暗光影中。

尼古拉徒劳地伸手在面前划拉几下，没有任何反应。看来这次是把"下流坏子吧"的总保险给烧毁了。

过了几秒，"嗡"的一声轻响，能量又偷偷溜回房间里，房间里响起一阵"窸窸窣窣"的声音，那是时空正在偷偷地转回现实空间。尼古拉叹了口气，身体微微一挺。接驳在两肩的灵敏型调节机械臂同时松开，微微喷着润滑气体，缩回墙里。他光溜溜地站起身，左手和右手从储物柜里飘出来，接上他的肩膀。

尼古拉咳嗽一声，那声音立刻在四面八方响起来，吓了他一跳。他的语音系统还接驳在小房间的公共频道上，忘了收回来。

看来在这个以千万秒为刻度的时空泡上，已经很难再深入地追查了——而且恐怕某人也绝不会让他追查下去了。

他悻悻地走出娱乐室，卡格看见了他。卡格的身体正在娱乐中心的另一面处理故障，于是他在尼古拉面前打开了一个浮空窗体，气急败坏地跟着尼古拉往外走。

"嘿！我说你！见你的鬼去吧，小兔崽子！"卡格热情地向他打招呼。娱乐中心的贩子通常都恨不得顾客一直烂在某个角落里，只要一直往账上打钱就行。尼古拉是卡格唯一的例外。他在三十万秒前就宣称，如果"下流坏子吧"再次能量过载，他就要把尼古拉倒着扔出去。看来是他实践诺言的时候了。

"好吧，"尼古拉边走边说，"我走。"

"你就不该来！瞧你干的好事——你一个人用了六万氪能量！我真不知道你是怎么干的，用嘴嗑吗？"

"我用了一下时空泡而已——那不是你们的设备吗？"

"我们不用那玩意儿！那是用来糊弄电检处的！"

"我上别家去。"尼古拉说着，一面快速地穿过"下流坏子吧"的狭窄小巷子，他的身体的其他部件奋力赶上他，回到各自的位置。他的听觉系统最后一个回到脑袋上，这时候，他听见卡格在后面喊："那你干吗不去'老实水手吧'？他们有一百套时空泡，最小刻度一千秒！足够你精确定位到你出娘胎的时候！"

尼古拉停了一下，花了几秒钟时间来考虑这个建议。老实说，他很感动。因为"老实水手吧"是本地另一家大型的娱乐中心，规模比卡格的"下流坏子吧"还要大，而且，毫无意外的，老板是卡格的死对头。卡格一时冲动说出这种话来，事后肯定会后悔很久，而且把自己的逻辑判断单元送到工厂去维修。

"好吧，我去。"

"愿主诅咒你！"卡格跟他告别。

凭良心说，"老实水手吧"的确比"下流坏子吧"高档得多，令人惊讶。走进前门大厅，你几乎能遇见城里的每一个人——当然，得除去上"下流坏子吧"的人——人人都面带急色，匆匆地想要进入自己预订的世界中去快活。他们把自己的下肢、身体和推进器留在存物间里，塞得满满当当，那里面应有尽有，足够装配一艘空间飞船了。吧台的服务人员显然对这种状况感到满意，因为那代表他们的客户正在他们的刷卡机上源源不绝地透支。

尼古拉把后肢推进装置留在车库里，慢慢走向前台。前台服务员向他堆出一脸媚笑。

"尊敬的先生——"

"我要用一下你们这儿的时空泡。"尼古拉用他那少年沉闷的声音说道。

"哪一种型号?"服务员顿时笑花了眼。

"哪一种都行。"尼古拉说，"我只需要在一处完全干净、无打扰的空间，可以在以一千秒为单位的时空里来回搜索空间背景信号就行。"

服务员的笑容僵滞了几秒钟。

"嗯……您需要来一些打特价的特色服务吗?"

"不。"

"时空泡可不便宜，"服务员微酸地说，"如果不需要其他服务，我们可得有个保底价……"

"好的。"

服务员把一块牌子扔出来。"往里走，3775层，1190号，"他简单地说，省去了一切虚伪，"一千块一百秒，不包茶水。"

房间里一片黑暗，尼古拉花了好长时间才在黑暗中摸索到座椅。用拉斯龙皮做的椅子又硬又凉，他躺上去，身体稍稍陷入，感觉到一些东西慢慢爬进自己颈后的皮肤，一溜凉风吹入自己思维的深处。

他的意识和房间的控制平台接驳上了。尼古拉耐心地在平台上寻找开关。

突然亮起一丝光，就在离他不远的地方。那丝光线是一束从天花板拖到地面的笔直的光，慢慢变得宽阔起来，原来是落地窗前的窗帘拉开了。

屋子里亮堂起来，很快便达到了耀眼的程度。位于第3775层的房间已经超出了行星"拉修姆"稀薄的大气层外围，双子星"普拉迪斯"和"拉格里奥"同时无蔽无遮地出现在天际的右上方，把它们的万丈光芒投射进来。即使尼古拉的眼球外围生成了黑色保护膜，也花了很长时间才适应这可怕的光能辐射。

尼古拉站起身，走向窗前。行星拉修姆黯淡的地弧线在身下很远的地方，只反射出微微的橙黄色光芒。除开双子恒星，天幕上看不到几颗星星，在银河的这个偏远角落，能看到的星海实在有限。在前方几毫光秒外，他能看见太空城"Putianthe3rd"孤寂的身影；更远的左下方，他甚至能看见壮观的"Tasha"尘埃云——它巨大的身躯在距离联合星系不到两千五百光秒的远方旋转，正在形成新的行星，围绕在双子星系周围的星尘受它吸引，形成一道长达数千光秒的水幕，正源源不绝地倒入尘埃云的旋涡中。

这倒真是个好地方。尼古拉微微一笑。在整个星球上，也许再没有比这里更好的地方了。

他重新坐回椅子，将两只胳膊从肩上卸了下来，接上房间提供的时空泡控制手臂。这两只新的胳膊可不轻，而且和他的身体有些排斥，他花了好些工夫才打开所有控制窗口，依次开启时空泡的各项开关。

房间微微震动一下，脱离开大楼向外空飘去，但是并没有走多远，一种难以言喻的紫色光芒包围了它，然后将它融解——时空泡在引力导索的牵引下，缓缓滑入了时间的长廊中。

从表面上看，似乎一切如常，但若细心观察，遥远的"Tasha"尘埃云开始古怪地旋转起来，有时候顺着旋转，有时候逆着旋转。横过天际注入其中的水幕，也变得模糊起来，看起来几乎是同时流入并且倒着流出尘埃云。

这一切都取决于尼古拉的右手手指。当他轻轻拨弄的时候，时空泡就在大约三千亿秒长的时间轨道上快速地来来回回——这是游戏街机能达到的最大尺度了。主要是能量问题。这房间惊人的费用一大半都花在可怕的能量消耗上。

他把时间定在约一千亿秒之后，然后投下重力锚，时空泡在扭曲空间的缝隙处微微摇摆着。他卸下控制手臂，将自己在无线电兴趣小组里组装的接收臂装上身体。来自宇宙背景深处的杂乱信号立刻充满了他的脑海。

耐心搜索——那个频段非常特殊，没用多久，便从一片噪声中浮现出来。

"达·迦马号……嗞嗞……这里是开拓者号……嗞……我们距离……大约一万一千光秒——我们能看见通道，前导火箭开辟的道路非常清晰……星环在我们6-2方位大约三千光秒……"

"开拓者，请再次确认轨道。轨道平面有大约1.5%的偏移。"

"达·迦马，我们能看见。非常清楚。我们能穿过星环。"

"开拓者……开拓者……信……开拓者号！刚才的通讯中断是怎么回事？开拓者号，请回答！"

"这里是达·迦马，开拓者，请回答！"

信号在这里中断了。尼古拉脸上露出得意的微笑。他成功地追上了那个信息源，看样子，在一千亿秒之后，"它们"还在路上。

现在该说说清楚了。实际上，尼古拉是一名"倾听者"组织的隐修会成员。

在"普拉迪斯—拉格里奥"联合星系，花样百出的组织多如繁星，但像"倾听者"这样的组织还是凤毛麟角，颇受人崇敬，因为这个组织一度是拉修姆繁荣进步的依靠。

拉修姆人并非是拉修姆星球的原生动物——真正土生土长的拉修姆种族已经全部上了他们的菜单。大约一千八百亿秒之前，拉修姆人的祖先横渡浩瀚银河，从一个不为人知的地方来到联合星系，然后，与所有同类型的小说一样，飞船在登陆拉修姆时出了故障——如果硬要把穿越了数千亿光秒宇宙空间、早已破烂不堪的飞船一头扎进地里称为"登陆"的话。在那场登陆中，拉修姆人损失惨重，幸存者寥寥无几，几乎没能从大火肆虐的飞船中抢救出任何有用的东西。

拉修姆星位于银河外缘，与兴盛发达的银河文明遥遥相隔。行星同时受到两颗太阳的煎烤，对任何有机体而言都如同地狱般灼热。几百亿秒过去，已经失去一切能源供给的幸存者们不得不远离他们的飞船残骸，向稍微黑暗凉爽一点的大陆深处流浪。没有了文明载体，幸存者们渐渐遗失了过往的一切，文化，语言，技术……甚至包括前来拉修姆星球的经历。他们在拉修姆上过了好几百年跟土著动物争吃对方的生活，如果这种生活持续下去，幸存者很快就只能从石器时代开始从头再来了。

所幸的是，幸存者保留下来的为数不多的古老技术中，包括了深空电磁波接收这关键的一项。"普拉迪斯—拉格里奥"联合星系远离银河文明的核心区域，在重新恢复技术文明、链接到文明网络之前，幸存者中的许多人长时间地倾听深空。他们接收、破译混杂在宇宙微波辐射中那些来自银河各个角落、数亿年都不会消散的电波，这些电波带来知识和文明，帮助落难的拉修姆人重新拼凑起文明。

两百亿秒前，拉修姆人终于成功地重返银河文明圈，从那时开始，银河文明网成为连接这个世界与整个宇宙的桥梁，而倾听则变成了一种怀旧、一种高尚的情趣、一种无聊的打发时间的方法。这个组织的成员都是些修士——至少人们都是这么认为的。"倾听者"倾听宇宙中的一切声音，他们日复一日地改进他们的接收装置，分成许多流派，这些流派通常试图听清楚以下内容：

银河的呻吟声；大天鹅座钟鸣般的脆响；β-4星系连绵不断的踢踏声；"孤行者"行星划过天际时的嗖嗖声；牛头座星云里尘埃们的窃窃私语；巴·卡迁星系里那个奇怪种族不停的擂鼓声——他们不知疲倦地敲啊敲啊敲，以至于文明都中断了，最近三千万秒再也听不到任何动静。最激动人心的是倾听克里克斯星云水河注入"Tasha"的轰鸣——这声音简直大得像宇宙爆发之初的巨响，喜欢这个调调的人都是苦修会成员，每过两个月就要更换他们的听觉系统，有的甚至还需要做心理辅导。

倾听给拉修姆人带来知识和财富，给拉修姆人带来无穷的乐趣，引领他们步入新的世界，但有一件事情却被人们遗忘了：拉修姆倾听者从来没有听到过自己母星的声音。在漫长的星际旅行中，他们已经忘了自己是谁、来自何方、在从前发生过什么。他们开始称自己为拉修姆人，好像他们真的在这里出生、长大一样。

尼古拉，像我们前面说过的那样，是一名隐修会成员，这个会是所有倾听者组织中最保守、最传统的一个。虽然尼古拉看起来像个没管教好的小屁孩，穿得令他老娘难以忍受，成天出没于娱乐场所，吸食迷幻药，然而命运是如此会捉弄人，大学时代，在一个歇斯底里的派对上，他吸食了过量迷幻药，神魂颠倒地把自己关在实验室里，结果，竟然制造出了一种全新的无线电接收装置。

这是一台"倾听过去"的装置。它只能接收六百兆赫以下的"原始"频段电磁波段，在这个波段内，电磁波老老实实地在第一速度的限制下穿越空间。银河文明网络是不使用这种频率的，而如果偏远地区某个尚未进化的种族使用这个频率，它也需要好几千亿秒才能在银河系中跨越一小段距离，运气顶了天，被一台类似的装置接收到。拉修姆人是依靠吸收先进文明才从泥坑中挣扎出来的，谁还会有心思去管那些说不定早就灭亡了的文明留下的只言片语？因此，这个频率接收项目——用一句大学里非常流行的话来说——很偏。没有人研究这个。尼古拉有幸成为当代唯一一个研究此项目的人，可以获得大笔经费，足够他逍遥快活地过一辈子。

尼古拉从人生的第一个叛逆期开始就喜欢上了"向后看"。他喜欢研究历史，倒霉的是，拉修姆人没历史，也没有自己的文化和传统，连一家博物馆都没有。要想研究历史，你就得登录银河网。用Goooooooooole搜索"历史文化"这个词，可以产生一万亿个网页。可如果你搜"拉修姆的历史"，还不到一千个，其中八百个都是介绍拉修姆独特的饮食文化。

这台疯狂的机器一定是从他的潜意识里爬出来的——它就提供历史，其他什么作用也没有。这东西能够从无处不在的宇宙背景噪声中，捕捉到那些细微的原始信号，每一段信号都代表着一段被遗忘的历史：那些也许永远消逝了的种族和文明，在消亡很多很多年之后，只有这些静电噪音在默默地诉说湮灭在历史中的爱恨故事。尼古拉把它们一一记录在案。谁知道在这里面是不是隐藏了关于拉修姆人前生的秘密呢？

他是在二十万秒前发现这个奇怪频段的。这是一段包含了原始音视频的信号，它跨越了银河浩瀚的空间、前后数千亿秒，已经在寒冷的宇宙空间中损耗了绝大部分能量，接收到它们实属撞大运。

起初，尼古拉并没有太在意这段信息。这种东西太普遍了，充满整个银河，好像所有的种族都迫不及待地向外高调宣扬自己存在似的。然而，听取几遍之后，他赫然发现，这是一段带有明显"拉丁语系"特点的信息。

在银河文明网上，链接了数以亿计的文明圈，所有的文明都通过两种语系进行交流："拉挈魏语系"，这个语系由34564个表义和47125个表音的词汇组成，十分复杂，但因为这复杂的语言体系能够描述银河中的大部分丑恶现象，因此为各文明圈所通用；"恰克恰克语系"，这个语系由一连串——没错，就是一连串，没人能数得清到底有多少个——一种类似于"嗯""呜""呃""啊"之类的元音组成，而实际上这些词毫无意义。交流者本身是通过这些语气词传递精神语言，在双方的脑海中形成真正的语系的。这个语系流行于靠近银河中央星群的一些智商高度发达的种族中，他们才不屑于与开口说话的种族交流呢。

而拉修姆人的母语则属于"拉丁语系"，也就是字母少于六十个的语言系统。在黑暗时代里，他们几乎把母语忘了个精光。联上文明圈之后，拉修姆人全面倒向了"拉挈魏语系"，原因很简单，"拉丁语系"由不到六十个表音的字母组成，由此产生的语系实在单调，在银河这个大圈子里，连骂人都不够。只有靠近银河边境的少数未开化种族还在使用这种语言，这可使他们少浪费时间在口沫横飞的说话上，再说了，在那些以光速为最高时速的世界里，传递复杂的语言纯粹是跟自己找没趣。

尼古拉研究过"拉丁语系"，这是他的嗜好之一，帮助他在倾听"过去"时，能够比较快地理解那些被监听到的只言片语。他听过的那些落后种族的语言，有时候真能把人烦死，哪怕是经过语言机器的再三净化，也摆脱不了里面混杂的各式俚语、脏话和问候人祖宗十八代的套话。低等种族都用"拉丁语系"，这几乎成了进化上的一景。似乎在跨进文明圈的大门之前，低等种族都被限制了语言发展的上限，他们只能祈求上帝，能让他们用那贫瘠的语言把思想表达得更准确一些。

以下是尼古拉收到的这个频率的第一个信息段：

"远行者6号……嗞……这里是莆田港……深空激光导航信号已经发射。"

"明白。信号清晰。远行者号请求离港。"

"远行者6号，港口已经打开，一百秒后离港。"

"远行者6号明白。常规发动机开始点火倒数！"

"嗞……嗞……"

"远行者6号……一千一百秒后启动增压发动机……嗞……"

"莆田港……嗞……我们上路了！"

"祝你们顺利，远行者6号……你们将在六百秒后切过黄道面……两千秒后，太阳风帆将完全展开，展开宽度五千千米，角度三十七度，接受太阳辐射七十毫焦……太阳风将吹动你们，提供给你们穿越宇宙的动力……六万秒后，你们将进入沉睡，太阳在你们身后遥望，在此之前，请确保船内所有设备正常……嗞……我们无法确知你们复苏的时间……三十亿秒后，你们的速度将达到光速的五分之四……嗞……失去太阳风的吹拂之前，航行电脑将会寻找到新的动力……目标是……孟菲斯大裂谷……你们……嗞……将在五百年后离开我们所处的旋臂，到那时，你们将不再有天，有年……秒将是你们穿越茫茫星海的唯一度量……故乡在你们身后，然而直到世界的末日，你们都无法再返回……嗞……远行者6号，永别了。"

"永别了……泥土（原文为 Earth，故尼古拉的翻译系统翻译为泥土）。"

相对来说，这段信息所包含的有效数据并不太多。综合其后陆续收集到的信息，尼古拉花了很大精力，才从这些口齿不清、含混不明的发音中分离出五个元音和二十一个辅音，一共二十六个"基础字母"。他的翻译机指出，这些字母大约能组成全部共约二十万个有效词汇——纯粹得不能再纯粹的拉丁语。追本溯源，这段信息来自银河 чш-4700 旋臂的外沿部分，距离拉修姆星大约三千亿至三千七百亿光秒的距离。也就是说，这段信息的发送者，至少在三千亿光秒前，还存在着。

"远行者6号"似乎是这个种族第一次向数千亿光秒之外移民的先驱，它花了很长很长的时间才穿越它们的小星系，奋力进入一个孤寂冷漠、无边无际的空旷宇宙中。根据尼古拉后来的推测，它们走了一条极端危险的路：离开银河旋臂，直接穿越空间，去到另一条旋臂，这条路比从银河内部绕圈要近得多，问题是，对于初涉银河的人来说，这就好像离开江河，去到无边的海洋深处一样危险。

这个种族距离进入银河文明还有长远的路要走，从语言上就可看得出来。他们的语言甚至不能直译"多层面对流凯拉迪斯引力逻辑环"这样的字句，非得说一句土得掉渣的"时空隧道"来形容。这种语系是如此古老，甚至需要在词组组成的表义句式中加入"时间语法"作为辅助，尼古拉一共分离出来十一种，但他估计至少会用到十五种以上。

穿越宇宙的无线电信息，具有中大奖般的性质：它们需要穿越浩瀚的星海，穿越看不见的电磁场、重力陷阱、高辐射中子星……那微弱的能量在数千年后还能被接收到，本身就是一个奇迹，没过多久，不管尼古拉在他的设备上下多大功夫，在那个时间段上再也找不到任何一丁点儿信息。

只能去时间里搜索幸存的信息了。尼古拉在时间轴上向后走了大约三十亿秒,很快便找到了下一段信息。

"远行者6号……嗞……信号受到干扰……我们不清楚你们能否收到这信号……我们很遗憾地通知你们,太阳风已经提前停止……嗞……太阳已经死亡……我们不知道发生了什么……海王星外轨道发生了奇异的变化……冥王星已经……远行者6号,已经向你们发送唤醒信号……等你们苏醒后,你们可以选择第二目标……远行者6号……嗞……"

信息在这里中止了。

仅仅一亿秒之后,情况似乎变得十分紧急,发布人的声音穿越空洞无助的时空,仍然显得紧促焦急——至少,尼古拉的情绪翻译系统是这么认为的——这段信息十分微弱,似乎发射它的设备已经缺乏必要的能源补充。

"远行者6号……远行者9号……先进舰队……深空探测者7号……离岸舰队……你们在哪里……嗞……我们无法定位……时间很紧迫……奥尔特云可能已经消失……空间扭曲得很厉害,我们已经无法观测……有什么东西向星系(一个特定称呼,翻译机认为这是以他们恒星命名的)扑过来了!有人吗?我们向你们呼唤……你们去了哪里……请你们尽一切可能传回星图……我们无法离开,无法离开!大灾难已经……嗞……如果文明中断,谁来恢复……我请求你们……"

这段令人毛骨悚然的信息的后半段永远消失在了浩渺时空中。尼古拉在时间线上来回搜索,再也没有从银河那条旋臂传来的任何消息。那个文明已经在第一次出现的地方凋零,而一直到它们临近终结时,它们曾经发射进深空的那些舰队没有一支返回,或者传回星图。

也许曾经努力过……

也许根本没有时间返回……

也许那些舰队早就将它们的母星遗忘……

他打电话给银河那一头的朋友,问他那个旋臂小星系发生了什么事。"什么事?一颗超超新星爆发了,把一颗中子星像乒乓球那样打了两万特拉斯远……发生了什么事?一颗中子星还能干什么?想也想得到,它吞噬了沿途的所有东西,后来再度爆发,变成了一颗新星……问这个干吗?"

"问问呗……"

"问问?"

"——有一个小种族——"

"你是说,那中子星还干掉了一个小马蜂窝?"朋友在电话那头放肆地大笑起来。

"好吧,再见,特纳。"

"好。请我吃饭。再见。"

对大天鹅座β的特纳来说,也许一个边远地区未开化种族还当不了院子里的马蜂窝。特纳属于亚拉罕人种,这个有着巨大身躯、长着令人难以忍受的齿状腭的种族向来以吃掉那些弱小种族为乐。但尼古拉做不到。这段信息在他的心灵深处引起不小的震颤,让他不由得想起拉修姆人从前那个已经消失了的、也许是被某个强大种族吃掉了的母星。他迫切地想要知道这个种族剩下的那些前往深空的人的命运。

他将接收装置对准银河黄道面,来回搜索,搜索范围从一百亿秒扩大到一千亿秒范围。对于那些还没有进化完成的种族来说,这已算是一段漫长岁月。终于,四百亿秒后,接收装置再次在那个特定的频率上收到了一小段断断续续的信息:

"莆田2号……这里是搬运者77号……请求入港。"

"77号,你的承重比太低。"

"是的。小行星安姆已经干涸,再也找不到矿源……我们需要补充能源,前往下一个……但愿我们能……"

"愿主保佑我们,77号……"

重新找到的信号表明,那个种族已经在太空中生活了很长的时间,甚至可能远远超出它们生命的长度。它们离通过多维度自由来往于银河的技术还远得很,可能只是通过某种冷冻技术来延长生命。据传说,拉修姆人在抵达这颗行星前,也是使用类似的技术,以至于在坠毁时,还有大部分人没有醒过来。"死了个痛快"——传说用这句话结尾。

到目前为止,那个原始种族似乎只有当初的远行者6号上的乘员成功地存活下来。大灾难到来前,它们留在"泥土"上的母星文明也许曾绝望而狂乱地向空间发射了更多的飞船……可惜那些飞船要么没有躲过灾难,要么没有留下文明的种子,再也没有在银河系中留下只言片语。而其他提前飞离的飞船，比如远行者9号、先进舰队、深空探测者7号——尼古拉祈祷它们没有遇上特纳一族——也再没有任何回音。远行者6号幸运地在距离原旋臂最近的一条旋臂的边缘——很遗憾，离银河的核心区域更远了——的一个非常小的星系里定居下来，那是在两千亿秒之前的事了。

几百亿秒的时间里，它们小心地维护自己的文明，以小行星"暗星"为基地，不断地探索周围空间。但是，情况一天天变得糟糕起来。

"面向公众开放的……嗞……反应堆将在两千千秒后停止……"

"……殖民院对此表示遗憾……"

"嗞……殖民院……第七殖民卫星能量供应已经到达极限……请求立刻……"

"殖民院驳回请求……嗞……已经没有足够的资源用于供给新的外空探索……"

"殖民院……矿石工厂将要关闭……"

"我们没有适合的人选……"

"……公务会要求减少前往空间工厂的……"

"……我们没有足够的原料，继续供应空间项目……殖民院，我们要求削减空间项目……"

小星系里只有一颗昏暗的恒星和两颗足够居住的行星，而殖民者们的能量只能够维持它们不长的时间。这个星系里没有足够的资源，是一个典型的"无支持力"星系，听上去，它们似乎只来得及制造一个空间港口"莆田2号"，还不足以发展到星际旅行，资源就已接近耗尽。远行者6号的后代面临命运的考验，运气好的话，它们将永远停留在自给自足的未开化社会。运气不好……

尼古拉静静地等待着它们消亡。

几亿秒后，似乎已经到了决定命运的时刻。收到的消息，有的清晰，有的混乱。小世界正在前进与后退的巨大力量下分裂。

"达·迦马号，殖民院已经下令……嗞……做好立即离港的准备。"

"莆田2号……我们正在尽力发动……"

"你们要立刻……嗞……接管港口内一切船舶的补给……"

"明白……"

"发射前准备，进入两千秒倒计时。"

"莆田2号！这点时间根本不够你们抵达舰上……嗞……我们必须等待……"

"来不及了……嗞……殖民院已经下令……远行舰队的成员来不及全部抵达港口……在这之前，我们就必须发射殖民2号……嗞……你们只剩下这个发射窗口……嗞……"

"达·迦马号明白。已做好发射准备……"

发生大事了。尼古拉猛然提起精神，没有再驱动时空泡快速向前。他只是静静地等待着——信号中断了两千八百秒，然后，再次收到消息：

"达·迦马号……你的速度已达到十万千米每秒……你的目标星图已经上传到主处理器……嗞……"

"明白。莆田2号，我们取道大裂谷，航向6-71-51，向SIPULI-TION星系前进。两万两千秒后，转入光速飞行。"

"达·迦马号，你们确信要穿越大裂缝吗？星图不太精确……嗞……那段距离可能超出预期……嗞……"

"莆田2号……我们没有选择……嗞……没有足够的时间和燃料……我们只能冒险一试，否则……在我们穿越大裂谷后，将向第六纬度发射超视距定位信号。你们要紧跟我们……嗞……"

"……嗞……我们已经中断了与地面的一切联系……能量与物资供应已经中断……"

"他们退回洞穴，我们步入星海。"

"是的，达·迦马号……我们指望你们能……五千秒后，我们将登上殖民2号……嗞……我们将在轨道上等待……我们将沉睡，直到你们将我们唤醒……达·迦马号，你们将独自面对三万光年的茫茫星海。祝你们顺利。愿主保佑我们大家。再见。"

"再见了……暗星……再见……人类。"

陷入了阶段式的无线电静默中。在其后的数百亿秒中，这个频段的背景辐射一直存在。达·迦马号孤独地向深空飘流，再一次效仿它的前辈"远行者6号"，穿越旋臂之间的空隙。在离开"暗星"所处的旋臂之前，达·迦马号偶尔会释放出它携带的行星系探测船"开拓者号"，探索沿途靠近的一些灰暗星球。它们总是失望。由于不可动摇的资源分配法则（这个法则在银河于远古自旋生成时就决定了），在远离核心的银河外缘，既是星系灭亡的坟场，同时也是能量与物质湮灭的墓地。这里没有可供给的地方。这里的灰寒星群每分每秒都在向经过者发出亡灵的喷喷声，警告它们离开荒漠，回到核心。两百亿秒后，达·迦马号进入到绝对空旷的宇宙空间，不得不停止此类活动，进入了长期睡眠中。

停留在暗星轨道上的莆田2号港口很快就被放弃了，在最后时刻，甚至有一部分港口的守卫被迫与港口同归于尽，才保证另一部分人顺利地登上殖民2号。但殖民2号飞船没有立刻离开小星系。在暗星的一个较远的轨道上，殖民2号的人们满怀希望与恐惧入睡，期待着被唤醒的一天。

那些留在暗星上的人类再也没有把它们的视线转向深空。

由于达·迦马号具有超越原始电磁波的速度，它将在宇宙中把它自己的信息甩在身后很远，所以，尼古拉不得不把时间一段一段向后退。需要同时计算空间与时间的关系，才能牢牢地抓住那道一闪即逝的电波。

七百七十亿秒后，突然，某一天，达·迦马号的船员醒了过来，而且是在十分紧急的情况下。不知出于什么原因，船员们打开了公共广播系统，似乎是想将此时此刻的信息直接透露出去，让其他未知的接收者听到。

"……从现在的时间计算，我们已经偏离轨道两万……不，三万两千光秒……"

"不可能……重新校验的陀螺仪一切正常……在过去的七百七十亿秒中，陀螺仪一直稳稳地对准……嗞……"

一阵嘈杂的声音。

"这是航行电脑在过去的两百亿秒内绘制的新星图——这是我们在暗星上预测的航行星图……两者的差距已经扩大到……"

"……我要提醒你……我们的目标，是牢牢对准红巨星——现在它就在你我的面前。"

一阵可怕的沉默。

从过往收集的资料上，尼古拉估计达·迦马号上有两百到两百五十名船员，但做主的大约只有三到六人。其中一人被其他人称为"船长"，还有一人被称为"航行长"，巧合的是，"航行长"这个名字的发音与拉修姆星"总督"的发音十分相近。

上面发言的就是"船长"和"航行长"。航行长发现飞船偏离了轨道，而船长却认为飞船几乎是沿着直线在前进，没有偏离目标。这场争论几乎在一瞬间就达到高潮，船上的乘客全部醒来，纷纷加入争论中。

尼古拉理解它们为何如此焦急。尽管出生在文明网的圈子里，但尼古拉研究过很多古代种族，以及它们试图穿越宇宙的种种尝试——在宇宙中，如果你没有对准"目标"，那么你就"什么"也没有对准。任何做常规飞行的飞船携带的物资都是有限的，一般来说，几乎就刚够抵达目标。而一旦你偏离航线——等到察觉，或许需要几千亿秒来修正你的错误，或者，走一条比这更远的路去抵达下一个目标。下地狱只需一秒，欢迎光临。

好多种族都灭绝在偏离航道上。"能回到窝的蚂蚁从来都不是大多数。"

简短的争论之后，它们冒险释放出开拓者号。在一片没有星图、没有参照星体的陌生空间中释放小飞船十分危险，稍有不慎，开拓者号连回到母船的机会都没有。

"嗞……但是连续星图定位表明，作为第二参照物的 H-η1117 星系和第三参照物的独角星一直准确地停留在航行图预定位置上……主参照物肯定出了问题……"

"根据三比一原则……航行电脑可以判定哪个方位是正确的……既然……"

"那为什么我们会被航行电脑提前唤醒？"

"我不能……嗞……如果航行电脑判断这条航向正确……"

"……格罗夫……后面，殖民2号已经发射……他们的补给比我们还少，人员是我们的十倍……嗞……如果我们带错路……嗞……"

这后面是一连串电磁爆音，许多细节湮没在干扰信号中。等到信号恢复，已经是一千秒之后的事了——他已经烧掉了"下流坯子吧"的总保险，不得不流浪到他不喜欢的"老实水手吧"来。

现在，他重新找回了频率。但信息是那么模糊，在中断信息的七百七十亿秒中，孤零零悬于辽阔深空的达·迦马号到底发生了什么？停留在暗星轨道上，却失去与行星一切联系的莆田2号港口、殖民2号飞船又发生了什么？尼古拉研究过星图，"它们"提到的大裂缝，其实是一条位于旋臂чш-4971与次级旋臂чфю1277之间的空间鸿沟。暗星位于чш-4971的外缘，如果走投无路的殖民者想要回到资源丰富的银河内部，最近——也是最空旷的——道路就是直接穿越大裂谷。

拉修姆星就位于大裂谷东端，收到这一连串信息，也许并不是偶然。

尼古拉把时空泡开回现实时空，向总台要了一杯饮料。他安静地坐在座位上，端着杯子。银河中大多数种族，都是靠身体的虹吸管直接吸食流体的，就像"Tasha"尘埃云永无止境地吞噬着围绕双星的水云气那样，只有拉修姆人保持了一种怪异的方式，用容器盛水，然后用并不那么合适的嘴饮下。

现在，能否收到信息是一种赌博，与时间的赌博。根据"时空熵归原理"，某一固定时空泡不能够在一条固定的时空轨道上反复来回。时空是一种类似于面包般的固化物，穿越时空的努力，就像用一根针深深地插入时空面包，让它变形——时空"讨厌"这种变形，它会改变，以求维持时空的"惯性"。如果某个时空泡不断地"插进"某段时空，时空相对它而言就会收缩，最后还原成一个闭合环。换句话说，如果尼古拉不选择合适的插入点，而是任意挥霍他在这段时空上有限的插入次数的话，用不了多久，他本人就不能再返回这段时空，从而永远失去找到那个种族下落的机会。

在最后一条信息中，"它们"提到了某个星环——

"达·迦马号，我们距离……大约一万一千光秒——我们能看见通道，前导火箭开辟的道路非常清晰……星环在我们6-2方位大约三千光秒……"

"达·迦马号，我们能看见。非常清楚。我们能穿过星环。"

"开拓者号……开拓者……信……开拓者号！刚才的通讯中断是怎么回事？开拓者号，请回答！"

尼古拉叹了口气，连接上银河文明网，开始搜索大裂谷。

大裂谷是银河中一片孤寂空旷的荒野，几乎没有星系，只有一些奇怪的星体和暗星体。这些非恒星物质是怎么来到荒野中的，就连高度发达的银河文明都解释不了，也许它们只是一些被某种原因抛出自己星系的宇宙流浪者，然后被大裂谷中那片"绝对黑暗"物质所俘虏……这只是一种猜测。关于那"绝对黑暗"，银河文明已经争论了很久，目前所知的是：第一，那里有东西；第二，那东西完全不能被任何探测仪发现；第三，发现这东西的唯一办法，就是冒险做穿越大裂谷的次空间跳跃，然后变成别人眼中一道一闪而逝的光……

"绝对黑暗"，到目前为止，只对次空间跳跃的东西产生威胁，换句话讲，它就好像是大裂谷悬挂的一块"此地禁止跳跃"的交通警示牌。银河文明很快就接受了这种警告。反正，大裂谷毫无价值，谁也没闲心花两千亿秒去穿越它看个究竟。

"它们"正在穿越它的道路上。最后结局如何？尼古拉需要做出一张计划表，在时空熵归之前，他也许只剩下三四次空间跳跃的机会。

饮料喝完，他做出了决定。与其盲目地搜索时空，倒不如紧紧跟上"它们"的步伐。大裂谷中拥有星环的宇宙天体只有三个：红色巨星Sislan（这是一颗已经死亡的恒星，可能是被某个超新星放逐到这里的残骸）、蓝色巨星Erlen'rad（它几乎不发光，但其剧烈翻滚的双层表面产生的强磁场让星球表面布满强电流，发出微微蓝光）、行星Balard（一颗石头）。三个星体分布在大裂谷中相距遥远的角落，无线电传递到拉修姆的时间相差上百亿秒。

"它们"会去恒星，还是去行星？

尼古拉把接收器对准了行星Balard，时间是—— 一千一百亿秒之后。他停下时空泡，静静等待。过了很久，接收器里连该频道产生的"微能量泄漏辐射背景音"都没有听到。尼古拉心里一凉，难道"它们"竟然会去恒星的星环？

机会已经浪费一次了。他调整时空泡时脑子都紧得发颤。一千零七亿秒后——从Sislan传来的电磁波即将抵达拉修姆。一阵沉默后，突然，响起了电磁波的微响。

"嗞……嗞嗞……"

"嗞……达·伽马……我们已经……穿越星环……红巨星……"

"开拓者……嗞……"

"达……嗞……我不知道该怎么解释……你们不能相信……"

"开拓者……发生什么事了？你们的飞行曲线很危险……会正面撞上红巨星……开拓者……"

"不！我们航向正确……我想是正确的……达·迦马……我们将迎上红巨星……"

"开拓者！你们疯了！"

"达·迦马号……红巨星没有重力偏移，重复一遍，在我们的坐标上没有重力偏移……"

"那并不代表红巨星不存在！……嗞……红巨星的引力扭曲场可能在另一个维度……我们现在不是二十世纪……不要相信直观的……嗞嗞……"

"达·迦马……我们正在冲向红巨星……必须要作出尝试，否则跟在身后的殖民2号就全完了……我们宁可……嗞……我们正在下降……下降……距离红巨星两光秒！"

"阿列克斯！不……不！"

尼古拉闭上眼睛，等着从频道里传来船长绝望的声音。开拓者号是达·迦马的前导船，而达·迦马是从暗星逃出来的殖民2号的前导船。暗星已经坠落，如果这批人失去目标，那一切可就都完了。

几千秒后——达·迦马号的舰桥已经变成疯狂和崩溃的地狱——重新响起了声音：

"达·迦马号……迦马号……这里是开拓者号……听到请回答……我们在一片虚空中向你们喊话……"

"……"

"达·迦马号……你们在那里吗？或者我们已经不在原来的宇宙……我们不清楚现在在什么地方……达·迦马号……但是坐标显示我们就在红巨星的核心……"

"……"

"达·迦马号……三十秒之后，我们将向空间发射一次电磁脉冲……如果你们能接收到，表明我们还位于同一维度……倒计时13，12……1……"

尼古拉点起的烟，在黑暗中发出微光。前拉修姆文明留下的为数不多的习惯，就是烦恼时在嘴边点上一根燃烧的棍子，然后位于大脑前额的主处理芯片会让身体里所有躁动的细胞都安静下来。

此时此刻，在距离他数亿光秒之远、数千亿秒之前，达·迦马号先导飞船上，一定有人和他一样，在用嘴嗫着什么。等待命运现出真容的时刻，总是如此煎熬。

"……开拓者！我们收到你们发回的信号！清晰可见！……嗞……对你们的定位已经完成！你们……你们……你们在航向上……红巨星在哪里？"

"达·迦马，这里没有红巨星，重复，没有红巨星……嗞……我们周围都是影像……难以置信……红得耀眼……我不知道该怎么形容……我们看不见星空……一切都被红巨星吞没了……"

"开拓者！请你确认你的位置！"

"……是的……确认信号已经发出……"

"开拓者……你们在红巨星里……我的天哪，发生了什么？……红巨星是空的？"

"……不……达·迦马……我认为这里根本没有红巨星。"

"什么?!"

"很难说得清楚……达·迦马……但是我猜测我们现在位于一个真实的宇宙投影中……我们进入到红巨星中，但周围看到的全部是扭曲的红巨星表面……无论我们飞到哪里……都只能看到红巨星的表面……围绕在我们四周……现在向你们传回影像……你能看到吗？"

"开拓者……影像很清晰……我……我们不能相信……"

"达·迦马……我们迷路了……"

尼古拉跳出座位，给大学天文台拨电话。因为这是一通打往"过去"的电话（此刻，尼古拉本人是在现实时间的一千零七亿秒后。由于在宇宙中，电磁波的速度不能超过光速，因此会出现飞船将自身发出的信号甩在身后很远的情况。几千亿秒前，达·迦马与开拓者号的通讯，要花同样多的时间才能抵达拉修姆星，因此尼古拉不得不把自身传送到未来才能接收到这些信号），所以花了好长时间才接通。接电话的是他的同学，听声音，天文台大概在举办宇宙嘉年华，尼古拉不得不把声音调到刚好能听到的程度。

"红巨星？"

"Sislan。"

"导航星？"

"导航星?!"

"呵，别那么激动，一个天文习惯用语而已——它怎么了？"

这问题问得真好。尼古拉自己也不知道它怎么了。他斟词酌句——"它……它是空的？"

"它是空的！哈！这就是打越时电话来跟我说的事儿？特克萨斯系的Sislan是空的！真惊人！你可以把这发现权转让给我吗？"

"听着，伙计，我不开玩笑。你知道我说的是大裂谷中的那个Sislan。"

"你对星影感兴趣？"

"我不明白——"尼古拉一阵头晕。

"大裂谷中的Sislan，我的老兄，是特克萨斯系的Sislan位于大裂谷的空间投影。"

尼古拉发现自己坐牢了，时间牢笼。他已经没有更多的跳跃机会，随时可能被踢出这个时空，唯一的解决办法是不离开——直到这件事解决，或者信号彻底中断，他只能待在时空泡里等待。还好，时空泡里有点补给，有电，他就死不了。来回于各个时间穿梭，他已经搞不清楚现在的"现实时间"了，只有一点很清楚，他在"老实水手吧"账单上的数字恐怕比他旅行过的时间常数加在一起还要大了。

红巨星Sislan，是一个星影。即使天文台的家伙不给他解释，他也能大致猜出些道道。问题是，那个远在数千亿秒之前的种族显然不知道这个连尼古拉都闻所未闻的现象。它们传出的信息时断时续。达·迦马和开拓者两艘船在空间中保持了相当的距离，平行地向着银河彼岸飘去。在做出决定前，它们没有更多的能量来停止或者改变前进方向，而这个决定，将会决定数千人的生死，和一个种族能否存在下去。

时间一秒秒过去，两艘飞船上的所有乘员的主芯片一定都过载了。它们很快就找到了问题的原因，出在路线选择上，对于急于跨越宇宙中的一片空地，而又缺少时间和物资的种族来说，的确没太多选择。它们想要在最短距离内跨越大裂谷，到达次级旋臂 чфю1277 边缘，必须为它们飞船的导航设备寻找一颗固定的、可预算轨道的星体作为导航点。在这片空旷区域中，只有红巨星Sislan散发着数千亿光秒外都能看到的微光。

但眼下的情况是，这颗红巨星并不在那里，而且它还会随着观察者相对距离的变化而在空间中发生不可思议的位移。宇宙当然无奇不有，但这次显然过头了。

它们花了几千秒时间，终于得出结论：大裂谷中，存在着某种质量巨大——也许远远超出文明人想象的物体，该物体由于过于沉重，使周围的空间向"下"陷入，最后可能被扭曲空间"包"了起来，以至于完全不能被任何探测仪器找到。但是，它所扭曲的空间在宇宙中形成了某种类似"透镜"的引力场，这个引力场将遥远的另一个星系里的某个区域放大、投影到了大裂谷中。但由于红巨星是个引力透镜成像的虚影，在宇宙尺度上的多维虚影与实验室里的蜡烛光没有可相提并论之处，所以，它们即使进到了红巨星的"内部"，仍然看得见它的外表。在过去七百七十亿秒的航行中，它们与透镜的距离一直在改变，因此焦距也在改变，航向随之改变，把它们引到了绝境。

好吧，宇宙开了个玩笑。它开得起，受不了的人可以自行离开宇宙。

不知怎么的，尼古拉有一种负罪感，好像红巨星是他安排在那里糊弄人似的。在连续追踪这个种族很多很多很多秒之后，他已经认识了其中的许多人……莆田、莆田2号、远行6号……达·伽马号、开拓者号……船长、航行长……它们挣扎了无数岁月，形单影只地穿越银河，现在，它们要被迫黯然谢幕了。

两艘飞船重新聚集在一起。无线电沉默了很久，也许将要永远沉默下去。在无边无际的宇宙中，两艘比流星还要小的飞船，没有补给，没有港口，没有家园，没有目标……周围数亿光秒内，什么都没有，只有一团影子在燃烧，在嘲笑……算了吧，很多小种族都灭绝过，很多星球都沉沦过。它们的同类，不也选择了沉沦吗？也许还生活得好好的，虽然永远失去了迈向宇宙的机会……

许多"可能"像虫子一样钻进尼古拉的主芯片中。他的逻辑单元做出推论，它们已经灭亡了。虽然这颗该死的芯片早在几亿秒前就得出了相同的结论，但这一次，尼古拉知道它是对的。

他轻轻一挺身，脱离开时空泡控制臂，准备关闭时空泡。就在这时，接收器响了起来。

"37……嗞……"

"开拓者，你们已经脱离船坞……速度3371，方向17……"

"达·伽马……船上一切正常……他们已经入睡……再过四百秒，我也将进入沉睡，航向已经……"

尼古拉从座位上跳了起来。它们还要前行！去哪里，去哪里？

"开拓者……嗞……星图已经上传到主电脑……我们不太清楚……但这是唯一的机会……那片尘埃云正在形成新的行星……如果该星系有其他行星……无论如何……我们已经没有……嗞……愿上帝保佑你，足够支撑到……"

"愿上帝保佑我们大家。我们将在沉睡中等待命运裁决。"

"而我们将为你们照亮前方……嗞……我们的反应堆将在一千七百七十六秒后爆炸……请将我们的位置传给殖民2号……我们将完全燃烧六百秒……不太长……但足以让他们的导航器重新校正方位……"

"永别了，达·伽马！"

"永别了……"

一会儿之后。

"阿列克斯，你还在吗？"

"……嗞……我在……"

"如果……请不要忘记我们……"

"忘记就是背叛，达·伽马号。"

四百秒后，开拓者陷入了沉睡。这是它们最后的选择，不得不省下每一秒钟的补给。一千七百七十六秒后，达·伽马号变成宇宙中一道一闪即逝的光。对于它身后很远的地方，正沉默着前行的殖民2号而言，这道光将是黑暗星空中唯一真实的路标。

毫无疑问，接下来的很长时间里，将再不会出现无线电信息。殖民2号与开拓者更改航向，在黑暗中飘浮，根据过往的经验，里面的生物有99.99%的可能再也醒不过来。

时空泡内的空调单调地响着。尼古拉决定不再等待下去了。在回到正常时空之前，他叹了口气，稍稍在椅子上伸了伸腰。远方，Tasha尘埃云轰轰地吸入水汽，再过很多很多很多亿秒，那里将会生成一颗行星。和宇宙无限的生命比起来，任何有机物都渺小得可笑。

也许不那么可笑……

也许这并不好笑……

也许……

也许它们说的尘埃云就是Tasha！

尼古拉几乎是发着抖，重新启动时空泡引擎。一个一直在他面前闪烁的数字艰难地从2变到1，他再也不可能亲身来体验这段历史，寻找那些绝望或者充满希望的信息。即使他再通过时空泡进入这些"时间"，时空相对他而言也将变得寂静无趣。

时空泡操作系统默默等待使用者输入前方时间点。它等了很久，终于，使用者在"起点"一栏，输入"现实时间"。过了好一会儿，他才在"终点"一栏，输入——"一千八百亿秒前"。

Tasha沉重的身躯转动起来，越转越快……宇宙翻过来倒过去，星潮漫过拉修姆，璀璨不可逼视，然后慢慢褪去。

星空在一千八百亿秒前注视着尼古拉。他松开控制臂，站起来，走向窗前。

拉修姆在身下很远的地方。那时候，它还处于蒙昧中。没有建筑，没有灯光，没有穿梭往来的时空舰队。时空泡像个幽灵，飘浮在其上方几千里的空间中。

接收器"咯吱咯吱"地响着。静电噪声飘过空间。

不知道过了多长时间，突然——

"……嗞……这里是殖民2号……嗞嗞……达·伽马号……嗞……开拓者……嗞嗞……"

尼古拉觉得自己背上的毛都立起来了。

"……达·迦马……我们收不到你们的信号……嗞……我们无法精确定位……我们能够看到……目标行星很清晰……开拓者……你们在哪里，你们已经登陆了……你们能看到我们吗……嗞……呼叫达·伽马号……"

现在，不需要借助任何仪器，在"Tasha"左面偏下的位置，一颗闪闪发亮的点已经清晰可辨，那是某种低级空间推进器在脱离光速时产生的火焰。

在经历了数千亿光秒的近乎自杀般的旅程之后，达·迦马号用生命指引的殖民2号终于抵达了目的地。那艘飞船已被时间和空间折磨得支离破碎，它摇摇摆摆地晃动着，目标已经近在咫尺，但脱离光速带来的冲击也让它一秒比一秒更加虚弱。

数百秒后，殖民2号爆发出一连串闪光。

"……嗞……达·伽马号……我们出了一些故障……现在不清楚……我看见一些舱体离开飞船……达·迦马号！开拓者号……我们出问题了……飞船抖动得很厉害……我们不知道……"

那颗光点在空间留下许多烟雾和亮晶晶的碎屑，然后一头扎向拉修姆星的轨道，站在六千米的上空，那飞船几乎是从尼古拉脚底掠过。他能看见那些伤痕累累的船体和早已歪斜的舰桥。一大半的飞船都裹在浓烟中。

"……有谁在那里……帮帮我们！帮帮我们……大部分乘客还没有苏醒……达·迦马号……谁在那里？请帮帮我们！"

尼古拉发疯般地从窗口这一头冲到那一头，但是隔着玻璃与时间的双重厚壁，他只能眼睁睁地看着飞船转到地平线的另一头去。频道里的惊叫声越来越大：

"警报！警报！主引擎熄火了！我们正在失去动力……失去动力！"

"减速失败！减速失败！"

"速度在上升……我们要坠毁了！"

"稳住船体！"

"……第四舱的火势无法控制了……正在蔓延，正在蔓延！"

"船长室！我是第四舱！立刻放弃我们！放弃我们！"

"……第四舱剥离……第四舱坠毁……"

"控制不住了！"

"船长室！火势蔓延过中舱！"

"我们失去了八百七十人！"

"船长室！还有一百五十秒就要撞击坠毁！"

飞船裹着熊熊大火从地平线的另一端冒了出来。尼古拉捂紧嘴巴。历史第一次在眼前历历上演，演员是一群经过了几代人努力、几千亿秒跋涉、从深沉的梦中惊醒的孤立无助的人。宇宙无视这些镶嵌在历史中的悲惨镜头。

"这里是船长室……殖民2号的全体船员……我们只剩下一个办

法……只有一次机会……我们剩下的能量只够发射一个舱室，并让它安全降落……船员们……我们时间不多……需要立刻决定发射哪一个舱室……"

"第七舱室，船长！"

从即将坠毁飞船的各个角落传出隐约的声音。

"太好了。第七舱室是妇女和儿童。"

"但是……他们中间没有专业人员……如果我们坠毁……将来他们怎么生存下去？"

"只要延续，就有办法。"

各个舱室——数量更少了。几十秒之内，许多舱室都已失去了声音——传来赞同声。

"发射准备！"

"舱室封闭！"

"再见了，阿丽娜！"

"发射完毕！"

一个光球脱离飞船，笔直地向下坠落。飞船继续一圈一圈地绕着行星飞行。大火已经将它完全吞没，可是从里面传出的声音却仍不绝于耳。

"舱室进入大气层！"

"飞行姿态正常！"

"减速伞打开……速度降下来了！"

"万岁！舱室将安全着陆！"

最后一句话，只有少数几个人响应。其他人都已消失在大火之中。

"……这是殖民2号在呼唤……达·迦马……开拓者……你们在听吗？我们已经按照与你们的约定，在不知名的行星上播下了种子……感谢你们……我们不知道你们去了哪里……不过没关系……阿列克斯……我们曾经失去过……我们曾经流浪过……我们曾经放弃过……"

"但我们终将找到家园。"

从宇宙的角度来观看，这场大火是不存在的。然而电波刺破苍穹，坚定地向着遥远的未来前进。

大饥之年

张舟

宝永三年（1706年）四月七日　日本萨摩藩屋久岛下
屋久村

雨下个不停。浅灰色的云幕笼罩着屋久岛山脉，已经连续一个半月看不到屋久岛的最高峰宫之蒲岳，下屋久村的三十三间草房都生出了惨绿的青苔。

数十人聚集在村中央一栋大屋门前，在雨幕中拥挤着，发出低沉的嘟哝声。深红色泥浆淹没他们枯瘦的脚腕，那是用来刷涂墙壁的红色涂壁土的颜色，这个屋久岛山深处的村落正在融化于连绵大雨之中。

透过墙壁上的破洞，能看到两个男人坐在屋子当中。水珠滴滴答答落入火塘，腾起呛人的烟雾。坐在上首的白发老人喉结滚动，将唾液咽进枯涸的喉咙。饥饿感如一只巨手攫住他的胃，抓挠着肝肾，把肠子狠狠揉成一团。他肮脏的脚趾用力抠紧榻榻米，枯黄趾甲刺进草席。

他已经断食整整二十天了。二十天里，他吃下三十八升五合白米，相当于两名精壮武士的饭量，可他还是饿，饿得浑身浮肿，眼睛发黄。再多的米饭都填不饱肚子，唯有味噌和豆腐能带来一丁点儿充实感。他不住地进食，紧接着呕吐；继续进食，继续呕吐。

下屋久村名主（村长）饭田守很清楚自己需要什么。他需要肉、山猪、牛羊、鸡鸭，充满油脂的肥腻的肉是治疗饿病的唯一药品。然而早在二十多天前，村里就再也找不出任何肉类了，即使治饿病不那么有效的咸鱼干虾也已吃光。全村三十三户，每家每户的米缸都装满了白花花的大米，去年棚田（梯田）丰收，本该让村子安然度过青黄不接时节，可牛头天王在春雨时分降下饿病，使下屋久村陷入一片混沌。

"父亲大人，村寄合（村议会）早已做出决定，他们已经无法等待下去了。"下首正坐的年轻人说。他的身体浮肿胀大，面色焦黄，显然也正在经历难挨的饥饿。这个年轻人的名字叫稻盛孝广，下屋久村的百姓代，饭田守的女婿，今天是他断食第十九天。

雨鞭打着屋顶，火塘即将熄灭，屋外突然传来巨响，腐烂的篱笆墙被人们推倒在水中。呻吟声渐近，雨幕里，人影摇摇晃晃走来。

饭田守下定决心，从衣袖中慢慢摸出一柄短刀，说："这柄肋差是下屋久出身的本乡大人赐给我的宝物，本乡大人是我们七十七万石萨摩藩的总番头（骑兵大将），为人宽厚，一定会原谅我吧，原谅我吧……"

看着老人抽出短刀以白绢擦拭，稻盛孝广忍不住变了脸色，"父亲大人，你要做什么？难道想要自杀吗？我们是农户之身，怎么可以擅自切腹，那可是诛灭全族的罪名！"

"孝广啊……"饭田守翕动嘴唇，以黄疸严重的眼睛望向屋外昏暗的天空，"你还不明白吗？下屋久村已经完了。出去求援的人没有回来，说明所有的桥梁都被洪水冲垮了，通往港口的路也毁掉了，在这场雨停止之前，没人能进来，没人能出去。我活了五十八岁，从没听说世上有这样的饿病，牛头天王将疫种撒在这里，又用山洪封锁道路，就是要彻底毁掉下屋久啊……可是孝广啊，你想想，若能够将瘟疫同下屋久一起埋掉，对萨摩来说不是最好的事情吗？"

年轻人猛地站了起来，双腿因虚弱而摇摇晃晃，"村子不会毁灭，我们会活下去，撑到岛津大人的援军到来！"

饭田将短刀举起，借昏暗天光凝视刀身的云纹，"这话我在饿病刚发生的时候说过，在吃光肉的时候说过，在村寄合决定开始吃人的时候也说过。孝广，外面那些人已经不再是人了，而是食人的鬼，我们都是食人的鬼。每天吃掉一个人，这是恶鬼的行径，就算神佛也不会原谅的……夕子是柔弱的女人，甘愿为村子牺牲，成为大家的食粮；可是朝子才刚八岁，无论如何我也没办法……"

稻盛提高音量："固然朝子是我的亲女儿，可作为百姓代，我必须听从村寄合的决定！父亲大人，你把朝子交出来吧，别让饭田家蒙羞！"

"哧——"饭田浮肿的脸突然挤出一丝笑纹，老人回答道，"你没有吃夕子，我很感激你，可你终究会吃人的，不是朝子，就是其他人，变成外面那样的恶鬼……你找不到朝子的。你的眼神已经变了，只要我一倒下，你就会撕下我的皮肉，喝光我的血啊！稻盛。朝子已经走了，她会把灾祸带走，将一切终结……"

这时雷声从天际滚过，闪电照亮山峡间的孤村，下屋久村第十二代名主饭田守，猛力将冰凉的短刃刺入自己的左腹，慢慢向右横拉，刀刃切裂胃肠的感觉并未缓解蚀骨的饥饿。"本该拿锄头的手，看来还是不适合拿刀啊……"老人喃喃自语，"杀死夕子的时候也是这样不干脆，要死很久的样子吧。稻盛，你能当我的介错人吗？……这听起来真像武士说的话啊。"说完，他头一歪，断了气。

"父亲大人！"

鲜血的气味芬芳四溢，稻盛孝广终于屈服于腹中的恶鬼。他扑向自己的岳父，牙齿映出雪白的光。那么多日夜的忍耐，只是因为对父亲大人的尊敬，如今表达敬意的方法，就是将对方的身体当成治病的良药。

村民们拥进大屋，浮肿的、恶臭的、如鬼一般的村民，人群将尸身淹没。外面的人开始啃噬同伴的肢体，呻吟声与咀嚼声在雨声中显得含混不清。

屋外的水流急促起来，红色泥浆冲走浮土，使地下草草掩埋的数十具骨骸显露出来。河水开始泛滥，在山腰用以分流溪水的堤坝旁，一个小女孩正用木棍吃力地撬起闸门。她不明白妈妈究竟去了哪里，也不知道宁静的村子为何变了模样，她只知道自己小小的身体里还有一丝力气，足够完成外公给予她的最后指令。

"嘿呀……"朝子撬开闸门，蜷缩身体，把怀中的东西护卫起来。

堤坝崩溃，洪水到来。来自宫之蒲岳的洪流轰鸣而下，将山石、树木、泥土与小小的村庄一同吞噬。短短几分钟内，泥石流就彻底改变了山谷的模样。

印有萨摩藩大名岛津家十字丸纹章的船帆在风中飘摆，一位武士站在船头远眺，看到黑沉沉的雨帽覆盖下，屋久岛的绿色山脉正在流淌。

"山崩了……"武士摇摇头，叹息道，"返回鹿儿岛吧，下屋久已经完了。"说出这句话时，他的眼角挤出一颗泪珠，那是对故乡最后的惦念。

2014年12月20日　美国内华达州提卡布山谷无名农场主宅起居室

"5，4，3，2，1——"顾铁瞅着腕表读出数字，"现在是2014年12月21日了，同志们。"屋里的四个人一齐扭头望向屋角的座钟，时针指向午夜十二点，自鸣钟咚咚敲响。人们屏住呼吸，静静等待了一会儿，然而什么都没有发生。壁炉内的火焰噼啪跳动，老式电唱机上有黑胶唱片在嗞嗞空转。有人手中的酒杯倾斜了，琥珀色的酒液沿着杯壁流下，无声地坠入羊毛地毯。

"又一个世界末日！"长着一头浓密黑发的中国人倒在摇椅中，有气无力地摊开双手，"2012年的世界末日是假的，又有专家说，根据玛雅历法认真推算，2014年才是真正的世界末日，结果全是扯淡！无聊，无聊！"

有人将悬空的唱针复位，Billie Holiday的歌声再度响了起来。"玛雅人的历法同样令人失望啊，铁。那么该下一个故事了，我们每年只聚会一次，除了例行的世界末日妄想之外，总该有点儿新鲜话题吧……浅田，该你了。"一个梳着两条大辫子的印第安女人转过身说。

"没什么好说的。"开口的是端坐在沙发上的中年日本人，这人皮肤黝黑，神情阴郁，看起来不大像是个喜欢讲故事的人。

顾铁嘟囔道："老兄，拿出点儿奉献精神来吧，难道一年之中就没遇到点儿什么稀奇古怪的事情吗？"

"没有。"名叫浅田的日本人生硬地答道，"我是个杀手，一年来只杀人而已。"

"当然，杀手……"屋里的几个人同时举起杯，喝了一口酒。这个穷极无聊的沙龙有且仅有四名成员，成立十六年来，只聚会过十六次。四个人的国籍、职业和教育背景完全不同，促使他们走到一起的，是九十年代中期刚刚兴起的网络留言板上一场有关生存意义的大讨论，哲学问题是没有最优解的,思维碰撞的结果是漫长而丑陋的论战,而在这场论战当中,四个陌生人发觉了彼此身上某种共性的东西,决定成立一个小小的讨论组,那就是这个沙龙的前身。

这个沙龙是松散的,成员之间基本互不联系,只在每年例行的聚会当中分享故事,彻夜长谈。今年的召集人是顾铁,他是中国北京一家投资基金的管理人,对未知事物有着超常的好奇和敬畏之心,带来的话题总是有关反进化论、反人类沙文主义和末日审判的激进观点。而此刻该讲故事的,是日本人浅田,没人知道他的真名是什么,也没人知道他的职业,浅田总是用那种故作深沉的语气说自己是一个杀手,这成了沙龙的一个例行娱乐项目,每当"杀手"二字出现,大家就要笑饮一杯酒——谁都知道真正的杀手是不可能承认自己是杀手的,所以这只是个玩笑而已。

"离天亮还早着呢,总得聊点什么吧?"坐在唱机旁的人说。这个年纪四十岁的女人是美国华盛顿史密森学会的人类学家,名叫祖尔·科曼彻。

日本人闷闷地喝下杯中酒,"好吧,一个月前,我得到了一件东西,我不太明白它究竟是什么,或许你们能找到答案。"他从灰色外套的内兜中取出一个布袋,解开绳结,将里面的东西倒在咖啡桌上,"三十三天前,我在鹿儿岛县出差,负责接洽的客户是早稻田大学考古研究所的教授,他在鹿儿岛外海的屋久岛上进行考古发掘工作,那里新发现了绳文时期的建筑遗迹。这件东西从他手中得来,似乎对他很重要。我把它当作战利品——不,纪念品留了下来。"

祖尔说:"绳文时期是日本旧石器时代的后期,南九州的绳文遗址多有发现,基本上是距今九千五百年前的小村落遗迹。"说着话,她拿起桌上的物件端详着,"这可不是什么绳文时期的东西,它最多不超过三百年历史。和式的枣木木盒,做工粗糙,并非将军和大名所使用的器物。"

这个不起眼的盒子呈现朱红色,体积与一台游戏主机相仿,接缝处用淡黄色的蜡封闭。浅田点头道:"没错,这是日本幕府时期的东西,当时屋久岛属于萨摩藩管辖,岛上有人居住。在挖掘绳文遗址的时候,考古队发现了一个掩埋于地下的近代村落,根据地方志记载,应该是十八世纪初毁于山体滑坡的下屋久村。由于没有得到挖掘许可，考古队并未进行深入发掘，不过在工程机械掘出的坑洞中找到了大量尸骨。这个盒子是早稻田教授私自取得的，没有列入日志当中，我猜想其中一定有着什么不寻常的理由。"

"可以打开吗?"顾铁拿出一柄薄刃的匕首。

"要考虑到毒气和病菌的可能性。"旁边金发碧眼的男人提醒道，随即耸耸肩，"仅仅是提醒而已。"这个英俊的北欧人是沙龙的第四位成员，芬兰医药集团公司IDD的研究中心主任安德鲁·拉尔森，目前在美国CDC疾病预防控制中心从事高等级病毒实验室的组建工作。

"那我打开了，看看里面有什么宝贝。"顾铁催促道，"浅田你接着说。"

刀刃沿着盒子的缝隙刺入一撬，蜡封被破坏，中国人轻轻抽出盒盖，向里面看了一眼，"咦，还有一个盒子。"

日式木盒里装着另一个黑漆漆的木盒，除此之外空无一物。祖尔脸上掠过惊疑之色，将黑色小盒捧在手心，"奇怪，这是中式的红酸枝机关盒，用料相当考究，没猜错的话，应该是中国明朝所造。这种机关盒由能工巧匠定制，每只盒子由数十个木块榫卯拼接而成，必须按照特定顺序才能组装起来;而开启的时候，也必须按照特定顺序抽出相应木块才行，否则榫卯会越咬越紧。瞧，盒子表面还用黑色的火漆刷过，所以变成这种颜色，火漆中的虫胶经过数百年时间胶结干燥，已经把机关盒彻底粘成一个整体了。"

这时屋中的人都聚集在咖啡桌前，好奇地端详着黑色机关盒。顾铁一副心痒难耐的表情，"能打开吗? 日本盒子套中国盒子，里面没准儿还有个埃及盒子呢?"

"以现代技术对盒子进行扫描，把结构中的每一块木片还原为三维模型，就可以找到开启的顺序。"祖尔有点儿犹豫，"可是这只盒子已经无法正常开启了，恐怕只能切割开来。"浅田给自己杯中倒满酒，继续说下去:"我的客户——早稻田大学的教授先生留下了一份工作日志，其中有对那几十具骸骨的描述:绝大多数骨骼有啮咬的痕迹，留下齿痕的并非兽类，而是人类，下屋久村遗址毫无疑问是一出食人惨剧的现场。这一发现能够颠覆日本人长久以来自我标榜的国民品格，除了斯特拉·马力斯大学橄榄球队事件以外，还未曾有过如此确凿的证据证明文明社会中的群体性食人事件存在。"

"吃人？"安德鲁·拉尔森倾斜身子，显出很感兴趣的样子，"洞穴奇案是最著名的法学、哲学问题之一，看来今年浅田带来了一个好故事。这盒子在其中又扮演了什么角色呢？"

日本人摇了摇头，说："我不知道。教授先生应该已做出某种程度的推断，不过他并没发表研究成果，他只提到这个盒子是在一具矮小的女性尸骨身旁发现的，那具骨骼表面并没有啃噬痕迹。在萨摩藩的地方志中，下屋久村是被罕见的大雨隔绝交通近两个月之后，才被泥石流摧毁的，两个月之中究竟发生了什么，这谁都不知道。"

顾铁挑起眉毛，"那还等什么？"他抓起盒子站了起来，"X光照相，确保里面的东西不被伤害，然后用锯子锯开它，我们的地下基地有这些设备。"

"这种机关盒一般用于保存非常重要的资料、信物和贵重物品，如此完好的明代红木机关盒是极其罕见的，未开封的更是收藏家眼中的至宝。"祖尔说，"这件东西如果完整地送到苏富比，有超过三十万美元以上的价值。"

"比起人类的好奇心来说，三十万美元一点儿都不贵。对吧？"中国人如此作答。

四个人起身离开温暖舒适的客厅，沿隐秘的螺旋楼梯降至地下一层，这间大屋装满稀奇古怪的收藏品（一半是与外星人有关的玩意儿，另一半是泡在福尔马林里面的诡异器官），周围四间实验室有着完备的解剖和理化分析设备。

沙龙的成员们走入第四实验室。红木盒子在X射线成像仪上转了几圈，一个立体模型呈现在投影屏幕上，盒子里的东西显出形态——毫不令人意外，那是另一只盒子。

"看起来是金属的。"顾铁挠挠鼻尖，"体积不大，正好将机关盒的内部空间填满，一丝缝隙都没有。"

"不，应该说机关盒就是为了封锁里面的金属盒而制造的，中国古代工匠有能力把硬木工艺品的误差控制在一毫米之内。"祖尔用手指在模型上画出几道切线，"这台X光机的功率太低了，看不清更里面的东西。应该从正面和两个侧面下锯，将上半部的红木剥离下来，锯路一定要窄，以防伤到金属盒子——这是在破坏艺术品，你们知道的。"

安德鲁·拉尔森微微一笑，"让我来吧，这不会比外科手术更难。"他将盒子捧至旁边的一台仪器上，熟练地键入数据设定参数，将机关盒用夹子固定，按下数控木工机床的启动按钮。嗞嗞……0.3毫米的超薄链锯开始切割木盒，人造金刚石锯齿柔滑地破开坚硬的红木，空气中出现一股微酸的香气。

这时顾铁发言："历史上有关吃人的记录是很多的，比如中国史书中就多有记载，大饥之年，易子而食，割肉道殍，灾民为了活命是不顾伦常的……关于人性的讨论先搁一边，我倒是想起一件不太平常的吃人事件，就发生在制造机关盒的明代。明朝天启二年，贵州一带爆发'奢安之乱'，彝族头领安邦彦率领大军围困贵阳城三百天，贵州巡抚李橒率军死守城池，城中缺粮，开始吃死人的肉，后来吃活人的肉，再后来连亲人朋友都抓来吃，军队公开贩卖人肉，每斤生肉卖一两银子，等到叛军退走的时候，原本十万户人口的贵阳城只剩下千余人幸存，好几万人被活活吃掉了……这事是《明史》中记载的，听起来更像恐怖小说里的情节，若不是白纸黑字写着，绝对想象不到人类的疯狂能够达到这种程度。"

这耸人听闻的故事使屋子陷入寂静。过了一会儿，祖尔开口说："这不是我研究的方向，不过在战争中出现的食人事件并不罕见。根据史料记载，伯罗奔尼撒战争中，波提狄亚人被围困时就以尸体为食，十字军东征时也曾烤食战俘，而《拿破仑传》中多次提到俄国士兵烹食小孩的场景。《圣经·列王纪》说：你在仇敌围困窘迫之中，必吃你本身所生的，就是耶和华你神所赐给你的儿女之肉。这说明吃人这件事情在特定条件下是被社会所接受的。"

"阿兹特克文明的献祭仪式中有吃人的环节，当然那主要是宗教意义上的行为。"北欧人说。"数万人疯狂地大规模彼此相食，这不能仅仅归结于战争的原因吧。"中国人若有所思道，"若说起类似的事件，中国还发生过一回……我突然有点儿不太好的预感。"

这时机床嘀嘀一响，切割完成了。拉尔森松开滑动卡扣，黑色木片左右倒下，露出下面的金属表面。看到显露出来的东西，几个人同时屏住了呼吸，浅田突然向后退了一步，低声道："这是一个错误，不应该继续下去了。"

"要有科学求真的精神，浅田。"金发的芬兰人说，"绝不应该就此停下。"

出现在众人眼前的是一只金灿灿的长方形金属盒，看起来像镀金制品，可短短半分钟内，其表面就浮现了一层青绿色的锈迹，显然以前是红木机关盒阻止了氧化反应发生，而当金属盒暴露在空气中时，这一反应过程便加速了千万倍。盒子表面雕有人物图案，线条是诡异的暗红色，五个人物分别位于盒子的五个面，五人面目不清，分别手执勺与罐、皮袋与剑、扇、锤、火壶，唯一没有人物的表面则刻着复杂纹饰。肉眼看不到盒子的接缝，看起来完全是一个金属浇铸的整体。

祖尔显得神色凝重，她默默观察金属盒，思考了一小会儿，说道："这五个人物形象，应该是中国神话传说中的'五瘟'，也就是五位瘟疫之神。而纹饰图案代表'四神'，镇守四方的四大神兽。在中国文化里，这种形式叫作四神镇五瘟，表示降服瘟疫的意思。我在去年召开的墓葬文化研讨会上见到过类似的壁画，那是在瘟疫死亡者的合葬墓中出现的。"

"越来越有意思了。"顾铁拍了拍手，"根据惯例，不感兴趣的人可以提前退出了，到上面继续喝酒吧，酒柜里还有上好的单麦芽威士忌——我记得是美妙的麦卡伦30年。"

浅田一语不发地转身就走。剩下三个人围在工作台旁边互相注视，直到离开者的脚步声消失在楼梯口，芬兰人说："继续吧，看来你已经找到什么线索了。"

顾铁将眼神投向那神秘的小盒，"算是吧。这金属盒子是件青铜器，未经氧化的青铜器呈现金黄色，这证明盒子刚一制造出来就被封锁在了外层的机关盒中。只是有一个问题对不上号，看来需要做一个碳14鉴定才行。祖尔，如果没猜错的话，四神五瘟的图案应该流行于唐代，而那个朝代正是中国青铜器时代的尾声——这盒子来自唐朝。"

"这不可能！"其他两人异口同声叫道。

2014年12月21日　美国内华达州提卡布山谷无名农场地下实验室

"铜盒铸成之后立刻被红木机关盒收纳，因此两只盒子的年代应该是一致的。明代是最合理的推测吧。"芬兰人说。

祖尔犹豫道："这只盒子从造型和纹饰来说，确实符合唐代器物的特征。中国自五代十国以后普遍使用黄铜和紫铜，一般只有钟鼎等大型器物才会使用青铜浇铸……不过不排除仿古的可能性，宋代曾铸造了相当数量的仿古礼器。"

"碳14，很简单就能解答我们心中的疑惑，半衰期不会骗人。"顾铁戴上手套，小心地捧起盒子来到第三实验室，把铜盒摆在一个不锈钢操作台上。地面上的仪器只是冰山一角，庞大的加速器线圈藏在深深的地下，这台加速器质谱仪是足可以媲美顶尖大学实验室的新型设备，而懒散的主人们看来很少使用它，仪表上落着薄薄的灰。

祖尔对这种仪器并不陌生，她使用一次性探针从红木机关盒上取了三个样本，又从青铜盒表面阴雕处取得三个样本。碳14鉴定法无法测定无机物的年代，不过盒子阴雕线条中涂有赤红色颜料。"这应该是银朱（硫化汞）与桐油的混合物，能够代表铜盒制造、雕刻、涂装的年代。"人类学家介绍道，一边将探针插入收纳口，盖上保护盖，打开质谱仪的电源开关。

嗡嗡……不知藏在何处的大功率柴油发电机启动了，加速器要将同位素原子加速到数十兆电子伏特，所需要的电量是惊人的。屏幕显示整个程序需耗时十分钟，几个人就在仪器旁边坐下来，一边观察铜盒，一边继续讨论。

安德鲁·拉尔森将领带稍微松开，做了一个深呼吸，"稍微整理一下头绪。从营养学角度来讲，人肉同猪肉和牛肉没有太大分别，不过作为食物链顶端的生物，人肉是自然生物中污染富集程度最高的，常吃容易重金属中毒；而长期食用死者的肉则会导致某些疾病的交叉传染，例如新几内亚Fore部落因朊蛋白病毒而引起的震颤病。另一方面，顾铁刚才提到的大规模食人事件是有医学可能性的，甲状腺异常、胰岛功能亢进、皮质醇增多症等都可导致食欲亢进，若某种未知的传染病能够抑制饱食中枢的活动，使感染者出现异常旺盛的食欲，那么一千人吃掉几万人的场面就很可能出现。他们会吞下比食量多十倍的食物，不住呕吐，继续进食，直到成为别人的食物，化为一摊呕吐物……想象一下那是什么样的画面？"

祖尔露出恶心的神色，顾铁打了个响指，说："就是这个思路！刚才我想到另一起群体性食人事件，灾难发生在唐朝至德二年，安史之乱时期。当时，安禄山的儿子安庆绪派兵进攻睢阳，唐将张巡守城十个月，粮尽后开始大规模吃人，到城破时，睢阳城四万户被吃了个干净，只剩四百人活了下来。盛唐年间发生这种惨剧，恐怕是大多数人所不知道的吧。""你是说唐代、明代的两起事件，都是盒子里的东西引发的？"拉尔森质疑道，"这说法没什么依据，虽然骇人听闻，可毕竟是战争中发生的事情，战争的本质就是剥夺生命。"

中国人摆摆手指，"不不，它们不符合战争的基本规律，守城战本身是消耗战，一旦资源枯竭，战争就走到了尽头。军民相食开始的时候，就是城防崩溃的时候，根本不可能再坚持那么长的时间。两起事件的守城时间都是十个月，即三百天，其中显然有着明显的规律性。无论史书中怎么记载，我认为，真实的攻城战其实早早就结束了，是敌军在城外隔岸观火，不肯进入这两座陷入疯狂的城。当数万人、数十万人大口大口撕扯对方血肉的时候，谁会做出大举进攻的决定？十个月，或许是幸存者人数递减到一个足够小的规模，或许是传染病的传播期已经过去，一切才算结束。"

祖尔脸色变得煞白，"就是说，这铜盒子里装着的是病毒？能导致人吃人的恶性病毒？"芬兰人立刻纠正："病毒在活体之外不呈现生命特征，离开宿主细胞后，没有代谢机制的病毒最多只能存活几天。"

"传染病在唐代的爆发导致了睢阳食人事件，当时的人铸造了四神镇五瘟纹青铜盒将最初传染源封存起来；八百六十五年之后，盒子被打开了，贵阳食人事件发生，于是人们按照唐代铜盒的原样铸造了第二只铜盒，重新封锁传染源，并且用红木机关盒加以额外保护。八十年后，这盒子辗转流落到日本，在九州的一个小岛上引发了食人事件。我刚在红木盒底部发现了一个直径不到两毫米的小孔，像是手钻留下的痕迹，日本人一定想窥探里面的东西，不小心把青铜盒与红木盒那微小缝隙中的瘟疫释放了出来。"顾铁向大家展示红木机关盒的碎片，"这就是我的推断。"

祖尔说："也就是说，我们正处于危险当中吗？"

拉尔森略加思索，"我不这么认为，排除病毒的可能性之外，细菌类的群体生命是无限的，而在封闭环境中的单体受到细胞寿命限制，其生命周期其实很短，比如大肠杆菌只有二十五分钟左右，酵母菌不超过一个小时。目前最耐不良环境的细菌芽孢也存活不过二十年。无论里面曾关着什么怪物，都应该早已死去了。"

祖尔嚷道："可是几起事件间隔几百年，就说明病原体一直活在盒子里头——这分明就是现实中的潘多拉盒子！"

"战争。疯狂食人。被毁灭的城市。"顾铁眉心打了一个结，"如果反过来想想的话，蒙古人进攻克里米亚半岛时就曾经将死尸抛进城市，用黑死病作为生物武器。这种食人怪病难道也是作为一种武器存在的？只是其表现形式太过凶残，威力不易控制，而安全期又太漫长，才会被重重封印起来，极少被使用在战争当中……"

拉尔森说："那么日本村庄事件只是个意外，真正的瘟疫，还藏在明朝铸造的铜盒里未被释放出来。"

屋里突然安静了，三个人不约而同地沉默下来。青铜盒子闪耀着异样的绿光，五瘟使者在铜锈下若隐若现，仿佛在盒子表面蠕动起来。

"到此为止。将铜盒密封起来，埋藏在内华达的戈壁滩深处，我们得去做个全面的身体检查，然后忘掉这件事情。"

"我同意。"

"同意。"

"同意。"

不知谁先开口，一个决议立刻达成。

祖尔说："我突然想起一件事，你们是否知道印度的摩亨佐达罗遗址？它被称为'死丘'，是印度河中一座岛屿上的大型城市遗迹，科学家们推测这座城市是在相当短的时间内毁灭的，有四万到五万人集体死去，大量骨骼堆积在城市当中。如果是类似的食人事件的话……"正在这时，质谱仪嘟嘟的提示音打断了她的话，检测结果出现了："样本一：1620年（正负8年）；样本二：1620年（正负8年）……样本六：

1620年（正负8年）；复检将在十秒钟内开始。"

顾铁点点头，"没错了，正是贵阳城事件发生的年代。若分析青铜盒的成分，一定能发现那符合唐代青铜器的合金比例，因为新盒是熔化旧盒重新浇铸的，古人一定认为这种特殊的金属和纹饰能够压制瘟疫。"

轰！这时不知从何处传来砰然巨响，四周立刻陷入漆黑，焦煳味沿着通风系统传来。屋里混乱起来，惊叫声和碰撞声响起，有人嚷道："短路了！供电系统的负荷太大了，备用发电机启动需要三十秒钟……好了好了！"

头顶灯泡啪啪闪烁，接着慢慢亮了起来，实验室重新被柔和的白光照亮，三个人站在质谱仪旁，胸口起伏不定。"等等……"顾铁慢慢低下头，望着工作平台上完整的青铜盒，长长地出了一口气，"还好没事，要是有人碰到盒子就糟糕了，这种青铜器很坚硬，因为铸造时添加锡的比例相当高，不过同时韧性会变得很差，一摔就会碎成渣子吧？"

祖尔说："快把它封起来，我再也不想看见这玩意儿了，即使这是个能获得诺贝尔奖的研究课题。"

安德鲁·拉尔森小心地捧起青铜盒，放进玻璃箱，带到第二实验室进行喷洒消毒，用玻璃和铅盒做了双重密封，最后用HDPE热塑树脂将铅盒裹在里面。芬兰人亲手将这团琥珀一样的东西丢进地下室的渗漏竖井，然后向井中灌入大量的速凝水泥，确保它被埋在无人能触及的地方。

完成这一切时已是凌晨六点。拉尔森摘下手套，抹去脸上的泥浆，"我们再去做一次消毒，接下来我会抽取咱们几人的血液样本做病理检验，确保没有染上什么怪病。观察期三天，没有异状的话才能离开这里，没异议吧？"

"当然，安全第一。"祖尔说。

"可惜没能看到那东西的真相，有点遗憾啊……"顾铁打了个呵欠，"这次聚会要延期了，希望大伙儿都有其他的好故事可讲。"

三个人说着话离开地下室，灯光熄灭，屋子重归黑暗。

咔嗒——在八十米深的地下，被重重包裹起来的铜盒突然裂开。它早就被人砸裂，只是拼合在一起勉强维持形态而已。若有光源照亮盒子，能看到断茬处的青铜呈现耀眼的金黄色，五瘟使者的脸支离破碎。盒子的内部空间小得可怜，只能勉强塞下一只ZIPPO打火机——而无论里面曾经装有什么，此刻都已不在了。

2014年12月24日18:22　美国纽约皇后区肯尼迪国际机场6号航站楼

　　来自拉斯维加斯的航班刚刚降落，人流拥向机场捷运换乘站，航站楼中央竖着一棵巨大的圣诞树，喇叭播报起降信息的间隙一直在反复播放《铃儿响叮当》，"哦呵呵呵呵——"圣诞老人驾着电动雪橇滑过大厅，笑着向孩子们分发礼物，大屏幕上每隔一分钟就飘过一阵雪花。圣诞节到了。

　　一个穿着黑色风衣、戴着黑色滑雪帽和墨镜的人低头向停车场走去，看起来似乎不太享受这温馨的圣诞氛围。这时滑动门开了，一群身穿厚棒球外套的男孩冲了进来。"汤姆，传球！""二垒！传给二垒手！"他们大声叫嚷着，将棒球掷过人们的头顶，瞧着吓了一跳的人们哈哈大笑。

　　嘭——黑衣人与其中一个男孩撞个满怀。这群高中生立刻将他围了起来，用金属球棍推揉着他的肩膀嚷道："喂喂，你差点撞坏我们的第三棒打者哩！斯特里国王学校棒球队正要去佐治亚教训红脖子乡村队，万一大明星汤姆·史迪威被你害得怯场起来，难道要由你站上该死的打者席吗？"

　　"听着，我不想惹麻烦。"看不清面目的人举起双手，"快点去赶飞机吧，大明星们。我只想走出这道门而已。"

　　棒球队员们笑了起来。"有意思。教练怎么说来着？"被撞到的健壮男孩将棒球抛来抛去，突然握住球用力砸向对方的心窝，"……砰！痛快地用触杀来解决战斗！"

　　黑衣人捂住胸口痛苦地弯下腰，男孩们发出一阵哄笑。"你们在干什么？"机场保安在远处大喊一声快步跑来，领头的男孩带着队员迎上去把保安围在当中，"没什么，先生，这位路人跌倒了，我们扶他起来而已。"

　　这时候黑衣人低声说："你有没有想过……有一天改变整个世界？"

　　"你说什么？"手持棒球的男孩愣了一下，接着笑了起来，"这是灵异电视剧的桥段吗？你要告诉我，我是被什么组织选中的？有任何一位灵魂导师是你这副男不男女不女的模样吗？哈哈……"

"在飞机上我做了一个决定。"黑衣人自顾自说下去，"我一直在试图了解人类，想搞清楚人心中最深的善和恶，可接触的人越多，就越觉得迷茫。刚才看到三万公尺的蓝天，我感到人类只是这地球上寄生的渣滓而已，没有半点儿价值；可当纽约出现在舷窗里，我又改了主意，因为无论是多么丑陋的物种，能建造起这么复杂高效而美丽的城市，都是件相当了不起的事情。"

健壮男孩皱起眉头，用力推了他一把，"你精神有问题吗？"

黑衣人缓缓抬起头，"我必须做出选择，因为身上肩负着使命，从你的小脑瓜里不存在的遥远时代的遥远帝国继承而来的使命。我做了个决定：从下飞机的一刻起，第一个跟我对话的人若是善意的，我就停止这件事；若相反，我感受到了人类的恶意，那么一切就从此刻开始。德国演化生物学家吉斯·詹森通过对黑猩猩的研究得出结论：即使最接近人类的黑猩猩，也没有人类这种纯粹的卑劣品格，它们不会主动拉动机关剥夺其他黑猩猩的食物——'恶意'这种东西是人类所独有的，是与社会性共同产生的毒瘤，是天性，是人的原罪。你们没有让我失望，大明星，恭喜你，2014年12月24日19时23分，你改变了世界。"

黑衣人的右手伸进衣兜捏碎了什么东西。随着手指抽出，一缕灰白的粉末从指缝间飘散。没人看见这小小的动作。

"疯子！"男孩使劲一搡将他推倒在地上，转身挤进人群。棒球队员们还嘻嘻哈哈围着保安说话，球队教练正走进机场大厅，圣诞老人抛出系着红色蝴蝶结的礼物盒，孩子们的眼神追逐着雪橇上的铃铛，一片雪花从自动门的缝隙中飞进来，马上被空调的热风融化。

空气循环系统让某种未知的物质在半个小时内散布到整个机场。

一个小时后，有人通过网络访问了纽约城市供水委员会的网站，浏览了纽约市几大自来水系统的概况。

四个小时后，黑衣人站在朗道特河北岸白雪覆盖的针叶林中，打开银色密封箱，捧出一团淡黄色的物体。北风吹来，笼罩着这团有机质的灰白色烟雾如纱轻舞。黑衣人松开手指，浅绿色河面泛起小小的水花。

"嗨，老兄，别乱丢东西啊。"不远处一位裹着厚毯子的垂钓者抱怨道。

"对不起……祝你好运。"黑衣人向他点头致歉,提着箱子转身离开河岸。

薄冰碰撞发出细碎的声音,清澈的河水向南流淌。这些来自卡茨基尔山脉的清流将流入朗道特水库,在那里进入供水系统,为纽约市提供百分之五十以上的日常用水;而流出朗道特水库之后,水体会一直向东汇入哈德逊河,贯穿整个纽约,注入纽约湾。

四十个小时后,黑衣人播下的种子已遍布整个纽约。

2015年2月19日16:02 俄罗斯摩尔曼斯克市北海水文水资源研究所

"别连科先生。你在这里,太好了。"办公室门开了一条缝,副所长把头从里面探出来说,"我需要七天内的所有水文资料样本,深度由两百米至表层每十米抽样,精确到每小时。这事儿要保密,客人不希望惊动所长,所以别通过系统报备了,直接去样品室拿吧,我打了招呼了。"

名为别连科的实验室助手刚刚在门外偷听,此刻显然吓了一跳,"是、是的,博士,样本数量这么多,可能要花点儿时间。"

"别耽搁太久,装箱的时候要千万小心,别连科先生。"大胡子的中年副所长摆摆手,关上屋门。他走到沙发前,给客人的骨瓷茶杯续满红茶,"再喝一杯吧?反正时间还早。"

裹着黑色羽绒服的人扭头看看窗外,虽然只是下午四点,摩尔曼斯克港的夜幕已然降临。港口的探照灯照出雄伟巨舰的剪影,那是进港检修的俄罗斯北方舰队旗舰"库兹涅佐夫"号航空母舰。受到北大西洋暖流的影响,摩尔曼斯克是北极地区的优良不冻港,俄罗斯最大的渔港和北方地区最大的商港,也是北方舰队的驻扎地。

"谢谢。这茶很棒。"客人端起茶杯,抿了一口深红色的茶水,慢慢咽下滚烫香甜的液体。不适感自胃部传来,客人不动声色地侧过脸,以免主人看到自己的表情。

副所长愉快地摆弄着茶壶,"一到冬天几乎晒不着太阳,只有喝茶才能让身体暖和一点。这种中国茶加上柠檬、蜂蜜和红糖是最美味的,能让你的脚暖和一整天……对了,你为什么对北海的海水有兴趣?摩尔曼斯克的水没什么特殊的，在其他几个不冻港能找到几乎相同成分的海水样本呢。"

客人答道："只是在这里短暂停留而已，我从布雷顿角、纽芬兰、冰岛和挪威来，前面也到过几个港口，通过一些手段收集了海水样本。因为我们是旧识，所以特地在摩尔曼斯克多停一天，好跟你坐下来喝杯茶。"

副所长说："那么你已经去过特隆赫姆和纳尔维克了？"

客人说："没错，接下来还要去阿尔汉格尔斯克和伊加尔卡看看。"

"你在追逐北大西洋暖流啊。"主人笑了起来，"我们早过了做这种傻事的年纪了，在找什么东西？这可不是你擅长的领域。"

黑衣人说："并非特别寻找什么，只是有个特别长的假期需要浪费而已。这么说吧，圣诞前夜那天，我在纽约附近丢下了一些东西，这小玩意儿被墨西哥湾暖流带到北冰洋来了，按照洋流的平均速度，它们应该已经到达这里了吧。"

副所长笑道："我们的圣诞前夜可是1月6日，别忘了这儿是俄罗斯。对了，你记不记得漂流小黄鸭的故事？1992年，一艘从中国出发去往美国的货船在太平洋遭遇风暴，两万九千只塑料小黄鸭坠入大海，其中一批鸭子花了三年时间完成了一万一千公里的北太平洋副热带环流漂流，访问了印尼、澳大利亚、南美洲和夏威夷；而另一批鸭子向北漂去，通过白令海峡前往北冰洋，花了五年时间才穿越北极到达格陵兰，向南进入大西洋，乘着墨西哥湾暖流抵达英国西海岸。这支迷路的鸭子舰队总共花了十六年时间才完成从太平洋到大西洋的环游之旅，总里程三万五千公里，几乎绕了地球一圈。到现在还有上万只鸭子在海上漂流，上个月我们的研究员就在港口捡到了一只鸭子，看来有些鸭子乘着墨西哥湾暖流来做客了呢。"

"啊，很有趣。"黑衣人说，勉强挤出礼貌的笑容，"根据我的观测，洋流推动漂浮物的速度比预想的要快呢，尤其是微小的漂浮物。"

副所长问："什么漂浮物？"话刚出口，他又笑着摆手，"不不，你不用回答，我知道你是个很有原则的人。那么，聊点不碍事的话题吧，我的三女儿娜斯塔西娅去年获得了摩尔曼斯克州大提琴演奏比赛的银奖，要不要看她的比赛视频？我一直存在手机里面呢。"

"啊，当然。"黑衣人说，"不过我时间有点儿紧，老朋友，这回没空去你家里做客了，如果样本准备好的话，我会搭一个小时以后的飞机离开。"

"……别连科先生，五分钟之内准备好样本给我。"拉开门冲外面吼了一声，副所长回到桌前，掏出手机调出比赛视频，然后殷勤地给客人斟满红茶，"起码喝够了茶再走吧，尝尝卡莲娜亲手烤的饼干，偷偷告诉你，右边的锡瓶里装的是最好的斯米尔诺夫伏特加。"他调皮地眨了眨眼睛。

手机屏幕上红脸蛋的女孩开始演奏舒曼的《梦幻曲》，走廊里响起实验室助手的脚步声。两个男人举杯相碰。

呕……离开研究所五分钟之后，黑衣人跪倒在路边不停呕吐，令他感到恶心的并非红茶、伏特加和饼干，而是一切来自农作物的纤维类副产品。

几乎将整个胃清空之后，这个男人虚弱地靠在路灯杆上，摸出一块食物塞进口中，当囫囵嚼碎的肉干滚落喉咙的时候，他发出了满足的呻吟。

"这只是开始。"望着北极星照耀下的港口，他自言自语道，"我会好好培育你们……人类种下的是什么，收获的也是什么。顺着情欲撒种的，必从情欲收败坏；顺着圣灵撒种的，必从圣灵收永生……"

悠远的汽笛声传来，庞大的北海舰队即将起航。

同一天16:24　美国纽约曼哈顿上东区理查德·纳茨内科诊所

"最近这样的例子多起来了，太太。您是在过分担心而已。"纳茨医生合上病历表，"就像我一直在说的那样，挑食对这么大的小伙子来说不算什么大问题。我开给你的复合维生素片可以弥补膳食中缺乏的营养成分，而且对于棒球队的运动员来说，牛肉和牛奶是最好的蛋白质来源……只爱吃牛排、小羊肉、炸鸡和培根？这听起来像三亿美国人的通病呀，哈哈哈……"

桌子对面的女人犹豫着说："可汤姆以前不是这个样子，他很爱吃蔬菜，也爱吃肉汁土豆泥和起司通心粉。现在除了肉类以外，他什么都不碰。"

医生再次打开病历表，指着上面的字母和数字说："现代医学是非常精准的科学，史迪威太太，您儿子的身体非常健康，所有读数都在正常范围之内，他的体能比同年龄段的大多数孩子要好得多。唯一的问题是右肩三角肌拉伤，挥棒动作导致的职业病——相比那些浑身零件都已经破破烂烂的职业选手来说，这根本不值一提。"

"好吧，谢谢。"史迪威太太站起来同医生握手，走出了办公室。外面的高中棒球明星早就等得不耐烦了，他挥舞着拳头嚷着："我就要错过晚间练习了！快点，晚高峰就要来了，我可不想堵在路上！"

"走吧。医生说你一切正常。"女人拎起儿子的棒球包。

"我早说过。"汤姆·史迪威烦躁地走在前面，"对了，路过135街的时候停一下，我去买一桶鸡块。"

"你以前总说那是贫穷的黑人才吃的食物啊。"

"……随便啦。"

同一天23∶50沙龙的几位成员同时收到了顾铁发来的一封电子邮件：

To同志们：

我最近一直在考虑人吃人的法律问题。吃人这件事本身犯了侮辱尸体罪，可如果为了生存不得不吃人，则可应用《刑法》第二十一条的紧急避险原则："为了使国家、公共利益、本人或者他人的人身、财产和其他权利免受正在发生的危险，不得已采取的紧急避险行为，造成损害的，不负刑事责任。"也就是说，如果我们不亲手杀死别人（中国也没有对见死不救量刑的法律条款），被迫吃人就是无罪的。我不是法律专家，只想问问其他国家的情况是不是类似？这大概是个挺有意思的话题。附上一本很有价值的专著《中国古代食人考》，里面或许有青铜盒子的线索。

——顾铁

P.S. 今天是中国的农历新年，最近大鱼大肉吃多了肚子真难受，身体是革命的本钱！祝大家都好胃口。

2015年4月1日20:44　日本横滨京滨工业区A6道 "山吉"进出口株式会社

浅田刚刚结束为期一个月的工作，回到横滨。他按照惯例在离公司两公里外的地方下车，确认没有受到跟踪，绕了几个弯回到那栋陈旧的三层小楼，掏出钥匙开锁，将卷闸门拉开一条缝，钻了进去。

门前街灯将一束光投向屋内，照亮一双高高跷起在办公桌上的脚。浅田放下行李箱，转回身关闭卷闸门，让自己和不速之客同时陷入黑暗当中。"我不喜欢这样。"他的声音沉闷地响起，"出去。"

"我也不喜欢，但谁让你手机不开机呢。"坐在桌后的人说，"停电两天了，你冰箱里的菜都开始发臭啦，瞧瞧你的电费账单，从去年六月份起就没交过一分钱，攒钱留着干吗用啊？老兄。"

"出去。"日本人的声音换了一个方位。

椅子挪动声传来，桌后的男人站了起来，"我只想跟你聊聊而已，虽然这样不太符合沙龙的规章制度，可谁让我没什么朋友呢。"他说着话，发现一个红点出现在自己胸口部位，隔着衣服灼得心脏怦怦直跳。

"出去。"浅田第三遍重复道，语气听起来，他不想再重复第四遍了。

啪嗒。突然一朵小火苗亮起，一次性打火机的火焰照亮了顾铁扬着眉的脸，"原来你真是个杀手啊。我会自己滚出去的，可走之前，我必须问你一个问题……你饿不饿？"

这问题显然出乎日本人的意料。沉默了一会儿，阴影中走出浅田高瘦的身影，他手腕一转，手枪无声地消失在袖管里。"吃完东西，然后出去。"丢下一句话，他拎起行李箱转身登上楼梯。

三支蜡烛的光填满屋子，这栋楼的二层空荡荡的，没有任何家具，两人盘腿坐在地板上，每人面前摆着一份单兵作战口粮。

在等待口粮自加热的时间里，顾铁说："我知道咱们两人没有多深的交情，不过能坦率地把老巢的地址告诉我，就当是你相信我的证明吧。浅田，我的身体出问题了，从几个月前开始的。问题就是——米饭和面条再也填不饱我的肚子，只有肉才能解渴。宣武医院消化科主任医师给我做过检查，结论是缺乏必要消化酶导致的异食症。他开了几瓶药给我，让我每顿饭前服用一片，过段时间再去检查。"顾铁从兜里掏出一个小药瓶放在地板上，"复方消化酶：含胃蛋白酶、木瓜酶、淀粉酶、熊去氧胆酸，用于食欲缺乏、消化不良等症。药效起初非常好，我又能吃大碗的炸酱面，大口大口嚼黄瓜了，每天三次，每次一片，药效持续了一个礼拜。"

作战口粮开始冒出白烟，浅田沉默地拆开咖啡包，倒入一次性茶杯。

顾铁叹息道："那天晚上我在公司加班，吃了盘外卖的炒饼。几分钟后，我开始喷射状呕吐，像个洒水机一样把整张办公桌浇了个遍。之后情况就更严重了，与肉类无关的物质不能与胃相容，加大用药量的话能暂时控制这种情况，可只能维持很短一段时间——这是个不断下降的螺旋。"他平伸双手，药片噼里啪啦掉了一地，"现在再多的消化酶也不起作用了，我只能吃肉，大量吃肉，远超过身体需要量的红肉。"

日本人抬起眼皮看了他一眼。顾铁露出苦笑，"我没有再去医院，因为这不是什么异食症。我被感染了，浅田，被那盒子里的东西感染了！而你就算没有亲身参与开启盒子的过程，也与盒子处于同一个房间之内，面对同样的感染源……如果没猜错的话，你也早就不能进食谷物和蔬菜了，对吧，老兄？"

口粮加热好了，红酒牛肉烩饭散发出诱人的香气，日本人用叉子铲起米饭送进口中咀嚼着，一边说："不，我很好。我说过不要打开盒子。我根本就不该把那盒子带到沙龙，更不该当众拿出来。"

顾铁三口两口把牛肉吃完，然后用自己包里的牛肉干补充能量，"你是个嘴硬的家伙……不承认也没关系。我想问的是：你认为是谁开启了最内层的青铜盒子？红木盒子是安全的，青铜盒子才是感染源，我认为是在农场断电的半分钟内，有人用重物敲裂了青铜盒，把里面的东西取了出来，造成我们几人的连带感染。""不是我。"浅田冷淡地回答，继续吃着米饭，"或许是你，或许是芬兰人，又或者是祖尔。我不关心。吃完你就赶紧出去，我不想被你传染。"

中国人咧嘴笑了，"你这么谨慎的人，怎么可能听说我身患传染病的消息而无动于衷？唯一的解释，就是你也得了一样的病……别闹别扭了，事情比你想象的严重得多，这可不是什么玩笑！"

浅田吃光盒里的饭，喝完咖啡，把垃圾装进纸袋，站起来说："好了，话说完了，走吧。"他没再给顾铁说话的机会，用瘦长的双臂推搡着顾铁下楼，直到把客人送出门外。"路口右转，便利店门口有一辆丰田花冠，车钥匙在右后轮胎上面放着，开着去机场，然后飞回中国去。"他说，"再见。"

卷闸门轰隆隆关闭。顾铁站在街灯下，望着一片漆黑的小楼，没有离开。五分钟后，他绕到楼房后面，攀着排水管爬到二层，敲敲玻璃窗，"喂，接下来讨论点有建设性意义的话题吧，老兄。"

黑暗的房间中央，孤独男人的身体如虾米般蜷缩。

同一天21:25 南非开普敦维多利亚港桌湾酒店Vista酒吧

"先生。"侍应生悄无声息地出现在黑衣人身后，用手捂住无绳电话的话筒，低声道，"来自美国的电话，先生，您要接听吗？对方没有表明身份，说有重要的事情必须找到您。"

男人愣了一下，"我知道了，谢谢。"他递出一张纸币换来电话机，目送侍应生鞠躬离去，"是美国CDC的人吗？我已经辞职了，请不要来打扰我，病毒实验室与我没有任何关系。我会马上离开南非，消失在你们的情报圈外，就这样，再见。"

"不。我是祖尔·科曼彻。"听筒里传来中年女性的声音，"我必须同你谈谈。回房间用Skype联系，电话不安全。"

"祖尔？"黑衣人显得很意外，他摘下墨镜，湛蓝的眼睛望着阿尔弗莱德码头的点点白帆，"你怎么找到我的？我是用假护照出境的，处处谨慎，没有留下任何电子指纹。除了该死的医药间谍之外，没人能跟在我身后。"

女人严厉地说："开普敦大学是社会人类学的学术中心，南非是我的大本营，拉尔森！"

芬兰人叹息道："大学教授的情报网吗？我给你五分钟时间，就在这里说吧，用不着什么网络电话。""是你放出了匣子里的东西！就是你！"祖尔叫了起来，"我出现了严重的症状，那不是幻觉，我被感染了！……顾铁和浅田并不了解你，只有我知道你在打什么主意！从我们认识的那一天起，你就总在念叨那些疯狂的念头，安德鲁·拉尔森，你根本不爱别人，也不爱你自己，你只爱显微镜里的那些小东西！你取出匣子里的东西，将它们——无论那是病毒还是别的什么玩意儿——散播到每一个地方。你想让整个人类灭绝，疯子！"

男人端起杯子抿了一口"龙舌兰日出"鸡尾酒。糖浆、酒精、水，除了肉类之外，这是消化系统所能接纳的极限了。"让人类灭绝？你从何处得来这么荒谬的结论？"他舔舔嘴唇，"我最近是在周游世界，追寻洋流和大气环流的路线，印证之前的一些设想而已。上帝按照自己的形象制造人类，让他们管理海里的鱼、空中的鸟、地上的牲畜和所有的爬虫，我尊重人类的存在，正如我信仰上帝本身。"

"闭嘴，你的话令我恶心。"祖尔说，"听着，我已经提取了自己的体液样本交给我的助手，只要拨出一个号码，他会立刻联络CDC、国土安全部和FBI，几个小时后他们就会找出病原体，把你的名字加入全球通缉的黑名单！用不了半天时间，从航空母舰上起飞的X48无人机就会把你轰成一团碎肉！"

"可你没有那么做。"

"尚未那么做。但现在我的手指就放在电话的呼叫键上，拉尔森。"

"我猜是多年的友谊拯救了我，对吗？"

"我把自己关在房间里，整整四个月。征兆一出现，我就断绝与外界的联系，以染病为由闭门不出。我每天测量自己的生命体征，记录身体的微小变化，怀着恐惧和侥幸默默等待。我变成了食肉动物，过着'五月花'号到达北美大陆之前美洲部落祖先们的生活。有一天我突然发现生肉比熟肉更加美味，我怀着愉快的心情吃下了两磅淌血的牛肉，然后睡了个午觉。醒来之后我在浴室看到自己嘴角的血液，整个人突然崩溃了，要知道在此之前，我当了整整二十年的素食主义者，就连人造肉汉堡包都未曾碰过一下……没错，这就是盒子里的瘟疫，令人类变成食人狂的传染病！疾病在古代缺乏肉食补充的情况下爆发，一定会令人类陷入彼此相食的疯狂状态，饥饿感会夺取人的理智……我只尝试过三天不进食，就在无意识中咬掉了自己的左手小拇指。"

芬兰人平静地说："可你现在还活得好好的，不是吗?"

祖尔说："不，我不好。充足的肉类供给能延缓疾病进程，但一切正在变得更糟，我用显微镜在呕吐物中找到了病原体——那比想象中简单得多，根本用不着电子显微镜，致病的是一种微米级的生物体，用普通光学显微镜就能看到。我不是专家，分不清这是阿米巴原虫、细菌还是别的什么东西，可这些该死的虫子在游动，一刻不停地游动……"

"祖尔，"男人突然打断了她的话，"你是人类学家。人类学是什么?"

"是从生物和文化的角度来研究人类的学科。我没有玩问答游戏的心情!"

"那么，人类是什么?"

"……智慧生物。文明的创造者。社会组成者。"

"分类学意义上呢?"

"……动物界脊索动物门脊椎动物亚门哺乳纲……"

安德鲁·拉尔森在南非的灿烂阳光下眯起眼睛，"没错，目前已知的物种数量共约两百万，未知物种数量可能是这个值的十倍，仅从动物界来说，人类只是灵长目下面一个微不足道的科属，一百五十万种分之一。遍布整个星球的人类在分类学意义上不过是末梢的一个节点，渺小得不值一提。"

"你想表达什么?"祖尔的声音明显在颤抖，不知是在压抑愤怒，还是在掩饰恐惧，"人类是生态圈最重要的组成部分，你、我、他，七十亿人构成了现在的世界!"

"那是因为其他物种没有获得同等的机会。自然选择还是上帝造人，这话题俗不可耐，我只相信物种存在的机会性。设想，如果人类彻底消失，地球会变成什么样子?"拉尔森提出问题，然后自己作出回答，"仍然是我们熟知的地球，或许会稍微冷一点、绿一点而已。不仅如此，借用BBC大卫·阿腾保爵士的话：'如果一夜之间所有的脊椎动物从地球上消失，世界仍会安然无恙。'构成陆地生态系统的不是高度进化的脊椎动物，而是低等的无脊椎动物、植物和微生物。"

"……你到底在说什么?"

"一个假设。令人类极度衰弱、给予其他生物平等机会的假设。我已经思索多年，感谢浅田带来的魔盒，那里面藏着的并非瘟疫，那并非顾铁设想的生化武器。那里面装的，是远古的遗产，留给世界的希望。"

拉尔森的手机响了起来，那是一条来自莫桑比克国家科学中心的水文分析报告。男人滑动屏幕，在赞比西河入海口处采集水样的分析结果中找到一个不起眼的参数，他的眼中泛起了满意的光彩。他在尼罗河、刚果河、尼日尔河与赞比西河四大流域的种子投放都已顺利完成，加上季风与洋流的复合作用，整个非洲大陆已被充分覆盖，包括最干旱的撒哈拉地区。

"我要拨通电话了。"印第安女人说，"就现在。"

"不，再给我一点儿时间吧，我还有最后一个地方要去，飞机就快起飞了。"安德鲁·拉尔森站了起来，"祖尔，这也是你最后的人类学研究课题。当你注定很快死去，而任何一个决定都可能影响整个世界未来的时候，人类趋于作出怎样的判断？先天的恶意与后天养成的社会责任感哪个比较强大？把原罪和自我救赎放上天平，又是哪一边比较沉重？思考一下吧，我们还有足够的时间来完成这前所未有的课题。"

"你说服不了我。"在华盛顿的宅邸中，坐在来自世界各地的民俗工艺品当中，浑身浮肿的女性人类学家用力咀嚼着生马肉，咬牙切齿地说。

"我们总是说谎。"北欧人挂断了电话。

同一天21:45　美国纽约斯特里国王学校体育场

棒球赛进入第八局，斯特里国王高中目前落后两分，汤姆·史迪威坐在休息席上，用帽檐遮住自己的脸。连续七场无安打，这对高中球队王牌打者来说是难以置信的糟糕成绩，汤姆的电子邮箱塞满了恐吓信，女孩们对他视而不见，除了父母之外，没人再为他加油叫好。两人出局，三垒满员，被寄予厚望的强打者拎着球棒走向打击位，体育场响起热烈的欢呼声。投手掷出一个速度很快的直球，打者挥棒，清脆的打击声传来，棒球高高飞向电子记分板。"全垒打！全垒打！"观众席沸腾了，"国王万岁!"

汤姆竖起耳朵。在嘈杂声中有人叫嚷着："让软蛋汤姆·史迪威去死！没了他我们一样能赢得冠军！"

汤姆摘下棒球帽。他的眼睛布满血丝，体形明显消瘦下去，腹部却鼓鼓囊囊撑起棒球服。饥饿感如炼狱的火炙烤着他的灵魂，他被身体和精神的双重痛苦折磨了太久，终于到了爆发的时刻。

他踩着长凳爬上观众席，在惊呼声中扑进人群，抓住那个咒骂自己的男孩，张开嘴巴，一口狠狠咬在对方脖颈上！

热乎乎的血液充满口腔，汤姆咕咚咕咚咽下甘美的血浆，用力撕扯肌肉。人类没有撕裂肉类用的犬齿，他花了很大力气才切下一整块肉，匆匆咀嚼后吞进腹中。滑腻而柔韧的触感沿着食道一路向下，胃部传来欣喜的悸动，汤姆开始后悔为什么没有早这么做。这感觉太棒了！还不满足，还要更多！更多！

摄影机将行凶画面准确捕捉，两千五百名观众从体育场的大屏幕上看到了汤姆咬死男孩的一幕。史迪威太太坐在那儿，不能动弹，不能说话，史迪威先生站了起来，逆着惊惶四散的人潮向自己的儿子走去，手伸进外衣，死死握住了柯尔特手枪的枪柄。嘎嘣！半颗门牙被坚硬的颈椎硌断，汤姆抬起头来，吐出沾血的牙齿。这一刻，他觉得需要向父亲和母亲解释点儿什么，主导自己身体的并不是名为汤姆·史迪威的十二年级学生，而是几个月前机场那位怪人所施加的诅咒。但他什么也没说出来，原始的掠食冲动强迫他俯下身子，张开血淋淋的嘴巴。

2015年4月3日09:06　印度加尔各答市索纳加其贫民窟

安德鲁·拉尔森停下脚步，立刻被几十个光脚的孩子围在中间。"先生，行行好吧。"这是孩子们唯一会说的英语，他们用脏兮兮的手拽着芬兰人的衣角，翻着他的衣兜，解开他的鞋带以防他逃跑。警察刚刚离开，他们曾再三告诫这位游客不要拿出任何一个铜板，找一根木棍当自卫武器，快速通过最混乱的棚户区。拉尔森却向最混乱的街巷走去，直到被乞讨者包围，再也挪不动步子。

他丢出兜里所有的零钱，在人群中引起短暂的混乱，可乞讨者们并未满意，越来越多的人围拢过来，裸着身体的孩子、枯瘦的吸毒者、年老的妓女。索纳加其棚户区有数十万人口，其中包括一万两千名未成年的性工作者，这些女孩用不足两美元的日薪养活着她们的男友、母亲和孩子。低矮砖房间用木板互相连接，破败的遮雨棚覆盖天空，人们像昆虫一样在建筑物的缝隙中生活，无数恶臭而黑暗的小巷织成庞大的蛛网。"来玩玩儿吧，先生。"女孩们用厚厚的粉底掩盖年龄，她们躲避着遮阳棚缝隙里的阳光，如影子一样在门背后发出邀请，"只要一美元。"

拉尔森扫视四周。一位肤色漆黑的老人倒毙在路旁，他手指的方向是一栋象牙白的二层建筑，"仁爱传教会——垂死者之家"——白色拱门上如此写道，可大门紧闭着，挂着冷冷的锁。

芬兰人喃喃自语："八十年前，一个阿尔巴尼亚人来到加尔各答，以自由修女的身份帮助有需要的穷困者，她工作了整整六十年，救助了无数被霍乱、麻风病和战乱所迫害的垂死者，在一百多个国家留下了四千名修会修女，还有超过十万名义工。她是个伟大的人，可她改变了什么？"

一个孩子用小刀割断带子抢走了他的背包，但没等冲出人群，他就被打倒在地，失去了刚刚到手的战利品。"什么都没有改变。人类不会改变，永不改变。"拉尔森取出一个银色盒子，弹开盒盖，将一团淡黄色的原生质抛向空中。灰雾被风吹散，就算这闭塞而黑暗的贫民窟深处，也总有外面世界的风吹来。

春季季风将会吹遍整个加尔各答，乃至恒河三角洲。这是布置在南亚次大陆的最后一粒种子。

同一天 09：31　美国佐治亚州亚特兰大 CDC 总部 NCID 国家传染病中心

"已经确认了，这不是玩笑。"CDC 中心主任曼根海姆博士对着摄像头说，"恐怕我有个非常糟的消息要公布。你们必须马上控制体液样品的提供者，我们从粪便样品中提取出了致命的传染源。"

"正在做。"对方简短地回应道，"有多糟？"

"正式报告还没有出来，但已经糟到必须把总统先生从床上叫起来。糟透了！"曼根海姆博士犹豫了一下，点击鼠标发出一份文件，"实际上，刚才我发现全美报告的类似事件已经有二百二十起，提取的样本数很多，可我们传染病实验室的系统没有把同类样本归档，反而将报告的重要性降到最低，拖延我们发现病原体的时间……拉尔森——这个人是我们新传染病实验室的负责人，实验室建设已经完成，他应该在 CDC 进行一年半的调整观察，可几个月前他突然辞职了。是他对系统做了手脚，这一定是有关联的。"

对方沉默了几秒钟，看来是在阅读档案，"安德鲁·拉尔森，我们正在调查这个人。博士，你还没有回答我的问题，事情糟到什么地步了？总统已经被电话吵醒，半个小时后他会在白宫听取简报。"

CDC 主任摘下眼镜丢在桌上，"直径三微米，单细胞结构，有八根游动鞭毛。我们发现的是一种孢子，准确地说，一种真菌孢子。需要解释吗？孢子是真菌的繁殖器官，由菌丝分裂而成。真菌有寄生和腐生两种形态，我们发现的真菌会寄生于人体消化器官内部，一旦这些孢子进入消化道，就没有什么能阻止它们在胃和肠道中分裂繁殖。"

"真菌？"对面的人顿了顿，"危害呢？"

"还不清楚。样本中没有明确病变征兆，我相信你的样本提供者一定还活着。我不清楚真菌到底想做什么，或许它们能像消化菌一样与人类达成共生？"

"可你说'糟透了'。"

"是的，基于三点判断。第一，这是全新的物种，从未在人类视野中出现过的消化系统寄生真菌；第二，这种孢子（以及在粪便中提取到的少量菌体）几乎不可能被现有手段杀死，它们对紫外线和 X 射线免疫，对甲醛、石碳酸、过氧乙酸等化学消毒剂高度抵抗，常用的伊曲康唑等三唑类抗真菌剂、特比萘芬等丙烯胺类药物的药效都不明显。我们怀疑新真菌及孢子的细胞膜磷脂双分子层具有特殊的物理结构，能够抵抗药剂及消毒剂的通透。目前唯一有效的杀灭途径是一百二十度以上的高温长时间作用，不过这只对孢子起作用，长在消化道内壁的真菌显然不能这样消灭。"

"继续说，博士。"

"第三点，也是让人绝望的一点。"说到这里，曼根海姆博士吸了一口气，组织一下语言，"刚才我让新传染病实验室的几名研究员做了自身抽检，所有人都检验出真菌感染。你知道这意味着什么吗？实验室是P4级别的，全球生物安全最高级别的实验室，我们的负压、过滤、隔离和消毒系统是最顶尖的，我敢肯定管理方面没有任何疏漏，样本不可能泄漏，外面的东西也不可能进来……没错，这证明我们所有人早已被真菌感染，只是它们没有表现出明显症状，所以没人注意到而已。"

"你是说，整个CDC的人都被传染了？"

"不，是整个亚特兰大，整个佐治亚州，整个美国，整个世界。"博士说，"叫总统起床，让所有人做个粪便检测吧，到时候你就会明白什么叫'糟透了'。"

同一天09:45　美国纽约长老会医院心脏外科手术室

医生关掉体外循环机，正式宣告汤姆·史迪威的死亡。

棒球场惨剧发生时，汤姆被其父亲的大口径手枪射出的子弹击中心脏，倒在另一个孩子的尸体上。他被送入医院时并没有咽气，子弹擦伤心脏，打穿横膈膜后坠入腹腔，尽管伤势很重，经验丰富的长老会医院心脏外科医生们还是有信心保住他的性命，起码支撑到人工心脏准备完成。心脏瓣膜修复手术进行得很顺利，当医生们准备切开汤姆的腹腔取出子弹时，某些不寻常的现象使他们停了下来。

"……告诉我并不是我眼花了，埃德。"

"你没有眼花，医生。这鬼玩意儿……是他的食道、胃和小肠。"

呈现在众人眼前的，是怪异的明黄色人体组织，就像医疗教学中用到的解剖模型一样，汤姆·史迪威的消化系统被鲜艳的黄色标示出来。"从没见过这样的病例。"主刀医生说，用手捧起一截小肠，不同于健康器官，手中的肠子有一种怪异的橡皮质感，仿佛有人把洗车用的黄色橡胶软管胡乱塞进了男孩的腹腔。

"这里有一处伤口，子弹看来钻进去了，医生。"第一助手指着胃壁提醒道。"这可能不是个好主意。"医生犹豫了几秒钟，"用衬垫把胃垫起来，我要从伤口切开，准备引流，别让里面的东西流进腹腔。"

手术刀在小小的伤口上做出十字切割，几乎同一时刻，一股黏糊糊的黄色流质猛地将子弹头推了出来，就算戴着口罩也能闻到四溢的恶臭，"上帝！"医生后退一步，摘下手术放大镜，"你们看到切面了吗？他已经完全没有正常的胃壁组织了，有种东西侵蚀了整个消化系统！这孩子是怎么活到现在的？手术暂停，准备缝合！埃德，去叫消化内科的朴教授来，现在！"

消化科主任匆匆赶来。在他的要求下，医生切下一小块胃壁样本，然后进行胸腹缝合。朴教授通过仪器做了简单观察，然后宣布这可能是一种罕见的真菌病，因为布满消化系统的东西是真菌的菌体，无数菌丝刺入消化器官内壁，向器官内部伸展，现在病人的整个消化道成为了真菌的营养体，他吞下的每一克食物都要先被寄生者享用。

意识到事态的严重性之后，医院立刻通知CDC，并将汤姆·史迪威移入传染病观察室。这时汤姆的生命体征正在急剧恶化，仿佛触动了某种防卫机制，真菌的活动加剧了，棒球手的心跳、血压、激素水平和血含氧量出现大幅度波动，短短几个小时后，他的心脏、肝与肾脏都陷入衰竭，不得不以循环机维持生命。

当CDC将整个楼层完全封锁时，汤姆·史迪威的脑波消失了。

他是第一个牺牲者。

2015年4月3日09:06　美国内华达州提卡布山谷

"贝尔"407直升机从内华达戈壁上空飞过，炙热太阳下飞机的投影在仙人掌和月见草之间快速穿行。"科曼彻博士！"坐在副驾驶席的银发男人回头喊，"状况怎么样？能坚持住吗？""还没死。"祖尔·科曼彻回答道，衰弱的声音没能穿透防化服面罩，她随即意识到无线电没有开，于是举起右手大拇指作为回应。这简单的动作耗去了她大半力气。

"还有五分钟就到了，让伙计们准备好。"银发男人敲敲无线电麦克风。

"进入目视距离，中校。"直升机驾驶员指向前方，"与卫星图片一致，主建筑物只有一栋。"

"按计划来，当心防空火力。"

稀疏的铁丝网圈起一百五十英亩的土地，除了满地的风滚草以外，这个荒凉的农场看不到什么像样的植物。红色屋顶的主宅与车库、谷仓连成一体，坐落在杂乱无章的车辙辐射线中央，随着直升机高度下降，地面的杂草倒伏下来，瓦片噼啪作响。

四架CH-47"奇努克"直升机悬停在十五米高度，身穿橙色防化服的突击队员沿滑降绳进行快速机降，将屋子四周包围起来。"贝尔"直升机缓缓降落在正门前，银发男人摘掉耳机，扣上防化服面罩，跃出机舱。后舱门开启，祖尔乘坐电动轮椅驶出，臃肿的A级防化服让她牢牢卡在轮椅里面，能动弹的只有两只手臂。

"你确定要这么做？"男人说。

"这屋子的地下室是一个迷宫，除了我们四个，没人能摸清所有机关。"祖尔的轮椅咯咯碾过沙砾，"我相信他正躲在地下室深处研究那种致命病毒。让我带路是最好的选择。"

男人做了个手势，突击队员扩大了包围圈，CDC特勤小组点燃气囊弹，嘭！水桶大小的弹丸被抛上天空，向四周洒出三百枚钢针弹，随着钢针啪啪钉入地面，一顶覆盖整座建筑物的高密度聚酯薄膜帐篷建立起来了。特勤小组在气囊正面制造出一个拉链拱门，两名士兵抬着破拆器材钻进帐篷，将冲击锤的两脚架钉入地面。砰！第一次冲击就将那扇厚重的红橡木大门撞得四分五裂，士兵向屋内抛入几枚震爆弹，然后把UAV涵道风扇微型无人机送进门内。

"其实我有钥匙。"祖尔小声说。

嗡嗡作响的无人机在起居室上空盘旋，震爆弹的声光平息之后，屋内的光电/红外感应画面出现在指挥系统上，一个三维战场模型正在被建立。投影式头盔内壁出现代表安全的绿色信号，"走。"银发男人手持冲锋枪钻进屋门，祖尔操纵轮椅跟在后面，四个战术小队鱼贯而入，胶底军靴悄无声息地踩过地板。

绕过沙发、餐桌和吧台向楼梯前进途中，祖尔说："让我走前面，中校。你不认识路。"

男人向身后打个手势，放慢了脚步。人类学家将轮椅驶到楼梯前，拉着扶手撑起身子，笨拙地迈步下楼。楼道里的壁灯亮着，"千万别启动那什么炸弹。"她一边艰难地挪动木柱子一样的腿，一边嘱咐，"那会毁掉所有的资料。你们需要那些资料。"

中校在无线电里说："……看来无线电静默是没用了，博士。突击前破坏建筑物的供电系统，这是标准程序，对于这种拥有独立供电设备的房屋，我们不得不准备定向EMP冲击炸弹。在明确情况之前，我不会发动EMP攻击的，毕竟那对我们的电子设备也是致命打击。"

"那么，谢谢?"

祖尔喘着粗气踏下最后一级台阶。在身后的士兵转过螺旋形楼梯之前，她有十秒钟不受监视的时间，可这并不够，"……小心!"她隔着厚厚的手套抓起旁边的一个金属罐子向楼梯丢去，来自中国的茶叶罐叮叮当当反弹着乱滚。她几乎能想象到中校和突击队员们动作突然静止的滑稽样子。

压缩空气阀门哧哧响着，祖尔向第三实验室走去。

同一天09:10　芬兰赫尔辛基

不足四十平方米的房间里堆满了实验设备，除了烧杯和烧瓶之外，浅田叫不出任何一样东西的名字。他熟悉的是手中的瓦尔特P22手枪，点二二口径，短螺纹枪管，Silencerco牌的消声器。这支手枪射出的子弹只能在眉心开一个洞，打不穿后脑的头盖骨，浅田最中意的就是这一点：翻滚的子弹能把脑子搅成一锅杂碎粥，而伤口最多淌几滴血而已，又干净又高效。

不过他从来没有冲着朋友的脑门开过枪——如果他可以把眼前的人称作朋友的话。浅田是个不善交际、沉默寡言的家伙，长久以来唯一的消遣就是做完杀人买卖之后，回到横滨港的一家芬兰浴去洗个澡，趁着身体暖和，去临街的小馆吃老板娘煮的萝卜、炸豆腐和鱼板，喝三杯烧酒，然后回家躺在冷冰冰的木地板上睡觉。顾铁成立的沙龙对他来说是个非常奇特的存在，他害怕每年一次的面对面谈话，又对那种疏远而亲密的关系有所憧憬，甚至将自己的真实身份告诉了大家——尽管没人相信。

"下一枪打准一点。"安德鲁·拉尔森抱怨道。他捂着肩膀坐在地上，指缝里汩汩冒出鲜血，"原来你真是杀手，真让人意外。是谁派你来的?"

浅田沉默地望着对方，手枪的照门准星重合在北欧人的眉间。他再次犹豫了，这对杀手来说显然是个极大的错误。想了想，他说："是顾铁。他说必须杀掉你。那种病毒……已经被你散布到全世界了吧。我和他的身体都不行了。"

拉尔森望着他，"那不是病毒，是真菌。病毒只能算一串基因而已，真菌才是完整的生物，浅田。没错，是我打破了青铜盒子，把里面的东西拿了出来，那时候我们四人都被最初的孢子感染了……想看看它的模样吗？"他把身体挪动了几厘米，肩膀一撞桌子，一个透明树脂球掉了下来。

浅田戒备地望着那东西。封存在树脂里面的是一块黄色的生物组织，厚度约两厘米，像一牙比萨饼的形状，凑近观察，能看到组织表面生满极纤细的绒毛。"这就是中国明代被封进盒子的东西，一块被寄生后长满菌丝的胃，人的胃。"拉尔森靠在桌子上，胸部起伏，"当时我在黑暗中没来得及细看，顺手把它塞进衣兜，第二天回到亚特兰大的CDC实验室之后才拿出来研究。我有了惊人的发现。1622年的真菌孢子至今仍保持着活性，它们以一种完全脱水的无生命状态度过五百年岁月，然后在适合的温度湿度条件下复苏。它们寄生在人的消化道，几乎不可能被杀死。它们会改造人类的肠胃，生出无数菌丝结成菌毯，吸收人类吞下的水和蛋白质作为养分，分裂释放出孢子……"

浅田打断了他的话，"我不想听。我杀死别人是为了报酬，一份报酬，一条生命，这是必须遵守的游戏规则。你呢？"

"我快说到了。"芬兰人说，"真菌需要大量的蛋白质，所以它们寄生的第一步就是改造人体肠胃的消化酶。人的消化液中有许多种消化酶，每种酶都是专一的，只催化另一种化学反应，比如淀粉酶促进淀粉和糖原水解，脂肪酶分解脂肪，蛋白酶分解蛋白质。真菌改变黏膜细胞使其分泌的蛋白水解酶变质，极大地加强了蛋白酶的活性。你知道，酶本身就是一种蛋白质，变质的蛋白酶会将其他种类的消化酶全部分解，导致消化系统内只剩下一种酶存在。这种变化体现在人身上，表现为对肉类的强烈渴求，因为淀粉、脂肪类食物无法被分解，只有肉能够被肠胃（应该说肠胃中的寄生真菌）分解吸收。这就是我们饥饿感的来源，人类从杂食动物变成了食肉动物……这本应是上帝的工作吧。"

这时，电话振动的嗡嗡声响起。两个人对视一眼，日本人垂下枪口，默默地摸出手机按下通话键。

"喂，拉尔森还活着吧，我想跟他说几句话。"顾铁说，"给我视频对话模式吧。"

浅田把手机转个方向，屏幕上出现了一个黑发男人的形象。"顾铁，"芬兰人虚弱地抬起右手打招呼，"你好吗？"

"好个屁！"中国人毫不客气地说，"半死不活的，饿得想吃人。我昨天一顿吃下了两斤半猪五花肉，生的，吃得越多越饿。黄豆、豆腐、面筋……植物蛋白一点儿用都没有，看来肚子里寄生的玩意儿对动物蛋白情有独钟啊。"

拉尔森回答道："没错，真菌需要的是动物蛋白质，我猜可能与免疫球蛋白和赖氨酸含量有关，不过没有做相关实验。你我所经历的只是一个阶段而已，当真菌菌丝体彻底成熟，人类就不会再有饥饿感了。"

顾铁啐道："呸，废话，死了还知道饿啊！距离最后阶段还有多少时间？""因人而异，如果营养补充充分的话，成熟期会推迟一些。最多还有三四个月吧。"拉尔森说，"当整个消化道被成熟菌体侵占，人会死去，孢子则通过体腔飞散出来，完成真菌的生殖过程。你看过成熟的菌丝体吗？非常美丽的金黄色，与这种半成品完全不同。"他手指一松，凝固着人体组织的树脂球在地上骨碌碌滚动。

顾铁问："我身边的所有人都检测出了孢子感染。做什么都太晚了，对吗？"

"很抱歉，是的。"

"跟我说说有关真菌的事情吧。我搞不太懂它的生态。"

"……它其实很单纯。第一，它通过孢子传播，孢子具有很强的环境耐受力，可以在空气、水和泥土中生存，极难被杀死，一旦进入消化道，它们会在食道、胃和肠中扎根；第二，它制造饥饿感，促使寄主大量进食肉类，分解蛋白质作为养分。孢子的正常生存期是六个月，而菌丝的正常成熟期也在四到六个月之间。接下来发生的事情很有趣：在一个小圈子里（比如古代中国一座被围困的城，或者日本一个被封闭的村），被感染的人类将会被饥饿感驱使化为食人魔，他们杀死别人，撕开其他人体腔的时候，未完全成熟的真菌会提前完成生殖过程，这时释放出来的孢子感染力很弱，只要短短几天就会失去活性；而倘若处在食物充足的环境中，寄主因消化道崩溃而自然死亡，这时菌丝会成长为真正的菌体，释放出第二种孢子：腐生孢子。可以这么说，寄生孢子是手段，腐生孢子才是目的，这种奇异的真菌有两种生命形态，藏在人体内部的寄生形态和生存在腐殖体之上的腐生形态，前者微需氧，后者需氧。"顾铁皱着眉头说："那盒子里的孢子是怎么回事？上百年了啊。"

北欧人眼睛明亮，"这是最有趣的地方，寄生孢子若处于极端环境中，会产生一种我们尚不能理解的变异，或者说进化——孢子会自我脱水，进入无生命状态，再次接触到水源和氧气的时候又恢复活性。这种状态可能持续数百年甚至上千年，而复活只需要短短几秒钟。我最初在纽约散布的是盒子里藏着的原生孢子，而后来通过这种脱水假死制造了大量的新生孢子，两种孢子从形态到能力上都毫无不同。"

"你制造了大量孢子？用人类做原料？"

"当然。"

"你估计全球人类被寄生孢子感染的比例有多少？"

"接近百分之百。"

"其中有多少人会死去？"

"接近百分之百。"

"也就是说，人类还剩下几个月时间。这应该够了，如果全世界的科学研究齿轮启动，总会找到治疗感染的办法……"

"不。"

拉尔森咳嗽着，"我留给人类的时间，只有十天。你说的几个月是在肉类供应充足的前提下，可我已经在全球一百二十四处关键地点埋下了种子，它们会陆续爆炸释放孢子，全新的孢子……这些宝贝是我在实验室里制造出来的，不同于只以人类作为寄主的原生真菌，新孢子会感染一切具有完整消化腔的动物——所有脊椎动物。"

顾铁沉默了几秒钟，"你是说，从天上的鸟到海里的鱼到大象猴子青蛙还有猪圈里的猪牧场里的牛羊养鸡场里的鸡……"

"一旦被感染，杂食与草食的牲畜会开始自相残杀，人类的肉食供应链在几天之内就会中断。植物蛋白无法满足需要，人工肉的技术尚不成熟。顾铁，现在全球的肉食储备最多支持十天，十天后，整个地球将变成……天启二年的贵阳城。"安德鲁·拉尔森平静地述说着，仿佛谈着一件毫不起眼的小事。

这时，日本人突然扣动扳机。

同一天09:13　美国内华达州提卡布山谷

当突击队员进入地下室的时候，祖尔·科曼彻正倚着第三实验室的门喘气，"他不在这里。最里面的那扇门，第一实验室是生化实验室，他一定在那里。"她伸手指向地下室深处，"中校，我已经解除了警卫系统。这里安全了。"

中校挥挥手，士兵们如幽灵一样潜入地下室诸多收藏物的阴影里，在外星人标本、大头婴儿和风暴武士之间穿行。"你可以出去了，科曼彻博士。"中校说，"接下来的事情交给我们。"

"我走不动了。再说，我也想亲眼看到最后。"人类学家慢慢坐了下来。

突击队员们很快到达第一实验室门前，在铝合金气密门铰链处装上黏性炸药，插入引爆线路。这时，UVA垂直起降无人机嗡嗡地降下楼梯，开始在地下室中盘旋，头戴式显示仪仍然显示代表安全的绿色信号，这证明无人机的声光电探测设备并未找到任何潜在危险，例如枪口焰、瞄准镜反光和激光发射器等。

中校做出手势，士兵们隐蔽起来，咚！沉闷的爆炸声响起，冲击波推倒一排展示架，装满福尔马林的瓶子在地上摔得粉碎。大门轰然倒下，无人机加速冲向爆炸烟雾，机身下部激光致盲武器的保护盖咔哒弹开。军靴碾过扭曲变形的金属门，两个小队的士兵跟着无人机进入房间。

"把手放在看得见的地方！"中校通过防护服肩部的扬声器高喊，"安德鲁·拉尔森，放弃抵抗！"

这一刻，他突然觉得这次行动有点儿太过顺利了。走下楼梯的时候，他发誓听到了什么声音，可不能确定。如今想来，那应该是机械或电流嗞嗞的噪音，从很遥远的地方传来。这个念头令他心神不宁，可爆炸烟雾正在散去，士兵已经控制了实验室，他必须前进。跃出隐蔽处，他快速冲进门内。

无人机悬停在房间中央，用传感器扫视四周，它的激光脉冲并未发射，因为这房间里并没有任何需要攻击的对象。"安全！"突击队员回报，"这里没有人，长官！"

中校愣住了。在头盔射灯纵横交错的光柱里，展现在眼前的是一个塞满了线圈和管道的狭窄房间，这根本不是什么实验室。他转身望向被炸开的大门，厚达十五厘米的门只有薄薄一层铝合金外壳，里面灌满了铅。几秒钟后，他猛然转身叫道："撤退！控制科曼彻博士！别让她再碰任何东西！"

然而已经太晚了。那种蜜蜂般的嗡嗡声越来越响，士兵们扭头寻找声音来源，发觉噪声从四面八方传来。

"你说得对，安德鲁。"祖尔自言自语道，"在知道死期将近的时候，人的行为模式会变得难以预料。文化背景、性别、年龄、教育程度，什么也好……研究了一辈子有关人的问题，却连自己都看不明白，这感觉真是无力啊……"

一千五百米长的巨蛇首尾相接，在深深的地下将整栋房屋环抱，质谱仪的串列加速器线圈正在全速运转，铯枪射出的离子被三百万伏特的电压差加速，在环形线圈中狂奔。负责供电的大型柴油机转速已进入红线区，带电粒子达到极限速度，正在这时，用以检修线圈的工作间防辐射门被炸开了。震动使环形真空管出现一丝裂缝，而比爆炸更早到来的，是强大的辐射。

橙色防化服在辐射面前如纸片般无力。人们的晶状体化为一团熟透的蛋白，内脏被热量煮沸，五官开始熔化。

二十秒后，一场爆炸将农场从内华达的荒原上彻底抹去。

同一天09：18　芬兰赫尔辛基

一个弹孔嵌在安德鲁·拉尔森的眉心，点二二子弹射入头颅，男人却一时尚未死去。血沿着鼻梁流向嘴角，他目视窗子，眼神安静，声音低微地念起了诗：

"……假如我变成了一朵金色花，为了好玩，

长在树的高枝上，笑嘻嘻地在空中摇摆，

又在新叶上跳舞，妈妈，你会认识我吗……"

顾铁说："没来得及问他到底为什么。我虽然总想着世界末日的事情，却从未有过亲手毁灭世界的念头，就算再破再烂，毕竟也是自己的家啊，被无良房地产商强拆就算了，难道住着住着突然抡起大锤乱砸？真是莫名其妙。"

"任务完成了。"浅田松开手指，手枪坠落在地，"我可以休息了吗？"

"当然。"

日本人捂着腹部，慢慢走向房门。他的脚尖踢到一件东西，透明树脂球滚向门外，在地板留下一行鲜艳的血迹。推开门，浅田沐浴在芬兰赫尔辛基的明亮晨光中，越过封冻的山麓，能看到宁静的城市被波罗的海环抱。几只燕鸥划过树梢，浅田转回头，望着树林中的红顶小屋，这是安德鲁·拉尔森家的老宅，那个男人出生和死去的地方。

两天前在横滨的家里，顾铁对他说："你这个白痴杀手。明知自己死期将近，还是按部就班过着从前的日子，简直无聊透顶！我给你一个任务，你要找到那个混账芬兰人，问出有关真菌的情报，然后杀死他。"

一天前，祖尔·科曼彻发来一封没头没尾的邮件："我受到监控，这可能是最后一次同你们接触了。拉尔森在芬兰，在完成一切之后，他一定会回到那个地方去。五岁那年，他第一次在那儿完成了真菌培养试验；二十九岁那年，我们在那儿第一次做爱，也是唯一的一次，是个错误，但很美好。我不会让美国人找到他，用刑逼问他解药的制作方法，因为开启魔盒的是我们几人，审判与被审判的，也应该是我们自身。再见，朋友们。"

一个小时前，浅田敲了敲门，门开了。拉尔森说："你终于来了，我等了很久，开枪吧，除非你还有什么事情想要知道。"

日本人做了个深呼吸，林间清冷而芬芳的空气令他内脏的灼痛逐渐平息。

在屋子后面，本来生长着大片铃兰花的地方，隆起数十座浅浅的坟茔。一层柔软的金黄色厚毯覆盖了大地，闪耀着湿润光泽的真菌迎着太阳展开菌伞，菌丝垂挂下来，如柔软丝绒在晨风中轻摆。成熟的孢子被风吹起，越过林巅，投向大海，它们不再是危险的寄生者，而是渴求腐烂原生质的甘美养分、能够在空气中茁壮成长的崭新生命。

同一天09:30　中国山东省枣庄市

一家国营养猪场发生意外，一头母猪吞吃了刚刚产下的六头猪崽。母猪产后食崽通常是营养不良造成的，负责调配饲料的几名职工因此被扣了当月奖金。"肏嫩娘！嫩娘！扣老子工资……"养猪人老徐在下班后回到猪舍，用铁锹杆子抽打老母猪泄愤，突然被猪一口咬住脚腕。

"放开！狗日的畜生……"老徐挥锹用力戳向母猪的眼睛，可猪嘴却并未放松。人类血液和肉的味道对它来说是陌生的，可那毫无疑问，是食物的味道，代表生存的味道。

四百五十斤重的母猪奋力扬起前蹄将老徐扑倒在地，张嘴咬住他的喉管。与此同时，幸存下来的两头小猪开始啃噬人类的手指，用乳牙磨破皮肤，吮吸着甜美的血浆。

同一天09:44　中国北京中关村

华富大厦三十三层的办公室，顾铁在键盘上敲下最后的休止符。"准备好了。"一个穿白大褂的人从隔壁房间进来开口提醒道，一边推了推老式玳瑁框眼镜，"黑市医生的技术很不错，不过他可没做过这种手术。你想好了，可别后悔。"

"知道啦，马上过去。"顾铁嚼着肉干摆摆手，站了起来。他的办公室贴满了电影海报，天花板的高清投影仪在屏幕上投出一百五十寸画面，十四只DTS环绕音箱隐藏在四周的墙壁中。他非常喜欢看电影，不过近一段时间以来，他的投影屏幕没有出现过任何电影片段，复杂的编程软件已经运行了两个月时间，到今天终于完成了最后调试。

这就是他为世界所作出的努力。他以旗下基金公司的名义收购了一家业内领先的基因工程公司，亲自编制了崭新的基因图谱，当项目启动后，五百个正在培育的人工胚胎将被注入新基因片段——除了顾铁本人，没人会知道这件事。

这家公司是世界医学伦理委员会放松基因调制管制后成立的高级定制企业，面对顶级客户服务，为富豪进行人工胚胎的基因优化工作。

"你算错了几件事情啊，老兄。"望着墙上的一张海报，顾铁自言自语着，"就算所有脊椎动物都被真菌感染，以浮游生物—肉食性动物为主链的海洋生态系统还能工作很长一段时间，鱼类蛋白质足够全世界有钱人活到生命机能的极限；而即使我们想不出治疗真菌寄生的法子，也还是能苟延残喘下去啊，拉尔森，这就是人类。"

投影屏幕上的基因序列表明，五百名富豪之子将成为先天性的无肠人，他们没有食道、胃和肠，没有适合真菌寄生的消化道缺氧酸性环境。位于腹部的黏膜是他们获得营养的途径，尽管效率低下，又有感染风险，可这些新生儿将对寄生孢子完全免疫。

顾铁脱去衬衣西裤，换上手术用的蓝色开衫，走进隔壁的房间。在巨大无影灯的照耀下，几名面目模糊的医生围在手术台旁边，戴玳瑁框眼镜的人说："去消毒，我们马上开始。切下来的东西要怎么处理？"

"留着，种在土里，做个盆景什么的。"顾铁撇撇嘴。

这将是世界第一例消化道完全摘除手术。他决定将自己的消化系统切除，赶在身体机能崩溃之前，如壁虎断尾一样将寄生者抛弃。他可能死在手术台上，也可能撑过这离奇的手术，在有生之年他不能再吞咽任何东西，只能靠点滴维持身体机能，肠外营养无法长久维持人体运转。几年后，他将死于败血症与尿毒症，可在此之前，他能够见证那些新生婴儿的第一声啼哭，看护着他们以完全不同的方式慢慢长大。

手术台硌得后背生疼，凉丝丝的麻醉剂进入血管。"跟着我数数，一，二……"麻醉师的脸在眼前慢慢模糊。顾铁喃喃道："大饥之年。彼此相食，伦理崩坏，谁能想到我们的末世是这副模样……人类建立了文明，又以最不文明的姿态灭亡……几年之后，这世界会是什么样子？有多少人还活着？七十亿尸体，将开出多少朵金黄色的花？……应该说多少朵金黄色的蘑菇吧，噗，想想还真是好笑……"

"六，七……麻醉完成。"麻醉师说。

同一天09:59

"你为什么这么做？"

"五岁那年，我妹妹失踪了。二十天以后，我们在山谷里找到了她，她被埋在厚厚的树叶里，身上长出五颜六色的蘑菇。非常美丽的蘑菇。生命的形态是平等的，祖尔，盒子里的东西选定了我，这是命运。"

同一天10:00

"Life finds away."
手术台上的男人突然睁开眼睛，说出了他最爱的电影里的台词。

铁月亮

夏笳

一百年前，作家茅盾曾在《子夜》的开头写道：

> 太阳刚刚下了地平线。软风一阵一阵地吹上人面，怪痒痒的。苏州河的浊水幻成了金绿色，轻轻地，悄悄地，向西流去。黄浦的夕潮不知怎的已经涨上了，现在沿这苏州河两岸的各色船只都浮得高高的，舱面比码头还高了约莫半尺。风吹来外滩公园里的音乐，却只有那炒豆似的铜鼓声最分明，也最叫人兴奋。暮霭挟着薄雾笼罩了外白渡桥的高耸的钢架，电车驶过时，这钢架下横空架挂的电车线时时爆发出几朵碧绿的火花。从桥上向东望，可以看浦东的洋栈像巨大的怪兽，蹲在暝色中，闪着千百只小眼睛似的灯火。向西望，叫人猛一惊的，是高高地装在一所洋房顶上而且异常庞大的霓虹电管广告，射出火一样的赤光和青磷的绿焰：Light，Heat，Power！

一百年后，我站在环球金融中心92层的一间酒吧，望着落地玻璃窗外流光溢彩的陆家嘴夜景，脑海中浮现出竟不是那些炫目的科幻电影，而是这段文字。

Light，Heat，Power！

"第一次来？"

我应声回头，看见一个高个子男人立在身后，脸藏在灯影里看不清面目。

"这里喝的其实一般，不过 view 蛮好的。"他用浑厚的男中音说道。

我点点头，探头向外望。上海中心大厦、金茂大厦和东方明珠都尽收眼底，宛如一些精致的琉璃彩灯。

"我在别的城市也见过这样的酒吧，感觉离大地很远。"

"是吗，不过这里应该是全世界最美也最贵的夜景了。"男人伸长胳膊，在我面前画一个大大的圆，"每一扇看得见外滩的窗户，都起码价值一千万。"

我再次回头打量他。九月的上海天气依旧闷热，但他却身穿质地略厚的蓝灰色长袖衬衫，像是常年在冷气房里工作的金领职员，衬衫领口解开两颗纽扣，又略有几分风流不羁的派头。不知为何，我却突然想起上世纪六七十年代，上海人在物质最匮乏时发明的"假领子"—— 一片衣服只有前襟、后片和最上面三个纽扣，穿在毛线衣里面几乎以假乱真，既节省布料，又维持了体面。

"你在这附近上班？"他问。

"不，来上海出差。"

"从哪里来？"

"北京。"

"一个人？"

"约了这边几个朋友。"

"你朋友挑的这地方？"

"对。也是说这里风景好。"

"自己过来的？第一次来路不好找吧？"

"确实。找到了楼找不到门，找到门又找不到电梯。"

"呵呵，上海这城市是这样的。"他笑道，"有机会我带你多转转，这一片我还蛮熟。"

我笑一笑，正要说话，iWatch 恰巧在此时响起。

"不好意思，我朋友来了。"

"好的，你们好好玩。"他不失风度，"等一会儿看要不要一起喝一杯。"

我从衬衫男身边走过，在电梯口与今晚相约的几位朋友碰头。说是朋友，其实并没有多么熟，有一男两女是高我几届的校友，剩下都是他们各自带来的朋友，大多是做金融投资行业的，虽然年龄身形各不相同，气质上却有相似之处，有如都市丛林中同一个部落的成员。

时间还早，酒吧里客人不多，我们挑了一张靠窗桌子坐下。桌面是巨大的黑色触屏，仿佛深不见底的一潭池水。我将双手放在桌面上，指尖所到之处飞溅出美丽的银蓝色火花，随压力感应瞬息万变，如莲花法相。与此同时，其他人则忙着自我介绍，互刷 iWatch 留联系方式。与他们相比，我总觉得自己像个外乡人，一举手一投足都显得笨拙。寒暄完毕后，大家坐下来点东西喝。我轻按桌面上的酒单图标，慢慢移动向下，努力分辨那一排排细小的蓝色英文字，看着看着却暗自好笑起来。这不正印证了那句话吗——"只有外乡人才会分外把本地人的游戏规则当真"。

我返回酒单最上部，随便点了一款推荐鸡尾酒，端上来一尝，像是某种水果马提尼。就在这时，一位师兄从旁边揽着一个人走过来，竟是那蓝灰衬衫男。

"我以前的同事，正好也在这边玩。刚才路上还跟 Jessica 提过。"

"叫我 Jimmy 好了。"他微笑着，俯身跟大家握手打招呼。半分钟之后，他就端着酒杯坐到我旁边来了。

"我说一起喝一杯是不是？"他压低声音笑道，衬衫袖口卷起，一副蓄势待发的模样。

"是啊，这么巧。"

"还没问怎么称呼？"

"叫我小王吧。"

"做什么工作的？"

"在大学教书。"

"Wow，教书育人哪，失敬失敬。"

"不毁人就不错了。"

"能被你毁，那也是一种福气。"

我忍不住笑起来。这时候旁边的驻场乐队开始准备演奏，大家都安静下来等待。主唱是个身材高大丰满的黑人女孩，有一把浑厚的好嗓子。她唱起 *Just the Way You Are* 串烧作为暖场曲目，与此同时，酒吧的地板、天花板、墙面、桌面、落地玻璃窗，每一块屏幕都伴随音乐节拍绽放出五光十色的迷幻图案，满屋宾客也禁不住跟着一起摇摆身体。

间奏时，主唱女孩踩着鼓点，走到每一张桌子前面去与客人们互动。

"Where're you from?"

"Dublin."

"Boston."

"HongKong."

"Seoul."

"Chicago."

"San Francisco."

伴随着每一个名字，一座又一座熟悉或陌生的城市影像从客人脚下的地板向四面八方的iWall上蔓延开，仿佛时空变幻。稀疏或密集的楼群，晴朗或阴霾的天空，拥堵或零星的车流，热闹或寂寥的人群。

"Welcome to Shanghai！"

大家一起鼓掌欢呼起来。

十年前我去纽约，登上洛克菲勒中心俯瞰城市天际线时，脑海中久久挥之不去的一个词就是Empire，帝国。如今站在大洋彼岸，这种感觉竟又重现。一百多年前，上海曾是帝国在远东最大的证券交易市场，也是全球第一大白银和第三大黄金交易市场。百年间沧海桑田，天地翻覆。如今上海比纽约还要纽约，比曼哈顿还要曼哈顿。帝国已老，上海则代表着未来。甚至在最近二十年最卖座的科幻片里，外星人都不再空降纽约，而是一窝蜂跑来上海。

"发什么呆？"衬衫男在一旁向我举杯。

"没什么。"我笑一笑，"刚才那歌唱得真好。"

"黑人嘛，天生都会唱。那姑娘还会唱中文歌，一会儿你再听听看。"

"你经常来这儿？"

"还可以吧，周末晚上不知道去哪里，就来这儿坐坐。外地朋友来上海玩，也会招待他们过来，主要就是来看风景。"

"值一千万的风景，对吧？"

"呵呵，记性真好。"他笑道，"既然说到这里，我给你讲个事情吧，是真事。"

"真事？"

"有一个安徽小伙子，来上海打工，一干就是五年。家乡的相好来看他，问他说，你在上海待了这么久，有没有赚到钱啊？小伙子就把相好领到环球金融中心楼底下。两个人站在马路旁边，小伙子让她抬头往上看，然后说，这是上海最高的楼，我们盖的，在最顶层的一块砖上，我刻了你的名字。"

桌上其他人都听得笑起来。一个男人摇头道："这是哪一年的故事了？环金早就不是最高楼了好吗？"

"这楼顶上哪儿有砖，全都是玻璃钢。"

"这是讲故事好吗？懂不懂浪漫！"一个女人娇声笑道。

"不不，是真事。"衬衫男坚持道，"我亲眼见过那块砖。"

大家又笑。另一个人说："这小伙子要真有心，就该带他相好上来坐坐——谈恋爱就要带姑娘来这种地方才叫谈呢。"

"瞧你说的，人家一个农民工怎么消费得起。"

"喝杯东西也就几百块，豁出去了嘛。回老家结婚不得花钱哪，要我说，花在这儿才叫值！"

衬衫男扭过头，得意地冲我挤挤眼睛。我压低声音问："你真的见过那块砖？"

"当然，我怎么会骗人。一会儿带你去看看？"

台上，乐队开始奏起一支熟悉的旋律，主唱女孩再度登台，用不太标准的中文唱起一首老歌。

夜上海，夜上海
你是个不夜城
华灯起，车声响
歌舞升平
只见她，笑脸迎
谁知她内心苦闷
夜生活，都为了
衣食住行

歌声与影像，仿佛将人带回百年之前的夜上海。灯红酒绿，千金一掷，多少风流往事。

　　"酒不醉人人自醉……"衬衫男摇头晃脑哼唱起来，脸上有了几分醉态。

　　"没想到她会唱这歌。"我说。

　　"应景嘛。"坐在衬衫男旁边的师兄笑道，"夜生活，还不都为了衣食住行。"

　　"还是民国老歌好听，唱了这么多年，经典就是经典。"

　　"民国好东西多了去了，这么多影视剧都拍不完，都是文化遗产。"

　　"要我说也拍太多了，千篇一律。咱们都二十一世纪的人了，怎么就不能向前看。"

　　"辛辛苦苦三十年，一觉回到解放前嘛。"

　　"欸欸，莫谈国事。喝酒喝酒！"

　　我跟大家一起碰杯，又望向窗外夜景。想起这次出席会议，住在外滩边中山东一路的一家酒店。看酒店印的小册子才知道，那里原本是一座建于1862年的英式建筑，1909年翻新改建，成为远东闻名的上海总会（Shanghai Club）。建国之后一度关闭，后来变身为国营东风饭店。1989年12月，饭店因为经营不善连年亏损，不得不将一楼门面租出去，从而有了全上海第一家肯德基。如今风水轮流转，又变回十里洋场声色犬马之地。

　　"又发呆了。"衬衫男举杯在我手中的酒杯上轻碰一下，"年纪轻轻，满肚子心事。"

　　"不是的，我不太会喝酒。"

　　"不过你发呆的样子也蛮好看。"

　　我接不上话，只好笑而不语。旁边一位师姐叫道："别光聊天啦，玩点什么嘛。"

　　"玩什么？"师兄笑道。

　　"你们会玩的人出主意。"

　　"谁是会玩的人，我可不是，我最老实。"

　　"别逗了，你老实才有鬼。"

　　师兄嘿嘿笑了两声，突然压低声音问道："想不想玩点刺激的。"

"什么刺激的?"

"别嚷嚷。"他神神秘秘地四下张望一番，说，"你们等等。"

我们一桌人目送他起身离席，去吧台边上与bartender窃窃私语一番。起初对方面露难色，但师兄很老练地揽住他肩背，将几张五百面额的人民币叠在一起塞过去。bartender离开后，他斜倚在吧台旁边，回头偷偷对我们比画个"OK"的手势。

不一会儿，bartender亲自将一只盖着酒红色餐巾的托盘送到我们桌边。放下托盘后，他轻点桌面，四道薄薄的光幕从天花板上落下，仿佛半透明的薄纱将我们笼罩其中。薄幕里的光与声音都传不到外面去，宛如一间不透风的密室。

bartender离开后，师兄揭起餐巾，露出一只扁扁的纸盒，表面朴实无华，没有任何图案文字。掀开纸盒盖，里面竟是一把黑漆漆的枪。

大家不约而同发出一声欣喜的惊呼。

"听说过这个吗?"师兄问。

"听说过，没玩过。"那声音娇俏的女人说，"叫……"

"叫'无间道'。"师兄回答，"知道怎么玩?"

"你讲讲。"

"简单得很。咱们按座位顺序，两人两人摇骰子比大小，输的那个就得挨罚。这枪里面的子弹都是随机的，谁也不知道会撞上什么。子弹分六个等级，挨枪的人自己不能说，大家看他表现猜，从一到六，猜好就把相应数字扣起来。最后大家一起亮底。要是都没猜中，就是大家喝，挨枪的不喝。要是有人猜中，就是没猜中的陪挨枪的一起喝。"

"要是都猜中呢?"

"都猜中，当然就是挨枪的自己喝。"

出乎我意料的是，身旁的衬衫男却起身往后退："这个我玩不来，你们慢慢玩。"

"别别。"我一把拽住他袖子，"是你自己坐过来的，怎么能现在走人?"

"可不是，姑娘都敢玩，你不敢? 关键时刻别丢人!"

衬衫男迟疑半晌，慢慢坐回原位。我放开手，感觉他胳膊上的肌肉在衬衫衣料下面绷得很硬。

"从谁那儿开始?"

"谁出的主意谁先开始。"

"你先示范一个呗。"

"来来来，咱们几个先干为敬!"

一片起哄声中，气氛陡然变得热闹起来。师兄伸手拿起枪，脸上是无奈的笑，眼睛里面却放出瘾君子般狂热的光。他检查了一下枪，拉开保险，双手反握，将枪口对准双眼中间。

"嚯，架势够专业。"有人笑道。

砰!

没有火花，没有硝烟，只是一声闷响。师兄猛然在椅子里面缩成一团，像只煮熟的大虾。他的脸上露出一种扭曲的表情，鼻尖冒汗，双唇紧闭，牙缝中间挤出古怪的呻吟。

一桌人不约而同发出"嘶——"的一声，像是也感觉到疼。

"看这样子疼得不轻。"

"别是装的吧。"

"那得是影帝级别的表演啊。"

我注意到衬衫男放在桌面上的双手一直紧紧握拳，手背上青筋暴起，仿佛也在忍受巨大的痛苦。

几秒钟之后，师兄慢慢舒展开身体，将枪扔到桌上，抓起面前的酒杯一饮而尽，然后从口袋里掏出一块手帕，擦拭额头上豆大的汗珠。

"都来猜吧。"他哑着嗓子喊一声。

大家轻点桌面，将自己猜的数字输进去。师兄用力一拍，每人面前跳出一个巨大的骰子影像，有红有蓝，有多有少。

"红的都没猜中。喝!"师兄龇着牙笑道，两边额角依旧是汗涔涔的。他又一拍桌面，从枪下方弹出一行蓝色小字：

Dysmenorrhea Level 4

满桌人哄笑起来，我也忍不住笑。让一个大男人体验这种痛，想来确实有几分滑稽。一个娇滴滴的女声抗议道："才4级？怎么可能啦——"

笑声中，我将桌上的枪拿到手中仔细端详。枪身沉甸甸的，细节做得很精致。据说这玩意儿在一些有钱人的圈子里非常流行——通过向大脑中的痛觉神经中枢发射不同频率的脉冲电流，能够引发各种以假乱真的痛觉，大脑随即分泌具有镇痛效果的内源性吗啡样物质，带来微妙的快感。相比起药物注射或者用弱电流直接刺激快感中枢，这种玩法要安全得多，并且别有一番刺激的意味在里面。就像战士喜欢炫耀旧伤疤一样，越是自命不凡的人，越喜欢夸耀自己如何能够忍受痛苦。

"来来，小师妹跟Jimmy玩一个！"师兄一边高叫，一边将衬衫男往我身上推。满桌人又开始起哄。我瞥见衬衫男石蜡般惨白的脸，心里禁不住有几分好笑。这可是你自己找上门的。

指尖按住桌面，我轻声笑道："来吧。"

一眨眼工夫，胜负已见分晓：六颗骰子，我十六点，他十五点。

满桌人一起高声喝彩。

我把桌上的枪慢慢推过去，银蓝色火花沿着桌面次第绽放，又一颗一颗熄灭，沉入黑暗中。许久，衬衫男用一只颤巍巍的手拿起枪。上膛，握紧，调转枪口，慢慢靠近前额。

他的手抖得厉害，像狂风吹着一片叶子。

"不是吧，连枪都拿不住？小师妹你帮帮他！"师兄笑道。

我看到他的眼神，刹那间有几分于心不忍，但随即又有某种残忍的好奇心占了上风。

怕什么，不过是个游戏。

我伸出双手握住他汗湿的手，将枪口对准他双眼之间，右手食指按在扳机上：

"不痛，不痛哦。"

指尖慢慢施压。那张惨白的面孔凝固在幽蓝光芒中，仿佛电影里的定格画面，只有一双眼睛慢慢地变红了，像是要滴出血来。就在扣下扳机之前那一瞬间，衬衫男高大的身躯突然斜斜滑向一边，咚的一声栽倒在地上。

我惊跳起来，刚要伸手去扶，他却一下一下猛烈地抽搐起来，像被一把看不见的刺刀当胸戳穿。大堆黏稠的东西从他喉咙里呕出来，伴随每一次抽搐向外喷涌，沿着光洁的地板流淌开。地板下面的压感捕捉器将他的动作解读为某种舞步，也应和着节拍，放射出一轮又一轮绯红艳绿的光芒，将那倒在地上的扭曲人形，以及人形旁边热气腾腾的呕吐物，都映成一幅五彩斑斓的后现代抽象艺术。

Light，Heat，Power！

我乘电梯到一楼，走出环球金融中心大门。夜已深，湿热的空气迎面涌来，像黏腻的潮水。没有一丝风。楼群与管道间的缝隙中露出浑浊的夜空，空中有一弯残月，暗红而模糊，像一小块破碎的霓虹灯光。四面八方很是安静，没有车流的喧嚣，也没有什么行人，只有不远处的黄浦江面上，隐约传来一声悠长而沉闷的汽笛。

嘴里苦得厉害，仿佛刚才喝下的酒精都凝结在舌头上。我看见街对面有一台自动售货机，便向那亮着灯的地方走去，走到近处，却看见一个高大的人影正倚在售货机后面抽烟。是那衬衫男。

"又是你？"他似乎笑了一声，红亮的烟头在夜色里闪烁。

我有些尴尬，立住脚步问："你怎么样？"

"没事了。"

"刚才不好意思。"

"是我不好意思。"他又狠狠抽了一口，把烟头扔到脚下踩灭，"酒量不好，丢人了。"

我买了两瓶矿泉水，递一瓶给他。他接过来拧开盖子，一口气咕咚咕咚灌下半瓶。

"慢点喝。"

"谢谢。"他把烟盒递过来，"抽吗？"

"不抽，戒了。"

他又抽出一根烟，叼在嘴上点燃，问：

"这么晚了，怎么还不回去？"

"想出来走一走，接接地气。"

"接地气？"他闷笑一声，"说得也是。每天从家到公司，来回都是坐 iCar，高处来高处去，连脚踩在土地上是什么感觉都快忘了。"

"想踩土地还不容易？"我用脚尖点一点地面，"这不就是？"

"这算土地吗？"他笑一声，也学我的样子踩了两下脚，"其实上海哪里有什么土地呢，只有地皮。"

我接不上话，拧开瓶子喝矿泉水。衬衫男又丢下一根烟用力踩灭，问我：

"一起走走？"

"好。"

我们一前一后在这夜里慢慢走着，走到楼群中央的一小片绿地里面。小路两旁长着高大的合欢树，落下一团一团丝绒般淡粉色的花球，踩上去软绵绵的，散发出苦香气。

"喜欢上海吗？"他问。

"还可以吧，说不上喜欢不喜欢。"

"你是北方人，或许待不习惯。待久一点就好了。"

"我看不一定。"

"不一定？"

"你不是我，怎么知道我会不会喜欢？"

"嗬，跟你讲话真不容易，处处碰钉子。"

"有吗？"

"你看我这一晚上跟你说话，说得有多累。"

"那是你不习惯。说久一点就习惯了。"

"看看！"他笑起来，"又聊不下去了！"

我也笑了。

"对了，有个问题。"

"说。"

"你真的亲眼见过那块砖吗？"

"什么砖？"

"你刚才讲的，那个安徽小伙子，在砖上刻了他爱人的名字。"

他停住脚步，盯住我看了一阵，然后慢慢垂下头，把脸埋在双手里，发出近乎啜泣的一声长叹：

"你为什么要那么认真？"

我不知道是什么触动了他的伤心事，只能站在一旁默默不语。

片刻之后，他抬起头低声说：

"我再给你讲个故事好吗，是真事。"

"好。"

我们在路边一条长椅上坐下。脚下草丛里，隐约传来曲曲折折的虫鸣，像是唱着只有它们自己才能听懂的歌。

"我其实不太会讲故事。"他说，"尤其不会讲那些真正发生在自己身上的故事。这个故事，我以前从来没跟别人讲过，也许讲得不太好，希望你别嫌弃。"

"没关系。"我说，"我是喜欢听故事的。"

"我刚才问你喜不喜欢上海。其实我在上海待了这么些年，你要是问我喜不喜欢，我也说不上来。"

"你是上海人吗？"

"当然不是。我是大学毕业之后来的上海，大约十年前吧。那时候不是鼓励大学生创业吗？我们在学校念书的时候就成天听各种宣讲会，梦想着早早退学，自己开公司。那时候的年轻人都觉得自己做产品比给大公司写程序要有前途。找几个志同道合的小伙伴，捣鼓点小玩意儿，找投资开公司，租办公室，雇人组团队，做项目，将来融资上市卖股票，把孩子生到美国生到欧洲，再去给别的年轻人投资。

"其实要我说，能不能走到融资上市那一步倒不是最重要的，关键是只有走这样一条路，你才觉得自己是个年轻人，才觉得满世界都是大把机会等着你，才觉得每天的太阳都是新的，才能见面就跟别人谈'明天'，谈'未来'，谈'梦想'。我有一些同学，毕业就回老家当公务员，结个婚生个孩子，三十多岁就等着退休养老。这样的人生有什么意思？

"大三那年，我和几个朋友开了人生中第一家公司。那时候我们都在读书，朋友们都说，退学，不读了，学校里教的那点东西有什么用——你别笑，我至今还记得我们在一家咖啡馆里通宵争辩这个问题，觉得人类文明的奇点已近在眼前，所有旧的知识和经验都应付不了新局面了。读书越多，越是跟不上时代变革的速度。我们只能奋力前进，没有回头路。

"当时那群人里面，只有我和另外一个学设计的女孩子坚持到大四毕业，揣着几张证书，收拾行李去投奔小伙伴。那个女孩子，她叫小好，后来成为我们团队的灵魂人物。她是那种天生聪慧的女孩，能画设计图，能写代码，能喝酒，能谈项目，能让一大堆工程师围着她转。最重要的是，她有一种独特的眼光。在我们看来是程序和芯片的东西中间，她能看到一幅关于未来的清晰图景，看到人们发自内心渴望的东西。这是一种天赋。

"我还记得到上海的第一个晚上，朋友为我和小好接风洗尘，地点就挑在环金中心楼上那间酒吧。那天晚上，一个朋友讲了那个安徽小伙子和那块砖的故事，我们所有人都笑得不行。那个时候环金已经不是上海第一高楼了，天知道那个故事流传了多久。

"那晚小好坐在我旁边，满桌人中间，只有她没有笑。我以为她不舒服，她却扭过头，用一双水汪汪的眼睛看着我低声说：'我心里好难受。'

"我不知道她难受些什么。但看着她小猫一般的模样，我的心也忍不住跟着颤抖。我想把她抱在怀里，安慰她，让她哭，让她笑。我知道我是爱上她了。但我也知道，没有钱是不能谈爱情的。我不能也去刻一块砖给她。

"我们做的第一个项目，是一套情绪识别的软件，通过一些体表采集的人体数据来判断人的情绪和健康状态，为医疗和心理辅导过程提供参考。这个项目的难点在于，情绪和状态是相当主观的东西，判断结果很不准确，也很难找到市场。

"在项目推进最缓慢的时候，小好提出，我们努力的方向错了。她说，我们不应该只关注准确性，而忽视了模糊性和趣味性。换句话说，我们应该把它做成一种玩具。"

"你说的难道是iRing？"

"呵呵，看来你也玩过。后来我们做出的产品是一枚戒指，你把它戴在食指上，跟另一个同样戴着iRing的人指尖接触，戒指就会发出不同颜色的光和声音，显示两人此时此刻的情绪状态是否合拍，或者说，你们之间的'同步率'有多少。其实这玩意儿背后的匹配算法非常简单粗暴，但很多时候，人们就是愿意相信这种像算命一样时准时不准的东西。

"为了宣传产品，我们还策划了一系列好玩的微视频放到网上，讲述各种反差很大的人戴着iRing相遇，比如最高的人和最矮的人，比如世界首富和乞丐，比如超级偶像和粉丝，比如爱斯基摩人和外星人，比如小红帽和大灰狼，比如一只猫和一条鲸鱼。这些短片想表达的意思是，无论人和人之间差异有多大，距离有多远，都能找到彼此同步的时刻。这套片子在网上大受欢迎，点击率很高，我们的产品一下子就红了。

"庆功宴那天晚上，我们又来环金中心喝酒。喝到半夜，我送小好回去。走到她家楼底下，我们两人互相看着，谁也不说话。正巧我们都戴着iRing。她把右手食指向我伸过来，我也伸出手，碰了碰她的指尖。就像触电一样，两枚戒指叮咚一声同时发出蓝光。那是我这辈子所见过最美丽的颜色。

"那天夜里，我的口袋里揣着一张崭新的银行卡，里面是人生中第一笔巨额奖金。这张薄薄的卡片让我有了面对未来的勇气，让我感觉到自己不再是一个只能刻砖的外地农民。就在那个夜里，我第一次吻了她。

"那之后，我们开始共同开发第二个项目。它是一个科技含量很低的东西，但是同样很有趣。你或许听说过，叫作iPlantmal。"

"听说过，我有好几个朋友都在玩。"

"对，它的基本原理就是在你的花盆里插一个装有各种传感器的陶瓷小人儿，根据温度、湿度和酸碱度，小人儿可以模拟植物的生长状态，并根据状态好坏以不同的速率生产虚拟金币。如果你家里有猫狗这类宠物，那么只要在宠物项圈上绑一个接收器，在你出门上班这段时间里，宠物每次来到植物附近，虚拟金币数目都会从植物转移到宠物身上，相当于它替你捡了金币。同时它还可以帮你在iPlantmal的网络上发一条消息炫耀，这样你就会知道你和其他网友谁家攒金币的速度比较快。你还可以为家里的每一株花草每一只宠物都申请一个专用ID，用这些金币帮它们升级，给它们买装备，替它们布置一个虚拟的家，请它们的朋友来家里做客。"

"是的，我见过一个朋友的'家'，像古埃及神殿一样。他的猫坐在神殿王座上，非常威风。他自己在那个'家'里是一个奴隶的形象，每天跪在地上，把山珍海味送去给王座上的主子享用。"

"这套产品同样是小好的主意。它的创意之处是把每一个孤独的现代人和他家里的植物、动物连接成一个智能生态系统。人照顾花草和动物，花草和动物产生金币来回报主人。让人和动植物之间的关系更加亲密有爱。

"iPlantmal卖得不错。养花草和猫狗的人往往会通过社交网络形成小圈子，所以我们不用做很多宣传，只靠口耳相传，用户群就一直在稳定增长。更有意思的是，一旦开始玩iPlantmal，你就会情不自禁想要扩充系统，让家里的花草和猫狗越来越多，所以我们的顾客都是长线的。

"我和小好都从这个项目中赚到不少钱，但这些钱也仅仅够我们租一间不到六十平的小屋住在一起。小好把她的瓶瓶罐罐花花草草都搬了过来，还有一只猫一条狗。尽管住得很挤，但我们很幸福。那是我人生中最幸福的时候，事业顺遂，爱情甜美。

"就在那时候，发生了一件改变我们人生轨迹的事情。

"小好的狗死了，是老死的。那只狗的名字叫茜茜，是一条黑色的拉布拉多犬，跟了小好很多年，可以说是陪伴她长大的。在茜茜最后的岁月里，小好每天都哭。她抱着茜茜，握着它的爪子，恨不得寸步不离。你知道的，养狗的人对狗有一种亲人般的感情，尤其是小好这样一个软心肠的女孩子。如果你有过类似的经历就能明白。你养过狗吗？"

"没有。小时候父母不让养，后来也没有机会。"

"我也是，从小没养过宠物，也说不上特别喜欢猫狗。我虽然心疼小好，但却没办法像她一样难过。我只能尽量安慰她，跟她说一切都会过去的。

"安葬了茜茜之后，小好开始筹划下一个项目，一个在我看来有些疯狂的想法。她想要模拟并且复制'痛'这种感觉，让一个生命能体验到另一个生命的痛。我知道她为什么会有这种想法。狗不会喊痛，只会呜呜叫。在陪伴茜茜走向死亡的过程中，她总是希望能够与它一起分担痛苦。

"对于这个项目来说，技术同样不是问题。但当时公司其他成员都反对小好的想法，没有人知道这玩意儿的商业前景在哪里。但是小好一意孤行，我们也没有办法——你知道有些女人下定了主意是很偏的。最终我们瞒着小好偷偷开了个会，决定几个项目同时开展，看看有没有可能找到其他市场。

"这其中就包括你今晚看到的这把枪。这个项目当时是我负责的，我的思路其实就是延续小好最初的想法——把产品做成玩具，看看人们究竟喜欢玩什么。我那时候觉得成年人其实喜欢玩一些更刺激的东西。只要满足了人们猎奇的欲望，就一定能卖得出去。最终做出来的产品让人满意，却没有办法通过正规渠道发售。没有人知道这东西会不会被用于犯罪，或者其他不道德的目的。尽管如此，还是有许多人愿意买，尤其是那些有钱人。

"在开发项目的过程中，我背着小好偷偷跑了全国很多地方，去收集各种各样登峰造极的疼痛。哪里有上了新闻头条的惨案，我就去哪里。这工作最好在人还活着的时候进行，最迟不能超过死后二十四个小时。我像一只秃鹫，朝向那些痛不欲生的新鲜躯体猛扑过去，去攫取我需要的东西。

"我见过一个被轮奸致残的九岁幼女，一个半夜翻校门直肠被钢钎戳穿的高中男生，一个被高压电烧掉眼皮和全身末梢神经的工厂女工，一个想要喝农药自杀却不慎错喝了硫酸的单身老汉……

"呵呵，不好意思，说这些你听着难受是吧。刚开始我也受不了，看见那些人扭曲的脸，听着他们的哀号，我自己也觉得疼。有时候疼得手抖，连最简单的操作都完成不了。后来时间长了，也就慢慢习惯了。毕竟是别人的痛，没痛在我身上。

"在我四处奔忙的时候，小好也在独自推动她自己的项目。这是一个叫作No Pain No Love的公益项目，号召人们去亲身体验他人的痛——病人、伤者、临终的老人、分娩的孕妇……她把她的产品做成手环模样，只要握住对方的手，两个人就能彼此感受到对方的疼痛。当时我并不明白她这样做的目的是什么。这个世界本身已经充满痛苦了，让痛加倍又能有什么好处呢？

"我自己从来没用过那东西。我并不怕痛，只是觉得那么做没什么意义。

"后来我看到一个访谈视频，镜头中的小好脸色苍白，嘴唇绷得很紧，仿佛一直在忍受痛苦。她说，长久以来，我们只能透过语言文字和镜头来关注别人的苦难，疼痛变成了一种表演，一种刺激我们神经的兴奋剂。很多时候我们不愿意看那些过于残忍的图片和视频，我们会说'看着就痛'，但仅仅看一看并不会真的痛。只有通过真实的身体经验，才能够打破自我与他人之间的壁垒，才能够身受然后感同，才能够真正进入言语无法抵达的他人的世界中去。

"她说，我并不知道自己所做的这些能够改变这个世界多少，我只希望每个人都问一问自己：当你关心一个人的时候，你究竟愿不愿意去体验对方的痛。你腿脚不便的父母，你怀孕分娩的妻子，你生病住院的朋友？当你随手拍下路边一个车祸受伤的孩子，一个病痛缠身的乞丐，一只断了尾巴的流浪猫时，你敢不敢连同她/他/它的痛苦一起分担？

"访谈结束前，她给记者看了一段视频，是地铁里的监控录像拍摄的：上班时间，人们都在等车，突然间，一个身穿黑衣的男人走到站台边跳了下去。地铁列车飞驰而来，从他身上碾轧过去。

"视频很短，只有不到二十秒。伴随画面运动，一个男子的旁白从画外传来，声音懒懒的，却又有一丝压抑不住的兴奋。

目标人物出现，目标人物出现……戴着帽子穿黑衣服的，哎哟马上跳啦跳啦跳啦！啊……疼啊！

"配音的人是谁？为什么制作传播这段视频？当他赏玩别人的疼痛时他在想什么？其他看到视频的人又是什么感受？

"问这些问题时，小好眼泪流个不停，几乎说不出话。但她却始终坚定地看着镜头，眼睛里透出一种愤怒，像冰冷的火焰。那是我所不熟悉的小好，她的眼神和语气都那么陌生。

"我和小好说话越来越少。

"有一次，我飞去广州的一座城市。那里有一个青年工人刚刚跳楼自杀了。由于工厂公关工作做得好，消息瞒得密不透风。恰巧当地公安局有我一个朋友，偷偷给我发了条消息。我搭最早一班飞机飞去，赶到医院时，那工人还没咽气，但我看他样子就知道他活不了多久了——他的一边脑袋都摔瘪了，像个烂掉的冬瓜。

"我在病床旁边把活儿干完，前后不过十分钟。然后我出去找那当警察的朋友一起抽烟。朋友反复叮嘱，这件事一定要瞒好，决不能让媒体知道。聊着聊着，他对我说：'你知道吗，那家伙还写诗哩。'

"我问，什么诗。朋友便从口袋里取出几张叠在一起的稿纸，上面还有没干透的血迹。

"'喏，这就是他写的诗，跳楼时就揣在身上。听工友说，那家伙平时就写，写了不少，抄在本子上，不给别人看，也不拿去发表。你说一个农民工，写什么诗，难怪想不开。'

"我一时好奇，就说我拿回去看看。

"朋友说，你要不嫌那个就带走吧，这玩意儿没人看。

"我办完事情，匆匆忙忙飞回上海，在路边胡乱吃了一顿，回到家洗澡睡觉。半夜里小好回来了，我没有管她，翻个身继续睡。半梦半醒之间，我隐约听到一些声音，就爬起来推门出去，看见小好一个人坐在黑漆漆的客厅沙发里。

"我问，你干吗呢？

"小好抬起头来看我。惨白的月光朦朦胧胧从窗口照进来，照得她脸上亮闪闪一片，全是泪光。

"我说你哭什么。

"小好不说话，就那么一直看着我。眼泪不断涌出来，顺着她的脸颊一滴一滴掉在地上，但她却一声不吭。从她眼睛里，我依稀又看到那种冰冷的火焰，让人感觉到陌生。

"旁边桌子上放着那几张沾着血迹的纸，准是小好从我口袋里掏出来的。我心里面发慌，不知道该怎么跟她解释，也不知道如果被她知道了我做的这些事情会怎么样，却又觉得自己并没有做错什么。

"我们就这么默默互相看着，谁也不说话，好像谁先说话谁就输了一样。不知道过了多久，我终于忍不住，小声说一句：'我先睡了，你早点睡。'

"小好还是不说话。我转身回卧室，爬上床盖上被子。起初睡不着，但周围实在太过安静，我又太累，不知道什么时候竟也就迷迷糊糊地睡过去了。

"第二天醒来，已经快中午了。我出门，发现小好不在屋里，连同她的猫，她的瓶瓶罐罐花花草草，通通不见了。我四处地找，没有找到一张字条。只有那几张纸还放在桌上原来的地方。

"我心里面隐约知道，她是走了，不会再回来了。但我不知道该做点什么，只能一个人站在客厅中央发呆。少了一个人一只猫一些花草，这间不足六十平的小屋显得空空荡荡的。

"就在那个时候，我的警察朋友打电话过来，告诉我那个农民工已经死了，尸体送去火化，等着家里人来领骨灰。奇怪的是，不管是小好的离去，还是另一个生命的消逝，都没有在我心里产生一丝一毫的痛苦。我只是心里发空，好像被搬走了一些东西，却又说不出是什么。

"三个月后，我在电视上看到新闻。小好死了。死在一场车祸中。

"我的小好，安安静静躺在太平间的床上，面色平静。她再也不会痛了。

"她的手露在白被单外面，手心摊开，肿得像深紫色的萝卜，手腕上紧紧箍着那个手环，上面印着一行暗红色的字：'No Pain No Love'。

"我禁不住伸出手，去触碰她的指尖。手环没有任何反应，没有声音也没有光。然而就在那一瞬间，我感觉到刺骨的痛从指尖向全身蔓延。

"像针刺、像电击、像火烧、像水煮、像千刀万剐、像万箭穿心、像上刀山下油锅、像剥皮抽筋……

"我痛得栽倒在地上打滚，像狗一样惨叫。

"从那一天起，我开始被奇怪的疼痛困扰。

"每当看到某些形象，闻到某些气味，听到某些声音，感觉到某些特别的气氛，我都会突然痛起来。从指尖到胸口，从胸口到后背，从后背放射到全身。

"黑色拉布拉多犬、多肉植物、她喜欢的颜色、她常用的香水、一个女孩的裙子、一碗热汤面、雨后草坪上的气味、高楼上的夜景、咖啡店的招牌、地下铁吹来的风、咬了一口的桃子、街边墙角的涂鸦、一朵小花、一片云……所有这一切都会引起身体不同部位莫名其妙的疼痛，仿佛疼痛成为我体验这个世界的特殊方式。

"医生说，不明原因的疼痛有可能是慢性病，也可能是心理原因。他给我一些药，让我多休息。

"我从公司辞职，出国待了一段时间，回来后重新找了份工作。

"那之后四年过去了。随着时间流逝，痛感慢慢消失。现在，我几乎已经不怎么痛了。"

"几乎？"

"偶尔也会有一些时刻，一些东西，会突然让我痛起来。不过并不要紧，吃点止痛片就过去了。"

"比如那把枪？"

"还有今晚的月亮。"

"月亮？"

"我还没给你看过这个吧？"

他打开钱包，我隐约看见里面有一张照片，照片上的人像却有些模糊。他从照片后面抽出一张叠在一起的纸递给我，纸张泛黄，上面有铁锈色的斑点。

我将纸小心地展开，借着幽暗的路灯光凑近了看。纸上面写有一些小小的钢笔字，那是一首诗。我已经不记得上一次读到写在纸上的诗是什么时候了。

> 我咽下一枚铁做的月亮
>
> 他们把它叫作螺丝
>
> 我咽下这工业的废水，失业的订单
>
> 那些低于机台的青春早早夭亡
>
> 我咽下奔波，咽下流离失所
>
> 咽下人行天桥，咽下长满水锈的生活
>
> 我再咽不下了
>
> 所有我曾经咽下的现在都从喉咙汹涌而出
>
> 在祖国的领土上铺成一首
>
> 耻辱的诗

我读完这首短短的诗，感觉到一股冰冷的疼痛从胃里涌上来。喉咙发紧，想要呕吐。

月光照着我们，周围是星星点点的城市灯火。合欢树的叶子在夜风里沙沙作响，脚下的草丛里传来一阵一阵秋虫声。这些小小的虫和草应该也会痛吧。

男人又从烟盒里摸出一根烟，叼在嘴上点燃。但他只抽了一口，就把脸埋在手里，肩膀一抽一抽地哭起来。

我把手放在他肩膀上，想说一声"不痛，不痛"。嗓子却被哽住。

宇宙墓碑

韩松

上　篇

　　我十岁那年，父亲认为我可以适应宇宙航行了。那次我们一家去了猎户座，乘的当然是星际旅游公司的班船。不料在返航途中，飞船出了故障，我们只得勉强飞到火星着陆，等待另一艘飞船来接大家回地球。

　　我们着陆的地点，靠近火星北极冠。记得当时大家都心情焦躁，船员便让乘客换上宇航服出外散步。降落点四周散布着许多旧时代人类遗址，船长说，那是宇宙大开发时代留下的。我很清楚地记得，我们在一段几公里长的金属墙前停留了很久，跟着墙后面出现了意想不到的场面。

　　现在我们知道那些东西就叫墓碑了。但当时我仅仅被它们森然的气势镇住，一时裹足不前。这是一片辽阔的平原，地面显然经过人工平整。大大小小的方碑犹如雨后春笋一般钻出地面，有着同一的黑色调子，焕发出寒意，与火红色的大地映衬，着实奇异非常。火星的天空掷出无数雨点般的星星，神秘得很。我少年之心突然地悠动起来。

　　大人们却都变了脸色，不住地面面相觑。

　　我们在这个太阳系中数一数二的大坟场边缘只停留了片刻，便匆匆回到船舱。

大家表情很严肃和不祥，而且有一种后悔的神态，仿佛是看到了什么不该看的东西。

我便不敢说话，但却无缘无故有些兴奋。

终于有一艘新的飞船来接我们了。它从火星上启动的一刹那，我悄声问父亲："那是什么？"

"哪是什么？"他仍愣着。

"那面墙后面的呀！"

"他们……是死去的太空人。他们那个时代，宇宙航行比我们困难一些。"

我对死亡的概念，很早就有了感性认识，大约就始于此时。我无法理解大人们刹那间神态为什么会改变，为什么他们在火星坟场边一下子感情复杂起来。死亡给我的印象，是跟灿烂的旧时代遗址紧密相连的，它是火星瑰丽景色的一部分，对少年的我拥有绝对的魅力。

十五年后，我带着女朋友去月球旅游。"那里有一个未开发的旅游区，你将会看到宇宙中最不可思议的事物！"我又比又画，心中却另有打算。事实上，背着阿羽，我早跑遍了太阳系中的大小坟场。我伫立着看那些墓碑，达到了入痴入迷的地步。它们静谧而荒凉的美跟寂寞的星球世界吻合得那么融洽，而墓碑本身也确是那个时代的杰作。我得承认，儿时的那次经历对我心理的影响是微妙而深远的。

我和阿羽在月球一个僻静的降落场离船，然后悄悄向这个星球的腹地走去。没有交通工具，没有人烟。阿羽越来越紧地攥住我的手，而我则一遍遍翻看那些自绘的月面图。

"到了，就是这里。"

我们来得正是时候，地球正从月平线上冉冉升起，墓群沐在幻觉般的辉光中，仿佛在微微颤动着，正纷纷醒来。这里距最近的降落场有一百五十公里。我感到阿羽贴着我的身体在剧烈战栗。她目瞪口呆地望着那幽灵般的地球和其下生机勃勃的坟场。

"我们还是走吧。"她轻声说。

"好不容易来，干吗想走呢？你别看现在这儿死寂一片，当时可是最热闹的地方呢！"

"我害怕。"

"别害怕。人类开发宇宙，便是从月球开始的。宇宙中最大的坟场都在太阳系，我们应该骄傲才是。"

"现在只有我们两人来光顾这儿，那些死人知道吗?"

"月球，还有火星、水星……都被废弃了。不过，你听，宇宙飞船的隆隆声正震撼着几千光年外的某个无名星球呢! 死去的太空人地下有灵，定会欣慰的。"

"你干吗要带我来这儿呢?"

这个问题使我不知怎么回答才好。为什么一定要带上女朋友万里迢迢来欣赏异星坟茔? 出了事该怎么交代? 这确是我没有认真思考过的问题。如果我要告诉阿羽，此行原是为了寻找宇宙中爱和死永恒交织与对立的主题和情调，那么她必定会以为我疯了。也许我可以用写作论文来作解释，而且我的确在搜集有关宇宙墓碑的材料。

我可以告诉阿羽，旧时代宇航员都遵守一条不成文的习俗，即绝不与同行结婚。在这儿的坟茔中你绝对找不到一座夫妻合葬的墓。我要求助于女人的现场灵感来帮助我解答此谜吗? 但我却沉默起来。我只觉得我和阿羽的身影成了无数墓碑中默默无言的两尊。这样下去很醉人。我希望阿羽能悟道，但她却只是紧张而痴傻地望着我。

"你看我很奇怪吧?"半响，我问阿羽。

"你不是一个平常的人。"

回地球后阿羽大病了一场，我以为这跟月球之旅有些关系，很是内疚。在照料她的当儿，我只得中断对宇宙墓碑的研究。这样，一直到她稍微好转。

我对旧时代那种植墓于群星的风俗抱有极大兴趣，曾使父亲深感不安。墓碑吗? 那是很久以前的事了，现代人几乎把它淡忘了，就像人们一股脑把太阳系的姊妹行星扔在一旁，而去憧憬宇宙深处的奇景一样。然而我却下意识体会到，这里有一层表象。我无法回避在我查阅资料时，父亲阴郁地注视我的眼光。每到这时我就想起儿时的那一幕，大人们在坟场旁神情怪异起来，仿佛心灵中某种深沉的东西被触动了。现代人绝对不旧事重提，尤其是有关古代死亡的太空人。但他们并没从心底忘掉他们，这我知道，因为他们每碰上这个问题时，总是小心翼翼地绕着圈子，敏感得有些过分。这种态度渗透到整个文化体系中，便是历史的虚无主义。忙碌于现时的瞬间，是现代人的特点。或许大家认为昔日并不重要？或仅是无暇去回顾？我没有能力去探讨其后可能暗含的文化背景。我自己也并不是个历史主义者。墓碑使我执迷，在于它给我的一种感觉，类似于诗意。它们既存在于我们这个活生生的世界之中，又存在于它之外，偶尔才会有人光临其境，更多的时间里它们保持缄默，旁若无人地沉湎于它们所属的时代。这就是宇宙墓碑的醉人之处。每当我以这种心境琢磨它们时，蓟教授便警告我说，这必将堕入边界，我们的责任在于复原历史，而不是为个人兴趣所驱，我们要使现时代一切庸俗的人重新认识到其祖先开发宇宙的艰辛与伟大。

蓟教授的苍苍白发常使我无言以对，但在有关墓碑风俗的学术问题上，我们却可以争个不休。在阿羽病情好转后，我和教授会面时又谈到了墓碑研究中的一个基本问题，即该风俗突然消失在宇宙中的现象之谜。

"我还是不同意您的观点。在这个问题上，我一直是反对您的。"

"年轻人，你找到什么新证据了吗？"

"目前还没有，不过……"

"不用说了。我早就告诫过你，你的研究方法不大对头。"

"我相信现场直觉。故纸堆已不能告诉我们更多的信息，资料太少。您应该离开地球到各处走一走。"

"老头子可不能跟年轻人比啊，他们太固执己见。"

"也许您是对的。"

"知道新发现的天鹅座α星墓葬吗？"

"无名之坟，仅镌有年代。它的发现将墓碑风俗史的下限推后了五十年。"

"如果我没记错的话，技术决定论者的《行星宣言》就是在那前后不久发表的。墓碑风俗的消失跟这没有关系吗？"

"您认为是一种文化规范的兴起替代了旧的文化规范？"

"我推测我们不能找到年代更晚的墓葬了。技术决定论者一登台，墓碑风俗便神秘地隐遁在宇宙中了。"

"您不觉得太突然了吗？"

"恰恰如此，才能解释时间上的巧合。"

"……也许有别的原因。那时技术决定论者还太弱，而墓葬制度的存在已有数万年历史，宇宙墓碑也矗立上千年了。没有东西能够一下子摧毁这么强大的风俗。原因很简单，它沉淀在古人心灵中，可以叫它集体潜意识吧?"

蓟教授摊了摊手。合成器这时将晚餐准备好了。吃饭时我才注意到教授的手在微微颤抖，毕竟是两百多岁的人了。一种复杂的情绪在我心头翻腾。死亡将夺去每一个人的生命，这可能是连技术决定论者也永远无法回避的问题。死后我们将以何种方式存在，仍然是每个人心灵深处悄悄猜度着的。宇宙中林立的墓碑展示出旧时代的人类早已在思考这个答案，或许他们业已将心得和结论喻入墓茔? 现代人不再需要埋葬了，他们读不懂古墓碑文，也不屑一读。人们跟先辈相比，难道产生了本质上的不同吗?

死是无法避免的，但我还是担心蓟教授过早谢世。这个世界上，仅有极少数人在探讨诸如宇宙墓碑这样的历史问题。他们默默无闻，而且常常是毫无结果地工作着，这使我忧心忡忡。

我不止一次地凝神于眼前的全息照片，它就是蓟教授提到的那座坟，它在天鹅座星系α中的位置是如此偏僻，以至于直到最近才被一艘偶然路过的货运飞船发现。墓碑学者普遍有一种看法，即这座坟在向我们暗示着什么，但没有一个人能够猜出。

我常常被这座坟奇特的形象打动，从各个方面，它都比其他墓碑更契合我的心境。一般而言，宇宙墓碑都群集着，形成浩大的坟场，似乎非此不足以与异星的荒凉抗衡。而此墓却孑然独处，这是以往的发现中绝无仅有的一例。它址于该星系中一颗极不起眼的小行星上，这给我一种经过精心选择的感觉。从墓址所在的区域望去，实际上看不见星系中最大的几颗行星。每年这颗小行星都以近似彗星的椭圆轨道绕天鹅座α运转，当它走到遥遥无期的黑暗的远日点附近时，我似乎也感到了墓主寂寞厌世的心情。这一下子便产生了一个很突出的对比，即我们看到，一般的宇宙墓群都很注意选择雄伟风光的衬托，它们充分利用从地平线上跃起的行星光环，或以数倍高于珠穆朗玛峰的悬崖作背景。因此即便从死人身上，我们也体会到了宇宙初拓时人类的豪迈气概。此墓却一反常规。

这一点还可以从它的建筑风格上找到证据。当时的筑墓工艺讲究对称的美学，墓体造得结实、沉重、宏大，充满英雄主义的傲慢。水星上巨型的金字塔和火星上巍然的方碑，都是这种流行模式的突出代表。而在这一座孤寂的坟上，我们却找不到一点这方面的影子。它造得矮小而卑琐，但极轻的悬挑式结构，却有意无意中使人觉得空间被分解后又重新组合起来。我甚至觉得连时间都在墓穴中自由流动。这显然很出格。整座墓碑完全就地取材，由该小行星上富含的电闪石构成，而当时流行的做法是从地球本土运来特种复合材料。这样做很浪费，但人们更关心浪漫。

另一点引起猜测的便是墓主的身份。该墓除了镌有营造年代外，并无多余着墨。常规做法是，必定要刻上死者姓名、身份、经历、死亡原因以及悼亡词等。由此出现了各种各样的假说。是什么特殊原因，促使人们以这种不寻常的方式埋葬天鹅座α星系的死者？

由于墓主几乎可以断定为墓碑风俗结束的最后见证人，神秘性就更大了。在这一点上，一切解释都无法自圆其说。因为似乎是这样的，即我们不得不对整个人类文化及其心态作出阐述。对于墓碑学者来说，现时的各种条件锁链般限制了他们。我倒曾经计划过亲临天鹅座α星系，但没有人能够为我提供这笔经费。这毕竟不同于太阳系内旅行。

而且不要忘了，世俗并不赞成我们。

后来我一直未能达成天鹅座α之旅，似乎是命里注定。生活在发生意想不到的变化，我个人也在发生变化。在我一百岁时，刚好是蓟教授去世七十周年的忌日。当我突然想起这一点时，也就忆起了青年时代和教授展开的那些有关宇宙墓碑的辩论。当初的墓碑学泰斗们也早跟先师一样，形骸坦荡了。追随者们纷纷弃而他往。我半辈子研究，略无建树，夜半醒来常常扪心自问：何必如此耽迷于旧尸？先师曾经预言过，我一时为兴趣所驱，将来必自食其果，竟然言中。我何曾有过真正的历史责任感呢？由此才带来今日的困惑。人至百年，方有大梦初醒之感，但我意识到，知天命恐怕是万万不能了。

我年轻时的女朋友阿羽，早已成了我的妻子，如今是一个成天唠叨不休的老太婆。她这大概是在将一生不幸怪罪于我。自从那次我带她参观月球坟场，她就受惊得了一种怪病。每年到我们登月的那个日子，她便精神忧伤，整日呓语，四肢瘫痪。即便现代医术，也无能为力。每当我查阅墓碑资料，她便在一旁神情黯然，烦躁不安。这时我便悄悄放下手中活计，步出户外。天空一片晴朗，犹如七十年前。我突然意识到自己已有许多年没离开过地球了。余下的日子，该是用来和阿羽好好厮守了吧？

我的儿子筑长年不回地球，他已在河外星系成了家，他本人则是宇宙飞船的船长，驰骋于众宇，忙得星尘满身。我猜测他一定莅临过有古坟场的星球，不知他作何感想？此事他从未当我面提起，而我也暗中打定主意，绝不首先对他言说。想当初父亲携我，因飞船事故偶处火星，我才得以目睹墓群，不觉唏嘘。而今他老人家也已一百五十多岁了。

由生到死这平凡的历程，竟导致古人在宇宙各处修筑了那样宏伟的墓碑，这个谜就留给时空去解吧。

这样一想，我便不知不觉放弃了年轻时代的追求，过了几年平静的日子。地球上的生活竟这么恬然，足以冲淡任何人的激情，这我以前从未留意过。人们都在宇宙各处忙碌着，很少有机会回来看一看这个曾经养育过他们而现在变得老气的行星，而守旧的地球人也不大关心宇宙深处惊天动地的变化。

那年筑从天鹅座 α 星系回来时，我都没意识到这个星球的名字有什么特别之处了。筑因为河外星系引力的原因，长得奇怪的高大，是彻头彻尾的外星人了，并且由于当地文化的熏染而沉默寡言得很。我们父子见面日少，从来没多的话说。有时我不得不这么去想，我和阿羽仅仅是筑存在于世所临时借助的一种形式。其实这种观点在现时宇宙中一点也不显得荒谬。

筑给我斟酒，两眼炯炯发光，今日却奇怪的话多。我只得和他应酬。

"心宁他还好？"心宁是孙子名。

"还好呢，他挺想爷爷的。"

"怎么不带他回来？"

"我也叫他来，可他受不了地球的气候。上次来了，回去后生了一身的疹子。"

"是吗？以后不要带他来了。"

我将一杯酒饮干，发觉筑正窥视我的脸色。

"父亲，"他终于开始在椅子上不安地扭动起来，"我有件事想问您。"

"讲吧。"我疑惑地打量着他。

"我是开飞船的,这么些年来,跑遍了大大小小的星系。跟您在地球上不同,我可是见多识广。但至今为止,尚有一事不明了,常萦绕心头,这次特向您请教。"

"可以。"

"我知道您年轻时专门研究过宇宙墓碑,虽然您从没告诉我,可我还是知道了。我想问您的就是,宇宙墓碑使您着迷之处,究竟何在?"

我站起身来,走到窗边,不使脸朝筑。我没想到筑要问的是这个问题。那东西,也撞进了筑的心灵,正像它曾使父亲和我的心灵蒙受巨大不安一样。难道旧时代人类真在此中藏匿了魔力,后人将永远受其阴魂侵扰?

"父亲,我只是想随便问问,没有别的意思。"筑嗫嚅起来,像个小孩。

"对不起,筑,我不能回答这个问题。嗬,为什么墓碑使我着迷?我要是知道这个,早就在你很小的时候就告诉你一切一切跟墓碑有关的事情了。可是,你知道,我没有这么做。那是个无底洞,筑。"

我看见筑低下了头。他默然,似乎深悔自己的贸然。为了使他不那么窘迫,我压制住感情,回到桌边,给他斟了一杯酒。然后我审视着他的双目,像任何一个做父亲的那样充满关怀地问道:"筑,告诉我,你到底看见了什么?"

"墓碑。大大小小的墓碑。"

"你肯定会看见它们。可是你以前并没有想到要谈这个嘛。"

"我还看见了人群。他们蜂拥到各个星球的坟场去!"

"你说什么?"

"宇宙大概发疯了,人们都迷上了死人,仅在火星上,就停满了成百上千艘飞船,都是奔墓碑来的。"

"此话当真?"

"所以我才要问您墓碑为何有此魅力。"

"他们要干什么?"

"他们要掘墓!"

"为什么?"

"人们说，坟墓中埋藏着古代的秘密。"

"什么秘密？"

"生死之秘！"

"不！这不当真。古人筑墓，可能纯出于天真无知！"

"那我可不知道了。父亲，你们都这么说。您是搞墓碑的，您不会跟儿子卖什么关子吧？"

"你要干什么？要去掘墓吗？"

"我不知道。"

"疯子！他们沉睡了一千年了。死人属于过去的时代。谁能预料后果？"

"可是我们属于现时代啊，父亲。我们要满足自己的需求。"

"这是河外星系的逻辑吗？我告诉你，坟墓里除了尸骨，什么也没有！"

筑的到来，使我感到地球之外正酝酿着一场变动。在我的热情行将冷却时，人们却以另外一种方式耽迷于我所耽迷过的事物来。筑所说的使我心神恍惚，一时作不出判断。曾几何时，我和阿羽在荒凉的月面上行走，拜谒无人光顾的陵寝，其冷清寂寥，一片穷荒，至今在我们身心上留下不可磨灭的痕迹。记得我对阿羽说过，那儿曾是热闹之地。而今筑告诉我，它又重将喧哗不堪。这种周期性的逆转，是预先安排好的呢，还是谁在冥冥中操纵呢？继宇宙大开发时代和技术决定论时代后，新时代到来的预兆已经出现于眼前了吗？这使我充满激动和恐慌。

我仿佛又重回到了几十年前。无垠的坟场历历在目，笼罩在熟悉而亲切的氛围中。碑就是墓，墓即为碑，洋溢着永恒的宿命感。

我思考筑话语中的内涵。我内心不得不承认他有合理之处。墓碑之谜即生死之谜，所谓迷人之处，也即此吧，不会是旧人魂魄摄人。墓碑学者的激情与无奈也全出于此。其实是没有人能淡忘墓碑的。

我又恍惚看见了技术决定论者紧绷的面孔。

然而掘墓这种方式是很奇特的，以往的墓碑学者怎么也不会考虑用这种办法。我的疑虑现在却在于，如果古人真的将什么东西陪葬于墓中，那么，所有的墓碑学者就都失职了。而蓟教授连悔恨的机会也没有。

在筑离开家的当天，阿羽又发病了。我手忙脚乱地找医生。就在忙得不可开交的当儿，我居然莫名其妙地走了神。我突然想起筑说他是从天鹅座α星系来的。这个名字我太熟悉了。我仍然保存着几十年前在那儿发现的人类最晚一座坟墓的全息照片。

下　篇

——录自掘墓者在天鹅座α星系小行星墓葬中发现的手稿：

我不希望这份手稿为后人所得，因为我实无哗众取宠之意。在我们这个时代里，自传式的东西实在多如牛毛。一个历尽艰辛的船长大概会在临终前写下自己的生平，正像远古的帝王希望把自己的丰功伟绩标榜于后世。然而我却无心于此。我平凡的职业和平凡的经历都使我耻于吹嘘。我写下这些文字，是为了打发临死前的难挨时光。并且，我一向喜欢写作。如果命运没有使我成为一名宇宙筑墓者的话，我极可能去写科幻小说。

今天是我进入坟墓的第一天。我选择在这颗小行星上修筑我的归宿之屋，是因为这里清静，远离人世和飞船航线。我花了一个星期独力营造此墓。采集材料很费时间，而且着实辛苦。我们原来很少就地取材——除了对那些特殊条件下的牺牲者。通常发生了这种情况，地球无力将预制件送来，或者预制件不适合于当地环境。这对于死者及其亲属来说都是一件残酷之事。但我一反传统，是自有打算。

我也没有像通常那样，在墓碑上镌上自己的履历。那样显得很荒唐，是不是？我一生一世为别人修了数不清的坟墓，我只为别人镌上他们的名字、身份和死因。

现在我就坐在这样一座坟里写我的过去。我在墓顶安了一个太阳能转换装置，用以照明和供暖。整个墓室刚好能容一人，非常舒适。我就这么不停地写下去，直到我不能够或不愿意再写了。

我出生在地球。我的青年时代是在火星上度过的。那时世界正被开发宇宙的热浪袭击，每一个人都被卷进去了。我也急不可耐丢下自己的爱好——文学，报考了火星宇宙航行专门学校。结果我被分在太空抢险专业。

我们所学的课程中，有一门便是筑墓工程学。它教导学员，如何妥善而体面地埋葬死去的太空人，以及此举的重大意义。

记得当时其他课程我都学得不是太好，唯有此课，常常得优。回想起来，这大概跟我小时候便喜欢亲手埋葬小动物有一些关系。我们用三分之一的时间学习理论，其余都用于实践。先是在校园中搞大量设计和模型建造，而后进行野外作业。记得我们通常在大峡谷附近修一些较小的墓，然后移到平原地带造些比较宏大的。临近毕业时我们进行了几次外星实习，一次飞向水星，一次去小行星带，两次去冥王星。

我们最后一次去冥王星时出了事。当时飞船携带了大量特种材料，准备在该行星严酷冰原条件下修一座大墓。飞船降落时遭到了流星撞击，死了两个人。我们都以为活动要取消了，但老师却命令将演习改为实战。你今天要去冥王星，还能在赤道附近看见一座半球形的大墓，那里面长眠着的便是我的两位同学。这是我第一次实际作业。由于心慌意乱，坟墓造得一塌糊涂，现在想来还内疚不已。

毕业后我被分配到星际救险组织，在第三处供职。去了后才知道第三处专管坟墓营造。

老实说，一开始我不愿干这个。我的理想是当一名飞船船长，要不就去某座太空城或行星站工作。我的许多同学学分得比我好得多。后来经我手埋葬的几位同学，都已征服好几个星系了，中子星奖章得了一大排。在把他们送进坟墓时，人们都肃立致敬，独独不会注意到站在一边的造墓人。

我没想到在第三处一干就是一辈子。

写到这里，我停下来喘口气。我惊诧于自己对往事的清晰记忆。

这使我略感踌躇，因为有些事是该忘记的。也罢，还是写下去再说吧。

我第一次被派去执行任务的地点是半人马座β星系。这是一个具有七个行星的太阳系。我们飞船降落在第四颗上面。当地官员神色严肃而恭敬地迎接我们，说："终于把你们盼来了。"

一共死了三名太空人。他们是在没有防护的情况下遭到宇宙射线的辐射而丧生的。我当时稍稍舒了一口气，因为我本来做好了跟断肢残臂打交道的思想准备。

这次第三处一共来了五个人。我们当下二话没说便问当地官员有什么要求。但他们道："由你们决定吧。你们是专家，难道我们还会不信任吗？但最好把三人合葬一处。"

　　那一次是我绘的设计草图。首次出行，头儿便把这么重要的任务交给我，无疑是培养我的意思。此时我才发现我们要干的是在半人马座β星系建起第一座墓碑。我开始回忆老师的教导和实习的程序。一座成功的墓碑不在于它外表的美观华丽，更主要的在于它透出的精神内容。简单来说，我们要搞出一座跟死者身份和时代气息相吻合的墓碑来。

　　最后的结果是设计成一个巨大的立方体，坚如磐石。它象征宇航员在宇宙中不可动摇的位置。其形状给人以时空静滞之感，有永恒的态势。死亡现场是一处无限的平原，我们的碑矗立其间，四周一无阻挡，只有天空湖泊般垂落。万物线条明晰。墓碑唯一的缺憾是未能表现出太空人的使命。但作为第一件独立作品，它超越了我在校时的水平。我们实际上干了两天便竣工了。材料都是地球上成批生产的预制构件，只需把它们组合起来就成。

　　那天黎明时分，我们排成一排，静静地站了好几分钟，向那刚落成的大坟行注目礼。这是规矩。墓碑在这颗行星特有的蓝雾中新鲜透明，深沉持重。头儿微微摇头，这是赞叹的意思。我被惊呆了。我不曾想到死亡这么富有存在的个性，而这是通过我们几人的手产生的。坟茔将在悠悠天地间长存——我们的材料能保持数十亿年不变原形。

　　这时死者还未入棺。我们静待更隆重的仪式的到来。在半人马座β星升上一臂高时，人们陆续地来到了。他们都裹着臃肿的服装，戴着沉重的头盔，湮没着自己的个性。而这样的人群显示出的气氛是特殊的，肃穆中有一种骇人的味道。实际上来者并不多，人类在这个行星上才建有数个中继站。死了三个人，这已了不得。

　　我已经记不太清楚当时的场面了。我不敢说究竟是当地负责人致悼词在先，还是我们表示谢意在前。我也模糊了现场不断播放的一支乐曲的旋律，只记得它怪异而富有异星的陌生感，努力想表达出一种雄壮。后来则肯定有飞行器隆隆地飞临头顶，盘旋良久，掷出铂花。行星的重力场微弱，铂花在天空中飘荡，经久不散，令人回肠荡气。大家都拼命鼓掌。可是，是谁教给人们这一套仪式的呢？挨到最后，为什么要由我们万里迢迢来给死人筑一座大坟呢？

送死者入墓是由我们营墓者来进行的。除头儿外的四人都去抬棺。这时一切喧闹才停下来。铂花和飞行器都无影无踪了。在墓的西方，也就是现在朝着太阳系的一方，开了一个小门洞。我们把三具棺材逐次抬入，祝愿他们能够安息。然而就在这时我觉得不对头了。但当时我一句话也没说。

返回地球的途中，我才问一位前辈："棺材怎么这么轻？好像学校实习用的道具一般。"

"嘘!"他转眼看看四周，"头儿没告诉你吧？那里面没人呢!"

"不是辐射致死吗?"

"这种事情你以后会见惯不惊的。说是辐射致死，可连一块人皮都没找到。骗骗β星而已。"

骗骗β星而已! 这句话给我留下一生难忘的印象。我以后目睹了无数的神秘失踪事件。我们在半人马座β星的经历，比起我后来经历的事情，竟是小巫见大巫呢。

我的辉煌设计不过是一座衣冠冢! 可好玩之处在于无人知晓那神话般外表后面的中空内容。

在第三处待久了，我逐渐熟悉了各项业务。我们的服务范围遍及人类涉足的时空，你必须了解各大星系间的主要封闭式航线，这对于以最快速度抵达出事地点是很必要的。但实际上这种做法渐渐显得落后起来，因为宇航员在太空中的活动越来越弥散。因此我们先是在各星设点，而后又开展跟船业务，即当预知某项宇航作业有较大危险时，第三处便派上筑墓船跟行。这要求我们具备航天家的技术。我们处里拥有好几位第一流的船长，正式的宇航员因为甩不掉他们而颇为恼火和自认晦气。我们还必须掌握墓碑工业的各种最新流程，以及其中的变通形式，根据各星的情况和客户的要求采取特殊做法，同时又不违背统一风格规定。最重要的，作为一名营墓者必须具备非凡的体力和精神素质。长途奔波，马不卸鞍地与死亡打交道，使我们都成了超人。

第三处的人都在不知不觉中戒绝了作为人应具备的普通情感。事实上，你只要在第三处多待一段时间，就会感到普遍存在的冷漠、阴晦和玩世不恭。全宇宙都以死为讳，而只有我们可以随便拿它来开玩笑。

从到第三处的第一天起，我便开始思索这项职业的神圣意义。官方记载的第一座宇宙墓碑建在月球上。这个想法来得非常自然。没有谁说得上是突发灵感要为那两男一女造一座坟。后来有人说不这样做便对不起静海风光，这完全是开玩笑。这里面没有灵感。其实在地球上早就有专为太空死难者修建的纪念碑了。这种风俗从一开始进入浩繁群星，便与我们远古的传统有天然渊源。宇宙大开发时代使人类再次抛弃了许多陈规陋习，唯有筑墓风一阵热似一阵，很是耐人寻味。只是我们现在用先进技术代替了殷商时代的手掘肩扛，这样才诞生了使埃及金字塔相形见绌的奇迹。

　　第三处刚成立的时候有人怀疑这是否值得，但不久就证明它完全符合事态的发展。宇宙大开发一旦真正开始，便出现了大批的牺牲者，其数目之多，使官僚和科学家目瞪口呆。宇宙的复杂性远远超出了人们论证的结果。然而开发却不能因此停下来。这时如何看待死亡就变得很现实了。我们在宇宙中的地位如何？进化的目的何在？人生的价值焉存？人类的使命是否荒唐？这些都是当时大众媒介大声喧哗的话题。不管口头争吵的结果如何，第三处的地位却日益巩固起来。在头两年里它狠赚了一笔钱。更重要的是它得到了地球和几个重要行星政府的暗中支持。直到神圣的方碑和金字塔形墓群首先在月球、火星、水星上大批出现时，反对者才不再说话了。这些精心制造的坟墓能承受剧烈的流星雨的袭击。它们的结构稳重，外观宏伟，经年不衰。人们发现，他们同胞飘移于星际间的尸骨终有了归宿。死亡成了一件很值得骄傲的事情。墓碑或许代表了一种人定胜天的古老理念。第三处将宇宙墓碑风俗从最初的自发状态引入一种自觉的功利行为，的确是一大杰作。这样持续了很长一段时间，直到人心甫定，墓碑制度才又表露出雍容大度的自然主义风采。

　　现在已经没有人怀疑第三处存在的意义了。那些身经百难的著名船长见了我们，都谦恭得要命。墓葬风俗已然演化为一种宇宙哲学。

　　它被神秘化，那是后来的事。总之我们无法从己方打起念头，说这荒唐。那样的话，我们将面临全宇宙的自信心和价值观的崩溃。那些在黑洞白洞边胆战心惊出生入死的人们的唯一信仰，全在于地球文化的坚强后盾。

如果有问题的话，它仅仅出在我们内部。在第三处待的日子一长，其内幕便日益昭然。有些事情仅仅是我们这个圈子里的人才知道的，它从来没有流传到外面去。这一方面是清规教条的严格，另一方面出于我们心理上的障碍。每年处里都有职员自杀。现在我写下这一句话时，心仍蹦跳不止，有如以刀自戕。我曾悄悄就此问过同事。他说："嘘声！他们都是好人，有一天你也会有同感。"言毕鬼影般离去。

　　我后来年岁大了，经手的尸骨多了，死亡便不再是一个抽象的概念而成为一个具象在我眼前浮着。我想意志脆弱者是会被它唤走的。但我要申明，我现在采取的方式在实质上却不同于那些自戕者。

　　有一段时间处里完全被怀疑主义气氛笼罩。记得当时有人提了这么一个问题，即我们死后由谁来埋葬。此问明显受那些自杀者的启发，而里面又包含着实际不止一个问题。我们面面相觑，觉得不好回答，或答之不祥，遂作悬案。此时发生了上级追查所谓"劝改报告"的事，据说是处里有人向总部打了报告，对现行一套做法提出异议。其中一点我印象很深，即有关墓碑材料的问题。通常无论埋葬地点远近，材料都毫无例外从地球运来，这关系到对死者的感情和尊重。更重要的，它是一种传统，风俗就该按风俗办理。这一点在《救险手册》里规定得一清二楚。因此谁也不能忍受报告中的说法，即把我们迄今做的一切斥为浪费精力和理性犬儒主义；报告还不厌其烦地论证了关于行星就地取材的可行性和技术细节。其结果大家都知道了。打报告的人被取消了离开地球本土的资格。我们私下认为这份报告充满了反叛色彩，而且指出了我们从不曾想到的一个方面。我们惊诧于其语，慑其大胆，到后来竟有人暗中试行了其主张。某日有船载运墓料去仙女座一带，途中燃料漏逸。按照规定，只能返航。但船长妄为，竟抛掉墓料，以剩余的燃料推动空船飞往目的地，用当地的岩浆岩造了一座坟，干出了骇世之举。此坟后来被毁掉重建，当事者亦受处分。这是后话。

　　要花上一些篇幅将我们的感受说清是很困难的。我还是继续讲我们的工作中的故事吧。我仍旧挑选那些我认为是最平凡的事来讲，因为它们最能生动地体现我们事业的特点。

　　有次我们接到一个指令，它与以往不同的是，没有交代具体的星球和任务，只是让筑墓飞船全副武装到火星与木星之间某处待命。我们飞到那里后，发现搜索处和救险处的船只已经忙碌开了。我们问他们："喂，你们行吗？不行的话，交给我们吧。"但是没有回话。对方船上似乎有一层焦灼气氛。末了我们才知道有一艘船在小行星带失踪了，它便是大名鼎鼎的"哥伦布"号，人类当时最先进的型号之一。

不用说其船长也就是哥伦布那样的人物了。船上搭乘着五大行星的首脑人物。

我们在太空中待了三天，搜索队才把飞船的碎片找回一舱。这下我们有事干了。虽然从这些碎片中要找出人体的部分是一件很烦琐的活，大伙仍然干得十分出色。最后终于能够拼出三具尸身。"哥伦布"号上面仅船员就有八名。出事的原因基本可以判明为一颗八百磅的流星横贯了船体，引发了爆炸。在地球家门口出事，这很遗憾。但惨状却是宇宙中共同的。

"他们太大意了。"宇航局局长在揭墓典礼上这么总结。我们第三处的人听了都哭笑不得。人们在地球上都好好的，一到太空中都小孩般粗心忘事，为此还专门成立了个第三处来照顾他们。这种话偏偏从局长口中说出来！然而我们最后都没敢笑。那三具拼出来的尸体此刻虽已进入地穴，但又分明血淋淋地透过厚墙，景象历历在目，神色冷峻，双目睁开，似不敢相信那最后一刻的降临。

有一种东西，我们也说不出是什么，它使人永远不能开怀。营墓者懂得这一点，所以总是小心行事。天下的墓已修得太多了，愿宇宙保佑它们平安无事。

那段时间里，我们反常地就只修了这么一座墓。

在一般人的眼中，墓的存在使星球的景观改变了。后者杀死了宇航员，但最后毕竟作出了让步。

写到这里，我看了看我用笔的手，也即是造墓的那只手。我这双老手，青筋暴起，枯干如柴，真想象不到那么多鬼宅竟由它所创。它是一双神手，以至于我常常认为它已摆脱了我的思想控制，而直接禀领天意。

所有营墓者都有这样一双手。我始终认为，在任何一项营墓活动中，起根本作用的，既非各样机械，也非人的大脑。十指有直接与宇宙相通的灵性，在大多数场合，我们更相信它的魔力。相对而言，思想则是不适的，带偏见和怀疑色彩的，因而对于构造宇宙墓碑来说，是危险的。

在营墓者身上，我们常常看见一种根深蒂固的矛盾。那些自杀者都悲观地看到了陵墓自欺欺人的一面，但同时最为精美的坟茔又分明出自其手，足以同宇宙中任何自然奇观媲美。我坚信这种矛盾仅仅存在于营墓者心灵中，而世人大都只被墓碑的不朽外观吸引。我们时感尴尬，而他们则步向极端。

跟下来我想说说另外一件并不重要但也许大家感兴趣的事：关于我的恋爱。

小时候在地球上看见同我一般大的小姑娘一无所知地玩耍，我便有一种填空的感觉。我相信此时此刻天下有一个女孩一定是为我准备的，将来要填充我的生命。

这已注定了，就是说哪怕安排这事的人也改变不了它。我是一个奇怪的人不是？稍微长大后我便迷上了那些天使般飞来飞去的女太空人。她们脸上身上胳膊上腿儿上洋溢着一层说不清是从织女星还是仙女座带来的英气，可爱透顶，让人销魂。那时我也注意到她们死亡率并不比男宇航员低，这越发使我心里滚滚发烫。

我偷偷在梦中和这些女英杰幽会时，火星宇航学校还没对我打开大门。这就决定了我命运的结局。当晚些时候我被告知宇航圈中有那么一条禁忌时，我几乎昏了过去。太空人和太空人之间只能存在同事关系，非此不能集中精力应付宇宙中的复杂现象。大开发初期有人这么科学地论证，而竟被当局小心翼翼地默认了。这事有一段时间里在一班宇航员心中疙疙瘩瘩起来，但并没经过多长时间，飞船上的男人都认为找一个宇宙小姐必将倒霉。于是我们所说的禁忌便固定了下来。你要试着触犯它吗？那么你就会"臭"起来，伙伴们会斜眼看你，你会莫名其妙找不到活干，从一名大副变为司舱，再降为掌舱，最后贬到地球上管理飞船废品站之类。我以为宇航学校最终会为我实现儿时愿望提供机会，但结果恰恰是相反。可是那时我已身不由己了。宇宙就是这么回事，不由你选择。

我独人独马，以营墓者身份闯荡几年星空后，才慢慢对圈子中这种风俗有所理解。有关女人惹祸的说法流行甚广，神秘感几乎遍生于每个宇航员心灵。我所见到的人，几乎都能举出几件实例来印证上述结论。

此后我便注意观察那些女飞人，看她们有何特异之象。然而她们于我眼中，仍旧如没有暗云阻挡的星空一样明朗，怎么也看不出大祸袭来的苗头。她们的飞行事实使我相信，在某些事变面前女人确比男人更能应付。

有一年，记得是太阳黑子年，我们一次埋葬了十名女太空人。她们死于星震。

当时她们刚到达目的地，准备进入一家刚竣工的太空医疗中心工作。幸存者是她们的朋友和同事，多为女性。我们按要求在墓上镌上死者生前喜爱的东西：植物或小动物，手工艺品，首饰。纪念仪式开始时，我听身边一个声音说："她们本不该来这儿。"

我侧目见是一着紧身宇航服的小巧少女。

"她们不该这么早就让我们来料理，连具完尸也没有。"我无限怜悯。

"我是说我们本不该到宇宙中来。"她声音沉着，我便心一抽。

"你也认为女子不该到宇宙中来。"

"我们太弱。那是你们男人的世界。"

"我们倒不这么看。"我冷冷地说，不觉又打量了她一眼。我以前还没真正跟一个女太空人说过话呢。这时在场的男人女人都转过头来瞧着我俩。

这就是我认识阿羽的经过。写到这里我停下笔来，闭上眼睛，无限甜美而又无限辛酸地咀味了好几分钟。

认识阿羽后我就意识到自己要犯规了。童年时代的感觉再度溢满心中。我仍然相信命中注定有个女孩在等我等了好久，她是个天生丽质的女太空人。

阿羽是护士小姐。即便在这个时代，我们仍需要那些传统的职业。所不同的是，今天的白衣天使正乘坐飞船，穿梭于星际，潇洒不俗而又危险万端。

当我坐在坟茔中写这些字时，我才猛然注意到自己竟一直忽略了一个事实，即我和阿羽职业上的矛盾性。总是我把她拯救过来的人重又埋入陵墓中。她活着时我不曾去想这个，她死了我也就不用想它了。可为什么直到此时才意识到呢？我觉得应该把我俩的结识赋予一个词："坟缘"。我要感谢或怪罪的都是那十具女尸。

在那天的回程途中我心神不定，以至于同伴们大声谈论的一件新闻也没有听进。

他们大概在讲处里几天前失踪的一名职员，现在在某太空城里找到了尸体。他在那里寻花问柳，莫名其妙被一块太阳能收集器上剥落的硅片打死了。我觉得这事毫无意思，只是一个劲地回想那坟地边伫立的宇装少女和她的不凡谈吐。这时舷窗外一个卫星的阴影正飘过行星明亮的球面，我不觉一震。

我和阿羽偷偷摸摸地书信来往了两个月，而实际见面只有三次。

其间发生的几件事有必要录下，它们一直困惑着我的后半生，并促使我走进坟墓。

首先是我生病了。我得的是一种怪病，发作时精神恍惚，四肢瘫痪，整日呓语，而检查起来又全身器官正常，无法治疗。我不能出勤。往往这时就收到阿羽发来的信件，言她正被派往某某空域出诊。等她报告平安回到医疗中心站时，我的病便突然好起来。

我不能不认为这是天降之疾，但它又似乎与阿羽有某种关系。但愿这是巧合。

跟着发生了第三处设立以来的大惨案。我们的飞行组奉命前往第七十星区，途中刚巧要经过阿羽所在的星球。我便撺掇船长在那星球作中途泊系，添加燃料。他一口答应。领航员在计算机中输入目的地代码。整个飞行是极普通的。但麻烦不久后便发生了。我们分明已飞入阿羽所在星区，却找不到那颗星球。无线电联络始终清晰无比，表明该星球导引台工作正常，就在附近。可是尽管按照它指引的方向飞，飞船仍像陷在一个时空的圆周里。

我从来没有见过船长如此可怖的脸色。他大声叫喊着，驱使大家去检查这个仪器，搬弄那个仪器。可是正像我的怪病一样，一切都无法解释和修正。终于人们停下不动了。船长吊着一双眼睛逼视大家，说："谁带女人上船了？"

我们于是迟疑地退回自己的舱位，等待死亡。良久，我听见外面的吵嚷声停止了，飞船仿佛也飞行平稳了。我打开舱门四顾。我难以置信地发现飞船正在地球上空绕圈子，而船上除了我一人外，其余七人都成了僵尸。我至今已记不住各位同伴的死态了，唯看见他们的手，还一双双柴荆般向上举着。

此事引起了处里巨大震动。调查了半年，最后不了了之。在此后一段时间里，我耳边老回响着船长绝望的叫声。我不认为他真相信船上匿有女子。航天者都爱这么咒骂。然而我却不敢面对如下事实：为什么全船的人都死了，唯有我还活着？事件为什么恰好发生在临近阿羽工作的星球的那一刹那？又是什么力量遣送无人控制的飞船准确无误回到地球上空的呢？

女人禁忌的说法又在我心中萌动起来。但另一个声音在企图拼命否定它。

不久后我见到了阿羽。她好好的，看见我后惊喜异常。我一见面便想告诉她我差点做了死鬼，但不知为什么忍住了没说。我深深地爱着她，不在乎一切。我坚信如果真有某种存在在起作用的话，我和阿羽的生命力也是可以扭转其力矩的。

我不是活下来了吗？

前面已经说过，我和阿羽相识仅仅有两个月。两个月后她就死了。她要我带她去看宇宙墓碑，并要看我最得意的杰作。这女孩心比天高，不怕鬼神。我开始很犯愁，但拗不过她。她死得很简单。我让她参观的墓并不是最好的，但仍有一些东西很特别。我们爬上三百公尺高的墓顶，顶上有一直径数米的孔洞直通底部。我兴致勃勃地指给她看："你沿着这往下瞄，便会——"她一低头，失了重心，便从孔中直摔到了底部。

后来我才知道她有晕眩症。

一丝星光正在远处狡黠地笑着。有一艘飞船正从附近掠过，飞得如此小心翼翼。此后一切静得怕人。

我让一个要好的同事帮我埋了阿羽。为什么我不自己动手？我当时是如此害怕死。同事悄悄问我她是什么人。

"一个地球人，上次休假时结识的。"我撒谎说。

"按照规定，地球人不应葬在星际，也不允许修造纪念性墓碑。"

"所以要请你帮忙了。墓可以造小一点。这女孩，她直到死都想当太空人，也够可怜的。"

同事去了又回。他告诉我，阿羽葬在鲸鱼座 β 附近，并且他自作主张镌上了她的宇航员身份。

"太感谢了。这下她可以安心睡去了。"

"幸亏她不是真正的太空人，否则，大概是为你修墓了。"

很久我都不敢到那片星区去，更谈不上拜谒阿羽的坟茔。后来年岁渐长，自以为参透了机缘，才想到去看望死去多年的女朋友。我的飞船降落在同事所说的星上，逡巡半日后，心不安得紧。我待了一阵，重跳上飞船，奔回地球。随后我拉上那位同事一齐来到鲸鱼座β。

"你不是说，就在这里吗?"

"是呀，一起还有许多墓呢!"

"你看!"

这是一个完全荒芜的星球，没有一丝人工的遗迹。阿羽的墓，连同其他人的墓，都毫无踪迹。

"奇怪，"同事说，"肯定是在这里。"

"我相信你。我们都搞了几十年墓葬了，这事蹊跷。"

黑洞洞的宇宙却从背景上凸现出来，星星神气活现地不避我们的眼光，眨巴眨巴地挑逗。我和同事突然忘了脚下的星球，对那星空出起神来。

"那才是一座真正的大墓呢!"我指指点点说，全身寒意遍起，双腿也成了立正姿势。

我那时就想到我在第三处可能待不长了。

第三处的解散事先毫无一点迹象，就像它的出现一样神秘。在它消失之前宇宙中发生了多起奇异事件。大片大片的墓群凭空隐遁了，仿佛蒸发在时空中，这是不可思议的事情，真相一直被掩饰着，不让世人知晓，但营墓者却惶惶不可终日。那些材料不是几十亿年也不变其形的吗? 仍然有一部分墓遗下，它们主要分布在太阳系或靠近太阳系的星区。这些地方，人的气息最为浓郁。第三处后来又在远离人类文化中心的地方修了一些墓，然而它们也都很快失踪了，不留任何痕迹。星球拒绝了它们，还是接收了它们呢?

似乎是偶然间触动了某个敏感部位，宇宙醒了。偏激的人甚至认为它本来就是醒着的，只不过早先没有插手。

那些时候我仍周期性地发病，神志不清中往往见到阿羽。

"我害了你。"我喃喃道。

她沉默。

"早知道我们跟它这么合不来，就不去犯忌了。"

她仍沉默。

"这原来是真的。"

她沉默再三，转身离去。

这时我便感到有个强烈的暗示，修一座新墓的暗示。

于是就有了现在的情形。天鹅座α星是一个遥远的世界，比那些神秘消失的墓群所在的星球还要遥远。我是有意为之。我筑了一座格调迥异的墓，可以说很恶心，看不出任何伟大意义。在第三处你要是修这样一座墓，无疑是对死者的亵渎。我觉得我已知道了宇宙的那个意思。这个好心的老宇宙，它其实要让我们跟他妥帖地走在一起、睡在一块，天真的人自卑的人哪里肯相信！

这我懂得。但我的矛盾在于我虽然反叛了传统，但归根结底却仍选择了墓葬。我还有一点点虚荣心在作怪。

写到这里我就觉得再往下写没什么意思了。

我要做的便是静静地躺着，让无边的黑暗来收留我，去和阿羽相会。

裂变的木偶

杨平

"至公属行星430A，电讯1385号：调查团将于十小时后到达你处，请做好准备。"

你关上电讯显示，烦躁地在室内踱来踱去。十个小时，也就是日出的时候。逐日鸟将在那时掠过驻留站，再一次遮住耀眼的晨弧光。你感到很饿，叫了一声。回音在空旷的室内震荡。没有人。你想不起那些同伴都哪儿去了。

这时在两米外的墙角处，有人长叹一声。

毛骨悚然。你从来不信什么鬼魂之说，觉得那是很可笑的，是人们杜撰的。可是在这杳无人迹的星球上……你摇摇头，不觉微笑了。你是个科学家，研究岩石成分的学者，唯物的……没有鬼。

这个地方没有，宇宙中任何一个角落都没有。

现在的首要问题是如何对付调查团。你开始思考：第一，调查团的到来是有害的。第二，目前为止，没有人知道驻留站里发生了什么。第三，还有一个人在这星球上，他是个生物学家，在二十公里外的哨所研究逐日鸟的习性。结论：生物学家必须死，调查团必须毁灭。

于是你穿好外衣，走到车库。这里很亮。医生的尸体就躺在陆车旁。你一阵颤抖，记起他那惊恐的表情……平时，他是最和蔼的一个人，脸上挂着一成不变的微笑。那把致命的枪就放在陆车上。你走过去，走近车子，绕过尸体，打开车门，钻进车子，坐下，关上门。

这时你听见医生在笑，他反复说着："辉，打得准！"

没有声音，你知道并没有笑声，这只是你一种近乎渴望的恐惧感。为了消除这一幻觉，你开着车子冲出车库。

星光扑面。陆车在夜色下飞奔。周围是些小丘陵，矗立着粗壮的黑影。你知道在这夜的丛林里，生活着昼伏夜出的猛兽，它们太幸运了。

繁星点点。

你看着它们。

地球在哪儿？你想起了那些鲜花的气息。小时候，你喜欢躺在后院的花丛下面，闭上眼睛胡思乱想。阳光照在眼皮上，红红的。想到自己在战场上厮杀，你就能闻到硝烟；若是和仙女约会，你能听到她幽幽的童音。有时你捉住只蜘蛛，就会兴高采烈地把它肢解。你在那儿通常要玩到很晚，直到有人来叫你吃饭。你曾经有个弟弟。可有一天他从摇篮里爬出来，正好倒在一把刀子上。满地是血，像谁打翻了妈妈的指甲油。你当时只有七岁。他的死与你无关，是他自己爬出来的，和你完全无关。

此后，你就独占了父母的爱。他们很英明，对你严厉而非溺爱，同时又不乏亲情。在他们温情的控制下，你度过了一年又一年。习惯了，在那温暖的翼下，你感到安全。因为周围的世界是那么凶险，令你不知所措，唯有父母的指导，才是最令人放心的。你看不起那些妄图摆脱父母的人。你永远无法理解，既然父母能使你免受苦难，为什么非要自己去碰个头破血流呢？他们有经验有见识，他们想控制你，那就控制吧，你不在意，反正不用你去操什么心。然后是结婚，生子。妻子很孝顺，儿子对爷爷奶奶也很好。天伦之乐，温情无限。

悔不该报名来这颗星球。你当时被宇航局的广告所打动，第一次违反了父母的意志，来这儿"为人类的新世纪打开一扇门"。而那两位老人则留在地球上，终日为他们的儿子担心。你想念他们，无时不在渴望他们的声音。威严的男高音，柔和的女高音。那声音代表着真理。在这荒凉的星球上，没有人指导你，什么事都显得那么深不可测，令人害怕：上校的叹气是什么意思？医生为什么总是在笑？克的郁郁寡欢，是对你有所不满吗？

还有就是逐日鸟。这种追逐太阳的鸟类，一直在不断地绕着这星球飞。它们飞到晨光线停下，等黄昏来临时再起飞。有时你觉得它们就像被光线操纵的木偶，必须紧跟线头。

一次，你看见一只受伤的逐日鸟跌落在驻留站附近的山坡上。它相当漂亮，翅膀闪着金光，只有头部是绿色的。你当时正在屋顶的猎台上。它一个劲地叫，冲着空中远去的鸟群。它受了伤，虽然使劲地扑打双翅，却只能不断扑倒。暮弧光出现了，它的声音变得凄厉。你为它而焦急，却无法帮它。它开始向山顶爬去，跌跌撞撞。阳光在变暗。它拼命地爬，黄色的液体从体内涌出，沾在山坡上。你看着它。黄色的痕迹，生命的液体。天黑了。你已经看不见它，但还是在猎台上站着。终于，一声嚎叫划破异星的夜空，持续很长时间，戛然而止。世界死一般寂静，只丢下你孤独地站在黑暗中。

陆车在星空下飞驰。你的手摸到了什么，那是一个提线木偶。你拿起来让它做了几个动作。它很可爱。新婚之夜，妻子把它送给你，使你兴奋异常。你一直很喜欢木偶。它们很好，很听话，很和蔼，很好……你发现陆车开始减速。啊，哨所到了。陆车开进车库。你钻出车子。这里也很亮。你想起自己的任务，欲望袭上心头。空气在你身边流淌。温馨的感觉招之即来。那是渴血的欲望。你走进工作间。

巴比正在埋头工作。你走过去，把手按在他肩上。他一惊，见是你，笑了："辉，你怎么来了？"

"啊，我来给你送点儿东西。"你也咧开嘴，把手拿开。

"哦？什么东西？别又让我空欢喜一场！"

你把手伸进兜里，却发现那儿空空如也。糟了！没带枪！你迷惑地看着他，随即叫道："落在车上了，我去拿！你别跑，就待在这儿！"

嘲讽的笑容使你惊慌。你瞪了他一眼，转身跑回车库。

枪在车里静静地躺着。你一把抓住它，掌中的充实感令人很满意。你停了一下，拿起个旅行包，把枪扔进去。灯光明亮。你抹了抹汗。这是怎么了？不就是杀个人吗！你已经杀了三个人，这只不过是第四个而已。

你冲进工作间，把包扔到桌子上，听到了金属撞击的声音，惊恐万分。小声点儿！"什么东西？"有人问。

"一点儿礼品。"你说，"包括几包烟。"

这话使他很高兴。你感到需要镇定一下，就倒在沙发上。他伸手去拿旅行包。你喝道："别动！等我走后再打开，好吗？"

他愣了一下，不以为然地笑笑，又坐下。你想了一下，问："进展如何？"

"正在制订具体的计划。我认为我们可以每年杀十万只，不能再多了，否则会破坏生态平衡。"

"够用吗？"你问。

"十万只逐日鸟可以提炼出大约五十吨光能物质，足够了，而且成本低廉，效能很高。

"你想想，人们将不再为能源发愁，有光的地方就有无穷的能源。我想了，我们可以开个公司，专卖'逐日'牌光能物质。一克卖它……一万块？人们会蜂拥而来的。我的后半生将在地球度过，住在豪华的别墅里，到处是金钱与美女。啊，男人的天堂，幸福的天堂！他们答复了吗？"

"答复了，很快就到。不过……"你站起来，走到桌子前。

"嗯？"

"我有个礼物送给你。"你打开旅行包，把手伸进去。里面全是纸，各式各样的纸，缠成一团糟。巴比在一旁冷笑着。他总是这么尖酸刻薄，一点儿不可爱，死了活该！找了半天，也没找到枪。他还在等着。你又紧张起来。你想到那些鬼魂。世上有鬼，毫无疑问，还有神呢！是不是鬼魂把枪拿走了？你拿不定主意，冷汗直冒。

"怎么回事？"有声音在问。

你忽然看到桌上有把剪刀，可能是剪图标用的。壮丽的暮弧光。你深吸一口气，一把抓住剪刀。清寒的空气。手感很好。"这是你的？"

"当然，怎么了？"

你把它举在空中，一阵晕眩。解放。巴比迷惑地看着你。"怎么……"他最后问道。

"真不错。"你含糊地说，然后把剪刀一下扎在他的胸口。

他叫了起来，声音豪放有力，浑身颤抖，如同疯狂的歌手。外凸的双眼像是两颗硕大的珍珠，闪着诱人的光。你拔出剪子，让指甲油喷了一身。它们在空中飞射，欢快无羁。"飞呀！飞呀！"你叫道。它们很听话，射得更高了。你高兴得大笑起来。

你骑到他的背上，一边哼着歌，一边用剪子在他身上乱戳。本来嘛，工作时应该有一种宽松的环境。红色的喷泉在灯光映照下形成道道彩虹，妩媚艳丽。你被这一景色迷住了。

这时你发现他的脑袋晃来晃去很有意思。你想知道那里面是什么样的，于是对准他的后脑猛力一劈……核桃碎了。

耳膜中响起尖厉的啸音。这不是人的声音，也不是任何活物的叫声，使你眼前阵阵发黑。

啸音停止了。只有一只脚还在抽动。你盯着那脚，握紧剪刀。一下，两下，三下，……没有了？对，他死了。你完成任务了。

干得好，地球人！

你瘫坐在地上，浑身痉挛。巴比的尸体横躺在一边，黏稠的血液四处横流。欲望满足后的疲惫袭来，你听着那液体从桌上滴落的声音，单调而沉闷。一个柔和的女声。你盯着自己的指甲，上面涂着红色的油。小时候，妈妈爱把你抱在怀里，哼着朦胧的曲子，哄你入睡。

你盯着那指甲，听着温暖的歌声，呼吸渐缓。你干脆躺下，蜷缩起来，闭上双眼，感到那双红色的手正在黑暗中抱着你，抚摸你。舒适极了。你放心地睡了。

第一道暮弧光显现在空中，像座金光闪闪的拱桥将夕阳罩住。出发的时间到了。你停止梳理羽毛，伸直脖子，向空中响亮地叫了几声。

鸟群骚动起来，不安的微澜汇成了巨浪。大家向你这边聚拢，等待起飞的命令。你看到白毛亲热地蹭着一只陌生的雌鸟。你回头看了看自己的几个妻子，她们叽叽喳喳地互相挤着。

作为首领，你的职责是保卫部落的安全。你一直很能干。只要听到你的叫声，其他几个部落就会远远避开。你从未遇到过什么真正的对手，直到异形出现，这情况才有所改变。

你早就知道自己有其他逐日鸟没有的能力：能探知别人的思维，甚至能进行控制。当你第一次把思维的触须伸向那些异形时，就被那种复杂的结构迷住了。你常常独自长时间地在那思维的迷宫中遨游。它们高超的能力使你惊叹，同时也不能完全理解。那些事情太神奇了，超出了你的智力范围，使你对它们充满敬畏之情。

但是有一次，你发现了件令你震惊的事。那些异形想要有计划地杀死逐日鸟。你对此完全无法理解。但事关重大，你竭力在迷宫中寻找着，想知道它们这么做的原因。你成功了，可那原因更令人迷惑。异形来自天上，它们需要你们体内的什么东西来收集阳光中的动力。

你不解的是，它们想在天上飞，为什么非要杀死逐日鸟？它们本领那么大，为什么不自己想想办法？你试图控制它们的思维，可是失败了，这么复杂的结构不是你能驾驭的。你试了一个又一个，激动得发疯。那段日子部落中对你的反常颇有不满。终于，你成功地控制了一个异形。它的思维很奇特，没有其他异形的那种自主结构。当你的触须对它发出指令时，它的思维先是有些抗拒，然后以一种近乎狂喜的态度服从了。

接着你花了很长时间考虑怎么办。最后强悍的习惯占了上风，你决定把异形全部消灭。

战斗的激情使你恢复了往日的决断与镇定。而现在，一切都很顺利，"它"已经把其余的异形全杀了，唯一的问题将发生在你们飞过异形栖息地的时候。你知道调查团必须毁灭，可不知如何去做。最后，你决定让"它"自己想办法，毕竟，在这方面"它"比你懂得多。

鸟群的惊叫打断了你的沉思。第二道淡蓝色的暮弧光出现了。你烦躁地叫了几声，扑起双翼，领头向夕阳飞去。

你醒了。有种异样的感觉在周围缭绕。你一回头，发现了巴比的尸体，立刻惊恐地站了起来。

他的身体气球般鼓胀，皮肤绷得发亮，在那下面，有什么在蠕动。你往后退了几步。

那皮上先是出现一个小口，然后"哧"的一声爆裂开来，里面是无数白色的小肉虫在钻来钻去。

你大叫一声，全想起来了：无助，寒冷，恐惧，神奇的力量，温馨，服从，杀戮……

泪水夺眶而出，你知道自己罪不可恕。在这远离文明的星球，你居然杀了所有的人，只是为了那莫明的力量。你为什么要服从它？你不知道，只是感到需要它使你放心。天呐！人们不会原谅你的。爸爸妈妈，他们会伤心的。他们会说：瞧，没有我们的教导，他成了什么样子！可是，这一切全是他们的错！他们使你惯于服从，没有主见。你怒火中烧。还有那些可恶的人！你永远无法和他们相处。他们高傲，自私，毫无同情心。没人会在你感到无助时真心帮助你。他们帮助你，只是显示他们存在的价值。他们说话时从来不看着你，他们开你听不懂的玩笑，他们嘲笑你的红指甲。你真想把他们都杀了，一个不留！可是，他们一死，你便孤单。

你盯着那些蛆虫，它们兴高采烈，无忧无虑。毛骨悚然。你吸了口气，转身疯狂地跑了。

你钻进陆车，关上门，忽然听见有人在笑。那是种压抑的笑，笑得几近抽筋。你四处寻找，没人。笑声就在脑后涌动。"不！"你叫道，"不是我干的！"

一声干笑。你颤抖着把车开向驻留站。时间不多了。

不是你干的？那是谁？你不知道。你什么都不知道，却杀了四个人。真荒唐！你笑了，眼泪都笑了出来。你控制不住自己。

于是你哭了。你知道自己坚持不了多久，你快疯了。

但还有一件事要做。因为飞在辽阔的空中是令人心旷神怡的，而调查团要来了。你把车开进驻留站，不安地穿过一扇又一扇无穷无尽的门，盘算着晨弧光的显现。还有多长时间？妻子们温顺地贴着你飞翔。她们没有心事，不像你。

电讯机再次响起来，告诉你调查团的飞船已进入环绕轨道，请求允许降落。好吧，你答道，那就下来。

你走进贮藏室。你需要一块超集能板，并把它安在猎炮上。屋里凌乱不堪。笑声还在周围回荡。你抬起一块板，看了看底下，那里只有无数眼球。另一块板下面是星空，三角形的音乐声来回穿梭。你发现了一个提线木偶，它冲你诡异地笑着。

你找到了超集能板。它是用逐日鸟体内的物质制成的，使你的手微微发抖。

但它将捍卫部落的生存。

你伸开双臂，感受着飞翔的乐趣，一切开始倾斜。

不，不能开炮！你摇摇头。父母会伤心的。

成千上万鸟的尸体掠过你的动脉，引起了局部出血。你捂住血流不止的鼻子，冲出贮藏室。

许多人在你耳膜上大喊，言辞激烈。有人命令你停下，有人笑个不停，有人嚎道："罪过呀！罪过！"有人急切地问："怎么，怎么回事？"他们骂你，夸你，吵成一团。

你犹豫了，于是鼻血流个不止。尸体，尸体！你浑身发抖，被鬼魂和羽毛夹在了中间。

在剃刀边缘上站久了，会被劈成两半儿的。

晨弧光出现了，后面是主人和它的子民，你应该服从，你必须服从。你一生都是在服从，这就是你的价值。世界原本很简单，只是那些有主见的人使它变得复杂了。而你，将心悦诚服地听从主人的调遣。

你冲上猎台，把超集能板安到猎炮上，打开自动搜索系统。现在只是等待，你感到胜利来临前的那种焦虑，用力扑打了几下翅膀。鸟群沉默地跟着你飞。你将带着它们永远地飞下去，没有什么可以阻挡。

鬼魂们突然大哭起来，悲伤无限。你大声骂了一句。他们不为所动，继续嚎着。这时你看到猎炮的红灯亮了，表明目标已经锁定。你透过监视器，欣赏着飞船的空中姿态。绿灯亮了，一切就绪。

那致命的按钮就在手边。你看着它，大脑中一片空白。"不！"你说道。

你的手按下了那按钮。强烈的弧光。短命的太阳。脱轨了。你抽打着自己的肉体。继续飞翔直到世界末日。伤心的男人和女人。带线的木头。泪水涌出你的肉质眼眶——它不听从灵魂的指挥。逼近摇篮的刀。巨大神秘的迷宫。永远前进。没有威胁了。他们将派来军队。

鼻血流个不止。

你看到血水开始从虚空中飞射出来。

啊！主人和子民。你看到那金色的云团正掠过头顶。等等我，等等！你站在高高的猎台边缘，抬头向空中快乐地大叫。

来吧，加入我们！新的生活。在空中飞翔，永远前进，永远做我的宝贝。来吧，起飞！听到那温情的召唤，你伸开双臂，像鸟一样扑打着，纵身一跃。

撞击。

金色的云团渐渐远去。你躺在地上，奄奄一息。天空明丽得出奇。你没有力气去哭了。

主啊，为什么背弃我！在身体变凉之前，你感到的是一片鸟语花香。

敬告作者

为了保护有关作者的合法权益，我社曾多方联系本套书所涉及作者的版权事宜。但遗憾的是，由于种种原因，仍未能与少数作者取得联系。现谨对尚未取得联系的作者深表歉意，并请有关作者或著作权人见书后，尽快致函作家出版社，以便及时奉寄样书和稿酬。

通讯单位：作家出版社

通讯地址：北京市朝阳区农展馆南里10号

邮政编码：100125

联系电话（传真）：010-65925260

图书在版编目（CIP）数据

科幻文学 / 陈晓明主编． -- 北京：作家出版社，
2018. 12

（改革开放40年文学丛书）

ISBN 978-7-5212-0315-8

Ⅰ．①科… Ⅱ．①陈… Ⅲ．①科学幻想小说 – 中国 –
当代 Ⅳ．①I247

中国版本图书馆CIP数据核字（2018）第296142号

科幻文学

主　　编：陈晓明

统　　筹：兴　安　崔庆蕾

责任编辑：丁文梅

装帧设计：意匠文化·丁奔亮

出版发行：作家出版社有限公司

社　　址：北京农展馆南里10号　　邮　　编：100125

电话传真：86-10-65067186（发行中心及邮购部）
　　　　　86-10-65004079（总编室）

E–mail:zuojia@zuojia.net.cn

http://www.zuojiachubanshe.com

印　　刷：三河市兴博印务有限公司

成品尺寸：152×230

字　　数：381千

印　　张：25.25

版　　次：2018年12月第1版

印　　次：2018年12月第1次印刷

ISBN 978-7-5212-0315-8

定　　价：1200.00元（全20册）